SUPERBUR
NARRATIVA

Mika Waltari

SINUHE L'EGIZIANO

traduzione di MARIA GALLONE

Biblioteca Universale Rizzoli

ISBN 88-17-11354-9

Titolo originale dell'opera:
SINUHE EGYPTILÄINEN

prima edizione BUR: maggio 1978
prima edizione Superbur: gennaio 1989
sedicesima edizione Superbur Narrativa: maggio 2001

QUINDICI LIBRI
DALLA VITA DEL MEDICO SINUHE
(circa 1390 a 1335 a. Cr.)

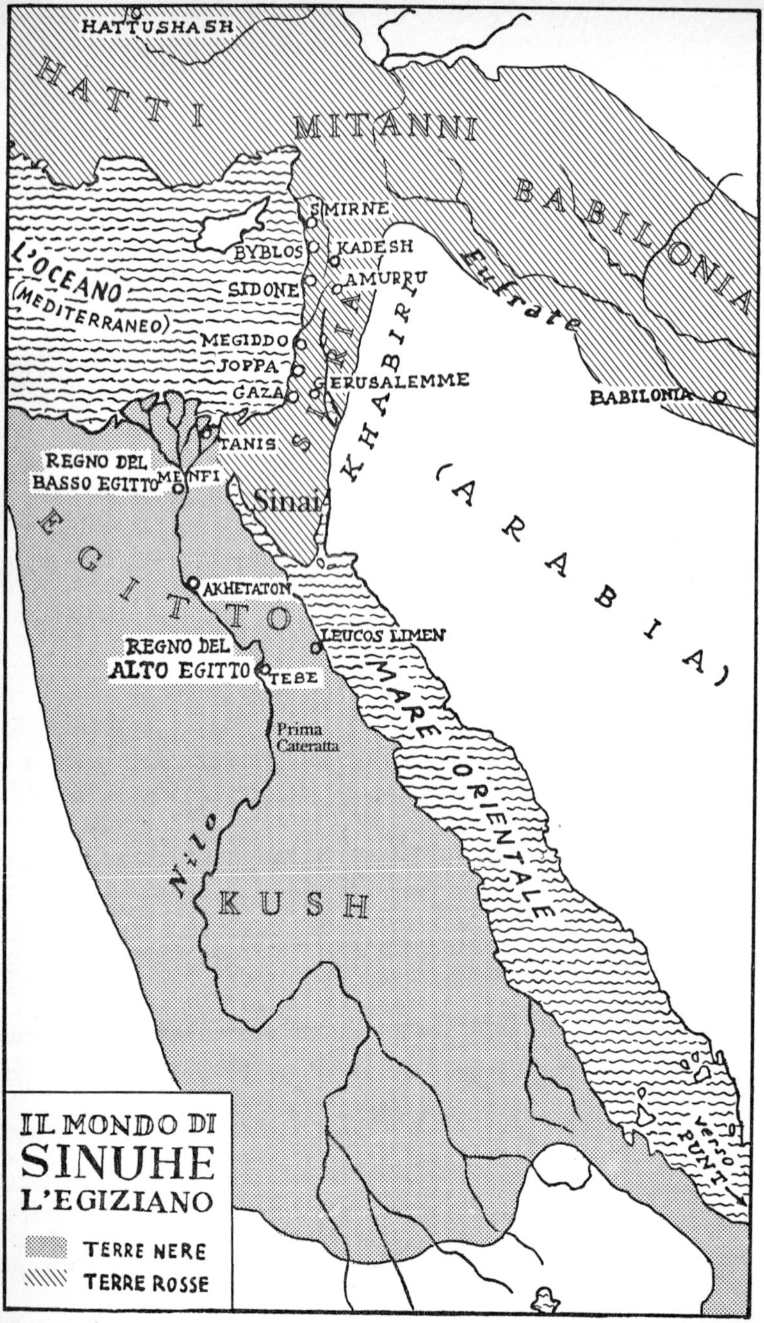
HATTUSHASH
HATTI
MITANNI
BABILONIA
SMIRNE
BYBLOS
KADESH
AMURRU
SIDONE
L'OCEANO
(MEDITERRANEO)
Eufrate
MEGIDDO
JOPPA
GERUSALEMME
GAZA
SIRIA
KHABIRI
BABILONIA
TANIS
REGNO DEL
BASSO EGITTO
MENFI
Sinai
(ARABIA)
EGITTO
AKHETATON
LEUCOS LIMEN
REGNO DEL
ALTO EGITTO
TEBE
Prima
Cateratta
MARE ORIENTALE
Nilo
KUSH
verso PUNT
IL MONDO DI
SINUHE
L'EGIZIANO
TERRE NERE
TERRE ROSSE

LIBRO I

L'IMBARCAZIONE DI CANNICCI

1.

Io, Sinuhe, figlio di Senmut e di sua moglie Kipa, scrivo questo. Non scrivo per la gloria degli dèi della terra di Kem, poiché sono stanco di dèi, né per la gloria dei Faraoni, poiché sono stanco delle loro gesta. Scrivo non per timore né per alcuna speranza di futuro, ma per me stesso soltanto. Durante la mia vita ho veduto, conosciuto, perduto troppo per divenire preda del terrore vano, e per ciò che riguarda la fede nell'immortalità ne sono altrettanto aduggiato quanto lo sono dagli dèi e dai re. Scrivo queste pagine unicamente per piacer mio, e in ciò differisco da ogni altro scrittore passato e avvenire.

Inizio questo libro nel terzo anno del mio esilio sulle spiagge del Mare Orientale, donde salpano le navi per il paese di Punt, in prossimità del deserto, in prossimità di quelle colline da cui venne cavata la pietra per le statue degli antichi re. Scrivo queste pagine perché il vino è amaro al mio palato, perché ho perduto ogni piacere nelle donne e perché né i giardini né gli stagni pullulanti di pesci mi danno più alcun diletto. Ho scacciato i cantori, e il suono dei flauti e degli strumenti a corda è tormento al mio orecchio. Perciò scrivo questo, io, Sinuhe, al quale più non interessano le ricchezze, le coppe d'oro, l'ebano, l'avorio e la mirra.

Queste cose non mi sono state tolte. Gli schiavi temono ancora la mia verga; le guardie inchinano il capo e tendono la mano innanzi a me sino a terra. Ma impedimenti sono stati posti al mio cammino e nessuna nave può approdare entro la risacca di queste spiagge, e mai più respirerò l'odore della Terra Nera in una notte primaverile.

Un tempo il mio nome fu scritto nel libro d'oro del Faraone, e io sedevo alla sua destra. Le mie parole avevano più forza che non quelle dei potenti del paese di Kem; i nobili mi inviavano doni, e al mio collo appendevano catene d'oro. Possedevo tutto ciò che un uomo può desiderare, ma essendo uomo desideravo di più... perciò, sono quello che sono. Fui scacciato da Tebe durante il sesto anno di regno del Faraone Horemheb, per essere battuto a morte come un cane se fossi ritornato... per essere spiaccicato come una ranocchia tra le pietre se avessi osato muovere un passo oltre la zona che era stata delimitata come mio luogo di abitazione. Questo fu per comando del Re, del Faraone che un tempo era stato mio amico.

Ma prima di iniziare questo libro lascerò che il mio cuore gridi i suoi lamenti, poiché così deve gridare un cuore di esiliato quando è oppresso dal dolore.

Colui che ha bevuto una volta l'acqua del Nilo anelerà in eterno a ritornare nuovamente presso le sue sponde; nessun'acqua di nessun altro paese potrà placare la sua sete.

Vorrei scambiare la mia coppa per una ciotola di terra grezza, purché i miei piedi potessero ancora una volta calpestare la soffice polvere del paese di Kem. Sarei pronto a barattare le mie vesti di lino per le pelli di uno schiavo se ancora una volta mi fosse dato di udir frusciare al vento della primavera le canne del fiume.

Chiare erano le acque della mia giovinezza; dolce era la mia follìa. Aspro è il vino della vecchiezza, e il favo più dolce non saprebbe compensare il rozzo pane della mia povertà. Volgetevi, o anni... rifluite di nuovo, o anni svaniti... veleggia, Ammon, da oriente a levante attraverso i cieli e riconducimi la mia giovinezza! Non una parola io muterò, non altererò il mio anche minimo atto. Fragile calamo, levigato papiro, ridatemi la mia follìa e la mia giovinezza!

2.

Senmut, che io chiamavo mio padre, era il medico dei poveri di Tebe, e Kipa era sua moglie. Non avevano figli, e quando io venni a loro essi erano già vecchi. Nella loro semplicità dissero che ero un dono degli dèi, non immaginando neppure lontanamente quanto male quel dono avrebbe recato loro. Kipa mi chiamò Sinuhe dal personaggio di un racconto, poiché ella amava le favole, e le pareva ch'io fossi venuto fuggendo dal pericolo come il mio omonimo della leggenda, il quale aveva inteso per caso un segreto terribile nella tenda del Faraone ed era fuggito, per vivere poi in terre straniere molti anni avventurosi.

Così ella si figurava nel suo animo infantile, sperando che io pure avrei saputo sempre sfuggire ogni pericolo ed evitare la mala sorte. Ma i sacerdoti di Ammon ritengono che ogni nome è un augurio, e può darsi che il mio appunto mi abbia procurato rischi e avventure e mi abbia spinto in terre straniere. Esso mi fece compartecipe di segreti paurosi... segreti di re e delle loro mogli... segreti che possono essere messaggeri di morte. E alla fine il mio nome fece di me un fuggiasco e un esiliato.

Tuttavia dovrei essere puerile come la povera Kipa per immaginare che un nome possa influenzare un destino; non sarebbe stato lo stesso se mi fossi chiamato Kepru o Kafran o Mosé? Così io credo... benché Sinuhe fosse stato invero esiliato, laddove Heb, il figlio del Falco, fu incoronato con la corona rossa e bianca col nome di Horemheb, per essere re dell'Alto e Basso Egitto. Pertanto ciascuno deve giudicare da sé il significato dei nomi, e ciascuno secondo la propria fede vi troverà conforto contro i mali e i rovesci dell'esistenza.

Nacqui durante il regno del grande Re Amenofi III e nell'anno stesso di colui che desiderava vivere secondo verità e il cui nome non può più essere nominato poiché esso è stato maledetto... sebbene allora nulla di ciò fosse noto. Vi furono grandi feste a palazzo quando nacque, e il Re recò molti sacrifici al grande tempio di Ammon, che egli stesso aveva fatto costruire; anche il popolo si rallegrò, ignorando ciò che doveva accadere. Fino a quel momento la consorte regale Taia aveva vanamente sperato un figlio, benché fosse consorte da ventidue anni e il suo nome fosse stato scritto accanto a quello del Re nei templi e sulle statue. Perciò colui il cui nome non potrà mai essere nominato fu proclamato erede con complicati riti non appena i sacerdoti ne ebbero compiuta la circoncisione.

Egli nacque a primavera, durante la stagione della semina, mentre io ero giunto l'autunno precedente quando la piena era al suo colmo. Il giorno della mia nascita è ignoto, poiché venni portato alla deriva dalla corrente del Nilo in una piccola barca di cannicci spalmata di bitume, e mia madre Kipa mi trovò tra le canne della riva preso la soglia di casa sua. Le rondini erano tornate allora e cinguettavano sul mio capo, ma io giacevo cosí immobile che ella mi credette morto. Mi portò nella sua casa e mi riscaldò presso il fuoco di carboni e mi alitò in bocca finché io vagii. Mio padre Senmut ritornò dall'aver visitato i suoi pazienti portando due anatre e uno staio di farina. Quando mi udì piagnucolare pensò che Kipa avesse adottato un gattino e stava per rimproverarla, ma mia madre disse: « Non è un gatto... è un bambino! Rallegrati, o mio marito Senmut, poiché ci è nato un figlio! ».

Mio padre le disse che era un'imbecille e si arrabbiò finché ella mi mostrò a lui, e allora egli si sentì commosso dalla mia miserevole fragilità. Così mi adottarono come loro creatura, e anzi sparsero la voce tra i vicini che Kipa mi avesse generato. Questo era assurdo, e non capisco come molti vi abbiano creduto. Kipa però conservò l'imbarcazione di cannicci che mi aveva trasportato e l'appese al soffitto, sopra il mio letto. Mio padre recò al tempio la sua migliore ciotola di rame e mi fece iscrivere nel libro delle nascite come suo proprio figlio nato da Kipa, ma praticò egli stesso la circoncisione, poiché era medico e temeva i coltelli dei sacerdoti che causavano ferite infette. Non permise che i preti mi toccassero, e può darsi anche che abbia voluto risparmiare del danaro, poiché un medico di povera gente non è mai un uomo ricco.

Io non posso naturalmente rammentarmi di queste cose, ma i miei genitori me le hanno ripetute tante e tante volte e sempre con le stesse frasi immutabili che devo crederle, e d'altronde non ho motivo di supporre che mi abbiano mentito. Durante tutta la mia infanzia non dubitai mai che non fossero davvero i miei genitori, e nessuna malinconia incupì quegli anni. Essi non mi dissero la verità fin quando non mi ebbero reciso i miei riccioli di fanciullo e non divenni adolescente. Allora me la dissero poiché temevano e onoravano gli dèi, e mio padre non voleva che la mia esistenza fosse oscurata da nessuna menzogna.

Ma chi fossi, e da dove venissi, e chi fossero i miei genitori non lo seppi mai, sebbene — per ragioni di cui dirò più tardi — ora credo di conoscerli.

Una cosa è certa: io non fui il solo a essere trasportato lungo la corrente del fiume in una barca di cannicci spalmata di bitume. Tebe con i suoi palazzi e i suoi templi era una grande città, e i tuguri di fango dei poveri si ammassavano fitti intorno alle solenni dimore. Al tempo dei grandi Faraoni l'Egitto aveva ridotto in suo comando molte nazioni, e con la potenza e la ricchezza i costumi si erano rilassati. A Tebe convenivano molti stranieri: mercanti e artigiani costruivano templi ai loro dèi. Grande era lo splendore e l'opulenza dei templi e dei palazzi, ma grande era anche la povertà fuori delle mura. Molti poveri abbandonavano le loro creature, ma anche molte mogli ricche i cui mariti viaggiavano lontano, si disfacevano delle prove dei loro adulterii commettendole al fiume. Forse io ero il figlio della moglie di un uomo di mare che aveva ingannato il proprio marito con qualche mercante di Siria. Forse — poiché non ero stato circonciso — ero il figlio di qualche straniero. Quando mi ebbero tagliati i capelli che mia madre ripose assieme ai miei primi sandali in una scatoletta di legno, contemplai a lungo la barca di canne che ella mi mostrò. I giunchi erano ingialliti e spezzati, e il fumo del braciere li aveva resi fuligginosi. Erano congiunti insieme con nodi da uccellatore, ma questo è tutto ciò che la piccola barca seppe dirmi intorno alla mia parentela. Fu allora che il mio cuore ricevette la sua prima ferita.

3.

Con l'avanzare degli anni l'anima rivola come un uccello ai giorni della fanciullezza. Ora questi giorni risplendono vividi e luminosi alla mia memoria finché mi sembra che ogni cosa allora debba essere stata migliore, più bella che non in questo mondo di oggi. In questo ricchi e poveri sono uguali, poiché non vi è certamente nessuno tanto derelitto cui la propria fanciullezza non appaia con qualche guizzo di felicità quando se ne rammenti nell'età matura.

Mio padre Senmut abitava a monte del fiume, discosto dalle mura del tempio, in un quartiere squallido e rumoroso. Presso la sua casa si stendevano i grandi moli di pietra dove le barche del Nilo scaricavano le loro mercanzie, e negli stretti vicoli si allineavano le taverne e i bordelli frequentati da marinai e trafficanti dove si recavano anche i ricchi, che vi si facevano trasportare in portantina dalla città murata. I nostri vicini erano gabellieri, chiattaroli, sottufficiali dell'esercito, e qualche prete del quinto grado. Come mio padre, costoro appartenevano alla parte più rispettata della popolazione, e si elevavano sopra la massa, così come una diga si eleva sopra la superficie dell'acqua.

La nostra casa era pertanto più spaziosa a paragone delle capanne di mota dei poverissimi che si ammucchiavano in triste confusione lungo i vicoli angusti. Avevamo persino un minuscolo giardino con un sicomoro che mio padre stesso aveva piantato. Questo giardino era protetto dalla strada da cespugli di acacia, e come stagno avevamo un truogolo di pietra che conteneva acqua soltanto alla stagione della piena. La casa era di quattro stanze, in una di queste mia madre preparava il nostro cibo, e mangiavamo su una veranda, la quale si apriva sull'ambulatorio di mio padre. Due volte la settimana una donna veniva ad aiutare mia madre nelle faccende domestiche — poiché Kipa era amantissima della pulizia — e una volta la settimana una lavandaia portava la nostra biancheria al suo lavatoio in riva al fiume.

In questo turbolento quartiere, brulicante di stranieri, e la cui depravazione mi si rivelò soltanto quando uscii dall'infanzia, mio padre e i suoi vicini mantenevano alta la tradizione e tutte le venerabili usanze. In un'epoca in cui persino tra gli aristocratici della città queste usanze si erano rilassate, mio padre e quelli della sua classe continuavano a rappresentare con rigidezza l'Egitto di un tempo, nel loro rispetto per gli dèi, nella loro purezza di cuore, nella loro mancanza di egoismo. Sembrava che con il loro comportamento desiderassero separarsi da coloro coi quali erano costretti a vivere e a lavorare.

Ma perché parlare ora di ciò che soltanto più tardi compresi? Perché non ricordare piuttosto il nocchiuto tronco del sicomoro e lo stormire delle sue foglie allorché io cercavo ai suoi piedi riparo dal sole dardeggiante, e il mio giocattolo favorito, il coccodrillo di legno che muoveva la mascella con un colpo secco e mostrava la sua rossa gola mentre io lo trascinavo con una rozza funicella lungo il selciato della strada? I figli dei vicini solevano raccogliersi per guardarlo meravigliati. Mi sono guadagnato più di una focaccia di miele, più di una pietruzza scintillante, più di un frammento di rame col permettere agli altri bambini che lo trascinassero e vi giocassero anch'essi. Di solito soltanto i bambini d'alto rango avevano giocattoli come quello, ma a mio padre era stato regalato dal falegname di palazzo che egli aveva curato di un ascesso che gli impediva di sedere.

Il mattino mia madre soleva portarmi con sé al mercato della verdura. Non aveva mai molte compere da fare, tuttavia era capace di lasciar scorrere tutta l'acqua di una clessidra nella scelta di un mazzo di cipolle, e addirittura un'intiera mattinata per tutta una settimana se si trattava della scelta di un paio di scarpe nuove. Da come parlava la si sarebbe potuta giudicare ricca e interessata unicamente del meglio; se non acquistava tutto quello che colpiva la sua fantasia... si capisce, era soltanto perché desiderava allevarmi col gusto dell'economia. Soleva affermare: « Non è ricco l'uomo che possiede oro e argento, ma colui che si accontenta di poco ». Così mi diceva sempre, mentre i suoi poveri occhi si posavano con desiderio sulle stoffe gaiamente colorate di Biblo e di Sidone, stoffe di lana morbide e leggiere come piumini. Le sue mani scure, incallite dal lavoro, accarezzavano le piume di struzzo e gli ornamenti d'avorio. « Tutte vanità », mi diceva... e diceva a se stessa. Ma la mia mente infantile si ribellava a questi precetti: io agognavo di possedere una scimmietta che sapesse mettere il proprio braccio attorno al collo del suo padrone, oppure un uccello dalle piume multicolori che sapesse urlare parole siriane ed egiziane. Né avrei avuto nulla da ridire in fatto di catene d'oro e di sandali dorati. Solo molto più tardi compresi quanto disperatamente la povera Kipa desiderasse di essere ricca.

Poiché non era che la moglie di un medico povero, quietava i suoi desideri con favole. Prima che ci addormentassimo, la notte, soleva raccontarmi sottovoce tutte le storie che sapeva. Mi parlava di Sinuhe e del naufrago che era ritornato dal paese del Re Serpente con innumeri ricchezze, di dèi e di spiriti maligni, di stregoni e dei Faraoni di un tempo. Mio padre, nel sentir questo, si inalberava e borbottava dicendo che ella mi riempiva la testa di stupidaggini, ma quando era sera ed egli aveva incominciato a russare, Kipa riprendeva le sue filastrocche, forse più per il suo piacere che per il mio. Rammento quelle soffocanti notti estive in cui il paglierìccio bruciava il mio corpo nudo e in cui il sonno non voleva venire; riodo la sua voce confortante, sommessa; ancora una volta mi sento protetto da lei... forse neppure la mia stessa madre sarebbe stata capace di essere più dolce e più tenera della semplice, superstiziosa Kipa, dalle cui mani i cantastorie ciechi e storpi erano sicuri di ricevere sempre un buon pasto.

Le favole mi piacevano, ma a farvi da contrappeso c'era la strada viva, ronzante di mosche, la strada piena di mille odori e mille profumi. Dal porto il vento soffiava il fresco aroma del cedro e della mirra, o un alito di essenze profumate allorché una nobile dama passando nella sua portantina si sporgeva a insultare i monelli della strada. La sera, quando la dorata barca di Ammon avanzava oscillando verso le colline occidentali, si levava dalle capanne e dalle verande vicine l'odore di pesce fritto misto al profumo del pane appena sfornato. Questo particolare odore del quartiere povero di Tebe io ho imparato ad amarlo da ragazzo, e non l'ho mai più dimenticato.

Durante i pasti sulla veranda ricevetti da mio padre i primi insegnamenti. Egli soleva entrare stanco nel giardino, dalla strada, oppure veniva dall'ambulatorio con le vesti ancora impregnate dell'acuto odore degli unguenti e delle droghe. Mia madre gli versava acqua sulle mani, e poi sedevamo su sgabelli per mangiare mentre ella ci serviva. A volte, mentre eravamo seduti così, una banda di marinai avanzava barcollando lungo la strada, le loro voci avvinazzate rintronavano, essi percuotevano con bastoni muri delle case, oppure si fermavano a soddisfare i propri bisogni corporali presso le nostre acacie. Mio padre, che era un uomo discreto, non diceva nulla finché non se n'erano andati, poi si rivolgeva a me: « Soltanto un Negro o un sudicio Siriano fa questo in strada: un Egiziano si nasconde in casa ».

Oppure diceva: « Il vino goduto con moderazione è per noi un dono degli dèi e ci rallegra il cuore: una coppa non fa male a nessuno; due ti snodano la lingua, ma chi ne beve una giara si sveglia per ritrovarsi nella cunetta della via, derubato e picchiato ».

A volte un olezzo di unguenti odorosi giungeva sino alla veranda allorché una bella donna avanzava a piedi, abbigliata di una veste trasparente, le guance, le labbra, le sopracciglia accuratamente dipinte e con nei liquidi occhi uno scintillìo che non appariva nelle pupille delle donne virtuose. Quando, come inebetito, mi soffermavo a contemplare una di esse mio padre soleva dirmi con voce grave: « Guardati dalle donne che ti chiamano "bel ragazzo" e ti attirano, poiché il loro cuore è una rete e una trappola, e i loro corpi bruciano più del fuoco ».

Non è da stupire che dopo siffatti insegnamenti la mia anima infantile incominciasse a temere le giare colme di vino e le belle donne che non assomigliavano alle donne comuni, sebbene e le une e le altre si ammantassero per me del fascino pericoloso che hanno tutte le cose paventate e proibite.

Mentre ero ancora un bambino, mio padre mi permise di assistere alle sue consultazioni: mi mostrò i suoi scalpelli da chirurgo, le sue pinze, i suoi barattoli di medicamenti, e me ne spiegò l'uso. Quando auscultava i suoi pazienti, dovevo restargli al fianco e porgergli le ciotole colme d'acqua, di unguenti, d'olio e di vino. Mia madre non sopportava la vista delle piaghe e delle ferite, e non comprese mai il mio interessamento alle malattie. Un bambino non considera la sofferenza fisica finché non l'ha esperimentata egli stesso. Per me l'incisione di un ascesso era un'operazione emozionante, e descrivevo con orgoglio agli altri ragazzi tutto quello che vedevo, per guadagnarmi il loro rispetto. Ogniqualvolta si presentava un nuovo paziente seguivo attentissimamente l'esame e le domande di mio padre, finché questi diceva: « Questo male può essere guarito », oppure: « M'impegno di curarti ». Vi erano però anche malati che egli si sentiva incompetente a curare. Allora scriveva qualche riga su una striscia di papiro e li mandava alla Casa della Vita, al tempio. Quando uno di questi pazienti si accomiatava da lui, di solito mio padre sospirava, scuoteva il capo, e diceva: « Povera creatura! ».

Non tutti gli ammalati di mio padre erano bisognosi. I frequentatori delle vicine case di piacere erano mandati da lui di quando in quando per essere medicati dopo una rissa, e le loro vesti erano del lino più delicato. Venivano a volte anche i proprietari di navi siriane quando avevano il mal di denti o qualche ascesso da curare. Non fui sorpreso perciò quando giunse un giorno a farsi auscultare la moglie di un commerciante di spezie che era carica di gioielli e portava una collana scintillante di pietre preziose. Costei sospirò, gemette e si lamentò di infiniti mali che l'affliggevano, mentre mio padre l'ascoltava con attenzione. Rimasi molto deluso quando infine lo vidi prendere in mano una striscia di carta da scrivere, poiché avevo sperato che egli sarebbe stato capace di curarla procurandosi così molti bei regali. Sospirai, scossi la testa, e sussurrai tra me: "Povera creatura!".

L'ammalata sobbalzò con un moto di spavento e fissò inquieta mio padre. Questi trascrisse un verso in caratteri antichi che ricopiò da un rotolo di papiro consunto, versò quindi olio e vino in una ciotola per misture e v'inzuppò il foglio finché l'inchiostro non fu dissolto nel vino. Poi travasò il liquido in una giara di terracotta e lo diede come medicina alla moglie dello speziale, dicendole di prenderne qualche sorso quando la testa o lo stomaco incominciassero a dolerle. Quando la donna se ne fu andata io fissai mio padre che appariva imbarazzato. Tossì un paio di volte e disse: « Molti malanni possono essere curati con un inchiostro che sia stato usato per un'invocazione possente ».

Non proferì altre parole a voce alta, ma di lì a pochi momenti mormorò tra sé: "Perlomeno non può far male al paziente".

Quando compii i sette anni mi fu data una fascia per i lombi, di quelle indossate dai ragazzi, e mia madre mi condusse al tempio ad assistere a un sacrificio. In quell'epoca il tempio di Ammon a Tebe era il maggiore di tutto l'Egitto. Un viale fiancheggiato da sfingi dalla testa di ariete e scolpite nella pietra, vi conduceva attraversando tutta la città e partendo dal tempio e dallo stagno della dea luna. L'area del tempio era cinta di massicce mura di mattoni, e con i suoi molteplici fabbricati formava una città entro la città stessa. Dalla cima dei torreggianti piloni garrivano colorati stendardi, e gigantesche statue di re vigilavano le cancellate di rame su ciascun lato del recinto.

Oltrepassammo i cancelli, e i venditori di Libri dei Morti tirarono mia madre per le vesti facendo le loro offerte con voce ora stridente ora sommessa. La mamma mi portò ad ammirare le botteghe dei falegnami con le loro mostre di immagini in legno di schiavi e di servi, che dopo la consacrazione fatta dai sacerdoti, sarebbero servite ai loro proprietari nell'altro mondo affinché costoro non dovessero mai muovere un dito per servirsi da soli.

Mia madre pagò l'imposta richiesta agli spettatori, e io vidi sacerdoti ammantati di bianco e agili di mano mattare e squartare un toro tra le cui corna un serto di papiro intrecciato recava un sigillo attestante che l'animale era senza macchia e senza un solo pelo nero. I sacerdoti erano grassi e venerandi, e le loro teste rase lucevano d'olio. Più di cento persone erano venute ad assistere al sacrificio, ma i sacerdoti poco vi badavano, e seguitavano, durante tutta la cerimonia, a chiacchierare impudentemente tra loro dei propri affari. Io ammirai le pitture di gesta guerriere che ornavano le pareti del tempio e stupii di fronte alle colonne gigantesche, senza riuscire affatto a comprendere l'emozione di mia madre quando con gli occhi pieni di lacrime mi ricondusse a casa. Qui giunta ella mi tolse le mie scarpe di bambino e mi diede dei sandali nuovi che trovai scomodi e che mi indolenzirono i piedi finché non mi abituai ad usarli.

Dopo il pasto, mio padre, con un'espressione grave nel viso, mi posò sul capo la sua grande, esperta mano e mi carezzò con schiva tenerezza i morbidi riccioli che m'incorniciavano le tempie.

« Ormai hai sette anni, Sinuhe, e bisogna che tu decida quello che vuoi essere ».

« Voglio diventare un guerriero! », risposi immediatamente, e rimasi perplesso di fronte all'espressione delusa della sua faccia buona. Infatti i più bei giochi dei monelli della strada erano giochi di guerra, e io avevo veduto i soldati lottare e perfezionarsi nell'uso delle armi di fronte alle caserme, e avevo ammirato i cocchi di guerra impennacchiati sfrecciare di gran carriera, tra un fragore di ruote, alle manovre che si svolgevano all'esterno della città. Non ci poteva essere nulla di più nobile o di più grandioso della carriera del soldato. Un soldato inoltre non aveva bisogno di scrivere, e questo era appunto ciò che per me aveva maggior valore, poiché i ragazzi più anziani mi raccontavano storie terribili circa l'estrema difficoltà dell'arte dello scrivere e della spietatezza con cui i maestri tiravano i capelli degli allievi se questi per caso lasciavano cadere una tavoletta di creta o spezzavano un calamo di canna tra le loro dita inesperte.

Può darsi che mio padre non sia stato un uomo particolarmente dotato, altrimenti sarebbe di certo divenuto qualcosa di più che un semplice dottore di poveri; era però coscienzioso nel suo lavoro e non danneggiava mai i suoi pazienti, e col passare degli anni l'esperienza lo aveva reso saggio. Aveva già intuito quanto io fossi suscettibile e caparbio e non commentò in alcun modo la mia risoluzione.

Poco dopo però chiese a mia madre una ciotola, ed entrato nel suo laboratorio riempì il recipiente di vino di poco prezzo che aveva attinto da una giara.

« Andiamo, Sinuhe », mi disse; mi condusse fuori di casa e mi portò giù alla riva del fiume. Giunti sul molo ci fermammo a osservare una chiatta da cui alcuni portatori denutriti stavano scaricando merci cucite in stuoie. Il sole si preparava a coricarsi tra le colline d'occidente, oltre la Città dei Morti, ma questi servi continuavano a faticare, ansimanti e gocciolanti di sudore. Il sorvegliante li punzecchiava con la sua frusta mentre lo scrivano sedeva placido sotto la propria tenda controllando di volta in volta su di una lista ogni balla di mercanzia.

« Ti piacerebbe essere uno di costoro? », mi chiese mio padre.

Giudicai questa domanda molto stupida e lo fissai a bocca aperta senza rispondere. Chi avrebbe voluto essere un portatore?

« Costoro faticano dalle prime ore del mattino sino alle ultime ore della notte », riprese Senmut. « La loro pelle è irruvidita come quella del coccodrillo; i loro pugni sono grossi e informi come le zampe del coccodrillo. Solo quando scendono le tenebre possono strisciare sino ai loro miserabili tuguri, e il loro cibo è un tozzo di pane, una cipolla, una sorsata di birra amara. Questa è la vita del portatore, la vita dell'aratore, la vita di tutti coloro che faticano con le loro mani. Pensi siano da invidiare? ».

Scossi il capo seguitando a fissarlo meravigliato. Io volevo essere un soldato, non un portatore, non uno che grattava la terra o annaffiava i campi, o un pastore imbrattato di letame.

« Padre », dissi mentre proseguivamo, « i soldati si divertono. Abitano in caserma e mangiano cibo buono: la sera vanno a bere vino nelle case di piacere, le donne gli sorridono. I loro capi portano al collo catene d'oro anche se non sanno scrivere. Quando ritornano dalla battaglia recano con sé bottino e schiavi che faticano e si arrabattano per servirli. Perché non dovrei sforzarmi di diventare un guerriero anch'io? ».

Mio padre non diede risposta, ma affrettò il passo. Vicino al grosso scarico di rifiuti dove un nugolo di mosche ronzava tutt'attorno egli si chinò a occhieggiare in un basso tugurio di mota.

« Inteb, amico mio, ci sei? ».

Uscì fuori strisciando un vecchio coperto di parassiti, che si appoggiava a un bastone. Il suo braccio destro era stato mozzato proprio sotto la spalla, e il suo perizoma era intriso di sudiciume. Il suo viso era appassito e rinsecchito dagli anni, e la sua bocca completamente sdentata.

« Quello... *quello* è Inteb? », balbettai, fissando inorridito il vecchio. Inteb era un eroe che aveva combattuto le battaglie di Siria sotto Tutmosi III, il più grande dei Faraoni, e ancora si narravano storie del suo valore e delle ricompense che il Faraone gli aveva elargite.

Il vecchio alzò la mano in gesto militare di saluto, e mio padre gli porse la ciotola di vino; quindi sedettero al suolo, poiché all'esterno della capanna non c'era nemmeno uno sgabello, e Inteb sollevò con la mano tremante il vino alle labbra, ansioso di non perderne neppure una goccia.

« Mio figlio Sinuhe ha l'intenzione di fare il guerriero », disse mio padre sorridendo. « Io l'ho condotto da te, Inteb, perché tu sei l'ultimo superstite degli eroi delle grandi guerre e potrai parlargli della prode esistenza e delle splendide gesta dei militari ».

« In nome di Set e di Baal e di tutti gli altri dèmoni! », gracchiò il vecchio volgendo verso di me il suo sguardo miope. « Forse che il ragazzo è impazzito? ».

La sua bocca sdentata, gli occhi appannati, quel mozzicone penzolante di braccio, quel suo petto grinzoso e ricoperto di sporcizia erano talmente terrificanti che io mi nascosi dietro mio padre e gli afferrai un braccio.

« Ragazzo, ragazzo », proseguì Inteb sogghignando, « se avessi un sorso di vino per tutte le bestemmie che ho proferito contro la mia vita e contro il mio destino — miserabile destino che ha fatto di me un soldato — potrei riempire il lago che il Faraone ha fatto scavare per la sua vecchiaia! Si capisce, non l'ho mai veduto perché non posso permettermi il lusso di farmi traghettare dall'altra parte del fiume, ma sarei sicuro di poterlo riempire... Oh, sì, e ce ne sarebbe abbastanza per sbronzare tutto l'esercito! ».

Bevve di nuovo, a piccoli sorsi avari.

« Ma », dissi io, e il mento mi tremava, « la professione del soldato è la più onorata di tutte ».

« Onore! Fama! », replicò Inteb, eroe delle armate di Tutmosi. « Sterco... letame da allevarci le mosche... ecco che cosa sono fama e onore! Ai miei tempi ho raccontato non so più quante frottole per procurarmi del vino dai babbei che stavano ad ascoltarmi con gli occhi strabuzzati, ma tuo padre è un uomo retto che io non mi permetterei mai di ingannare. Perciò, figlio mio, posso dirti che di tutte le professioni quella del guerriero è la più sciagurata e la più avvilente ».

Il vino aveva distese le sue rughe e aveva accesa una luce nei suoi dementi occhi di vecchio. L'uomo si alzò e si afferrò il collo con la sua unica mano.

« Guarda, ragazzo! Questo collo di spaventapasseri era un tempo tutto avvolto di catene d'oro... cinque giri ce n'erano. Me le aveva appese al collo il Faraone in persona. Chi può enumerare le mani mozze che io ho ammucchiate davanti alla sua tenda? Chi fu il primo a scalare le mura di Kadesh? Chi irrompeva entro le file nemiche come un elefante infuriato? Ero io... io, Inteb l'eroe! E chi mi è grato di questo, adesso? Il mio oro ha preso la strada di tutte le cose terrene, e gli schiavi da me catturati in battaglia sono fuggiti o sono periti miseramente. Ho perduto la mia mano destra nel paese di Mitanni, e da gran tempo sarei stato costretto a mendicare agli angoli delle strade se persone caritatevoli non mi avessero dato di quando in quando del pesce secco e un po' di birra purché io raccontassi ai loro figlioli la verità sulla guerra. Io sono Inteb, il grande eroe... Guardatemi! Ho lasciato la mia gioventù nel deserto; la fame, le privazioni, gli stenti mi hanno distrutto. Nel deserto la mia carne si è sciolta intorno alle mie membra, la mia pelle si è incartapecorita, il mio cuore si è indurito come pietra. Ma quel che è peggio l'arsura del deserto ha disseccato la mia lingua, e io sono caduto in preda ad una sete inestinguibile, come tutti i soldati che ritornano vivi da guerre straniere. E da quando ho perduto il mio braccio, la vita è diventata per me come una valle di morte. Ed è inutile che ricordi il dolore della ferita e lo spasimo quando i chirurghi dell'esercito mi hanno bruciato il moncherino in olio bollente, dopo l'amputazione: questa è una cosa che soltanto tuo padre può capire. Sia benedetto il tuo nome, Senmut, tu sei un uomo giusto, un uomo buono... ma il vino è finito ».

Il vecchio ammutolì, ansimò un poco, e rimettendosi a sedere a terra capovolse tristemente la ciotola di coccio. I suoi occhi lucevano come braci, ed egli era ridiventato un povero vecchio miserabile.

« Ma un guerriero non ha bisogno di scrivere », balbettai in un bisbiglio.

« Uhm! », borbottò il vecchio Inteb e lanciò a mio padre un'occhiata in tralice; questi si tolse rapidamente dal braccio un braccialetto di rame e glielo tese. Inteb chiamò a voce alta, e subito accorse un ragazzino sudicio, il quale prese il cerchio e la ciotola e si avviò alla taverna in cerca di altro vino.

« Non prendere il migliore! », gli gridò dietro Inteb. « Prendi quello acido... te ne daranno di più ». Si volse quindi a guardarmi con aria pensierosa. « Un guerriero non ha bisogno di scrivere, ma di combattere solamente. Se sapesse scrivere, sarebbe un ufficiale con potere di comandare sui più valorosi che potrebbe mandare dinanzi a lui in battaglia. Tutti coloro che sanno scrivere sono atti a comandare, ma chi non è capace di tirare due righe dritte non potrà avere sotto di sé nemmeno cento uomini. Quali soddisfazioni possono dargli catene d'oro e onori quando è quello che tiene il calamo in mano colui che dà gli ordini? Così è, e così sarà... e perciò, ragazzo mio, se vorrai comandare gli uomini e guidarli, impara a scrivere. Allora quelli dalle catene d'oro si inchineranno davanti a te, e gli schiavi ti trasporteranno in portantina sul campo di battaglia ».

Il ragazzino sudicio ritornò con una giara di vino e con la ciotola piena. La faccia del vecchio splendette di gioia.

« Tuo padre Senmut è un uomo buono. È capace di scrivere, e mi ha curato nei miei giorni felici quando avevo vino in abbondanza e vedevo sempre coccodrilli e ippopotami anche là dove non ce n'erano. È un uomo buono, anche se è *soltanto* dottore e non sa maneggiare l'arco. Lo ringrazio ».

Fissai nervosamente la giara di vino alla quale Inteb intendeva deliberatamente dedicare tutta la sua attenzione, e incominciai a tirare mio padre per l'ampia manica macchiata di medicinali, nella paura che tanto vino potesse condurci a un amaro risveglio, ammaccati e picchiati, in qualche cunetta della via. Anche Senmut fissò la giara, sospirò lievemente e mi condusse via. Inteb alzò la sua stridente voce di vecchio in una canzone di Siria, mentre il ragazzetto nudo, annerito dal sole, rideva.

Così seppellii i miei sogni di guerra e non opposi più resistenza quando il giorno seguente mio padre e mia madre mi condussero a scuola.

4.

Mio padre non aveva la possibilità di mandarmi a nessuna delle grandi scuole del tempio dove si recavano a studiare i figli — e talvolta le figlie — dei ricchi, dei nobili, dei sacerdoti più in vista. Il mio maestro era il vecchio prete Oneh, il quale abitava poco lontano da noi e faceva scuola nella sua veranda crollante. Aveva per allievi i figli degli artigiani, dei mercanti, dei sovrintendenti ai magazzini del porto, dei sottufficiali la cui ambizione era di aprire ai loro figlioli una carriera di scriba. Oneh era stato in gioventù dispensiere del Celestiale Mut al tempio, ed era perciò molto adatto a impartire lezioni di scrittura elementare a bambini che in seguito avrebbero tenuto la registrazione delle merci, delle misure del grano, dei capi di bestiame, o di provviste per l'esercito. Di queste scolette nella grande città di Tebe ve n'erano a centinaia. L'istituzione costava poco, poiché gli allievi dovevano semplicemente mantenere il maestro, il figlio del carbonaio gli riempiva il braciere d'inverno, il figlio del tessitore lo vestiva, il figlio del negoziante di granaglie badava a che non gli mancasse mai la farina, e mio padre lo curava dei suoi molti malanni e acciacchi fornendogli rimedi a base d'erbe da aggiungere al suo vino.

Il fatto che dovesse dipendere da noi rendeva Oneh un maestro gentile. Un ragazzo che si addormentasse sulle sue tavolette non correva mai il rischio di farsi tirare le orecchie; bastava che l'indomani mattina rubasse di casa qualche leccornia da portare al vecchio. A volte il figlio del mercante di grano gli recava un boccale di birra. In questi giorni drizzavamo le orecchie, poiché il vecchio Oneh, in quelle occasioni, si sentiva ispirato a raccontarci strane storie dell'altro mondo: ci parlava del Celestiale Mut, del Creatore, di Ptah e degli dèi suoi compagni. Noi allora sghignazzavamo, credendo di averlo distratto per il resto della giornata dai nostri difficili esercizi e dai tediosi saggi di scrittura; e fu solo in seguito che mi accorsi come il vecchio Oneh fosse un insegnante più saggio di quanto noi lo giudicavamo. Vi era uno scopo in quella sua recitazione di leggende alle quali il suo spirito pio e infantile dava vita: esse ci insegnavano le tradizioni dell'antico Egitto. In quei racconti non una sola cattiva azione rimaneva impunita. Senza pietà, ogni cuore umano veniva pesato dinanzi all'alto trono di Osiride. Il mortale le cui male azioni erano rivelate sulle bilance del Dio dalla Testa di Sciacallo era gettato al Divoratore, che era coccodrillo e ippopotamo insieme, ma più terrificante di entrambi.

Ci parlava anche dello sgarbato Dio dal Capo Arrovesciato all'Indietro, il temuto traghettatore senza il cui aiuto nessuno può raggiungere i campi dei beati. Allorché remava guardava sempre a poppa, mai a proravia come i terrestri barcaioli del Nilo. Oneh soleva farci ripetere a memoria le frasi con le quali era possibile corrompere e propiziarsi quest'essere. Ci insegnava a copiarle e quindi a scriverle a mente, correggendo i nostri errori con il mite avvertimento che anche la più piccola svista avrebbe cancellato ogni nostra speranza di una vita felice nell'aldilà. Se avessimo consegnato a Colui dal Capo Arrovesciato all'Indietro una lettera contenente anche un solo comune errore, saremmo stati costretti a errare come ombre per tutta l'eternità presso le rive di quelle scure acque o, peggio ancora, saremmo stati inghiottiti dagli spaventosi abissi dei regni della morte.

Frequentai la scuola di Oneh per parecchi anni. Il mio migliore amico era allora Tutmosi, che aveva un anno circa più di me e che era stato allevato sin dall'infanzia alla lotta e all'equitazione. Suo padre era capo di uno squadrone di cocchi e reggeva una frusta di comando intorno a cui era intrecciato un filo di rame: egli nutriva speranze che suo figlio potesse diventare un ufficiale d'alto rango e voleva perciò che imparasse a scrivere, ma nell'illustre nome di Tutmosi non vi era nulla di profetico, nonostante le ambizioni paterne, poiché non appena il ragazzo incominciò ad andare a scuola smise subito di interessarsi al lancio del giavellotto e alle imprese degli aurighi. Imparava facilmente i caratteri, e mentre gli altri ragazzi faticavano disperatamente sui loro, egli disegnava figure sulle tavolette; figure di cocchi, di cavalli impennantisi, di soldati in lotta. Aveva portato a scuola della creta, e mentre la caraffa di birra raccontava favole per bocca di Oneh, Tutmosi modellò una piccola immagine comica del Divoratore che con goffe mascelle maciullava un vecchio omino calvo, la cui schiena a gobba e la pancia a otre a nessun altro poteva appartenere se non a Oneh. Ma Oneh non si arrabbiò. Nessuno poteva arrabbiarsi con Tutmosi. Aveva la faccia larga e le gambe corte e grosse del contadino, ma nei suoi occhi luceva uno scintillìo di gioia che era contagioso, e gli uccelli e gli animali che egli plasmava nella creta con le sue abili mani ci entusiasmavano tutti. Dapprima avevo ricercata la sua amicizia perché era militaresco, ma l'amicizia rimase anche quando egli ebbe cessato di mostrare traccia della sua ambizione guerriera.

Durante quei miei giorni di scuola accadde un miracolo, un miracolo così improvviso che ricordo ancora quell'ora come un'ora di rivelazione. Era una bella e fresca giornata di primavera, l'aria era piena del canto degli uccelli, e le cicogne stavano rabberciando i loro vecchi nidi sui tetti delle capanne di fango. Le acque del fiume erano calate, e su dalla terra spuntavano freschi germogli verdi. Si seminava in tutti i giardini e dappertutto si piantavano arbusti. Era un giorno fatto per l'avventura, e non potevamo restarcéne seduti fermi nella vecchia veranda sconquassata di Oneh, dove i muri di mota si sbriciolavano al solo contatto della mano. Io stavo scarabocchiando quegli eterni simboli — le lettere da incidere nella pietra e accanto ad esse i segni abbreviati usati per scrivere sulla carta — quando ad un tratto una parola dimenticata di Oneh, uno strano guizzo entro di me parlò e portò quei caratteri alla vita. Le figure divennero parola, e la parola sillaba, la silaba lettera. Aggiunsi figura a figura, e parole nuove balzarono fuori... parole vive, del tutto distinte dai simboli. Qualunque zoticone può capire un'immagine, ma due figure riunite hanno significato soltanto per il letterato. Io credo che chiunque abbia studiato scrittura e abbia imparato a leggere capisca quanto io sto tentando di dire. Quell'esperienza nuova era per me più emozionante, più affascinante che non il furto di una melagrana dal cestino del fruttaiolo... era più dolce di un dattero candito, era deliziosa come lo è l'acqua all'assetato.

Da quell'istante non ebbi più bisogno di essere incitato, ma m'imbevvi degli ammaestramenti di Oneh come la terra arida si imbeve delle acque donatele dalla piena del Nilo, e rapidamente imparai a scrivere. Di lì a poco incominciai a leggere ciò che altri avevano scritto, e all'inizio del terzo anno ero già in grado di decifrare abbastanza speditamente vecchi rotoli consunti e di leggere a voce alta favole istruttive che gli altri mettevano per iscritto.

In quel periodo di tempo mi accorsi che non assomigliavo al resto dei miei compagni. Avevo il viso più stretto, la pelle più chiara, le mie membra erano più snelle di quelle degli altri ragazzi e della gente tra cui vivevo. Se non fosse stato per la differenza nel vestire, a stento mi si sarebbe potuto distinguere dai ragazzi che venivano trasportati in lettiga o che camminavano per le strade accompagnati da schiavi. Per questo motivo ero schernito; il figlio del mercante di grano cercava sempre di mettermi un braccio intorno al collo chiamandomi bambina, finché un giorno dovetti colpirlo col mio stilo. Mi rivoltava perché aveva l'alito cattivo; invece mi piaceva stare con Tutmosi che non mi toccava mai. Un giorno Tutmosi mi disse timido: « Modellerò le tue sembianze se vorrai posare per me ».

Lo portai a casa mia, e laggiù sotto il sicomoro egli ritrasse in creta la mia immagine, scarabocchiandovi sopra con uno stilo i caratteri del mio nome. Mia madre Kipa, che era venuta a portarci delle focacce, si spaventò moltissimo quando vide l'immagine e la definì opera di stregoneria. Ma mio padre disse che Tutmosi avrebbe potuto diventare artista della famiglia reale se soltanto fosse entrato alla scuola del tempio, e io mi inchinai scherzosamente davanti a Tutmosi e gli tesi la mano all'altezza del ginocchio come si fa in presenza di personaggi di riguardo. I suoi occhi ebbero un lampo, ma subito egli sospirò e disse che ciò non poteva essere, poiché suo padre riteneva fosse giunto per lui il tempo di ritornare alla caserma dove avrebbe dovuto entrare alla scuola degli aurighi. Sapeva già scrivere quel tanto che era richiesto da ogni futuro ufficiale. Mio padre allora ci lasciò, e udimmo Kipa che borbottava tra sé in cucina; ma io e Tutmosi mangiammo le focacce che erano unte e buone, e ci sentimmo molto soddisfatti.

Allora ero ancora felice.

5.

Venne il giorno in cui mio padre indossò la sua veste migliore, lavata di fresco, e si allacciò intorno al collo un largo colletto ricamato da Kipa. Si recò al grande tempio di Ammon, benché in segreto non nutrisse alcuna simpatia per i sacerdoti; ma in quel tempo nulla succedeva a Tebe, e in realtà in tutto l'Egitto, senza l'intervento e l'aiuto di costoro. Essi amministravano le leggi, cosicché un uomo audace contro cui fosse stata emanata sentenza dal Tribunale stesso del Faraone poteva appellarsi ad essi per farsi rendere giustizia; inoltre possedevano tutta l'istruzione necessaria a ottenere i più alti posti amministrativi, prevedevano la portata della piena del Nilo e la quantità del raccolto, e in base a ciò fissavano le tasse per tutto il paese.

Non credo sia stato facile per mio padre umiliarsi dinanzi ad essi. Egli era stato tutta la vita un medico di povera gente in un quartiere di povera gente — estraneo al tempio e alla Casa della Vita — e adesso come tutti gli altri padri squattrinati era costretto ad aspettare in fila fuori del reparto amministrativo finché una santità o l'altra si degnasse di riceverlo. Rivedo in questo momento quei poveri genitori, acquattati nel cortile del tempio vestiti dei loro abiti migliori, sognando ambiziosi sogni per i loro figliuoli, per i quali agognavano un'esistenza migliore della loro. Molti di essi erano giunti da lontano su imbarcazioni fluviali, recando con sé il proprio cibo. Consumavano i loro risparmi in mance a guardiani e ad impiegati per il privilegio di una parola con un prete cosparso di unguenti, odoroso di profumi, dagli abiti ricamati d'oro, il quale arricciava il naso alla loro puzza di contadini e li trattava duramente. E tuttavia... Ammon ha perennemente bisogno di nuovi servi, quanto maggiori sono la sua ricchezza e il suo potere, tanto maggiore è il numero di scribi che egli impiega al suo servizio. Tuttavia non vi è un solo padre che non consideri un favore divino per il proprio figliuolo essere ricevuto nel tempio... anche se nel portarvi il ragazzo egli offre un dono più prezioso dell'oro.

Mio padre fu fortunato nella sua visita, poiché trascorso appena mezzogiorno passò di lì il suo antico compagno di scuola Ptahor. Coll'andar degli anni Ptahor era diventato apritore di crani nella casata del Faraone. Mio padre provò a rivolgersi a lui, ed egli promise di onorare di persona la nostra casa e di esaminarmi. Fissato il giorno, mio padre si diede da fare per acquistare un'oca e il vino migliore. Kipa cucinava... e brontolava. Un sapido odore di grasso d'oca incominciò ad aleggiare fino in istrada, finché ciechi e mendicanti si raccolsero alla nostra porta cantilenando e strimpellando per ottenere la loro parte del festino. Kipa, schiumante di rabbia, uscì fuori inferocita con un pezzo di pane intinto nel grasso per ciascuno di essi e li cacciò via. Io e Tutmosi spazzammo la strada tutt'intorno alla nostra porta sino alle soglie della città. Mio padre aveva detto a Tutmosi di farsi trovare a disposizione quando fosse giunto l'ospite, nella speranza che anche lui potesse essere favorito dell'attenzione del grand'uomo. Benché fossimo già dei ragazzi grandicelli, quando mio padre accese il brucia-incenso e lo agitò per profumare l'ingresso, ci sentimmo colpiti da un arcano timore come se fossimo stati nel tempio. Io mi misi a guardia del recipiente pieno d'acqua odorosa e tenni lontano le mosche dalla tela di lino d'un bianco abbagliante che Kipa aveva messo da parte per il suo funerale, ma che per il momento era stata tirata fuori per servire da tovaglia in onore di Ptahor.

Dovemmo aspettare a lungo. Il sole si coricò, e l'aria divenne fresca. L'incenso sotto il porticato si consumò tutto e l'oca prese a sfrigolare malinconicamente nella buca del forno. Mi sentivo affamato, e, a mano a mano che il tempo passava, la faccia di Kipa si allungava e si irrigidiva. Mio padre non diceva nulla, ma quando scese l'oscurità non volle accendere le lampade. Ci eravamo messi a sedere sugli sgabelli del porticato ed evitavamo di guardarci negli occhi. Allora per la prima volta compresi quanto amaro dolore e quanto disinganno possono arrecare ai poveri i ricchi e i potenti con la loro spensieratezza.

Alla fine però giunse dalla strada il chiarore di una torcia. Mio padre balzò in piedi e corse in cucina a prendere un tizzone per accendere tutte e due le lampade. Io alzai, con le mani che mi tremavano, la brocca dell'acqua, mentre Tutmosi accanto a me respirava con affanno.

Ptahor, lo scoperchiatore di crani regali, arrivò senza cerimonie in una portantina sorretta da due schiavi neri e preceduta da un grasso portatore di torcia che era evidentemente ubriaco. Tra sbuffi e allegre esclamazioni di saluto Ptahor scese dalla portantina e venne incontro a mio padre, il quale si inchinò e tese entrambe le mani a livello del ginocchio. L'ospite posò le sue mani sulle spalle di Senmut, non so se per dimostrargli che quel cerimoniale era inutile o per rimettersi in gambe. Mentre stava così appoggiato diede un calcio al portatore di torcia e gli ordinò di andare a dormire sotto il sicomoro. I Negri senza attendere ordini buttarono la portantina tra i cespugli di acacia e si accovacciarono al suolo.

Sempre appoggiato alla spalla di mio padre, Ptahor avanzò nel porticato dove io gli versai acqua sulle mani nonostante le sue proteste. Quando però gli porsi un pannolino, mi disse che dal momento che gli avevo risciacquate le mani potevo anche asciugargliele. Quando ebbi fatto tutto ciò, mi ringraziò e disse che ero un bel ragazzo. Mio padre lo condusse al seggio d'onore — era una seggiola a schienale che avevamo presa in prestito dal mercante di spezie — e il nostro ospite si mise a sedere, mentre i suoi occhietti inquisitori spiavano tutt'attorno alla luce delle lampade di sugna. Per un certo tempo vi fu silenzio, poi, schiarendosi la gola in tono di scusa, domandò qualcosa da bere poiché il lungo viaggio gli aveva messo sete. Mio padre, felice, gli versò del vino. Ptahor lo annusò e lo assaggiò con fare sospettoso, poi vuotò la coppa con evidente piacere e diede un sospiro di soddisfazione.

Ptahor era un omino dalle gambe arcuate e dalla testa calva con uno stomaco e una pancia sporgenti sotto la veste sottile. Il suo colletto, tempestato di pietre preziose, era ormai tutto imbrattato come il resto del suo abito, ed egli puzzava d'olio, di vino e di sudore.

Kipa gli offrì focacce speziate, pesciolini fritti nell'olio, frutta e oca arrosto. Egli mangiò cortesemente, benché fosse chiaro che veniva allora da una buona cena, e assaggiò e lodò ogni piatto con grande gioia di Kipa. Per sua richiesta portai ai Negri cibo e birra, ma essi mi ricambiarono la cortesia insultandomi e chiedendomi se il vecchio pancione era pronto a partire. In quanto al servo, russava sotto il sicomoro e non avevo nessuna voglia di svegliarlo.

La serata diventò estremamente confusa perché anche mio padre bevve più di quanto io lo avessi veduto mai bere, tanto che alla fine Kipa, che si era messa a sedere in cucina, fu talmente sopraffatta dal dolore che incominciò a dondolarsi avanti e indietro tenendosi la testa tra le mani. Quando il boccale fu vuoto, si diedero a tracannare il vino medicamentoso di mio padre, e quando anche questo fu finito attaccarono la comune birra da tavola, poiché Ptahor ci aveva assicurati che in fatto di bere non era per niente schizzinoso.

Parlarono dei loro giorni studenteschi nella Casa della Vita, barcollando e abbracciandosi ogni volta che si mettevano a sedere. Ptahor narrò le sue esperienze in veste di chirurgo cranico reale, sostenendo che quella era l'ultima branca della scienza in cui un medico dovesse specializzarsi, essendo più di pertinenza della Casa della Morte che non della Casa della Vita. Ma quella professione comportava poco lavoro, e lui era sempre stato pigro, come Senmut il Tranquillo doveva certamente ricordare. La testa umana — ad eccezione dei denti, delle orecchie, della gola, che richiedevano specialisti propri — era a parer suo la cosa più semplice da studiarsi, e per questo egli l'aveva scelta.

« Ma », soggiunse, « se avessi avuto un po' di pudore sarei rimasto quello che ero: un medico che porta la vita ai suoi pazienti. Così come stanno invece le cose, il mio destino è di affrettare la morte quando la parentela si stanca dei vecchi o degli incurabili. A quest'ora sarei come te, amico Senmut... più povero forse, ma condurrei una vita più onesta e più sana ».

« Non gli credete, ragazzi! », proruppe mio padre, poiché ora Tutmosi sedeva con noi e reggeva in mano anch'egli una piccola coppa di vino. « Sono orgoglioso di chiamare mio amico il trapanatore di crani del Faraone; nella sua professione egli è l'uomo più esperto di tutto l'Egitto. Forse che non ricordo le prodigiose trapanazioni, grazie alle quali salvò la vita non solo di potenti ma altresì di umili e stupì il mondo intiero? Egli sa liberare gli spiriti maligni che spingono gli uomini alla pazzia ed estirpa dai cervelli umani le loro tonde uova. I pazienti, grati, gli offrono oro e argento, collane e calici ».

« Però i parenti grati hanno fatto di meglio », interloquì Ptahor con voce resa incerta dal vino. « Poiché se per caso ne guarisco uno su dieci, uno su quindici... beh, facciamo uno su cento... molto più sicura è la morte degli altri. Avete mai sentito di un solo Faraone che sia vissuto tre giorni dopo che gli hanno aperto il cranio? No, i pazzi e gli incurabili finiscono sotto il mio coltello di silice, e quanto più sono ricchi e illustri, tanto più presto accorrono. La mia mano solleva gli uomini dal dolore, spartisce le eredità — terre, armenti, oro — la mia mano innalza i Faraoni al trono. Per questo essi mi temono, e nessuno osa sparlare di me, perché io conosco troppe cose. Ma ciò che accresce il sapere accresce pure il dolore, e io sono un uomo infelicissimo! ».

Ptahor piagnucolò un poco e si soffiò il naso nel sudario di Kipa.

« Tu sei povero ma onesto, Senmut! », singhiozzò. « Per questo io ti voglio bene, perché io sono ricco e marcio... marcio... Sono una manata di sterco di bue sulla strada ».

Si tolse il suo colletto ingioiellato e lo appese al collo di mio padre, poi insieme incominciarono a cantare canzoni di cui non capivo le parole, mentre Tutmosi invece le ascoltò pieno di interesse spiegandomi che neppure alla caserma aveva inteso canzoni così sboccate. Kipa incominciò a piangere forte in cucina. Uno dei Negri uscì dai cespugli di acacia, prese Ptahor tra le braccia con l'intenzione di trasportarlo di peso alla lettiga, poiché l'ora di coricarsi era passata da un pezzo; ma Ptahor incominciò a dibattersi lanciando invocazioni di aiuto e chiamando in suo soccorso i guardiani, giurando che il Negro voleva assassinarlo. In quanto a mio padre non poteva essere di nessun aiuto; io e Tutmosi allontanammo il servo a furia di bastonate finché questi si infuriò e scappò bestemmiando come un forsennato e portando con sé la lettiga e l'altro portatore.

Quindi Ptahor si versò addosso il boccale della birra, domandò dell'olio per ungersi il viso, e tentò di bagnarsi nello stagno. Tutmosi mi sussurrò all'orecchio che avremmo dovuto cercare di mettere a letto i due vecchi, ed ecco come successe che mio padre e il chirurgo cranico reale caddero addormentati sul letto di Kipa abbracciati strettamente l'uno all'altro e blaterando propositi di eterna amicizia reciproca.

Kipa pianse, si strappò i capelli, si cosparse di cenere tolta dalla buca del forno. Io ero torturato al pensiero di quel che avrebbero detto i vicini, poiché le urla e gli schiamazzi erano echeggiati in lungo e in largo per la notte tranquilla. Tutmosi tuttavia non si scompose, dato che in caserma e in casa di suo padre ne aveva vedute di peggio quando gli aurighi discorrevano dei vecchi tempi e delle spedizioni punitive in Siria e nella terra di Kush. Si sforzò di quietare Kipa, e dopo aver fatto sparire come meglio potemmo le tracce del festino, andammo a dormire anche noi. Il servo seguitava a russare sotto il sicomoro, e Tutmosi si stese nel mio letto accanto a me, mi passò un braccio intorno al collo e incominciò a discorrere di ragazze perché anche lui aveva bevuto. Io però trovai i suoi discorsi tediosi, poiché ero più giovane di lui di un paio d'anni, e ben presto mi addormentai.

Il mattino seguente per tempo venni svegliato da un fracasso e da un tramestìo provenienti dalla stanza da letto. Entrai e vidi mio padre profondamente addormentato: era ancora tutto vestito e il colletto di Ptahor gli cingeva tuttora il collo. Ptahor invece era seduto a terra; si teneva il capo tra le mani e seguitava a chiedere con voce dolente dove si trovava.

Io lo salutai rispettosamente e gli spiegai che era ancora nel quartiere del porto, nella casa di Senmut il medico. Questo lo acquietò; mi supplicò poi in nome di Ammon di dargli un po' di birra. Io gli feci notare che si era rovesciata addosso tutta la caraffa, come testimoniava la sua veste. Allora egli si alzò, si erse in tutta la sua dignità con un cipiglio aggrottato, e uscì.

Io gli versai acqua sulle mani ed egli inclinò con un gemito la testa calva ordinandomi di versargli acqua anche sul capo. Tutmosi, il quale si era svegliato a sua volta, gli portò una scodella di latte acido e un pesce salato. Dopo essersi rifocillato si rasserenò un poco. Si avvicinò al servo dormente sotto il sicomoro e incominciò a bastonarlo finché il poveraccio si svegliò e si alzò, con gli abiti macchiati d'erba e il viso sporco di terra.

« Miserabile farabutto! », urlò Ptahor picchiandolo di nuovo, « è così che badi agli affari del tuo padrone e gli reggi la torcia? Dov'è la mia portantina? Dov'è la mia veste pulita? E le mie bacche medicinali? Levamiti dai piedi, ladro, porco, miserabile! ».

« Io sono un ladro e il porco del mio signore », rispose mitemente il servo. « Che cosa mi comanda il mio signore? ».

Ptahor gli impartì alcuni ordini, e il servo si allontanò in cerca della portantina; quindi Ptahor si accomodò placidamente sotto il sicomoro, e, appoggiato al suo tronco, prese a recitare un poema in cui si parlava del mattino, di fiori di loto, di una regina che faceva il bagno nel fiume, e ci narrò poi molte cose che i ragazzi amano ascoltare. Nel frattempo Kipa si era svegliata, aveva acceso il fuoco ed era andata da mio padre. Si sentiva la sua voce sino in giardino, e quando mio padre comparve più tardi con una veste pulita aveva un aspetto veramente assai mogio.

« Tu hai un figlio bellissimo », gli disse Ptahor. « Ha il portamento di un principe e i suoi occhi sono dolci come quelli di una gazzella ». Per quanto io fossi molto giovane compresi che parlava così per farci dimenticare il suo comportamento della notte innanzi. Dopo un poco disse ancora: « Ha talento tuo figlio? Gli occhi della sua anima sono svegli come quelli del suo corpo? ».

Allora io e Tutmosi andammo a prendere le nostre tavolette.

Il chirurgo cranico reale, fissando distrattamente lo sguardo verso i più alti rami del sicomoro, ci dettò un poemetto che ricordo ancora, e che diceva:

> Rallegrati, o giovane, della tua giovinezza,
> Poiché le labbra della vecchiaia sono cosparse di cenere
> E il corpo imbalsamato non sorride
> Nelle tenebre della tomba.

Io feci del mio meglio; lo trascrissi dapprima in grafia ordinaria e poi in immagini. Per ultimo scrissi le parole « vecchiaia », « cenere », « corpo », « tomba », in tutti i modi in cui possono essere scritte, sia in sillabe che in lettere; quindi gli mostrai la mia tavoletta. Egli non trovò un solo errore e io compresi che mio padre era orgoglioso di me.

« E l'altro ragazzo? », disse Ptahor tendendo la mano. Tutmosi si era messo a sedere in disparte, a disegnare figurine sulla sua tavoletta, e prima di consegnargliela esitò, benché nei suoi occhi lucesse un guizzo d'allegria. Quando ci chinammo in avanti a osservare, vedemmo che egli aveva disegnato Ptahor che allacciava il suo colletto al collo di mio padre, poi Ptahor che si rovesciava addosso la birra, mentre nel terzo disegno egli e mio padre erano raffigurati in atto di cantare con le braccia attorno al collo l'uno dell'altro... Era un disegno così buffo che si capiva benissimo che tipo di canzone stessero cantando. Io avevo voglia di ridere, ma non osavo farlo per timore che Ptahor fosse in collera, poiché Tutmosi non lo aveva certo adulato; lo aveva rappresentato piccolo, calvo, con le gambe storte e panciuto come era in realtà.

Per molto tempo Ptahor non disse nulla, ma stette a fissare intensamente ora le pitture, ora Tutmosi. Tutmosi ne fu un poco spaventato e incominciò a ondeggiare nervosamente sulla punta dei piedi. Infine Ptahor disse: « Che cosa vuoi per i tuoi disegni, ragazzo? Te li compro ».

Tutmosi, rosso in viso, rispose: « La mia tavoletta non è in vendita. Potrei regalarla... a un amico ».

Ptahor rise.

« Bene! Siamo amici dunque, e la tavoletta è mia ».

La fissò attentamente ancora una volta, rise e improvvisamente la ruppe in cento pezzi contro una pietra. Trasalimmo tutti e Tutmosi lo supplicò di perdonarlo se lo aveva offeso.

« Sono forse sdegnato con l'acqua quando essa riflette la mia immagine? », replicò con dolcezza Ptahor. « Ora l'occhio e la mano dell'artefice sono più che acqua... poiché io comprendo adesso che aspetto avevo ieri e non desidero che altri lo vedano. Ho infranto la tavoletta, ma riconosco che tu sei un artista ».

Tutmosi si mise a saltare dalla gioia.

Ptahor si volse verso mio padre e indicandomi pronunciò con voce solenne l'antico giuramento del medico: « Intraprenderò la sua cura ».

Rivolgendosi quindi verso Tutmosi disse: « Farò quello che posso ». E avendo così riannodata la loro conversazione professionale, entrambi risero soddisfatti. Mio padre mi posò una mano sul capo e mi chiese: « Sinuhe, figliuolo mio; vuoi essere medico come me? ».

Gli occhi mi si riempirono di lagrime e mi sentii stringere così forte la gola che non mi fu possibile aprir bocca, ma feci col capo un segno di assenso. Mi guardai intorno e mi sentii invadere da una grande tenerezza per il giardino, per il sicomoro, per la vasca di pietra... come sentivo care al mio cuore tutte queste cose!

« Sinuhe, figlio mio », proseguì mio padre, « vuoi essere un medico più esperto di me, migliore di me... signore della vita e della morte, e tale che tutti, umili e potenti, possano affidarti le loro esistenze? ».

« Non come lui né come me! », interloquì Ptahor. Si era rizzato in piedi e un lampo d'astuzia gli scintillava negli occhi. « Un dottore vero, poiché costui è il più potente di tutti, dinanzi a lui lo stesso Faraone si presenta nudo, e il ricchissimo è per lui tutt'uno col miserabile ».

« Vorrei essere un vero dottore », dissi timidamente, dato che ero ancora un ragazzo, e non conoscevo nulla della vita e ignoravo che la vecchiezza cerca perennemente di riversare sulle spalle dei giovani i propri sogni e i propri disinganni.

Ma Ptahor mostrò a Tutmosi un cerchio d'oro che gli cingeva il polso e gli disse: « Leggi! ».

Tutmosi compitò i caratteri che vi erano incisi, quindi lesse a voce alta ma incerta: « Una coppa piena rallegra il mio cuore ». Non poté reprimere un sorriso.

« Non c'è nulla da ridere, impertinente! », disse Ptahor con voce grave. « Non ha niente che vedere col vino. Se vorrai essere un artista dovrai chiedere che la tua coppa sia piena, poiché soltanto nell'artista vero Ptah si rivela... Ptah il creatore, il costruttore. L'artista è più che una semplice pozza d'acqua riflettente l'immagine. L'arte, effettivamente, spesso non è altro che acqua adulatrice o specchio mentitore, ma l'artista è assai di più. Perciò, figliuolo, fa in modo che la tua coppa sia sempre colma, e non accontentarti di ciò che gli uomini ti dicono, ma affidati piuttosto ai tuoi occhi chiaroveggenti ».

Promise che presto sarei stato chiamato come allievo alla Casa della Vita e che avrebbe cercato di aiutare Tutmosi a entrare nella scuola d'arte del tempio di Ptah, se appena questo fosse stato possibile.

« Però, ragazzi », soggiunse, « ascoltate bene quello che dico e poi dimenticatelo subito, o dimenticate per lo meno che è stato il chirurgo cranico reale a dirvelo. Voi cadrete fra poco nelle mani dei sacerdoti; tu, Sinuhe, diventerai tale coll'andare del tempo. Sia io che tuo padre siamo stati entrambi iniziati al grado minimo, e nessuno può seguire la vocazione medica senza essere in tal modo iniziato. Quando sarete in mezzo a loro, siate guardinghi come sciacalli e astuti come serpenti affinché non vi acciechino e non vi mettano su una falsa strada. Ma esteriormente siate inoffensivi come colombe, poiché soltanto raggiunta la mèta un uomo può apparire quello che è. Ricordatevene! ».

Seguitammo poi a conversare finché non apparve il servo di Ptahor con una portantina da noleggio e con abiti nuovi per il suo padrone. Gli schiavi avevano impegnata la lettiga di Ptahor a un vicino bordello e stavano ancora dormendo laggiù. Ptahor ordinò al proprio servo di riscattare portantina e schiavi, si accomiatò da noi assicurando mio padre della sua amicizia e ritornò al quartiere elegante della città.

Il giorno seguente però inviò a Kipa in dono uno scarabeo sacro scolpito entro una pietra preziosa, e che avrebbe dovuto essere posato accanto al suo cuore, sotto il sudario, il giorno del suo seppellimento. Non avrebbe potuto dare a mia madre una gioia maggiore, ed ella gli perdonò ogni cosa e smise di fare la predica a mio padre Senmut sulla maledizione del vino.

LIBRO II

LA CASA DELLA VITA

I.

In quei giorni a Tebe tutta l'istruzione superiore era nelle mani dei sacerdoti di Ammon, e non era possibile prepararsi a un impiego importante senza un certificato rilasciato da essi. Come ognuno sa, le Case della Vita e della Morte sorgevano da tempi immemorabili entro le mura del tempio, come pure le scuole teologiche per i sacerdoti dei gradi superiori. È comprensibile che le facoltà di matematica e di astronomia fossero subordinate alla gerarchia sacerdotale, ma quando questa incamerò anche la istruzione giuridica e mercantile, nell'animo dei più intelligenti delle classi colte si diffuse un senso di sfiducia per il fatto che i sacerdoti si immischiavano in questioni che riguardavano unicamente il Faraone e il dipartimento delle tasse. Per dire il vero l'iniziazione non era indispensabile per entrare a far parte delle corporazioni dei mercanti e degli avvocati, ma poiché Ammon controllava almeno un quinto della terra d'Egitto, e perciò anche un quinto del suo commercio, coloro che aspiravano a divenire mercanti su vasta scala o ad entrare nell'amministrazione dello Stato ritenevano opportuno farsi accettare come idonei al più basso grado del sacerdozio e sottomettersi quali fedeli servi di Ammon.

Prima di poter mettere piede nella Casa della Vita dovetti superare l'esame di ammissione al grado minimo del sacerdozio nella facoltà di teologia. Per questo mi occorsero più di due anni, poiché al tempo stesso dovevo accompagnare mio padre nel suo giro di visite ai malati per acquistare attraverso la sua esperienza quel sapere che mi avrebbe giovato nella mia carriera futura. Abitavo in casa come prima, ma ogni giorno dovevo frequentare ora una lezione ora un'altra.

I candidati al grado minimo erano divisi in gruppi secondo la professione che avrebbero abbracciata in seguito. Noi, cioè coloro che avrebbero dovuto divenire discepoli della Casa della Vita, formavamo un gruppo a parte, ma tra i miei compagni non trovai nessun amico intimo. Avevo preso alla lettera il saggio consiglio di Ptahor e mi tenevo isolato dagli altri, pur obbedendo passivamente a ogni ordine e fingendo stupidità quando gli altri scherzavano o bestemmiavano come fanno i giovani. Vi erano tra noi i figli di specialisti di medicina i cui consigli e le cui cure erano pagati in oro. C'erano però anche i figliuoli di medici di campagna, solitamente più anziani di noialtri, già cresciuti, goffi, bruciati dal sole; costoro si sforzavano di dissimulare la loro timidezza e si applicavano con impegno allo studio. C'erano ragazzi delle classi inferiori che volevano elevarsi al disopra della professione e del livello sociale dei loro genitori, i quali avevano una sete naturale di sapere, ma erano trattati più severamente di chiunque altro, poiché i sacerdoti erano per istinto diffidenti di coloro che non si accontentavano delle antiche usanze.

La mia cautela mi fu di grande utilità, poiché ben presto mi accorsi che i sacerdoti avevano tra noi le loro spie e i loro sobillatori. Una parola avventata, un dubbio espresso a voce alta, uno scherzo tra amici arrivavano subito alle orecchie dei sacerdoti, e il colpevole veniva immediatamente interrogato e punito. Alcuni venivano bastonati, altri persino espulsi dalla Casa della Vita, che da quel momento si chiudeva alle loro spalle per sempre, non solo a Tebe ma in tutto l'Egitto.

La mia avidità nel leggere e nello scrivere mi procurò un notevole vantaggio sulla maggioranza dei miei compagni, compresi alcuni tra i più anziani. Mi consideravo maturo a entrare nella Casa della Vita, ma la mia iniziazione fu rimandata. Non avevo il coraggio di chiederne il motivo, poiché ciò sarebbe stato considerato una insubordinazione nei confronti di Ammon. Sciupavo vanamente il tempo nella ricopiatura dei Testi dei Morti, che venivano venduti nelle avancorti, e mi sentivo invadere ogni giorno più da un senso di ribellione e di abbattimento, per il fatto che già molti dei miei compagni meno dotati avevano incominciato i loro studi nella Casa della Vita. Tuttavia sotto la guida di mio padre dovevo acquistare basi più solide delle loro, e in seguito ho riflettuto che i sacerdoti di Ammon erano saggi. Essi leggevano dentro di me, notavano la mia insofferenza e la mia mancanza di fede, e per ciò mi misero a questa prova.

Finalmente mi fu detto che era giunto il mio turno di vegliare nel tempio. Vissi nelle stanze interne per una settimana, durante la quale mi fu vietato di abbandonare il recinto. Dovetti digiunare e purificarmi, e mio padre si affrettò a tagliarmi i capelli e ad invitare i vicini a solennizzare con un festino la mia maturità. Infatti da quel momento essendo ormai maturo alla iniziazione — per quanto semplice e priva di significato fosse in realtà la cerimonia — io sarei stato considerato pienamente adulto, superiore ai miei vicini e a tutti gli altri ragazzi della mia età.

Kipa si era fatta in quattro, ma per me le sue focacce di miele non ebbero sapore, e l'allegria e gli scherzi volgari dei vicini non mi divagarono per nulla. La sera, quando gli ospiti se ne furono andati, la mia malinconia contagiò anche Senmut e Kipa. Senmut prese a raccontarmi la verità intorno alla mia nascita, Kipa gli suggeriva quando la memoria gli veniva meno, e io fissavo l'imbarcazione di cannicci sopra il mio letto. I suoi sostegni anneriti e spezzati mi diedero una fitta al cuore. Nell'intero universo io non avevo né un padre né una madre veri, ma ero solo sotto le stelle, in una città immensa. Forse non ero che uno straniero miserabile nella terra di Kem, forse la mia origine era un segreto vergognoso...

Il cuore mi dolorava quando mi recai al tempio indossando la veste per l'iniziazione, che Kipa mi aveva cucita con tanta cura e tanto amore.

2.

Eravamo in venticinque tra giovani e ragazzi che ci preparavamo ad essere ricevuti nel tempio. Dopo che ci fummo bagnati nella vasca del tempio ci rasarono il capo e ci fecero indossare abiti rozzi. Il sacerdote che ci era stato dato come direttore non era meschinamente meticoloso come lo erano altri. La tradizione gli dava il diritto di sottoporci ad ogni sorta di cerimonie umilianti. Ma vi erano alcuni tra noi di alto rango e altri che già avevano superato l'esame di giurisprudenza: erano uomini adulti che entravano al servizio di Ammon soltanto per dare maggior sicurezza al loro avvenire. Costoro avevano portato con sé provviste in abbondanza e offrivano ai sacerdoti doni di vino; alcuni di essi arrivavano persino a fuggire di notte per andare nelle case di piacere, poiché l'iniziazione non aveva per loro alcun significato. Io servivo con cuore dolente e con l'animo pieno di amari pensieri, accontentandomi di un tozzo di pane e di una ciotola d'acqua — questo era il regime tradizionale dei novizi — e attendevo con un sentimento misto di speranza e di timore ciò che doveva accadere.

Ero allora tanto giovane che provavo un indicibile desiderio di fede. Si diceva che Ammon in persona apparisse al momento dell'iniziazione rivolgendosi singolarmente a ciascun candidato; quale gioia ineffabile sarebbe stata sentirsi liberati da se medesimi nella consapevolezza di un fine ultimo universale. Ma dinanzi al medico persino il Faraone si presenta nudo; sin da bambino avevo veduto la malattia e la morte al fianco di mio padre, il mio occhio era stato esercitato a una maggiore acutezza di quanta potevano possederne i fanciulli della mia età. Per un medico nulla deve essere troppo sacro, ed egli s'inchina solo dinanzi alla morte: questo, mio padre mi aveva insegnato, e per questo dubitavo, e ciò che avevo veduto nel tempio durante quei tre anni non aveva fatto che scavare un solco profondo nella mia incredulità.

Tuttavia speravo che dietro il velo, nella penombra del Santo dei Santi, avrei scoperto l'Ignoto, che Ammon mi sarebbe apparso e avrebbe portato pace al mio cuore. Di questo fantasticavo mentre vagavo tra gli intercolunni dove i laici avevano accesso. Studiavo le sacre immagini colorate e le iscrizioni che narravano degli stupendi doni riportati ad Ammon dai Faraoni come bottino di guerra. E lì incontrai una donna bellissima, la cui veste era di un lino così trasparente da lasciarne intravedere il seno e i lombi. Era alta e sottile, le sue labbra, le sue guance, le sue sopracciglia erano dipinte, ed ella mi guardò con audacia e curiosità.

« Come ti chiami, bel ragazzo? », mi chiese, mentre i suoi occhi indugiavano sulla breve mantella grigia che mi indicava come candidato all'iniziazione.

« Sinuhe », risposi confuso senza osare d'incontrare il suo sguardo; ma era così bella che sperai mi chiedesse di scortarla attraverso il tempio: queste richieste venivano spesso fatte ai novizi.

« Sinuhe », ripeté pensierosamente, squadrandomi. « Allora ti spaventerai facilmente e fuggirai ogniqualvolta ti sarà confidato un segreto ».

Questa allusione al Sinuhe della favola mi indispettì; tante volte mi avevano preso in giro a scuola per questo. Mi ersi nella persona e la fissai negli occhi, e il suo sguardo era così strano e limpido e scrutatore che mi sentii bruciare la faccia e mi parve che una fiamma mi percorresse per tutto il corpo.

« Perché dovrei temere? », protestai. « Un futuro medico non teme nessun segreto ».

« Ah », disse sorridendo, « il pulcino si è messo a pigolare ancor prima di aver rotto il guscio. Ma, dimmi, c'è fra i tuoi compagni un giovane di nome Metufer? È il figlio del mastro architetto del Faraone ».

Era stato Metufer a riempire il sacerdote di vino e a dargli un braccialetto d'oro come dono d'iniziazione. Provai un'acuta punta di sofferenza mentre le dicevo che lo conoscevo e mi offersi di andarlo a cercare. Ma ad un tratto mi venne in mente che forse poteva essere o una sua sorella o una parente; questo pensiero mi rallegrò e le sorrisi con audacia.

« Come posso andarlo a cercare, però, quando non so come ti chiami e non posso dirgli chi mi ha mandato? ».

« Lui lo sa », replicò la donna, percuotendo impazientemente il pavimento con il suo sandalo ingioiellato. Le osservai i piccoli piedi, mondi di polvere, e le bellissime unghie verniciate di un rosso vivo.

« Lui sa chi sono. Forse mi deve qualcosa, forse mio marito è in viaggio, e aspetto che Metufer venga a consolarmi del mio dolore ».

Mi sentii di nuovo stringere il cuore al pensiero che fosse sposata, ma risposi con vivacità: « Va bene, bella sconosciuta! Andrò a cercarlo e gli dirò che una donna più bella e più giovane della dea luna chiede di lui. Così saprà di chi si tratta, poiché chi ti abbia veduto una volta non potrà mai dimenticarti ».

Spaventato della mia stessa audacia feci per andarmene, ma ella mi afferrò per un braccio.

« Perché tanta fretta? Aspetta! Può darsi che tu ed io abbiamo qualcos'altro da dirci ».

Mi squadrò di nuovo finché mi sentii il cuore fondere in petto ed ebbi l'impressione che lo stomaco mi scivolasse in fondo alle ginocchia. Mi tese una mano carica di braccialetti e di anelli, mi toccò il capo e mi chiese con dolcezza: « Codesta bella testa non è fredda, rasata com'è da poco? ». Poi in un sussurro: « Dicevi la verità? Credi veramente che sono bella? Guarda più da vicino! ».

Io la guardai, e la sua veste era di lino regale, e ai miei occhi ella era bella, più bella di tutte le donne che avevo vedute, e in verità non faceva nulla per nascondere la sua bellezza. Io la guardai e dimenticai la ferita che avevo in cuore, dimenticai Ammon e la Casa della Vita. La sua vicinanza mi bruciava il corpo come fuoco.

« Tu non rispondi », disse tristemente, « e non hai bisogno di rispondere. A codesti tuoi splendidi occhi io devo sembrare una strega. Va dunque a prendere il giovane candidato Metufer, e sbarazzati di me ».

Ma io non potevo né lasciarla né parlare, benché sapessi che scherzava. Faceva buio tra gli enormi pilastri del tempio. Nei suoi occhi brillava una luce incerta, filtrante da qualche lontano traforo in pietra, e non c'era nessuno a vederci.

« Forse non occorre che tu vada a cercarlo ». Ora ella sorrideva. « Forse mi accontenterei che tu mi dessi gioia e prendessi il tuo piacere con me, poiché io non conosco nessun altro che possa farmi gioire ».

Improvvisamente allora ricordai quello che Kipa mi aveva detto delle donne che attirano i bei ragazzi; me ne rammentai così di colpo che arretrai di un passo.

« Non avevo ragione di immaginare che Sinuhe si sarebbe spaventato? ».

Mi si avvicinò di nuovo, ma io alzai la mano con un gesto di sgomento come per respingerla, mentre dicevo: « Capisco adesso che donna sei. Tuo marito è lontano, il tuo cuore è una trappola, il tuo corpo brucia peggio del fuoco ».

Ma benché parlassi così non potevo fuggire da lei.

Ella rimase sconcertata, ma seguitò a sorridere e si fece ancor più vicina a me.

« Tu credi questo? », mi chiese con dolcezza. « Ma non è vero! Il mio corpo non brucia affatto come il fuoco, anzi dicono che sia desiderabile. Prova tu stesso! ».

Prese la mia mano inerte e se la portò sul ventre. Io sentii la sua bellezza attraverso la stoffa sottile tanto che incominciai a tremare, e le mie guance presero ad ardere.

« Tu seguiti a non credermi », riprese con finta delusione. « Il mio vestito ti dà fastidio, ma aspetta... me lo toglierò ». Si strappò di dosso la veste e accostò la mia mano al suo seno nudo. Esso era morbido e fresco sotto il mio palmo.

« Vieni, Sinuhe », mormorò piano. « Vieni con me, e noi berremo vino e prenderemo il nostro piacere insieme ».

« Non posso lasciare il recinto del tempio », risposi spaventato e al tempo stesso vergognoso della mia codardia, ma la desideravo e la temevo come avrei potuto temere la morte. « Debbo conservarmi mondo sino a quando avrò ricevuto la mia consacrazione, altrimenti sarò scacciato dal tempio e non potrò mai più essere ammesso alla Casa della Vita. Abbi pietà di me! ».

Dissi questo pur sapendo che se me lo avesse domandato ancora una volta io l'avrei seguita. Ma ella era una donna di mondo e comprese la mia disperazione. Si guardò attorno pensierosa. Eravamo ancora soli, ma già un gruppo di persone si muoveva poso discosto, e una guida stava enumerando a voce alta le meraviglie del tempio ad alcuni visitatori, pretendendo però da loro altro danaro prima di mostrare nuove meraviglie.

« Sei un giovane molto timido, Sinuhe! », disse. « I ricchi e i potenti devono offrirmi oro prima che io li chiami a me, ma tu vuoi restare mondo ».

« Tu volevi che io ti chiamassi Metufer », dissi disperato. Sapevo che Metufer non avrebbe certo esitato a sgattaiolare fuori del tempio, una volta scesa la notte, benché fosse il suo turno di veglia. Egli poteva fare queste cose, perché suo padre era il mastro architetto del Faraone, ma io lo avrei ammazzato volentieri per ciò.

« Forse non ho più voglia che tu chiami Metufer », mi disse guardandomi negli occhi con aria maliziosa. « Forse desidero che ci separiamo da amici, Sinuhe. Per questo ti dirò il mio nome che è Nefernefernefer, poiché mi considerano bella e perché nessuno che abbia pronunciato una volta il mio nome può resistere a non ripeterlo indefinitamente, per sempre e per sempre. È anche usanza tra amici che si separano scambiarsi dei ricordi. Perciò voglio un dono da te ».

Mi sentii ancora una volta consapevole della mia povertà, poiché non avevo nulla da darle, non il più insignificante ornamento, non il più piccolo anello di rame... né d'altronde se li avessi avuti avrei potuto offrirle oggetti tanto meschini. Ne provai una così amara vergogna che chinai il capo, incapace di proferire parola.

« Allora offrimi un dono che ravvivi il mio cuore », disse, e mi alzò il mento con un dito e avvicinò il suo volto al mio. Quando compresi ciò che ella voleva, sfiorai con le mie le sue morbide labbra. Ella sospirò lievemente.

« Grazie. È stato un dono bellissimo, Sinuhe; non lo dimenticherò. Però tu devi essere uno straniero proveniente da un lontano paese se ancora non hai imparato a baciare: altrimenti come è possibile che le ragazze di Tebe non ti abbiano insegnato, pur essendo i tuoi capelli già recisi in segno di virilità? ».

Ella si tolse dal pollice un anello d'oro e d'argento, nel quale era incastonata una grossa pietra, priva di ogni iscrizione, e me lo infilò al dito.

« Anch'io ti do un regalo, Sinuhe, affinché tu non abbia a dimenticarmi. Quando sarai stato iniziato e sarai entrato nella Casa della Vita potrai far incidere su questa pietra il tuo sigillo, come fanno gli uomini ricchi e che hanno raggiunto una posizione; ma ricordati che questa pietra è verde perché il mio nome è Nefernefernefer, e perché dicono che i miei occhi sono verdi come le acque del Nilo nell'arsura dell'estate ».

« Non posso accettare il tuo anello, Nefer », e ripetei "nefernefer", e la ripetizione di quel nome mi diede un'indicibile gioia. « Ma io non ti dimenticherò ».

« Sciocco! Tieni l'anello dal momento che sono io che lo voglio. Tienilo per un mio capriccio e per l'interesse che esso mi frutterà un giorno ».

Mi agitò in viso il suo dito sottile, e i suoi occhi ridevano mentre ella mi diceva: « E ricordati di tenerti lontano dalle donne il cui corpo brucia peggio del fuoco! ».

Si volse per andare, proibendomi di seguirla. Attraverso la porta del tempio la vidi salire in una portantina scolpita e ornata di rilievi che l'attendeva nel cortile. Un battitore corse innanzi urlando di dar strada, e la gente si fece da parte bisbigliando e seguendola con lo sguardo. Quando ella fu scomparsa, mi sentii invadere da un vuoto spaventoso come se fossi precipitato a capofitto in un cupo abisso.

Alcuni giorni dopo Metufer mi notò al dito l'anello; mi afferrò la mano con fare sospettoso e lo fissò sbalordito.

« Per tutti i quaranta santi babbuini di Osiride! Nefernefernefer, eh? Non me lo sarei mai immaginato ». E mi fissò con una specie di rispetto, sebbene il sacerdote mi avesse messo a pulire i pavimenti e ad eseguire gli uffici più servili perché non avevo avuto l'intelligenza di offrirgli un dono.

Da quel momento concepii per Metufer e per quello che mi aveva detto un odio così intenso quale solo un giovane può provare. Tuttavia non mi sarei mai piegato a interrogarlo intorno a Nefer per quanto lo desiderassi ardentemente. Nascondevo il mio segreto nel cuore, poiché una menzogna è assai più bella della verità e un sogno più puro di ogni contatto terrestre. Contemplavo la verde pietra che mi ornava il dito, rammentando i suoi occhi e il suo fresco seno, e avevo ancora l'impressione di sentire sulle mie mani il profumo dei suoi unguenti. La tenevo stretta a me, e le sue morbide labbra ancora una volta sfioravano le mie... misera consolazione, poiché ormai Ammon mi si era rivelato e la mia fede era svanita.

Quando pensavo a lei sussurravo con le guance in fiamme: "O mia sorella!", e quelle parole erano una carezza alle mie orecchie, poiché da età immemorabile il loro significato è stato e per me sarà: "O mia adorata".

3.

Ma dirò come Ammon mi si rivelò.

La quarta notte fu la mia volta di vegliare sopra la pace di Ammon. Eravamo in sette giovani: io, Mata, Mosè, Bek, Sinufer, Nefru, Ahmose. Di essi, Mosè e Bek, perché candidati come me alla Casa della Vita, li conoscevo, ma non gli altri.

Il digiuno e l'attesa mi avevano indebolito. Eravamo in una disposizione d'animo solenne e camminavamo compunti dietro il sacerdote — possa il suo nome perire nell'oblìo — mentre egli ci guidava verso la parte cintata del tempio. La nave di Ammon era salpata oltre le colline d'occidente. I guardiani avevano suonato i loro corni d'argento, e i cancelli del tempio erano stati chiusi: ma il sacerdote che ci guidava aveva consumato un ottimo pasto di carne dei sacrifici e frutta e focacce dolci; il grasso gli sgocciolava dal viso, e le sue guance erano arrossate dal vino. Ridendo tra sé egli sollevò il velo e ci lasciò guardare entro il Santo dei Santi. Nella sua alcova, intagliata in un unico enorme blocco di pietra, stava Ammon. I gioielli della sua tiara e del suo collare lucevano verdi rossi turchini come vivi occhi alla luce delle lampade sacre. Quando fosse giunto il mattino, sotto la guida del sacerdote, noi avremmo dovuto ungerlo e vestirlo di fresco poiché ogni mattino egli richiedeva una nuova veste. Io lo avevo già veduto una volta durante la Festa di Primavera quando era portato nell'avancorte nella sua aurea barca e tutto il popolo si prostrava innanzi a lui, e, quando il fiume era salito al suo colmo, lo avevo veduto veleggiare sul lago sacro nella sua nave di legno di cedro. Ma allora come novizio di grado inferiore lo avevo scorto solo di sfuggita e da lontano. Mai come ora la sua rossa veste aveva causato in me un'impressione tanto violenta, così sotto la luce della lampada, nel silenzio inviolato del sacrario. Soltanto gli dèi e i Faraoni vestivano di rosso. E mentre contemplavo il suo volto alzato, ebbi la sensazione che le lastre di pietra del suo piedestallo posassero sul mio petto per soffocarmi.

« Vegliate e pregate contro il male », disse il sacerdote aggrappandosi all'orlo della tenda, poiché era malfermo sulle gambe. « Può darsi che egli vi chiami. È suo costume rivelarsi al postulante, chiamando per nome e parlando a coloro che egli ritiene degni ».

Fece in fretta i segni santi, bofonchiò il divino nome di Ammon e rimise a posto il velo senza neppure darsi la pena di inginocchiarsi e di tendere le mani a livello del ginocchio.

Se ne andò, lasciandoci soli nelle tenebre dell'antistanza interna, il cui pavimento di pietra raggelava i nostri piedi nudi. Ma quando il sacerdote se ne fu andato. Mosè tirò fuori una lampada da sotto la sua mantella, mentre Ahmose avanzò a sangue freddo nel santuario riportandone una scintilla sacra con cui accese la lampada.

« Saremmo degli imbecilli a sedere al buio », disse Mosè. E

tutti ci sentimmo più sicuri, sebbene credo che nessuno di noi fosse senza timore. Ahmose fece girare attorno pane e carne; Mata e Nefru incominciarono a giocare a dadi sui lastroni di pietra, urlando così forte il punteggio da risvegliare tutti gli echi della volta. Dopo aver mangiato, Ahmose si avvolse nella sua mantella, e, dopo aver bestemmiato alquanto sulla durezza del pavimento, si sdraiò giù a dormire; poco dopo anche Sinufer e Nefru si distesero accanto a lui in cerca di calore.

Ma io ero giovane e vegliavo, benché sapessi che il sacerdote aveva ricevuto in dono una giara di vino da Metufer, che egli aveva invitato nella propria stanza insieme a un paio d'altri candidati di riguardo, e perciò non sarebbe venuto a coglierci di sorpresa. Vegliavo, benché sapessi dai racconti fattimi da altri che era abitudine dei futuri iniziati trascorrere la loro vigilia mangiando, giocando e bevendo.

La mia notte fu lunga. Mentre gli altri dormivano mi sentivo invadere da aneliti di devozione, e pensavo che mi ero mantenuto puro e avevo digiunato e obbedito a tutti i comandamenti affinché Ammon mi si rivelasse. Ripetevo i suoi santi nomi e ascoltavo ogni fruscìo con i sensi tesi; ma il tempio era vuoto e freddo. All'approssimarsi del mattino il velo del santuario si mosse sotto l'impulso della brezza, ma null'altro accadde. Quando l'alba incominciò ad avanzare strisciando nel vestibolo, io spensi la lampada col cuore greve e svegliai i miei compagni.

I soldati diedero fiato ai loro corni. Sulle mura si svolse il cambio della guardia, e dalle avancorti giunse un mormorìo come di acque fluenti lontano. Ci rendemmo conto che si era iniziato il giorno con le sue opere. Alla fine il sacerdote entrò di gran fretta e Metufer con lui, con mia sorpresa. Dalle loro persone giungeva a zaffate un forte odore di vino; camminavano sotto braccio, e il sacerdote faceva dondolare nella mano le chiavi dei sacri reliquiari. Aiutato da Metufer borbottò con voce inarticolata le sante formule prima di salutarci.

« Postulanti Mata, Mosè, Bek, Sinufer, Nefru, Ahmose, Sinuhe! Avete vegliato e pregato come vi è stato comandato affinché possiate essere accetti all'Altissimo? ».

« Abbiamo vegliato e pregato », rispondemmo all'unisono.

« Ammon si è rivelato a voi secondo la sua parola? ».

Il prete ruttò, e i suoi occhi errarono su di noi con sguardo incerto. Ci guardammo l'un l'altro di soppiatto ed esitammo; infine Mosè balbettò: « Egli si è rivelato ». L'uno dopo l'altro i miei compagni ripeterono: « Egli si è rivelato ». Per ultimo Ahmose dichiarò con voce ferma e riverente: « Certissimamente egli si è rivelato ». Fissò dritto negli occhi il sacerdote, ma io non dissi nulla. Mi sembrava che una mano mi strizzasse il cuore, perché alle mie orecchie le parole dei miei compagni suonavano blasfeme.

Metufer disse sfacciatamente: « Anch'io ho vegliato e pregato per rendermi degno dell'iniziazione, poiché nella prossima notte ho altro da fare che non indugiare qui: e anche a me Ammon è apparso, come il sacerdote può testimoniare: mi si è presentato sotto forma di un'immensa giara di vino, e mi ha parlato di molti argomenti sacri che non è conveniente io vi ripeta; ma le sue parole furono per me rinfrescanti come vino cosicché io ero assetato di udirne ancora e altre ancora, fino all'alba ».

Allora Mosè raccolse il coraggio e disse: « A me è apparso nelle sembianze del suo figliuolo Horo, si è posato sopra la mia spalla come un falco e mi ha detto: "Benedetto sia tu, Mosè, e tutta la tua famiglia e tutte le tue azioni; che tu possa andare ad abitare in una casa di due cancelli e avere il comando di molti servi" ».

Ora anche gli altri si affrettarono a ripetere ciò che Ammon aveva detto loro; parlavano con vivacità, parecchi in una volta, mentre il prete li ascoltava e annuiva e rideva. Non so se parlassero di quello che avevano sognato o se invece mentivano. Io so soltanto che ero rimasto in disparte e tacevo.

Infine il sacerdote si rivolse a me, corrugò le sue sopracciglia rasate e mi chiese in tono severo: « E tu, Sinuhe? Non sei degno? Ammon non ti si è presentato sotto nessuna forma? Non l'hai tu veduto nemmeno nelle sembianze di un topolino? Poiché egli si manifesta sotto molti aspetti ».

Il mio ingresso nella Casa della Vita era in gioco. Perciò io raccolsi tutto il mio coraggio e risposi: « All'alba ho veduto il santo velo del sacrario muoversi un poco, ma non ho veduto altro, e Ammon non mi ha parlato ».

Allora tutti scoppiarono a ridere; Metufer sghignazzò, si batté le ginocchia e disse al sacerdote: « È un semplicione ». Poi tirandolo per la manica sozza di vino gli bisbigliò qualcosa all'orecchio, sempre tenendomi gli occhi addosso.

Il sacerdote mi fissò di nuovo severamente e disse: « Se non hai udita la voce di Ammon non puoi essere iniziato. Ciononostante troveremo di meglio, poiché credo che tu sia un giovane diligente e pieno di onesti propositi ».

Dopo aver detto questo, scomparve nel Santo dei Santi, e Metufer mi si avvicinò. Come vide la mia faccia spaventata mi sorrise amichevolmente e mi disse: « Non aver timore! ».

Un attimo dopo tutti quanti trasalimmo, poiché attraverso le tenebre del vestibolo giunse il raglio di una voce innaturale, dissimile da ogni altra voce umana. Sembrava provenire da ogni parte contemporaneamente: dal soffitto, dalle pareti, tra i pilastri... e ci guardammo attorno per scoprire donde venisse.

« Sinuhe, Sinuhe, poltrone, dove sei? Vieni subito a inginocchiarti davanti a me perché ho poco tempo e non posso gingillarmi qui tutto il giorno per causa tua ».

Metufer spostò il velo del santuario e sospingendomi innanzi mi afferrò per la nuca e mi fece piegare sino a terra nell'atteggiamento di saluto che viene reso soltanto agli dèi e ai Faraoni. Ma io rialzai immediatamente il capo e vidi che il Santo dei Santi era inondato di luce.

Dalla bocca di Ammon giunse una voce che diceva:

« Sinuhe, Sinuhe, maiale, babbuino! Eri ubriaco e addormentato quando io ti ho chiamato? Veramente bisognerebbe tuffarti in una cava di calce e farti mangiare fango per il resto dei tuoi giorni; tuttavia per riguardo alla tua giovinezza avrò pietà di te, nonostante la tua idiozia, la tua luridezza, la tua pigrizia. Ho compassione di coloro che credono in me, mentre tutti gli altri saranno gettati nell'abisso del Regno della Morte ».

La voce proferì molte altre cose, con urli, insulti, maledizioni. Ma non ricordo più nulla, né desidero ricordare, tanta fu l'umiliazione e l'amarezza del mio spirito. Poiché mentre ascoltavo riconobbi, nonostante le sue ripercussioni irreali, la voce del sacerdote, e questa scoperta mi scandalizzò e mi inorridì talmente che non fui più in grado di prestarvi orecchio. Anche dopo che la voce si era taciuta rimasi disteso davanti alla statua di Ammon finché il sacerdote mi si avvicinò e mi buttò da un lato con un calcio. I miei compagni si affrettarono a recare incenso, unguenti, cosmetici e rosse vesti.

Ciascuno di noi aveva un compito prefissato, e, rammentandomi del mio, uscii nell'avancorte a prendere un recipiente d'acqua sacra e gli asciugamani consacrati per lavare la faccia, le mani e i piedi del dio. Quando tornai, vidi il prete che sputava sulla faccia di Ammon e poi la fregava con la sua manica sudicia. Quindi Mosè e Nefru dipinsero le sue labbra, le sue guance e le sue sopracciglia. Metufer lo unse, e con fare scherzoso strofinò la sua faccia e quella del sacerdote con olio santo. Infine la statua fu svestita per essere lavata e asciugata come se si fosse insozzata e poi le legammo intorno una gonna rossa pieghettata e un grembiule, gettammo un mantello sulle sue spalle, e nelle maniche infilammo le braccia del dio.

Fatto tutto ciò, il sacerdote raccolse gli indumenti smessi e si incaricò dell'acqua e degli asciugamani. Tutte queste cose dovevano essere spartite e vendute nell'avancorte ai ricchi viaggiatori, mentre l'acqua veniva distribuita come rimedio contro le malattie della pelle. Poi fummo liberi di uscire nel sole del cortile, dove io vomitai.

Avevo il cervello e il cuore vuoti come il ventre, poiché non credevo ormai più agli dèi. Ma come la settimana fu trascorsa, mi unsero il capo di olio, e dopo che ebbi pronunciato il giuramento sacerdotale mi rilasciarono un certificato. Su questo documento era impresso il grande suggello del tempio di Ammon ed era scritto il mio nome, ed esso mi dava il diritto di entrare nella Casa della Vita.

Così vi entrammo, Mosè, Bek e io. Il suo cancello ci fu aperto e il mio nome registrato nel Libro della Vita, come prima del mio vi era stato registrato il nome di mio padre Senmut, e prima del suo il nome di suo padre. Ma io avevo perduto la mia felicità.

4.

Nella Casa della Vita, la quale faceva parte del grande tempio di Ammon, l'insegnamento era nominalmente controllato dai medici di corte, ciascuno per il proprio ramo. Noi però li vedevamo di rado, poiché la loro clientela era vasta, i ricchi offrivano loro doni costosi, ed essi abitavano in dimore spaziose al di fuori della città. Ma quando si presentava alla Casa della Vita un paziente la cui malattia lasciava perplessi i medici comuni, o se questi non si arrischiavano a intraprenderne la cura, soleva venire un medico di corte a curarlo e a dimostrare le sue capacità a coloro che si stavano specializzando nel suo ramo. In tal modo anche i più poveri malati potevano godere i benefici delle cure di un medico reale, a maggior gloria di Ammon.

Il periodo di addestramento era lungo anche per i più dotati. Dovevamo seguire un corso di medicamenti e di pozioni, apprendere i nomi e le proprietà delle erbe, e le stagioni e le ore in cui queste dovevano essere raccolte, e dovevamo pure essiccarle e farne degli estratti, poiché al bisogno un medico deve essere capace di prepararsi da sé i propri rimedi. Molti di noi brontolavano per questo, non comprendendone l'utilità, poiché bastava scrivere una prescrizione per ottenere dalla Casa della Vita tutti i rimedi conosciuti, già correttamente mescolati e misurati. Più tardi però questa conoscenza mi doveva essere di grande vantaggio, come dimostrerò.

Dovevamo imparare i nomi delle diverse parti del corpo, nonché le funzioni e gli scopi di ogni organo umano. Apprendevamo a maneggiare lo scalpello e il forcipe, ma soprattutto dovevamo abituare le nostre mani a riconoscere la malattia sia attraverso gli orifizi naturali del corpo sia attraverso la pelle, come pure dagli occhi dovevamo scoprire la natura di un disturbo. Dovevamo essere in grado di liberare una donna dal travaglio del parto quando l'aiuto della levatrice si rivelava insufficiente. Dovevamo saper stimolare o alleviare la sofferenza a seconda del bisogno, e imparare a distinguere tra i mali di poco rilievo e quelli gravi, tra i malanni di origine fisica e quelli di origine mentale. Dovevamo apprendere a sceverare la verità dall'errore nelle descrizioni dei pazienti, e sapere quali domande porre, al fine di ottenere un quadro esatto dell'indisposizione.

Questo lungo periodo di prova fu seguito dal giorno in cui — dopo una cerimonia purificatrice — io fui rivestito di un abito bianco e iniziai il mio lavoro nella sala di visite, dove appresi a estirpare denti dalle mascelle di uomini forti, a medicare ferite, a incidere ascessi, a racconciare arti fratturati. Nulla di tutto ciò mi era nuovo; grazie agli ammaestramenti di mio padre feci subito molti progressi e fui promosso alla sorveglianza e all'istruzione dei miei compagni. A volte ricevevo i doni che si offrono solitamente ai dottori, e feci incidere il mio nome sulla pietra verde che Nefernefernefer mi aveva regalata, cosicché fui in grado di apporre il mio sigillo sotto le mie prescrizioni.

Fui incaricato di compiti sempre più estenuanti. Ero mandato di turno nelle stanze dove giacevano i malati incurabili e servivo i medici di fama durante i loro trattamenti e le loro operazioni, nelle quali su un malato che si salvava dieci morivano. Appresi che un medico non ha più orrore della morte, mentre per un ammalato essa viene spesso come un'amica pietosa, tanto che il volto dei sofferenti si distende spesso dopo la liberazione in un'espressione di serenità assai più grande che non durante tutta la loro vita di travaglio.

Tuttavia io mi sentivo cieco e sordo, finché il giorno del risveglio mi colse all'improvviso come durante la mia fanciullezza, in cui immagini, parole e lettere erano per me subitamente balzate alla vita. Ancora una volta i miei occhi si aprirono, e io mi destai come da un sogno: il mio spirito si gonfiò di gioia perché io mi chiesi: "Perché?". La paventata chiave di ogni vera conoscenza è perché?". Essa è più potente della verga di Thoth, ha più forza delle iscrizioni scolpite nella pietra. Accadde così: venne da me una donna che non aveva mai avuto figli e che si credeva sterile, poiché aveva già quarant'anni; ma il suo flusso mensile si era interrotto, ed ella si sentiva inquieta. Era perciò venuta alla Casa della Vita perché temeva che uno spirito maligno si fosse impossessato di lei e le avesse avvelenato il corpo. Come è prescritto in questi casi, io seminai in un po' di terra alcuni chicchi di grano, inaffiandone metà con acqua del Nilo e l'altra metà con orina della donna. Esposi quindi l'umo al calore del sole e ordinai alla donna di ritornare entro due giorni. Quando questa tornò, i chicchi erano germogliati; quelli inaffiati con acqua del Nilo erano rimasti piccoli mentre gli altri germogli si erano fatti verdi e forti.

Ciò che gli antichi avevano scritto era vero, io dissi alla donna meravigliata: « Rallegrati poiché Ammon, il santo, nella sua grazia ha benedetto il tuo ventre e tu partorirai una creatura come altre donne privilegiate ».

La poveretta pianse di gioia e si tolse dal polso un cerchietto d'argento del peso di due deben (1) poiché da molto tempo ella aveva perduto ogni speranza di fecondità, e quando si fu persuasa mi chiese: « Sarà un maschio? », ritenendomi onnisciente. Io mi feci coraggio, la fissai negli occhi, e risposi: « Sarà un maschio ». Ciò perché le probabilità erano uguali e in quel tempo la mia sorte al gioco era fortunata. La gioia della donna crebbe ancor più, ed ella si tolse dall'altro polso un secondo braccialetto, del peso di due deben.

Ma quando se ne fu andata io mi domandai come fosse possibile che un chicco di grano sapesse ciò che nessun dottore aveva mai potuto scoprire, e lo sapesse prima ancora che l'occhio riuscisse a notare i sintomi della gravidanza. Raccogliendo tutto il mio coraggio lo domandai al mio maestro, ma questi si limitò a guardarmi come se fossi semideficiente e disse: « È scritto così ». Ma questa non era una risposta.

Di nuovo mi feci coraggio e mi rivolsi per una spiegazione all'ostetrico di corte nella Casa della Maternità. Costui mi rispose: « Ammon è il capo di tutti gli dèi. Il suo occhio vede il ventre che riceve il seme; se egli permette la germinazione, perché non dovrebbe permettere pure al grano di germogliare quando esso sia abbeverato dell'acqua del corpo di una donna pregna? ».

E anch'egli mi guardò come se non fossi in pieno possesso delle mie facoltà mentali, ma neppure la sua era una risposta.

Allora i miei occhi si aprirono, e io compresi che i medici della Casa della Vita conoscevano le scritture e le tradizioni, ma null'altro. Se domandavo perché una ferita suppurata doveva essere

(1) Un *deben* pesa a un dipresso tre once e un quarto.

bruciata mentre una ferita semplice bastava medicarla e fasciarla, e perché gli ascessi si curano con muffa e ragnatele, essi si limitavano a rispondermi: « È sempre stato così ». Allo stesso modo un chirurgo sapeva eseguire le centottantadue operazioni e incisioni prescritte, e sapeva eseguirle secondo la propria esperienza o perizia, bene o male, rapidamente o lentamente, più o meno dolorosamente, ma di più non sapeva fare, perché queste soltanto sono descritte e illustrate nei libri, e null'altro è mai stato fatto.

Vi erano alcuni casi in cui il paziente diventava pallido e magro, sebbene il medico non riscontrasse in lui alcuna malattia o lesione; era possibile rinvigorirlo e guarirlo con un regime di fegato crudo tolto agli animali degli olocausti, e che si comprava a caro prezzo, ma non bisognava assolutamente chiedere il perché. Alcuni soffrivano di dolori al ventre, e le loro mani e i loro piedi bruciavano. Si somministravano loro purganti e narcotici; alcuni guarivano, altri morivano, ma nessun medico poteva dire in precedenza quali sarebbero vissuti e a quali altri il ventre si sarebbe gonfiato tanto da morirne. Nessuno sapeva perché questo avveniva, e nessuno poteva tentare di saperlo.

Ben presto mi accorsi che ponevo troppe domande, perché la gente incominciò a guardarmi di traverso, e coloro che erano venuti dopo di me passarono a un grado gerarchico superiore al mio. Allora io mi spogliai della mia veste bianca, mi mondai, e lasciai la Casa della Vita portando con me soltanto due cerchi d'argento che fra tutti e due pesavano appena quattro deben.

5.

Come ebbi lasciato il tempio — il che non avveniva da anni — mi avvidi che, mentre io avevo lavorato e studiato, Tebe si era trasformata. Lo notai mentre mi avviavo lungo il Viale degli Arieti e attraverso i mercati. Dappertutto c'era inquietudine: il vestire della gente si era fatto più elaborato e costoso, tanto che non era più possibile distinguere gli uomini dalle donne dalle loro parrucche e dalle loro gonne pieghettate. Dalle botteghe dei vinai e dalle case di piacere giungeva la stridula musica siriana; accenti stranieri risuonavano nelle strade dove Siriani e Negri facoltosi camminavano imperturbabili a spalla a spalla con gli Egiziani. La ricchezza e la potenza dell'Egitto erano immensurabili; da secoli non un solo nemico era penetrato nelle sue città, ed erano giunti all'età matura uomini che non avevano mai conosciuto guerre. Ma non posso dire se la gente fosse più felice per questo motivo, poiché i loro occhi erano irrequieti, i loro movimenti frettolosi, e sembrava che tutti stessero aspettando con impazienza qualche fatto nuovo senza potersi accontentare del giorno che passava.

Camminavo solo lungo le strade di Tebe con il cuore greve e gonfio di ribellione. Rientrando nella mia casa mi accorsi che mio padre Senmut era invecchiato; la sua schiena si era curvata, ed egli non sapeva più distinguere i segni scritti. Anche mia madre Kipa si era fatta vecchia; ansimava a ogni movimento e non faceva che parlare della sua tomba, perché con i suoi risparmi mio padre aveva acquistato un sepolcro nella Città dei Morti sulla sponda occidentale del fiume. Io lo avevo veduto: era un sepolcro molto bello, costruito con mattoni di fango, sulle cui pareti correvano le iscrizioni e le figurazioni consuete, e tutt'attorno c'erano centinaia e migliaia di tombe simili, che i preti di Ammon vendevano a caro prezzo alla gente onesta e risparmiatrice: il prezzo dell'immortalità. Io avevo vergato un libro dei morti che doveva essere deposto nella loro tomba affinché essi non si smarrissero durante il lungo viaggio: era un bel libro, scritto abbastanza bene, benché non fosse adorno di immagini colorate come quelle che si vendevano nella corte dei libri del tempio di Ammon.

Mia madre mi rifocillò, e mio padre si informò dei miei studi, ma oltre a questo non trovammo nulla da dirci; la casa mi era divenuta estranea, come estranea mi era la strada e la gente che camminava in essa. Il cuore mi si fece sempre più pesante, finché a un tratto mi rammentai del tempio di Ptah, e di Tutmosi che era stato mio amico e che doveva diventare un artista. Riflettei: ho in tasca quattro deben d'argento; andrò a cercare il mio amico Tutmosi, così faremo festa insieme e ci rallegreremo con vino, poiché io non so trovare una risposta alle mie domande.

Così mi congedai dai miei genitori, dicendo che dovevo tornare alla Casa della Vita, e poco dopo il tramonto mi trovai davanti al tempio di Ptah. Dopo essermi informato dal portiere della scuola d'arte, entrai e chiesi dello studente Tutmosi; soltanto allora appresi che ne era stato espulso da molto tempo. Non appena pronunciai il suo nome, gli studenti sputarono per terra dinanzi a me perché il maestro era presente, ma non appena questi ebbe voltata la schiena mi consigliarono di andare a una taverna detta la Giara Siriana.

Trovai questo posto; era situato tra il quartiere povero e il ricco, e recava sulla porta un'iscrizione in lode del vino proveniente dalla vigna di Ammon nonché di quello scaricato dal porto. Nell'interno, alcuni artisti accovacciati sul pavimento erano intenti a disegnare, mentre un vecchio sedeva, in triste contemplazione della ciotola vuota che aveva dinanzi a sé.

« Sinuhe, per tutte le ruote dei vasai! », gridò qualcuno levandosi a salutarmi con le mani alzate in gesto di meraviglia. Riconobbi immediatamente Tutmosi, anche se la sua mantella era sudicia e gualcita e per quanto i suoi occhi fossero iniettati di sangue e una grossa bozza gli deturpasse la fronte. Si era fatto più maturo e più magro, e gli angoli della sua bocca erano solcati di rughe, ma gli occhi conservavano sempre quel loro scintillìo gaio, sfacciato, irresistibile, ed egli si sporse innanzi finché le nostre guance si toccarono. Compresi allora che eravamo rimasti amici.

« Ho il cuore grosso », gli dissi. « Tutto è vanità, ed io ti ho cercato affinché possiamo rallegrare i nostri cuori nel vino... poiché nessuno mi risponde quando io chiedo perché ».

Tutmosi sollevò il suo grembiule per mostrarmi che mancava dei mezzi per acquistare del vino.

« Reco ai polsi quattro deben d'argento », dissi con orgoglio. Tutmosi allora accennò col dito al mio capo che era ancora raso perché volevo che la gente sapesse che ero un sacerdote del primo grado: era la sola cosa di cui potevo andare orgoglioso. Ma adesso ero seccato di non essermi lasciato crescere i capelli, e risposi spazientito: « Sono un medico, non un prete. Mi par di leggere sopra la porta che si può far venire vino dal porto; proviamo dunque se è buono ».

Tutmosi ordinò vino miscelato, e uno schiavo venne a versarci acqua sulle mani e ci pose dinanzi, su un tavolo basso, semi di loto arrostiti. Il padrone in persona ci portò i calici gaiamente colorati. Tutmosi alzò il suo, versò una goccia a terra, e disse: « Per il divino Vasaio! Possa la peste distruggere la scuola d'arte e i suoi maestri! ». E snocciolò i nomi di quelli che maggiormente odiava. Io pure alzai il mio calice e lasciai cadere una goccia a terra.

« In nome di Ammon! Possa la sua barca far acqua per tutta l'eternità, possano le pance dei suoi preti spaccarsi, e possa la pestilenza annientare gli ignoranti maestri della Casa della Vita! ». Ma dissi questo a bassa voce e mi guardai in giro per timore che un estraneo potesse udire le mie parole.

« Non aver paura », mi disse Tutmosi. « Ad Ammon gli han tirato le orecchie tante di quelle volte in questa taverna, che si sono stancate di origliare... e del resto tutti noi qua dentro siamo ormai perduti. Non riuscirei neppure a trovare un tozzo di pane o un sorso di birra se non mi fosse venuta l'idea di disegnare libri di figure per i figliuoli dei ricchi ». Mi mostrò il rotolo al quale stava lavorando quando io ero entrato. Non mi potei trattenere dal ridere poiché egli vi aveva disegnato una fortezza difesa da un gatto terrorizzato e tremebondo contro un'orda di topi, nonché un ippopotamo che cantava sulla cima di un albero mentre una colomba arrancava faticosamente sul tronco con l'aiuto di una scala a piuoli.

C'era un sorriso negli occhi bruni di Tutmosi, ma questo svanì com'egli srotolò nuovamente il papiro rivelando il ritratto di un piccolo prete calvo che trascinava al tempio per una fune, come un animale al sacrificio, un grosso Faraone. Poi mi mostrò ancora un Faraone piccino che si inchinava davanti a una enorme statua di Ammon. A un mio sguardo interrogativo annuì.

« Vedi? Anche gli adulti ridono delle mie figure, perché le credono molto buffe. È ridicolo che un topo attacchi un gatto o che un prete trascini un Faraone; ma quelli che sanno incominciano a riflettere a un sacco di cose. Per ciò non mancherò né di pane né di birra... fino a quando i sacerdoti non mi avranno bastonato a morte per le strade. Queste cose sono già accadute ».

« Beviamo », dissi, e bevemmo infatti, ma il mio cuore non ne fu rallegrato. Poco dopo posi anche a lui la domanda: « È errato chiedere perché? ».

« Certamente è un errore, poiché colui che presume di chiedere "perché" non può trovare né pace né riposo nella terra di Kem. Tutto deve essere come è sempre stato... e tu lo sai. Io tremavo di gioia allorché entrai nella scuola d'arte... ero come un assetato che ha trovato una sorgente, come un affamato che addenta un pezzo di pane. E imparai molte cose bellissime... oh, sì! imparai a tenere la penna e a maneggiare il cesello, a modellare in cera quello che deve essere scavato nel basalto, a levigare la pietra, a commettere insieme tasselli colorati, a dipingere sull'alabastro; ma quando anelai a lavorare per davvero e a creare le cose di cui avevo sognato, fui messo a intridere la creta che altri dovevano manipolare; poiché al disopra di ogni cosa sta la convenzione. L'arte ha la propria convenzione non meno della scrittura, e colui che la infrange è dannato.

« Dal tempo dei tempi è stato definito come deve essere rappresentata una figura eretta, e come una seduta, come un cavallo agita i propri zoccoli, come un bove traina una slitta campestre. Sin dalle epoche più remote la tecnica è stata fissata in leggi immutabili, e chiunque se ne discosta è indegno del tempio, e pietra e cesello gli sono negati. Oh, Sinuhe, amico mio, anch'io mi sono chiesto perché... molte, troppe volte! Ed ecco che oggi mi trovo qui con la testa ammaccata ».

Bevemmo e facemmo baldoria, e il mio cuore divenne leggiero come se vi avessero inciso un ascesso, poiché non mi sentivo più solo.

« Sinuhe, amico mio, siamo nati in tempi strani. Tutto si discioglie — si tramuta — come l'argilla sulla ruota del vasaio. Il vestire cambia, le parole e le usanze si trasformano, il popolo non crede più negli dèi... anche se forse ancora li teme... Sinuhe, amico mio, forse noi siamo destinati a vedere il tramonto del mondo, poiché il mondo è già vecchio, e milleduecento anni sono trascorsi dalla costruzione delle piramidi. Se penso a questo, mi vien voglia di nascondere il capo fra le mani e di piangere come un bambino ».

Non pianse, però, perché bevemmo vino miscelato in calici di gai colori, e ogni volta che il padrone della Giara Siriana ce li riempiva s'inchinava e tendeva le mani al livello delle ginocchia. Di quando in quando veniva uno schiavo a versarci acqua sulle palme. Il mio cuore si era fatto leggiero come una rondine alle soglie dell'inverno; avrei potuto declamare versi e stringere l'intero mondo tra le mie braccia.

« Andiamo in una casa di piacere », disse Tutmosi ridendo. « Andiamo ad ascoltare un po' di musica e a guardare le ragazze che ballano, e a rallegrarci il cuore; non domandiamo più "perché" e non pretendiamo che la nostra coppa sia colma ».

Ci avviammo per le strade. Il sole era tramontato, e per la prima volta vidi la Tebe dove non è mai notte. In quel quartiere splendente, rumoroso, le torce ardevano davanti alle case di piacere, e le lampade posate su colonne bruciavano agli angoli delle vie. Da ogni parte correvano schiavi con portantine, e le grida dei battitori si mescolavano alla musica che usciva dalle case e alle urla degli avvinazzati.

Mai in vita mia avevo posto piede in una casa di piacere, e mi sentivo un poco impaurito. Quella in cui Tutmosi mi portò si chiamava il Gatto e l'Uva. Era una casetta graziosa, soffusa di una morbida luce dorata. Vi erano disposte a terra stuoie soffici, e ragazze giovani — e ai miei occhi graziose — battevano il tempo al suono di flauti e di strumenti a corda. Quando la musica cessò, sedettero con noi e mi pregarono di comprar loro del vino, perché si sentivano la gola arida come stoppia. Poi due danzatrici nude eseguirono una danza complicata che richiedeva grande abilità, e che io seguii con interesse; come medico ero stato abituato alla vista di fanciulle nude, e tuttavia non avevo mai veduto agitarsi e muoversi con tanta seducente grazia seni così graziosi e piccoli ventri e tonde natiche.

Ma la musica mi rattristò nuovamente, e incominciai a desiderare non sapevo neppur io cosa. Una ragazza bellissima mi prese la mano e premette il suo fianco contro il mio, e disse che i miei occhi erano quelli di un uomo saggio, ma i suoi occhi non erano verdi come le acque del Nilo nell'arsura dell'estate, e la sua veste, per quanto le lasciasse scoperto il seno, non era di lino regale. Perciò io seguitai a bere vino, e non la guardai negli occhi, né provai alcun desiderio di chiamarla "sorella", o di prendere piacere con lei. E l'ultima cosa che mi ricordo di quel luogo è un calcio a tradimento datomi da un Negro e una bozza in testa quando caddi giù per gli scalini. Mi successe dunque press'a poco ciò che mia madre Kipa mi aveva predetto: giacqui per la via senza neppure una moneta di rame in tasca, finché Tutmosi passò il mio braccio sulla sua forte spalla e mi condusse al molo dove potei bere a sazietà l'acqua del Nilo e rinfrescarmi il volto, le mani e i piedi.

Quel mattino entrai nella Casa della Vita con gli occhi gonfi e un'enfiagione dolorante sulla testa, la mantella sudicia, e senza il minimo desiderio di chiedere "perché". Dovevo essere di turno tra i sordi e i sofferenti di disturbi auricolari, perciò mi lavai in fretta e indossai la mia veste bianca. Strada facendo mi imbattei nel mio superiore, il quale incominciò ad ammonirmi con frasi che avevo letto nei libri e che conoscevo a memoria.

« Che cosa accadrà di te se salti i muri di notte e bevi senza tener conto dei tuoi bicchieri? Che cosa succederà di te se butti il tempo oziando nelle case di piacere, fracassando con il tuo bastone le giare di vino per mettere in subbuglio gli onesti cittadini? Che cosa succederà di te se spargi sangue e ti sottrai alle guardie? ».

Ma dopo aver compiuto il suo dovere sorrise tra sé visibilmente sollevato, mi condusse nella sua stanza, e mi diede una pozione per riasciacquarmi lo stomaco. Mi sentii rinfrancato nel constatare che nella Casa della Vita vino e postriboli erano considerati con tolleranti strizzatine d'occhio purché non si seguitasse a chiedere perché.

6.

Fui così assalito anch'io dalla febbre di Tebe, e incominciai ad amare più la notte del giorno, a preferire la luce guizzante delle torce allo splendore del sole, la musica siriana ai gemiti dei malati, i sussurrii delle belle ragazze agli antichi caratteri uncinati sulle carte ingiallite. Ma nessuno aveva a ridire su ciò, perché disimpegnavo le mie mansioni alla Casa della Vita, soddisfacevo i miei esaminatori e conservavo una mano sicura. Ciò faceva parte della vita dell'iniziato. Pochi erano gli studenti che potevano metter su casa per proprio conto e sposarsi durante il periodo di addestramento, e il mio maestro mi diede a capire che facevo bene a correre la cavallina e a sbizzarrirmi; ma non avevo rapporti con nessuna donna per quanto credessi di sapere che in realtà i loro corpi non bruciavano peggio del fuoco.

I tempi erano grevi di inquietudine, e il grande Faraone era malato. Mi fu possibile scorgere il suo volto raggrinzito di vecchio quando lo portarono al tempio per la festa d'autunno, bardato d'oro e di pietre preziose, immobile come una statua, il capo chino sotto il peso della doppia corona. I medici non erano più in grado di aiutarlo; correva voce che i suoi giorni erano contati e che presto gli sarebbe succeduto il suo erede, e questi non era che uno sbarbatello come me.

Ci furono servizi e sacrifici divini nel tempio di Ammon, ma Ammon non poteva aiutare il suo divino figliuolo anche se il Faraone Amenofi III aveva costruito per lui il più grande tempio di tutte le età. Si diceva che il Re si fosse adirato con gli dèi egiziani e avesse spedito messi rapidissimi al proprio suocero, il re di Mitanni a Nahara, chiedendo che gli mandassero per guarirlo la miracolosa Ishtar di Ninive, ma con grande gioia dei sacerdoti neppure gli dèi stranieri furono in grado di guarire il Faraone. Quando le acque del fiume incominciarono a salire, fu chiamato a palazzo il chirurgo cranico reale.

Durante tutto il tempo che avevo trascorso nella Casa della Vita non avevo mai una sola volta veduto Ptahor, poiché le trapanazioni erano rare, e durante il mio periodo di addestramento non mi era stato concesso di assistere gli specialisti durante le loro cure ed operazioni. Ora il vecchio fu trasportato in fretta dalla sua villa alla Casa della Vita, e io ebbi cura di trovarmi presente al suo ingresso nella sala di purificazione. Era più calvo che mai, la sua faccia si era ricoperta di rughe, e le guance gli cascavano lugubremente sui due lati della vecchia bocca scontenta.

Mi riconobbe, sorrise e disse: « Ah, sei tu, Sinuhe? Hai già fatto tanta strada, figlio di Senmut? ».

Mi consegnò una scatola di legno nero in cui conservava i suoi strumenti e mi fece cenno di seguirlo. Questo era un onore immeritato che persino un medico di corte avrebbe potuto invidiarmi, e mi comportai di conseguenza.

« Devo provare la fermezza della mia mano », disse Ptahor, « e bisogna che apra un paio di crani per vedere come va ».

I suoi occhi erano acquosi e la mano gli tremava lievemente. Entrammo in una stanza dov'erano raccolti incurabili, paralitici, e infermi di ferite al capo. Ptahor ne esaminò alcuni e scelse un vecchio per cui la morte sarebbe giunta come una liberazione, e uno schiavo robusto che aveva perduto la favella e l'uso delle membra in seguito a una mazzata al capo infertagli durante una rissa di strada. A costoro furono somministrati dei narcotici, ed essi vennero quindi portati nell'anfiteatro operatorio e ripuliti. Ptahor lavò i suoi strumenti e li purificò nel fuoco. Il mio compito consisteva nel radere il capo dei pazienti con un rasoio affilatissimo. Quindi le loro teste vennero pulite e lavate nuovamente, la loro cute fu massaggiata con un balsamo calmante, e infine Ptahor fu pronto per la propria opera. Dapprima praticò un'incisione nel cuoio capelluto del vecchio e ne scostò i bordi senza preoccuparsi della copiosa perdita di sangue. Poi con movimenti rapidi praticò un foro nel cranio denudato con un grosso succhiello tubolare e ne estrasse il cerchio osseo. Il vecchio incominciò a gemere e la sua faccia divenne paonazza.

« Non noto niente di speciale in questa testa », disse Ptahor. Rimise a posto il pezzetto d'osso, ricucì insieme i bordi del cuoio capelluto e fasciò il cranio, dopodiché il vecchio esalò l'ultimo respiro.

« Ho l'impressione che mi tremino un po' le mani », osservò Ptahor. « Può darsi che uno di voi giovanotti abbia la cortesia di portarmi una tazza di vino ».

Presenti, oltre ai maestri della Casa della Vita, erano tutti gli studenti destinati a diventare chirurghi del capo. Quando Ptahor ebbe bevuto il suo vino, rivolse la propria attenzione allo schiavo che era stato legato e drogato, e che tuttavia seguitava a fissarci con due occhi selvaggi. Ptahor domandò che lo legassero ancora più saldamente e che gli stringessero la testa entro una morsa che neppure un gigante sarebbe stato capace di smuovere. Tagliò quindi il cuoio capelluto, e questa volta fece attenzione ad arrestare il fiotto sanguigno. Le vene ai bordi dell'incisione furono cauterizzate e il sangue fermato con medicamenti speciali. Allo scopo di risparmiare le proprie mani, Ptahor lasciò che altri medici eseguissero questa operazione. Nella Casa della Vita c'era di solito un "arrestatore di sangue", un uomo senza alcuna istruzione la cui semplice presenza bastava a fermare in breve tempo un'emorragia, ma Ptahor voleva che questa fosse una dimostrazione, e desiderava inoltre risparmiare le forze dell'uomo per il Faraone.

Dopo aver ripulita la parte esterna del cranio, Ptahor ci indicò il punto in cui l'osso era stato frantumato. Mediante un succhiello, una sega, e un paio di pinze chirurgiche tolse un pezzo di cranio largo quanto il palmo di una mano e poi ci mostrò il coagulo di sangue che si era raccolto tra le bianche circonvoluzioni del cervello. Con cura infinita rimosse quindi il sangue, grumolo per grumolo, ed estrasse una scheggia ossea che si era conficcata nella sostanza cerebrale. Quest'operazione durò un certo tempo, cosicché ciascun allievo fu in grado di seguire i suoi movimenti e di imprimersi nella memoria la visione esatta di un cervello umano. In seguito Ptahor chiuse l'apertura con una lastra d'argento, che era stata preparata nel frattempo in modo che corrispondesse esattamente al pezzo d'osso asportato, e la fissò saldamente in sito con minuscoli ganci. Poi cucì insieme i bordi della ferita, la fasciò e disse: « Svegliatelo », poiché da molto tempo il paziente aveva perduto conoscenza.

Lo schiavo venne liberato dei suoi legami, gli versarono in gola del vino e gli furono date da respirare droghe violente. Poco dopo si mise a sedere, e subito dalla sua bocca uscì un torrente di bestemmie. Era un miracolo che nessuno che non vi avesse presenziato avrebbe potuto credere, poiché sino a poco prima il poveraccio era stato muto e incapace di muovere un dito. Questa volta non ebbi bisogno di chiedere perché, poiché Ptahor spiegò che la scheggia ossea e il sangue raggrumatosi nel cervello erano stati la causa dei sintomi.

« Se non muore fra tre giorni, guarisce », disse Ptahor. « Tra due settimane sarà in condizioni di picchiare quello che lo ha ridotto in questo stato. Non credo che morirà ».

Ringraziò con cordiale cortesia tutti coloro che lo avevano aiutato, nominandomi personalmente, benché io non avessi fatto altro che porgergli gli strumenti di cui aveva bisogno di volta in volta. Io non avevo afferrato il motivo di ciò, ma nel darmi da portare la sua scatola d'ebano, egli mi aveva scelto come suo assistente al palazzo del Faraone. Io lo avevo ormai servito in due operazioni, ed ero perciò esperimentato e più utile a lui che non gli stessi medici di corte, là dove fosse ritenuta necessaria l'apertura di un cranio. Non avevo capito questo, e fui quindi sbalordito quando egli mi disse: « Siamo ormai maturi per lavorare sul cranio regale. Sei pronto, Sinuhe? ».

Avvolto nel mio semplice mantello di medico, entrai al suo fianco nella portantina. L'arrestatore di sangue sedette su una delle stanghe, e gli schiavi del Faraone corsero con noi sino all'imbarcatoio, con un'andatura tanto uniforme che la portantina non oscillò neppure una volta sola. Ci attendeva la nave del Faraone, che una ciurma di schiavi raccogliticci velocissimi alla voga facevano avanzare rapida. Più che galleggiare sull'acqua sembravamo sfiorarla volando. Dal molo d'imbarco del Faraone fummo velocemente trasportati alla casa d'oro. Non mi meravigliai della nostra fretta, poiché i soldati già stavano marciando lungo le vie di Tebe, i cancelli si chiudevano, i mercanti trasportavano nei magazzini le loro mercanzie e sbarravano porte e finestre. Era evidente da tutto ciò che il Faraone sarebbe morto tra poco.

LIBRO III

LA FEBBRE DI TEBE

I.

Un grande concorso di popolo di ogni strato sociale si era raccolto sotto le mura della casa d'oro, e anche il tratto di riva riservato era affollato d'imbarcazioni, dalla barca a remi di legno dei ricchi alla navicella di cannicci cosparsa di bitume dei poveri. Alla nostra vista un sussurro percorse la folla come un gorgoglìo di acque lontane, e la notizia dell'arrivo del chirurgo cranico reale volò di bocca in bocca. Allora il popolo alzò le mani in segno di lutto, mentre grida e lamenti ci seguirono sino al palazzo, poiché tutti sapevano che nessun Faraone era mai sopravvissuto oltre la terza aurora dopo che il suo cranio era stato scoperchiato.

Fummo condotti agli appartamenti reali attraverso la porta dei tigli; nostri servi erano i ciambellani di corte, i quali si prostrarono dinanzi a noi, poiché nelle nostre mani recavamo la morte. Era stata allestita una camera di purificazione momentanea, ma dopo uno scambio di poche parole col medico privato del Faraone, Ptahor alzò le mani con gesto dolente ed eseguì il rito della purificazione in modo puramente formale. Il fuoco sacro fu trasportato al nostro seguito, e dopo aver percorso una serie di stanze meravigliose entrammo nella stanza da letto regale.

Il grande Faraone era disteso sotto un baldacchino d'oro; i sostegni del letto erano in forma di dèi protettori, mentre la testata era retta da due leoni. Il corpo enfiato del Re era nudo, spogliato di tutti i simboli della sovranità. Era privo di conoscenza, la sua testa annosa penzolava da un lato e il respiro era affannoso; un rivolo di bava gli scendeva dagli angoli della bocca. La gloria mortale è talmente lieve ed effimera che non lo si sarebbe potuto distinguere dai molti vecchi che giacevano moribondi nella sala d'accettazione della Casa della Vita. Ma sulle pareti della camera egli era raffigurato su un cocchio in corsa trainato da veloci cavalli impennacchiati; il suo braccio poderoso faceva vibrare la corda dell'arco, e i leoni trapassati dalle sue frecce cadevano morti ai suoi piedi.

Ci prostrammo dinanzi a lui, ben sapendo — come tutti coloro che hanno veduto la morte devono sapere — che le arti di Ptahor erano ormai inutili in quel luogo. Ma poiché dal tempo dei tempi i crani dei Faraoni sono aperti come ultima speranza di salvezza, se la morte naturale non è già sopravvenuta, bisognava farlo anche questa volta, e ci ponemmo alla nostra opera. Io sollevai il coperchio della scatola e purificai nuovamente alla fiamma scalpelli, succhielli e pinze. Il medico di corte aveva già rasato e lavato il capo del morente, e Ptahor ordinò all'arrestatore di sangue di sedere sul letto e di prendere nelle proprie mani la testa del Faraone.

Allora la consorte reale Taia avanzò verso il letto e glielo impedì. Fino a quel momento ella era rimasta presso la parete, le braccia alzate nel gesto del dolore, immobile come una statua. Dietro di lei stava il giovane erede al trono, Amenofi, e sua sorella Baketamon, ma io non avevo ancora osato alzare gli occhi su di loro. Ora che un movimento aveva percorso la camera, li guardai e li riconobbi dalle loro statue di cui i templi erano ornati. Il principe aveva la mia età, ma era più alto. La principessa Baketamon era di tratti nobili e bellissimi, con due grandi occhi ovali. Ma assai più maestosa di loro appariva la consorte reale Taia, ancorché piccola e grassa. Aveva una carnagione scurissima e gli zigomi larghi e sporgenti. Si diceva che fosse per nascita una donna del popolo e che nelle sue vene scorresse sangue negro; non posso affermare che questo sia vero, poiché lo so soltanto per inteso dire. Comunque, anche se i suoi genitori non erano iscritti nei registri con titoli onorifici, i suoi occhi erano intelligenti, audaci, penetranti, e da tutto il suo portamento emanava un'aura di potenza. Quando ella mosse la mano e fissò l'arrestatore di sangue, costui sembrò polvere sotto i suoi larghi e bruni piedi. Comprendevo i suoi sentimenti, poiché l'uomo non era altro che un carrettiere di umile origine e non sapeva né leggere né scrivere. Se ne stava a capo chino, le braccia penzoloni, la bocca aperta, un'espressione ebete sul viso. Ma, privo di talento e di istruzione com'era, egli possedeva tuttavia il potere di arrestare le emorragie con la sua sola presenza. Per questo era stato richiamato dal suo aratro e dai suoi buoi per pagare il proprio tributo al tempio, e nonostante tutti i riti purificatori aveva ancora su di sé puzzo di letame. Non sapeva egli stesso spiegare questo suo potere: egli ne era dotato, così come si può trovare un gioiello in una zolla di terriccio, e questo suo potere era tale che non è possibile acquistarlo né con lo studio né con gli esercizi spirituali.

« Non gli permetto di toccare il dio », disse la Regina. « Terrò io la testa del dio se è necessario ».

Ptahor protestò adducendo l'orrore e la sanguinosità del compito, ma senza badargli ella sedette sull'orlo del letto e con grandissima cautela posò nel proprio grembo la testa del marito morente, incurante della bava che le gocciolava sulle mani.

« Egli è mio », disse, « e nessuno deve toccarlo. È tra le mie braccia che egli entrerà nei regni della morte ».

« Egli salirà a bordo della nave del suo padre sole », disse Ptahor, incidendo il cuoio capelluto con il suo coltello di silice. « Dal sole egli è nato, al sole ritornerà, e tutta la terra loderà il suo nome nei secoli dei secoli... Per Set e tutti i dèmoni, dove si è cacciato l'arrestatore di sangue? ».

Aveva seguitato a parlare per distrarre dall'operazione i pensieri della Regina, come fa un medico esperto che parla al paziente per distrarlo dalla sofferenza da lui stesso provocata, ma quest'ultima frase fu lanciata con un sibilo al contadino, il quale si era appoggiato allo stipite della porta con occhi assonnati e semichiusi. Un fiotto di sangue pigro aveva incominciato a sgorgare dal capo del Faraone, scorrendo nel grembo della di lui consorte, cosicché questa aveva trasalito, e il suo volto si era fatto di un colore grigio-giallastro. L'uomo si scosse dai suoi pensieri — pensava certamente ai suoi buoi, ai suoi canali d'irrigazione — rammentò il proprio dovere, e avvicinandosi al letto fissò il Faraone e alzò le mani. L'emorragia si arrestò di colpo e io gli lavai e ripulii il capo.

« Perdonami, mia piccola signora », disse Ptahor togliendomi di mano il trivello. « Al sole... oh, sì, diritto a suo padre nella barca d'oro, la benedizione di Ammon sia su di lui ».

Mentre parlava prese a maneggiare il trivello con grande rapidità e destrezza facendolo roteare tra le dita, cosicché lo strumento entrò a poco a poco nell'osso. Il Principe aprì gli occhi, mosse un passo innanzi, e il suo viso tremò mentre egli diceva: « Non Ammon, ma Ra-Herachte lo benedirà, ed egli si manifesterà in Aton ».

« Ah, già, Aton », mormorò Ptahor in tono conciliante. « Aton, naturalmente... una distrazione della lingua ». Riprese nuovamente in mano il suo coltello di silice e il martelletto dal manico d'ebano, e a piccoli colpi incominciò a rimuovere il pezzo d'osso. « Ricordo infatti che nella sua divina saggezza egli ha inalzato un tempio ad Aton », proseguì. « Questo è avvenuto certamente poco dopo la nascita del Principe, non è vero, bella Taia? Un momento ».

Fissò il Principe con sguardo malsicuro: il giovane era in piedi presso il letto; aveva i pugni serrati e la faccia contorta in una smorfia nervosa.

« Un sorso di vino mi rinfrancherebbe la mano e non farebbe alcun danno al Principe. In un momento come questo si può ben spezzare il sigillo di una giara reale. Qua! ».

Gli porsi le pinze ed egli estrasse il frammento osseo con un rumore raschiante.

« Un po' di luce, Sinuhe! ».

Ptahor trasse un sospiro, poiché il peggio era passato e io feci altrettanto. Questa stessa sensazione di sollievo parve comunicarsi al Faraone privo di conoscenza, poiché le sue membra si mossero, il suo respiro si fece più lento, ed egli sprofondò ancora più addentro nel coma. Ptahor contemplò pensierosamente alla vivida luce, alla quale era esposto, il cervello del Faraone: era di un colore azzurro-grigiastro, e vibrava tutto.

« Uhm », mormorò assorto, « quello che è fatto è fatto. Possa il suo Aton fare il resto, poiché ciò è cosa da dèi, non da uomini ».

Con mosse attente e leggiere rimise a posto il pezzo d'osso, cospargendo di bozzima la spaccatura, avvicinò gli orli della ferita e la fasciò. La consorte reale appoggiò il capo del Faraone su un posa-collo di legno prezioso e fissò Ptahor. Il sangue le si era raggrumato addosso, ma ella non vi fece caso. Ptahor sostenne il suo sguardo indomabile senza rendere obbedienza, e mormorò a voce bassa: « Vivrà sino all'alba, col permesso del suo dio ».

Quindi levò le mani in un gesto di dolore e io feci altrettanto. Ma quando le alzò in segno di condoglianza, io non osai seguire il suo esempio. Chi ero io, infatti, per osar di compassionare la regalità? Purificai gli strumenti nel fuoco e li riposi nella scatola di ebano.

« Grande sarà la vostra ricompensa », disse la Regina, e ci fece cenno che potevamo andare. In un'altra stanza era stato allestito per noi un pasto, e Ptahor guardò con soddisfazione le molte giare di vino allineate lungo la parete. Dopo avere esaminato con cura il suggello di una di queste, la fece aprire. Uno schiavo ci versò acqua sulle mani.

Quando fummo nuovamente soli, Ptahor mi spiegò che Ra-Herachte era il dio degli Amenofi e che Aton era la sua manifestazione: era un dio antichissimo, assai più antico di Ammon.

« Si dice che l'attuale erede al trono sia il figlio divino di questo Aton », proseguì Ptahor. Bevve un sorso di vino. « Fu nel tempo di Ra-Herachte che la consorte reale ebbe la sua visione, in seguito alla quale generò un figlio. Ella aveva preso con sé un sacerdote ambiziosissimo suo favorito: costui si chiamava Eie, ed egli fece in modo che sua moglie fosse assunta in qualità di balia per l'erede. La sua figliuola Nefertiti ha bevuto il latte delle stesse mammelle che hanno allattato il Principe e ha giocato con lui nel palazzo come una sorella, perciò puoi immaginare che cosa ne verrà fuori ».

Ptahor bevve di nuovo, sospirò e riprese: « Ah, non c'è maggior piacere per un vecchio che bere vino e spettegolare di cose che non lo riguardano. Se tu sapessi, Sinuhe, tutti i segreti che sono sepolti in questa vecchia fronte! Forse ci sono anche segreti reali. Molti si chiedono perché nessun figlio maschio è mai nato vivo nell'ala femminile del palazzo, poiché ciò è contro tutte le leggi mediche... e l'uomo che giace in quella stanza col cranio scoperchiato non era certo uno smidollato nei giorni della sua gioia e della sua forza. Egli incontrò la propria consorte durante una partita di caccia. Si dice che Taia sia la figlia di un uccellatore e che abitasse tra le canne del Nilo, ma il Re la fece sua eguale a causa della sua saggezza, e venerò anche i suoi genitori e ne ornò la tomba di doni costosissimi. Taia non ha mai avuto nulla a ridire contro i piaceri del Re purché le donne dell'harem non generassero figli maschi. In questo è sempre stata straordinariamente fortunata, tanto che si stenterebbe a crederlo se non fosse realmente accaduto ».

Ptahor mi guardò in tralice, e volgendo gli occhi attorno mi disse in fretta: « Ma, Sinuhe, non credere mai alle storie che potrai udire, sono messe in giro da gente cattiva... e tutti sanno come è gentile la Regina e come è saggia e quanta abilità ella possiede nel sapersi circondare di uomini utili. Sì, sì... ».

Condussi fuori Ptahor all'aria fresca; la notte era scesa, e a oriente le luci di Tebe oscuravano il chiarore rosso del cielo. Ero accaldato dal vino e sentii nuovamente nel sangue la febbre della città. Sopra il mio capo le stelle ammiccavano, e il giardino era impregnato del profumo dei fiori.

« Ptahor », dissi, « quando le luci di Tebe brillano nel cielo notturno allora io... ho sete di amore! ».

« L'amore non esiste », mi replicò Ptahor con enfasi. « Quando non ha una donna con cui giacere, l'uomo è triste, e dopo che è giaciuto con lei è ancora più triste: così è sempre stato e sempre sarà ».

« Perché? ».

« Neppure gli dèi lo sanno. E non parlarmi mai di amore, a meno che tu non voglia che io ti apra il cranio. Questo te lo farò per niente e senza pretendere da te il più piccolo regalo, risparmiandoti così un sacco di dolore ».

Mi parve che fosse allora venuto per me il momento di assumermi i compiti di uno schiavo: perciò lo sollevai tra le braccia e lo trasportai nella stanza che era stata messa a nostra disposizione. Era così piccolo e così vecchio che non feci nessuna fatica. Quando lo ebbi adagiato sul letto si addormentò di colpo, dopo aver brontolato in cerca di una coppa di vino. Lo ricoprii con morbide pelli, poiché la notte era fredda, e uscii nuovamente sulla terrazza dei fiori, poiché ero giovane, e la giovinezza non ha voglia di dormire la notte in cui un re muore.

Il mormorìo di voci di coloro che trascorrevano la notte sotto le mura del palazzo giungeva sino alla terrazza come un lontano stormire di vento tra i cespugli.

Mi svegliai tra l'olezzo dei fiori, mentre le luci di Tebe brillavano di un rosso sgargiante contro il cielo orientale. Mi ricordai di due occhi verdi come le acque del Nilo al colmo dell'estate, e mi avvidi che non ero più solo.

La luce delle stelle e della sottile falce della luna era così debole che non mi fu possibile discernere se chi si avvicinava fosse uomo o donna, ma qualcuno mi si accostò e mi scrutò in volto. Io mi mossi, e il nuovo venuto con una voce piena di autorità benché ancora stridula — quasi infantile — domandò: « È il Solitario? ».

Riconobbi la voce del Principe e il suo corpo sgraziato, e mi prostrai dinanzi a lui senza osar di parlargli. Ma egli mi toccò impazientemente col piede.

« Alzati, sciocco. Nessuno ci vede, perciò non occorre che tu ti inchini davanti a me. Conserva questo rispetto per il dio di cui sono figlio, poiché non vi è che un solo dio, e tutti gli altri sono sue manifestazioni. Tu sapevi questo? ». Poi senza aspettare risposta soggiunse pensierosamente: « Tutti gli altri all'infuori di Ammon, che è un falso dio ».

Io feci un gesto di protesta e dissi: « Oh! », per mostrare che temevo un simile discorso.

« Lascia andare! », disse il Principe. « Ti ho visto in piedi presso mio padre, che porgevi il coltello e il martello a quel vecchio imbecille di Ptahor. Perciò ti ho chiamato il Solitario. A Ptahor mia madre ha dato il soprannome di Vecchia Scimmia. Bisognerà che portiate questi nomi se dovrete morire prima di lasciare il palazzo, ma sono stato *io* a inventare il tuo ».

Pensai che dovesse essere pazzo a parlare in quel modo, benché Ptahor ci avesse detto che avremmo dovuto morire se il

Faraone fosse morto, e l'arrestatore di sangue lo aveva creduto. Mi sentii rizzare i capelli in testa poiché non avevo nessuna voglia di morire.

Il Principe ansimava; le sue mani tremavano, ed egli mormorò tra sé: « Inquieto... sarei... vorrei essere in un altro luogo. È il mio dio che si rivela a me. Lo so... lo temo. Resta con me, Solitario. Egli schiaccia il mio corpo con la sua forza, e la mia lingua è afflitta ».

Tremai, pensando che delirasse. Ma egli mi disse con voce di comando: « Vieni! », e io lo seguii. Mi condusse giù per la terrazza oltre il lago del Faraone, mentre dalle mura giungeva un mormorìo sordo di voci dolenti. Io ero pieno di terrore, poiché Ptahor mi aveva detto che non dovevamo assolutamente lasciare il palazzo prima della morte del re, ma non osavo contrariare il Principe.

Il suo corpo era teso come un arco, ed egli camminava con passi così rapidi e scattanti che mi era difficile tenergli appresso. Indossava un semplice perizoma, e la luna splendeva sulla sua pelle chiara, sulle sue gambe snelle, sulle sue cosce femminee; splendeva sulle sue orecchie sporgenti e sulla sua tormentata, convulsa faccia che sembrava rivolgersi a una visione ch'egli solo era in grado di vedere.

Quando giungemmo alla riva disse: « Prenderemo una barca. Vado a oriente ad incontrare mio padre ».

Senza indugiare a scegliere la propria imbarcazione salì in quella più vicina; io lo seguii e incominciammo a remare verso la parte opposta. Nessuno pensò a trattenerci, benché avessimo rubata la barca. La notte era piena di rumori inquieti; altre imbarcazioni solcavano il fiume, e il rosso bagliore di Tebe brillava sempre più luminoso nel cielo sul nostro capo. Quando giungemmo alla riva opposta, egli lasciò andare la barca alla deriva, e prendemmo a camminare innanzi, come se egli avesse compiuto quello stesso percorso molte altre volte. Anche altri erano usciti all'aperto, e proseguimmo senza essere disturbati dalla ronda. Tebe sapeva che il Re quella notte sarebbe morto.

Quella forte andatura stava stancando il Principe. E tuttavia io mi stupivo della resistenza del suo giovane corpo, poiché, per quanto la notte fosse fredda, nel seguirlo avevo la schiena inondata di sudore. Le stelle traversavano il cielo, e la luna tramontò, ma egli seguitò a camminare finché giungemmo fuor della valle entro il deserto, lasciando Tebe alle nostre spalle. I tre colli d'oriente — custodi della città — torreggiavano neri dinanzi a noi, di contro al cielo.

Infine egli si abbatté anelante nella sabbia e mi disse con voce spaventata: « Tieni le mie mani, Sinuhe, poiché esse tremano, e il mio cuore batte contro le mie costole. L'ora si avvicina... si avvicina perché il mondo è desolato... tu ed io siamo soli. Dove io vado, tu non puoi seguirmi... e non voglio essere solo ».

Lo afferrai per i polsi e sentii che tutto il suo corpo vibrante era cosparso di sudore freddo. Veramente il mondo intorno a noi era desolato; in lontananza uno sciacallo lanciava il suo ululo di morte; lentamente le stelle impallidirono, e lo spazio intorno a noi si fece di un grigio incerto. A un tratto egli si liberò dalla stretta delle mie mani, e alzandosi sollevò la faccia in direzione d'oriente, verso le montagne.

« Il dio viene! », disse in un soffio, mentre un arcano terrore gli contorceva il volto in fiamme. « Il dio viene ». Poi, ancora, con una voce di tuono che si ripercosse nel deserto: « Il dio viene ».

L'aria divenne più luminosa, le colline davanti a noi fiammeggiarono auree, e il sole si levò. Ed egli, con un grido acuto, si abbatté in deliquio al suolo, la bocca distorta, le membra agitate da un tremito, il cui moto convulso faceva rimescolare e spumeggiare la sabbia. Ma io non avevo più timore; avevo già udito queste grida nell'avancorte della Casa della Vita e sapevo quel che dovevo fare. Poiché non avevo un pezzo di legno da conficcargli tra i denti, strappai una striscia del mio perizoma e ne feci un piccolo rotolo che gli misi in bocca. Poi incominciai a massaggiargli gli arti: quando si fosse svegliato, certo si sarebbe sentito male e tutto intontito. Mi guardai attorno in cerca di aiuto, ma Tebe era dietro di noi, e nelle vicinanze non si vedeva neppure un miserabile tugurio.

In quell'istante un falco mi volò vicino stridendo, volò in cerchio su di noi quasi balzando fuor dei raggi del sole nascente, poi si tuffò di nuovo e fece l'atto di posarsi sulla fronte del Principe. Stupito, istintivamente tracciai il santo segno di Ammon. Forse il Principe aveva avuto in mente Horo quando aveva invocato il suo dio, e adesso Horo si manifestava? Il ragazzo emise un gemito, io mi chinai su di lui. Quando rialzai nuovamente la testa, era come se l'uccello avesse assunto aspetto umano. Dinanzi a me era fermo un giovane, simile a un dio, bellissimo nei raggi del sole. Reggeva una lancia e indossava la rozza mantella del povero. Per quanto non credessi agli dèi, a ogni buon conto mi prostrai dinanzi a lui.

« Che è questo? », domandò nel dialetto del Basso Egitto. « Il ragazzo è malato? ».

Ebbi l'impressione di essermi comportato come uno sciocco,

perciò mi levai in piedi e lo salutai con la formula ordinaria.

« Se sei un ladro », dissi, « caverai poco da noi, ma ho con me un ragazzo malato, e gli dèi ti benediranno per il tuo aiuto ».

Egli emise lo stridìo acuto dello sparviere, e l'uccello si precipitò dall'aria e si posò sulla sua spalla.

« Io sono Horemheb, il figlio del falco », disse con orgoglio. « I miei genitori sono dei semplici caciai, ma fu predetto alla mia nascita che io avrei ottenuto il comando di molta gente. Il falco ha volato dinanzi a me, e io l'ho seguito, non avendo trovato in città ricovero per la notte. Tebe teme le lance, dopo le tenebre. Ma intendo entrare come guerriero al servizio del Faraone. Dicono che sia malato, perciò avrà probabilmente bisogno di forti braccia per proteggere la sua sovranità ».

Il Principe si lamentò, si passò sul viso le mani tentennanti e le sue membra si contorsero. Io gli tolsi dalla bocca il rotolo di straccio, rimpiangendo di non avere un po' d'acqua per ravvivarlo. Horemheb l'osservò e domandò freddamente: « Sta morendo? ».

« Ma no », replicai con impazienza. « Ha il morbo sacro ».

Horemheb strinse la sua lancia e mi guardò.

« Non occorre che tu mi disprezzi perché sono a piedi scalzi e povero. So scrivere discretamente e leggere ciò che è scritto, e comanderò su molti. Quale dio si è impadronito di lui? ».

Poiché il popolo crede che un dio parli per bocca di coloro che sono affetti dal morbo sacro, questo era il motivo della sua domanda.

« Egli ha il suo dio », risposi, « e credo sia un po' strano di cervello ».

« Deve aver freddo ». Horemheb si tolse il mantello e lo distese sul corpo del Principe. « Il mattino a Tebe è fresco, ma a me basta il mio sangue per tenermi caldo. Il mio dio è Horo. Questo è certamente il figlio di un ricco, poiché ha la pelle bianca e delicata, e le sue mani non hanno mai lavorato. E tu chi sei? ».

« Sono un medico e un iniziato del primo grado sacerdotale nel tempio di Ammon a Tebe ».

L'erede al trono si alzò a sedere, gemette e guardò intorno a sé con occhi smarriti. Mentre parlava i denti gli battevano.

« Ho veduto! L'attimo era un ciclo di età — io ero senza tempo — egli allargò mille mani sopra la mia testa in atto benedicente, e in ogni mano recava il simbolo della vita eterna. Non devo dunque io credere? ».

Alla vista di Horemheb i suoi occhi si illuminarono di una luce strana, e nella sua radiosa stupefazione egli apparve bellissimo.

« Sei tu colui che Aton, il dio unico, ha mandato? ».

« Il falco ha volato dinanzi a me, ed io l'ho seguito, ecco perché sono qui. Altro non so ».

Il Principe guardò con cipiglio l'arma dell'altro.

« Tu reggi una lancia », disse in tono di rimprovero.

Horemheb gliela mostrò.

« La sua asta è di legno scelto », disse. « La sua punta di rame è impaziente di bere il sangue dei nemici del Faraone. La mia lancia è assetata, e il suo nome è Fenditrice di Gole ».

« Non voglio sangue! », gridò il Principe. « Il sangue è per Aton abominazione. Nulla è più terribile dello spargimento di sangue ».

« Il sangue purifica e rende forti; fa grassi e contenti gli dèi. Finché ci saranno guerre il sangue dovrà sgorgare ».

« Non ci saranno mai più guerre », dichiarò l'erede al trono. Horemheb rise.

« Questo ragazzo è scemo! Le guerre ci sono sempre state e ci saranno sempre, poiché è necessario che le nazioni provino tra loro il loro valore se vogliono sopravvivere ».

« Tutti i popoli sono suoi figli, tutte le lingue, tutte le razze, la terra nera e la terra rossa ». Il Principe ora fissava diritto il sole. « Io inalzerò a lui templi in ogni paese, e ai principi di tutta la terra io manderò il simbolo della vita, poiché io l'ho veduto! Da lui sono stato generato e a lui ritornerò ».

« È pazzo », disse Horemheb rivolto a me, scuotendo il capo con aria compassionevole. « È chiaro che ha bisogno di un medico ».

Il Principe alzò la mano al sole in segno di saluto, e il suo volto si soffuse nuovamente di una bellezza appassionata come se guardasse entro un altro mondo. Gli lasciammo terminare la sua preghiera, quindi incominciammo a trascinarlo verso la città. Egli non oppose resistenza. La crisi lo aveva lasciato debole; barcollava e gemeva nel camminare, cosicché alla fine lo trasportammo a braccia, mentre lo sparviere seguitava a volare davanti a noi.

Quando fummo giunti sul confine di delimitazione della terra coltivata, vedemmo che ci aspettava una portantina reale. Gli schiavi si erano stesi a terra, e dalla portantina uscì un prete grasso dalla testa rasata, il cui viso bruno era grave e bello. Io tesi le mani al livello delle ginocchia innanzi a lui, poiché avevo compreso che era Eie, di cui Ptahor mi aveva parlato. Ma egli non si curò di me. Si gettò prono innanzi al Principe e lo invocò col nome di Re, così seppi che Amenofi III era morto. Quindi gli schiavi si affrettarono intorno al nuovo Faraone. Le sue membra furono lavate, massaggiate, cosparse di unguenti; lo vestirono del lino regale e sul capo gli posero la tiara regia.

Frattanto Eie mi parlava: « Ha incontrato il suo dio, Sinuhe? ».

« Ha incontrato il suo dio e io l'ho vegliato affinché non lo cogliesse alcun male. Come sai il mio nome? ».

Il sacerdote sorrise. « È mio compito sapere tutto quello che avviene entro le mura del palazzo. Conosco il tuo nome e so che sei medico, e che potevo quindi affidarlo alle tue cure. Inoltre tu sei un sacerdote di Ammon e gli hai prestato giuramento ».

Mentre diceva questo, nelle sue parole c'era una punta di minaccia. Protendendo le braccia esclamai: « Che significato ha un giuramento ad Ammon? ».

« Tu hai ragione e non devi pentirti di nulla. E questo lanciere? ».

Fece cenno a Horemheb, il quale era rimasto in disparte e saggiava sul palmo della mano la punta della sua lancia, mentre il falco gli si era appollaiato sulla spalla.

« Forse sarebbe meglio che morisse », soggiunse, « poiché i segreti del Faraone devono essere condivisi da pochi ».

« Ha coperto il Faraone del suo mantello mentre faceva freddo, ed è pronto a impugnare la lancia contro i nemici del Faraone. Io credo ti sarà più utile vivo che non morto, sacerdote Eie ».

Eie gli buttò un cerchio d'oro che si era tolto dal braccio, dicendo in tono noncurante: « Puoi venire un giorno a trovarmi alla casa d'oro, lanciere ».

Ma Horemheb lasciò cadere nella sabbia, ai suoi piedi, il cerchio d'oro e fissò Eie con aria di sfida.

« Io prendo i miei ordini dal Faraone, e se non m'inganno Faraone è colui che porta l'acconciatura regale. Lo sparviere mi ha condotto a lui, e questo segno mi basta ».

Eie non si scompose.

« L'oro costa ed è sempre utile », osservò. Raccolse il cerchio d'oro e se lo rimise al braccio. « Rendi obbedienza al Faraone, ma in sua presenza devi mettere da parte la tua lancia ».

Il Principe mosse un passo innanzi. Il suo volto era pallido e teso, ma lo illuminava ancora un'estasi segreta che riscaldò il mio cuore.

« Seguitemi », disse, « seguitemi voi tutti sulla nuova via, poiché la verità mi è stata rivelata ».

Lo seguimmo sino alla portantina, sebbene Horemheb borbottasse tra sé: « La verità sta nella mia lancia ». I portatori si allontanarono al trotto verso il punto in cui la barca ci attendeva, presso il pontile. Ritornammo come eravamo venuti, senza esser visti da nessuno, benché il popolo fosse ammassato all'esterno delle mura del palazzo.

Ci permisero di entrare nella stanza del Principe, ed egli ci mostrò le grandi giare cretesi su cui erano dipinti pesci e altri animali. Poi corse la voce che la Regina Madre era sulle mosse per venirgli a rendere omaggio, cosicché egli ci diede licenza di andarcene, promettendo di ricordarci entrambi. Dopo di averlo lasciato, Horemheb mi disse perplesso: « Non so che cosa fare: non ho dove andare ».

« Rimani qui a cuor leggiero », lo consigliai. « Egli ha promesso di rammentarsi di te, e conviene che tu ti trovi a sua disposizione quando ciò avverrà. Gli dèi sono capricciosi e dimenticano facilmente ».

« Restarmene qua a ronzare con tutte queste mosche? », domandò indicando i cortigiani che si stavano ammassando alla porta del Principe. « No, ho le mie ragioni per essere inquieto », proseguì con voce cupa. « Che cosa accadrà di un Egitto il cui sovrano ha timore del sangue e crede che tutte le nazioni e tutte le lingue e tutte le razze possiedano meriti pari? Io sono nato soldato, e il mio senso guerriero mi ammonisce che questi concetti portano disgrazia a un uomo come me ».

Ci separammo, e io gli raccomandai, nel caso avesse bisogno di un amico, di cercare di me alla Casa della Vita.

Ptahor mi aspettava nella nostra stanza; aveva gli occhi rossi ed era di umore irritato.

« Tu eri assente quando il Faraone esalò all'alba l'ultimo respiro », brontolò. « Tu eri assente, e io dormivo; e nessuno di noi due ha veduto l'anima del Faraone volargli fuori delle narici, diritta nel sole, come un uccello ».

Gli narrai quello che era accaduto durante la notte, ed egli alzò le mani in preda a un profondo stupore.

« Ammon ci guardi! Dunque il nuovo Faraone è pazzo! ».

« Non credo », risposi incerto. « Penso egli abbia la consapevolezza di un nuovo dio. Quando la sua mente si sarà schiarita, può darsi che vediamo prodigi nella terra di Kem ».

« Che Ammon non lo voglia! Versami un po' di vino, poiché ho la gola secca come la polvere della strada ».

Poco dopo eravamo condotti sotto scorta a un padiglione della Casa della Giustizia, dove il Guardiano del Sigillo ci lesse la legge da un rotolo di cuoio e ci disse che dovevamo morire, dal momento che il Faraone non era guarito dopo che il suo cranio era stato aperto. Io guardai Ptahor, ma egli si limitò a sorridere quando il boia avanzò con la sua spada.

« Lasciamo andare per primo l'arrestatore di sangue », disse. « Egli ha più fretta di noi poiché sua madre gli sta già preparando la zuppa di piselli nel Paese d'Occidente ».

L'arrestatore di sangue si accomiatò da noi con un caldo saluto, fece il santo segno di Ammon, e si inginocchiò rassegnato a terra davanti ai rotoli di pergamena. Il carnefice fece roteare la sua spada sulla testa del condannato con un ampio arco, finché questa tinnì nell'aria, ma si arrestò di botto proprio mentre l'orlo della lama stava per toccargli la nuca. L'arrestatore di sangue però cadde bocconi, e noi pensammo fosse svenuto per il terrore, poiché il suo collo non presentava la minima graffiatura. Quando giunse il mio turno, mi inginocchiai senza paura; il boia rise e mi toccò il collo con la lama senza darsi la pena di spaventarmi ulteriormente. Ptahor ritenne di essere troppo piccolo perché lo costringessero a inginocchiarsi, e anche sul suo collo il carnefice fece roteare la spada. Così morimmo, la legge fu rispettata, e ci vennero dati nuovi nomi incisi su pesanti anelli d'oro. Sull'anello di Ptahor era scritto "Colui Che È Come Il Babbuino" e sul mio "Colui Che È Solo". Poi il dono di Ptahor fu pesato in oro e il mio pure, e ci coprirono di nuove vesti. Per la prima volta indossai una veste pieghettata di lino regale e un colletto greve d'argento e di pietre preziose. Quando i servi andarono per sollevare l'arrestatore di sangue e farlo rinvenire, si accorsero che era morto stecchito. Io vidi ciò con i miei stessi occhi e posso testimoniarne la veridicità, ma perché fosse morto non so, se non per la semplice paura dell'attesa. Per quanto semplice possa essere, colui che sa arrestare i fiotti sanguigni non è come gli altri uomini.

Da quel momento, essendo ufficialmente morto, non potei più firmare il mio nome come Sinuhe senza aggiungervi "Colui Che È Solo", e a corte potevo essere conosciuto soltanto con questo appellativo.

3.

Quando ritornai alla Casa della Vita vestito a nuovo e con il cerchio d'oro al polso, i miei maestri s'inchinarono dinanzi a me. Tuttavia ero ancora un allievo, e dovetti perciò scrivere una relazione particolareggiata dell'operazione e della morte del Faraone, facendone testimonianza con il mio nome. Spesi molto tempo in questa impresa e conclusi con la descrizione dell'anima del Faraone uscentegli dalle nari sotto forma di uccello per volare diritta nel sole. In seguito ebbi la soddisfazione di udir leggere la mia relazione al popolo, in ciascuno dei settanta giorni durante i quali il cadavere del Faraone venne preparato per l'immortalità. Per tutto quel periodo di lutto, le case di piacere, le botteghe di vino, le taverne di Tebe rimanevano chiuse, cosicché per comprare vino o ascoltare musica bisognava entrare dalla porta di servizio.

Al trascorrere però di quei settanta giorni appresi che ero ormai ritenuto idoneo come dottore e potevo iniziare la mia professione in un qualunque quartiere della città che io volessi scegliere. Se invece desideravo proseguire i miei studi nell'una o nell'altra delle branche particolari — tra i dentisti o tra i medici delle orecchie, per esempio, o gli ostetrici, gli impositori di mani, i chirurghi, o in uno qualsiasi dei quattordici diversi rami nei quali l'istruzione veniva impartita nella Casa della Vita — non avevo che da scegliere la mia specialità. Questo era un segno di favore grandissimo, che testimoniava la generosità con cui Ammon ricompensava i suoi servi.

Ero giovane, e il sapere della Casa della Vita non mi attirava più. La febbre di Tebe si era impadronita di me; desideravo fama e ricchezza, e desideravo sfruttare tra la gente il mio momento di celebrità. Con l'oro che mi avevano regalato acquistai una casetta nelle vicinanze del quartiere elegante, l'ammobiliai secondo i miei mezzi, e comperai uno schiavo, un vecchio ossuto e monocolo, ma che per me andava abbastanza bene. Costui si chiamava Kaptah. Mi assicurò che il suo unico occhio sarebbe stata la mia fortuna, poiché da quel momento avrebbe spiegato ai miei futuri pazienti della sala d'aspetto che era completamente cieco quando io l'avevo comperato e che adesso io gli avevo ridato parzialmente la vista. Sulle pareti della sala d'aspetto feci dipingere alcune figurazioni. In una di queste si vedeva Imhotep il Saggio, il dio dei dottori, in atto d'impartirmi istruzioni. Mi avevano raffigurato piccolo davanti a lui, come è l'usanza, ma sotto la figurazione correva questa iscrizione:

Saggissimo e abilissimo tra i tuoi discepoli
è Sinuhe, figlio di Senmut, Colui Che È Solo.

Un'altra figurazione mi rappresentava in atto di sacrificare ad Ammon, affinché mi vedessero a rendergli onore, guadagnandomi così la fiducia dei pazienti. Ma nella terza figurazione il grande Faraone mi guardava dall'alto dei cieli in sembianze di uccello, mentre i suoi servi mi pesavano oro sulle bilance e mi vestivano di nuove vesti.

Commisi queste pitture a Tutmosi, per quanto non fosse un artista autorizzato e il suo nome non comparisse nel libro del tempio di Ptah. Ma egli mi era amico, e grazie alla sua opera coloro che per la prima volta contemplavano quei dipinti alzavano le mani in segno di stupore dicendo: « In verità ispira fiducia, questo Sinuhe figlio di Senmut, Colui Che È Solo, e certamente egli saprà curare bene i suoi pazienti, grazie alla sua abilità ».

Quando ogni cosa fu pronta, mi sedetti ad aspettare gli ammalati. Rimasi a lungo seduto, ma nessuno venne. La sera mi recai a una bottega di vino, perché mi rimaneva ancora un poco d'oro e d'argento dei doni del Faraone. Ero giovane e mi figuravo di essere un bravo medico; non avevo preoccupazioni per l'avvenire, e insieme a Tutmosi feci buon viso al mio vino. Discutemmo ad alta voce la questione dei Due Regni, poiché dovunque, al mercato, davanti alle case dei commercianti, nelle taverne e nelle case di piacere, questo argomento era animatamente dibattuto da tutti a quel tempo.

Era accaduto come il vecchio Guardiano del Sigillo aveva previsto. Quando il corpo del grande Faraone fu reso imperituro e portato al suo luogo di riposo nella Valle dei Re, dove le porte della tomba erano state sigillate col sigillo reale, la Regina Madre era salita al trono recando tra le mani il flagello e il lituo. Si era legata sotto il mento la barba della sovranità, e la coda del leone le circondava la vita. L'erede non era ancora stato incoronato Faraone, e si diceva che egli desiderasse purificarsi e compiere le sue divozioni agli dèi prima di assumere il potere. Ma allorché la Regina Madre licenziò il vecchio Guardiano del Sigillo ed elevò Eie, il sacerdote oscuro, all'onore di sedere alla sua destra promuovendolo così di rango su tutti gli illustri uomini d'Egitto, allora il tempio di Ammon ronzò come un alveare, corsero cattivi presagi e la malasorte presenziò ai sacrifici reali. I sacerdoti interpretarono molti sogni strani accaduti agli uomini, i venti spirarono in direzione opposta a quella consueta contro tutte le leggi della natura, e la pioggia scorse per due giorni nella terra d'Egitto. Le merci ferme sui moli ne soffrirono danno, e il grano marcì, alcune pozze alla periferia di Tebe si tramutarono in sangue, e molti accorsero a vederle. Ma il popolo non era ancora spaventato, poiché queste cose erano successe in ogni età allorché i sacerdoti erano adirati. Benché vi fosse inquietudine e molte chiacchiere a vuoto, i mercenari delle caserme — Egiziani, Siriani, Negri, Shardana — ricevettero dalla Regina Madre doni sfarzosi e l'ordine venne mantenuto. La potenza d'Egitto era indiscussa; in Siria era protetta dalle guarnigioni, e i Principi di Biblo, Smirne, Sidone e Gaza, i quali nella loro fanciullezza avevano dimorato ai piedi del Faraone ed erano cresciuti nella casa aurea, piangevano la sua morte come se fosse stato loro padre, e scrivevano lettere alla Regina in cui si dichiaravano polvere sotto i suoi piedi.

Il Re del paese di Mitanni a Naharani, mandò la propria figlia in sposa al nuovo Faraone, come suo padre aveva fatto prima di lui e come era stato concordato con il celeste Faraone prima della sua morte. Tadukhipa, poiché tale era il suo nome, giunse a Tebe con uno stuolo di servi e di schiavi e di asini carichi di mercanzie di grande valore. Era una bambina di soli sei anni, e il Principe la prese per moglie, poiché il regno di Mitanni era un muro tra le ricchezze della Siria e le terre del Nord, e proteggeva le strade carovaniere che percorrono il paese dei fiumi gemelli fino al mare. L'allegrezza cessò tra i sacerdoti di Sekhmet, la celestiale figlia di Ammon, e i cardini delle cancellate del suo tempio si arrugginirono in fretta.

Era di questo che parlavamo, Tutmosi ed io; rallegravamo i nostri cuori col vino mentre ascoltavamo la musica siriana e ammiravamo le danzatrici. Avevo nel sangue la febbre della città. Nondimeno ogni mattina il mio servo monocolo veniva al fianco del mio letto con modi deferenti, e mi portava pane e pesce salato e riempiva di birra la mia coppa. Poi mi lavavo e mi sedevo ad attendere i miei pazienti, ad ascoltare i loro malanni e a guarirli.

4.

Era il tempo della piena. Le acque erano salite sino alle mura del tempio, e quando si ritirarono nuovamente la terra si coperse tutta di teneri germogli verdi, gli uccelli costruirono i loro nidi, i fiori di loto sbocciarono negli stagni tra il profumo delle acacie. Un giorno Horemheb giunse alla mia casa e mi salutò. Era vestito di lino regale e portava appesa al collo una catena d'oro. Nella mano reggeva una frusta a significare che era ufficiale di palazzo nella dimora del Faraone. Ma non recava nessuna lancia.

« Sono venuto a chiederti consiglio, Sinuhe il Solitario », disse.

« Che vuoi dire? Sei forte come un toro e audace come un leone. Un dottore non può far niente per te ».

« Sono venuto a consultarti non come medico, ma come amico », disse sedendo. Kaptah gli versò acqua sulle mani, e io gli offersi delle focacce che mia madre Kipa mi aveva mandate e del vino del porto, poiché il mio cuore alla sua vista si era rallegrato.

« Dunque sei stato promosso. Adesso sei ufficiale di palazzo, e senza dubbio sarai la luce di tutti gli occhi femminili ».

Il suo viso si oscurò. « Bella sudiciera! Il palazzo è pieno di mosche che mi punzecchiano. Le strade di Tebe sono dure e feriscono i miei piedi, e i sandali me li hanno tutti spellati ».

Si strappò i sandali e si strofinò i piedi indolenziti. « Sono ufficiale della guardia del corpo, sì, ma certuni di costoro sono mocciosi di dieci anni cui non hanno ancora tagliati i riccioli, e causa la loro nobile nascita ridono di me e mi prendono in giro. Le loro braccia non hanno forza per tendere l'arco, e le loro spade sono giocattoli d'oro e d'argento; potrebbero servire tutt'al più a tagliare la carne, ma mai ad abbattere un nemico. I soldati bevono e fanno all'amore con le schiave di palazzo e sono senza disciplina. Alla scuola militare leggono trattati antiquati, non hanno mai visto una guerra, né conosciuta la fame e la sete o la paura del nemico ».

Scosse con impazienza la catena che gli ornava il collo e proseguì: « A che servono catene ed onori quando non sono conquistati in battaglia ma semplicemente con inchini davanti al Faraone? La Regina Madre si è legata una barba sotto il mento e si è cinta della coda del leone, ma come può un guerriero considerare una donna come proprio capo? Ai tempi dei grandi Faraoni il guerriero non era un uomo del tutto disprezzato, ma adesso i Tebani considerano questa professione la più miserevole di tutte, e le chiudono la porta in faccia. Io sto sciupando il mio tempo. I giorni della mia giovinezza e della mia forza sgocciolano via inutili, mentre io studio le arti della guerra sotto la guida di chi sarebbe pronto a volgersi e fuggire al solo udire il grido di guerra di un Negro. Per il mio sparviere! I soldati si formano sul campo di battaglia, non altrove, e sono addestrati al cozzo delle armi. Non voglio più restare qua! ».

Percosse il tavolo con la sua frusta, rovesciando le tazze del vino, e il mio servo fuggì con un guaiolìo di paura.

« Horemheb, amico mio... tu sei malato, ecco tutto! Hai gli occhi febbricitanti, e sei tutto coperto di sudore ».

« Forse che non sono uomo? ». Si picchiò il petto. « Sono capace di sollevare in ciascuna mano uno schiavo muscoloso e schiacciarne le teste l'una contro l'altra. So reggere pesanti fardelli come ogni soldato deve saper fare, posso correre per miglia senza ansimare, e non temo né la fame né la sete né il sole del deserto. Ma ai loro occhi queste cose sono vergognose, e le donne della casa aurea ammirano soltanto quegli uomini che non hanno bisogno di radersi; a loro piacciono con i polsi sottili e il petto glabro e con cosce di ragazza. Ammirano gli uomini che usano parasoli e si dipingono le labbra di rosso e cinguettano come uccelli tra i rami. Io sono disprezzato perché sono forte e perché ho la pelle e le mani annerite dal sole, il che dimostra che so lavorare ».

Tacque fissando gli occhi nel vuoto. Infine tracannò il suo calice.

« Tu sei solo, Sinuhe... e lo sono anch'io, poiché prevedo quello che accadrà. So che sono nato per reggere un alto comando e so che un giorno i Due Regni avranno bisogno di me; ma non riesco più a sopportare la solitudine, Sinuhe. Nel mio cuore sfavillano scintille di fuoco; mi sento serrare la gola; non posso prendere sonno; devo andarmene da Tebe... La sporcizia mi soffoca e le mosche mi contaminano ».

Fissandomi in viso, mi disse poi a voce bassa: « Sinuhe, tu sei medico. Dammi un rimedio capace di conquistare l'amore ».

« È facile. Ti darò delle bacche che disciolte nel vino ti renderanno forte e ardente come un babbuino, cosicché le donne sospireranno nelle tue braccia e strabuzzeranno gli occhi. È presto fatto ».

« No, tu mi fraintendi, Sinuhe. Non è la mia forza che è malata; ma ho bisogno di un rimedio alla follìa. Ho bisogno di un rimedio che acquieti il mio cuore... e lo tramuti in pietra ».

« Questo rimedio non esiste. Un sorriso... uno sguardo di verdi occhi... e le arti del medico diventano impotenti. Questo io lo so. Però i saggi dicono che uno spirito maligno ne scacci un altro. Se questo sia vero o no, lo ignoro; ma temo che il secondo possa essere peggiore del primo ».

« Che cosa significa questo? », mi domandò con irritazione. « Sono stufo di frasi lambiccate ».

« Cercati un'altra donna che scacci la prima dal tuo cuore: questo soltanto io intendevo dire. Tebe è piena di donne belle e seducenti che si dipingono la faccia e vestono lini sottilissimi. Ne troverai pure una che ti sorrida, poiché sei giovane e forte e hai membra snelle e una catena d'oro al collo. Ma non capisco che cosa ti trattenga da quella che tu desideri. Anche se è sposata, non esiste muro troppo alto che l'amore non possa scavalcare. Quando una donna desidera un uomo, la sua astuzia sa rimuovere qualsiasi ostacolo: lo dimostrano le storie dei Due Regni. Si dice che l'amore delle donne sia costante come il vento, poiché soffia sempre limitandosi solo a mutar direzione. Dicono anche che la virtù delle donne sia come cera che si fonde al calore. Così è stato e sempre sarà ».

« Non è sposata », sbottò Horemheb « Sei lontano dal segno con il tuo blaterare di costanza e di virtù. Ella non mi vede neppure ancorché io abiti sotto i suoi stessi occhi, e non mi prende la mano neanche se gliela tendo per aiutarla a salire nella sua portantina ».

« È dunque una dama di riguardo? ».

« È inutile parlare di lei. È più bella della luna e delle stelle e più distante. Mi sarebbe davvero più facile stringere la luna tra le mie braccia. Perciò devo dimenticarla... perciò devo lasciare Tebe o morire ».

« Non sarai per caso caduto vittima delle arti della Regina Madre? », esclamai scherzosamente, poiché volevo farlo ridere. « È troppo vecchia e grassa per piacere a un giovanotto ».

« E poi lei ha il suo prete », replicò Horemheb con disprezzo. « Credo fossero adulteri mentre il Re viveva ancora ».

Lo fermai con la mano e dissi: « Hai bevuto da troppi pozzi avvelenati da quando sei giunto a Tebe ».

« Colei che io desidero si dipinge le labbra e le guance di rosso-giallo, e i suoi occhi ovali sono scuri, e nessuno ha ancora toccato quelle membra velate dal lino regale. Il suo nome è Baketamon, e nelle sue vene scorre il sangue dei Faraoni. Ora tu conosci la mia follìa fino in fondo, Sinuhe! Ma se tu lo dirai a chicchessia o mi rammenterai di ciò anche con una sola parola, io ti cercherò e ti ucciderò dovunque tu sia! Ti metterò la testa fra le gambe e getterò il tuo corpo di là dal muro ».

Questa sua rivelazione mi sgomentò moltissimo, poiché era veramente funesto che un uomo di umile nascita osasse alzare lo sguardo alla figlia del Faraone. Risposi: « Nessun mortale può avvicinarla. Se ella sposerà qualcuno, sarà suo fratello, l'erede, il quale la inalzerà a sua eguale come consorte regia. E così sarà, poiché io gliel'ho letto negli occhi al letto di morte del Re, quando ella non guardava nessuno all'infuori di suo fratello. Io ne ho avuto timore come di una donna le cui membra non recheranno calore a uomo alcuno, e nelle sue pupille dimorano il vuoto e la morte. Vattene, Horemheb, amico mio: Tebe non è luogo per te ».

Mi rispose con impazienza: « Questo io lo so meglio di te, e il tuo cicaleccio è per le mie orecchie come un ronzìo di mosche. Ritorniamo piuttosto a quanto mi hai detto a proposito degli spiriti maligni, poiché ho il cuore pieno, e quando ho bevuto vino ho voglia di una donna che mi sorrida, chiunque sia. Ma la sua veste deve essere di lino regale, deve portare la parrucca e dipingersi le labbra e le guance di rosso-giallo, e per risvegliare il mio desiderio i suoi occhi devono essere obliqui come l'arcobaleno ».

Sorrisi. « Parli saggiamente: discutiamo dunque insieme la cosa da amici ».

« Ascolta! Tra gli ufficiali miei compagni c'è un certo Kefta di Creta, che ho avuto una volta occasione di prendere a calci. Costui adesso mi rispetta, e mi ha invitato ad andare con lui oggi a un ricevimento, in una casa presso il tempio di un certo dio dalla testa di gatto. Me ne sono dimenticato il nome, perché non ho nessuna voglia di andarci ».

« Tu vuoi dire Baste. Conosco il tempio, e il luogo è con tutta probabilità adatto ai tuoi scopi, poiché le donne leggiere pregano molto colei dalla testa di gatta, e le offrono sacrifici per ottenere amanti ricchi ».

« Ma io non ci vado senza di te, Sinuhe. Io sono di umile origine, e ignoro i costumi di Tebe e soprattutto le donne di Tebe. Tu sei un uomo di mondo e sei nato qui, e perciò devi accompagnarmi ».

Il vino mi aveva infocato, e la sua fiducia in me mi adulava; non osai confessargli che la mia conoscenza delle donne era scarsa quanto la sua. Mandai Kaptah a cercare una lettiga, e contrattai coi portatori mentre Horemheb tracannava dell'altro vino per infondersi coraggio. Gli uomini ci condussero al tempio di Baste. Quando videro che torce e lampade bruciavano davanti alle porte della casa che stavamo per visitare, incominciarono a lamentarsi rumorosamente della misera paga finché Horemheb li sferzò con la frusta e quelli caddero in un silenzio offeso.

Io mossi innanzi per primo, e nessuno parve sorpreso della nostra venuta. Alcuni domestici dall'aspetto sorridente ci versarono acqua sulle mani, e un profumo di vivande calde, di unguenti e di fiori alitava fin sulla veranda. Alcuni schiavi ci adornarono di ghirlande, e noi entrammo audacemente nella grande sala. Come fummo entrati io non ebbi occhi se non per la donna che ci venne incontro. Era ammantata di lino regale cosicché attraverso ad esso le sue membra scintillavano come le membra di una dea. Recava sul capo una pesante parrucca turchina, ed era tutta coperta di gioielli rossi. Le sue sopracciglia erano annerite ad arte, e un'ombra verde le allungava gli occhi. Ma più verdi di tutti i verdi della terra erano i suoi occhi, simili al Nilo nel colmo dell'estate, tanto che il mio cuore si annegò in essi. Poiché quella donna era Nefernefernefer, che io avevo incontrata una volta nell'intercolunnio del grande tempio di Ammon. Non mi riconobbe, ma sorrise a Horemheb, il quale levò in segno di saluto il suo frustino di ufficiale. C'era pure Kefta, il giovane Cretese; costui corse incontro a Horemheb e lo abbracciò chiamandolo suo amico.

Nessuno badò a me, e io ebbi tutto il tempo di contemplare la sorella del mio cuore. Era più vecchia di quanto io la ricordassi, e i suoi occhi non sorridevano più, ma erano duri come verdi pietre. Non sorridevano ancorché la sua bocca sorridesse, e si posarono per prima cosa sulla catena d'oro che cingeva il collo di Horemheb; ma mentre la contemplavo le mie ginocchia tremavano.

La sala echeggiava di grida e di risa; sul pavimento giacevano giare di vino capovolte e fiori calpestati, e i musicanti siriani agitavano talmente i loro strumenti che non era possibile intendere una parola. Evidentemente tutti dovevano aver bevuto moltissimo, tanto che una donna perfino vomitò. Un servo le porse una ciotola troppo tardi, dimodoché il suo vestito ne fu insozzato e tutti risero.

Kefta il Cretese abbracciò pure me, imbrattandomi così di unguento tutta la faccia, e mi chiamò suo amico. Ma Nefernefernefer mi guardò e disse: « Sinuhe! Io conoscevo un Sinuhe una volta; anche lui doveva diventare dottore ».

« Sono io quel Sinuhe », risposi, fissandola negli occhi.

« No, non sei tu quello ». E fece un gesto di diniego. « Il Sinuhe che conoscevo era un giovanetto dagli occhi chiari di gazzella, mentre tu sei un uomo con atteggiamenti di uomo. Ci sono due solchi tra le tue sopracciglia, e la tua faccia non è liscia come la sua ».

Le mostrai l'anello di pietra verde che portavo al dito, ma ella scosse il capo fingendo di essere meravigliata e disse: « Devo intrattenere certamente un ladro nella mia casa, il quale ha ucciso quel Sinuhe e gli ha rubato l'anello che una volta gli diedi come pegno della nostra amicizia. Anche il suo nome tu hai rapito, e il Sinuhe che mi piaceva non esiste più ».

Alzò le mani in un gesto di dolore, e nella mia amarezza io mi tolsi l'anello dal dito e glielo porsi dicendo: « Riprenditi dunque il tuo anello, io me ne andrò e non ti annoierò più a lungo ».

Ma ella disse: « Non andare! ». E poi ancora, posandomi lievemente la mano sul braccio come già aveva fatto allora, mi ripeté sottovoce: « Non andare! ».

E io non me ne andai benché sapessi che il suo corpo mi avrebbe bruciato peggio del fuoco e che mai più sarei stato felice senza di lei. I servi ci versarono del vino, ed esso non fu mai grato al mio palato quanto in quel momento.

La donna che si era sentita male si risciacquò la bocca e bevve dell'altro vino. Si tolse quindi la veste imbrattata e la gettò a terra; si levò pure la parrucca, cosicché rimase completamente nuda. Si premette insieme le poppe con le mani, ordinando ai servi di versarvi sopra del vino, e lasciò bere alle sue mammelle tutti coloro che volevano dissetarvisi. Barcollava per la stanza ridendo a voce alta — giovane, bellissima, sfrontata, — e fermandosi davanti a Horemheb, gli offerse il vino che sgorgava tra il suo seno nudo. Egli piegò il capo e bevve. Quando lo sollevò di nuovo, il suo volto era cupo, ed egli fissò la donna negli occhi, strinse tra le mani il suo capo nudo e la baciò. Tutti risero, e la donna rise con essi. Poi diventando timida ad un tratto, chiese una veste fresca. I servi la coprirono, ed ella si rimise la parrucca, poi sedette accanto a Horemheb e non bevve più. I musicanti siriani seguitavano a suonare; io sentivo nelle mie vene la febbre di Tebe e capivo che ero nato per vivere durante il tramonto del mondo, che nulla importava più sino a quando avessi potuto sedere accanto alla sorella del mio cuore e contemplare i verdi riflessi dei suoi occhi e il rosso bagliore delle sue labbra.

Così fu che per mezzo di Horemheb io venni a incontrare una seconda volta Nefernefernefer, la mia benamata; ma sarebbe stato meglio per me se mai più l'avessi riveduta.

5.

« È questa la tua casa? », le domandai mentre mi sedeva accanto fissandomi con i suoi duri occhi verdi.

« Questa è la mia casa, e questi sono i miei ospiti. Ho ospiti tutte le sere poiché non mi piace restare sola ».

« E Metufer? », chiesi, poiché volevo sapere tutto nonostante la sofferenza che ciò mi avrebbe certamente causato. Ella aggrottò leggermente la fronte.

« Non sai che Metufer è morto? È morto perché ha manomesso il danaro che il Faraone aveva dato a suo padre per la costruzione di un tempio. Metufer è morto, e suo padre non è più mastro architetto reale. Non lo sapevi? ».

« Se questo è vero », dissi sorridendo, « devo quasi credere che Ammon lo abbia punito, poiché egli si era beffato del suo nome ». E le raccontai come Metufer e il sacerdote avevano sputato in faccia alla statua di Ammon per lavarla, e come si erano strofinati con i sacri unguenti del dio.

Ella sorrise, ma i suoi occhi avevano un'espressione dura e lontana. Improvvisamente disse: « Perché non sei venuto da me allora, Sinuhe? Se tu mi avessi cercata mi avresti trovata. Hai fatto male a non venire, e a visitare altre donne con il mio anello al dito ».

« Non ero che un ragazzo e avevo timore di te, ma nei miei sogni tu eri la mia sorella, Nefernefernefer, e, ridi di me se vuoi, io non ho mai giaciuto ancora con nessuna donna. Ho aspettato, per rivederti un'altra volta ».

Rise e fece un gesto di incredulità.

« Certamente tu stai mentendo, ai tuoi occhi devo sembrare una donna vecchia e brutta, e ti diverte prenderti beffe di me e mentirmi ». Ora i suoi occhi erano gai come per il passato, e sembrava tanto più giovane che nel contemplarla il mio cuore si gonfiò e mi dolse.

« È vero che non ho mai toccato nessuna donna », dissi, « ma forse non è vero che ti abbia aspettata. Permettimi di essere onesto. Moltissime donne sono venute da me, giovani e vecchie, belle e brutte, dotte e ignoranti; ma tutte costoro io ho guardato imparzialmente con occhio di medico, e non una sola ha commosso il mio cuore, sebbene io non sappia dirti come sia stato ».

« Forse quando eri un ragazzino sei caduto dalla cima di un carro e sei andato a colpire di sbieco una stanga, cosicché da allora tu sei sempre stato malinconico e maggiormente felice se solo ». E pur ridendo mi toccò lievemente come nessuna donna mi aveva mai toccato. Ogni risposta era inutile, poiché anch'ella sapeva che ciò che aveva detto non era vero. Ritrasse rapidamente la mano sussurrando: « Beviamo insieme. Può darsi ch'io prenda ancora piacere con te, Sinuhe ».

Bevemmo mentre gli schiavi trasportavano alle loro portantine alcuni degli ospiti, e Horemheb passò il suo braccio intorno alla vita della donna che gli sedeva accanto e la chiamò sorella. Si tolse dal collo la catena d'oro e voleva a tutti i costi appenderla al collo di lei.

Ma la donna resistette e disse irosamente: « Sono una donna onesta, non una prostituta ». Si alzò e si allontanò con aria offesa, ma giunta sulla soglia fece segretamente cenno a Horemheb di seguirla. Non vidi più né l'uno né l'altra per quella sera.

I rimasti seguitarono a bere. Barcollavano tutt'attorno sul pavimento rovesciando sgabelli e agitando i sistri che avevano sottratti ai musicanti. Si abbracciavano, si chiamavano a vicenda amici e fratelli, e poi di colpo si azzuffavano insultandosi reciprocamente con gli epiteti di castrato e di eunuco.

Io ero ubriaco, non di vino, ma della vicinanza di Nefernefernefer e del contatto della sua mano, finché alla fine ella fece un cenno e i servi incominciarono a spegnere le luci, a portar via tavole e sgabelli, a raccogliere le ghirlande calpestate. Allora io le dissi: « Devo andare ».

Ma ogni parola mi trafiggeva il cuore come sale versato su una ferita, perché avevo terrore di perderla, e ogni attimo trascorso lontano da lei mi sembrava sprecato inutilmente.

« Dove te n'andrai? », mi chiese con finta sorpresa.

« Andrò a vegliare stanotte in istrada davanti alla tua casa. Farò sacrifici in ogni tempio di Tebe, in ringraziamento agli dèi che mi hanno permesso di ritrovarti. Raccoglierò rami fioriti dagli alberi per cospargerne il tuo cammino quando lascerai la tua casa, e comprerò mirra con cui ungerò gli stipiti della tua porta ».

Ella sorrise e disse: « Sarà meglio che tu non te ne vada, poiché fiori e mirra io ne ho già. E se ti allontani così infiammato dal vino, ti perderai tra donne straniere; e questo io non lo permetterò ».

Le sue parole mi empirono di gioia. Avrei voluto stringerla a me, ma ella mi resistette e disse: « Fermati! I servi ci possono vedere. Ancorché io viva sola, non sono una donna spregevole ».

Mi condusse fuori nel giardino, illuminato dalla luce della luna e impregnato del profumo dei mirti e delle acacie. I fiori di loto nello stagno avevano chiuso i loro calici per la notte, e io notai che l'orlo dello stagno era intarsiato di pietre colorate. Dei servi versarono acqua sulle nostre mani, ci portarono un'oca arrostita e frutta candita nel miele, e Nefernefernefer disse: « Mangia e rallegrati qui con me, Sinuhe ».

Ma il desiderio aveva serrata la mia gola, e io non riuscivo a inghiottire. Ella mi lanciò un'occhiata beffarda e mangiò avidamente. Ogni volta che mi guardava, il chiarore lunare si rispecchiava nei suoi occhi. Volli attirarla tra le mie braccia ma ella mi respinse dicendo: « Lo sai perché Baste, la dea dell'amore, è rappresentata in sembianze di gatta? ».

« Non m'importa né di gatti né di dèi », dissi afferrandola, gli occhi appannati dal desiderio. Ella mi respinse.

« Fra poco potrai toccarmi. Potrai posare le tue mani sul mio petto e sul mio ventre se questo potrà acquietarti, ma prima devi sapere e imparare perché una donna è come una gatta e perché anche la passione è felina. Le sue zampe sono morbide, ma nascondono artigli che graffiano e lacerano e ti trafiggono spietatamente il cuore. Sì, la donna è veramente simile a un gatto, perché anche il gatto prende piacere a tormentare la sua preda e a torturarla senza mai stancarsi del gioco. Solo quando la creatura è maciullata, allora la divora e poi si pone in cerca di un'altra vittima. Te lo dico perché voglio essere onesta con te. Io non ti ho mai augurato male, no, non ti ho mai augurato male », ripeté con voce assente, prendendo la mia mano e avvicinandola al suo seno mentre si posava l'altra nel grembo. Io tremai, e gli occhi mi si gonfiarono di lagrime. Allora ella mi respinse una terza volta.

« Tu puoi lasciarmi ora per non tornare mai più, e allora io non ti farò del male; ma se non te n'andrai, non dovrai biasimarmi per ciò che ti potrà accadere ».

Mi diede tempo di andarmene, ma io non mi mossi. Allora sospirando appena come se fosse stanca del gioco disse: « E sia pure. Tu devi avere ciò per cui sei venuto, ma sii gentile, perché sono affaticata, e temo di addormentarmi fra le tue braccia ». Mi condusse nella stanza e al suo letto d'ebano e avorio, poi slacciandosi la veste mi aprì le sue braccia.

Fu come se tutto il mio essere si incenerisse al suo contatto

Ma ben presto ella sbadigliò e mi disse: « Ho molto sonno... e devo credere davvero che tu non abbia finora giaciuto con nessuna donna, perché agisci con molta goffaggine e non mi dài nessun piacere. Ma quando un giovane possiede la sua prima donna le dà un tesoro senza prezzo; perciò io non ti chiederò altri doni. Ma adesso vattene e lasciami dormire, giacché hai avuto quello per cui sei venuto ».

E quando tentai di stringerla nuovamente a me, ella si difese e mi mandò via. Ritornai a casa col corpo come fuso e ribollente al tempo stesso, e con la certezza che mai più avrei potuto dimenticarla.

6.

Il giorno seguente dissi al mio servo Kaptah di respingere tutti i miei pazienti e di avvertirli che si cercassero altri medici. Quindi mandai a chiamare un barbiere, mi lavai e mi strofinai con olii essenziali, mi vestii e ordinai una lettiga, raccomandando ai portatori di correre. Volevo affrettarmi alla casa di Nefernefernefer senza imbrattarmi gli abiti e i piedi di polvere. Kaptah mi guardò con riprovazione e scosse il capo, perché mai prima avevo lasciato il mio laboratorio a metà della giornata, e temeva che se avessi trascurato i miei malati, la sua paga sarebbe stata diminuita. Ma io non avevo che un unico pensiero, e il mio corpo bruciava come fuoco, un fuoco radioso.

Un servo mi ricevette e mi condusse nella stanza di Nefernefernefer. Ella si stava adornando davanti allo specchio e mi fissò con occhi duri, indifferenti.

« Che cosa vuoi, Sinuhe? Tu mi tedii ».

« Tu sai bene quello che voglio », dissi cercando di stringerla fra le mie braccia e rammentandomi il suo ardore della notte innanzi. Ma ella mi respinse rudemente.

« Sei maligno o sei stupido? Venire adesso! È giunto in questo momento da Sidone un mercante con un gioiello che appartenne un tempo a una regina, è un diadema rinvenuto in una tomba. Stasera qualcuno deve regalarmi questo monile, e da molto tempo desidero una gemma che nessun altro possegga. Per questo mi farò bella e lascerò che mi ungano il corpo ».

Si spogliò senza ritegno e si allungò sul letto perché una schiava le massaggiasse di balsamo le membra. Il cuore mi salì in gola, e alla vista della sua bellezza le mie mani si fecero madide di sudore.

« Perché indugi, Sinuhe? », mi chiese quando la schiava se ne fu andata lasciandola così ignuda sul letto. « Perché non te ne sei andato? Io devo vestirmi ».

Come un capogiro si impadronì di me, e mi precipitai su di lei, ma ella mi scostò con tanta accortezza che non mi fu possibile prenderla, e infine me ne stetti lì versando lagrime di desiderio insoddisfatto.

Dissi finalmente: « Se potessi comperarti quel gioiello lo farei, tu lo sai bene, ma nessun altro deve toccarti, preferirei morire piuttosto ».

« Ah? », disse con occhi semichiusi. « Tu proibisci che qualcun altro mi tocchi? E se io rinuncio a questo giorno per te, Sinuhe, se mangio e bevo e gioco con te quest'oggi — poiché nessuno sa quel che può portare il domani — che cosa mi darai tu? ».

Si allungò sul letto tanto che il suo ventre liscio si incavò. Non c'era un solo pelo sulla sua persona, né sul capo né sul corpo.

« Non ho proprio nulla da darti », e mi guardavo attorno nel dire questo, fissando il pavimento di lapislazzuli tempestato di turchesi e le molte coppe d'oro sparse per la stanza. « Non ho proprio assolutamente nulla da darti ».

Le ginocchia mi si piegarono sotto e io stavo per allontanarmi quando ella mi fermò.

« Mi spiace per te, Sinuhe », mi disse con voce carezzevole, inarcando di nuovo il suo corpo snello. « Tu mi hai già dato cosa degna di essere donata, ancorché il suo valore mi sembri molto sopravvalutato. Ma dopo tutto tu hai una casa e dei vestiti e tutti gli strumenti che occorrono a un medico. Non sei completamente povero, io credo ».

Tremando da capo a piedi dissi: « Tutto ciò che possiedo è tuo, Nefernefernefer, se tu lo desideri. Non ha un grande valore, ma la mia casa è dotata di tutto quello che può servire a un medico. Uno studente della Casa della Vita potrebbe pagarne un buon prezzo se i suoi genitori ne avessero i mezzi ».

« Credi? ».

Mi volse la sua schiena nuda, e mentre si contemplava nello specchio sfiorò con le dita sottili il nero arco delle sue sopracciglia.

« Come vuoi. Trova dunque uno scriba che annoti questo in modo che tutto ciò che possiedi sia trasferito a mio nome. Poiché per quanto io viva sola non sono una donna da disprezzare, e devo provvedere all'avvenire quando tu forse mi butterai da una parte, Sinuhe ».

Io fissavo la sua schiena nuda; la lingua mi si fece spessa nella bocca, e il cuore cominciò a battermi con tanta violenza che mi volsi precipitosamente e uscii. Trovai uno scriba legale che approntò subito le carte necessarie e le inviò in custodia agli archivi reali. Quando ritornai, Nefernefernefer si era abbigliata di lino regale e indossava una parrucca rossa come l'oro; aveva il collo, i polsi e le caviglie adorni dei più splendenti gioielli. L'attendeva all'ingresso una portantina sfarzosa.

Porgendole la ricevuta dello scriba, dissi: « Tutto ciò che possiedo è adesso tuo, Nefernefernefer, anche le vesti che ho indosso. Mangiamo dunque e beviamo e prendiamo il nostro piacere insieme quest'oggi, poiché nessuno conosce quel che può recare il domani ».

Ella prese il documento con noncuranza, lo ripose in un cofano d'ebano e disse: « Mi spiace, Sinuhe, ma mi sono accorta di avere il mio disturbo mensile, così tu non puoi godere di me come io avrei desiderato. Sarà meglio che tu te ne vada adesso finché io non avrò fatte le purificazioni necessarie, perché ho la testa pesante e il corpo che mi duole. Vieni un altro giorno, e tu potrai soddisfare il tuo desiderio ».

Io la fissai con la morte nel petto senza riuscire a proferir parola. Ella batté il piede con impazienza. « Vattene: ho fretta ».

Quando cercai di toccarla mi disse: « Non rovinare il trucco del mio viso ».

Ritornai a casa e misi in ordine quanto mi apparteneva, affinché tutto fosse pronto per il nuovo proprietario. Il mio schiavo monocolo seguiva ogni mia mossa con scuotimenti del capo, finché la sua presenza mi infuriò. Scoppiai: « Non starmi alle costole; non sono più il tuo padrone. Un altro adesso ti possiede. Servilo ubbidientemente quando verrà, e non derubarlo come hai derubato me, poiché può darsi che il suo bastone sia più duro del mio ».

Egli allora si buttò a terra, levando alte le mani sul capo al colmo della disperazione e piangendo amaramente.

« Non mandarmi via, signore, perché il mio vecchio cuore si è affezionato a te e si spezzerà se tu mi bandisci. Io ti sono sempre stato fedele, per quanto giovane e semplice tu fossi. Quel che ti ho rubato l'ho rubato col dovuto riguardo al tuo interesse. Son corso per le strade con le mie vecchie gambe nel calore del mezzogiorno, urlando forte il tuo nome e i tuoi meriti, sebbene i servi degli altri dottori mi abbiano battuto e coperto di letame ».

Mi pareva di avere il cuore pieno di sale, e mi sentivo sulla lingua un sapore amaro mentre lo guardavo.

Ero però commosso, e prendendolo per le spalle dissi: « Alzati, Kaptah! A che servono tutti questi lamenti? Non è perché sono malcontento che io ti licenzio, poiché anzi sono sempre stato soddisfatto dei tuoi servigi, anche se spesso tu mi hai dimostrato il tuo cattivo carattere in modo svergognato, sbattendo le porte e acciottolando le stoviglie quando eri seccato di qualcosa. E nemmeno il tuo rubacchiare mi ha incollerito, poiché questo è il diritto di uno schiavo. Sono stato costretto a cederti contro la mia volontà, poiché non avevo altro da offrire; anche la mia casa se n'è andata, pure, e tutto ciò che posseggo, cosicché mi sono rimasti soltanto i vestiti che ho indosso. Tu ti lamenti invano ».

Kaptah si strappò i capelli e gemette: « Questo è un triste giorno! ».

Rifletté cupo per un certo tempo, quindi riprese: « Tu sei un grande medico, Sinuhe, nonostante la tua giovinezza, e il mondo si stende davanti a te. Sarà meglio dunque che io mi affretti a raccogliere le cose di maggior valore, e al cader della notte fuggiremo. Potremo dirigerci verso le Terre Rosse, dove nessuno ci conosce, o verso le isole marine dove il vino scintilla e le donne sono gaie. Potremmo anche andare al paese di Mitanni, o a Babilonia, dove i fiumi corrono in senso sbagliato, e le arti dei medici egizii sono altamente considerate, cosicché tu potrai diventare ricco e io potrei essere il servo di un padrone rispettato. Affrettati, perciò, signore, affinché noi possiamo raccogliere ciò che ti appartiene prima di notte », e così dicendo mi tirava per la manica.

« Kaptah, Kaptah, risparmiami le tue stupide chiacchiere. Il mio cuore sanguina a morte, e il mio corpo non mi appartiene più. Io sono legato con pastoie più forti di catene di rame, anche se invisibili. Non posso fuggire, perché la lontananza da Tebe sarebbe per me come il trovarmi in una fornace ardente ».

Il servo sedeva sul pavimento, poiché i suoi piedi erano afflitti da enfiagioni dolorose che io curavo ogni tanto, quando avevo tempo.

Disse: « È chiaro che Ammon ci ha abbandonati, il che non mi stupisce, dal momento che tu gli sacrifichi tanto di rado! Nondimeno io gli ho sacrificato fedelmente un quinto di quello che ti ho rubato, per ringraziarlo di avermi dato un padrone così giovane e così semplice. Adesso egli ha abbandonato anche me. Bene, bene... dobbiamo cambiare dèi, e affrettarci a sacrificare ad altri che forse allontaneranno la maledizione da noi e aggiusteranno nuovamente ogni cosa ».

« Basta con queste sciocchezze. Tu dimentichi che non abbiamo nulla da sacrificare, giacché tutto ora appartiene ad altri ».

« A un uomo o a una donna? ».

« Una donna », risposi; infatti a che serviva nasconderlo?

Quando egli intese questo, scoppiò in nuovi piagnistei. « Oh, perché mai sono stato generato in questo mondo? Oh, se mia madre, al momento della mia nascita, mi avesse strangolato col mio cordone ombelicale! Poiché non vi è destino peggiore per uno schiavo che servire una donna senza cuore, e senza cuore deve essere colei che ti ha ridotto in questo stato ».

« Non è affatto senza cuore », gli risposi, poiché l'uomo è tanto sciocco che io sentivo il bisogno di parlare di Nefernefernefer persino al mio schiavo, non avendo altri con cui confidarmi. « Nuda sul suo giaciglio ella è più bella della luna. Le sue membra luccicano di olii preziosi, e i suoi occhi sono verdi come il Nilo nell'arsura dell'estate. Tu sei felice e invidiabile, Kaptah, dal momento che ti è concesso di vivere vicino a lei e di respirare la sua stessa aria ».

I lamenti di Kaptah si fecero ancora più forti.

« Mi venderà in cambio di un portatore o di un cavapietre, i miei polmoni soffocheranno, il sangue mi trasuderà di sotto alle unghie, e io perirò nel fango come un asino straziato ».

In cuor mio sapevo che forse egli aveva ragione, poiché in casa di Nefernefernefer difficilmente vi sarebbe stato pane e ricovero per un vecchio come Kaptah. Anche i miei occhi si inumidirono di lagrime, benché non riuscissi a capire se piangevo per lui o per me. Allorché Kaptah vide questo, si zittì di colpo e mi fissò sbalordito. Ma io nascosi il capo tra le mani e non mi curai che il mio servo mi vedesse piangere. Posandomi la sua larga mano sulla testa, mi disse con voce triste: « È tutta colpa mia;

avrei dovuto sorvegliare meglio il mio padrone; ma non immaginavo che fosse così bianco e puro, come un panno prima della prima lavatura. Poiché questo soltanto può spiegare ogni cosa. Io mi stupivo infatti che il mio padrone non mi mandasse a cercare una ragazza quando tornava a notte dalla bottega del vinaio. E le donne che ti mandavo per il tuo piacere se ne andavano indispettite, chiamandomi topaccio e corvo da carogne. E ce n'erano di giovani e avvenenti tra loro! Ma il mio da fare era inutile, e come uno scemo mi rallegravo, pensando che non avresti mai portato una moglie in casa che mi avrebbe picchiato sulla testa e mi avrebbe buttato acqua bollente sui piedi tutte le volte che avesse litigato con me. Che sciocco, che imbecille, ero! È il primo tizzone quello che brucia la capanna ».

Disse molte altre cose ancora, e il suono della sua voce era alle mie orecchie come un ronzìo di mosche. Alla fine tacque e preparò da mangiare per me e mi versò acqua sulle mani. Ma io non potevo inghiottire cibo perché avevo il corpo in fiamme, e quando calò la sera un unico pensiero mi occupò la mente.

LIBRO IV

NEFERNEFERNEFER

I.

Il mattino per tempo mi recai alla casa di Nefernefernefer, ma ella dormiva ancora. Quando svegliai i suoi servi, questi presero a bestemmiare e a lanciarmi addosso risciacquatura di piatti, perciò io mi misi a sedere presso la soglia come un mendicante, finché intesi muoversi e chiacchierare nella casa, e allora tentai nuovamente di entrare.

Nefernefernefer giaceva sul suo letto. Aveva il viso piccolo e bianco, e i suoi occhi verdi erano incupiti dal vino.

« Tu mi infastidisci », disse. « Che cosa vuoi? ».

« Mangiare e bere e prendere piacere con te », replicai goffamente, « poiché così tu mi hai promesso ».

« Questo era ieri: oggi è un altro giorno ».

Una schiava le tolse la veste spiegazzata e massaggiò e unse le sue membra. Nefer si contemplò nello specchio, si truccò il viso, si pose in capo la parrucca, e prendendo il nuovo ornamento di perle e di pietre preziose incastonate in oro antico se lo posò sulla fronte.

« È bello », disse, « e vale il prezzo, anche se sono stanca come se avessi giostrato tutta la notte ».

« Dunque tu mi hai mentito ieri, e non vi era nulla che ci impedisse », protestai, benché nel mio cuore io non avessi creduto a quanto mi aveva detto per rifiutarmisi.

« Mi ero ingannata, ma il mio periodo dovrebbe essere già venuto, e ho paura che tu mi abbia fatto concepire, Sinuhe, poiché io ero inerte fra le tue braccia, e tu eri violento ». Ma sorrideva beffarda.

« Così il tuo gioiello viene da una tomba reale di Siria, non è questo ciò che mi hai detto ieri? ».

« Già », mormorò con voce carezzevole. « È stato trovato sotto il guanciale di un mercante siriano, ma non lasciare che questo ti spiaccia. Era un uomo panciuto, grasso come un maiale, e puzzava di cipolle. Io ho quello che desideravo e non intendo di rivederlo ».

Si tolse parrucca e ornamento e li lasciò cadere distrattamente a terra accanto al letto. Il suo cranio nudo era liscio e desiderabile, mentre ella si distendeva di nuovo e appoggiava il capo sulle dita intrecciate a mo' di guanciale.

« Sono stanca, Sinuhe, e tu abusi della mia stanchezza divorandomi a quel modo con gli occhi, quando io non ho forza per trattenerti lontano. Non dovresti dimenticare che benché io viva sola non sono una donna da disprezzare ».

« Tu sai benissimo che non ho più nulla da darti, poiché già possiedi tutto quello che era mio ».

Piegai il capo sino all'orlo del letto e colsi il profumo dei suoi unguenti e del suo corpo. Ella tese una mano a toccare i miei capelli, ma subito la ritrasse, ridendo e scuotendo il capo.

« Che ingannatori gli uomini! Anche tu mi mentisci, Sinuhe; ma non so frenare la mia tenerezza per te... sono troppo debole ».

Ma quando fui per afferrarla tra le mie braccia ella mi respinse lontano, e mettendosi a sedere sul letto disse con voce di amaro risentimento: « Ma per quanto debole e sola non voglio avere che fare con imbroglioni e ciurmadori. Tu non mi hai mai detto che tuo padre Senmut possiede una casa nel quartiere povero del porto. La casa vale poco, ma il terreno su cui sorge è in prossimità dei moli, e il mobilio se venduto al mercato può fruttare qualcosa. Io potrei mangiare e bere e prendere piacere con te quest'oggi se tu mi cedessi questa tua proprietà, poiché nessuno sa quel che può recare il domani, e io devo difendere la mia reputazione ».

« La proprietà di mio padre non mi appartiene », risposi inorridito, « tu non mi devi chiedere quello che io non ho il diritto di darti, Nefernefernefer ».

Ella inclinò la testa di lato, fissandomi con i suoi occhi verdi.

« La proprietà di tuo padre ti appartiene per diritto legittimo di eredità, Sinuhe, tu lo sai bene, e inoltre non mi hai detto che è cieco e ti ha affidata l'amministrazione dei suoi beni affinché tu possa disporne come se fossero tuoi ».

Questo era vero, poiché quando la vista di mio padre si era fatta incerta, egli mi aveva affidato il suo sigillo e mi aveva chiesto di badare alla sua proprietà, dal momento che egli non era più in grado di firmare col proprio nome. Spesso egli e Kipa avevano ripetuto che la casa si sarebbe potuta vendere bene, e questo gli avrebbe permesso di acquistare una casetta fuori della città dove sarebbero potuti vivere fino a che fosse giunto il momento per loro di prendere possesso della loro tomba e di iniziare il loro viaggio verso l'immortalità.

Non riuscivo ad aprir bocca, tanto mi sopraffaceva l'orrore di ingannare il padre e la madre che confidavano in me. Ma Nefernefernefer socchiuse gli occhi e mormorò: « Prendimi il capo tra le mani, toccami il seno con le labbra, poiché c'è qualcosa in te che mi rende debole, Sinuhe, tanto da farmi dimenticare il mio interesse quando si tratta di te. Tutto il giorno prenderò piacere con te se tu mi cederai la proprietà di tuo padre, per quanto poco essa possa valere ».

Io presi il suo capo tra le mie mani, ed esso era piccolo e liscio e mi riempì di una febbre indicibile.

« Così sia », dissi, e la mia voce suonò falsa e stridula alle mie stesse orecchie.

Ma quando io feci per accostarmi a lei, ella disse: « Tu entrerai nel regno che è già tuo, ma prima cerca uno scriba legale che prepari i documenti necessari, poiché non ho fiducia nelle promesse degli uomini e devo salvaguardare la mia reputazione ».

Andai in cerca di uno scriba, ma ogni passo che mi allontanava da lei era per me un tormento. Supplicai lo scriba di far presto, e quando tutto fu pronto, apposi al documento il sigillo di mio padre e lo firmai col suo nome. Ma quando tornai, i servi mi dissero che Nefernefernefer dormiva, e dovetti aspettare fino a sera tarda che ella si svegliasse. Alla fine mi ricevette, prese il documento dello scriba e lo fece scivolare con indifferenza nel cofano d'ebano.

« Tu sei ostinato, Sinuhe, ma io sono una donna d'onore e mantengo sempre le mie promesse. Piglia dunque quello che sei venuto a cercare ».

Giacque sul letto e mi offrì il suo amplesso, ma non prese alcun piacere di me. Volgeva il capo da un lato per guardarsi nello specchio, soffocando gli sbadigli con la mano, tanto che la gioia che io cercavo si tramutò in cenere.

Quando mi alzai dal suo giaciglio ella mi disse: « Tu hai avuto quello che volevi, Sinuhe, ora vattene poiché sei molto noioso. Un altro giorno puoi tornare se vuoi, ma senza dubbio tu hai avuto tutto ciò che volevi ».

Mentre rientravo a casa barcollante, mi sentivo come il guscio di un uovo rotto. Volevo restarmene in pace in una stanza oscura, nascondendomi il capo tra le mani e dando sfogo col pianto alla mia infelicità. Ma sulla veranda sedeva uno straniero che portava una parrucca di treccioline e una veste siriana multicolore. Costui mi salutò altezzosamente e disse che era venuto a consultarmi come medico.

« Non ricevo più pazienti », gli dissi, « poiché questa casa non mi appartiene più ».

« Ho dei brutti gonfiori ai piedi », disse in un misto di parole siriane ed egiziane. « Il tuo intelligente schiavo Kaptah mi ha raccomandata la tua abilità nella cura di queste enfiagioni. Liberami dal mio tormento e non avrai a pentirtene ».

Era talmente ostinato, che alla fine lo condussi nella mia stanza e chiamai Kaptah perché mi desse dell'acqua calda per lavarmi le mani; ma non ottenni risposta, e fu soltanto dopo avere esaminati i piedi del Siriano che riconobbi le giunture nocchiute e piagate di Kaptah. Il mio schiavo si tolse la parrucca e scoppiò in una risata interminabile.

« Che mascherata è questa? », esclamai, e lo bastonai finché le sue risa si mutarono in ululati. Quando ebbi gettato in un canto il bastone mi disse: « Dal momento che non sono più tuo schiavo, ma lo schiavo di un altro, posso dirti con tutta tranquillità che ho intenzione di fuggire e volevo perciò assicurarmi se tu mi avresti riconosciuto in questo travestimento ».

Gli rammentai i castighi che minacciavano gli schiavi fuggiaschi, e gli dissi che poteva star certo di essere ricatturato, presto o tardi, poiché con che cosa sarebbe vissuto? Ma egli replicò: « Ieri sera, dopo aver bevuta molta birra, feci un sogno. Tu, signore, giacevi in una fornace ardente, ma io sono venuto da te con parole severe, e afferrandoti per la collottola ti ho tuffato in acqua corrente che ti ha trasportato via. In seguito sono stato al mercato a chiedere a un chiromante l'interpretazione del mio sogno. Costui mi ha detto che il mio padrone è in pericolo e che un lungo viaggio lo attende, e che io per la mia audacia avrei ricevuto un sacco di botte. Questo sogno è vero, perché basta guardarti in faccia, padrone, per capire che tu sei in gran pericolo. Le botte le ho già ricevute... perciò pure la conclusione del sogno deve essere vera. Ecco perché mi sono travestito, poiché ho deciso di accompagnarti in questo tuo viaggio ».

« La tua fedeltà mi commuove, Kaptah », dissi sforzandomi di assumere un tono scherzoso, « può darsi davvero che un lungo viaggio mi attenda, ma in tal caso esso mi condurrà alla Casa della Morte, dove difficilmente tu vorrai seguirmi ».

« Il domani è nascosto », fu la pronta risposta di Kaptah. « Tu sei giovane e immaturo come un vitello non ancora scozzonato, e io non oso lasciarti partire solo nel tormentato viaggio verso la Casa della Morte e il Paese d'Occidente. È probabile che io ti accompagni per aiutarti con la mia esperienza, poiché nonostante la tua stoltezza il mio cuore si è affezionato a te. Sebbene senza dubbio io abbia ai miei tempi generato molti figliuoli, non ne ho tuttavia mai veduto alcuno, e per questo mi ha presa la fantasia di considerarti come mio figlio. Con ciò non intendo offenderti; desidero soltanto esprimere il mio affetto per te ».

Questo era un portare l'insolenza troppo lontano, ma non ebbi cuore di batterlo, e d'altronde non era più mio schiavo. Mi chiusi nella mia stanza, mi coprii il capo e dormii di un sonno di morte sino al mattino, poiché non esiste narcotico più profondo del rimorso e della vergogna. Tuttavia quando infine mi svegliai, le prime cose di cui mi rammentai furono gli occhi e il corpo di Nefernefernefer, ed ebbi l'impressione di stringere tra le mie mani la sua liscia testa e di sentire il suo seno contro il mio. Mi lavai, mi vestii, e mi spalmai il viso di unguenti per andare da lei.

Nefernefernefer mi ricevette nel suo giardino presso lo stagno dei loti. I suoi occhi erano chiari e gai e più verdi delle acque del Nilo. Quando mi vide esclamò: « Oh Sinuhe! Dunque sei tornato... forse allora non sono poi così vecchia e brutta. Che cosa desideri? ».

Io la guardai come un affamato guarda il pane, sinché ella scosse il capo dispiaciuta.

« Sinuhe, Sinuhe... ancora? Vivo sola, è vero, ma non sono una donna disprezzabile, e devo salvaguardare la mia reputazione ».

« Ieri ti ho ceduta tutta la proprietà di mio padre; egli, un tempo medico rispettato, è ridotto alla miseria. Essendo cieco sarà costretto a mendicare il pane nella vecchiaia, mentre mia madre dovrà lavare la biancheria altrui ».

« Ieri era ieri, e oggi è oggi ». I suoi occhi si rimpicciolirono. « Ma non ho pretese eccessive. Puoi sedere accanto a me e tenermi la mano. Sono felice oggi, e sono lieta di condividere con te almeno la felicità del mio cuore, se non altro piacere ».

Rise maliziosamente e si lisciò il ventre con la mano leggiera. « Tu non mi chiedi perché il mio cuore è contento quest'oggi, ma io te lo dirò lo stesso. Devi sapere che è giunto in città, dal Basso Egitto, un uomo distinto, il quale ha con sé una ciotola d'oro del peso di quasi cento deben, su cui sono incise molte figure bellissime e divertenti; è molto vecchio certo, e talmente magro che i suoi vecchi stinchi mi ammaccheranno tutta, tuttavia ho fiducia che domattina quella ciotola adornerà la mia casa ».

Poiché non le diedi risposta, finse un profondo sospiro e rimase seduta a fissare con occhi sognanti le corolle del loto e gli altri fiori del giardino. Poi slacciandosi lentamente la veste scese nella vasca. Il suo capo si levò dall'acqua accanto a un fior di loto, ma ella era più meravigliosa di tutti i fiori della terra. Galleggiandomi vicina con le mani dietro la nuca disse: « Sei silenzioso quest'oggi, Sinuhe! Non sarò certamente io che senza volerlo ti ho ferito? Sarei lieta di far ammenda, se posso ».

Risposi mio malgrado: « Tu sai bene quello che voglio, Nefernefernefer ».

« Hai le guance infuocate, e ti vedo il sangue pulsare alle tempie. Non sarebbe bene che anche tu ti spogliassi e scendessi nella vasca con me a rinfrescarti in questa giornata torrida? Nessuno può vederci, perciò non esitare ».

Mi svestii e scesi nello stagno, e il mio fianco toccò il suo, ma ogniqualvolta stavo per afferrarla ella mi sfuggiva ridendo e spruzzandomi acqua sul viso.

« Capisco quello che tu vuoi, Sinuhe, benché io sia troppo pudica per guardarti. Ma prima devi farmi un regalo, poiché sai che non sono una donna da disprezzare ».

Io urlai nella mia collera: « Sei impazzita? Sai benissimo che mi hai spogliato di tutto! Mi vergogno e non oserò mai più guardare in faccia i miei genitori. Ma sono ancora un medico, e il mio nome è scritto nel Libro della Vita. Forse sarò ancora in grado di guadagnare abbastanza da offrirti un dono degno di te. Ma abbi pietà di me adesso, poiché anche nell'acqua brucio come nel fuoco, e quando ti guardo mi mordo le mani sino a farmi uscire sangue ».

Ella si allungò sull'acqua, e le sue mammelle si alzarono sopra la superficie come due fiori rosati. Mi guardò da sotto alle palpebre ombrate di verde e disse: « Non possiamo pensare a qualcosa che tu sia in grado di darmi? Perché io mi sento indebolire, Sinuhe, mi turba vederti nudo nel mio stagno. Tu sei goffo e privo di esperienza, tuttavia penso che un giorno io potrei insegnarti molte cose che ancora non sai... Potrei apprenderti tutte le raffinatezze che aguzzano il piacere di un uomo e quello di una donna. Rifletti a ciò che ti dico, Sinuhe ».

Io feci per ghermirla, ma ella balzò agilmente fuor dello stagno, e nascondendosi dietro un albero si scosse l'acqua dalle braccia.

« Io non sono che una debole donna, e gli uomini sono menzogneri... anche tu lo sei, Sinuhe! A questo pensiero il mio cuore si rattrista e quasi le lagrime mi sgorgano dagli occhi... poiché è evidente che tu sei stanco di me. Se così non fosse, non mi avresti tenuto nascosto che i tuoi genitori si sono arredati una bella tomba nella Città dei Morti e hanno pagato al tempio la somma necessaria per il loro viaggio nel Paese d'Occidente ».

Quando intesi ciò mi lacerai il petto con le mani sino a farne uscire il sangue.

« Dovrò dunque derubare i miei genitori dell'immortalità e permettere che i loro corpi si dissolvano nel nulla come i corpi degli schiavi e dei mendicanti e di coloro che vengono scagliati nel fiume in punizione dei loro delitti? Tu non puoi pretendere da me una cosa simile! ».

Le lagrime mi scendevano lungo le guance, ma benché gemessi, nella mia angoscia mi avvicinai a lei ed ella premette contro di me la sua nudità e mi disse: « Regalami la tomba dei tuoi genitori e io ti sussurrerò all'orecchio "mio fratello", e sarò per te un fuoco di delizie e ti insegnerò mille cose sconosciute che ti daranno gioia! ».

Avevo perduta la padronanza di me stesso e continuavo a piangere.

« Sia così, e possa il tuo nome essere maledetto per tutta la eternità, ma io non so resisterti, tanto forte è il sortilegio con cui mi tieni ».

« Non parlare di stregonerie, poiché questo mi offende. Dal momento che sei noioso e di cattivo umore, manderò un servo in cerca di uno scriba mentre mangeremo e berremo per rallegrare i nostri cuori, cosicché potremo prendere piacere l'uno dall'altra quando i documenti saranno in ordine ». E con un riso di gioia corse in casa.

Io mi vestii e la seguii; i servi mi versarono acqua sulle mani e si inchinarono, tendendo le mani al livello delle ginocchia. Ma dietro le mie spalle ridacchiavano e si beffavano di me, ancorché io pretendessi con me stesso che il loro scherno altro non era alle mie orecchie che un ronzìo di mosche. Quando Nefernefernefer scese abbasso, tacquero; mangiammo e bevemmo insieme, e c'erano cinque qualità di carne e dodici qualità di dolciumi, e bevemmo vino miscelato che sale rapidamente alla testa. Venne lo scriba della legge e redasse i documenti necessari. Io legai a Nefernefernefer la tomba dei miei genitori nella Città dei Morti con il suo arredamento, nonché il loro deposito al tempio, defraudandoli dell'immortalità e di ogni speranza di viaggio nella Terra d'Occidente. Apposi al documento il sigillo di mio padre e lo firmai col suo nome, e lo scriba si assunse l'incarico di spedire i documenti agli archivi reali in quel giorno stesso per renderli legalmente validi. Consegnò la ricevuta a Nefernefernefer; ella la ripose nel cofano nero e pagò lo scriba per il suo disturbo. Quando se ne fu andato dissi: « Da questo momento sono maledetto e disonorato agli occhi degli dèi e degli uomini... è un alto prezzo da pagare. Provami ora che non è troppo alto ».

Ma ella sorrise.

« Bevi, o mio fratello, affinché il tuo cuore si allieti ».

Ma quando io volli afferrarla, ella mi sfuggì e riempì da una giara la mia coppa di vino. Poco dopo guardò il sole e disse: « Vedi, la giornata è finita, e presto sarà sera. Perché rimani? ».

« Tu lo sai bene! ».

« E tu sai bene quale è il pozzo più profondo e quale l'abisso senza limite, Sinuhe. Devo affrettarmi a vestirmi e a dipingermi il viso, perché mi aspetta una tazza d'oro che domani adornerà la mia casa ».

Quando feci per stringerla fra le mie braccia, ella mi scivolò via con una risata stridula e chiamò a gran voce i servi, che immediatamente obbedirono ai suoi ordini.

« Come ha potuto entrare in casa mia questo insopportabile mendicante? Buttatelo immediatamente fuori e non lasciatelo mai più mettere piede qui dentro! Se oppone resistenza, picchiatelo ».

I servi mi gettarono fuori, intorpidito com'ero pel vino e la collera, e uscirono di nuovo a percuotermi con bastoni quando io bussai come un forsennato alla porta esterna sbarrata. E poiché la gente aveva incominciato ad ammassarsi lì intorno, richiamata dalle mie grida, i servi dichiararono: « Questo ubriaco ha insultato la nostra signora che abita in casa propria e non è una donna da essere disprezzata ».

Mi picchiarono finché rimasi privo di sensi, e mi abbandonarono nella strada dove gli uomini mi sputacchiarono e i cani mi pisciarono addosso.

Quando rientrai in me, non ebbi la forza di alzarmi e giacqui là immobile sino al mattino. Le tenebre mi nascondevano, e avevo la sensazione che non avrei mai più osato mostrare il mio volto. Il Principe mi aveva chiamato Colui Che È Solo, e certo quella notte io fui il più solitario essere mortale del mondo; ma quando spuntò l'aurora, quando la gente cominciò a muoversi per le strade, e i mercanti dispiegarono sui loro banchi le loro mercanzie, e i carri trainati dai buoi passarono rombando accanto a me, io mi levai e lasciai la città, e mi nascosi per tre giorni e tre notti tra le canne, senza cibo né bevanda. Avevo il cuore e il corpo ridotti a una sola ributtante ferita. Se qualcuno allora mi avesse rivolta la parola, credo mi sarei messo a urlare forte, e temetti per la mia ragione.

3

Il terzo giorno mi bagnai le mani e i piedi, e levai dalle mie vesti il sangue raggrumato. Volgendo la faccia verso la città, ritornai nella mia casa. Ma la casa non era più mia e sulla porta c'era l'insegna di un altro medico. Chiamai Kaptah, ed egli venne di corsa, singhiozzando di gioia, e mi abbracciò le ginocchia.

« Padrone, poiché nel mio cuore tu sei sempre il mio padrone, non importa chi altri possa comandarmi. È venuto qui un giovanotto che si crede un gran dottore. Si è provati i tuoi vestiti e non ha fatto che ridere di soddisfazione. Sua madre è già stata in cucina e mi ha buttato sui piedi acqua bollente e mi ha chiamato topaccio e mosca merdaiola. Ma i tuoi pazienti sentono la tua mancanza, dicono che la sua mano non è leggiera come la tua e che non sa capire come te le loro malattie ».

Egli seguitava a chiacchierare, ma il suo occhio cerchiato di rosso era fisso su di me con un'espressione di terrore così grande che alla fine io dissi: « Raccontami tutto, Kaptah. Il mio cuore è diventato ormai una pietra dentro il mio petto e sono incapace di sentire altro dolore ».

Allora, sollevando alte le braccia a esprimere il più profondo sconforto egli dichiarò: « Avrei dato volentieri il mio unico occhio per risparmiarti questa pena, ma il giorno è infausto, ed è bene tu sia venuto. I tuoi genitori sono morti ».

« Mio padre Senmut e mia madre Kipa », dissi levando alte le mani come richiede il costume, e il cuore mi vibrò nel petto.

« Quest'oggi i servi della legge hanno abbattuta la loro porta, dopo averli avvertiti ieri del mandato di espulsione, ma li hanno trovati sul letto che non respiravano più. Perciò quest'oggi tu devi portarli alla Casa dei Morti, poiché domani la loro dimora sarà abbattuta per ordine del nuovo proprietario ».

« I miei genitori sapevano il perché di quel che era accaduto? », domandai, ma non riuscii a guardare in faccia il mio schiavo.

« Tuo padre Senmut venne a cercarti; lo conduceva tua madre perché egli non vedeva. Erano vecchi e fragili, e tremavano lungo il cammino. Ma io non sapevo dove tu fossi. Tuo padre disse che era meglio così, e mi spiegò che i servi della legge lo avevano gettato fuori di casa sua e avevano apposto i sigilli alle sue casse e a tutte le sue robe, cosicché lui e sua moglie non possedevano più nulla fuorché gli stracci che avevano indosso. Quando chiese il motivo di tutto ciò, i funzionari civici risero e gli spiegarono che suo figlio Sinuhe aveva venduto casa e averi e la tomba dei propri genitori per regalare dell'oro a una donna perduta. Dopo molto esitare, tuo padre m'implorò di dargli una moneta di rame, per poterti dettare una lettera per mezzo di uno scriba.

« Ma in casa tua era venuto un uomo nuovo, e proprio in quel momento sopraggiunse la madre di quest'uomo e mi bastonò perché stavo perdendo il mio tempo in compagnia di un pezzente. Forse tu mi crederai quando ti dirò che volentieri avrei dato a tuo padre la moneta di rame, perché sebbene non sia ancora stato in grado di rubare nulla al mio nuovo padrone, ho tuttavia ancora un po' di rame e di argento rubati ai miei precedenti padroni. Ma quando tornai in istrada, i tuoi genitori se n'erano già andati. La madre del padrone nuovo mi proibì di rincorrerli e mi rinchiuse nella buca del forno per tutta la notte per impedirmi di fuggire ».

« Mio padre non ti ha lasciato detto nulla? ».

« No, signore ».

Benché il cuore in petto mi si fosse tramutato in pietra, i miei pensieri erano sereni come uccelli nella fresca brezza. Dopo aver riflettuto alquanto, dissi a Kaptah: « Dammi tutto il rame e l'argento che possiedi, su, fa presto, e può darsi che Ammon o qualche altro dio ti ricompenserà se io non potrò farlo. Devo trasportare i miei genitori alla Casa della Morte, e non ho più i mezzi con cui pagare l'imbalsamazione dei loro cadaveri ».

Kaptah incominciò a piangere e a lamentarsi, ma alla fine si recò in un angolo del giardino, guardandosi attorno come un cane che abbia nascosto un osso. Sollevata una pietra, trasse fuori uno straccio in cui aveva annodato il suo tesoro, il quale era inferiore al peso di due deben, ancorché fossero i risparmi della sua intiera esistenza. Ma mi consegnò ogni cosa, pur tra molte lagrime e piagnistei, e che egli sia benedetto per questo per tutta l'eternità.

Mi affrettai alla casa di mio padre, dove trovai le porte infrante e i sigilli ovunque su tutto ciò che si trovava nell'interno. I vicini erano raccolti nel giardino; levarono alte le mani e si ritrassero da me inorriditi, senza proferire parola. Nella stanza interna Senmut e Kipa giacevano sul letto, il volto roseo come se fossero ancora vivi, mentre sul pavimento finiva di consumarsi, tra ceneri soffocate, il braciere per le cui esalazioni essi erano periti, dopo aver chiuso accuratamente usci e imposte. Avvolsi i loro corpi nel sudario, senza curarmi dei suggelli che vi erano stati apposti, e cercai un asinaio, che acconsentì a trasportare i cadaveri.

Col suo aiuto issai i corpi sul dorso dell'asino e li portai alla

Casa della Morte. Ma alla Casa della Morte non vollero accettarli, poiché non avevo danaro sufficiente per pagare sia pure la più modesta forma di imbalsamazione.

Allora io dissi ai lavatori di cadaveri: « Io sono Sinuhe, figlio di Senmut, e il mio nome è iscritto nel Libro della Vita ancorché un destino crudele mi abbia privato del danaro sufficiente per pagare i funerali dei miei genitori. Vi supplico pertanto, in nome di Ammon e di tutti gli dèi dell'Egitto: imbalsamate i corpi dei miei genitori, e io vi servirò col meglio della mia esperienza per tutto il tempo che occorrerà a completare la loro conservazione ».

Essi maledissero la mia cocciutaggine e m'ingiuriarono, ma alla fine il sovrintendente dei lavatori, un uomo deturpato dal vaiolo, accettò il danaro di Kaptah, agganciò un uncino sotto il mento di mio padre e lo cacciò nel grande bagno. Fece lo stesso con mia madre, che gettò nello stesso bagno. Ve n'erano trenta di bagni come quelli. Ogni giorno ne veniva riempito uno e un altro vuotato, cosicché i cadaveri dei poveri giacevano per trenta giorni immersi in sale e ranno per preservarli dal disfacimento. Altro non veniva fatto per essi, sebbene allora io fossi all'oscuro di questo.

Dovevo ritornare a casa di mio padre col sudario, che recava impresso in un angolo il suggello della legge. Il capo lavatore mi derise dicendo: « Ritorna prima di domani, altrimenti tireremo fuori i corpi dei tuoi genitori e li butteremo ai cani ».

Da quelle sue parole compresi che mi giudicava un bugiardo e che non fossi affatto un medico.

Ritornai alla casa di mio padre con un freddo nel cuore come di pietra, sebbene i cadenti muri di fango mi chiamassero a gran voce, così come mi chiamava il sicomoro del giardino e lo stagno della mia fanciullezza. Pertanto mi volsi rapidamente per andarmene dopo aver rimesso a posto il sudario, ma sulla soglia incontrai uno scriba che esercitava la propria professione all'angolo della strada, presso il commerciante di spezie. Mi chiese: « Sei tu Sinuhe, figlio di Senmut il Giusto? ».

« Sono io ».

« Non fuggire da me, poiché ho un messaggio per te da parte di tuo padre. Egli non ti aveva trovato a casa tua ».

Mi lasciai cadere a terra e mi copersi il volto con le mani mentre lo scriba traeva un foglio e leggeva a voce alta:

« *"Io Senmut, il cui nome è iscritto nel Libro della Vita, e mia moglie Kipa, mandiamo questo saluto al nostro figlio Sinuhe, il quale ricevette nel palazzo del Faraone il nome di Colui Che È Solo. Gli dèi ti hanno mandato a noi; per tutta la tua giovane vita tu ci hai procurato soltanto gioia, e grande è stato il nostro orgoglio in te. Siamo addolorati per te, perché hai incontrato rovesci di fortuna, e non siamo stati in grado di aiutarti come avremmo desiderato. Crediamo che di tutto ciò che hai fatto tu sei giustificato e che non ti sia stato possibile comportarti diversamente. Non addolorarti per noi anche se sei stato costretto a vendere la nostra tomba, poiché sicuramente non avrai compiuto ciò senza una buona ragione. Ma i servi della legge hanno fretta, e a noi non resta tempo per attendere ulteriormente la nostra fine. La morte ci è gradita come è gradito il sonno a chi è affaticato, come è gradita la casa al fuggiasco. La nostra esistenza è stata lunga e le nostre gioie numerose, ma la più grande gioia noi l'abbiamo ricevuta da te, Sinuhe, da te che sei giunto a noi dal fiume quando già eravamo ormai vecchi e soli.*

« ''*Per ciò ti benediciamo. Non accorarti anche se non possediamo più una tomba, poiché ogni esistenza è vanità, e forse meglio vale che noi ci dileguiamo nel nulla, senza rischiare di incontrare ulteriori pericoli e privazioni nel difficile viaggio verso il Paese d'Occidente. Dovrai sempre ricordarti che la nostra morte è stata dolce, e che prima di andarcene noi ti abbiamo benedetto. Possano tutti gli dèi d'Egitto proteggerti da ogni pericolo, possa il tuo cuore essere sempre difeso contro l'afflizione, e possa tu trovare altrettanta gioia nei tuoi figli quanta noi ne abbiamo trovata in te. Questo è il desiderio di tuo padre Senmut e di tua madre Kipa*'' ».

Il macigno che mi schiacciava il cuore si sciolse e sgorgò in un torrente di lagrime che caddero nella polvere. Lo scriba disse: « Eccoti la lettera: non porta il sigillo di tuo padre, né egli ci vedeva per firmare col suo nome, ma tu mi vorrai sicuramente credere se ti dico che ho scritto parola per parola sotto la sua dettatura; del resto le lagrime di tua madre hanno macchiato a tratti i caratteri ».

Mi mostrò il foglio, ma i miei occhi erano accecati dal pianto e non vidi nulla. Lo arrotolò, me lo mise in mano e soggiunse: « Tuo padre Senmut era un uomo giusto, e tua madre Kipa era una donna buona, anche se un po' lesta di lingua a volte, come sono di solito le donne. Perciò io ho scritta questa lettera per tuo padre ancorché egli non avesse da offrirmi il benché minimo regalo, e io ti cedo questo foglio, benché sia di carta buona che potrebbe essere cancellata e usata di nuovo ».

Riflettei per un certo tempo e poi dissi: « Pure io non ho nulla da offrirti, buon uomo. Prendi la mia mantella, che è di stoffa solida ancorché per il momento unta e sporca. Possano tutti gli dèi d'Egitto benedirti, e possa il tuo corpo essere conservato per sempre, poiché nemmeno tu conosci il merito dell'azione che hai compiuta ».

Prese la mantella e se ne andò scuotendola alta sul capo e ridendo di soddisfazione. Ma io me ne andai alla Casa della Morte cinto solo del perizoma, come uno schiavo o un carrettiere, per servire per trenta giorni e trenta notti i lavatori di cadaveri.

4.

Credevo come medico di aver veduto tutto ciò che era possibile vedere della morte e della sofferenza, e mi ero incallito alla ripugnanza di odori mefitici e alla manipolazione di ascessi e di piaghe cancrenose. Ma quando iniziai il mio servizio alla Casa della Morte mi accorsi che ero un bambino e non sapevo nulla. I poveri a dire il vero ci davano poco fastidio. Giacevano tranquilli nel loro bagno, in mezzo all'acre odore di sale e di lisciva, e ben presto appresi a maneggiare l'uncino con cui dovevano essere rimossi. Ma i cadaveri degli appartenenti alle classi superiori richiedevano un trattamento complicato, e la sciacquatura delle loro viscere e la loro conservazione in giare esigeva un animo molto indurito. Ma ancora più induriti bisognava essere per assistere al saccheggio che Ammon faceva dei morti, e che superava persino quello dei vivi. Il prezzo dell'imbalsamazione variava a seconda dei mezzi, gli imbalsamatori mentivano ai parenti del defunto, addebitando loro molti olii preziosi, unguenti e sostanze preservanti che essi giuravano di adoperare, mentre non si trattava che di un solo ed unico ingrediente, e precisamente dell'olio di sesamo. Soltanto i cadaveri illustri venivano conservati con tutta la necessaria perizia. Gli altri venivano riempiti di un olio corrosivo che consumava le viscere, e la cavità era poi imbottita di giunchi macerati nella resina. Per i poveri non si faceva neppure questo; tolti dalla vasca dopo trenta giorni erano messi ad essiccare e poi consegnati ai congiunti.

La Casa della Morte era sotto il controllo dei sacerdoti. Nondimeno i lavatori di cadaveri e gli imbalsamatori rubavano tutto ciò su cui potevano mettere addosso le mani, e consideravano questo un loro diritto. Soltanto i maledetti dagli dèi o i criminali che fuggivano la giustizia prendevano servizio come lavatori di cadaveri, ed erano riconosciuti da lontano dal lezzo di sale, di ranno e di putrefazione inseparabile dal loro commercio, per cui la gente li evitava e non venivano ammessi né nelle taverne né nelle case di piacere.

Poiché mi ero offerto volontariamente di lavorare con essi, i lavatori di salme mi ritenevano uno dei loro, e non mi celavano nessuna delle loro azioni. Se già non avessi assistito a cose peggiori, sarei fuggito terrorizzato per il modo con cui essi profanavano i cadaveri anche dei personaggi di maggiore riguardo, mutilandoli per vendere alle streghe gli organi di cui quelle si servivano per le loro pratiche oscene. Se esiste una Terra d'Occidente — che per amore dei miei genitori io spero esista veramente — credo che molti morti si stupiranno del loro corpo smembrato quando inizieranno il loro viaggio, nonostante le grosse somme pagate al tempio per il loro seppellimento.

Ma i maggiori festeggiamenti nella Casa della Morte avevano luogo quando veniva portata la salma di una donna giovane, bella o brutta non importava. Essa non veniva gettata immediatamente nel bagno, ma per la prima notte i lavatori di cadaveri se la prendevano come compagna di letto; litigavano tra loro e sorteggiavano ai dadi chi l'avrebbe posseduta per primo. Poiché questi uomini erano talmente aborriti che neppure l'ultima delle prostitute si sarebbe sottomessa ad essi, anche col miraggio di un forte compenso in oro; e nemmeno le Negre volevano saperne di loro, e ne avevano una spaventosa paura.

Una volta che un uomo era entrato nella Casa della Morte e aveva assunto servizio come lavatore di salme, lasciava raramente il luogo a causa dell'orrore in cui era tenuta la sua casta, e trascorreva il resto della propria esistenza tra i cadaveri. Durante i primi giorni tutti costoro mi parvero come sotto una maledizione divina, e i loro discorsi mentre ingiuriavano e profanavano le salme oltraggiavano le mie orecchie. In seguito appresi che anche tra di essi vi erano artigiani esperti che tenevano in alto onore la loro professione considerandola la più importante di tutte, e tra i migliori questa era infatti ereditaria. Ciascuno di costoro si specializzava in qualche ramo, come per i medici nella Casa della Vita, cosicché uno si occupava della testa, un altro del ventre, un terzo del cuore, un quarto dei polmoni, finché tutte le parti del corpo erano trattate per la conservazione eterna.

Tra questi vi era un uomo anziano di nome Ramose, il cui compito era il più difficile di tutti: egli doveva distaccare il cervello ed estrarlo dal naso con l'aiuto di pinze, e quindi risciacquare il cranio con olii purificanti. Egli notò con stupore la destrezza delle mie mani e prese ad istruirmi, cosicché prima che avessi compiuto metà del mio servizio nella Casa della Morte mi elevò a suo aiutante, e l'esistenza divenne così per me più sopportabile.

Io lo assistevo nel suo lavoro, che era il più pulito e il più altamente considerato in quel luogo, e tanto grande era la sua influenza, che gli altri non osavano più spaventarmi o gettarmi addosso budella e interiora. Non so come avesse questo potere, poiché non alzava mai la voce.

Quando mi accorsi del furto continuato perpetrato lì dentro e quanto poco fosse fatto per conservare i corpi dei poveri nonostante le forti somme offerte, decisi di aiutare da solo i miei genitori e di rubare per essi la vita eterna. Al mio animo il mio peccato contro di loro appariva già talmente ributtante, che un semplice furto non poteva renderlo più nero di quanto non fosse. La sola speranza, la sola gioia della loro vecchiaia era stata quella della propria conservazione eterna, e nella mia ansia di esaudire questa speranza li imbalsamai con l'aiuto di Ramose e li legai in bende di lino, rimanendo a questo scopo nella Casa della Morte per quaranta giorni e quaranta notti. Prolungai il mio soggiorno laggiù per il solo motivo di rubare a sufficienza, al fine di ottenere per i loro cadaveri un trattamento adeguato. Ma non avevo nessuna tomba in cui deporli — non avevo nemmeno una bara di legno — e non potei fare altro che ricucirli insieme entro una pelle di bue.

Quando fui pronto a lasciare la Casa della Morte, una strana irresolutezza si impadronì di me, e il cuore incominciò a battermi violentemente nel petto. Ramose, che aveva notato la mia abilità, m'invitò a restare come suo assistente. Avrei potuto in tal modo guadagnare e rubare molto e concludere la mia esistenza nei meandri della Casa della Morte senza che nessuno dei miei amici sapesse più nulla di me, libero dai tormenti e dalle sofferenze di una vita normale. Ma non volli farlo... chi potrebbe dirne il perché?

Dopo essermi lavato e purificato con la massima cura, abbandonai la Casa della Morte, tra le maledizioni e gli scherni dei lavatori di cadaveri. Non che facessero questo per malvagità; era il loro modo solito di parlarsi a vicenda, e il solo che conoscessero. Mi aiutarono a trascinare fuori la pelle di bue. Benché mi fossi lavato, i passanti si tennero a distanza da me, si turarono il naso e fecero gesti insultanti, tanto profondamente mi ero tuffato nel fetore della Casa della Morte. Nessuno volle traghettarmi dall'altra parte del fiume. Attesi quindi il cader della notte, poi, senza curarmi della ronda, rubai un'imbarcazione di cannicci e portai a forza di remi le salme dei miei genitori verso la Città dei Morti.

5

La Città dei Morti era strettamente vegliata notte e giorno, e non mi fu possibile trovare una sola tomba non vigilata in cui nascondere i miei genitori affinché potessero vivere in eterno e usufruire delle offerte che venivano recate ai defunti ricchi e illustri. Allora li trasportai fuori, nel deserto, dove il sole mi bruciava la schiena e toglieva ogni forza alle mie membra, finché mi misi a gridare a gran voce nella certezza di essere per morire. Nondimeno seguitai a trasportare il mio fardello su fin nelle colline, lungo piste pericolose, note soltanto ai violatori di tombe, e nella valle proibita dove giacevano tumulati i Faraoni.

L'ululìo degli sciacalli empiva la notte, i serpenti velenosi del deserto sibilavano intorno a me, gli scorpioni strisciavano sulle rocce infuocate. Ma io non sentivo paura, poiché il mio cuore era irrigidito contro qualsiasi pericolo. Per quanto giovane io fossi, avrei accolto volentieri la morte, se la morte si fosse degnata di occuparsi di me. Il mio ritorno allo splendore del sole e al mondo degli uomini mi aveva fatto provare nuovamente tutta la profondità della mia vergogna, e la vita non aveva nulla da offrirmi.

Ma non avevo ancora appreso che la morte evita chi la desidera, per ghermire invece colui il cui desiderio si aggrappa all'esistenza. I serpi si ritrassero dal mio sentiero, gli scorpioni non mi fecero danno, il calore del deserto non mi soffocò. I guardiani della valle proibita furono come sordi e ciechi, e non intesero l'acciottolìo delle pietre smosse dalla mia ascesa. Se mi avessero scorto, mi avrebbero ucciso sull'istante abbandonando il mio cadavere in pasto agli sciacalli. Così la valle proibita si aprì dinanzi a me mortalmente silenziosa e più solenne nella sua desolazione di quanto fossero stati in trono tutti i Faraoni viventi.

Vagai tutta la notte per quella valle, cercando la tomba di qualche grande Faraone. Poiché ero giunto fin laggiù, pensavo che solo la tomba migliore poteva addirsi ai miei genitori. Cercai e trovai una tomba il cui Faraone era salito da poco tempo sulla barca di Ammon, affinché le offerte fossero fresche e i riti funebri nel suo tempio sulla sponda del fiume impeccabilmente eseguiti.

Quando la luna tramontò scavai una buca nella sabbia presso la soglia, e colà li seppellii. Lontano nel deserto gli sciacalli ululavano. Avevo la sensazione che Anubi fosse fuori all'aperto, a vigilare su mio padre e mia madre, e a fargli compagnia nel loro ultimo viaggio. E sapevo che i loro cuori non sarebbero stati giudicati immeritevoli sulla grande bilancia di Osiride, ancorché mancassero dei libri dei morti dei sacerdoti e delle menzogne imparate a mente su cui i ricchi poggiavano la loro fede. Mi sentivo l'animo dolcemente sollevato mentre versavo su di loro manate di sabbia, poiché sarebbero vissuti nei secoli dei secoli accanto al grande Faraone, godendo in umiltà delle buone offerte a questi destinate. Avrebbero viaggiato verso il Paese d'Occidente nella barca del Faraone, avrebbero mangiato il suo pane, bevuto il suo vino.

Mentre ammonticchiavo la sabbia sui loro corpi, la mia mano incontrò qualcosa di duro e mi accorsi che tenevo tra le dita uno scarabeo sacro intagliato in pietra rossa, i cui occhi erano minuscoli gioielli, e il cui corpo era tutto inciso di sacri caratteri. Tremai e le mie lagrime intrisero la sabbia, poiché mi parve un segno inviatomi dai miei genitori per dirmi che essi erano soddisfatti e in pace. Così almeno preferii credere, ancorché in realtà sapessi che lo scarabeo doveva essere caduto dalle masserizie che ornavano la tomba del Faraone.

La luna era calata, e il cielo impallidiva. Mi prostrai nella sabbia; levai alte le mani sul capo e dissi addio a mio padre Senmut e a mia madre Kipa. Possano i loro corpi durare per sempre, e possa la loro vita nella Terra d'Occidente essere piena di ogni delizia! Per amor loro soltanto spero che quella Terra esista, per quanto io non vi creda più.

Riguadagnai quel giorno stesso le rive del Nilo, mi abbeverai alle sue acque, e mi distesi a dormire tra le sue canne. Avevo i piedi tutti tagliuzzati e dolenti, le mani sanguinanti. Il deserto mi aveva accecato, il mio corpo era ustionato e coperto di vesciche, ma vivevo, e il sonno vinse il dolore, poiché ero terribilmente stanco.

6.

Il mattino mi svegliai allo schiamazzare delle anatre tra le canne; Ammon veleggiava per il cielo nella sua barca d'oro, e dalla sponda opposta giungeva alle mie orecchie il mormorìo della città. Il fiume era solcato da imbarcazioni dalle vele rosse; le lavandaie picchiavano sulle loro tavole, ridendo e chiamandosi a vicenda nel loro lavoro. Il mattino era fresco e giovane, ma il mio cuore era vuoto, e la vita era come cenere nelle mie mani.

Avevo espiato come meglio avevo potuto, e ora mi sembrava che l'esistenza non avesse più per me scopo o mèta alcuna. Indossavo un perizoma lacero, come uno schiavo; la mia schiena era bruciata e coperta di cicatrici, e non possedevo neppure la più piccola moneta di rame con cui comprarmi da mangiare. Sapevo che se mi fossi mosso sarei subito incappato nelle guardie, le quali mi avrebbero intimato l'alto là. Non sarei stato in grado di rispondere, poiché ero certo che il nome di Sinuhe fosse maledetto e disonorato per sempre.

Riflettevo a tutte queste cose, quando mi accorsi della presenza vicino a me di una creatura viva, benché a prima vista non credessi di aver che fare con un essere umano, ma piuttosto con uno spettro evocato da un incubo. Al posto del naso aveva un buco nero, le orecchie gli erano state mozzate, ed era di una magrezza impressionante. Guardandolo più attentamente, vidi che aveva le mani grandi e ossute e il corpo incartapecorito e coperto di cicatrici come dal peso di fardelli o dall'escoriazione di funi.

Quando si avvide che io lo avevo notato, parlò. « Che cosa tieni tanto stretto in mano? ».

Aprii il pugno e gli mostrai lo scarabeo sacro del Faraone che avevo ritrovato nelle sabbie della valle proibita, ed egli disse: « Dammelo che mi porterà fortuna, poiché ne ho gran bisogno, povero disgraziato come sono ».

Gli risposi: « Anch'io sono povero e non possiedo nulla all'infuori di questo scarabeo: lo conserverò come talismano affinché mi porti fortuna ».

« Per quanto povero e derelitto, ti regalerò in cambio una moneta d'argento, anche se questo significhi pagare un alto prezzo per un pezzetto di pietra colorata; ma ho compassione della tua miseria. Eccoti la moneta d'argento ». Ed effettivamente si tolse dalla cintura una moneta d'argento. Ma io ero sempre più risoluto a conservare lo scarabeo, ossessionato dal pensiero che esso mi avrebbe recato prosperità, e glielo dissi.

Lo sconosciuto mi replicò con tono di minaccia: « Tu dimentichi che avrei potuto ucciderti dove giacevi, poiché ti ho osservato per molto tempo nel sonno, chiedendomi che cosa tenevi tanto stretto nel pugno. Ho atteso che ti svegliassi, ma ora mi pento di non averti ucciso, dal momento che sei così ingrato ».

« Capisco dalle tue orecchie e dal naso mozzo che sei un criminale fuggito dalle cave di pietra. Avresti fatto bene ad ammazzarmi nel sonno, sarebbe stata un'azione pietosa, poiché sono solo e non ho alcun luogo dove andare. Ma affrettati a fuggire di qua, perché se le guardie ti scorgono ti bastoneranno e ti faranno penzolare a testa in giù dall'alto delle mura, o nella migliore delle ipotesi ti rimetteranno in catene ».

« Che razza di straniero sei per ignorare che non debbo temere le guardie, essendo un uomo libero e non più uno schiavo? Potrei entrare nella città se lo volessi, ma non voglio camminare per le strade, perché la mia faccia spaventa i bambini ».

« Come può essere libero chi è stato condannato a vita a lavorare nelle cave di pietra, poiché questo io capisco dal tuo naso e dalle tue orecchie? », dissi irridendolo, perché pensavo si vantasse.

Ma egli mi rispose: « Non sai dunque che il Principe, non appena è stato incoronato con la doppia corona dell'Alto e Basso Egitto, ha decretato che tutte le catene dovessero essere infrante e tutti gli schiavi delle miniere e delle cave di pietra fossero liberati, cosicché coloro che adesso lavorano laggiù sono uomini liberi e vengono pagati in cambio della loro fatica? ».

Rise, e proseguì: « Più di un uomo robusto vive adesso tra i giunchi del fiume e si pasce delle offerte poste sulle tavole dei ricchi nella Città dei Morti, poiché le guardie ci temono, mentre noi non temiamo nessuno, neppure i morti. Chi è stato nelle miniere ignora la paura; non vi è destino peggiore che esservi mandato come schiavo, come tu sai bene. Molti di noi non temono neppure gli dèi, sebbene io ritenga che la prudenza sia una virtù, e io sono un uomo pio... anche se sono vissuto per *dieci anni* in una cava di pietra ».

Seppi così per la prima volta che l'erede era salito al trono col nome di Amenofi IV, liberando tutti gli schiavi e prigionieri, di modo che le miniere e le cave di pietra presso la costa orientale erano state abbandonate, persino quelle del Sinai: poiché non esisteva nessuno in Egitto tanto folle da lavorare nelle miniere di propria spontanea volontà. La consorte reale era la Principessa di Mitanni, che giocava ancora con le bambole, e il Faraone adorava un nuovo dio.

« Il suo dio è certamente straordinario », mi spiegò l'ex-schiavo, « poiché fa agire il Faraone come un pazzo. I ladri e gli assassini scorrazzano adesso liberamente attraverso i Due Regni, le miniere sono abbandonate, e la ricchezza d'Egitto non è sicuramente accresciuta. Io veramente sono innocente e non ho commesso alcun crimine, essendo vittima di un'ingiustizia, ma queste cose sono sempre accadute e sempre accadranno. È assurdo tagliare i legami di centinaia e migliaia di colpevoli perché un solo uomo innocente possa essere liberato. Ma questo riguarda il Faraone, non me: a queste cose deve pensarci lui ».

Mentre parlava, non aveva fatto che scrutarmi, tastandomi le braccia e le cicatrici sul dorso. Non lo intimoriva il lezzo che ancora emanava da me da quando avevo lasciato la Casa della Morte, ed era evidente che mi compassionava a causa della mia giovinezza, poiché mi disse: « Hai la pelle tutta bruciata; io ho un po' d'olio. Vuoi che ti massaggi? ».

Mi unse d'olio le gambe e le braccia, ma mentre faceva questo bestemmiava.

« Per Ammon, non so perché faccio questo; infatti, di che utilità mi sei tu? Nessuno mi ha unto d'olio quando mi picchiavano e mi ferivano, e io insultavo gli dèi per l'ingiustizia che mi veniva usata ».

Sapevo perfettamente che tutti gli schiavi e i forzati protestano sempre la loro innocenza, ma egli si mostrava buono con me e io desideravo esserlo altrettanto con lui. D'altronde mi sentivo così solo che temevo se ne andasse e mi abbandonasse alla mia desolazione. Perciò dissi: « Narrami l'ingiustizia che ti è stata fatta, affinché io possa dolermene con te ».

« Sappi dunque », incominciò, « che un tempo fui un uomo libero con terra e aratro, capanna, moglie, buoi, e birra nella mia giara. Ma avevo anche un vicino, un uomo influente di nome Anuki — possa il suo corpo marcire! — Occhio umano non poteva misurare i suoi terreni; i suoi armenti erano numerosi come i granelli di sabbia del deserto, e i loro muggiti erano come il muggito dell'oceano: non di meno quell'uomo aspirava a possedere anche il mio piccolo pezzo di terra. Mi vessava in tutti i modi, e al termine di ogni piena, quando il suolo viene misurato di fresco, la pietra di confine veniva portata sempre più vicina alla mia capanna, e ogni volta io perdevo un lembo di terra. Non potevo far nulla: i sovrintendenti ascoltavano lui, non me, perché Anuki li colmava di regali bellissimi ».

Il senzanaso sospirò e mi strofinò nuovamente il dorso spalmandolo d'olio.

« Potrei però vivere ancora nella mia capanna se gli dèi non mi avessero maledetto con una figlia bellissima. Avevo cinque maschi e tre femmine, poiché i poveri figliano rapidamente. Divenuti adulti furono per me un conforto e una gioia ancorché uno dei maschi mi fosse stato rapito bambino da un mercante siriano. Ma la mia figliuola più giovane era molto bella, e nella mia follìa ero orgoglioso di lei e non la facevo faticare in lavori pesanti, non le lasciavo trasportare acqua, né permettevo che si annerisse la pelle consumandosi nei campi. Meglio sarebbe stato se le avessi tagliati i capelli e le avessi imbrattata la faccia di fuliggine, perché il mio vicino Anuki la vide e la desiderò, e mi avrebbe certo lasciato il mio campo se io gli avessi data la mia figliuola, ma a questo io non volli acconsentire, perché speravo che grazie alla sua bellezza si sarebbe preso per marito un uomo onesto, che avrebbe avuto cura di me nella mia vecchiaia e mi avrebbe dimostrata cortesia.

« Alla fine i suoi servi si buttarono su di me. Io non avevo come arma di difesa che il mio solo bastone, ma con questo colpii uno di costoro al capo, tanto che ne morì. Allora mi mozzarono il naso e le orecchie e mi inviarono nelle miniere. Mia moglie e i miei figliuoli furono venduti come schiavi, ma la mia figliuola più giovane Anuki la tenne per sé, e dopo essersela goduta la consegnò ai suoi servi. Perciò trovo che è stato ingiusto mandarmi nelle miniere. Quando dopo dieci anni il Re mi liberò, corsi a casa, ma la mia capanna era stata abbattuta, il bestiame altrui pascolava nei miei prati, e mia figlia non volle aver niente che fare con me e mi buttò acqua bollente sui piedi nel capanno dei vaccari. Seppi che Anuki era morto e che la sua tomba si trova nella Città dei Morti presso Tebe, e che reca sullo stipite della soglia una lunga iscrizione. Perciò venni a Tebe per rallegrarmi il cuore con ciò che è scritto laggiù; ma non so leggere e nessuno me l'ha letta ad alta voce benché sia riuscito a forza di domande a trovare la tomba ».

« Se lo desideri, ti posso leggere io l'iscrizione », dissi.

« Possa essere il tuo corpo conservato in eterno se tu mi farai questo favore, poiché vorrei sapere prima di morire quel che hanno scritto di Anuki ».

Ci recammo insieme alla Città dei Morti, senza essere fermati dalle guardie, e vagammo tra file e file di tombe finché giungemmo a un vasto sepolcro, dinanzi al quale erano state poste molte specie di focacce, di frutta e di fiori. Vi era pure una giara di vino sigillata. Il senzanaso mangiò una parte delle offerte, me ne diede un poco, e quindi mi pregò di leggergli quello che era scritto sullo stipite del sepolcreto. Ed ecco quello che io vi lessi:

« *''Io, Anuki, seminai sementi e piantai alberi fruttiferi, e le mie messi furono abbondanti perché temetti gli dèi e sacrificai ad essi un quinto di tutto il mio raccolto. Il Nilo mi onorò dei suoi favori, e nessuno sulla mia terra patì mai fame in tempo di mia vita, né i miei vicini mancarono mai di cibo, poiché io portavo acqua ai loro campi e li nutrivo del mio grano negli anni di carestia. Asciugai le lagrime degli orfani e non derubai le vedove, ma rimisi ad esse i loro debiti, e il mio nome è benedetto da un capo all'altro del paese. A colui il cui bove morì, io, Anuki, donai un bue nuovo e sano. Ebbi sempre cura di non rimuovere le pietre di confine né di impedire che l'acqua scorresse nel cam-*

po del mio vicino. Camminai tutta la mia vita nella giustizia e nella pietà. Queste cose feci io, Anuki, affinché gli dèi mi fossero benigni e mi alleviassero il viaggio verso il Paese d'Occidente'' ».

Il senzanaso ascoltò con reverenza, e quando io ebbi finito versò amare lagrime e disse: « Io sono un uomo povero e credo a tutto ciò che è scritto. Perciò capisco che Anuki fu un uomo pio, rispettato in morte. Le generazioni future leggeranno l'iscrizione sull'ingresso della sua tomba e lo onoreranno; ma io sono un miserabile, un malfattore, non ho più né naso né orecchie affinché la mia vergogna sia nota a tutti, e quando morrò, il mio cadavere sarà scagliato nel fiume, e io cesserò di esistere. Tutte le cose di questo mondo non sono forse un'unica infinita vanità? ».

Spezzò il sigillo della giara e bevve. Una guardia si avvicinò e lo minacciò col suo bastone, ma il mio compagno disse: « Anuki fu buono con me quando viveva, e io desidero onorare la sua memoria mangiando e bevendo presso la sua tomba. Ma se tu osi mettere le tue mani su di me o sul mio amico che mi sta al fianco — un uomo istruito — sappi che ci sono molti giovani robusti nascosti fra i giunchi, e alcuni di noi sono armati di coltello e ti sorprenderanno di notte e ti taglieranno la gola ».

Dardeggiò la guardia dei suoi occhi fiammeggianti. Era orribile a vedersi. L'uomo si guardò attorno e si allontanò. Mangiammo e bevemmo presso la tomba di Anuki: la tettoia che copriva le offerte spandeva una fresca ombra.

Disse: « Capisco ora che sarebbe stato meglio io cedessi ad Anuki mia figlia di buon grado. Forse egli mi avrebbe permesso di conservare la mia capanna e mi avrebbe magari fatto dei regali, poiché la mia figliuola era bellissima e vergine, anche se adesso è diventata un paglericcio da strapazzo per i suoi domestici. Capisco che i diritti dei ricchi e dei potenti sono i soli diritti di questo mondo e che la parola del povero non giunge all'orecchio del Faraone ».

Sollevò alle labbra la giara, rise forte e disse: « Alla tua salute, o giustissimo Anuki, e possa il tuo corpo essere conservato in eterno! Io non ho desiderio di seguirti nel Paese d'Occidente, dove tu e i tuoi simili vivete allegramente, senza che gli dèi vi tartassino. Però mi sembra appena giusto che tu continui nella tua amabile cordialità sulla terra e condivida con me le tazze d'oro e i gioielli della tua tomba, così stanotte io ti farò visita di nuovo quando la luna sarà velata dalle nubi ».

« Che cosa stai dicendo, Senzanaso? », esclamai costernato, e inconsciamente tracciai il santo segno di Ammon. « Non vorrai diventare un violatore di tombe, poiché questo è il più abbietto di tutti i delitti agli occhi degli dèi e degli uomini ».

Ma Senzanaso, che il vino aveva eccitato, replicò: « Nonostante la tua istruzione, parli come uno sciocco. Anuki è in debito verso di me, e siccome io sono meno misericordioso di lui, metterò in atto le mie richieste. Se tu tenterai d'impedirmi, ti spezzerò il collo. Se invece sarai saggio, mi aiuterai, dal momento che quattro occhi valgono più di due, e insieme potremo asportare dalla tomba più di quanto può arraffare un uomo solo. Naturalmente se non ci sarà la luna ».

« Non ho nessuna voglia di penzolare a testa in giù da un muro e di essere fustigato », dissi pieno di paura; ma riflettendo meglio compresi che la mia vergogna difficilmente avrebbe potuto essere maggiore anche se i miei amici mi avessero veduto impiccato, e la morte in se stessa non mi faceva orrore alcuno. Quella notte molti soldati remarono dalla città verso la sponda opposta del fiume per sorvegliare le tombe, ma il nuovo Faraone non aveva dato loro i regali che vengono distribuiti tradizionalmente dopo un'incoronazione. Perciò mormoravano tra loro. e dopo essersi ubriacati di vino — poiché tra le offerte vi era molto vino — incominciarono a scoperchiare le tombe e a saccheggiarle. Nessuno dunque si oppose quando io e Senzanaso violammo la tomba di Anuki, rovesciammo il suo cofano e asportammo il più possibile di tazze d'oro e di oggetti preziosi. All'alba si era raccolta sulla riva del fiume una turba di mercanti siriani che erano venuti ad acquistare il bottino e a trasportarlo nelle loro navi a valle del fiume. A costoro noi vendemmo pure la nostra preda, ricevendone in cambio circa duecento deben in oro e argento, che ci dividemmo secondo il peso impresso sul metallo. Questo prezzo non era che una minima parte del valore reale degli oggetti, e l'oro non era puro, ma Senzanaso ne fu ugualmente felice.

« Sarò ricco, poiché francamente questo commercio è molto più redditizio che non barcollare curvo al porto sotto balle di mercanzia o trasportare acqua ai campi dai canali d'irrigazione ».

Ma io dissi: « Tanto va la brocca al pozzo finché ci lascia il manico ». Così ci separammo, e io ritornai con una imbarcazione mercantile alla sponda opposta e a Tebe. Acquistai abiti nuovi, e mangiai e bevvi in una taverna, poiché il lezzo della Casa della Morte mi stava abbandonando. Ma per tutta la giornata giunse dalla Città dei Morti dalla riva opposta del fiume un clangore di corni e un cozzo di armi. I cocchi passavano rombando lungo i sentieri fra le tombe, e la guardia del corpo del

Faraone inseguiva i saccheggiatori, soldati e forzati, trafiggendoli con le sue lance, finché le loro grida di morte si intesero fino a Tebe. Quella sera le mura della città si ricoprirono di cadaveri penzolanti per i talloni, e l'ordine venne ristabilito.

7.

Trascorsi una sola notte in una locanda, quindi mi recai a quella che era stata la mia casa e cercai di Kaptah. Mi venne incontro zoppicando, le guance gonfie a forza di colpi. Quando mi vide, pianse di gioia e si gettò ai miei piedi.

« Signore, tu sei ritornato benché io ti abbia creduto morto! Pensavo che se fossi stato vivo, saresti certamente tornato a chiedermi dell'altro argento e dell'altro rame poiché quando un uomo dà una volta deve seguitare a dare. Ma tu non venisti, ancorché io avessi rubato al mio nuovo padrone come non avevo ancora rubato mai in vita mia, come puoi constatare osservando le mie guance e questo ginocchio contro cui non più tardi di ieri il mio nuovo signore ha sferrato un tremendo calcio. Sua madre, quella vecchia coccodrilla... possa marcire!... minaccia di vendermi, e io muoio di paura. Lasciamo insieme quest'infausta casa, signore, e fuggiamo ».

Io esitai, ed egli mi fraintese.

« Ti assicuro che ho rubato tanto da poter prendere cura di te per un certo tempo, e quando il danaro sarà tutto scomparso, lavorerò per te, purché tu mi porti via di qui ».

« Io sono venuto a ripagarti il mio debito, Kaptah », gli dissi, e gli contai sulla mano, in oro e argento, una somma molte e molte volte maggiore di quella che egli mi aveva data. « Ma se lo desideri, riscatterò la tua libertà affinché tu possa andare dove vuoi ».

« Se mi liberi, dove me ne andrò, giacché tutta la mia vita sono stato schiavo? Senza di te sono un gattino cieco, un agnello abbandonato dalla madre. E perché dovresti sciupare oro per la mia libertà... perché dovresti pagare quello che è già tuo? », mi ammiccò con l'unico occhio, in segno di intesa astuta. « Sta per salpare per Smirne una grossa nave, e chi sa che noi non possiamo avventurarci a salirvi a bordo se prima facciamo agli dèi munifici sacrifici! È un vero peccato che non abbia trovato un dio abbastanza forte da quando ho ripudiato Ammon che mi ha trattato in così malo modo ».

Ricordandomi dello scarabeo, lo diedi a Kaptah dicendo: « Eccoti un dio molto potente, anche se piccolo. Conservalo con cura, poiché credo ci porterà fortuna. Guarda l'oro che ho già nella mia borsa. Travestiti dunque da Siriano, e fuggi se ci riesci, ma non biasimarmi se ti ripigliano come schiavo fuggiasco. Possa il piccolo dio aiutarti; risparmieremo così il denaro per pagarci la traversata fino a Smirne. Qui a Tebe, e in tutto il paese del resto, non ho più il coraggio di guardare in faccia nessuno, e voglio andarmene dall'Egitto per non tornare mai più ».

« Non fare giuramenti; infatti chi può sapere quel che porterà il domani? Colui che ha bevuto una volta l'acqua del Nilo non può più acquietare la sua sete altrove. Non so che male tu abbia fatto, abbassi gli occhi quando ne parli, ma sei giovane, e un giorno dimenticherai. Le azioni dell'uomo sono come pietre gettate nello stagno: provocano uno sciacquìo e un moto circolare che s'allarga, ma dopo qualche tempo le acque tornano immobili, e delle pietre non rimane più traccia. La memoria umana è come l'acqua. Quando sarà trascorso il tempo necessario, tutti avranno dimenticato te e il tuo misfatto, e tu potrai tornare, e spero che per allora sarai sufficientemente ricco e forte per proteggere anche me ».

« Me ne andrò e non tornerò », dissi risoluto. Proprio in quel momento la padrona di Kaptah lo chiamò con voce stridula. Me ne andai ad aspettarlo all'angolo della strada, e dopo un certo tempo egli mi raggiunse con un paniere. Nel paniere c'era un fagotto, e nella mano egli fece tinnire alcune monete di rame.

« La genitrice di tutti i coccodrilli mi ha mandato a far compere », disse felice. « Come al solito mi hanno dato troppo pochi soldi, ma tutto fa, poiché credo che Smirne sia molto molto lontana di qui ».

Aveva nel paniere vestito e parrucca. Scendemmo alla riva del fiume, dove egli si mutò d'abito tra le canne. Gli comprai un bel bordone di quelli usati dai servi e dai battitori nelle case dei grandi. Quindi ci recammo al molo dove erano ormeggiate le navi siriane, e trovammo un grande vascello a tre alberi su cui correva da poppa a prora una fune dello spessore di un corpo umano e dal cui pennone sventolava il segnale della partenza. Il capitano era Siriano, e fu felice di apprendere che io ero medico, poiché rispettava la medicina egiziana, e molti uomini della sua ciurma erano malati. Lo scarabeo ci portava veramente fortuna, poiché ci annotò sul registro di bordo senza accettare danaro in pagamento del nostro passaggio, dicendo che ce lo saremmo guadagnato. Da quell'istante Kaptah prese a venerare lo scarabeo come un dio, lo unse ogni giorno e lo tenne sempre avvolto in lino fine.

Ci staccammo dal molo, gli schiavi si curvarono sui remi, e in diciotto giorni raggiungemmo i confini dei Due Regni. In altri diciotto giorni arrivammo al Delta, e in capo ad altri due ecco che il mare si stese dinanzi a noi, e nessuna sponda si mostrò più alla nostra vista. Quando la nave incominciò a rollare, la faccia di Kaptah diventò di cenere, ed egli si aggrappò alla grossa fune. Poi si lamentò con me che lo stomaco gli stava salendo alle orecchie e che si sentiva morire. Il vento rinfrescò, il rollìo della nave si fece più intenso, e il capitano la guidò in mare aperto finché oltrepassammo ogni segno di terra. Allora divenni a mia volta inquieto, poiché non riuscivo a capire come avrebbe fatto per ritrovarla. Non ridevo più di Kaptah, perché provavo anch'io un forte stordimento e avevo molte sensazioni spiacevoli. Di lì a poco Kaptah vomitò e si afflosciò sul ponte; aveva la faccia verde, e non proferiva più parola. Mi allarmai, e quando mi accorsi che molti altri passeggeri vomitavano e si lamentavano di esser per morire, e notai che anch'essi erano stranamente alterati in volto, corsi dal capitano e gli dissi che certamente gli dèi avevano lanciata una maledizione sul suo vascello, poiché nonostante la mia perizia una terribile malattia si era sparsa a bordo. Lo implorai di puntare nuovamente verso terra mentre era ancora possibile, o altrimenti come medico non avrei risposto delle conseguenze. Ma il capitano mi rassicurò, dicendo che avevamo un vento propizio che ci avrebbe sospinti brillantemente sulla nostra rotta, e che non dovevo irridere gli dèi chiamando questa una tempesta. Giurò per la sua barba che i passeggeri sarebbero stati tutti quanti vispi come capretti non appena avessero posato il piede sulla terraferma, e che non dovevo temere per la mia dignità di medico. Tuttavia, osservando lo stato dei viaggiatori, mi sembrava difficile potergli credere.

Perché io stesso non mi ammalai altrettanto gravemente, non so dire; a meno che ciò non fosse dovuto al fatto che subito dopo le mia nascita ero stato messo in un'imbarcazione di cannicci in cui le acque del Nilo mi avevano cullato.

Tentai di curare Kaptah e gli altri, ma, non appena li toccavo, i passeggeri mi maledicevano. Quando offersi a Kaptah un po' di cibo rinvigorente, distolse il viso e fece schioccare rumorosamente le mascelle, come un ippopotamo, per vuotarsi la pancia, ancorché questa fosse già del tutto vuota. Era la prima volta che Kaptah rifiutava di mangiare, e cominciai a pensare che stesse realmente per morire. Questo mi addolorò molto, poiché avevo incominciato ad affezionarmi al suo cicalìo.

Cadde la notte, e finalmente mi addormentai, per quanto

mi intimorissero il rollìo della nave, il terrificante sventolìo delle vele, e lo sciacquìo dei marosi contro lo scafo. I giorni passarono, ma nessuno dei passeggeri morì; alcuni anzi si riebbero, tanto da poter mangiare e camminare sul ponte. Soltanto Kaptah giaceva immobile senza assaggiare cibo, ma incominciò a mostrare qualche segno di vita nel fatto che aveva ripreso a pregare lo scarabeo, dal che conclusi che aveva riguadagnata qualche speranza di raggiungere vivo la terra. Il settimo giorno apparve una linea costiera, e il capitano mi spiegò che avevamo oltrepassato Joppa e Tiro, e grazie ai venti favorevoli eravamo in grado di veleggiare direttamente alla volta di Smirne. Come egli sapesse tutto questo, ancor oggi non riesco a capirlo. Il giorno seguente avvistammo Smirne, e il capitano nella sua cabina offrì agli dèi marini e agli altri munifici sacrifici. Le vele furono ammainate, i vogatori impugnarono i loro remi e ci condussero remando nel porto di Smirne.

Allorché entrammo in acque tranquille, Kaptah si alzò e giurò sul suo scarabeo che mai più avrebbe messo piede a bordo di una nave.

LIBRO V

I KHABIRI

I.

Parlerò ora della Siria e delle diverse città in cui mi recai, e a questo scopo spiegherò per prima cosa che le Terre Rosse differiscono dalle Terre Nere in tutto e per tutto. Laggiù non vi è, per esempio, un fiume come il nostro; al contrario, l'acqua scende dal cielo e bagna il suolo. Ogni valle ha la sua collina, e al di là di ciascuna collina si stende un'altra valle. In ciascuna di queste abita un popolo distinto governato da un principe che paga il proprio tributo al Faraone, o che lo pagava nel tempo di cui scrivo. Il vestire della gente è multicolore, e le stoffe sono di lana sapientemente tessuta; si coprono da capo a piedi, in parte, io credo, perché nel loro paese fa più fresco che in Egitto, e in parte perché ritengono vergognoso esporre i loro corpi all'infuori di quando soddisfano all'aperto i propri bisogni corporali, il che invece è ritenuto dagli Egiziani un gesto abominevole. Portano i capelli lunghi e si lasciano crescere la barba, e mangiano sempre al coperto. I loro dèi, e ogni città ha il proprio dio, esigono sacrifici umani. Da tutto ciò si vedrà facilmente che le usanze della Terra Rossa differiscono completamente da quelle egizie.

È anche evidente che per quegli Egiziani distinti che occupavano posti stabili nelle città siriache, controllando i balzelli o comandando le guarnigioni, il loro compito più che un onore doveva sembrare punizione. Non facevano che rimpiangere le sponde del Nilo, tranne i pochissimi che avevano soggiaciuto ai costumi stranieri. Costoro avevano mutata la foggia delle loro vesti e il corso dei loro pensieri, e sacrificavano a strani dèi. Inoltre l'esistenza dei funzionari egiziani era amareggiata dai continui intrighi degli abitanti, dalla frode e dall'arroganza dei contribuenti, dai litigi tra principi rivali.

Vissi a Smirne per due anni, durante i quali appresi il linguaggio babilonese, sia parlato che scritto, poiché mi era stato detto che un uomo dotato di questa conoscenza era in grado di farsi capire tra le genti educate del mondo intiero. I caratteri scritti, come è noto, sono impressi sull'argilla con uno stilo appuntito, e la corrispondenza tra i re si svolge tutta a questo modo. Perché questo sia, non so dire, a meno che ciò non dipenda dal fatto che la carta può bruciare, ma una tavoletta d'argilla rimane indefinitamente a testimoniare della rapidità con cui i governanti dimenticano i loro patti e i loro trattati.

La Siria differisce dall'Egitto anche perché un medico deve cercarsi da sé i suoi pazienti, i quali, anziché venire da lui, si affidano ai loro dèi perché essi mandino il medico a loro. Inoltre offrono i loro doni prima, non dopo essere stati curati. Questo è di vantaggio al medico, poiché i pazienti tendono a dimenticare, una volta ristabiliti.

Era mia intenzione esercitare laggiù la mia professione senza pretese, ma Kaptah fu di parere diverso. Volle che io esponessi tutto ciò che possedevo di fini vesti e che affittassi dei banditori, i quali avrebbero gridato la mia fama su tutte le pubbliche piazze. Costoro dovevano anche annunciare che non io avrei visitato i malati, ma che erano questi a dover venire da me, e Kaptah mi proibì di ricevere chiunque non portasse con sé come dono almeno una moneta d'oro. Gli dissi che questa era pazzia, in una città in cui nessuno mi conosceva e dove le usanze erano tanto diverse da quelle della Terra Nera, ma Kaptah non si diede per inteso. Non c'era verso di spuntarla con lui, poiché quando si era ficcata un'idea in testa diventava cocciuto come un asino.

Mi persuase inoltre a far visita a quei medici che erano tenuti in più alta considerazione e a dir loro:

« Io sono Sinuhe, un medico egiziano cui il nuovo Faraone ha imposto il nome di Colui Che È Solo, e nel mio paese godo di una vasta rinomanza. Ridò la vita ai morti e restituisco la vista ai ciechi se il mio dio lo vuole, poiché possiedo un dio piccolo ma potente che porto con me nel mio cofano da viaggio. Il sapere comunque differisce da un luogo all'altro, e le malattie non sono dappertutto le medesime. Per questo motivo sono venuto nella città per studiare mali sconosciuti e per curarli, e per avvantaggiarmi della vostra dottrina e della vostra esperienza.

« Non intendo in alcun modo intrufolarmi nella vostra clientela, infatti chi sono io per competere con voi? Vi propongo pertanto di mandarmi i pazienti che si trovano sotto il corruccio del vostro dio e che voi quindi non potete curare, e soprattutto coloro che richiedono il trattamento del coltello, poiché voi non usate coltello, affinché io possa vedere se il mio dio intende recar loro la guarigione. E per ognuno di questi malati guariti io vi darò la metà di ciò che mi danno, poiché non mi ha spinto qui la sete dell'oro ma la sete del sapere. Se io fallisco nella cura, non accetterò nulla, ma rimanderò a voi il malato col suo dono ».

I medici che incontravo per le strade e sulle piazze dei mercati in visita ai loro pazienti e ai quali mi rivolgevo, scuotevano i loro mantelli e si lisciavano la barba e dicevano: « Sei giovane, ma il tuo dio deve averti veramente benedetto con la sua saggezza, poiché le tue parole sono grate alle nostre orecchie. Ciò che tu dici in fatto d'oro e di doni è saggio, come pure è saggia la tua allusione al coltello. Infatti noi non usiamo mai coltelli per curare i malati. E un uomo che finisce sotto il coltello ha molta più probabilità di morire che non un altro. Una cosa sola noi desideriamo da te, e cioè che tu non provochi nessuna guarigione per mezzo di stregonerie, poiché la nostra arte magica è potentissima, e in questo ramo vi è troppa concorrenza, non solo a Smirne, ma anche in tutte le altre città della costa ».

Questo è vero, poiché molti uomini illetterati giravano per le strade assumendosi di curare malati per virtù di incantesimo e prosperavano nelle case dei creduloni, finché i loro pazienti guarivano o morivano.

In questo modo i malati con cui gli altri medici erano falliti vennero da me, e io li curai. Ma rimandavo ai dottori di Smirne quelli che non riuscivo a guarire. Dal tempio di Ammon trasportai nella mia casa il fuoco sacro al fine di eseguire la purificazione prescritta, avventurandomi così ad usare il coltello e a praticare operazioni, di fronte alle quali gli altri medici si lisciavano la barba e si stupivano grandemente. Ebbi la fortuna di ridonare la vista a un cieco, benché dottori e stregoni gli avessero senza risultato alcuno spalmate le palpebre di argilla mista a saliva. Io lo curai con l'ago, secondo il sistema egiziano, aumentando così di gran lunga la mia reputazione. Dopo un certo tempo però l'uomo perdette nuovamente la vista, poiché la cura con l'ago è soltanto temporanea.

I mercanti e i ricchi di Smirne conducevano un'esistenza di ozio e di lusso; erano più grassi degli Egiziani e soffrivano di mancanza di respiro e di disturbi gastrici. Usavo molto il coltello con loro, finché sanguinavano come maiali. Quando ebbi esaurite le mie provviste mediche, mi fu molto utile la mia conoscenza in materia di raccolta d'erbe nei giorni stabiliti come propizi e durante gli aspetti favorevoli della luna e delle stelle, poiché di questo la gente di Smirne aveva scarsissima competenza, e io non osavo affidarmi ai loro rimedi. Diedi sollievo agli obesi delle loro sofferenze addominali e li salvai dalla soffocazione mediante medicine che vendevo a prezzi diversi secondo i mezzi del paziente. Non litigai con nessuno, ma offersi regali ai dottori e alle autorità cittadine, mentre Kaptah andava in giro spargendo voci benevole sul mio conto e offriva da mangiare ai mendicanti e ai cantastorie affinché gridassero le mie lodi per la strada e sulla piazza del mercato e salvassero il mio nome dall'oblìo.

Guadagnai moltissimo oro. Quel che non spendevo o regalavo lo investivo presso i mercanti di Smirne, che spedivano navi in Egitto, nelle isole marine, nel paese di Hatti, cosicché avevo una compartecipazione in molti vascelli, l'uno per cento o il cinque per cento, secondo i miei mezzi del momento. Alcune navi non facevano mai più ritorno, ma la maggior parte rientrava regolarmente, e la mia posta su di esse — ora raddoppiata ora triplicata — veniva annotata nei registri dei traffici. Questo era il costume di Smirne, sconosciuto in Egitto. Anche i poveri speculavano in questo modo e a volte aumentavano i loro risparmi, a volte si impoverivano ancor più; si riunivano in dieci o venti offrendo in un fondo comune le loro monete di rame per acquistare una millesima parte di un vascello o del suo carico. In tal modo non ero costretto a tener oro in casa che potesse attrarre la cupidigia dei ladri, né dovevo trasportarlo su di me quando viaggiavo in altre città, quali Biblo o Sidone, nell'esercizio della mia professione, poiché allora il mercante mi dava una tavoletta d'argilla da presentare alle case di commercio di quella città, mediante la quale potevo ottenere danaro ogni qualvolta ne avevo bisogno.

Così per me tutto andava per il meglio. Prosperavo, e Kaptah ingrassava nei suoi costosi vestiti nuovi e si cospargeva di olii preziosi. A dir la verità si era fatto insolente, ed ero costretto a picchiarlo. Ma perché ogni cosa mi fosse propizia non sono in grado di dire.

2.

Nondimeno, io continuavo in solitudine, e la vita non mi dava gioia. Anche il vino mi aveva stancato, poiché non mi procurava nessuna allegrezza, ma mi tramutava la faccia in un color nero fuliggine, cosicché quando avevo bevuto desideravo soltanto di morire. Cercavo perciò di aumentare il mio sapere affinché nessun istante della giornata mi trovasse ozioso — poiché nell'ozio mi torturavo e rimpiangevo quel che avevo fatto — e a notte dormivo un sonno di morte.

Mi familiarizzai con gli dèi smirnioti: volevo sapere se forse non mi tenevano in serbo qualche verità nascosta. Come in tutto il resto, questi dèi differiscono da quelli d'Egitto. Il loro maggior dio era Baal, un dio crudele che esigeva sangue umano in cambio dei suoi favori e i cui sacerdoti erano resi eunuchi. Pretendeva anche il sacrificio d'infanti. Inoltre il mare era sempre avido di sacrifici, cosicché i mercanti e coloro che detenevano il potere erano costantemente alla ricerca di nuove vittime. Gli schiavi sciancati scomparivano per sempre, e per la minima offesa i poveri erano minacciati di punizioni spaventose. Per esempio, un povero che rubasse un pesce per nutrire la sua famiglia era smembrato sull'altare sacrificale di Baal.

La loro divinità femminile era Astarte, detta anche Ishtar, come la Ishtar di Ninive. Era fornita di innumeri mammelle e veniva abbigliata ogni giorno a nuovo di gioielli e di indumenti sottili, ed era servita da donne che, non so per quale ragione, erano chiamate le vergini del tempio, benché non lo fossero affatto. Al contrario, erano donne di piacere, e la loro missione era considerata favorevolmente dalla dea, e quanto più raffinato il piacere, tanto più abbondante era l'oro e l'argento offerto al tempio dal cliente.

Ma i mercanti di Smirne sorvegliavano le loro donne con la massima severità, le chiudevano in casa e le vestivano da capo a piedi con abiti grevi affinché non avessero a tentare gli stranieri. Gli uomini però visitavano il tempio per amor di varietà e per ottenere l'approvazione divina. Così a Smirne non esistevano case di piacere come in Egitto. Se le donne del tempio non erano di gusto di un uomo, costui doveva prendersi una moglie o comprarsi una schiava. Di schiave ce n'erano in vendita tutti i giorni, poiché le navi entravano costantemente nel porto cariche di donne e di bambini di ogni razza e di ogni colore, grasse e magre, da accontentare tutti i gusti. Ma quelle sciancate e brutte erano acquistate a poco prezzo per essere sacrificate a Baal dal consiglio cittadino, i cui membri ridevano poi e si congratulavano a vicenda per la loro astuzia nell'aver così ingannato il loro dio.

Anch'io sacrificai a Baal, dal momento che egli era il dio della città ed era prudente ottenere i suoi favori, ma essendo Egiziano non gli comprai sacrifici umani: gli offrii dell'oro. A volte visitavo il tempio di Astarte, che si apriva la sera, per ascoltare la musica e ammirare le donne del tempio — che non chiamerò certo fanciulle — le quali danzavano danze voluttuose a gloria della loro dea. Poiché questo era il costume, giacevo con esse, e stupii delle pratiche che mi insegnarono e di cui ero completamente ignaro. Ma non ne ero rallegrato, e facevo questo soltanto per curiosità. Quando mi ebbero appreso tutto ciò che potevano insegnarmi, mi stancai di loro e non visitai più il loro tempio. A parer mio non vi erano pregi più monotoni dei loro.

Ma Kaptah scuoteva la testa preoccupato per me, poiché il mio volto invecchiava, i solchi tra le mie sopracciglia si facevano più profondi, e il mio cuore era suggellato. Il suo desiderio era che io possedessi una schiava che mi svagasse nei miei momenti d'inazione. Poiché era lui che teneva la casa e amministrava il mio danaro, mi comprò una ragazza secondo i suoi gusti, la lavò, la vestì, la profumò e me la presentò una sera in cui, stanco della mia giornata di lavoro, desideravo soltanto di andare a letto in pace.

La ragazza proveniva dalle isole del mare; era grassottella, aveva la pelle bianca, una dentatura impeccabile, e i suoi occhi erano rotondi e dolci come gli occhi di una giovenca. Mi guardò con venerazione e sembrava impaurita della città straniera in cui era stata condotta. Kaptah ne vantò con la massima serietà tutte le doti, e per compiacerlo la presi. Tuttavia, benché facessi di tutto per sfuggire alla mia solitudine, il mio cuore non ne fu rallegrato e non potei mai indurmi a chiamarla sorella.

Nel mostrarle dolcezza sbagliai, poiché ciò la rese arrogante, e mi disturbava nei miei colloqui coi pazienti. Mangiava moltissimo e ingrassava e pretendeva continuamente gioielli e vestiti nuovi. Sorvegliava anche tutti i miei movimenti, nel perpetuo desiderio di prendere piacere con me. Inutilmente compivo lunghi viaggi nel retroterra e lungo le città della costa: al mio ritorno era sempre la prima a venirmi incontro, perseguitandomi con le sue continue lagrime. La picchiavo, ma invano; diventava allora più ardente che mai, e la mia vita in casa divenne intollerabile.

Ma lo scarabeo mi portò fortuna, poiché un giorno venne da me il Re Aziru, che governava la provincia interna di Amurru. Gli curai i denti, e gli feci un dente d'avorio in sostituzione di quello che gli avevano rotto in battaglia, coprendo d'oro gli altri suoi denti guasti. Finché rimase in città a conferire con le autorità di questioni amministrative, venne a trovarmi ogni giorno. Qui conobbe la mia schiava, che io avevo chiamata Keftiu dalle Isole del Mare, poiché non ero capace di pronunciare il suo impossibile nome, ed egli l'ammirava moltissimo. Questo Aziru era bianco di pelle e forte come un toro. La sua barba era di un neroblu lucente, e nei suoi occhi brillava una fiamma audace, tanto che Keftiu incominciò a guardarlo con desiderio, poiché le donne sono costantemente attratte da tutto ciò che è nuovo. Ad Aziru piaceva soprattutto la pinguedine di Keftiu, e i suoi indumenti, che ella portava secondo la foggia greca, lo infiammarono moltissimo. Benché queste vesti le coprissero la gola, le lasciavano il petto nudo, mentre egli era abituato a vedere le donne velate da capo a piedi.

Alla fine non fu più in grado di soffocare il proprio desiderio, e con profondi sospiri mi disse: « Effettivamente tu mi sei amico, Sinuhe l'Egiziano, e mi hai aggiustato i denti e hai fatto sì che la mia bocca luccichi d'oro tutte le volte che l'apro, il che aumenterà enormemente la mia dignità nella terra d'Amurru. Per questo ti darò dei regali che ti faranno alzare le mani con gesti di meraviglia, ma purtroppo sono costretto a darti dolore contro la mia volontà.

« Dal momento in cui ho posto gli occhi sulla donna della tua casa, costei mi è piaciuta, e non riesco più a frenare il mio desiderio di lei; esso mi lacera come un gatto selvatico, e tutte le tue arti non potranno guarire questo mio male. Non ne ho mai veduta una uguale e posso bene immaginare la tua tenerezza per lei quando ti riscalda il letto la notte.

« Nondimeno io desidero che tu me la ceda, perché voglio farla mia moglie tra le altre mie mogli e riscattarla dalla schiavitù. Ti dico questo francamente, perché tu sei un uomo giusto, e sono pronto a pagarti ciò che mi chiederai; ma altrettanto francamente ti dico che se non me la cederai di tua spontanea volontà, verrò a pigliarmela di forza e la trascinerò con me nella mia terra, dove tu non la troverai mai più anche se ti avventurassi a cercarla ».

A queste sue parole alzai le mani in segno di giubilo, ma Kaptah, che era rimasto ad origliare, si strappò i capelli e si lamentò: « Infausto è il giorno, e meglio sarebbe stato per il mio padrone non essere mai nato ora che tu vuoi togliergli la sola donna in cui egli abbia trovato piacere. Né è possibile compensare la sua perdita, perché per il mio signore essa è più cara di tutto l'oro della terra, di tutti i gioielli, di tutto l'incenso — ed essa è più bella della luna al suo colmo, e il suo ventre è bianco e rotondo come un mucchio di frumento — ancorché tu non lo abbia sinora veduto, e le sue mammelle sono simili a meloni, e questo possono dirlo i tuoi stessi occhi ».

Seguitò così a chiacchierare senza fine, perché da quando era venuto a Smirne aveva appreso i modi dei mercanti e sperava in un buon prezzo, anche se lui ed io non desiderassimo altro che sbarazzarci della ragazza. Quando Keftiu lo intese, si mise anch'ella a piangere, dicendo che non mi avrebbe mai abbandonato, ma pur nel pianto occhieggiava con ammirazione, tra le dita a ventaglio, il Principe e la sua barba ricciuta.

Alzai le mani, e dopo averli acquietati assunsi un'espressione grave.

« Aziru, re di Amurru e amico mio! In verità questa donna è cara al mio cuore, e io la chiamo sorella, ma la tua amicizia mi è cara più d'ogni altra cosa. In pegno di quest'amicizia te la cedo senza compenso, e ti prego di accettarla e di fare con lei tutto ciò che il gatto selvatico entro di te desidera, poiché io non m'inganno, il suo cuore propende verso di te, ed ella sarà contenta, poiché anche nel suo corpo stanno appiattati molti gatti selvatici ».

Aziru proruppe in alte grida di gioia.

« Ah, Sinuhe, per quanto Egiziano tu sia — e dall'Egitto vengano tutti i mali — da questo giorno tu sei mio fratello e mio amico; per tutta la terra di Amurru il tuo nome sarà benedetto; come mio ospite siederai alla mia destra al disopra di tutti gli altri, anche se siano re. Questo io lo giuro! ».

Rise, e nel riso i suoi denti lampeggiarono. Poi guardò Keftiu che aveva smesso di piangere, e il suo volto mutò. La fissò con occhi fiammeggianti, l'afferrò per le braccia cosicché i meloni ondeggiarono, e la issò nella sua portantina senza neppure accorgersi del suo peso. Se ne andò così, e né io né nessun altro a Smirne lo vide per un certo tempo, poiché si chiuse nelle sue stanze per tre giorni e per tre notti. Kaptah ed io ci rallegrammo di esserci liberati di quella sfacciata insolente, benché egli mi rimproverasse di non aver chiesto nulla in cambio allorché Aziru era disposto a darmi qualunque cosa io avessi chiesto.

Ma io replicai: « Dandogli la ragazza, mi sono assicurato la sua amicizia. Nessuno sa quel che può portare il domani. La terra di Amurru è piccola e insignificante — poiché non è altro che terreno da pascolo per asini e pecore — tuttavia l'amicizia di un re è sempre l'amicizia di un re, e può darsi che un giorno essa mi renda meglio dell'oro ».

Kaptah scosse il capo, ma spalmò lo scarabeo di mirra e gli posò davanti del letame fresco in segno di grazie per esserci sbarazzati di Keftiu.

Prima di ritornarsene nella sua terra, Aziru venne a trovarmi, e inchinandosi fino al suolo mi disse: « Non ti offro nulla, Sinuhe, perché tu mi hai dato ciò che non può essere compensato con doni. La donna è ancora più estasiante di quanto io avessi immaginato. I suoi occhi sono come pozzi senza fondo, e io non mi sono ancora stancato di lei anche se ella ha spremuto il mio seme come l'olio si spreme dalle olive. Per esserti franco, il mio paese non è ricco, e il solo mezzo che io ho di acquistare oro è quello di tassare i mercanti che percorrono il mio territorio o di guerreggiare con i miei vicini, e poi gli Egiziani mi sono sempre addosso come mosche cavalline e spesso perdo più di quanto non guadagni; perciò non posso offrirti doni adeguati al tuo gesto; ma ti prometto che ogni qualvolta tu verrai da me, e qualunque cosa mi chiederai, io te la darò se sarà in mio potere dartela, purché tu non mi chieda questa donna o dei cavalli. E se qualcuno ti offendesse, fammelo sapere, e i miei uomini lo uccideranno, dovunque costui si trovi; nessuno ne saprà nulla, e il tuo nome non sarà immischiato nella faccenda. Tanta è la mia amicizia per te ».

Poi mi abbracciò alla moda siriana. Capii che mi onorava e mi ammirava, poiché si tolse dal collo la sua catena d'oro e la appese al mio, ancorché il suo profondo sospiro mentre faceva ciò mi diceva quanto grande fosse il suo sacrificio. Perciò mi tolsi a mia volta dal collo un'altra catena d'oro che mi era stata donata dal più ricco proprietario di navi di Smirne come ricompensa per aver salvata la vita di sua moglie durante un parto difficile, e gliela diedi. Non perdeva nulla nel cambio, e questo lo soddisfece moltissimo. Così ci separammo.

3.

Ora che mi ero liberato di Keftiu mi sentivo il cuore leggero come un uccello, i miei occhi anelavano a vedere cose nuove, e mi aveva invaso una viva inquietudine e un grande desiderio di andarmene da Smirne. La primavera era ritornata. La terra era fresca e verde; le foglie germogliavano sugli alberi; dappertutto era un tubare di colombe e le ranocchie gracidavano negli stagni. Nel porto, le navi si apparecchiavano per lunghi viaggi. Con la venuta della primavera giunse anche la notizia che i Khabiri erano sciamati in massa dal deserto e stavano saccheggiando i confini della Siria da sud a nord, incendiando villaggi e assediando città: sopraggiunsero però anche truppe del Faraone, da Tanis attraverso il deserto del Sinai, e stavano dando battaglia ai Khabiri. Ne catturarono i capi e ricacciarono il nemico nel deserto. Ciò accadeva ogni primavera, ed era sempre accaduto. Questa volta però i cittadini di Smirne erano inquieti, poiché la città di Katna, presidiata da truppe egiziane, era stata saccheggiata, il suo re ucciso, e tutti gli Egiziani erano stati passati a fil di spada senza pietà neppure per le donne e i bambini e senza che fosse rimasto un solo prigioniero vivo per il riscatto. A memoria d'uomo un fatto simile non era mai accaduto, poiché i Khabiri solevano evitare le città fortificate.

La guerra era scoppiata in Siria, e io non avevo mai veduto una guerra. Mi misi in cammino per raggiungere le forze del Faraone, poiché volevo accertarmi se la guerra tenesse in serbo per me qualche verità segreta, e anche perché desideravo studiare le ferite inflitte dalle mazze guerriere e dalle altre armi. Ma partii soprattutto perché il comandante delle truppe era Horemheb, e nella mia solitudine anelavo a vedere il volto di un amico e a riudirne la voce. Salii su una nave che costeggiava il litorale, quindi mi avviai entro terra con la colonna dei rifornimenti, tra i carichi di grano trainati da buoi e gli asini someggianti giare d'olio e di vino e sacchi di cipolle. Giungemmo a una piccola città appollaiata su una collina e circondata da un muro. Si chiamava Gerusalemme. Vi stazionava di guarnigione un manipolo di Egiziani, e anche qui Horemheb aveva posto il suo quartier generale. Ma le voci giunte a Smirne avevano di gran lunga esagerata la proporzione delle sue forze, che comprendevano un unico squadrone di cocchi e circa duemila arcieri e lancieri, mentre si diceva che le orde dei Khabiri fossero come le sabbie del deserto.

Horemheb mi ricevette in una sudicia capanna di fango con queste parole: « Io conoscevo una volta un Sinuhe, e anche costui era medico e mi era amico ».

Mi squadrò, incuriosito alla vista del mantello siriano che mi ero abituato a indossare. Al pari di lui ero invecchiato, e la mia faccia si era mutata, ma mi riconobbe ugualmente e rise, alzando in segno di saluto la frusta intrecciata d'oro, simbolo del suo ufficio.

« Per Ammon, sei proprio Sinuhe! Ti credevo morto ». Fece uscire gli ufficiali del suo stato maggiore e gli scribi con le loro mappe e le loro carte, e ordinò del vino. « Meravigliose sono le vie di Ammon! Pensare che dobbiamo ritrovarci di nuovo nella Terra Rossa, in questa sudicia e miserabile città! ».

A queste parole mi sentii agitare il cuore nel petto, e mi accorsi che egli mi era mancato. Gli narrai quello che ritenni interessante della mia vita e delle mie avventure, ed egli disse: « Vieni con noi a dividere gli onori della battaglia! Ho intenzione di dare a questi pidocchiosi di Khabiri una tale scottata che non si dimenticheranno più di me e malediranno il giorno in cui sono nati. Quando ci incontrammo la prima volta io ero un ragazzotto immaturo, tu invece un uomo di mondo, e mi hai aiutato con buoni consigli. Ho imparato da allora... ho imparato molte cose... e adesso, come vedi, impugno una frusta d'oro. Ma purtroppo me la sono guadagnata con un servizio umiliante nella guardia del corpo del Faraone, arrestando i ladri e i forzati che nella sua follìa egli aveva liberato dalle miniere: quanti grattacapi ci hanno dati prima che riuscissimo a distruggerli tutti!

« Quando seppi che i Khabiri attaccavano, domandai al Faraone di affidarmi delle truppe per respingerli. Nessun altro ufficiale anziano desiderava competere con me per il comando, poiché onori e ricchezze abbondano molto più profusamente nelle vicinanze del Faraone che non nel deserto... Inoltre, i Khabiri possiedono acute lance, e le loro grida di guerra sono spaventose, come io so benissimo. Ma finalmente fui in grado di fare esperienza e di esercitare le mie truppe in una battaglia vera. Del resto l'unica preoccupazione del Faraone è che io abbia a costruire qui a Gerusalemme un tempio al suo nuovo dio, cacciando i Khabiri senza spargimento di sangue! ».

Horemheb scoppiò in una risata e si batté la coscia con la frusta, e io risi con lui. Poi divenne silenzioso, e dopo un'altra sorsata di vino riprese:

« Per essere franco, Sinuhe, ho mutato alquanto da quando ci vedemmo l'ultima volta, come succede a un uomo che vive alla presenza del Faraone, lo voglia o no. Il Faraone mi disturba, poiché pensa intensamente, e parla soltanto del suo dio, che differisce da tutti gli altri dèi. A volte mi pareva che mi brulicasse nel cervello un intiero formicaio; la notte non riuscivo ad addormentarmi senza un po' di vino e una donna che mi schiarisse la testa, tanto strana è questa sua divinità. È un dio senza forma, benché sia ovunque contemporaneamente; la sua immagine è un cerchio, e ha tante mani con cui benedice tutto ciò che ha fatto; e schiavi e padroni sono eguali al suo cospetto. Dimmi, Sinuhe, non ti sembra questo il vaneggiamento di un malato? Io credo una cosa sola: che deve essere stato morsicato da bambino da qualche scimmia rabida, perché chi se non un pazzo può immaginare che i Khabiri si lascino mettere in fuga senza spargimento di sangue? ».

Bevve di nuovo.

« Il mio dio è Horo, e del resto non ho nulla neanche contro Ammon: ma capisco che Ammon è diventato troppo potente, e il nuovo dio si è messo all'opposizione per rafforzare la sovranità del Faraone. Questo è quanto mi ha detto la Regina Madre in persona, e che mi è stato ripetuto da Eie, il prete che adesso regge il lituo alla destra del Re. Con l'aiuto di Aton essi intendono rovesciare Ammon, o limitarne almeno la potenza, perché non è giusto che i sacerdoti di Ammon debbano governare l'Egitto scavalcando il Faraone. Questa è arte di governo, e come guerriero capisco perfettamente che un nuovo dio è indispensabile. Se il Faraone si accontentasse di inalzargli dei templi e di pagare dei preti ai suoi servigi, non avrei nulla di cui lamentarmi. Ma il Faraone pensa e parla troppo di lui. In qualunque occasione, presto o tardi porta la conversazione su quest'argomento, e finisce per rendere chi lo ascolta ancora più matto di lui. Lui dice di vivere secondo verità, ma la verità è come un coltello affilato nelle mani di un bambino; ora un coltello dovrebbe essere portato nel fodero e usato soltanto in caso di bisogno. Lo stesso è per la verità, e a nessuno come a un governante la verità può essere pericolosa ».

Bevette un altro sorso di vino.

« Ringrazio il mio sparviere che mi ha permesso di lasciare Tebe, poiché a causa di questa storia la città sta ribollendo come un nido di serpenti, e non ho nessuna intenzione di farmi coinvolgere in litigi tra dèi. I sacerdoti di Ammon già spargono storielle salaci intorno all'origine del Faraone e fomentano la sedizione contro il nuovo dio. Anche il suo matrimonio ha provocato un grande sdegno, poiché la Principessa di Mitanni, quella che giocava con le bambole, è morta all'improvviso, e il Faraone ha inalzata al rango di sua consorte Nefertiti, la figlia del prete. Certo questa Nefertiti è bella e veste bene, ma è anche molto capricciosa e figlia di suo padre in tutto e per tutto ».

« Come mai la Principessa di Mitanni è morta? », domandai: mi rammentavo della bambina impaurita, dai grandi occhi spalancati fissi su Tebe, mentre la trasportavano, ingioiellata e adornata come un'immagine, lungo il Viale degli Arieti sino al tempio.

« I dottori hanno detto che non poteva sopportare il clima », mi rispose ridendo. « Il che è una sfacciata menzogna, poiché tutti sanno che nessun paese ha un clima più salubre dell'Egitto. Del resto però sai anche tu che la mortalità tra i bambini reali è fortissima, ancora più forte che non nei quartieri poveri, sebbene questo sia difficile a credersi. È meglio non fare nomi, ma se osassi fermerei il mio cocchio davanti alla casa del sacerdote Eie ».

Dopo di che ci distendemmo nella tenda a dormire.

Il mattino fui svegliato dal clangore dei corni, e vidi i soldati che si disponevano in compagnie, mentre i sergenti correvano su e giù per i ranghi urlando, schiaffeggiando gli uomini, colpendoli con le fruste. Quando furono tutti passati in rivista, Horemheb uscì dalla sudicia capanna con in mano la sua frusta d'oro, e un servo gli tenne aperto un ombrellino sul capo e gli scacciò d'intorno le mosche con un pennacchio di crine mentre egli si rivolgeva ai soldati:

« Soldati dell'Egitto! Quest'oggi io vi condurrò in battaglia, poiché i miei esploratori riferiscono che i Khabiri si sono accampati al di là delle colline. Non posso dirvi quale sia il loro numero, perché questi esploratori se la sono data a gambe per la paura e non si sono fermati a contarli. Spero ce ne sarà abbastanza per farla finita con tutti voi, affinché mi sia risparmiata la vista delle vostre facce miserabili e io possa rientrare in Egitto a levare un esercito di uomini veri e che amano la gloria e le spoglie di guerra ».

Fissò le truppe con un'occhiata selvaggia, e il suo sguardo colpì nel segno, perché non un solo uomo osò battere ciglio.

« Vi condurrò in battaglia, e voi dovete sapere — ognuno di voi deve saperlo — che io starò all'avanguardia e non mi fermerò a guardare se qualcuno di voi mi seguirà, poiché io sono figlio di Horo, il falco vola dinanzi a me, e intendo conquistare i Khabiri anche se dovessi combattere da solo. Comunque, vi avverto che questa sera la mia frusta gocciolerà di sangue, perché con le mie stesse mani fustigherò chi non mi seguirà. E vi avverto che la mia frusta incide più profondamente che non le lance dei Khabiri, che sono fragili e di rame miserabile. I Khabiri non hanno nulla di spaventoso, all'infuori della voce, che effettivamente è terrorizzante. Se qualcuno di voi teme di sgomentarsi al suono di quelle strida, si tappi le orecchie con l'argilla. Non scendete in battaglia frignando come vecchie; fingete almeno di essere uomini: portate perizomi, non sottane. Se sconfiggete i Khabiri, potrete spartirvi i loro armenti e gli altri loro averi, poiché nelle città cui hanno dato il sacco essi hanno raccolto molto bottino. Potete anche dividervi le loro donne; credo che vi godrete con loro una bella ruzza stanotte, poiché le donne dei Khabiri sono avvenenti e piene di fuoco, e amano i guerrieri audaci ».

Horemheb si fermò e squadrò i suoi uomini, i quali a una sola voce alzarono un grande grido, percossero gli scudi con le loro lance, e brandirono gli archi. Allora sorrise e facendo schioccare la frusta proseguì:

« Vedo che ardete dal desiderio di menare la mani, ma prima dobbiamo consacrare un nuovo tempio a Aton, il nuovo dio del

Faraone. Egli è per natura un dio pacifico, e non penso vi possa piacere molto. Pertanto il grosso delle truppe potrà mettersi in marcia subito, mentre le riserve sosteranno per consacrare il tempio e assicurarsi del favore del Faraone verso di noi ».

Ancora una volta le truppe lo acclamarono, poi presero a disperdersi per la città in disordine, ciascuna compagnia seguendo la propria insegna, che veniva recata sull'alto di una picca. Questi emblemi consistevano in code di leoni e in teste di coccodrilli e avvoltoi, e li precedevano sempre in battaglia. I cocchi leggieri avanzarono alla testa per liberare la strada. Però gli ufficiali insigniti dei comandi superiori si fermarono con le riserve e seguirono Horemheb al tempio, il quale sorgeva su una altura nei dintorni della città. Era un tempio di piccole dimensioni e costruito in legname: era stato allestito alla spiccia e intonacato grossolanamente di mota Era diverso dagli altri templi, ed era aperto nel mezzo, nel punto dell'altare Non vi si vedeva nessun dio, cosicché i soldati, perplessi, si guardarono intorno per cercarlo.

Ma Horemheb disse loro: « Il dio è rotondo e simile al disco del sole, perciò alzate lo sguardo al cielo se i vostri occhi riescono a sostenerne la fulgidezza. Egli vi tende le mani in segno di benedizione, per quanto la mia mente mi dica che quest'oggi, dopo la marcia, le sue dita sulle vostre schiene vi faranno l'effetto di aghi incandescenti ».

I soldati mormorarono che il dio del Faraone era troppo lontano. Ne volevano uno innanzi al quale prostrarsi, e da poter toccare con la mano se ne avevano l'ardire. Ma quando avanzò il sacerdote, un giovane snello dal capo rasato, che portava sulla spalla un lino bianco, tacquero. Il giovane prete aveva due occhi chiari e vivaci, e sull'altare offrì fiori di primavera, olio e vino, il che fece ridere i soldati ad alta voce. Cantò pure un inno ad Aton, che si diceva fosse stato composto dal Faraone. Era un inno assai lungo e monotono, e gli uomini lo stettero ad ascoltare a bocca aperta e con scarsissima comprensione.

> Bellissimo tu sei all'orizzonte,
> Vivente Aton, origine di tutte le cose viventi!
> Quando tu ti levi nel cielo orientale
> Tutte le terre si riempiono della tua gloria.
> Bello tu sei, e grande, e radioso sul mondo.
> I tuoi raggi abbracciano tutte le terre che tu hai create,
> Ed esse sono unite insieme dai raggi del tuo amore.
> Lontano tu sei, tuttavia le tue sfere toccano il suolo;
> Eccelso tu sei; tuttavia le piante dei tuoi piedi si muovono sopra [la polvere.

Il sacerdote cantò di tenebre, di leoni sguscianti dalle loro tane la notte, e di serpenti, e molti di coloro che ascoltavano furono invasi da timore. Cantò anche la lucentezza del giorno, e dichiarò che quando gli uccelli allargano le loro ali il mattino lo fanno in adorazione di Aton. Aggiunse pure che questo nuovo dio affrettava l'infante nel grembo e dava fertilità al seme dell'uomo. Nell'ascoltarlo ci si poteva immaginare che non esistesse la più minuta cosa sulla terra a cui Aton non si interessasse, neppure un pulcino poteva rompere il suo guscio e pigolare senza l'aiuto di Aton. Il sacerdote concluse:

Tu solo dimori nel mio cuore
E nessun uomo ti conosce all'infuori del Re tuo figlio.
Tu condividi il tuo pensiero con lui,
Tu lo inondi della tua forza.
Il mondo giace fra le tue mani come tu lo hai creato;
Gli uomini vivono per la tua luce
E se tu veli ad essi il tuo aspetto essi periscono.
Tu sei la vita e gli uomini vivono per grazia tua.
Tutti gli occhi sono rivolti alla tua gloria
Sino all'ora del tuo tramonto,
Ogni fatica cessa
Quando tu declini all'Occidente.
Dacché tu hai creato il mondo
Lo hai preparato per la venuta del tuo figliuolo:
Per colui che è nato da te,
Il Re che vive secondo verità,
Signore dei Due Regni, Figliuolo di Ra
Che vive secondo verità.
Per il Signore della duplice Corona tu hai creato il mondo
E per la sua grande consorte, la sua benamata
Regina dei Due Regni, Nefertiti,
Che vivrà e prospererà nei secoli dei secoli!

I soldati ascoltavano, torcendo i piedi nella sabbia. Quando finalmente il canto ebbe termine, lanciarono un evviva di sollievo in onore del Faraone, poiché il solo concetto che essi avevano afferrato dell'inno era l'intenzione di lodare il Faraone e di osannarlo come figlio del dio, il che era giusto e conveniente: così era stato e sempre sarebbe. Horemheb diede licenza al sacerdote di andare, e il giovane, entusiasmato dalle acclamazioni della truppa, si allontanò a scrivere al Faraone la relazione dell'avvenimento.

4.

Gli uomini si misero in marcia, seguiti dai traini di bovi e dagli asini da soma. Horemheb correva in testa col suo cocchio, mentre gli ufficiali anziani procedevano in portantina, lamentandosi del caldo. Io mi accontentai di sedere sulla schiena di un asino, al pari dell'ufficiale degli approvvigionamenti mio amico, e presi con me la mia cassetta medica di cui speravo fare buon uso.

La colonna marciò fino a sera con un solo breve intervallo di riposo, durante il quale fu permesso agli uomini di mangiare e di bere. Un numero sempre crescente di essi aveva i piedi dolenti e si lasciava cadere sul ciglio della strada, senza esser in grado di alzarsi nonostante i calci e le frustate dei sergenti. Gli uomini bestemmiavano e cantavano a turno. Allorché le ombre incominciarono ad allungarsi, giunse un sibilìo di dardi dalle rocce costeggianti la strada, e di quando in quando dalle file si levava un grido, e un uomo si serrava la spalla in cui si era conficcata una freccia, o cadeva riverso sulla strada. Horemheb non si fermò a cercar di individuare questi tiratori imboscati, ma seguitò a correre innanzi finché le truppe presero un'andatura da trotto lento e regolare. I cocchi leggieri spazzavano il cammino alla testa, e ben presto vedemmo distesi lungo il ciglio della strada corpi di Khabiri vestiti di stracci, la bocca e gli occhi brulicanti di mosche. Alcuni dei nostri uomini si chinarono a rivoltare questi corpi in cerca di bottino, ma non avevano lasciato loro indosso più nulla.

L'ufficiale degli approvvigionamenti sudava sul suo asinello, e mi supplicò di portare il suo ultimo saluto alla propria moglie e ai propri figliuoli, poiché sentiva che quello sarebbe stato il suo ultimo giorno di vita. Mi disse dove avrei potuto trovare sua moglie a Tebe e mi implorò di badare che nessuno saccheggiasse il suo cadavere, a meno che non fossimo tutti morti la sera, soggiunse, scuotendo tetramente il capo.

Alla fine si aprì dinanzi a noi la vasta pianura su cui i Khabiri erano accampati. Horemheb diede ordine di dar fiato ai corni e dispose le sue truppe per l'attacco, i lancieri al centro, gli arcieri su ciascun fianco. Spedì i cocchi a rappresentare una certa parte altrove, tranne alcuni dei più pesanti, e questi partirono a una così folle velocità, che la polvere turbinò tutt'attorno nascondendoli completamente alla vista. Dalle valli oltre le colline si levava il fumo dei villaggi incendiati. I Khabiri sparsi per la pianura sembravano senza numero, e i loro ululati e le loro strida riempivano l'aria mentre avanzavano su di noi, scintillante minaccia di scudi e di lance nella luce del sole.

Horemheb gridò con la sua voce tonante: « Irrigidite le vostre ginocchia, rospi, perché tra costoro i combattenti sono pochi, e quel che vedete non è che bestiame, donne e bambini, tutta roba che potrà essere vostra prima del cader della notte. Nelle loro pentole vi aspetta del cibo caldo. Su dunque, muovetevi, così potremo mangiare, perché mi sento affamato come un coccodrillo ».

Ma l'oste dei Khabiri mareggiava sempre più vicina, superando di gran lunga la nostra. Le loro lance lucevano aguzze nella luce del sole, e la battaglia non presentava per me alcun fascino. Le file dei nostri lancieri ondeggiarono, e gli uomini si guardarono attorno smarriti. I sergenti fecero schioccare le loro fruste e bestemmiarono, e certo gli uomini dovevano essere troppo affaticati per volgersi e fuggire poiché effettivamente i lóro ranghi si immobilizzarono e gli arcieri fecero stridere nervosamente le corde dei loro archi, in attesa del segnale.

Quando i Khabiri furono vicini, lanciarono il loro grido di guerra, un ululato così spaventoso che il sangue mi si gelò nelle vene e le gambe mi tremarono sotto. Nello stesso istante attaccarono, facendo volare le loro frecce nella corsa. Il sibilìo delle frecce era come un ronzìo di mosche. Non saprei come possa esservi un rumore più allucinante del saettar delle frecce vicino all'orecchio. Mi rincuorò nondimeno vedere il poco danno che queste facevano, poiché o volavano sulla nostra testa o venivano fatte rimbalzare dagli scudi.

Ora Horemheb urlava:

« Seguitemi, canaglie! ». I suoi aurighi lanciarono i cavalli a briglia sciolta e lo seguirono a rotta di collo; gli arcieri fecero scoccare le loro saette come un sol uomo, mentre i lancieri caricavano dietro i cocchi. Un grido eruppe da tutte le gole, un urlo più terrificante dell'ululato dei Khabiri, poiché ognuno gridava per proprio conto per soffocare in sé il terrore singolo. Io stesso mi sorpresi a muggire con tutto il fiato dei miei polmoni provandone immediatamente un grande sollievo.

I cocchi si lanciarono con fragore di tuono in mezzo ai Khabiri attaccanti, e lontano all'avanguardia, sopra il turbinare della polvere e il cozzare delle lance, scintillava l'elmo piumato di Horemheb. Alla retroguardia, dei cocchi caricavano i lancieri guidati dalle loro insegne di combattimento — code di leoni e teste d'avvoltoi — mentre gli arcieri dispersi per la pianura saettavano all'impazzata sul nemico in scompiglio. Da quel momento tutto divenne un'unica spaventosa confusione di cozzi, di clangori, di strida, di urla. Le frecce mi fischiavano vicino· il mio asinello caracollava e saltabeccava nel fitto della mischia, e io, disperato, urlavo e scalciavo ma non riuscivo a trattenerlo. I Khabiri combattevano con risolutezza e senza timore, e quelli di loro che venivano calpestati sotto gli zoccoli dei cavalli tentavano ancora di colpire a tradimento con le loro lance i nostri che li caricavano, e più di un Egiziano fu ucciso nell'atto in cui si chinava a mozzare la mano della propria vittima, in segno di trionfo. Il lezzo del sangue superava il lezzo dei soldati in sudore, e già i corvi avevano preso a roteare nel cielo in frotte sempre crescenti.

A un tratto i Khabiri lanciarono un urlo di rabbia e ripiegarono frettolosamente in ritirata, perché si erano accorti che i cocchi che erano stati mandati a circondare la pianura erano penetrati nel loro accampamento. Stavano attaccando le donne, e disperdendo il bestiame. Questa vista non era per loro sopportabile e perciò corsero in loro aiuto, ma questa mossa doveva causare la loro rovina. I cocchi li circondarono e li dispersero, e il resto fu annientato dagli arcieri e dai lancieri. Al tramonto del sole la pianura era ingombra di cadaveri senza mani, l'accampamento era in fiamme, e da ogni lato giungevano i muggiti del bestiame impazzito.

Nel delirio della vittoria i nostri uomini prolungarono il massacro, affondando le loro lance in tutto quello che vedevano, trucidando i nemici che già avevano deposto le armi, facendo saltare le cervella dei bambini con le loro mazze, e prendendo a frecciate selvagge le mandrie in fuga forsennata, finché Horemheb ordinò di dar fiato ai corni; infine ufficiali e subalterni rientrarono in sé, e a suon di frustate ridussero alla ragione la feccia. Ma il mio asinello ammattito seguitava a galoppare per il campo di battaglia, scuotendomi e squassandomi come un sacco di farina finché quasi non capivo più se ero vivo o morto. I soldati incominciarono a deridermi e a beffarsi di me, finché uno di essi percosse l'asino sul muso con l'impugnatura della sua lancia, costringendo la bestia a fermarsi e permettendomi così di scendere. Da quel momento fui conosciuto tra loro come il Figlio dell'Asino Selvaggio.

I prigionieri furono spinti insieme nei recinti, le armi vennero accatastate, e furono mandati alcuni mandriani a radunare il bestiame. I Khabiri erano talmente numerosi che molti di essi erano riusciti a fuggire, ma Horemheb aveva preveduto che avrebbero seguitato a correre tutta notte e non avrebbero avuto certamente grande fretta di ritornare. Alla luce delle tende e dei carichi di foraggi incendiati venne portato il cofano sacro che fu posto di fronte a Horemheb. Horemheb lo aperse e ne trasse fuori Sekhmet, la Dea dalla Testa di Leonessa, il cui petto scolpito si gonfiava orgogliosamente alla luce delle torce. I soldati, al colmo del giubilo, la spruzzarono con gocce di sangue sgorgante dalle loro stesse ferite e ammucchiarono davanti a lei le mani mozzate in segno di conquista. Queste formarono un grande cumulo, e alcuni soldati ne recarono sino a quattro o cinque. A costoro Horemheb distribuì catene e braccialetti, e onorò con la promozione i più valorosi; egli era coperto di polvere e di sangue e la sua frusta d'oro gocciolava, ma gli sorridevano gli occhi mentre guardava i suoi guerrieri e li salutava con insulti cordiali chiamandoli i suoi allegri farabutti, i suoi fracassatori di teste.

Io avevo trovato che c'era molto da fare per me, poiché le lance e le mazze dei Khabiri infliggevano ferite spaventose. Lavoravo alla luce delle tende in fiamme, e le grida dei feriti si mescolavano a quelle delle donne che venivano trascinate via dai soldati, i quali se le giocavano a dadi. Lavai e ricucii insieme ferite orribilmente slabbrate, ricacciai in ventri squarciati le viscere, e rimisi a posto intere zone di cuoio capelluto lacerate. A coloro per cui la morte era certa diedi da bere birra e narcotici affinché potessero trapassare in pace durante la notte.

Curai anche qualche Khabiro, cui le ferite avevano impedita la fuga, ricucendogliele e medicandogliele. Non saprei dire per quale motivo facessi questo: forse pensavo che Horemheb ne avrebbe ottenuto un prezzo migliore allorché li avesse venduti come schiavi, se io prima li avessi guariti. Ma a molti di loro non importava nulla del mio aiuto e si strappavano violentemente le bende non appena udivano le strida dei loro bambini e i lamenti delle loro donne violate. Allora incrociavano le gambe, si tiravano le vesti sul capo, e si lasciavano dissanguare fino a morirne.

Io li osservavo, e la vittoria ora mi dava minore orgoglio. Non erano in fondo che povera gente del deserto affamata, attirata dalle mandrie e dal grano delle vallate a compiere queste folli incursioni nella Siria. Erano scarni e spesso soffrivano di oftalmie; benché valorosi e terrificanti in guerra e benché si lasciassero alle spalle una scia di villaggi arsi, non potei fare a meno di provarne compassione quando li vidi coprirsi così il capo con le vesti cenciose per morire.

Il giorno seguente m'incontrai con Horemheb e lo supplicai di far allestire un accampamento sorvegliato dove i feriti più gravi potessero rimettersi, perché se li avessimo portati fino a Gerusalemme sarebbero certamente morti lungo il cammino.

Horemheb mi ringraziò dell'aiuto che gli avevo prestato e disse: « Non ti avevo mai fatto credito del valore che hai dimostrato ieri, cavalcando nel folto della mischia sul tuo asino impazzito. È impossibile che tu ignorassi che in guerra il compito del medico non incomincia finché la battaglia non è terminata. Ho inteso i miei uomini chiamarti Figlio dell'Asino Selvaggio, e se lo desideri ti condurrò in battaglia sul mio cocchio personale. La sorte deve sicuramente proteggerti, dal momento che sei ancora vivo, ancorché tu non avessi né lancia né mazza ».

« I tuoi uomini lodano il tuo nome e giurano di seguirti dovunque li condurrai », gli risposi per adularlo. « Ma come va che non sei ferito nemmeno tu, pur avendo caricato da solo nel fitto delle lance? Forse ti protegge un qualche potere magico, o forse ciò dipende dal fatto che tu non senti paura? ».

« Io so di essere destinato a compiere grandi imprese, benché non sappia dirti come io senta questo. Un guerriero o ha la sorte dalla sua parte o non l'ha, e la fortuna mi assiste da quando il falco mi ha condotto al Faraone. È vero che il mio sparviere non ha amato il palazzo e se n'è volato via per non fare più ritorno; ma mentre marciavamo attraverso il deserto del Sinai, e sopportavo una fame terribile e una sete ancora più grande — poiché soffrivo con i miei uomini per capire ciò che essi sentivano e poterne così avere il dominio — scorsi in una valle un roveto ardente. Era un fuoco vivo in forma di grande arbusto o di albero, e non si consumava, ma ardeva giorno e notte. La terra tutt'intorno aveva un odore che mi salì al capo e mi infuse coraggio. Notai ciò mentre correvo in testa alle mie truppe in caccia delle bestie selvatiche del deserto, e nessun altro vide questo all'infuori del mio auriga, che può far testimonianza dell'apparizione. Ma da quel momento ho capito che nessuna lancia o freccia o mazza di guerra può colpirmi prima dell'ora che mi è stata assegnata ».

Credetti al suo racconto e ne fui riempito di un arcano timore, poiché egli non aveva alcun motivo per inventare una simile storia per il mio divertimento; e anzi non credo affatto che egli potesse avere immaginata una simile favola, poiché era un uomo che credeva soltanto a quello che poteva toccare con le proprie mani.

Il terzo giorno Horemheb divise le sue truppe; ne rimandò una parte a Gerusalemme col bottino — poiché pochi erano i mercanti che ci avevano seguiti sul campo di battaglia in cerca di schiavi, di pentole e di grano — e un'altra parte fu posta alla custodia del bestiame pascolante. Io avevo allestito un accampamento per i feriti, il quale era guardato da un plotone speciale, ma il maggior numero dei miei malati morì. Horemheb si mise in persona sul suo cocchio all'inseguimento dei Khabiri, poiché dall'interrogatorio dei prigionieri aveva appreso che i fuggiaschi erano riusciti a ricuperare e a trasportare con sé il loro dio.

Mi prese con sé contro mia voglia, e rimasi dietro di lui nel cocchio, stringendolo per la vita e maledicendo il momento in cui ero nato. Guidava come un forsennato, e mi pareva a ogni istante che dovessimo capovolgerci e che sarei stato lanciato a capofitto tra le pietre; ma egli si faceva beffe di me, e mi disse che voleva farmi assaggiare il gusto della guerra dal momento che ero venuto per questo.

E me lo diede il gusto! Vidi cocchi abbattersi come un uragano sui Khabiri — sui Khabiri che cantavano felici, agitando rami di palme — mentre spingevano i loro armenti rubati ai loro nascondigli nelle solitudini desolate. I suoi cavalli travolsero donne, bambini, vecchi, il fumo delle tende incendiate lo aureolava delle sue spire, e col sangue e con le lagrime i Khabiri appresero che meglio era vivere in povertà nel deserto e morire di fame nei loro antri anziché saccheggiare la ricca e fertile terra di Siria, anziché spalmarsi di olio prezioso la pelle arsa dal sole e impinguarsi di frumento rubato. Così assaggiai il gusto della guerra, che non era più guerra ma persecuzione e strage, finché lo stesso Horemheb ne ebbe abbastanza e volgendosi ordinò che venissero rialzate le pietre di confine abbattute dai Khabiri.

Era però riuscito a impadronirsi del dio dei Khabiri e si abbatté su di esso come un avvoltoio, disperdendone i portatori che fuggendo lo lasciarono cadere a terra. Questa immagine fu in seguito spezzata a colpi d'accetta per farne legna da ardere e venne bruciata davanti a Sekhmet. I guerrieri si batterono il petto dicendo: « Guardate come bruciamo il dio dei Khabiri! ». Il nome di questo dio era Jehou o Jahveh; era il solo dio che i razziatori possedessero, e furono costretti a tornarsene orbati nella solitudine. Rimasero così più poveri di quando erano venuti, nonostante quel loro agitare di palmizi e i loro canti di gioia.

5

Horemheb ritornò a Gerusalemme in cui s'erano affollati intanto i profughi dei paesi di confine, e a costoro rivendette il loro grano e le loro pentole di cucina. Al che essi si strapparono le vesti e gridarono: « Questi rapinatori sono peggio dei Khabiri! ». Ma non ebbero a soffrire privazioni, poiché erano in grado di ottenere denaro in prestito dai loro templi, dai mercanti, dai gabellieri confluiti a Gerusalemme da tutta la Siria. In tal modo Horemheb convertì le spoglie in oro e argento che distribuì ai soldati. Compresi allora perché la maggior parte dei feriti erano morti nonostante le mie cure. Rimaneva così molto più bottino per i loro commilitoni che avevano inoltre rubato le vesti e le armi e i beni dei malati privandoli di acqua e di cibo sino a farli perire. Quale meraviglia dunque che vi fossero sempre dei chirurghi inesperti ansiosi di seguire le truppe in battaglia e che nonostante la loro incompetenza ritornassero così ricchi?

Gerusalemme echeggiava di clamori e di grida e del frastuono degli strumenti siriani. I soldati dilapidavano l'oro e l'argento in birra e donne, finché i mercanti, riavuto in tal modo il loro danaro, si allontanarono. Horemheb impose una tassa sui commercianti, sia su quelli che venivano sia su quelli che se ne andavano, e divenne in tal modo un uomo ricco pur essendosi astenuto dalla sua parte di bottino.

Non provava però alcuna esaltazione, e quando andai a congedarmi da lui, prima di rientrare a Smirne, mi disse: « Questa campagna era finita prima ancora di iniziarsi, e nella sua lettera a me il Faraone mi rimprovera per avere sparso sangue contro i suoi comandi. Debbo ritornare in Egitto con i miei topi, debbo sbandarli e consegnare le loro insegne perché siano custodite nel tempio. Ma cosa succederà in seguito non so, perché queste sono le sole truppe d'Egitto allenate, e il resto non vale nulla se non a sporcare i muri e a pizzicare il sedere delle donne sulla piazza del mercato. Per Ammon, è abbastanza facile starsene nel palazzo d'oro del Faraone a scrivere canzoni in onore del proprio dio e credere che tutte le nazioni possano essere governate dall'amore! Se avesse potuto udire le grida dei mutilati e i gemiti delle donne dei villaggi incendiati quando il nemico varca la frontiera la penserebbe altrimenti ».

« L'Egitto non ha nemici; è troppo ricco e potente », replicai. « Inoltre la tua fama si è sparsa per la Siria, e i Khabiri non tenteranno certamente per la seconda volta di rimuovere i segni del confine, perché dunque non dovresti disperdere le truppe, dato che in verità i tuoi uomini vaneggiano nei loro bicchieri come bestie infuriate, e dai loro giacigli emana un tanfo infernale, e sono brulicanti d'insetti? ».

« Tu non sai quello che dici », mi ribatté fissando nel vuoto due occhi assorti e grattandosi le ascelle, poiché anche la capanna del comandante era infestata di pidocchi. « L'Egitto basta a se stesso, e proprio in questo s'inganna. Il mondo è vasto, e in luoghi nascosti si sta seminando una semente da cui si raccoglierà fuoco e distruzione. Io ho udito per esempio che il Re degli Amoriti sta ammassando con cura cocchi e cavalli, mentre sarebbe molto più saggio per lui pagare il proprio tributo al Faraone con maggiore puntualità. Ai suoi banchetti i funzionari d'alto rango non fanno che parlare di quando gli Amoriti governavano un tempo tutta la terra, il che in un certo senso è vero poiché gli ultimi Hyksos dimorano nel paese di Amurru ».

« Ma Aziru è mio amico e un uomo vano, perché io gli ho dorato i suoi denti, e credo abbia per la mente altre cose, poiché ho inteso che si è preso una moglie la quale gli toglie tutta la forza dei suoi lombi ».

« Tu sai molte cose », osservò Horemheb fissandomi attentamente. « Tu sei un uomo libero, indipendente; viaggi da una città all'altra e ascolti molto di quel che è nascosto ai più. Se io fossi al tuo posto e fossi libero, me ne andrei dappertutto in cerca di cognizioni. Me ne andrei nel paese di Mitanni, e a Babilonia, e mi informerei del tipo di cocchi di guerra attualmente usati dagli Hittiti, e in che modo essi addestrino le loro truppe. Visiterei le isole marine per sapere quanto grandi sono le navi laggiù, poiché se ne fa un gran parlare. Ma il mio nome è noto in tutta la Siria, e probabilmente non arriverei a udire tanto. Ma tu, Sinuhe, vesti alla siriana e parli un linguaggio noto agli uomini colti di tutte le nazioni: inoltre sei medico, e nessuno potrebbe immaginare che tu t'intenda di altre cose all'infuori della tua professione. E poi la tua conversazione è semplice, e spesso infantile alle mie orecchie, e sai tenere gli occhi bene aperti. Tuttavia so che il tuo cuore è sigillato, e quel che tu porti entro di te è sconosciuto a tutti. Non è forse così? ».

« Forse; ma che cosa vuoi da me? ».

« Che ne diresti se ti fornissi di una buona provvis d'oro e ti mandassi nei paesi di cui ti ho parlato per esercitare la tua professione e spargervi la fama della medicina egizia nonché dei tuoi poteri curativi? I ricchi e i potenti — anche i re forse — ti chiamerebbero al loro fianco, e tu potresti guardare entro i loro cuori. Pur seguendo la tua carriera, faresti in modo che le tue orecchie e i tuoi occhi diventassero miei, cosicché al tuo ritorno in Egitto mi potresti dare conto di tutto ciò che hai veduto e udito ».

« Non intendo di tornarvi mai più — e del resto vi è pericolo in quello che mi proponi — e io non ho alcun desiderio di penzolare a testa in giù dalle mura di una città straniera ».

« Nessuno sa quel che può recare il domani. Io credo che tu in Egitto ritornerai, poiché colui che ha bevuto una volta l'acqua del Nilo non può più appagare la sua sete altrove. Persino le rondini e le cicogne ritornano ogni inverno. L'oro non è che polvere per me, e io lo muterei in cambio del sapere. In quanto a essere impiccato, questo tuo discorso suona alle mie orecchie soltanto come un ronzìo di mosche. Io non ti chiedo di fare del male o di infrangere le leggi di nessun paese. Forse che tutte le grandi città non allettano un viaggiatore a visitare i loro templi, non preparano forse ogni sorta di banchetti e divertimenti per attirare lui e il suo oro? Se rechi con te dell'oro, sei sempre bene accetto ovunque.

« Inoltre le tue arti sono ammirate in quei paesi dove uccidono i vecchi a colpi di scure ed espongono gli ammalati nel deserto affinché muoiano, come tu sai benissimo. I re sono orgogliosi, e amano passare in rivista i loro soldati per impressionare gli stranieri. Non farai alcun male se noterai il modo di marciare degli uomini e come sono armati, se conterai i cocchi e ti rammenterai se sono grandi e pesanti o piccoli e leggieri, e se trasportano due o tre uomini, poiché ho inteso dire che alcuni si servono non solo di un auriga ma anche di uno scudiere. È inoltre importante notare se le truppe sono ben nutrite e scintillanti di olio oppure magre e pidocchiose, e col mal d'occhi come i miei topacci. Corre voce che gli Hittiti abbiano scoperto un nuovo metallo, e che le armi costruite con esso siano in grado di scheggiare la migliore scure di rame. Non so se questo sia vero: può darsi che siano riusciti a scoprire un nuovo sistema per indurire il rame. Comunque vorrei saperne di più in proposito, ma soprattutto vorrei conoscere i cuori dei governanti e quelli dei loro consiglieri. Guardami! ».

Lo guardai e mi sembrò che s'ingigantisse sotto i miei occhi. Aveva l'aspetto di un dio, e le sue pupille sembravano carboni ardenti, tanto che il mio cuore ne tremò ed io m'inchinai dinanzi a lui.

Mi disse: « Sei convinto ora che io sono un uomo d'autorità? ».

« Il mio cuore mi dice che tu puoi comandarmi, ma non so perché questo dovrebbe essere », balbettai, e mi sentivo la lingua ispessirsi nella bocca. « È senza dubbio vero che tu sei destinato a ottenere il comando di molti, come tu hai detto. Ti obbedirò dunque, e i miei occhi diverranno i tuoi occhi, e le mie orecchie le tue orecchie. Non so se ti avvantaggerai di quel che vedrò e udrò, poiché nelle cose che tu vuoi sapere io sono un imbecille. Comunque farò del mio meglio e non a prezzo di oro ma perché mi sei amico e perché evidentemente gli dèi così hanno disposto... ammesso che esistano dèi ».

Egli disse: « Non credo ti pentirai di essermi amico. Ti provvederò di oro per il tuo viaggio, comunque, poiché da quel che so degli uomini ne avrai bisogno. Non chiedermi come mai questa conoscenza mi sia più preziosa dell'oro, ma posso dirti questo: i grandi Faraoni inviavano alle corti straniere uomini intelligenti, ma i messi di questo Faraone sono teste di pecora che conoscono il modo migliore con cui drappeggiare le loro vesti e indossare le loro onorificenze, e in quale ordine devono mettersi alla sinistra o alla destra del Faraone. Perciò non ti curar di loro se dovessi incontrarne qualcuno, ma lascia che alle tue orecchie i loro discorsi altro non siano che ronzìo di mosche ».

Quando ci separammo si svestì della sua dignità, mi accarezzò la guancia e mi toccò le spalle col volto dicendo: « La tua partenza pesa sul mio cuore, Sinuhe, poiché se tu sei solo, ebbene, lo sono anch'io. Nessuno conosce i segreti del mio cuore ».

Credo che nel dir questo egli pensasse alla Principessa Baketamon la cui bellezza lo aveva stregato.

Mi diede molto oro, assai più di quanto io avessi potuto immaginare — credo mi abbia dato tutto l'oro che si era guadagnato nella campagna di Siria — e mi provvide di una scorta che mi accompagnò fino alla costa affinché potessi viaggiare senza tema dei banditi. Non appena giunto al litorale, depositai l'oro presso una grande compagnia di traffici, lo tramutai con tavolette d'argilla, assai più sicure a trasportarsi, perché inutili ai ladri, dopo di che m'imbarcai alla volta di Smirne.

LIBRO VI

IL GIORNO DEL FALSO RE

I.

Prima di iniziare un nuovo libro devo rendere gloria ai giorni passati in cui viaggiavo senza molestie attraverso molti paesi acquistando saggezza, poiché difficilmente quel tempo ritornerà. Ho viaggiato per un mondo che da quarant'anni non conosceva più guerre. Ovunque i re proteggevano le strade carovaniere e i mercanti che se ne servivano, mentre le loro navi e quelle del Faraone spazzavano i mari dai pirati. Le frontiere erano aperte; commercianti e viaggiatori recanti oro erano bene accolti in ogni città, e tra gli uomini non esistevano né amarezze né dissensi; si inchinavano l'uno all'altro, protendendo le mani al livello delle ginocchia, e imparavano le loro reciproche usanze. Molti tra la gente educata parlavano diverse lingue e scrivevano con due diversi tipi di scrittura.

I campi erano irrigati e producevano raccolti abbondanti, e nelle Terre Rosse il fiume del cielo faceva le veci del nostro Nilo e rinfrescava la terra. In quei giorni il bestiame poteva aggirarsi sicuro sui terreni da pascolo, e i mandriani non usavano lance ma suonavano la zampogna e cantavano allegre canzoni. Le vigne erano rigogliose e gli alberi fruttiferi si piegavano sotto il loro peso; i sacerdoti erano grassi e luccicanti d'olio, e in ogni paese si levava dalle avancorti dei templi il fumo di innumerevoli sacrifici. Anche gli dèi prosperavano ed erano benigni e si impinguavano delle offerte che venivan loro bruciate. I ricchi si arricchirono ancor di più, i potenti accrebbero la loro ricchezza, e i poveri diventarono più poveri, come gli dèi avevano decretato, cosicché tutti erano contenti e nessuno mormorava. Questa è la visione che io conservo di quel tempo scomparso — e che non ritornerà mai più — quando nel fiore della mia virilità le mie membra non erano mai affaticate nonostante i lunghi viaggi, quando i miei occhi erano ansiosi di vedere cose nuove, quando il mio cuore, assetato di sapere, s'imbeveva fino a traboccarne di conoscenza e di dottrina.

E ora che ho lodato il passato, quando persino il sole splendeva più fulgido e i venti spiravano più dolcemente che non in questi giorni infausti, dirò dei miei viaggi e di tutto quello che vidi e udii. Ma prima di tutto devo narrare del mio ritorno a Smirne.

Quando giunsi a casa, Kaptah mi corse incontro, gridando e piangendo di gioia, e si gettò ai miei piedi.

« Benedetto sia il giorno che riconduce a casa il mio signore », gridò. « Sei ritornato ancorché io ti credessi morto in battaglia; credevo proprio che tu fossi stato squarciato da una lancia perché non avevi voluto badare ai miei avvertimenti e te n'eri andato a vedere come è fatta una guerra. Il nostro scarabeo è veramente un dio potente e ci ha protetti, e benedetto sia questo giorno. Il mio cuore è pieno di felicità alla tua vista, e la gioia mi fluisce in lagrime dagli occhi, e non riesco a trattenerle ancorché già mi figurassi tuo erede e pensassi di prender possesso di tutto l'oro che tu hai depositato presso i mercanti di Smirne. Però non mi affliggo di questa perduta ricchezza, poiché senza di te sono come il cerbiatto che ha perduto la propria nutrice, e i miei giorni sono bui, e non ti ho neppure derubato più del solito, ma ho vigilato sulla tua casa e i tuoi beni e su tutti i tuoi interessi, cosicché ora tu ritorni più ricco di quando sei partito ».

Mi lavò i piedi, mi versò acqua sulle mani e mi servì con ogni cura senza mai smettere di gridare ad alta voce fino a che gli ordinai di tacere.

« Prepàrati in fretta, perché stiamo per intraprendere un viaggio che durerà forse degli anni e che sarà irto di difficoltà; andiamo nel paese di Mitanni e a Babilonia e alle isole del mare ».

Allora Kaptah esclamò: « Adesso vorrei veramente non essere mai nato in questo mondo e nemmeno vorrei essere diventato così grasso e prospero, poiché quanto più fortunato è un uomo, tanto più gli è difficile rinunciare agli agi. Se tu partissi per un mese o due, come già hai fatto altre volte, non direi nulla, me ne resterei tranquillamente qui a Smirne, ma se il tuo viaggio deve durare anni, può darsi che tu non ritorni e che io non ti veda mai più. Perciò mi tocca accompagnarti, portando il nostro sacro scarabeo. Di fronte a tante incertezze, tu avrai bisogno di tutta la fortuna possibile, e senza lo scarabeo certamente precipiteresti in qualche burrone lungo la via o saresti trafitto dalle lance dei banditi: perciò sarebbe meglio che noi rimanessimo nella nostra casa di Smirne ».

Kaptah infatti era divenuto sempre più sfacciato col passare degli anni e già parlava della "nostra casa" e del "nostro scarabeo", e quando doveva fare dei pagamenti diceva "il nostro oro".

Io però ero stanco delle sue lamentele e gli dissi: « Il mio cuore mi presagisce che un bel giorno tu penzolerai per i calcagni dall'alto di un muro, causa la tua insolenza. Decidi dunque se venire con me o restartene qui, e soprattutto smetti questo continuo miagolare da gatto in amore mentre io vorrei che tu ti preparassi per un lungo viaggio ».

A queste parole Kaptah divenne silenzioso e rassegnato al suo destino, e ci affrettammo per la partenza. Poiché egli aveva giurato di non mettere mai più piede a bordo di una nave, ci unimmo a una carovana che si recava verso il nord della Siria, perché io desideravo vedere i cedri del Libano, da cui proveniva il legname destinato ai palazzi e alla barca sacra di Ammon. Poco ho da dire su questo viaggio: si svolse senza incidenti, e nessun ladrone da strada ci attaccò. Le locande erano buone, e vi mangiammo e bevemmo bene; un paio di volte durante le nostre tappe vennero a noi degli ammalati che io curai. Viaggiavo in portantina, poiché ne avevo abbastanza di asini. Benché il vento secco m'inaridisse la faccia, tanto che dovevo continuamente massaggiarla con olio, e benché la polvere mi soffocasse e le pulci del deserto mi tormentassero, queste cose mi sembravano tuttavia inconvenienti trascurabili, e i miei occhi si rallegravano a tutto ciò che vedevano.

Vidi foreste di cedri e alberi tanto enormi che nessun Egiziano mi crederebbe se io li descrivessi. La fragranza di questi boschi era indicibilmente inebriante, e i corsi d'acqua limpidi, e a me sembrava che nessuno che abitasse in un paese così bello potesse essere veramente infelice. Ma questo credevo prima di aver veduto gli schiavi che abbattevano e scortecciavano i tronchi, i quali venivano poi inviati giù per il fianco della collina sino alla riva del mare. La miseria di questi schiavi era spaventosa a vedersi; avevano le braccia e le gambe ricoperte di piaghe. purulente prodotte dalla corteccia e dai loro stessi arnesi da lavoro, e le vesciche sulle loro schiene provocate dalla sferza erano brulicanti di mosche.

Alla fine arrivammo alla città di Kadesh dove c'erano una fortezza e un'imponente guarnigione egiziane. Ma le mura del forte non erano sorvegliate, le difese erano cadute in rovina, e sia gli ufficiali che i soldati vivevano in città con le loro famiglie, ricordandosi di essere guerrieri soltanto nei giorni in cui i magazzini del Faraone distribuivano grano, cipolle e birra. Ci fermammo in quella città il tempo sufficiente perché le piaghe prodotte dal cavalcare sul deretano di Kaptah si cicatrizzassero.

Quivi curai molti ammalati, poiché laggiù i dottori egiziani sono degli incompetenti, e da molto i loro nomi devono essere stati cancellati dal Libro della Vita, seppure vi sono stati iscritti.

In questa città mi feci incidere un sigillo su una pietra rara, come si addiceva alla mia dignità, poiché anche i sigilli laggiù differiscono da quelli egiziani, non essendo portati in forma di anello, ma appesi al collo come piccoli cilindri che arrotolati sulla tavoletta lasciano la loro impronta nell'argilla. I poveri e gli illetterati si limitano a premervi il pollice, le poche volte che hanno occasione di imprimere il loro segno.

Proseguimmo nel nostro viaggio, e attraversammo il confine entrando in Naharani, senza che nessuno ci ostacolasse, giungendo quindi a un fiume che scorre all'insù anziché all'ingiù come il Nilo. Ci dissero che eravamo nel paese di Mitanni, e pagammo alle casse reali il tributo dei viaggiatori, ma siccome eravamo Egiziani, la gente ci accolse con rispetto, ci fermò per la strada e ci disse:

« Vi auguriamo il benvenuto; i nostri cuori si rallegrano alla vista di Egiziani, poiché è molto tempo che non ne abbiamo più veduti. I nostri cuori però sono anche inquieti, perché il vostro Faraone non ci ha mandati né soldati, né armi, né oro; e corre voce che egli abbia offerto al nostro Re un nuovo dio di cui noi non sappiamo nulla, benché già abbiamo Ishtar di Ninive, e numerosi altri dèi finora ci hanno protetti ».

Mi invitarono nelle loro case e mi diedero cibo e bevanda, e servirono anche Kaptah perché era Egiziano, ancorché fosse semplicemente il mio servo, tanto che egli mi disse: « Questo è un buon paese. Restiamoci, signore, e pratichiamo la medicina, poiché mi sembra che questa gente sia ignorante e credulona e facile da ingannare ».

Il Re di Mitanni e la sua corte si erano recati nelle montagne per trascorrervi la stagione calda. Io non avevo alcun desiderio di seguirli lassù, impaziente com'ero di ammirare le meraviglie di Babilonia, di cui tanto avevo inteso parlare. Ma feci come Horemheb mi aveva comandato e conversai sia coi grandi che con gli umili; tutti mi ripeterono la stessa storia; tutti erano inquieti. Il paese di Mitanni era stato un tempo potente, ma ora sembrava una terra fluttuante nell'aria, chiusa a oriente da Babilonia, da tribù selvagge a nord, e a occidente dagli Hittiti, la cui terra si chiama Hatti. Quanto più sentivo parlare di questi Hittiti che tutti temevano moltissimo, tanto più forte si concretava in me la risoluzione di visitare anche il paese di Hatti, ma prima desideravo vedere Babilonia.

Gli abitanti del paese di Mitanni erano di piccola statura, le loro donne bellissime, e i loro bambini assomigliavano a bambole. Può darsi siano stati ai loro tempi un popolo forte, poiché si dice che abbiano in passato governato sulle popolazioni del nord e del sud, dell'est e dell'ovest, ma questo è ciò che dice di se stesso ogni popolo. Sin dall'epoca dei grandi Faraoni questo paese aveva sempre dipeso dall'Egitto. E da due generazioni le figlie del suo Re dimoravano come mogli nella casa aurea del Faraone. Ascoltando le chiacchiere e le lagnanze dei Mitanniti, compresi che il loro paese era destinato a fare da scudo alla Siria e all'Egitto contro la potenza di Babilonia e le orde dei popoli selvaggi; era insomma destinato a ricevere nel proprio corpo le lance dirette contro la sovranità del Faraone. Per questo motivo, e per questo motivo soltanto, i Faraoni puntellavano il vacillante trono di quel Re e gli inviavano oro, armi e mercenari; ma il popolo non comprendeva questo, ed erano straordinariamente orgogliosi del loro paese e della loro potenza.

Compresi che si trattava di una nazione stanca e in declino con l'ombra della morte nei suoi templi. Il popolo non si rendeva conto di ciò, e gli abitanti di Mitanni davano la massima attenzione al cibo che sapevano preparare in molte maniere notevoli; sciupavano pure il loro tempo a provarsi abiti nuovi — usavano scarpe appuntite e alti cappelli — ed erano schizzinosissimi nella scelta dei loro gioielli. Avevano membra snelle come gli Egiziani, e la carnagione delle loro donne era tanto trasparente che vi si vedeva il sangue fluire azzurro nelle vene. Parlavano e si comportavano con raffinatezza, e veniva insegnato loro sin dall'infanzia a camminare con grazia, sia agli uomini che alle donne. Vivere laggiù era gradevole; persino nelle case di piacere non vi erano alterchi: tutto colà era silenzioso e discreto, tanto che io mi sentivo goffo quando le frequentavo e vi bevevo il mio vino. Il mio cuore però era greve, poiché avevo veduto la guerra e sapevo che se tutto ciò che si diceva del paese di Hatti era vero, allora Mitanni era destinata a perire.

Anche la loro medicina era di alta classe, e i dottori laggiù erano uomini esperti che conoscevano il loro mestiere, e molto più di quanto non lo conoscessi io stesso. Ottenni da loro una pozione per l'espulsione dei vermi assai meno sgradevole e disturbante di quante ne avessi esperimentate prima. Anche loro curavano la cecità con l'ago, e in ciò mi feci più esperto. Ma erano del tutto ignari di operazioni craniche; affermavano che solo gli dèi posson curare le ferite del capo, e che anche in questo caso i pazienti non erano più gli stessi, cosicché era meglio per essi morire.

La popolazione nondimeno era curiosa; i cittadini venivano da me e mi portavano i loro ammalati, poiché tutto ciò che è straniero li attrae. Così come amano indossare vesti e gioielli forestieri e mangiare piatti esotici e bere vino importato, altrettanto desideravano essere curati da un dottore straniero. Anche le donne venivano da me e mi sorridevano e mi raccontavano i loro malanni e si lamentavano che i loro mariti fossero pigri e stanchi e senza virilità. Io capivo perfettamente quel che cercavano, ma mi guardavo bene dal cedere ad esse, poiché non desideravo offendere le leggi di un paese straniero. Davo invece loro delle droghe da mescolare nel vino dei loro mariti. Avevo ottenuto queste droghe, che sarebbero capaci di mandare in foia anche un morto, dai dottori di Smirne, poiché in questo argomento i Siriani sono i più dotti della terra, e i loro rimedi assai più potenti che non quelli d'Egitto. Ma se le donne dessero queste droghe ai loro mariti o ad altri uomini non so, benché ritengo preferissero gli estranei, essendo molto libere nelle loro abitudini. Poche tra loro avevano figli, il che era per me un altro segno che l'ombra della morte aduggiava la loro terra.

Devo accennare al fatto che questa gente ignorava da tempo i confini del proprio regno poiché le pietre confinarie venivano costantemente rimosse. Gli Hittiti le rubavano nei loro cocchi e le ponevano dove loro meglio piaceva. Se i Mitanniti protestavano, gli Hittiti ridevano e li sfidavano a rimetterle a posto se così era loro desiderio. Ma questo non era affatto il loro desiderio, poiché se ciò che si diceva degli Hittiti era vero, non c'era mai stata su questa terra una popolazione più crudele e formidabile. La leggenda narrava che il loro più vivo piacere era quello di ascoltare le strida dei mutilati e di contemplare il sangue sgorgante dalle ferite aperte. Mozzavano le mani degli abitanti del confine mitannita i quali si lamentavano che il bestiame hittita calpestasse i loro campi e divorasse i loro raccolti, e poi li irridevano e li esortavano beffardamente a rimettere a posto le pietre confinarie. A volte mozzavano anche i piedi di questi contadini, e poi dicevano loro di correre a lamentarsi dal loro re, o ne squarciavano il cuoio capelluto e glielo tiravano sugli occhi in modo che non potessero vedere sin dove erano stati trasportati i segni di confine. Non mi è possibile narrare tutte le malvagità commesse dagli Hittiti, tutti i loro atti crudeli e le loro pratiche ributtanti. Si diceva che fossero peggiori delle cavallette, poiché dopo un passaggio di cavallette la terra rinasce, ma là dov'erano passati i cocchi degli Hittiti non cresceva più un solo filo d'erba.

Non volevo più indugiare nel paese di Mitanni, poiché capivo di aver appreso tutto ciò che desideravo conoscere, ma il mio orgoglio di medico era ferito dai dubbi della facoltà mitannita che non credeva quanto io avevo detto loro sull'arte di aprire il cranio. Ora giunse un giorno alla mia locanda un personaggio distinto, il quale si lamentava di sentire continuamente nelle proprie orecchie il fragore del mare, e mi disse che cadeva in preda a svenimenti continui, e che soffriva di così atroci dolori al capo che se nessuno era capace di curarlo preferiva morire. I dottori di Mitanni non avevano voluto occuparsi di lui.

Io dissi a quest'uomo: « Può darsi che se acconsenti a che io ti apra il cranio tu riesca a guarire, ma può anche darsi che tu muoia. Da quest'operazione se ne salva uno su cento ».

Mi rispose: « Sarei pazzo a non acconsentire, poiché per lo meno avrò così una probabilità su cento di sopravvivere. Non ho nessuna fiducia che tu mi guarisca, ma morendo per mano tua non trasgredirò al cospetto degli dèi come mi accadrebbe se mettessi fine io stesso ai miei giorni. Se, d'altro canto, tu mi guarisci, io ti darò volentieri la metà di quel che possiedo — e non è poco —, e anche se morrò non avrai a pentirtene, poiché pure in questo caso i miei doni saranno munifici ».

Lo esaminai con grandissima attenzione, tastandogli con la mano ogni parte della testa, ma il mio tocco non gli dava dolore e non trovavo un punto più tenero di un altro.

Allora Kaptah disse: « Percuotilo sulla testa con un martello; non hai nulla da perdere ».

Lo percossi col martello in diversi punti, e l'uomo non diede vista di soffrirne finché a un tratto lanciò un gran grido e cadde al suolo privo di sensi, dal che conclusi che avevo trovato il punto dove mi sarebbe stato più conveniente aprirgli il cranio.

Radunai i miei scettici confratelli di Mitanni e dissi loro: « Potete credermi o no, ma io intendo aprire il cranio di quest'uomo per guarirlo ancorché la morte sia per lui il risultato più probabile ».

I medici mi irrisero e mi risposero sghignazzando: « Questo sì che è uno spettacolo degno di essere veduto! ».

Presi un po' di fuoco dal tempio di Ammon, quindi purificai la mia persona e quella del mio distinto paziente e tutto ciò che era contenuto nella stanza. Nell'ora del mezzogiorno, quando la luce è più viva, iniziai il mio lavoro. Dopo aver tagliato il cuoio capelluto, arrestai la copiosa emorragia con ferri incandescenti, per quanto il dolore che io provocavo al sofferente mi rendesse inquieto, ma egli mi disse che quel dolore non era nulla in paragone a ciò che soffriva ogni giorno. Gli avevo fatto bere in precedenza numerose sorsate di vino in cui avevo disciolti dei narcotici, tanto che i suoi occhi erano diventati sporgenti come quelli di un pesce lesso, e il poveruomo si era fatto di umore allegro. Quindi aprii l'osso, con tutta la massima cura, con gli strumenti che avevo a disposizione, e il mio paziente non svenne neppure una volta, ma anzi trasse un profondo sospiro e mi disse che non appena avevo rimosso il frammento osseo ne aveva subito provato un grande sollievo. Ora il mio cuore si rallegrò, poiché proprio nel punto in cui gli avevo aperta la testa il dèmone o lo spirito della malattia aveva deposto il suo uovo, secondo quanto Ptahor mi aveva insegnato. Era rosso e ributtante, della dimensione di un uovo di rondine. Lo asportai con la massima precauzione, bruciando tutt'attorno ciò che lo teneva legato al cervello e lo mostrai ai dottori che ora non sghignazzavano più. Richiusi il cranio con una piastra d'argento e ricucii la cute, senza che il paziente perdesse mai conoscenza una sola volta. Quando ebbi finito si alzò e camminò per la stanza e mi ringraziò di tutto cuore, poiché non sentiva più quel terribile fragore nelle orecchie, e anche i dolori erano cessati.

Questa impresa mi procurò grande fama nel paese di Mitanni, e la mia rinomanza mi precedette in Babilonia. Però, sebbene il mio paziente già incominciasse a bere e a spassarsela, ben presto il suo corpo divenne caldo ed egli prese a vaneggiare. Il terzo giorno lasciò il proprio letto in preda al delirio, cadde dal muro di cinta della sua casa e si ruppe il collo, ma tutti dichiararono che la colpa non era mia e lodarono a gran voce la mia scienza.

Dopodiché io e Kaptah noleggiammo una barca equipaggiata di vogatori, e a forza di remi scendemmo lungo il fiume sino a Babilonia.

2.

La regione che si stende sotto il dominio di Babilonia è chiamata con molti nomi; è nota come Caldea ed è detta anche terra dei Cassiti dal popolo che vi abita. Ma io la chiamerò Babilonia, poiché tutti sanno che paese è questo. È una terra fertile i cui campi sono intersecati da canali d'irrigazione, e si stende piatta a perdita d'occhio, differendo dall'Egitto anche in questo come in ogni altra cosa. Così, per esempio, mentre le donne egiziane macinano il loro grano in posizione genuflessa e girando una pietra rotonda, le donne babilonesi stanno sedute e macinano il grano fra due pietre, il che naturalmente è più faticoso.

La regione possiede così pochi alberi che abbatterne uno solo è considerato offesa contro gli dèi e gli uomini, ed è punibile per legge. Perciò chiunque pianta un albero ottiene immediatamente il favore degli dèi. Gli abitanti di Babilonia sono più grassi e più oleosi degli altri popoli, e come tutta la gente adiposa sono facili al riso. Mangiano un cibo forte e saporoso, e io ho veduto laggiù un uccello che essi chiamano gallina, che non sapeva volare, ma viveva in mezzo alla gente e deponeva ogni giorno un uovo grosso quanto un uovo di coccodrillo, anche se chi ascoltasse questo non mi credesse. Mi offrirono alcune di queste uova da mangiare, poiché i Babilonesi le considerano assai prelibate, ma io non mi arrischiai mai ad assaggiarle e mi accontentavo dei piatti che mi erano familiari e di cui conoscevo gli ingredienti. La gente del paese mi disse che Babilonia era la più grande e più antica di tutte le città dell'universo, ma io naturalmente non vi credetti, ben sapendo che Tebe è di gran lunga la più grande e la più antica. Non esiste una città al mondo uguale a Tebe, benché debba ammettere che Babilonia mi stupisse con la sua estensione e la sua ricchezza. Le sue mura erano alte come colline e formidabili a vedersi, e la torre che essi avevano costruito ai loro dèi si librava nel cielo.

Le case di città erano alte quattro o cinque piani, di modo che la gente trascorreva la propria esistenza sopra e sotto gli uni agli altri, e in nessun luogo — neppure a Tebe — ho veduto botteghe così splendide, e tanta abbondanza di mercanzia quanto nelle case di commercio del tempio.

Il loro dio era Marduk, e in onore di Ishtar avevano costruito una porta ancora più eccelsa che non i piloni del tempio di Ammon. Era ricoperta di mattonelle smaltate e multicolori riunite insieme a formare figure che abbagliavano gli occhi nella luce del giorno. Da questa porta si snodava un'ampia strada fino alla torre di Marduk, alla cui sommità conduceva un percorso a spirale, un percorso tanto piano e ampio che più cocchi avrebbero potuto percorrerlo a fianco a fianco. In cima a questa torre dimoravano gli astrologi, i quali conoscevano tutti i corpi celesti, ne calcolavano la traiettoria, e ne deducevano i giorni fausti e infausti, cosicché ognuno poteva regolare la propria vita di conseguenza. Si narrava che sapessero predire il destino umano, sebbene per questo dovessero conoscere il giorno e l'ora della nascita; poiché ignoravo la mia non fui in grado di mettere alla prova la loro scienza.

Avevo tutto l'oro che mi serviva; bastava lo ritirassi all'ufficio cambiario del tempio, e presi alloggio vicino alla Porta di Ishtar in una grande locanda alta molti piani, sul cui tetto c'erano giardini di alberi fruttiferi e cespugli di mirto, e dove scorrevano ruscelli, e pesci saltavano negli stagni. Questa locanda era frequentata da personaggi eminenti che venivano in visita a Babilonia dalle loro tenute in campagna — se non avevano in città una casa loro propria, — nonché dai messi stranieri. Le stanze erano coperte di fitte stuoie, e i giacigli erano morbidi di pelli d'animali selvaggi, mentre le pareti erano ornate di figurazioni frivole, gaie e multicolori formate di mattonelle smaltate commesse fittamente l'una all'altra. Questa locanda era detta la Casa della Gioia di Ishtar e apparteneva, come ogni altra cosa degna di nota in città, alla Torre del Dio.

In nessun altro luogo della terra si vede tanta gente diversa o si odono tante lingue come a Babilonia. I suoi cittadini dicono che tutte le strade vi conducono e che essa sia il centro del mondo. La sua popolazione è composta soprattutto e quasi esclusivamente di mercanti; nessuna professione è considerata tanto alta quanto il commercio, cosicché perfino i loro dèi trafficano tra loro. Per questo motivo non amano la guerra e pagano mercenari e costruiscono mura al solo scopo di salvaguardare i loro affari. Il loro massimo desiderio è che le strade di ogni paese rimangano aperte a tutti, specialmente perché sanno di essere migliori mercanti e perché i traffici sono a loro di maggiore vantaggio che non le guerre. Sono tuttavia orgogliosi dei soldati che custodiscono i loro contrafforti e i loro templi e che marciano ogni giorno fino alla Porta di Ishtar, gli elmi e le corazze scintillanti d'oro e d'argento. L'elsa delle loro spade e persino la punta delle loro lance sono adorne d'oro e d'argento a testimonianza della loro ricchezza. E si informano ansiosamente se gli stranieri hanno mai veduto prima simili cocchi e simili truppe. Il Re di Babilonia era un fanciullo imberbe che doveva legarsi al mento una barba falsa quando saliva sul trono. Amava i balocchi e racconti strani. La mia fama mi aveva preceduto da Mitanni, perciò quando mi allogai alla Casa della Gioia di Ishtar e dopo aver parlato con i sacerdoti e i dottori della Torre, fui avvertito che il Re mi aspettava al suo cospetto.

Kaptah come al solito era irrequieto e mi disse: « Non andare, ma fuggiamo insieme piuttosto, perché dai re non viene mai nulla di buono ».

Ma io gli risposi: « Sciocco, non ricordi che abbiamo con noi lo scarabeo? ».

« Lo scarabeo è lo scarabeo », ribatté, « io non l'ho dimenticato, ma la sicurezza val meglio dell'azzardo, e noi non dobbiamo tentare troppo lo scarabeo. Se sei deciso ad andare, non posso trattenerti, e verrò anch'io con te, così almeno morremo insieme. Non devi però rinunciare alla tua dignità e devi pretendere che ci mandino a prendere con una portantina reale, e oggi non andremo, poiché secondo l'usanza del paese questo è un giorno infausto. I mercanti hanno chiuso le loro botteghe, e la gente se ne sta tappata in casa e non lavora, perché se lavorasse la sua opera sarebbe nulla, essendo questo il settimo giorno della settimana ».

Riflettei a queste sue parole e compresi che aveva ragione. Benché per gli Egiziani tutti i giorni siano eguali, all'infuori di quelli dichiarati nefasti secondo le stelle, tuttavia in questo paese il settimo giorno poteva essere sfortunato pure per un Egiziano, e conveniva essere prudenti.

Dissi pertanto al servo del Re: « Certo tu mi devi considerare un semplice forestiero se credi che io possa comparire dinanzi al Re in un giorno come questo. Verrò domani se il tuo Re mi manderà a prendere in portantina, poiché non ho alcun desiderio di presentarmi a lui con i piedi sporchi di sterco ».

Il servo replicò: « Per queste tue parole, feccia d'Egiziano, credo che comparirai davanti al Re sospinto da una picca nella schiena ».

Se ne andò, ma certo doveva essere rimasto impressionato poiché il giorno seguente si fermò a prendermi davanti alla Casa della Gioia di Ishtar una lettiga reale: era però una portantina ordinaria, di quelle mandate solitamente per prendere i mercanti e altra gente comune che si recava a palazzo a mostrare gioielli, piume e scimmie.

Kaptah si mise a gridare a gran voce contro i portatori e il battitore: « In nome di Set e di tutti i dèmoni! Possa Marduk flagellarvi di scorpioni! Via! Come se fosse decente per il mio signore viaggiare in questa vecchia stia traballante! ».

I portatori lo fissarono inebetiti, e il battitore minacciò Kaptah col suo bastone. Alcuni passanti si raccolsero sulla soglia della locanda e dissero ridendo: « Siamo veramente curiosi di vedere il tuo signore per cui la portantina del Re è inadeguata ».

Allora Kaptah noleggiò il grandioso palanchino di proprietà della locanda, che richiedeva quaranta schiavi per il suo trasporto; era il mezzo usato dagli ambasciatori dei regni più potenti, e con esso erano pure trasportati gli dèi stranieri nella loro visita alla città. Gli astanti non risero più quando io scesi dalla mia stanza in una veste su cui erano ricamati in oro e argento i simboli della mia professione. Il mio collare scintillava al sole d'oro e di pietre preziose, mentre dal collo mi pendevano pesanti catene d'oro. Seguivano gli schiavi della locanda con casse di legno di cedro ed ebano intarsiate d'avorio in cui erano riposte le mie medicine e i miei strumenti. In verità nessuno rideva più, anzi la gente si inchinava davanti a me mormorando: « Certamente quest'uomo deve eguagliare per saggezza gli dèi minori; seguiamolo a palazzo ».

Ai cancelli del palazzo le guardie dispersero la turba con le picche e alzarono gli scudi a mo' di barriera, un vero muro d'oro e d'argento. Leoni alati fiancheggiavano il viale lungo il quale fui trasportato sino alle corti interne. Qui giunse a incontrarmi un vecchio il cui mento era rasato secondo la foggia degli eruditi e alle cui orecchie luccicavano anelli d'oro. Le sue guance pendevano afflosciate, dandogli una espressione di disappunto, e allorché si rivolse a me, nei suoi occhi era un bagliore di collera.

« Mi sento bruciare il fegato per l'inutile chiasso che tu hai suscitato col tuo arrivo. Il signore dei quattro punti della terra sta già chiedendo che razza d'uomo è costui che arriva quando gli pare anziché obbedire al comando del Re, e che quando finalmente si degna di arrivare, porta con sé il disordine ».

Gli risposi: « Vecchio! Le tue parole suonano alle mie orecchie come un ronzìo di mosche. Nondimeno ti chiedo chi tu sia per rivolgerti a me in questo modo ».

« Sono il medico capo del signore dei quattro punti della terra, e tu che imbroglione sei per pretendere di sottrarre oro e argento al Re? Ricordati che se egli nella sua munificenza ti compensa con oro e argento di zecca, tu dovrai darne a me la metà ».

« Faresti meglio a rivolgerti al mio servo, che ha il compito di sbarazzare il mio cammino dai ricattatori e dai parassiti. Tuttavia ti sarò amico giacché sei vecchio e non sai quello che fai. Ti regalerò questi cerchi d'oro che mi ornano il braccio, per dimostrarti che oro e argento non sono che polvere sotto i miei piedi e che non è per questo che io sono venuto, ma per cercare conoscenza ».

Gli donai i miei braccialetti, e il vecchio si mostrò stupito e non seppe più che dire. Concesse persino a Kaptah di accompagnarmi e ci portò alla presenza del Re. Il Re Burnaburiash sedeva su morbidi cuscini in una camera spaziosa dalle pareti scintillanti di mattonelle gaiamente colorate; era un ragazzo imbronciato e viziato che si teneva la mano sulla guancia. Gli stava accoccolato accanto un leone che incominciò a ringhiare sommessamente al nostro apparire. Il vecchio si prostrò dinanzi al Re spazzando il pavimento con la propria bocca, e Kaptah fece lo stesso, ma allorché intese il ringhio rimbalzò sulle mani e sui piedi come una rana con un gemito di paura, il che fece scoppiare a ridere il Re e lo mandò a capitombolare all'indietro sui cuscini, sghignazzando di allegria. Kaptah si appiattì sul pavimento, le mani alzate in atto di difesa, mentre il leone si mise a sedere a sua volta e cacciò un immenso sbadiglio, poi strinse assieme le zanne allo stesso modo che i forzieri del tempio si rinchiudono sul meschino contributo di una vedova.

Il Re rise tanto, che alla fine gli occhi gli si riempirono di lagrime. Allora a un tratto si rammentò del suo male e si mise a gemere e si portò la mano alla guancia, la quale era talmente gonfia che un occhio ne era semichiuso. Fissò severamente il vecchio, il quale si affrettò a dire: « Costui è quel cocciuto Egiziano che non ha voluto venire quando tu glielo hai imposto. Basta che tu dica una parola e le guardie gli apriranno il fegato ».

Ma il Re lo respinse con un calcio ed esclamò: « Non è questo il momento di dire sciocchezze, ma bisogna che quest'uomo mi curi immediatamente; ho un male terribile e credo che ne morirò poiché sono notti che non dormo e da molti giorni non ho bevuto altro che un po' di brodo ».

Allora il vecchio si lamentò, battendosi il capo contro il pavimento: « Oh signore dei quattro punti della terra! Noi abbiamo fatto quanto era in nostro potere per guarirti. Abbiamo offerto denti e mascelle al tempio per scacciare lo spirito maligno che si è annidato nella tua mandibola: altro non abbiamo potuto fare poiché tu non ci hai permesso di toccare la tua sacra persona, e non credo che questo immondo Egiziano possa far meglio di noi ».

Io allora dissi: « Io sono Sinuhe l'Egiziano, Colui Che È Solo, Figlio dell'Asino Selvaggio, e non ho bisogno di esaminarti per capire che è stato un dente a enfiarti in tal modo la guancia, per il semplice fatto che non l'hai pulito o estirpato in tempo, come certamente i tuoi dottori ti avranno consigliato di fare. Queste sono sofferenze da bambini e degne soltanto di persone paurose e non del signore dei quattro punti della terra dinanzi a cui persino i leoni tremano e chinano il capo come vedo con questi miei occhi. Capisco nondimeno che la tua sofferenza è grande, e io ti aiuterò ».

Il Re, sempre premendosi la mano contro il viso, mi rispose: « Il tuo linguaggio è insolente: se stessi bene farei tagliare codesta tua lingua sfacciata e ti squarterei il fegato... ma non ho tempo per questo, adesso. Guariscimi presto, e grande sarà la ricompensa. Ma se mi farai del male ti farò trucidare senza pietà ».

« Sia pure così. Ho portato con me un dio piccolo, ma di notevole potenza, grazie al quale non sono venuto ieri, poiché egli mi aveva avvertito che se lo avessi fatto sarebbe stato inutile. Vedo infatti che oggi il male è sufficientemente maturato, cosicché mi è possibile curarlo, e così farò se tu lo desideri. Ma gli dèi non possono risparmiare il dolore neppure a un re, ancorché io possa prometterti che il tuo sollievo, quando questo avrà termine, sarà talmente grande che subito tu dimenticherai la tua sofferenza, che io cercherò tuttavia di rendere quanto più lieve possibile ».

Il Re esitò per qualche tempo e aggrottò la fronte, sempre con la mano appoggiata contro la guancia. Doveva essere un bellissimo ragazzo quando stava bene, per quanto viziato, e mi accorsi che mi piaceva. Sentendo i miei occhi fissi su di lui, disse infine in tono irritato: « Su, fa presto quel che hai da fare ».

Il vecchio gemette e picchiò il capo contro il pavimento, ma io non gli badai. Ordinai che venisse scaldato del vino, e in questo mescolai un narcotico. Il giovane Re bevve, e dopo un certo tempo si rischiarò un poco e disse: « Il dolore mi sta abbandonando, perciò non occorre che tu mi tormenti con i tuoi coltelli e le tue pinze ».

Ma la mia volontà prevalse. Appoggiando saldamente il suo capo contro la mia ascella, lo costrinsi ad aprire la bocca, quindi incisi l'ascesso che gli deturpava la mandibola con un coltello purificato nel fuoco che Kaptah aveva recato con sé. Questo fuoco non era in realtà il sacro fuoco di Ammon; Kaptah sbadatamente aveva lasciato che questo si spegnesse durante il viaggio lungo il fiume. Egli aveva accesa questa nuova fiamma con un tizzone, nella mia stanza alla locanda, credendo nella sua semplicità che lo scarabeo fosse potente quanto Ammon.

Il Re non appena sentì il coltello emise acute grida, e il leone si alzò con occhi fiammeggianti e ruggì, squassando la coda minacciosamente, ma quasi subito il ragazzo prese a sputare con energia. Il suo sollievo fu immenso, e io lo aiutai premendogli leggermente la guancia. Sputava e piangeva di gioia e poi sputò di nuovo esclamando: « Sinuhe l'Egiziano, che tu sia benedetto anche se mi hai fatto male ». E seguitò a sputare senza fermarsi.

Ma il vecchio disse: « Avrei potuto far bene quanto lui, e forse meglio, se tu mi avessi soltanto permesso di toccare la tua sacra mandibola: e il tuo dentista lo avrebbe fatto meglio di chiunque altro ».

Fu stupito quando io soggiunsi: « Questo vecchio dice la verità, poiché avrebbe potuto far questo altrettanto bene quanto me, e il dentista lo avrebbe fatto ancor meglio. Ma la loro volontà non è stata forte come la mia, ed ecco perché non hanno saputo liberarti della tua sofferenza; poiché un medico deve arrischiarsi a causare dolore anche a un re quando ciò sia inevitabile, senza temere per sé. Costoro invece temevano, ma io non ho paura, poiché tutto mi è indifferente, e una volta che ti avrò guarito ben vengano i tuoi uomini a squarciarmi il fegato ».

Il Re sputò e si premette la guancia, e questa non gli doleva più.

« Non ho mai inteso nessuno che parlasse come te, Sinuhe. Tu mi hai davvero dato un grande sollievo, perciò ti perdono la tua insolenza e perdono anche al tuo servo ancorché egli mi abbia veduto con la testa sotto il tuo braccio e mi abbia inteso gridare. Gli perdono perché mi ha fatto ridere con il suo saltabeccare ». Rivolto a Kaptah soggiunse: « Salta ancora! ». Ma Kaptah rispose sdegnato: « Questo non si addice alla mia dignità ».

Burnaburiash disse sorridendo: « Vedremo ».

Chiamò il leone, e l'animale si alzò e si stirò finché tutte le sue giunture non scricchiolarono, poi fissò sul proprio padrone i suoi occhi intelligenti. Il Re indicò Kaptah, e il leone avanzò pigramente verso di lui agitando la coda, mentre Kaptah si ritraeva continuamente fissando l'animale come se questo lo avesse stregato. A un tratto il leone aperse le fauci e lanciò un ruggito sommesso; Kaptah guizzò come un pesce, e afferrati i cortinaggi della porta, vi si arrampicò sopra issandosi sullo stipite. Pigolava atterrito, mentre la fiera cercava di raggiungerlo e già lo sfiorava con la zampa. Il Re rise più di prima.

« Non ho mai visto un simile buffone », disse.

Il leone sedette a leccarsi le fauci, mentre Kaptah si aggrappava allo stipite in preda alla più ridicola disperazione. Ma ad un tratto il Re ordinò cibo e bevanda, dichiarando che aveva fame. Il vecchio pianse di gioia poiché il Re era guarito, e furono recati su piatti d'argento molti cibi diversi, nonché vino in tazze dorate. Il Re disse: « Mangia con me, Sinuhe! Per quanto, questo, male si addica alla mia dignità, quest'oggi me ne dimenticherò e non penserò a come tu mi hai tenuto la testa sotto il braccio frugando con le tue dita entro la mia bocca ».

Così mangiai e bevvi con lui e gli spiegai: « Ora il tuo dolore si è calmato, ma potrà ritornare in ogni momento se non verrà estirpato il dente che ne è la causa. Acconsenti dunque che il dentista te lo tolga al più presto, mentre il gonfiore della guancia è scomparso, e può operare senza mettere in pericolo la tua salute ».

Il suo volto si oscurò.

« Tu parli molto e sei noioso, forestiero idiota ». Poi dopo aver riflettuto alquanto soggiunse: « Può darsi però che tu abbia ragione, poiché il dolore mi ritorna a ogni autunno e ad ogni primavera quando ho i piedi umidi, e mi tormenta così disperatamente che vorrei morirne. Se bisogna farlo, voglio che sia tu a curarmi, perché non voglio più rivedere quel dentista che mi ha causato tanta inutile sofferenza ».

Gli risposi gravemente: « Sarà il tuo dentista a toglierti il dente, non io, perché in questo campo egli è l'uomo più adatto del paese. Molto più adatto di me, e non vorrei che la sua collera ricadesse sul mio capo. Ma se tu lo vorrai, ti resterò accanto e ti terrò le mani e ti farò coraggio, mentre ti opererà, e alleverò la tua sofferenza con tutte le arti da me apprese in tanti paesi fra tanta gente diversa. E questo avverrà entro due settimane da oggi, poiché è meglio che fissiamo il giorno, prima che tu possa pentirtene. Per allora la tua mascella sarà sufficientemente guarita, e nel frattempo ti risciacquerai la bocca mattina e sera con il rimedio che io ti darò, anche se ti pungerà e avrà un cattivo sapore ».

Il giovane Re si irritò: « E se non farò questo? ».

« Devi darmi la tua sacra parola che tutto si svolgerà come io ho detto, perché sono certo che il signore dei quattro punti della terra non vorrà ritornare su una decisione presa. E se acconsentirai a questo, io ti diletterò con le mie arti e trasformerò sotto i tuoi occhi l'acqua in sangue... anzi t'insegnerò a far questo e a sbalordire i tuoi sudditi. Ma devi promettermi di non rivelare mai questo segreto a nessuno; poiché esso è sacro ai sacerdoti di Ammon, e io stesso lo ignorerei se non fossi un sacerdote del primo grado, né oserei insegnartelo se tu non fossi un re ».

Avevo appena terminato di parlare che Kaptah si mise a gridare compassionevolmente dallo stipite della porta: « Portate via quell'animale del demonio o io scenderò e l'ammazzerò, perché ho le mani intorpidite e la schiena che mi duole a forza di star seduto in questo posto scomodo che non si addice assolutamente alla mia dignità ».

A questa minaccia Burnaburiash scoppiò in una risata ancor più fragorosa delle altre. Poi fingendo un tono grave disse: « Sarebbe veramente un avvenimento luttuoso se tu uccidessi il mio leone, poiché io l'ho allevato che era un cucciolo, ed esso mi è amico. Lo richiamerò dunque affinché tu non abbia a commettere questo misfatto nel mio palazzo ».

Chiamò a sé il leone, e quando Kaptah fu ridisceso dai cortinaggi, stette a fregarsi le gambe indolenzite e a guatare la fiera in modo così buffo che il Re rise di nuovo e si batté le ginocchia.

« Non ho mai visto in vita mia un uomo più ridicolo. Vendimelo e io ti farò ricco ».

Ma non avevo intenzione di vendere Kaptah. Il Re non insistette e ci separammo da amici. Aveva incominciato a ciondolare, e le palpebre si chiudevano, poiché erano molte notti che non dormiva.

Il vecchio dottore mi accompagnò sino all'uscita, e io gli dissi: « Consigliamoci insieme su quel che accadrà tra due settimane, perché quello sarà un giorno infausto, e sarà meglio che noi offriamo sacrifici a tutti gli dèi più adatti ».

Questo lo rallegrò grandemente, poiché era un uomo pio, e ci accordammo di ritrovarci nel tempio per fare sacrifici e conferire con gli altri medici circa il dente del Re. Prima che lasciassimo il palazzo ordinò dei rinfreschi da distribuire ai portatori che mi avevano trasportato, i quali mangiarono e bevvero nell'avancorte e mi lodarono loquacemente. Quindi presero a cantare forte mentre mi riconducevano alla locanda. Molta folla ci seguì, e da quel giorno il mio nome divenne famoso in tutta Babilonia. Ma Kaptah cavalcava furioso sul suo asinello bianco e non volle rivolgermi la parola, perché era stato offeso nella sua dignità.

3.

Due settimane più tardi incontrai i medici del Re nella Torre di Marduk, dove insieme sacrificammo una pecora, e i sacerdoti ne esaminarono il fegato; in Babilonia i sacerdoti consultano sempre il fegato degli olocausti, interpretandone molto che ad altri è nascosto. Ci dissero che il Re sarebbe stato assalito da una collera furiosa, ma che nessuno a causa di ciò avrebbe perso la vita o sofferto ingiuria duratura, benché ci dovessimo guardare da lance e artigli. Pregammo quindi gli astronomi di consultare il Libro Celeste per sapere se il giorno era propizio a questa impresa. Ci risposero che il giorno non era sfavorevole ancorché avremmo potuto sceglierne uno migliore. Quindi i sacerdoti su nostra richiesta versarono olio in acqua tentando con tal mezzo di leggere nel futuro. Esaminato l'olio, ci dissero che non vedevano nulla di notevole, o comunque nessun cattivo auspicio. Mentre lasciavamo il tempio, un avvoltoio volò su di noi stringendo tra gli artigli una testa umana che aveva strappata dalle mura. Questo fu interpretato dai sacerdoti come un segno favorevole, per quanto a me sembrasse ben lungi da ciò.

Avvertiti dagli àuguri, licenziammo la guardia del Re e chiudemmo fuori della porta il leone, poiché se il Re si fosse adirato avrebbe potuto lanciarlo su di noi per dilaniarci, come i medici avevano dichiarato esser già successo altre volte. Ma Re Burnaburiash entrò baldanzosamente, dopo essersi fortificato di vino il fegato — come dicono a Babilonia, — per quanto non appena vide la portantina del dentista che era stata trasportata fino a palazzo divenisse estremamente pallido e affermasse che doveva trattare importanti affari di Stato, che nel bere aveva dimenticati.

Fece l'atto di andarsene, ma mentre gli altri dottori se ne stavano distesi faccia a terra, spazzando il pavimento con le labbra, io presi il Re per la mano e gli feci coraggio, assicurandolo che tutto sarebbe finito in fretta, purché egli fosse stato forte. Diedi ordine ai medici di mondarsi, e io purificai gli strumenti del dentista nel fuoco dello scarabeo, quindi massaggiai con balsami calmanti le gengive del ragazzo, finché questi mi ordinò di fermarmi, affermando di sentirsi la guancia come legno e che non era più in grado di muovere la lingua. Dopodiché lo adagiammo sulla seggiola, legandogli la testa e ponendogli in bocca dei cunei per impedirgli di chiuderla. Io gli tenevo strette le mani e lo confortavo, mentre il dentista invocava a gran voce tutti gli dèi di Babilonia perché lo aiutassero; quindi, introdotta la pinza nella bocca del ragazzo ne estrasse il dente con una destrezza che mai avevo veduta prima. Nonostante i bavagli, il Re lanciò urla impressionanti, e il leone fuori della porta incominciò a ruggire, scagliandosi su di essa fino a farla scricchiolare e graffiandola con i suoi artigli.

Fu un momento terrificante, poiché dopo che avemmo slegata la testa del ragazzo e dopo avergli tolti i cunei dalle mascelle, prese a sputare sangue in un bacile, strepitando e urlando, mentre grosse lagrime gli rigavano la faccia. Gridava che la sua guardia del corpo ci mettesse tutti a morte. Chiamava il suo leone, rovesciò a calci il fuoco sacro e picchiò con un bastone il suo dottore finché io glielo tolsi di mano e lo persuasi a risciacquarsi la bocca. Mi obbedì, mentre gli altri dottori giacevano ai suoi piedi tremando a verga a verga, e il dentista era convinto che la sua ultima ora fosse giunta. Il Re finalmente si calmò e bevve un po' di vino, pur torcendo la bocca, e mi chiese di distrarlo come gli avevo promesso.

Entrammo nella grande sala del banchetto, poiché la stanza

in cui avevamo estratto il dente non era più gradita al Re. Anzi disse che aveva intenzione di chiuderla per sempre e di chiamarla la Stanza Maledetta. Io versai dell'acqua in un recipiente e lasciai che il Re e gli altri medici l'assaggiassero e si convincessero che si trattava effettivamente di acqua comune. Quindi la travasai lentamente in un altro recipiente, e mentre così fluiva dal primo al secondo, si andò tramutando in sangue, tanto che il Re e i suoi dottori lanciarono alte grida di sgomento.

Dopo di ciò il Re ricompensò generosamente i suoi dottori, e fece del suo dentista un uomo ricco, e li allontanò tutti. Ma a me ordinò di restare, e io gli insegnai come tramutare l'acqua in sangue, regalandogli un po' della sostanza che occorre mescolare con l'acqua per ottenere il miracolo. Si tratta di un trucco molto semplice come è noto a tutti coloro che ne sono al corrente, ma ogni grande arte è semplice, e il Re si meravigliò moltissimo e non fece che colmarmi di lodi. Non fu soddisfatto fino a quando non ebbe radunati nel giardino tutti i più ragguardevoli personaggi della corte nonché il popolo delle mura. Al cospetto di tutti tramutò in sangue l'acqua dello stagno, cosicché sia i nobili che gli umili lanciarono alte grida di terrore, prosternandosi dinanzi a lui con sua grandissima soddisfazione.

Aveva dimenticato il suo dente e mi disse: « Sinuhe l'Egiziano, tu mi hai guarito da un gran male e mi hai rallegrato il fegato in molti modi, perciò chiedimi quello che vuoi. Dimmi il dono che desideri, e io te lo darò, qualunque esso sia, perché voglio che anche il tuo fegato si rallegri ».

Replicai: « Re Burnaburiash, signore dei quattro punti della terra! Come tuo medico ho tenuta la tua testa sotto il mio braccio e ti ho strette le mani mentre proferivi grida di collera. Non è perciò degno che io, straniero, conservi del Re di Babilonia una simile memoria quando ritornerò nel mio paese a raccontare tutto ciò che ho veduto. Impressionami dunque con una fuggevole visione della tua potenza! Legati una barba sotto il mento, cingiti di una coda e comanda ai tuoi guerrieri di sfilare in ordine di parata dinanzi alla tua faccia affinché io possa contemplare la tua maestà e la tua possanza.. affinché io possa prostrarmi umilmente davanti a te e baciare la polvere. Altro non chiedo fuorché questo ».

La mia richiesta gli piacque, poiché mi rispose: « Veramente nessuno finora mi ha parlato come mi parli tu, Sinuhe. Ti accorderò quanto mi chiedi sebbene per me ciò sia tediosissimo, poiché sarò costretto a sedere per un'intiera giornata su un trono d'oro fino a che i miei occhi si chiudano per la stanchezza e gli sbadigli mi soffochino. Comunque sarà fatto come tu vuoi ».

Diede ordine a tutte le province del paese di raccogliere le loro forze, e stabilì il giorno della rivista militare.

La sfilata ebbe luogo alla Porta di Ishtar. Il Re sedeva su un trono d'oro col leone ai suoi piedi e i principali dignitari raccolti attorno a lui in pieno assetto di guerra; sembrava aleggiare in una nube d'oro, d'argento e di porpora. Sotto di lui lungo l'ampia strada correvano i guerrieri — sessanta lancieri e arcieri su un unico fronte, a fianco a fianco, e sei cocchi appaiati — e il loro passaggio durò l'intiero giorno. Le ruote dei cocchi mandavano un fragore di tuono, e lo scalpitìo dei piedi in corsa e il tinnire degli equipaggiamenti era come una tempesta che appannava la vista e faceva tremare le ginocchia.

Dissi a Kaptah: « Non basterà che noi riferiamo che i guerrieri di Babilonia sono numerosi come le sabbie del mare. Dovremo anche contarli ».

Egli protestò: « Signore, questo non è possibile, poiché non ci sono neppure tanti numeri al mondo ».

Tuttavia io cercai di calcolare meglio che mi fu possibile. I fanti erano sessanta volte sessanta uomini, mentre di cocchi ve n'erano sessanta, poiché il sessanta è uno dei numeri sacri di Babilonia, come lo sono il cinque, il sette e il dodici.

Notai inoltre che gli scudi e le armi della guardia del corpo del Re fiammeggiavano d'oro e d'argento, che le loro facce erano trasudanti d'olio, che erano talmente grassi che il correre toglieva loro il fiato, e che passavano ansimando dinanzi al Re come una mandria di bovi. Ma costoro erano pochi di numero. Le truppe dei distretti limitrofi erano bruciate dal sole e sporche e puzzavano di urina. Molti di costoro mancavano di lance, poiché l'ordine del Re li aveva colti di sorpresa. Avevano gli occhi malati da punzecchiature di mosche, ed ebbi modo di riflettere che i soldati sono gli stessi in tutti i paesi. Inoltre i loro cocchi erano vecchi e sconquassati, un paio perdettero una ruota, mentre passavano davanti a noi, e le falci fissatevi sopra erano coperte di verderame.

Quella sera il Re mi chiamò in suo cospetto e mi chiese sorridendo: « Hai veduta la mia forza, Sinuhe? ».

Mi prosternai ai suoi piedi, baciai il suolo e risposi: « In verità non esiste monarca più potente di te, e non per nulla gli uomini ti chiamano signore dei quattro punti della terra. Gli occhi mi dolgono, la testa mi gira all'impazzata, le mie membra sono scosse dalla paura, poiché il numero dei tuoi guerrieri supera le sabbie del mare ».

Sorrise felice.

« Hai avuto quel che desideravi, Sinuhe. Beviamo adesso del vino e rallegriamoci il fegato dopo questa tediosa giornata, poiché ho molte cose da chiederti ».

Bevvi col Re, ed egli mi pose molte domande che solitamente pongono i fanciulli e i giovani che non hanno veduto nulla del mondo.

Le mie risposte gli piacquero, e infine egli mi disse: « Il vino mi ha rinvigorito e ha rallegrato il mio fegato, e adesso me ne andrò dalle mie donne, ma devi venire con me, poiché come medico puoi farlo. Ho mogli in sovrabbondanza e non mi offenderò se te ne sceglierai una per questa notte, purché tu non la faccia concepire, perché questo causerebbe delle difficoltà. Inoltre sono curioso di vedere come un Egiziano giace con una donna, poiché ogni nazione ha le sue usanze. Se ti dovessi dire le abitudini delle donne che giungono da lontani paesi, non mi crederesti e ne saresti immensamente stupito ».

Non volle prestare ascolto al mio rifiuto, ma mi condusse alla casa delle donne sulle cui pareti mi mostrò le figurazioni che i suoi artisti avevano creato con mattonelle multicolori. Raffiguravano uomini e donne che prendevano piacere gli uni delle altre in molti modi diversi. Mi mostrò anche qualcuna delle sue mogli, le quali erano ammantate in ricche vesti e adornate di pietre preziose. Tra costoro vi erano donne e ragazze di tutte le terre conosciute, e alcune provenivano da nazioni selvagge ed erano state portate dai mercanti. Erano diverse per colore e forme, e chiacchieravano come scimmie in molte lingue diverse; danzarono davanti al Re col ventre nudo e lo distrassero in vari modi, gareggiando per ottenere il suo favore. Egli seguitava a insistere perché io me ne scegliessi una, finché dovetti dirgli che avevo promesso al mio dio di astenermi dalle donne ogniqualvolta mi assumevo l'incarico di curare un paziente. Dovevo eseguire una operazione il giorno seguente su un funzionario della corte, perciò insistetti che, dal momento che non mi era acconsentito di avvicinare una donna, mi fosse concesso di ritirarmi, per non gettare il discredito sulla mia professione. Il Re accettò questa mia scusa e mi concesse di andarmene, ma le donne ne furono molto dispiaciute e lo dimostrarono con molti gesti e lamenti. Non avevano mai veduto ancora un uomo nel fiore della virilità, ma soltanto gli eunuchi e il Re, che era giovane e snello e ancora imberbe.

Prima che me n'andassi, il Re mi disse ridendo: « I fiumi sono straripati dalle loro sponde, e la primavera è ormai venuta; i sacerdoti hanno pertanto scelto il tredicesimo giorno da oggi per la celebrazione della festa di primavera, e hanno fissato il Giorno del Falso Re. Ti ho preparata per quel giorno una sorpresa che ti divertirà moltissimo, e prevedo che mi divertirò anch'io. Non ti dirò però di che cosa si tratta, poiché allora guasterei il mio piacere ».

Mi allontanai pieno di neri presentimenti, poiché temevo che ciò che avrebbe rallegrato Re Burnaburiash non avrebbe affatto rallegrato me, e in questo Kaptah fu per una volta della mia opinione.

Durante il mio prolungato soggiorno in Babilonia appresi molte cognizioni occulte, che sono necessarie a un medico; mi interessava soprattutto l'arte sacerdotale della profezia. Appresi inoltre sotto la guida dei sacerdoti a leggere gli auspici nel fegato delle pecore, le quali rivelavano molte cose segrete, e spesi molto tempo nello studio dei disegni formati dall'olio sulla superficie dell'acqua.

Prima di descrivere la celebrazione babilonese della primavera e il Giorno del Falso Re, vorrei citare un curioso incidente relativo alla mia nascita.

Dopo aver consultato il fegato di una pecora, su mia richiesta, e aver osservato l'olio galleggiante, i sacerdoti mi dissero: « Vi è un segreto terribile connesso alla tua nascita, tanto che noi non siamo in grado di risolverlo, e da ciò appare che tu non soltanto non sei Egiziano come credi, ma sei uno straniero nel mondo ».

Spiegai allora che non ero nato come gli altri uomini, ma ero stato portato alla deriva lungo il fiume in una barca di giunchi e che mia madre mi aveva trovato tra le canne. Allora i sacerdoti si guardarono tra loro e inchinandosi sino a terra dinanzi a me dissero: « Questo noi avevamo immaginato ».

Proseguirono poi a parlarmi del loro grande Re Sargon, il quale aveva riunito sotto il suo dominio i quattro angoli della terra e il cui impero si era esteso dal Mare Settentrionale al Mare Meridionale, e che aveva persino comandato sulle isole marine. Mi spiegarono che, bimbo appena nato, era stato trasportato lungo il fiume in una imbarcazione di giunchi intonacata di pece e che non si era mai saputo nulla della sua nascita finché le sue strepitose imprese lo rivelarono figlio degli dèi. Nell'udir ciò il mio cuore si colmò di spavento, e cercai di volgere la cosa in riso.

« Non immaginerete certamente che io, semplice medico, sia figlio di dèi? ».

Anziché ridere mi risposero gravemente: « Questo noi non sappiamo, ma la prudenza è una virtù... e perciò noi ci inchiniamo davanti a te ».

Così dicendo mi si prosternarono nuovamente davanti, finché io ne ebbi abbastanza e dissi: « Finiamola con queste sciocchezze e ritorniamo alle nostre occupazioni ».

Ripresero dunque a interpretare gli intrichi labirintici del fegato ovino, ma di quando in quando mi lanciavano furtivamente sguardi carichi di reverente timore e bisbigliavano tra loro.

Da quel giorno il pensiero della mia origine gravò sul mio spirito, e il mio cuore si strinse poiché ero uno straniero in tutti i quattro angoli della terra. Sentivo un forte desiderio d'interrogare gli astrologi, ma poiché ignoravo l'ora precisa della mia nascita, era inutile mi rivolgessi a loro, giacché non avrebbero saputo illuminarmi. Comunque, su richiesta dei sacerdoti, andarono a ricercare le tavolette relative all'anno e al giorno della mia venuta lungo il fiume, poiché anche i sacerdoti erano incuriositi. Ma tutto quel che gli astrologi furono in grado di dirmi, fu che io era nato in una determinata ora del giorno, per cui dovevo essere di sangue reale e destinato a governare su un popolo numeroso. Questa conoscenza non mi fu di alcun conforto, poiché quando ripensavo al passato mi rammentavo soltanto del crimine che avevo commesso e della vergogna di cui mi ero coperto a Tebe. Poteva darsi che le stelle mi avessero maledetto nel giorno stesso della mia nascita, e mi avessero inviato nella navicella di giunchi per spingere Senmut e Kipa a una morte immatura e per derubarli dell'appagamento della vecchiezza, per spogliarli persino della loro tomba. A questo pensiero rabbrividivo, poiché se le stelle mi erano state ostili una volta, non avrei potuto evitare il mio destino, ma sarei stato costretto ad arrecare rovina e sofferenza a coloro che mi avevano caro. Il futuro mi opprimeva e ne avevo timore, poiché capivo che tutto ciò che mi era accaduto era destinato a distogliere il mio cuore dai miei simili e a vivere solo, poiché la solitudine soltanto mi avrebbe impedito di recare distruzione ad altri.

4.

Ora non mi rimane che di raccontare del Giorno del Falso Re.

Non appena spuntò il grano giovane e al freddo intenso delle notti subentrò il calore, i sacerdoti uscirono dalla città per togliere il loro dio dalla sua tomba e gridare che esso era risuscitato. In questa circostanza la città di Babilonia si trasformava in una fiera dove tutti danzavano e dove una folla di gente gaiamente vestita si riversava lungo le strade. La plebaglia saccheggiava le botteghe, sollevando più agitazione e tumulto di quel che facessero i soldati dopo la grande ispezione. Le donne e le ragazze si recavano al tempio di Ishtar a raccogliere argento per la loro dote nuziale, e chiunque le desiderasse poteva goderle senza vergogna. L'ultimo giorno della celebrazione era detto il Giorno del Falso Re.

Mi ero ormai familiarizzato con molte usanze babilonesi, ma fui tuttavia sorpreso di notare che già prima dell'alba di quel giorno la guardia del corpo del Re si era radunata ubriaca entro la Casa della Gioia di Ishtar, abbattendone le porte e colpendo tutto coloro che incontravano con l'impugnatura delle loro lance mentre urlavano con quanto fiato avevano in gola:

« Dove si nasconde il nostro Re? Fatelo uscire subito, poiché il sole sta per levarsi e il Re deve dispensare giustizia al suo popolo! ».

Il frastuono era indescrivibile. Vennero accese le lampade, e i servi della locanda corsero spaventati per i corridoi, mentre Kaptah, credendo che nella città fossero scoppiati dei tumulti, si era nascosto sotto il mio letto. Ma io andai incontro ai soldati, nudo sotto la mia veste di lana, poiché mi ero appena alzato dal sonno, e domandai loro: « Che cosa volete? Badate a come mi trattate, poiché io sono Sinuhe l'Egiziano, figlio dell'Asino Selvaggio, il cui nome avrete certamente inteso ».

A queste parole urlarono: « Se tu sei Sinuhe, sei proprio colui che noi stiamo cercando! ».

Mi strapparono il mantello cosicché rimasi nudo; al che mi additarono gli uni agli altri meravigliati, non avendo mai veduto prima un uomo circonciso. Poi presero a discutere dicendo: « Possiamo lasciar andare libero quest'uomo? Egli è un pericolo per le nostre donne che amano tutto ciò che è nuovo e strano ».

Ma quando si furono stancati di beffarmi mi lasciarono andare dicendomi: « Non farci perdere altro tempo ma consegnaci il tuo servo, poiché dobbiamo condurlo a palazzo in tutta fretta essendo oggi il Giorno del Falso Re, poiché è volontà del Re che noi ci affrettiamo a palazzo col tuo uomo ».

Quando Kaptah intese queste parole ne fu talmente atterrito e prese a tremare così forte che tutto il letto ne fu squassato; cosicché lo trovarono, e, dopo averlo tirato fuori con grida di giubilo, gli resero omaggio.

Si dicevano tra loro: « Questo è giorno di grande festa, poiché finalmente abbiamo ritrovato il nostro Re che si era nascosto ed era scomparso alla nostra vista. I nostri occhi si sono allietati nel contemplarlo, e speriamo che egli ricompensi la nostra fedeltà con doni ».

Il povero Kaptah li fissò con occhi che il terrore aveva dilatati sino a farli assomigliare ad anelli di briglia, e alla vista del suo stupore e del suo spavento i soldati risero più forte e dissero: « Questo è veramente il Re dei quattro punti della terra e noi riconosciamo la sua faccia! ».

Si prosternarono davanti a lui, e coloro che gli stavano alle spalle lo presero a calci nel sedere perché si affrettasse.

Kaptah mi disse: « Veramente questa città... anzi tutto il mondo è pieno di distruzione, di maniaci e di maligni, contro i quali sembra che neppure lo scarabeo sia in grado di proteggermi. Non riesco a capire se mi reggo sui piedi o sulla testa... può darsi che sia ancora profondamente addormentato nel mio letto e in preda a un brutto sogno. Comunque bisogna che me ne vada con loro, perché sono uomini robusti. Ma tu salva la tua vita, signore, se ci riesci. Togli il mio corpo dalle mura dopo che mi avranno impiccato per i talloni, e imbalsamalo, te ne scongiuro. Non permettere che mi anneghino nel fiume ».

Quando intesero queste sue parole i soldati cacciarono ululati di gioia.

« Per Marduk, non avremmo potuto trovare un Re migliore di questo; è una vera meraviglia che la lingua non gli sia legata da nodi quando parla ».

Spuntava ormai l'alba, i soldati picchiarono Kaptah sulla schiena con l'asta delle loro picche per spronarlo ad allontanarsi. Io mi vestii rapidamente e li seguii a palazzo dove trovai tutte le avancorti e le stanze esterne gremite di una folla rumorosa. Ero ormai certo che fossero scoppiati dei tumulti e che molto sangue sarebbe stato sparso per le strade non appena fossero giunti i rinforzi dalle province.

Ma allorché raggiunsi i soldati nella grande sala del trono, vidi Burnaburiash seduto sul suo trono d'oro, il fido leone accucciato ai suoi piedi, coperto dal baldacchino della sovranità, ammantato in vesti regali e reggente nelle mani i simboli del potere. Intorno a lui erano raccolti gli alti sacerdoti di Marduk, i consiglieri e gli uomini più in vista del reame. Ma i soldati non si curarono di loro; seguitarono a sospingere Kaptah in avanti, facendosi largo con le lance finché giunsero al trono dove sostarono.

Vi fu un silenzio improvviso; nessuno parlò, finché Kaptah a un tratto disse: « Portate via quella creatura del demonio, o altrimenti mi stancherò di questo gioco e me ne andrò ».

In quel momento la luce del sole irruppe attraverso i trafori della finestra orientale e tutti incominciarono a urlare: « Ha ragione; portatela via, poiché ne abbiamo abbastanza di essere governati da un Re senza barba. Quest'uomo è saggio, perciò lo facciamo Re affinché ci governi ».

Non mi fu possibile credere ai miei occhi quando vidi che si gettavano sul Re, scherzando e ridendo con espressioni volgari, e gli strappavano dalle mani i simboli e gli toglievano la veste di dosso, cosicché ben presto rimase nudo come me quando i soldati m'avevano sorpreso. Gli pizzicarono le braccia e gli tastarono i muscoli delle cosce e lo schernirono.

« È chiaro che l'hanno svezzato da poco e che ha ancora la bocca umida del latte di sua madre. È tempo che le donne del gineceo si divertano un poco, e noi crediamo che questo vecchio furfante, Kaptah l'Egiziano, sia capace di montare su quella sella! ».

Burnaburiash non proferì alcuna parola di protesta, ma anzi rise con loro, mentre il suo leone inquieto e perplesso se ne sgattaiolava via con la coda tra le gambe, spaventato dalla folla.

E allora per quel che ce ne capivo avrei potuto benissimo anch'io starmene in piedi sulla testa anziché sulle gambe, poiché, lasciando il Re, i soldati corsero da Kaptah, lo ammantarono nella veste regale e lo costrinsero a prendere tra le mani i simboli della maestà. Lo sospinsero sul trono e si prostrarono dinanzi a lui, spazzando il pavimento con le loro labbra. Tra i primi strisciava Burnaburiash, nudo nato urlando: « Questo è come deve essere! Egli sarà nostro Re, e uno migliore non avremmo potuto sceglierne ».

Poi balzarono tutti in piedi e acclamarono Kaptah Re, pestando i piedi e contorcendosi e tenendosi i fianchi dal ridere.

Kaptah li fissava con tanto d'occhi, i capelli irti sotto il diadema regale, che gli avevano messo di sghimbescio sulla testa.

Alla fine disse: « Se veramente sono Re, conviene bere. Fate presto dunque a portare del vino, voialtri schiavi, se si riesce a trovarne qui dentro, o altrimenti il mio bastone ballerà sulle vostre schiene, e io vi farò penzolare dalle mura. Portate moltissimo vino, poiché questi signori amici che mi hanno fatto Re debbono bere in mia compagnia, mentre io personalmente intendo bagnarmi nel vino fino al collo ». Le sue parole suscitarono una immensa allegria, e la folla urlante lo trascinò in una vasta sala dove erano state imbandite molte succulente vivande e moltissimo vino. Ciascuno prendeva quel che gli piaceva, e Burnaburiash indossò un grembiale da servo e corse tutt'attorno come un pagliaccio, inciampando tra i piedi dei presenti e versando vino e salsa sui loro vestiti, finché questi cominciarono a bestemmiare e a scaraventargli addosso ossa rosicchiate. In tutte le corti esterne vennero distribuiti alla plebaglia cibo e bevanda; furono squartati sul posto buoi e pecore, e il popolino poteva attingere birra e vino dalle vasche e ingozzarsi di pappa soffice preparata con crema e datteri canditi. Quando il sole salì più alto, il tumulto della folla divenne indescrivibile.

Non appena mi si offerse l'occasione mi avvicinai a Kaptah e gli dissi a bassa voce: « Kaptah, seguimi, fuggiamo inosservati, perché nessun bene può venire da questa pagliacciata ».

Ma Kaptah aveva bevuto e aveva la pancia gonfia di buon cibo: mi rispose: « Le tue parole suonano alle mie orecchie come un ronzìo di mosche. Non ho mai udito un discorso così insensato. Dovrei proprio andarmene adesso che tutta questa brava gente mi ha proclamato Re e non fa che inchinarmi? ».

Si deterse l'unto che gli orlava le labbra e scagliandomi contro un osso d'asino rosicchiato urlò: « Portate via questo farabutto d'Egiziano prima che io perda il controllo e gli faccia danzare il mio bastone sulla schiena! ».

La situazione stava per volgere al peggio nei miei riguardi, quando proprio allora un corno echeggiò, e qualcuno annunciò che era ormai venuto il momento che il Re scendesse a dispensare giustizia al suo popolo, e per la mia fortuna fui dimenticato.

Kaptah rimase alquanto sconcertato quando vide che lo stavano portando verso la Casa della Giustizia e disse che egli si accontentava di lasciare quell'incombenza ai giudici designati allo scopo, uomini sicuri di cui si fidava; ma il popolo a queste parole si inalberò, pieno di sdegno e di indignazione si mise a urlare: « Vogliamo mettere a prova la saggezza del Re per dimostrare a noi stessi che questo è un Re giusto e conosce le leggi ».

Così Kaptah fu issato sul trono della giustizia; gli furono posti dinanzi il flagello e i ceppi, simboli della legge; quindi la folla chiamata ad esporre i propri casi dinanzi al Re.

Dopo aver pronunciato alcuni giudizi, Kaptah si stancò di quell'occupazione; si stirò e disse: « Quest'oggi ho mangiato e bevuto e, credo, mi sono anche affaticato e torturato il cervello abbastanza. In qualità di Re sono anche il padrone della casa delle donne, dove per quel che io mi sappia mi aspettano circa quattrocento mogli. Devo perciò ispezionare anche questi miei possedimenti, perché il vino e la maestà mi hanno stranamente acceso e mi sento forte come un leone ».

Quando il popolo intese ciò, si levò dalla folla un applauso fragoroso che pareva non volesse più finire. Lo seguirono di nuovo sino a palazzo, dove si fermarono nel cortile, dinanzi all'ingresso del gineceo; Burnaburiash però non rideva più. Si torceva nervosamente le mani e con la punta di un piede si grattava nervosamente l'altra gamba. Quando mi vide mi venne vicino e mi disse affannosamente: « Sinuhe, tu mi sei amico, e come medico hai diritto di entrare nella casa delle donne del Re. Seguilo e accertati che non faccia nulla di cui possa avere a pentirsi più tardi. Lo farei scorticare vivo e metterei la sua testa a decomporsi sulle mura se toccasse una delle mie donne; se invece si comporta bene gli prometto una morte dolce ».

Io gli dissi: « Burnaburiash, francamente ti sono amico e ti auguro ogni bene, ma dimmi che significa questa storia, perché ho il fegato grosso a vederti al posto di un servo e deriso da tutti ».

Mi rispose con impazienza: « Quest'oggi è il Giorno del Falso Re come tutti sanno; affrettati adesso a seguirmi, per evitare che succeda qualche guaio ».

Io però mi guardai bene dall'obbedirgli benché egli mi avesse afferrato per un braccio, ma mi limitai a osservare: « Non conosco le usanze del tuo paese; devi spiegarmi che cosa vuol significare ciò ».

« Ogni anno nel Giorno del Falso Re viene scelto come Re il più stupido e ridicolo uomo di Babilonia perché governi dall'alba al tramonto in assoluta maestà e potenza, e il Re in persona lo serve. E francamente non ho mai veduto un re più comico di Kaptah, che ho scelto appunto per questa ragione. Egli non sa quel che sta per succedergli, e in questo appunto sta il più buffo ».

« Che cosa gli capiterà dunque? ».

« Al tramonto sarà ucciso con la stessa rapidità con cui è stato incoronato. Posso ucciderlo crudelmente se voglio, ma di solito gli do un veleno dolce mescolato nel vino, e si addormenta senza neppur saper di morire. Su, affrettati adesso, e assicuriamoci che il tuo servo non commetta nessuna sciocchezza di cui debba pentirsi prima del calar del sole ».

Ma non vi fu bisogno di raggiungere Kaptah che scendeva giusto in quel momento a ruzzoloni dalla casa, furioso, col sangue che gli colava dal naso e premendosi l'unico occhio con la mano. Disse tra urla e strepiti: « Guardate quel che mi hanno fatto! Mi hanno offerto delle vecchiacce e delle Negre, e quando ho tentato di assaggiare una tenera agnellina, questa si è trasformata in una tigre e mi ha ridotto l'occhio nero e mi ha picchiato sul naso con una pantofola! ».

Burnaburiash fu assalito da un tale convulso di risa che dovette appoggiarsi alle mie braccia per non cadere, e Kaptah proseguì nelle sue lamentazioni:

« Non oso aprire la porta di quella casa, perché la ragazza è ancora lì che farnetica come una gatta arrabbiata, e non so quel che debbo fare... a meno che tu, Sinuhe, vada ad aprirle il cranio per liberare lo spirito maligno che è in lei. In verità ti dico che deve essere posseduta dal demonio, altrimenti come ardirebbe mettere le mani sul Re e spiaccicarmi il naso con la pantofola così da farmi sgorgare il sangue come se fossi un bue macellato? ».

Burnaburiash mi sospinse col gomito dicendo: « Entra, Sinuhe, e vedi un po' che cosa è accaduto. Tu adesso conosci il posto, e oggi io non posso entrarvi. Poi vienimi a riferire. Credo di sapere di che ragazza si tratti, poiché me ne hanno portata qui una ieri dalle isole del mare da cui aspetto molto godimento, anche se bisognerà prima drogarla con del succo di papavero ».

Mi tormentò tanto che finalmente entrai nel gineceo, dove tutti erano in subbuglio. Gli eunuchi non mi trattennero, sapendo che ero medico. Le vecchie che in onore di quella giornata si erano vestite col massimo splendore e si erano dipinte i volti rugosi mi si affollarono intorno domandandomi a una voce: « Che cosa accadrà di lui, del nostro benamato, del fiore del nostro cuore, del nostro piccolo caproncino che attendiamo da stamane? ».

Una grossa Negra, le cui mammelle pendevano sul ventre come nere pentole di cucina, si era spogliata per essere la prima a ricevere Kaptah, e gridava: « Datemi il mio benamato che io possa premerlo sul mio seno! Datemi il mio elefante affinché possa cingermi della sua proboscide! ».

Ma gli eunuchi stufi mi dissero: « Non far caso di queste donne. È loro compito intrattenere il falso re, e mentre lo aspettavano si sono riempite il fegato di vino; ma abbiamo veramente bisogno del dottore, poiché la ragazza che ci hanno portata ieri è proprio pazza. È più forte di noi e non fa che prenderci a calci, e non sappiamo che cosa ci succederà, poiché ha in mano un coltello ed è più furiosa di una gatta selvatica ».

Mi condussero nel cortile delle donne, le cui mattonelle colorate luccicavano nel sole. Nel mezzo del cortile sorgeva uno stagno rotondo in cui erano disseminati mostri acquatici scolpiti vomitanti acqua dalle fauci. La donna frenetica vi era salita sopra; le sue vesti erano state strappate nella lotta con gli eunuchi che avevano tentato di afferrarla, ed era fradicia d'acqua per avere attraversato a nuoto lo stagno, e dai molti getti che zampillavano tutt'attorno a lei. Si era aggrappata con una mano alla bocca di un marsuino garganellante e nell'altra brandiva un coltello la cui lama fiammeggiava nel sole. Non riuscivo a capire una parola di quello che diceva. Nonostante la veste strappata e i capelli madidi d'acqua era una ragazza bellissima. Mi confusi, e dissi irato agli eunuchi: « Andatevene e lasciate che le parli con calma; chiudete l'acqua affinché possa intendere quello che dice, perché capisco che sta urlando ».

Quando il gorgogliare dell'acqua cessò, mi accorsi che non urlava affatto ma che stava cantando. Non potevo comprendere le parole della canzone, poiché erano proferite in una lingua a me sconosciuta. Aveva il capo arrovesciato all'indietro, gli occhi luccicavano verdi come quelli di un gatto, e l'eccitazione le aveva invermigliato le guance.

Le gridai furioso: « Smettila di gracchiare, gatta selvatica... butta via quel coltello e vieni qui affinché possiamo discorrere insieme e affinché io ti possa guarire, poiché tu devi essere certamente pazza ».

Smise di cantare e mi rispose in un babilonese imperfetto (era ancora peggiore del mio): « Salta nello stagno, babbuino, e nuota fin qui che io ti farò uscire il sangue dal fegato, perché sono terribilmente arrabbiata! ».

« Ma io non intendo farti del male! ».

« Molti uomini mi hanno detto questo, ma mentivano. Io non posso accostarmi a un uomo anche se lo desiderassi, perché sono stata dedicata al mio dio per danzare davanti a lui. Ecco perché porto questo coltello, e preferirei abbeverarlo del mio sangue piuttosto che un uomo mi tocchi. E meno di tutti permetterei a quel demonio monocolo anche di toccarmi soltanto, perché aveva più l'aria di un sacco scoppiato che non di un uomo ».

« Danza finché vuoi, pazza, ma metti via quel coltello; potresti farti del male, e sarebbe un peccato giacché gli eunuchi mi dicono di aver pagato una quantità d'oro per acquistarti sul mercato degli schiavi per conto del Re ».

« Io non sono una schiava; mi hanno rubata di nascosto come capiresti se avessi gli occhi in testa. Ma non puoi parlare una lingua rispettabile che questa gente non sappia capire? Gli eunuchi stanno spiando tra i pilastri a orecchie tese per ascoltare quello che stiamo dicendo ».

« Io sono Egiziano », risposi nella mia lingua, « e mi chiamo Sinuhe, Colui Che È Solo, Figlio dell'Asino Selvaggio. Faccio di professione il medico, perciò non mi devi temere ».

Nell'udire ciò la fanciulla saltò immediatamente nell'acqua e mi si avvicinò nuotando, sempre tenendo il coltello in mano. Poi prosternandosi davanti a me disse: « So che gli uomini egiziani sono deboli e non prenderebbero mai una donna con la violenza; perciò mi affido a te e ti supplico di perdonarmi se tengo il mio coltello, giacché credo che quest'oggi stesso sarò costretta ad aprirmi le vene per impedire che per causa mia il mio dio venga insozzato. Ma se temi gli dèi e non mi vuoi del male, allora salvami e portami via da questo paese, anche se io non posso ricompensarti come tu meriteresti, poiché questo mi è vietato ».

« Non ho la benché minima intenzione di aiutarti a fuggire », sbottai. « Farei ingiuria al Re, che mi è amico e che ha pagato per te una montagna d'oro. Ti dirò inoltre che il sacco scoppiato che era qui dianzi è soltanto il Falso Re che regna per quest'oggi e basta, e domani il Re vero verrà a visitarti. È ancora un fanciullo imberbe e gradevole della persona, ed egli pregusta già un grande diletto in te quando sarà riuscito ad addomesticarti. Non credo che il potere del tuo dio possa raggiungerti qui, e non perderai nulla sottomettendoti all'inevitabile. Ti conviene dunque metter termine a questa follìa e vestirti e adornarti per lui. Hai un aspetto tutt'altro che bello con codesti capelli bagnati e con la pittura delle labbra tutta sbavata sulla faccia ».

Queste osservazioni produssero il loro effetto, poiché la ragazza si tastò i capelli e bagnandosi la punta dell'indice si lisciò le sopracciglia e l'orlo delle labbra. Quindi mi sorrise — aveva un viso piccolo e delizioso — e disse sottovoce: « Mi chiamo Minea, e potrai chiamarmi sempre così quando mi avrai portato via e fuggiremo insieme da questa terra maledetta ».

Alzai le mani in preda all'esasperazione e mi volsi rapidamente. Ma il suo volto era così tormentato che ritornai indietro e dissi: « Minea, parlerò al Re in tuo favore; altro non posso fare. Intanto vestiti e calmati. Se lo desideri ti darò una pozione sedativa cosí non ti importerà più di quello che ti faranno ».

« Prova, se lo osi! Comunque, giacché prendi le mie difese, ti darò questo coltello che finora mi ha protetto, perché sono certa che così facendo tu mi proteggerai e non mi tradirai e mi condurrai via da questo paese ».

Mi sorrise disotto ai suoi capelli gocciolanti finché io la lasciai portando con me il coltello. Ero profondamente contrariato, perché intuivo che nel darmi il suo coltello si era dimostrata assai più astuta di me; così facendo aveva legato il suo destino al mio e io non potevo più sfuggirle.

Burnaburiash mi venne incontro alla mia uscita dal gineceo, curiosissimo di sapere quel che fosse accaduto.

« I tuoi eunuchi hanno fatto un magro affare », gli risposi. « Minea, la ragazza che hanno acquistata per te, è pazza furiosa e non si avvicinerebbe per nulla al mondo a un uomo perché il suo dio gliel'ha proibito. Converrà dunque che tu la lasci in pace finché non avrà mutato parere ».

Ma Burnaburiash rise soddisfatto.

« Francamente pregusto già molto piacere da lei, poiché conosco questo genere di donne; con costoro il miglior argomento è il bastone. Sono ancora giovane, la mia barba non è ancora cresciuta, e spesso mi stanco nelle braccia delle donne; provo una soddisfazione molto maggiore a guardarle e ad ascoltare le loro grida quando gli eunuchi le sferzano con verghe sottili. Perciò questa ragazza ostinata già mi piace molto poiché mi darà l'occasione di farla frustare dagli eunuchi, e giuro che sin da stanotte sarà picchiata finché la pelle le si gonfierà tanto da impedirle di restare distesa sulla schiena, e con questo il mio piacere diventerà ancora più grande ».

Si fregò le mani compiaciuto, mentre mi salutava, e sghignazzò come una ragazzina. Mentre l'osservavo allontanarsi, compresi che non mi era più amico, né che gli auguravo più alcun bene. Il coltello di Minea era ancora nella mia mano.

5.

Dopo questo episodio non mi fu più possibile unirmi all'allegria generale, ancorché il palazzo e le sue avancorti brulicassero di gente che continuava a bere vino e birra e ad applaudire freneticamente le buffonate di Kaptah, il quale si era già scordate le botte toccategli nel gineceo. Il suo occhio pesto era stato curato con fette di carne cruda fresca, cosicché ora non gli doleva più benché fosse ancora tutto rosso. Ma che cosa avessi, ancora non sapevo.

Riflettevo che ancora mi restava molto da apprendere a Babilonia, non avendo completati i miei studi sul fegato delle pecore, e ancora non sapevo mescere l'olio nell'acqua con la stessa destrezza dei sacerdoti. Inoltre Burnaburiash era molto indebitato nei confronti delle mie capacità professionali e della mia amicizia, e sapevo che se gli fossi rimasto amico avrei ricevuto alla mia partenza doni sontuosi. Eppure, più riflettevo a tutto ciò, tanto più insistentemente il volto di Minea mi ossessionava. Pensavo anche a Kaptah, che quella sera sarebbe dovuto morire per lo stupido capriccio del Re, pur senza il mio consenso benché fosse mio servo.

Risultato di tutto ciò fu che il mio cuore si indurì nei riguardi del Re, il quale, offendendomi a quel modo, mi persuase del mio diritto a offenderlo a mia volta... per quanto in fondo al mio animo sentissi che quel solo pensiero era un'infrazione grave a tutte le leggi dell'amicizia. Ma io ero uno straniero solitario, e nessuna usanza locale poteva tenermi avvinto. Quel pomeriggio dunque scesi alla riva del fiume, noleggiai una barca a dieci remi e dissi ai vogatori:

« Oggi è il Giorno del Falso Re, e capisco che dovete essere ubriachi di birra e di allegrezza e non avrete certo voglia di remare. Ma io vi darò il doppio della ricompensa solita, perché il mio ricco zio è morto e io devo portare il suo cadavere a riposare in mezzo ai suoi antenati, e devo farlo presto prima che i suoi figlioli o mio fratello incomincino a contendermi l'eredità e mi lascino senza un quattrino. Vi pagherò dunque profumatamente se vogherete di lena nonostante la stanchezza della giornata... perché i miei antenati sono raccolti nella nostra vecchia casa sul confine di Mitanni ».

I vogatori borbottarono, ma io acquistai loro due giare di birra e li avvertii che potevano bere sino al calar del sole, purché si tenessero pronti a partire non appena fosse buio: al che presero a protestare violentemente.

« Mai e poi mai ci metteremo in viaggio con le tenebre, perché la notte è piena di dèmoni grandi e piccoli, e gli spiriti maligni che emettono grida paurose e che probabilmente faranno capovolgere la nostra barca ci uccideranno ».

Ma io risposi: « Vado subito a offrire sacrifici nel tempio affinché nessun pericolo ci incolga nel corso del nostro viaggio, e il tintinnìo di tutto l'argento che vi darò quando arriveremo soffocherà le urla dei dèmoni ».

Mi recai alla Torre e sacrificai una pecora nell'avancorte; vi era poca gente, perché la maggior parte dei cittadini si era radunata a palazzo per celebrare la festa del Falso Re. Guardai il fegato della pecora, ma i miei pensieri erano talmente sconvolti che seppi dedurne ben poco. Notai soltanto che era più scuro del solito ed emanava un cattivo odore, per cui fui preso da molti tristi presentimenti. Raccolsi in una sacca di cuoio il sangue della pecora e ritornai a palazzo con questa sotto il braccio. Nel momento in cui entravo nel gineceo una rondine mi volò sul capo, e questo presagio mi scaldò il cuore e mi rinvigorì, poiché era un uccello della mia terra, e interpretai la cosa come un segno di buon augurio.

Nel gineceo dissi rivolto agli eunuchi: « Lasciatemi solo con questa forsennata affinché io possa scacciare il dèmone che si è impadronito di lei ».

Mi obbedirono e mi condussero in una piccola stanza dove spiegai a Minea quel che doveva fare, e io le diedi il coltello e la sacca colma di sangue. Mi assicurò che avrebbe seguito le mie istruzioni e così la lasciai, chiudendo la porta alle mie spalle e raccomandando agli eunuchi che nessuno doveva disturbarla, perché le avevo dato una medicina che la liberasse dal dèmone che era in lei... e che avrebbe potuto impossessarsi del primo che avesse aperto l'uscio senza mio permesso. Non occorsero altri avvertimenti.

Ormai il sole calante stava riempiendo della sua luce rossastra le stanze del palazzo. Kaptah aveva ripreso a bere e a mangiare, mentre Burnaburiash continuava a servirlo, ridendo e sghignazzando come una ragazzina. Lungo il pavimento sonnecchiavano in pozze di vino uomini ubriachi fradici. Dissi rivolto a Burnaburiash: « Desidero convincermi che Kaptah incontrerà una morte indolore, poiché egli è mio servo e ho diritto di esserne certo ».

« Affrettati dunque », mi rispose, « poiché il vecchio sta già mescolando il veleno al vino e il tuo servo deve morire al tramonto come vuole l'usanza ».

Trovai il vecchio, cioè il medico del Re. Quando gli dissi che era stato il Re a mandarmi, mi credette e mi pregò: « Mesci il veleno tu stesso, poiché le mie mani sono troppo scosse a furia di bere, e i miei occhi sono talmente appannati che non riesco a vedere nulla, talmente ho riso di cuore quest'oggi ai lazzi del tuo servo ».

Gettai via la sua miscela e versai nel vino del succo di papavero, non però in dose così violenta da procurare la morte. Poi recai la tazza a Kaptah e gli dissi: « Kaptah, può darsi che noi non ci incontriamo mai più, poiché tutti i tuoi onori ti sono andati alla testa e con domani tu non degnerai neppure di conoscermi. Bevi perciò dalla coppa che io ora ti offro, affinché al mio ritorno in Egitto io possa dire che il signore dei quattro angoli della terra mi era amico. Quando avrai bevuto capirai che io non intendevo che il tuo bene, qualunque cosa possa accadere. Ricordati anche il nostro scarabeo! ».

Kaptah disse: « Le chiacchiere di questo Egiziano sarebbero come un brusìo di mosche alle mie orecchie se già le mie orecchie non fossero piene del ronzìo del vino, tanto che non riesco a capire quello che dice. Ma io non ho mai disdegnato la coppa come tutti qui sanno e come mi sono sforzato di dimostrare quest'oggi ai miei sudditi, dei quali sono grandemente soddisfatto. Perciò vuoterò il calice che tu mi offri, ancorché sia certo che domani mi sentirò il cervello scalciato da una muta di asini selvaggi ».

Vuotò la tazza e in quel momento il sole calò. Furono portate le torce e accese le lampade. Tutti si alzarono e stettero in silenzio, e una grande quiete regnò improvvisamente attraverso il palazzo. Kaptah si tolse il diadema babilonese dicendo: « Questa maledetta corona mi schiaccia la testa e ne sono stufo. Anche le mie gambe sono intorpidite e mi sembra di avere le palpebre di piombo. Sarà meglio che me ne vada a letto ».

Così dicendo si tirò addosso una pesante tovaglia e si distese per terra. Con la tovaglia gli ruzzolarono addosso anfore e coppe piene di vino, cosicché egli fu immerso nel vino sino al collo, proprio come aveva dichiarato il mattino che sarebbe avvenuto. I servi del Re lo spogliarono e rivestirono Burnaburiash della veste fradicia di vino, gli posero in capo il diadema reale e nelle mani i simboli della maestà, e lo condussero a riprendere il suo posto sul trono.

« Questa è stata una giornata faticosa », disse. « Tuttavia nel corso di questa giornata non ho mancato di notare più d'uno che non mi ha dimostrato sufficiente rispetto durante la baldoria, senza dubbio nella speranza che io soffocassi e non potessi più risalire sul mio trono. Cacciate a suon di frusta questi dormiglioni, cacciate la marmaglia dai cortili, e ficcate quest'imbecille nella giara dell'eternità, se è morto, poiché ne ho abbastanza di lui ».

Kaptah fu fatto rotolare sulla schiena, e il medico dopo averlo esaminato con mani tremanti e occhi incerti dichiarò: « È morto stecchito come uno scarabeo stercorario ».

I servi trasportarono nella sala una grande urna di terracotta quale usano i Babilonesi per la tumulazione dei loro defunti, e in questa fu messo Kaptah, e il coperchio venne poi suggellato con argilla. Il Re diede ordine che la giara fosse quindi trasportata giù nei sotterranei del palazzo e posta accanto alle altre dei precedenti Falsi Re.

A questo punto io intervenni dicendo: « Quest'uomo egiziano è circonciso come me: devo pertanto imbalsamare il suo cadavere secondo il costume egiziano, e per il suo viaggio verso il Paese d'Occidente devo fornirlo di tutto ciò che può essere necessario per mangiare e bere e prendere piacere dopo morte senza bisogno di faticare. Per questo occorrono trenta o settanta giorni, secondo il rango detenuto dal defunto nel tempo di sua vita. Con Kaptah credo che trenta giorni saranno sufficienti, poiché egli era soltanto un servo. Trascorso questo tempo lo riporterò al suo posto tra i suoi predecessori, gli altri Falsi Re, nelle volte sotterranee della tua dimora ».

Barnaburiash mi ascoltò con curiosità e rispose: « E sia pure. Fa di lui quello che vuoi giacché questa è l'usanza della tua terra; io non mi oppongo mai alle usanze, e anzi prego anche gli dèi che non conosco, al fine di propiziarmeli nel caso abbia commesso dei peccati involontari. La prudenza è una virtù ».

Ordinai ai servi di trasportare fuori Kaptah entro la sua giara e di issarlo su una portantina che stava aspettando presso il muro del palazzo. Prima di congedarmi dissi al Re: « Per trenta giorni tu non mi vedrai, poiché durante il periodo dell'imbalsamazione non posso mostrarmi tra gli uomini per il timore di trasmetter loro i dèmoni che brulicano nel cadavere ».

Appena salito sulla portantina praticai un foro nell'argilla che suggellava la giara per dar modo a Kaptah di respirare, quindi tornai nascostamente a palazzo ed entrai nel gineceo. Gli eunuchi si rallegrarono nel vedermi poiché temevano che da un momento all'altro il Re potesse apparire.

Ma non appena ebbi aperta la porta della stanza in cui avevo lasciata Minea ritornai subito strappandomi i capelli e lamentandomi: « Venite a vedere quello che è accaduto. La ragazza giace morta nel suo sangue con un coltello insanguinato, e anche i suoi capelli sono tutti fradici di sangue! ».

Gli eunuchi vennero e si sbiancarono di terrore, poiché gli eunuchi hanno un grande orrore del sangue; non osarono toccare Minea, ma incominciarono a piangere e a gridare per timore della collera del Re.

Dissi loro: « Siamo coinvolti nella medesima disgrazia, voi ed io. Presto; portate una stuoia in cui io possa avvolgere il suo corpo; poi lavate subito il sangue che macchia il pavimento, in modo che nessuno si accorga di quel che è successo. Il Re infatti pregustava un grande piacere da questa ragazza, e la sua ira sarà tremenda se dovesse apprendere che voi nella vostra stoltezza l'avete lasciata morire come voleva il suo dio. Affrettatevi dunque a sostituirla con un'altra ragazza, una ragazza di un paese straniero che non parli la vostra lingua. Vestitela e adornatela per il Re, e se resiste percuotetela davanti ai suoi occhi, poiché ciò piace particolarmente al Re, ed egli vi ricompenserà generosamente ».

Gli eunuchi compresero la saggezza delle mie parole, e dopo aver contrattato alquanto con essi, diedi loro metà del denaro che essi reclamarono come prezzo di una nuova ragazza. Mi recarono una stuoia in cui avvolsi Minea e mi aiutarono a trasportarla attraverso i cortili bui sino alla portantina già occupata da Kaptah nella sua giara.

Giunto alla riva del fiume ordinai ai portatori di calare la giara nella barca, ma trasportai la stuoia io stesso e la nascosi sotto il ponte. Quindi dissi ai portatori: « Schiavi e figli di cani! Questa notte voi non avete veduto né udito nulla, se qualcuno dovesse farvi delle domande; e perché ve ne ricordiate regalo a ciascuno di voi una moneta d'argento ».

Nell'udire queste mie parole si misero a saltare dalla gioia e a urlare: « In verità noi abbiamo servito un padrone illustre, ma le nostre orecchie sono sorde, e i nostri occhi ciechi, e questa notte noi non abbiamo visto né inteso nulla ».

Li lasciai andare, pur sapendo che sarebbero subito corsi a ubriacarsi, come è sempre accaduto di tutti i portatori in tutte le età, e che nei loro bicchieri avrebbero immediatamente svesciato tutto quel che avevano veduto. Ma poiché erano otto e molto robusti, non potevo certo ammazzarli tutti e buttarli nel fiume come avrei desiderato.

Non appena si furono allontanati svegliai i vogatori. Alla luce della luna nascente slegarono i remi dagli scalmi e si allontanarono dalla città, sbadigliando e maledicendo il loro destino, poiché avevano la testa intontita di tutta la birra che avevano bevuta.

Così fuggii da Babilonia, sebbene non saprei dire per quale motivo facessi tutto questo: certo doveva essere scritto nelle stelle prima del giorno della mia nascita, ed era fatale che accadesse.

LIBRO VII

MINEA

I.

Riuscimmo ad allontanarci dalla città senza essere fermati dalla ronda poiché l'accesso al fiume di notte era libero, e io strisciai sotto coperta nella speranza di mettere a riposare la mia testa stanca. Ma era scritto che ancora non potessi aver pace poiché Minea si era srotolata dalla stuoia e si stava lavando del sangue di cui era bruttata, raccogliendo l'acqua del fiume con le mani a coppa mentre la luce della luna sfavillava nelle gocciole che cadevano tra le sue dita.

Mi fissò senza sorridere e mi disse in tono di rimprovero: « Per seguire il tuo consiglio mi sono insozzata, e adesso puzzo di sangue e non potrò mai più mondarmi, e tutto questo per colpa tua, e poi, mentre mi trasportavi, mi hai stretto molto più forte del necessario, tanto che non riuscivo a respirare ».

Questo suo discorso mi indispettì, e poi ero talmente stanco! Perciò sbottai: « Statti un po' zitta, dannata donna! Quando penso a tutto quello che mi hai fatto fare, mi verrebbe voglia di buttarti nel fiume dove potresti così lavarti quanto ti pare e piace. Se non fosse per te, a quest'ora siederei alla destra del Re di Babilonia, e i sacerdoti della Torre mi impartirebbero tutto il loro sapere, senza celarmi nulla, e io diventerei il medico più dotto della terra. Per colpa tua ho rinunciato ai doni che avrei potuto guadagnarmi con l'esercizio della mia professione. Il mio oro se ne va e non oso presentare le tavolette che mi danno il diritto di ritirar danaro dagli uffici bancari del tempio. Tutto questo per causa tua, e maledico il momento in cui ti ho veduta; ogni anno in questo giorno mi vestirò di sacco e mi coprirò il capo di cenere ».

Ella aveva lasciato trascinare la sua mano nel fiume illuminato dalla luna e l'acqua pareva rapprendervisi intorno come argento fuso, e dopo un attimo di silenzio mi disse con voce sommessa e distogliendo il viso: « Se è come dici, lasciami saltare nel fiume come tu desideri: così ti sbarazzerai di me ».

Si alzò e si sarebbe veramente lanciata se io non l'avessi afferrata e trattenuta dicendo: « Smettila con queste sciocchezze! Se ti butti, tutti i miei sforzi saranno stati vani. In nome di tutti gli dèi, lasciami dormire in pace, Minea, e non seccarmi più con le tue bizze, poiché sono proprio molto stanco ».

Così dicendo strisciai sotto la stuoia e me la serrai contro, poiché la notte era fredda nonostante che la primavera fosse già venuta e che già le cicogne gridassero tra le canne. Allora Minea mi si accoccolò vicino mormorando: « Se altro non posso fare, posso almeno scaldarti ».

Ero troppo affaticato per discutere ulteriormente: caddi in un sonno di piombo e dormii pesantemente nel suo calore, poiché era giovane e il suo corpo era come una piccola stufa vicino a me.

Quando mi svegliai eravamo già lontani a monte del fiume, e i barcaioli stavano borbottando. « Le nostre spalle sono diventate di legno, e la schiena ci duole. Vuoi forse la nostra morte? O la tua casa è in fiamme e vuoi che noi corriamo a spegnere l'incendio? ».

Irrigidii il mio cuore e dissi: « Chi s'impigrisce sentirà il mio bastone; prenderete il vostro primo riposo a mezzogiorno. Allora potrete mangiare e bere, e a ciascuno di voi distribuirò una sorsata di vino di datteri che vi rinvigorirà, e dopo la quale vi sentirete leggieri come uccelli. Ma se sento borbottare invocherò tutti i dèmoni contro di voi, poiché dovete sapere che sono sacerdote e mago ».

Dissi questo per spaventarli, ma ora che il sole splendeva luminoso non mi credettero. Dissero soltanto: « Lui è solo e noi siamo dieci! ». E il più vicino cercò di colpirmi col suo remo.

In quel momento giunse da prora un rumore assordante: era Kaptah che picchiava sull'interno della giara, bestemmiando e urlando. I vogatori si fecero grigi in volto, e l'uno dopo l'altro, si gettarono a capofitto nel fiume, e nuotando scomparvero alla nostra vista. La barca prese a roteare su se stessa, ma io mi affrettai a calare l'ancora di pietra. Minea uscì dalla cabina pettinandosi i capelli, e in quell'istante tutti i miei timori mi abbandonarono, poiché era bella e il sole splendeva, e le cicogne gridavano tra le canne. Mi precipitai verso l'urna funeraria e dissi a voce alta spezzando il sigillo di creta: « Alzati, o uomo chiuso là dentro! ».

Kaptah cacciò fuor della giara la sua testa arruffata, e mai ho veduto in vita mia un uomo più strabiliato. Incominciò a gemere: « Che cos'è quest'imbrogliatura? Dove sono? Dov'è il mio diadema reale, dove sono i simboli della mia maestà? Eccomi nudo e intirizzito... e con il cervello pieno di vespe, e mi sento le membra di piombo come se mi avesse morsicato un serpente velenoso. Bada a non prenderti gioco di me, Sinuhe, poiché è pericoloso scherzare coi Re! ».

Volevo punirlo per la sua arroganza del giorno prima, perciò assunsi un'espressione severa e dissi: « Tu non sai quello che stai dicendo, Kaptah; devi ancora essere immerso in una nube di vino. Dovresti ricordarti che quando abbiamo lasciato Babilonia avevi bevuto tanto ed eri diventato così violento, sulla barca, e ti eri messo a parlare in modo così sconclusionato che i vogatori ti hanno rinchiuso in questa giara per impedirti di far qualche malanno. Seguitavi a farneticare di re e di giudici e di tante altre cose ».

Kaptah chiuse gli occhi e si sforzò di rammentare, e alla fine replicò: « Padrone, mai più berrò vino, perché il vino e i sogni mi hanno condotto a una terribile avventura... a un'avventura talmente spaventosa che non saprò mai raccontartela. Ma una cosa posso dirti: mi pareva per virtù dello scarabeo di essere diventato re, e di dispensare giustizia dall'alto del mio trono; mi è anche parso di essere entrato nel gineceo e di avervi preso grandissimo piacere con una ragazza meravigliosa. Molte altre cose sono accadute, anche, ma non oso pensarvi adesso ».

Proprio in quell'istante vide Minea. Si ricacciò frettolosamente nella giara e mi disse con voce compassionevole: « Padrone, non mi sono ancora rimesso del tutto... o forse sto ancora sognando... poiché laggiù a poppa mi pare di vedere la ragazza che ho incontrata nella casa delle donne ».

Si toccò l'occhio pesto e il naso enfiato, e gemette a voce alta. Minea si avvicinò alla giara, gli tirò fuori la testa per i capelli e gli disse: « Guardami! Sono io la donna con cui tu hai preso piacere ieri sera? ».

Kaptah la fissò atterrito, chiuse il suo unico occhio e ululò: « O voi, dèi tutti d'Egitto, abbiate pietà di me e perdonatemi di avere adorato strani dèi e di aver offerto loro sacrifici... ma tu sei quella donna! Perdonami, però, perché non è stato che un sogno ».

Lo aiutai a uscire dalla giara e gli diedi una pozione amara per ripulirgli lo stomaco, poi gli legai una fune attorno alla vita, e nonostante le sue proteste lo tuffai nel fiume e ve lo tenni a galleggiare affinché gli si schiarisse la testa del succo di papavero e del vino. Ma quando lo ebbi issato nuovamente a bordo, abbandonai il tono severo e gli dissi: « Possa questa servirti di salutare lezione per esserti ribellato contro di me che sono il tuo padrone. Tutto quel che è successo è vero, e se non fosse stato per il mio aiuto tu ora giaceresti senza vita in una giara fra tutti gli altri Falsi Re ».

Gli raccontai quindi quello che era accaduto, e glielo dovetti ripetere molte volte prima che riuscisse ad afferrare il senso delle mie parole e a credermi. Infine gli spiegai: « Le nostre vite sono in pericolo, e quel che è successo non è più molto divertente, poiché com'è vero che siamo seduti in questa barca, penzoleremo a testa in giù dalle mura se il Re ci scopre. E può anche darsi che ci faccia di peggio. E ora è della massima importanza che noi si stabilisca bene quel che dobbiamo fare, e tu devi architettare qualche mezzo di fuga che ci metta in salvo nel paese di Mitanni ».

Kaptah si grattò la testa e rifletté a lungo; infine disse: « Se ti ho ben capito, tutto quel che è successo è vero e non è stato un inganno del vino. Stando così le cose, loderò questo giorno come un giorno fausto, poiché adesso potrò ber vino senza timore di perdere la testa, mentre credevo fino a poco fa che mai più in vita mia avrei avuto il coraggio di assaggiarne sia pure un sorso ».

Così dicendo strisciò carponi entro la cabina, ruppe il sigillo di una giara e bevve una lunga sorsata di vino per cui lodò, chiamandoli per nome, tutti gli dèi d'Egitto e di Babilonia, inneggiando anche a molti altri dèi che non avevo mai inteso nominare. Ogni volta che invocava una divinità si spiegava con un profondo inchino sopra la giara, finché si abbatté addormentato sulla stuoia, russando come un ippopotamo.

Ero talmente furibondo del suo comportamento, che lo avrei volentieri rovesciato nell'acqua e lasciato annegare se Minea non mi avesse detto: « Kaptah ha ragione; a ogni giorno il suo affanno. Perché dunque non dovremmo bere vino ed essere felici nel luogo in cui il fiume ci ha portati? È un luogo bellissimo, e le canne ci nascondono. Le cicogne qui fanno echeggiare le loro strida, e altre ne vedo volanti a collo teso a costruire i propri nidi; le acque luccicano verdi e oro nella luce del sole, e il mio cuore sfreccia come un uccello ora che mi sento liberata dalla schiavitù ».

Riflettei a queste sue parole e le trovai sagge.

« Dal momento che siete pazzi entrambi, perché non dovrei esserlo anch'io? Dopo tutto è assolutamente la stessa cosa che la mia pelle penzoli a seccarsi a un muro domani o fra dieci anni, poiché ogni cosa sta scritta nelle stelle prima ancora della nostra nascita, come mi hanno insegnato i sacerdoti della Torre. Il sole splende in tutta la sua gloria, e nei campi lungo le rive del fiume il frumento è in pieno rigoglio e verdeggiante. Mi bagnerò dunque nel fiume e cercherò di acchiappare i pesci tra le mani come facevo da bambino, poiché questo giorno vale quanto un altro ».

E così ci bagnammo nel fiume e mettemmo le nostre vesti ad asciugare al sole, e mangiammo e bevemmo. Minea rese sacrificio al suo dio e danzò per me la sua danza sul ponte dell'imbarcazione, in modo che nel contemplarla mi sentivo stringere la gola e respiravo con difficoltà.

Infine le dissi: « Una volta sola in vita mia ho chiamata ''o mia sorella'' una donna, ma il suo amplesso era come il fuoco e il suo corpo un deserto riarso che non mi offriva alcun ristoro. Ti supplico perciò, Minea, liberami dall'incantesimo in cui le tue membra mi hanno serrato. Non guardarmi con occhi che sembrano luce lunare sul fiume, o altrimenti io ti chiamerò ''mia sorella'' e tu mi porterai a distruzione e a morte come fece l'altra ».

Minea mi fissò curiosamente.

« Tu devi avere conosciuto strane donne, Sinuhe... ma forse le donne del tuo paese sono diverse. Non tormentarti per causa mia. Lungi da me l'intendimento di sedurti come sembra tu tema. Il mio dio mi ha proibito di avvicinare l'uomo, pena la morte ».

Mi prese la testa tra le mani e la posò tra le sue ginocchia, poi accarezzandomi le guance e i capelli mi disse: « Sciocco è codesto tuo cervello che ti fa parlare così male delle donne, poiché se è vero che ci sono donne le quali avvelenano tutti i pozzi, ne esistono certamente altre che sono come fontane nel deserto, come rugiada su un prato riarso. Ma ancorché la tua testa sia grossa e ottusa e tu abbia i capelli neri e dritti, mi piace tenerla tra le mani. C'è qualcosa in te — nei tuoi occhi e nelle tue mani — che trovo bello e seducente; sono dunque triste di non poterti dare quello che desideri... triste non per te soltanto ma anche per me se può farti piacere questa mia immodesta confessione ».

L'acqua sciabordava contro l'imbarcazione tra riflessi verdi e oro e io tenevo nelle mie le sue forti e belle mani. Le stringevo come un naufrago e la guardavo negli occhi che erano luce lunare sul fiume e che nondimeno mi riscaldavano come una carezza.

« Minea, o mia sorella! », mormorai. « Sono stufo di tutti gli dèi che gli uomini si sono creati, per timore, io credo. Rinuncia dunque al tuo dio, la cui pretesa è crudele e inutile, e oggi è più crudele che mai. Ti porterò lontano, oltre i limiti del suo potere, anche se dovessimo camminare sino ai confini della terra e mangiare erbe e pesce secco fra tribù selvagge e dormire tra i giunchi sino al termine della nostra vita: poiché ci deve essere pure un limite al potere del tuo dio ».

Mi strinse fortemente le mani e distolse il capo.

« Il mio dio ha posto i suoi confini entro il mio cuore, cosicché dovunque io vada sempre sarò in sua balìa, e se dovessi concedermi a un uomo dovrò morirne. Oggi così come ti vedo, il mio dio mi sembra crudele e insensato nel pretendere ciò, ma io non posso far nulla contro di lui. Domani tutto forse sarà diverso... tu ti stancherai di me e mi dimenticherai, poiché questo è il costume degli uomini ».

« Nessuno sa quel che può recare il domani », risposi con impazienza, poiché tutto il mio essere ardeva verso di lei come un fascio di canne che il sole abbia sferzate a lungo finché basta una scintilla a infiammarle. « Le tue parole altro non sono che un vuoto tentativo di evadere per tormentarmi — come amano fare tutte le donne — e tu godi del mio tormento ».

Ritrasse le mani con uno sguardo di rimprovero.

« Io non sono una donna ignorante, poiché oltre alla mia lingua parlo quella babilonese e la tua, e so scrivere il mio nome in tre scritture diverse sia sull'argilla sia sulla carta. Inoltre sono stata in molte grandi città e ho danzato davanti a molti popoli diversi che si sono stupiti della mia arte, finché venni rapita da mercanti quando la nostra nave affondò. Sin dall'infanzia sono stata allevata nelle stalle del dio e mi hanno iniziata ai suoi riti segreti, cosicché nessuna forza, nessun'arte magica può separarmi da lui. Se anche tu avessi danzato dinanzi ai tori e ti fossi dondolato nella danza tra le loro aguzze corna e ne avessi solleticato per gioco col piede le froge muggenti, capiresti. Ma credo tu non abbia mai veduto giovani e fanciulle danzare dinanzi ai tori ».

« Non ho mai inteso parlare di questo, ma che io debba risparmiare la tua verginità per il beneficio di un toro, questo supera ogni mia comprensione, per quanto mi abbiano raccontato che in Siria i sacerdoti che compiono i cerimoniali segreti della terra madre sacrificano a caproni fanciulle vergini, e che queste vergini sono scelte tra il popolo ».

Mi percosse violentemente su entrambe le guance, e i suoi occhi ardevano come quelli di un gatto selvatico nelle tenebre, mentre mi gridava furibonda: « Mi accorgo che non c'è nessuna differenza tra un uomo e un caprone, perché i tuoi pensieri sono rivolti a cose corporee e una capra basterebbe a soddisfare il piacere quanto una donna. Affonda dunque sotto terra e lasciami in pace; non seccarmi più con i tuoi lagni d'amore, poiché tu ne capisci quello che può capirne un porco in fatto di argento ».

Le sue parole erano aspre e i suoi schiaffi sonori. La lasciai e me n'andai a poppa. Per passare il tempo aprii le mie casse mediche e incominciai a pulire i miei strumenti e a dosare le droghe. Minea sedeva a prora, e nella sua esasperazione seguitava a tambureggiare coi calcagni sul fondo della barca; improvvisamente si strappò di dosso le vesti in un impeto di rabbia, si strofinò di olio il corpo e iniziò una danza così violenta e selvaggia che tutta l'imbarcazione ne fu squassata. Non seppi resistere a lanciarle una occhiata in tralice, poiché la sua bravura superava ogni immaginazione possibile. Era capace di piegarsi all'indietro senza sforzo fino a posare sulle palme, tendendo il corpo come un arco, per poi inalzare i piedi dritti nell'aria. Tutti i muscoli delle sue membra vibravano sotto la pelle lucente. Ella era diventata senza respiro, i capelli le si ammassarono sul capo con moto ondoso, poiché quella sua danza richiedeva un sommo grado di perizia quale non avevo mai veduto di simile, benché molte fossero state le danzatrici da me ammirate nelle case di piacere di molti paesi diversi.

Nel contemplarla tutta la mia collera si sciolse, e cessai di farneticare su quel che avevo perduto col rapimento di quella ragazza capricciosa e ingrata. Mi rammentai che l'avevo veduta pronta a pugnalarsi per difendere la propria verginità e compresi di aver agito male nel chiederle quello che non mi poteva dare. Dopo aver danzato così a lungo che tutto il suo corpo si coperse di sudore e ogni muscolo tremò esausto, si coprì da capo a piedi con un mantello e la udii piangere. Allora dimenticai le mie medicine e i miei strumenti. Accorsi a lei, la toccai dolcemente su una spalla e le chiesi: « Ti senti male? ».

Non mi diede risposta, ma respinse la mia mano e seguitò a piangere ancora più forte. Mi sedetti accanto a lei, e avevo il cuore pieno di angoscia.

« Minea, sorella mia, non piangere... non piangere almeno per causa mia, poiché ti assicuro che non ti toccherò mai più, mai più... anche se tu dovessi chiedermelo. Vorrei risparmiarti ogni pena, ogni dolore, e ti lascerò sempre come sei ».

Alzò il capo e si asciugò le lagrime con un gesto di dispetto. « Non sento nessuna pena e nessun dolore, sciocco, e non piango per te, ma per il mio destino, che mi ha separata dal mio dio e mi ha resa debole come uno straccio, tanto che basta lo sguardo di un imbecille a farmi tremar sotto le ginocchia ».

Le presi le mani, ed ella non le ritrasse ma si volse finalmente verso di me per dirmi: « Sinuhe, ai tuoi occhi apparirò certamente ingrata, volpigna, ma non so che farci, perché non capisco che cosa mi ha preso. Vorrei parlarti del mio dio, così forse potresti capirmi meglio, ma è vietato parlare di lui ai non iniziati. Posso dirti soltanto che egli è il dio del mare e vive in una casa buia, e chiunque è entrato in quella casa non ne è mai più tornato, ma dimora con lui in eterno. Alcuni dicono che egli assomigli a un toro ancorché abiti nel mare. Noi che siamo destinate al suo servizio siamo addestrate a danzare dinanzi ai tori. Dicono pure che assomiglia a un uomo nonostante abbia la testa taurina, ma io penso che ciò altro non sia che una favola.

« Io so soltanto che ogni anno siamo scelte a sorte in dodici tra quelle destinate a entrare nella sua casa a una per volta quando la luna è al suo colmo, e non vi è gioia maggiore per noi a lui così votate, che entrare in quella casa. La sorte mi aveva già prescelta, ma prima che giungesse il mio turno la nostra nave è affondata, come ti ho detto. I mercanti mi rapirono e mi vendettero sul mercato degli schiavi di Babilonia. Durante tutta la mia fanciullezza ho sognato delle meravigliose dimore del dio e del suo giaciglio e dell'immortalità. Per quanto quelle di noi così consacrate abbiano il permesso di ritornare in questo mondo allo spirare di un mese, nessuna finora ha mai fatto ritorno... perciò io penso che il mondo non abbia nulla da offrire a chi abbia una volta contemplato il dio ».

Parve che una nube avesse velato il sole mentre ella parlava; il paesaggio assunse ai miei occhi una sfumatura diafana, spettrale, e mi sentii pervadere da uno strano tremore, poiché capii che Minea non mi era destinata. Il suo racconto assomigliava ai racconti narrati dai sacerdoti di qualsiasi paese, ed ella vi credeva, e questo mi divideva da lei per sempre. Non volli né irritarla né rattristarla.

Riscaldandole le mani tra le mie, dissi soltanto: « Comprendo il tuo desiderio di ritornare al tuo dio, perciò io ti condurrò di là dal mare a Creta... poiché ora capisco da dove tu vieni. L'ho immaginato quando mi hai parlato di tori, ma quanto tu mi hai detto del dio dalla casa buia me ne fa sicuro. È quello che mi hanno raccontato i mercanti e i marinai di Smirne, benché fino a questo momento io non li avessi mai creduti. Costoro pretendono che i sacerdoti uccidano tutti quelli che cercano di ritornare dalla casa del dio, per timore si sappia come egli sia fatto. Queste sono però chiacchiere di marinai e di popolino; certo tu che sei iniziata ne saprai di più ».

« Io devo ritornare... tu lo sai! », m'implorò. « Non potrei trovar pace in nessun altro luogo della terra. Mi rallegro di ogni giorno trascorso con te, Sinuhe, e non perché tu mi hai liberata dal male, ma perché nessuno mi ha mai trattata come tu mi tratti. Non anelo più come prima alla casa del dio, ma ci vado con dolore nel cuore. Se mi sarà concesso, ritornerò a te dopo il tempo fissato... per quanto non credo che questo avverrà, poiché nessuna è mai tornata. Il nostro tempo è breve, e nessuno sa quel che può recare il domani, perciò godiamo di ogni giorno che passa, Sinuhe, e non consumiamoci nel pensiero di ciò che accadrà. Questa è la cosa migliore ».

Un altro avrebbe potuto prenderla di forza, trasportarla nella propria terra, e vivere laggiù con lei il resto dei suoi giorni. Ma io capivo che ella diceva la verità e che non avrebbe mai più avuto un giorno felice se avesse tradito il suo dio, anzi, forse sarebbe venuto un tempo in cui mi avrebbe maledetto e sarebbe fuggita da me. Tanto è il potere degli dèi quando gli uomini credono in essi, mentre su quelli che a loro non credono la loro forza è vana.

Certamente queste cose erano scritte nelle stelle prima della mia nascita e nessun mutamento poteva trasformarle. Perciò mangiammo e bevemmo nella nostra imbarcazione, nascosti tra le canne, e il futuro era lontano da noi. Minea chinò il capo e mi sfiorò il viso coi capelli sorridendo. Dopo aver bevuto mi premette la bocca con le sue labbra odorose di vino, e la sofferenza che ella diede al mio cuore fu dolce, più dolce forse che se io l'avessi presa, sebbene allora non pensassi a questo.

2.

Sull'imbrunire Kaptah si svegliò e strisciò fuori della stuoia sotto la quale giaceva, fregandosi gli occhi e sbadigliando.

« Per lo scarabeo, e non ho certo nessuna intenzione di dimenticare Ammon, non mi sento più la testa come un'incudine. Mi troverei un'altra volta in armonia col mondo se soltanto avessi qualcosa da mangiare, poiché ho l'impressione di avere lo stomaco pieno di leoni affamati ».

Senza chiedere il permesso si unì al nostro pasto e sgranocchiò uccelli cotti nell'argilla, sputandone le ossa fuori bordo. Nel vederlo mi rammentai della misera condizione in cui ci trovavamo.

« Vecchio pipistrello ubriaco! Avresti dovuto calmarci con buoni consigli e tirarci d'impaccio, poiché tra poco penzoleremo tutti e tre in fila per le calcagna. Invece ti sei infradiciato di vino e ti sei messo a russare a faccia in giù come un porco nel brago. Dicci svelto quel che dobbiamo fare, poiché i soldati del Re devono già essere sulle nostre tracce per ucciderci ».

Kaptah si grattò la testa.

« Prima di tutto questa imbarcazione è troppo grande perché in tre soli la si possa vogare contro corrente. Per dir la verità i remi non mi piacciono affatto; fanno venire le vesciche alle mani. Dovremo perciò scendere a riva e rubare due asini su cui caricare i nostri fagotti. Vestiamoci di abiti sdruciti in modo da non attirare l'attenzione, e andiamocene a contrattare e a mercanteggiare per le locande. Tu non devi far sapere di essere dottore, ma ti convien fingere un'altra professione. Diventeremo una compagnia di mimi che viaggia di villaggio in villaggio, intrattenendo la sera i villani sulle aie. Nessuno insegue dei giocolieri, e i ladri ritengono non valga la pena di derubarli. Tu potrai leggere agli zoticoni la fortuna nell'olio, come ti hanno insegnato, io posso raccontare storie ridicole a non più finire, e la ragazza potrà danzare per guadagnarsi il pane. Non ci servirebbe affatto rubare la barca ai poveri barcaioli, i quali se ne stanno senza dubbio acquattati tra i giunchi, aspettando soltanto le tenebre per assassinarci. Ci converrebbe dunque battercela subito ».

La sera già incombeva su di noi, e non vi era un attimo da perdere. Certamente Kaptah doveva aver ragione nel supporre che i vogatori si sarebbero ripresi dalla loro paura e sarebbero ritornati a ricuperare la loro barca, ed erano dieci uomini robusti. Ci cospargemmo del loro olio e ci imbrattammo di mota le vesti e la faccia, ci spartimmo quindi i resti del mio oro e del mio argento, che nascondemmo nelle cinture e in altri indumenti. Arrotolammo nella stuoia il mio cofano delle medicine da cui mi spiaceva separarmi, e lo issammo sulla schiena di Kaptah, nonostante le sue proteste. Spingendo quindi la barca alla deriva tra i giunchi, raggiungemmo la sponda a guado. Nella barca dimenticammo espressamente del cibo e un paio di giare di vino, poiché Kaptah riteneva che gli uomini si sarebbero fermati a ubriacarsi, dopo di che non si sarebbero più preoccupati di inseguirci. Qualora avessero tentato di accusarci dinanzi ai giudici una volta rientrati in sé, le loro testimonianze sarebbero state contradditorie, e il loro racconto talmente confuso che i giudici avrebbero finito col cacciarli a suon di legnate. Così almeno io speravo.

Iniziammo dunque il nostro vagabondaggio e giungemmo dopo qualche tempo su una strada carovaniera che percorremmo tutta la notte, benché Kaptah maledicesse il giorno in cui era nato, a causa del fardello che gli pesava di traverso sulle spalle. Il mattino arrivammo a un villaggio i cui abitanti ci accolsero cordialmente e con rispetto poiché avevamo osato viaggiare di notte, incuranti dei dèmoni. Ci diedero una pappa di latte e orzo e ci vendettero due asinelli; quando li lasciammo indissero un grande festeggiamento, poiché erano gente semplice che non vedeva oro coniato da molti mesi e pagava le tasse in grano e bestiame e abitava in capanne di fango insieme alle proprie bestie.

Un giorno dopo l'altro ci trascinammo per le strade del territorio di Babilonia.

Ci imbattevamo in mercanti, ci scostavamo per lasciar passare le portantine dei ricchi, e ci prosternavamo al loro passaggio. Il sole ardeva sulla nostra pelle, le nostre vesti si stracciavano, e ci eravamo abituati a eseguire le nostre rappresentazioni sulle aie di terra battuta. Io versavo olio nell'acqua e predicevo giorni fausti e messi abbondanti, figli maschi e matrimoni fecondi; avevo pena della povertà dei miei ascoltatori e mi ripugnava profetizzare avvenimenti sfortunati. I meschini mi credevano e si rallegravano grandemente. Se avessi detta la verità avrei dovuto parlare di gabellotti spietati, di duri rovesci di fortuna, di giudici corrotti, di febbri da inondazioni, di cavallette e di mosche, di siccità devastatrice e di acqua cattiva nell'estate, di lavoro senza sosta e di fatiche diuturne, e dopo l'incessante fatica la morte, poiché questa era la loro vita. Kaptah li divertiva con storie di stregoni e di principesse e di paesi stranieri in cui la gente si portava la testa sotto il braccio e si trasformava in lupi una volta all'anno. I contadini credevano alle sue favole e lo veneravano e lo nutrivano abbondantemente. Minea danzava ogni giorno per loro per tenersi in esercizio per il suo dio, ed essi stupivano della sua arte e dicevano: « Mai ne abbiamo veduta una uguale! ».

Questo viaggio mi fu di grande profitto, poiché esso mi insegnò che se i ricchi e i potenti sono dappertutto gli stessi e pensano tutti allo stesso modo, anche i poveri sono in tutto il mondo uguali al medesimo modo. I loro pensieri sono identici anche se le loro usanze differiscono e i loro dèi si chiamino con nomi diversi. Il mio cuore si fondeva allo spettacolo della loro immensa semplicità, e non sapevo trattenermi dal curare i malati, dall'incidere ascessi e dal pulire occhi che altrimenti sarebbero presto divenuti privi di vista, e tutto questo lo facevo di mia spontanea volontà, senza chiedere nulla in cambio.

Ma perché mi esponessi così al pericolo di essere scoperto non saprei dire. Forse ero intenerito dalla presenza di Minea, che vedevo ogni giorno e la cui giovinezza mi riscaldava la notte quando giacevamo vicini su quei pavimenti di terra che odoravano di paglia ed emanavano un pungente lezzo di letame. Forse facevo questo per amor suo, per propiziarmi gli dèi con azioni meritorie, ma forse desideravo semplicemente mettere a prova la mia arte nel timore che le mie mani perdessero la loro fermezza e i miei occhi la loro acutezza nello scoprire e diagnosticare la malattia. Poiché col passar degli anni mi rendo conto ogni giorno più che quel che un uomo fa, lo fa per molte ragioni, per ragioni di cui egli stesso è inconsapevole; ecco perché i suoi atti sono come polvere sotto i miei piedi, dal momento che non riesco a comprendere né i suoi motivi né i suoi scopi.

Incontrammo molte difficoltà. Le mani mi si incallirono, le piante dei piedi mi si fecero spesse, e la polvere mi accecava gli occhi Nondimeno quando ripenso a quel nostro viaggio lungo le impolverate strade di Babilonia, esso mi sembra bello e non riesco a dimenticarlo. Anzi, darei molto di quello che ho appreso e posseduto in questo mondo se mi fosse concesso di rifare quel viaggio, ritornato giovane, con sguardo penetrante e corpo instancabile, e con Minea accanto a me, con i suoi occhi scintillanti come la luce lunare sul fiume. La morte ci aduggiò per tutto il percorso; una morte che non sarebbe stata certamente pietosa se fossimo stati scoperti e fossimo caduti nelle mani del Re.

Ma in quei giorni lontani essa non mi venne mai in mente né mai la temetti, benché mai come allora la vita mi fosse stata tanto preziosa, mentre camminavo così al fianco di Minea e l'ammiravo danzare sulle aie battute. In compagnia di lei dimenticavo il delitto e la vergogna della mia giovinezza, e ogni mattina quando mi svegliavo ai belati dei capretti e ai muggiti delle mandrie, il mio cuore era leggiero come un uccello; uscivo allora a contemplare la nascita del sole e il suo veleggiare simile a quello di una nave dorata nel dolce azzurro del cielo.

Giungemmo finalmente al paese di confine desolato dai saccheggi, ma i mandriani, credendoci poveri, ci indicarono la strada, cosicché entrammo nella terra di Mitanni e giungemmo sino a Maharani senza pagare tributi né incontrare le guardie né dell'uno né dell'altro Re. Soltanto quando fummo nella grande città, dove la gente non ci conosceva, ci arrischiammo a entrare negli empori, ove acquistammo nuove vesti e ci lavammo e vestimmo come si conveniva alla nostra condizione, dopodiché ci allogammo nella migliore locanda. Poiché il mio oro se ne stava rapidamente sfumando, mi trattenni per un certo tempo in quella città a esercitare la mia professione; trovai subito molti pazienti, dato che la gente di Mitanni era più che mai curiosa e amante di tutto ciò che fosse esotico, e guarii molti ammalati. Minea pure attirava l'attenzione per la sua bellezza, e molti mi offrirono di comprarmela. Kaptah si riposò delle sue fatiche e si ingrassò e incontrò molte donne che gli concessero i loro favori per amor delle sue favole. Dopo che aveva bevuto nelle case di piacere soleva narrare della sua giornata quale Re di Babilonia, e tutti ridevano e si battevano le ginocchia e gridavano: « Non abbiamo mai incontrato un simile bugiardo! Ha la lingua lunga che scorre facile come il fiume ».

Così il tempo passava, finché Minea incominciò a guardarmi con apprensione, e la notte rimaneva sveglia e piangeva. Infine le dissi: « Lo so che tu senti nostalgia della tua patria e del tuo dio, e abbiamo dinanzi a noi un lungo viaggio. Tuttavia io devo prima recarmi a visitare il paese di Hatti, dove vivono gli Hittiti, per ragioni che non ti posso dire. Io credo che dal loro paese si possa salpare per Creta, benché di questo non sia sicuro, e se tu lo preferisci ti condurrò direttamente alla costa siriaca, donde partono ogni settimana le navi dirette a Creta. Ma ho inteso che presto partirà di qui una carovana destinata a portare i doni annuali da parte del Re di Mitanni al Re degli Hittiti, e se ci uniremo a questa carovana potremo viaggiare sicuri e vedere e udire molte cose nuove. Questa decisione, comunque, deve essere non mia, ma tua ».

In cuor mio sapevo d'ingannarla, poiché il mio desiderio di visitare il paese di Hatti era dettato semplicemente dal desiderio di trattenerla il più a lungo possibile presso di me prima di abbandonarla al suo dio. Ma ella mi rispose: « Chi sono io per intromettermi nei tuoi piani? Verrò volentieri con te dovunque tu vada, dal momento che mi hai promesso di riportarmi nel mio paese; dove tu andrai andrò io pure, e dovesse la morte coglierci non piangerò per me ma per te ».

Decisi dunque di unirmi alla carovana in qualità di medico e di viaggiare sino al paese di Hatti chiamato anche Cheta, sotto la protezione del Re di Mitanni. Quando Kaptah intese ciò, eruppe in imprecazioni e invocò gli dèi al suo soccorso.

« Non siamo ancora usciti dalle fauci di una morte che già il mio signore anela a tuffarsi nello stomaco di un'altra! Tutti sanno che gli Hittiti sono bestie selvagge e anche peggio. Per lo scarabeo! Maledetto sia il giorno in cui sono nato a questo mondo per sopportare i capricci di un padrone lunatico! ».

Dovetti richiamarlo all'ordine con un bastone, dopo di che gli dissi: « E sia come tu vuoi! Ti manderò in compagnia di alcuni mercanti diretti a Smirne, e ti pagherò il viaggio. Occupati della mia casa fino al mio ritorno, poiché mi sento nauseato a morte delle tue lamentele ».

Ma Kaptah ricominciò daccapo a urlare, esclamando: « E che sugo ci sarebbe in questo? Come posso permettere al mio signore di viaggiare solo nella terra di Hatti? Tanto mi varrebbe liberare in un branco di segugi un capretto appena nato, e il mio cuore non cesserebbe di rimproverarmi se commettessi un simile delitto. Ti faccio una sola domanda: la terra di Hatti si raggiunge passando per il mare? ».

Gli spiegai che per quel che ne sapevo non esisteva nessun mare tra il paese di Hatti e quello di Mitanni.

« Benedetto sia il mio scarabeo », replicò Kaptah, « poiché se fosse stato necessario andar per mare non ti avrei accompagnato giacché ho giurato agli dèi di non mettere mai più piede su una nave marina ».

Cominciò quindi a raccogliere le nostre cose e a fare i preparativi per la partenza; e io lasciai tutto alle sue cure, poiché di queste faccende egli s'intendeva assai più di me.

3.

Il viaggio coll'inviato mitannita fu privo di avvenimenti, e poco ho da dirne, poiché gli Hittiti ci scortarono per tutto il percorso con i loro cocchi e curarono che fossimo riforniti di cibo e di bevanda a ogni tappa. Gli Hittiti sono un popolo indurito, che non soffre né il caldo né il freddo, poiché vivono tra colline desolate e sono allevati sin dall'infanzia a sopportare privazioni e stenti. In battaglia sono indomiti e feroci; disprezzano le nazioni più deboli e le sottomettono, mentre onorano quelle valorose e ne cercano l'amicizia.

La loro nazione è divisa in molte tribù e villaggi ed è governata da principi la cui potenza è assoluta, ma che sono a loro volta soggetti al grande Re che abita nella sua città di Hattushash, tra le montagne. Costui è il loro sommo sacerdote, il loro comandante in capo, il loro giudice supremo. In lui è adunata tutta l'autorità che governa gli uomini, la divina e la temporale insieme, e io non conosco altro Re investito di un uguale potere, il più assoluto che mai sia stato demandato alla maestà regale. In altri paesi, Egitto compreso, i sacerdoti e i giudici hanno maggior controllo sulle azioni del Re di quanto generalmente si pensi.

Nel parlare delle grandi città del mondo gli uomini citano sempre Tebe e Babilonia e talvolta Ninive, che io non ho veduta. Ma non li ho mai intesi parlare di Hattushash, che è la grande città degli Hittiti e il seggio del loro potere, appollaiata tra le montagne come un nido d'aquila nel cuore dei terreni di caccia. Eppure questa città può benissimo sopportare il paragone con le altre; e se ricordo che le sue costruzioni gigantesche sono di pietra squadrata e le sue mura imprendibili e le più massicce di quante io abbia vedute, devo riconoscere che questa città è tra le maggiori. Rimane un segreto per il resto del mondo per quale ragione il Re l'abbia chiusa ai forestieri. Soltanto messi muniti di credenziali sono ammessi a ottenere udienze dal Re e a consegnargli i loro doni, e anche costoro sono strettamente sorvegliati durante il periodo del loro soggiorno in Hattushash. I cittadini non parlano perciò volentieri con gli stranieri anche se conoscono la loro lingua. Se qualcuno chiede loro delle informazioni rispondono: «Non capisco» oppure «non so» e si guardano attorno inquieti per il timore di essere sorpresi in conversazione con un forestiero. Tuttavia non sono naturalmente rozzi, il loro temperamento sarebbe anzi cordiale, e amano vedere fogge esotiche, se sono belle, e seguono per le strade chi le porta.

Non pagano soldati, come gli altri popoli inciviliti, ma esercitano essi stessi la professione del guerriero, e gli uomini sono divisi in classi corrispondenti al loro rango militare. I più distinti sono perciò coloro che possono concedersi il lusso di mantenere un cocchio, e il loro stato non è determinato dalle origini ma dalla capacità di maneggiare le armi. Tutti gli uomini in età di combattere si raccolgono ogni anno per gli esercizi militari sotto la guida dei loro comandanti. Hattushash non è soltanto una città commerciale come le altre grandi metropoli, ma è piena di fucine e di officine da cui giunge un incessante clamore di martelli, poiché in queste officine si foggiano punte di freccia e picche, e le ruote e le intelaiature dei cocchi.

Al tempo del mio arrivo nel paese di Hatti il grande Re Shubbiluliuma vi regnava da ventotto anni. Il suo nome era talmente temuto che al solo udirlo il popolo si prosternava e levava alte le mani, gridando a gran voce le sue doti, poiché egli aveva riportato l'ordine nella terra di Hatti e aveva soggiogato molte popolazioni. Abitava in un palazzo di pietra nel mezzo della città e si narravano molte storie della sua nascita e delle sue imprese eroiche, come avviene di tutti i grandi governanti. Io però non lo vidi mai, né lo videro neppure i messi di Mitanni. Essi dovevano lasciare i loro doni sul pavimento della sala dei ricevimenti, tra le risa di scherno dei soldati.

A tutta prima mi sembrò che un medico avesse poco da fare a Hattushash, poiché come avevo capito gli Hittiti si vergognavano del male e lo nascondevano il più a lungo possibile. I bambini deformi e i rachitici erano uccisi alla nascita, e anche gli schiavi malati venivano messi a morte. Per questo motivo i loro medici avevano pochissima esperienza ed erano uomini ignoranti ed illetterati, benché sapessero curare abbastanza bene ferite e contusioni, e possedessero pure rimedi efficaci per le malattie tipiche delle zone montagnose; questi rimedi avevano il potere di diminuire rapidamente il calore del corpo, e fui felice di conoscerli. Ma se un uomo si trovava ad essere afflitto da un male che minacciava di diventare fatale, preferiva la morte al rimedio, per il timore di rimanere mutilato o menomato per il resto della sua esistenza. Gli Hittiti infatti non temevano la morte come i popoli civili, ma avevano un immenso terrore dell'infermità.

Tuttavia nel complesso tutte le grandi città si eguagliano, e i ricchi e i notabili di ogni contrada si rassomigliano. Quando la mia fama incominciò a spargersi tra il popolo, un buon numero di cittadini ragguardevoli venne a cercare le mie cure alla mia locanda; le loro malattie mi erano note e mi fu facile curarle: ma preferivano venire da me travestiti, in segreto e col favor delle tenebre, per timore che la loro dignità ne venisse diminuita. Anche per questo motivo mi elargivano doni munifici, e alla fine accumulai molto oro e argento in Hattushash. E pensare che, a tutta prima, avevo temuto di doverla lasciare come un mendicante!

Gli Hittiti avevano un comportamento severo, e gli appartenenti alle classi superiori non potevano mostrarsi nelle strade ubriachi senza rimetterci della loro dignità, ma, come avviene in tutte le altre grandi metropoli, bevevano ugualmente moltissimo vino, e anche vini fatturati assai perniciosi. Io curavo i crampi risultanti da questo abuso e arrestavo il tremore delle loro mani quando dovevano comparire dinanzi al Re. Lasciavo che Minea danzasse per il loro divertimento; questa gente l'ammirava moltissimo e le offriva ricchi doni senza desiderare altro da lei, poiché gli Hittiti erano generosi se qualcosa loro piaceva. Essendomi in tal modo conquistata la loro simpatia, mi avventurai a chiedere molte cose di cui apertamente non avrei osato informarmi. Molto appresi dal Conservatore degli Archivi Reali che parlava e scriveva molte lingue, si occupava della corrispondenza estera del Re, e non era vincolato dalle tradizioni. Gli feci credere di essere stato bandito dall'Egitto senza più possibilità di tornarvi, e che non avevo altro scopo viaggiando all'estero se non quello di acquistare ricchezza e sapere. Egli mi credette e rispose di buon grado alle mie domande in cambio del buon vino che gli offrivo e dell'arte di Minea.

« Perché Hattushash è chiusa agli stranieri? », gli domandai. « E perché le carovane dei mercanti devono seguire certe determinate strade, per quanto il vostro paese sia ricco e la vostra città possa benissimo con le sue meraviglie sostenere il paragone con le altre? Non sarebbe meglio che tutti sapessero della vostra forza e cantassero le vostre lodi, così come la vostra terra giustamente merita? ».

Il Conservatore degli Archivi assaggiò lentamente il suo vino e mi rispose, mentre i suoi occhi si distraevano con sguardo avido sulle membra snelle di Minea: « Shubbiluliuma, il nostro grande Re, disse allorché salì al trono: "Datemi trent'anni e io farò del paese di Hatti il più potente regno della terra". Tra poco questi trent'anni si compiranno, e io penso che tra non molto la terra saprà del paese di Hatti più cose di quante vorrebbe sapere ».

« Ma a Babilonia ho veduto sfilare dinanzi a quel re sessanta volte sessanta uomini, e lo scalpiccìo dei loro piedi era simile al fragore del mare. Qui ho veduto forse dieci volte dieci uomini in una sola volta, e non riesco a capire che cosa facciate di tutti i cocchi che si fabbricano nelle officine della città. A che servono dei cocchi in un paese di montagna? Vanno bene soltanto per combattere in pianura ».

Egli rise.

« Per essere un medico sei molto curioso, Sinuhe l'Egiziano! Può darsi che noi ci guadagniamo il nostro modesto tozzo di pane vendendo cocchi ai Rè delle terre piatte ». E i suoi occhi si rimpicciolirono con espressione furbesca.

« Questo non posso crederlo! », risposi baldanzosamente. « Sarebbe lo stesso che un lupo prestasse a una lepre le sue zanne ».

Il Conservatore Reale scoppiò in una risata fragorosa, e si batté tanto le ginocchia che alla fine il vino traboccò dalla sua coppa: « Questo devi dirlo al Re! Può darsi che nel corso della tua vita tu abbia ad assistere a una gran caccia di lepri, poiché la giustizia degli Hittiti è diversa dalla giustizia delle terre piane. Credo che nel tuo paese i ricchi governino i poveri; nel nostro il governo è dei forti sui deboli. Il mondo imparerà una lezione nuova prima che i tuoi capelli diventino grigi, Sinuhe ».

« Anche il nuovo Faraone d'Egitto ha un nuovo dio », dissi con studiata semplicità.

« Questo lo so, perché leggo tutte le lettere del Re. Questo dio è molto amante della pace e dichiara che non esiste dissenso tra nazioni che non possa essere composto pacificamente. Noi non abbiamo nulla contro questo dio; al contrario ci piace moltissimo... purché seguiti a regnare in Egitto e nelle pianure. Il tuo Faraone ha mandato al nostro grande Re una croce ansata che egli chiama simbolo della vita, e certamente avremo pace per parecchi anni, purché egli ci invii molto oro, in modo che noi possiamo accumulare sempre più rame, ferro e frumento, possiamo allestire nuove fucine e foggiare cocchi sempre più numerosi e sempre più pesanti. Per tutto ciò occorre molto oro, e il nostro Re ha raccolto qui in Hattushash gli armaiuoli più abili di molti paesi diversi e li ricompensa profumatamente. Ma perché faccia questo, credo che nessun sapere di medico possa indovinare! ».

« L'avvenire che tu mi presagisci potrà forse piacere ai corvi e agli sciacalli, ma io non ne sono affatto rallegrato, e non ci trovo nessun motivo di riso. A Mitanni si raccontano molte cose dei delitti da voi commessi nella zona di frontiera... ma sono racconti così terribili che non oso ripeterteli, poiché non si addicono a gente civile ».

« Che cosa sono civiltà e cultura? », mi rispose riempiendosi la coppa di vino. « Anche noi sappiamo leggere e scrivere e ammassiamo nei nostri archivi tavolette d'argilla numerate. Il nostro scopo è di inculcare la paura nei popoli nemici affinché quando il tempo sarà venuto essi si sottometteranno a noi senza lotta, risparmiando così a se medesimi danni e perdite inutili. Infatti noi non amiamo la distruzione per se stessa; preferiamo annetterci città e paesi nelle migliori condizioni possibili, e un nemico timido è un nemico già mezzo conquistato ».

« Tutti sono dunque vostri avversari? Non avete neppure un solo amico? ».

« Nostri amici sono coloro che fanno atto di sottomissione verso di noi e ci pagano i tributi », mi spiegò. « Li lasciamo vivere a modo loro e non ci intromettiamo nelle loro usanze e nei loro dèi, purché restiamo noi i governanti. Nostri amici sono ancora tutti coloro che non ci sono vicini... cioè sino al momento in cui divengono nostri vicini, poiché allora tendiamo a scoprire in essi tratti offensivi che turbano l'armonia e ci costringono a entrare in guerra contro di essi. Così è stato sinora, e temo che così sarà d'ora innanzi, per quel che io so del nostro grande Re ».

« I vostri dèi non hanno nulla da dire su questo? In altri paesi sono spesso gli dèi a determinare il giusto e l'ingiusto ».

« Giusto e ingiusto? Giusto è quel che desideriamo, e ingiusto quel che desiderano i nostri vicini. Si tratta di un principio molto semplice che facilita l'esistenza e l'arte del comandare, e che a parer mio si differenzia dall'insegnamento degli dèi delle pianure. Come mi è parso di capire, questi dèi ritengono giusto il desiderio dei ricchi e ingiuste le aspirazioni dei poveri ».

« Più cose apprendo intorno agli dèi, più mi rattristo », osservai sconsolatamente.

Quella sera spiegai a Minea: « Ne so abbastanza sul paese di Hatti e ho scoperto quanto ero venuto a cercarvi. Sono pronto ad andarmene poiché qui c'è puzza di cadavere e già mi sento soffocare. Finché resterò qui mi sentirò alitare intorno la morte come un'ombra opprimente, e sono certo che il Re mi farebbe impalare su una picca se sapesse quel che ho scoperto. Fuggiamo da questa putredine; mi fa rimpiangere di non essere nato corvo piuttosto che uomo ».

Con l'aiuto di alcuni tra i miei pazienti più in vista riuscii a ottenere un permesso di viaggio secondo un percorso prestabilito sino alla costa, dove avremmo poi preso il mare. I miei ammalati rimpiansero la mia partenza e mi supplicarono di rimanere, assicurandomi che se avessi continuato a esercitare tra loro la mia professione mi sarei arricchito in pochi anni. Comunque nessuno tentò di impedire che me ne andassi, e io risi e scherzai con loro, narrando i racconti che ad essi piacevano, cosicché ci separammo amici ed essi mi diedero molti doni di addio. Abbandonammo i lugubri spalti di Hattushash, dietro i quali stava in agguato il mondo dell'avvenire, e procedemmo sul dorso dei nostri asinelli superando gli schiavi accecati che giravano le macine dall'assordante fragore, superando i cadaveri degli stregoni impalati su ciascun lato della strada. Mi affrettai quanto più velocemente mi fu possibile, e in venti giorni giungemmo al porto.

4.

Vi indugiammo alquanto, benché fosse una città rumorosa, rigurgitante di vizi e di delitti, poiché ogni volta che vedevamo una nave in procinto di salpare per Creta, Minea diceva: « Questa è troppo piccola e affonderà, e non ho nessun desiderio di naufragare una seconda volta ». E quando ne vedeva una più grande, diceva: « Questa è una nave siriaca, e non ci voglio navigare sopra ». E a una terza obiettava: « Il padrone di quel vascello ha due occhi cattivi, e ho paura che ci venderà come schiavi in un paese straniero ».

Così ci attardavamo in quel porto di mare, e non ero certo io a lamentarmene. Vi trovai moltissimo da fare, pulivo e ricucivo continuamente squarci di ferite e aprivo crani maciullati. Venne persino da me il capitano del porto, perché soffriva di un antrace. Conoscevo la malattia dal mio periodo smirniota e fui in grado di curarlo con un rimedio usato dai medici di laggiù.

Quando lo ebbi guarito mi disse: « Che cosa vuoi che ti dia, Sinuhe, per ripagarti della tua grande abilità? ».

Gli risposi: « Non voglio il tuo oro; dammi il coltello che hai alla cintura, e sarò io in obbligo verso di te; ti farò anche un dono duraturo di cui ti ricorderai ».

Ma egli obiettò: « È un coltello comune; la sua lama non è sbalzata a disegni di lupi, e l'impugnatura non ha intarsio d'argento ».

Ma diceva questo perché il coltello era di metallo hittita, che era proibito donare o vendere a stranieri. Non ero stato in grado di acquistare una tale arma, e non avevo voluto insistere per non destare sospetti. A Mitanni quei coltelli si vedevano soltanto sulle persone di maggiore riguardo, e il loro prezzo valeva dieci volte il loro peso in oro, e anche in questo caso chi li possedeva non si risolveva a venderli poiché ce n'erano solo pochissimi in tutto il mondo: per un Hittita invece un coltello del genere non aveva grande valore per il fatto che gli era vietato di venderlo a un forestiero.

Il capitano del porto sapeva che presto avrei lasciato il paese, e riflettendo che avrebbe certo saputo collocare meglio il suo oro anziché sprecarlo con un dottore, finì col donarmi il coltello. Era talmente affilato che tagliava i capelli con più facilità della più sottile lama di silice, e riusciva a intaccare il rame senza che il proprio filo ne fosse danneggiato. Fui felice di averlo e decisi di immergere la lama in un bagno d'argento e di adattarvi un manico d'oro come facevano i Mitanniti quando riuscivano ad acquistare un coltello di questo tipo. Il capitano del porto non solo non mi serbò rancore, ma anzi mi divenne amico perché gli avevo procurato una guarigione duratura.

In quella città c'era un recinto in cui erano tenuti tori selvaggi come spesso accadeva nei porti di mare, e la gioventù del luogo era solita far mostra della propria agilità e del proprio valore in incontri con questi animali, sui quali compivano balzi e giravolte dopo averli eccitati con lancio di dardi tra le scapole. Minea fu felice nel vederli e volle mettere a prova la sua perizia. Così la vidi danzare per la prima volta in mezzo ai tori selvaggi; non avevo mai veduto nulla di simile in vita mia, e nell'assistere alla sua danza mi sentii raggelare il cuore. Infatti un toro inferocito è il più terribile di tutti gli animali selvaggi — è persino peggiore dell'elefante, il quale è mite quando non venga irritato — e ha le corna lunghe e appuntite come lesine; basta una sua cornata a fendere in due un uomo o a scagliarlo per aria, dopo di che l'animale lo calpesta sotto i suoi zoccoli.

Ma Minea danzò davanti ad essi indossando soltanto una veste trasparente, e ogni volta che essi abbassavano il capo e l'attaccavano con muggiti spaventosi ella si gettava leggermente di lato. Il suo volto era divenuto infuocato, e in preda a un'eccitazione sempre crescente si tolse la rete d'argento che le serrava i capelli cosicché la sua chioma ondeggiò nel vento. La sua danza era talmente rapida che l'occhio non riusciva a seguire tutti i movimenti, mentre balzava tra le corna di una bestia attaccante, vi si avvinghiava stretta, poi puntando i piedi contro la fronte del mostro si buttava all'insù con una doppia capriola per cadergli sulla groppa. Fissavo istupidito la sua esibizione; credo che la sua consapevolezza della mia grande emozione la spinse a compiere cose che non avrei mai creduto possibili a eseguirsi da parte di un essere umano. Restai a guardarla fisso col corpo gocciolante di sudore, e non riuscivo a restare immobile, benché coloro che sedevano dietro di me sui banchi mi coprissero d'ingiurie e seguitassero a tirarmi per la mantella che mi copriva le spalle.

Al suo ritorno dal recinto Minea fu applauditissima. Le cinsero la testa e il collo di ghirlande e gli altri giovani le offrirono una tazza su cui era dipinto un fregio di tori in rosso e nero. Tutti esclamavano: « Non abbiamo veduto mai nulla di simile! », e i capitani di mare che erano stati a Creta dissero soffiando dalle narici i fumi del vino: « Neppure a Creta abbiamo mai visto un'altra come te! ».

Ma ella mi si avvicinò e si appoggiò contro di me, e la sua veste sottile era madida di sudore. Si appoggiò contro di me, e ogni muscolo del suo corpo forte e snello vibrava di stanchezza e d'orgoglio. Le dissi: « Non ho mai veduta nessuna come te ». Il mio cuore era oppresso e greve di dolore, poiché ora che l'avevo veduta danzare dinanzi ai tori, capivo che essi si erano posti tra noi come un malvagio incanto.

Poco tempo dopo arrivò in porto una nave da Creta; non era né troppo piccola né troppo grande, e gli occhi del suo capitano non erano cattivi. Costui parlava lo stesso linguaggio di Minea ed ella mi disse: « Questa nave mi ricondurrà sana e salva in patria al mio dio, così adesso tu mi lascerai volentieri, poiché io ti ho procurato molte noie e molti guai ».

« Lo sai bene, Minea, che vengo a Creta con te ».

Mi guardò con occhi simili al mare sotto la luce della luna; si era colorite le labbra, e le sue sopracciglia erano due sottili linee nere.

« Non capisco perché tu voglia venire con me, Sinuhe, giacché la nave mi condurrà diritto in patria, e nessun altro male potrà cogliermi ».

« Tu lo sai quanto me, Minea ».

Posò tra le mie le sue lunghe e forti dita e sospirò.

« Abbiamo sofferto tanto insieme, Sinuhe, e ho veduto tanti popoli che la mia madrepatria si è fatta incerta alla mia memoria come un lontano sogno, e non anelo più al mio dio come un tempo. Per questo ho rimandato il mio viaggio con vane scuse come tu hai ben compreso... ma adesso che ho nuovamente danzato dinanzi ai tori, capisco che morirei se tu dovessi possedermi ».

« Sì, sì, lo so. Già troppo a lungo abbiamo parlato di questo; è una discussione tediosa, inutile, e troppo spesso ripetuta. Non ho nessuna intenzione di violarti, poiché la cosa non vale assolutamente il corruccio del tuo dio. Una qualunque ragazza schiava può darmi quello che tu mi rifiuti... non c'è nessuna differenza, come dice Kaptah ».

Allora gli occhi le si accesero di una luce verde, nell'ombra, e parvero gli occhi di un gatto selvatico; mi affondò le unghie nella mano e sibilò: « Affrettati dunque a cercare la tua schiava, poiché il solo vederti mi rivolta. Corri subito dalle sudice ragazze del porto che tu tanto desideri, ma sappi che dopo non ti riconoscerò più e spargerò magari il tuo sangue con il tuo stesso coltello. Se io mi astengo, anche tu puoi astenerti ».

Le sorrisi. « Nessun dio mi ha proibito questo! ».

« Te lo proibisco io... e guardati bene dal venirmi a cercare dopo! ».

« Datti pace, Minea, poiché sono veramente stufo di questa storia. Non c'è nulla di più monotono che prendere piacere con una donna, e dopo averlo provato non ho alcun desiderio di ripetere l'esperienza ».

Ma ella si accese di nuovo e disse: « Le tue parole feriscono la donna che è in me, e credo che non troveresti... proprio tutte... così monotone ».

Capii che non sapevo trovare nulla da dirle che potesse farle piacere, per quanto tentassi del mio meglio. Quella notte non mi giacque accanto come il solito, ma trasportò la sua stuoia in un'altra stanza e si coprì il capo per dormire.

La chiamai: « Minea! Perché non mi riscaldi? Tu sei più giovane di me; le notti sono fredde e io rabbrividisco ».

« Questo non è vero, perché il mio corpo brucia come se avessi la febbre e non riesco a respirare in quel calore soffocante. Preferisco dormire sola... ma se hai freddo fa portare un braciere nella tua stanza o prenditi un gatto a dormire con te, e non seccarmi oltre ».

Mi avvicinai a lei e la toccai: il suo corpo era caldo e tremante sotto la coperta. Le dissi: « Sei malata, forse? Permettimi di curarti ».

Ma ella prese a scalciare e mi respinse con ira dicendomi: « Vattene! Sono sicura che il mio dio mi curerà di questa malattia ».

Ma dopo un poco mormorò: « Dammi qualcosa, Sinuhe, altrimenti sento che la testa mi si spezzerà ».

Le diedi una medicina calmante, e finalmente si addormentò; ma io vegliai sino a che i cani del porto incominciarono ad abbaiare nell'incerta luce dell'alba.

Infine venne il giorno della partenza, e io dissi a Kaptah: « Raccogli le nostre cose, poiché stiamo per salire a bordo di una nave diretta all'isola di Keftiu, che è pure l'isola di Minea ».

« Me l'ero immaginato, ma non mi sono strappato le vesti perché altrimenti avrei dovuto rammendarmele, ed è inutile che mi cosparga i capelli di cenere per un falso e mentitore come te. Non mi avevi giurato quando lasciammo Mitanni che non avremmo mai più preso il mare? Comunque mi sono rassegnato e non dirò nulla; non mi metterò neppure a piangere per timore di perdere la vita del mio unico occhio superstite... troppo amaramente ho già pianto per causa tua in tutti i paesi in cui la tua follìa ci ha condotti. Mi limito soltanto a dire subito, per evitare successivi errori, che questo è il mio ultimo viaggio... me lo dice il mio stomaco.... Ma non mi curerò neppure di rimproverarti, poiché la sola tua vista e il tuo puzzo di dottore mi rivoltano. Ho già raccolto le nostre robe e sono pronto a partire, poiché senza lo scarabeo non è possibile che tu ti avventuri sopra una nave, e senza lo scarabeo io non ho nessuna speranza di viaggiare senza perdere la vita lungo la via di terra di Smirne. Perciò vengo con lo scarabeo e o morirò a bordo o annegherò in mare con te ».

Ero stupito dell'atteggiamento ragionevole di Kaptah, finché appresi che si era informato tra la gente di mare che si aggirava per il porto di certi rimedi contro il mal di mare, e che aveva acquistato da costoro talismani dotati di virtù magiche. Prima che ci imbarcassimo, si legò al collo questi oggetti, si serrò forte la cintura, e bevve una miscela d'erba intossicante, cosicché quando salimmo a bordo il suo unico occhio sporgeva rigonfio come quello di un pesce lessato. Chiese con voce cavernosa che gli dessero del grasso di porco, il quale, così gli avevano assicurato i marinai, costituiva il miglior antidoto contro il mal di mare. Si distese nella sua cuccetta e si addormentò con una scapola di maiale in una mano e lo scarabeo stretto nell'altra. Il capitano del porto prese le nostre tavolette d'argilla e ci salutò; quindi i vogatori impugnarono i loro remi e ci portarono a forza di voga fuor della baia.

Così ebbe inizio il nostro viaggio per Creta. Il capitano rese sacrifici nella sua cabina al dio del mare, nonché agli altri dèi. Quindi diede ordine di alzare la vela, il vascello rollò e incominciò a solcare le acque, mentre lo stomaco mi si levava in gola poiché di fronte a noi non si vedeva nessuna linea costiera. Di fronte a noi si stendeva soltanto l'infinito, ondoso mare.

LIBRO VIII

LA CASA BUIA

I.

Di fronte a noi si stendevano le acque senza limite, ma io non avevo timore di nulla poiché Minea era accanto a me. Minea che respirava l'aria marina ed era tornata lei stessa con gli occhi pieni di luce lunare. Si metteva a prora, presso la polena, sporgendosi in avanti e bevendo l'aria come se con la sua forza potesse trascinarci ancor più velocemente lungo la nostra rotta. Il cielo era azzurro sul nostro capo e il sole splendeva; il vento non era troppo prepotente, ma fresco e costante e soffiava dalla direzione giusta, così almeno ci disse il capitano. Essendomi presto abituato al moto della nave, non mi sentii male, benché la paura dell'ignoto mi assalisse quando nel secondo giorno di navigazione l'ultimo dei bianchi uccelli marini volanti in cerchio su di noi abbandonò il naviglio. Ci scortarono invece le coppie di delfini del dio marino, i quali facevano luccicare i loro lisci dorsi tra un guizzo e l'altro, fuori e dentro dell'acqua. Minea li chiamò a gran voce e li salutò nella propria lingua, poiché essi le portavano i saluti del suo dio.

Non eravamo però soli sulle acque; avvistammo una fusta cretese il cui scafo era coperto di scudi di rame e che abbassò il suo pennone quando comprese che il nostro non era un vascello pirata. Allorché capì di potersi reggere sulle gambe, Kaptah si alzò dalla sua cuccetta e prese a parlare coi marinai, vantandosi dei suoi viaggi in molti paesi. Narrò del suo viaggio dall'Egitto a Smirne, di una tempesta che aveva strappata la vela dall'albero, e di come lui e il capitano fossero stati i soli a bordo in grado di mangiare, mentre gli altri erano tutti distesi sul ponte in preda agli spasimi e al vomito. Raccontò anche di spaventosi mostri marini che infestavano il delta del Nilo e che inghiottivano le barche da pesca che si avventurassero troppo lontano sul mare. I marinai gli ricambiarono pan per focaccia descrivendogli certe colonne, agli estremi confini dell'oceano che reggevano il firmamento, e di fanciulle dalla coda di pesce che si nascondevano all'agguato di coloro che viaggiavano per mare e con sortilegi tentavano di sedurli. Gli narrarono storie di mostri marini che facevano rizzare i capelli in capo a Kaptah e lo mandavano di corsa da me grigio in volto, ad aggrapparsi alla mia mantella.

Minea diventava di giorno in giorno più radiosa. I suoi capelli fluttuavano al vento, i suoi occhi erano come la luce della luna sulle acque, ed ella era così bella e sottile a vedersi che mi sentivo il cuore fondere entro di me mentre la contemplavo e mi rammentavano di come ben presto ella sarebbe scomparsa. Mi sembrava vano e vuoto ritornare a Smirne o in Egitto senza di lei. La vita aveva sapore di cenere nella mia bocca al pensiero di quando ella non avrebbe più strette le sue mani tra le mie, né più si sarebbe serrata contro il mio fianco, né più l'avrei veduta.

Il capitano e i suoi uomini la tennero in grande venerazione quando seppero che danzava dinanzi ai tori e che la sorte l'aveva scelta per entrare al plenilunio nella casa del dio, sebbene ciò sinora le fosse stato impedito da un naufragio. Quando cercai di interrogarli sul loro dio non mi risposero; alcuni dissero: « Non sappiamo », e altri: « Non comprendiamo la tua lingua, straniero ». Capii soltanto che il dio cretese governava il mare e che le isole marine mandavano i loro giovani e le loro fanciulle a danzare davanti alle sue bestie cornute.

Venne il giorno in cui Creta si levò come una nube azzurra dall'oceano e i marinai lanciarono grida di gioia, mentre il capitano rese sacrifici al dio del mare che ci aveva mandato bel tempo e vento propizio. Davanti ai miei occhi sorsero le montagne di Creta e le sue spiagge ripide ammantate di olivi, e io vidi uno strano paese di cui non sapevo nulla, benché vi dovessi lasciare seppellito il mio cuore. Ma Minea vedeva in quella terra la sua patria, e pianse di gioia alla vista delle colline spoglie e del tenero verde del suo suolo entro l'abbraccio del mare. Venne allora ammainata la vela; i vogatori liberarono i loro remi e condussero la nave a ormeggiarsi contro il molo, costeggiando imbarcazioni d'ogni paese — mercantili e da guerra — che giacevano all'ancora nella rada. Dovevano esservi almeno un migliaio di vascelli, e Kaptah vedendoli disse che non avrebbe mai creduto che potesse esservene tanti nel mondo. Non vi erano laggiù né torri, né mura, né fortificazioni di alcun genere, e la città confinava col porto, tanto sicura era la sovranità di Creta sui mari... tanto potente il suo dio.

Parlerò ora di Creta e di ciò che vi ho visto, ma di ciò che penso del suo paese e del suo dio non dirò nulla. Suggellerò il mio cuore e lascerò che dicano i miei occhi. In nessun luogo della terra, dunque, ho ammirato nulla di più bello e di più strano di Creta, benché abbia viaggiato in tutti i paesi conosciuti. Come riluce la spuma sospinta a riva, come scintillano le gocciole nei cinque colori dell'arcobaleno, come risplende di madreperla la conchiglia del mìtilo, così rifulgeva Creta ai miei occhi. In nessun altro luogo i piaceri umani sono così immediati e capricciosi come qui. Tutti vi agiscono sotto l'impulso del momento, e l'opinione della gente vi muta di ora in ora; per questo motivo è difficile ottenere una promessa dagli abitanti di Creta o concludere un accordo con essi. Parlano meravigliosamente bene e con grande fascino, poiché essi si abbandonano alla musica delle parole; la morte non è da loro riconosciuta, né credo vi abbiano neppure dato un nome. Viene tenuta nascosta, e quando qualcuno muore, viene portato via in segreto affinché gli altri non ne sieno oppressi. Credo brucino i cadaveri dei loro morti, benché di questo non sia sicuro, perché durante tutto il mio soggiorno non vidi una sola persona morta, né tomba alcuna fuorché quelle di antichi Re. Queste tombe erano state costruite in qualche età passata con pietre immense, e oggi la gente fa un lungo giro vizioso per evitarle come se distogliendo i pensieri dalla morte potessero sfuggirvi.

Anche la loro arte è curiosa e bizzarra. Ogni pittore dipinge come gli suggerisce la fantasia incurante di regole, e dipinge soltanto quelle cose che ai suoi occhi sono belle. Vasi e ciotole fiammeggiano di colori vivaci; e intorno ai loro fianchi nuotano tutte le misteriose creature del mare. Fiori vi crescono sopra, farfalle vi si posano, tanto che chi è abituato a un'arte regolata dalla convenzione è disturbato nel vedere queste opere e ha l'impressione di vivere in un sogno.

Le costruzioni non sono imponenti come i templi e i palazzi di altri paesi, poiché più che alla simmetria esterna essi mirano ai comodi e al lusso. I Cretesi amano l'aria e la pulizia; le loro finestre traforate lasciano entrare la brezza liberamente, e le loro case contengono molte stanze da bagno dove al solo giro di una chiavetta scorre tanto acqua fredda quanto calda da condutture d'argento e si riversa entro vasche pure d'argento. Nelle latrine i vasi sono continuamente lavati e risciacquati con un suono di cascata per lo scorrere d'acqua corrente perenne, e mai altrove ho veduto lusso e raffinatezza maggiori. Ma non soltanto i ricchi e i più elevati in grado vivono in questa guisa, ma tutti, all'infuori degli abitanti del porto, dove dimorano i forestieri e gli scaricatori del molo.

Le donne trascorrono un tempo infinito a lavarsi, a depilarsi il corpo, e a curare, abbellire e dipingersi la faccia, tanto che non sono mai pronte all'ora stabilita ma arrivano alle feste quando fa loro più comodo. Ma stranissime sono soprattutto le loro vesti. Portano vestiti intessuti d'oro e d'argento che ricoprono completamente il loro corpo all'infuori delle braccia e del petto, poiché sono orgogliose dei loro bellissimi seni. Hanno pure vestiti fatti di piastrine innumerevoli d'oro laminato riunite insieme a forma di seppia, o di farfalla, o di foglia di palma, tra cui la loro pelle riluce. Si acconciano i capelli in fogge alte e complicate, dedicando intiere giornate a questo compito, e portano cappelli piccoli e leggieri che appuntano sull'acconciatura con spilloni d'oro, tanto che questi copricapi sembrano posati sulle chiome come farfalle su fiori. Hanno corpi snelli e flessibili e fianchi stretti da ragazzo cosicché hanno difficoltà a generare figli, ed evitano questo il più possibile, non ritenendo affatto vergognoso essere sterili o avere soltanto un figlio o due.

Gli uomini portano stivali alti sino al ginocchio e tutti coperti d'ornamenti, ma i loro perizomi sono semplici, e si cingono strettamente, poiché sono molto ambiziosi della loro vita snella e delle loro spalle larghe. Hanno teste belle e piccole e membra delicate, e al pari delle donne si depilano accuratamente. Solo pochi tra loro parlano lingue straniere, poiché preferiscono il loro paese agli altri che non offrono la stessa gaiezza e la stessa vita facile e indolente del loro. Benché derivino la loro ricchezza dalla marineria e dal commercio, incontrai più d'uno che si rifiutò di visitare il porto a causa dei suoi cattivi odori, e che non era in grado di eseguire il più semplice calcolo ma si rimetteva per ogni cosa ai propri amministratori. Perciò stranieri abili possono rapidamente arricchirsi laggiù purché si contentino di abitare nel quartiere del porto.

Hanno strumenti che suonano senza musicanti, ed affermano di essere capaci di tradurre la musica in scrittura, tanto che è possibile imparare a suonare un pezzo senza averlo mai udito eseguire. Anche i musici di Babilonia affermano di saper fare questo, e io non contraddirò né loro né i Cretesi, non m'intendo affatto di musica, e gli strumenti di tanti paesi diversi hanno lasciato perplesse le mie orecchie. Ma posso ben capire il detto corrente in altre parti del mondo: "Bugiardo come un Cretese".

Non si vedono templi laggiù, e poco si curano degli dèi ma si accontentano di servire i loro tori. Questo avviene tuttavia con grande entusiasmo, cosicché difficilmente passa un giorno senza una visita al recinto. Credo che ciò è da attribuirsi non tanto alla loro religiosità quanto al piacere e all'eccitazione provocata dalla danza.

Né posso dire che mostrino grande venerazione per il loro Re, poiché costui è loro eguale con la sola eccezione che abita in un palazzo molte volte più grande di quelli dei suoi sudditi. Stanno in sua compagnia come in quella di chiunque altro; scherzano con lui e gli raccontano storie, si recano alle sue feste nell'ora che loro meglio piace e se ne vanno quando sono annoiati o sospinti da un improvviso e nuovo capriccio. Bevono vino moderatamente, solo per sentirsi allegri, e sono liberissimi nelle loro usanze. Tuttavia non si ubriacano mai, ritenendo ciò barbaro, né ho mai veduto nessuno ai loro banchetti vomitare per l'eccesso del bere come spesso accade in Egitto e altrove. Rapidamente però si accende in loro il desiderio reciproco, e si scambiano mogli o mariti come e quando il ghiribizzo li coglie. I giovani che danzano dinanzi ai tori godono più di ogni altro i favori femminili. Ancorché non iniziati, molti uomini di alto rango apprendono quest'arte; lo fanno per piacere, e a volte raggiungono una perizia uguale a quella dei giovani consacrati al dio cui le donne sono proibite, così come gli uomini sono proibiti alle fanciulle. Questo non riesco a comprenderlo, poiché dal loro modo di vita non ci si aspetterebbe che dessero tanta importanza alla verginità.

Al nostro arrivo al porto ci allogammo in una locanda per forestieri, che era la più lussuosa di quante avevo sino allora vedute, sebbene non grande. La Casa della Gioia di Ishtar in Babilonia, con tutta la sua magnificenza polverosa e i suoi servi volgari, appariva in paragone un luogo assai barbaro. In questa locanda ci lavammo e ci vestimmo, e Minea si annodò i capelli e si comprò nuovi abiti al fine di potersi mostrare ai suoi amici.

Quando la vidi rimasi stupefatto... portava sul capo un minuscolo cappello simile a una lampada, e i suoi piedi erano calzati di scarpe dall'alto tacco con cui era molto difficile camminare. Non volli tediarla con nessuna osservazione, ma le diedi degli orecchini e una collana fatta di pietre diversamente colorate, che, mi disse il mercante, quel giorno erano di moda, benché non potesse rispondere per il domani. Osservai inoltre esterrefatto il suo seno nudo, i capezzoli delle mammelle dipinti di rosso che uscivano rigonfi da una guaina d'argento che le cingeva il corpo; evitò il mio sguardo, dicendomi in tono di sfida che non aveva nessun motivo di vergognarsi del suo seno, il quale poteva benissimo sostenere il paragone con quello di qualsiasi altra donna di Creta. Dopo un più attento esame non negai questo fatto, poiché era assai probabile che avesse ragione.

In seguito ci facemmo trasportare nella città propriamente detta. Sembrava un altro mondo con i suoi giardini e le sue case spaziose, dopo la folla, il chiasso, la puzza di pesce e il mercanteggiare del porto. Minea mi condusse da un vecchio di un certo riguardo che era suo amico e suo particolare protettore; egli aveva spesso puntato danaro su di lei nel recinto dei tori, e Minea considerava la casa di quest'uomo come sua. Quando arrivammo egli stava studiando l'elenco dei tori e annotando le scommesse che avrebbe fatto il giorno seguente.

Quando vide Minea tanta fu la gioia che dimenticò i suoi scartafacci, l'abbracciò senza esitazione ed esclamò: « Dove ti sei nascosta? È tanto che non ti vedo, che quasi credevo tu fossi già entrata nella casa del dio; però non ho ancora scelto nessuna che ti sostituisse, e la tua stanza è rimasta sempre vuota, purché i miei servi se ne siano ricordati e mia moglie non l'abbia fatta abbattere per trasformarla in una vasca; in questo momento l'ha colta la fantasia di allevare diverse qualità di pesce e non riesce a occuparsi d'altro ».

« Helea alleva pesci? », esclamò Minea stupita.

Lievemente imbarazzato il vecchio replicò: « Non è più Helea. Ho una nuova moglie, e in questo momento ha con sé un giovane non ancora iniziato a cui sta mostrando i suoi pesci, e non credo desideri essere disturbata. Ma presentami il tuo amico affinché possa divenire anche amico mio e affinché questa casa diventi la sua casa ».

« Il mio amico si chiama Sinuhe l'Egiziano, Colui Che È Solo, e fa di professione il medico », disse Minea.

« Mi domando quanto tempo resterà solo », rispose il vecchio scherzando sul mio nome. « Non sei malata, vero, Minea, per venire in compagnia di un dottore? Questo mi dispiacerebbe moltissimo, perché spero che tu vorrai danzare domani davanti ai tori e mutare così la mia disdetta. Il mio economo al porto si è giusto lamentato che i miei redditi non coprono più le spese... o forse è il contrario? Non rammento bene, poiché non ci capisco nulla dei conti complicati che egli mi sottopone continuamente e nel più tedioso dei modi ».

« Non sono ammalata, ma questo amico mi ha salvata da molti pericoli, e abbiamo molto viaggiato prima di ritornare nella mia madrepatria. Feci naufragio mentre navigavo alla volta della Siria dove dovevo danzare davanti ai tori ».

« Davvero? », disse il vecchio inquieto. « Spero che nonostante la vostra amicizia tu abbia conservata la tua verginità, altrimenti verrai esclusa dalle gare... e come sai benissimo ci sono altre penalità oltre a questa. Francamente sono preoccupato, poiché noto che il tuo seno si è sviluppato in maniera che dà da pensare, e i tuoi occhi sono troppo luminosi. Minea, Minea! Ti sei forse buttata via? ».

« No! », rispose Minea sdegnata. « E se lo nego puoi fidarti della mia parola senza farmi esaminare come hanno fatto sul mercato degli schiavi di Babilonia. Sembra che tu non ti renda conto che è solo grazie al mio amico se son potuta ritornare sana e salva dopo tante traversìe. Pensavo che i miei amici si sarebbero rallegrati nel vedermi, ma tu pensi soltanto ai tuoi tori e alle tue scommesse! ». Incominciò a piangere di collera, e le lagrime le lasciavano sulle guance solchi neri di bistro.

Il vecchio ne fu assai turbato e abbattuto e disse: « Non dubito che i tuoi viaggi debbono averti molto stancata, poiché probabilmente in quei paesi stranieri tu non avrai neppure potuto fare il tuo bagno quotidiano. Inoltre penso che i tori di Babilonia non possano essere paragonati ai nostri; questo anzi mi fa venire in mente che dovrei già essere andato da Minosse da molto tempo, ma la cosa mi era uscita di mente. Sarà meglio ci vada subito. Se venisse mia moglie dille che sono da Minosse e che non volevo disturbare lei e il giovane aspirante. Del resto potrei anche andare a letto giacché nessuno da Minosse si accorgerà se io ci sono o no. D'altro canto, se ci andassi potrei dare una occhiata alle stalle, strada facendo, e informarmi come si comporta il nuovo toro, quello dalla macchia sul fianco. Forse, dopo tutto, sarà meglio che vada. È una bestia veramente eccezionale! ».

Si congedò distrattamente da noi, ma Minea gli disse: « Verremo anche noi da Minosse perché voglio presentare Sinuhe ai miei amici ».

Ci recammo così al palazzo di Minosse, a piedi perché il vecchio non seppe decidere se valeva o no la pena di prendere una portantina per una distanza così breve. Solo quando arrivammo al palazzo compresi che Minosse era il Re, e che i loro Re si chiamavano sempre Minosse per distinguersi dagli altri cittadini. Ma quale Minosse fosse della sua discendenza, nessuno sapeva, poiché nessuno aveva mai avuto la pazienza di numerarli e catalogarli.

In questo palazzo vi erano innumerevoli stanze: sulle pareti della sala dei ricevimenti erano raffigurate ondose alghe marine e seppie e meduse natanti in acque trasparenti. La grande sala era gremita di gente, tutti erano vestiti in modo strano e stravagante, e si muovevano conversando tra loro in toni vivaci, ridendo forte e sorbendo bevande gelate, — vino e succo di frutta, — da piccole tazze, mentre le donne si mostravano a vicenda i loro abiti. Minea mi presentò a molti suoi amici, e tutti mi mostrarono la stessa distratta cortesia; Re Minosse mi disse poche parole cordiali nella sua lingua, ringraziandomi per avere risparmiato Minea per il loro dio e per averla riportata in patria. Sarebbe così entrata alla prima occasione nella casa del dio, mi disse, benché il suo turno secondo il sorteggio fosse ormai già stato superato.

Minea prese a girare per il palazzo come se le appartenesse, conducendomi di stanza in stanza, lanciando alte esclamazioni di piacere alla vista di qualche oggetto che le era familiare, salutando i domestici, i quali le ricambiavano i suoi saluti come se non fosse mai stata lontana. Seppi così che molti Cretesi di riguardo potevano recarsi a visitare le loro proprietà di campagna o intraprendere un viaggio ogniqualvolta gliene saltasse l'estro, e pur dimenticandosi di farne parola con i propri amici, nessuno si stupiva mai della loro assenza. Al ritorno si riunivano nuovamente agli altri come se mai si fossero allontanati. Questa abitudine doveva avere addolcito per essi la realtà della morte, poiché quando qualcuno scompariva, nessuno si informava di lui e subito era dimenticato. La sua mancata presenza a un appuntamento, a una riunione, a una festa, non suscitava commenti poiché poteva essergli saltato il ghiribizzo di fare invece qualcosa di diverso.

Alla fine Minea mi condusse in una stanza appollaiata su una roccia e sovrastante il resto dell'edificio. Le sue ampie finestre dominavano una veduta di campi sorridenti e di terreno arato, di oliveti e di piantagioni che si allungavano oltre la città. Mi disse che quella era la sua stanza; tutto ciò che le apparteneva vi era rimasto come se ella fosse partita soltanto il giorno innanzi, benché le vesti e i gioielli fossero ormai fuori moda e non più portabili. Così appresi solo allora che ella era parente di Minosse, per quanto avessi dovuto immaginarlo dal suo stesso nome. Oro, argento e doni preziosi non avevano significato per lei giacché era stata abituata sin dall'infanzia ad avere tutto quello che desiderava, e pure dall'infanzia era stata votata al dio e allevata nella dimora degli dèi, dove viveva allorché non soggiornava a palazzo, o col suo vecchio protettore, o con i suoi amici; poiché i Cretesi sono distratti e indifferenti circa le loro abitazioni come per ogni altra cosa.

Quindi Minea mi condusse alla casa dei tori, che era da sola una città, con stalli e arene, prati e recinti, edifici scolastici e case sacerdotali. Passammo di stallo in stallo, respirando il lezzo fetido di quegli animali. Minea non si stancava di chiamarli con teneri nomignoli e di attirarli con moine, benché essi cercassero di trafiggerla tra le travi delle pareti divisorie, muggendo e raspando la sabbia con i loro zoccoli appuntiti.

Quivi incontrò giovani e fanciulle che ella conosceva, benché in genere questi danzatori non fossero quasi mai cordiali tra loro, essendo gelosi della propria abilità e poco disposti a far conoscere ad altri i segreti del loro mestiere. Ma i sacerdoti che addestravano sia i tori che i danzatori ci ricevettero affabilmente, e quando seppero che ero medico mi posero molte domande circa la digestione dei tori e il loro regime e la lucentezza dei loro mantelli, ancorché di queste cose dovessero intendersene meglio di me. Minea era tenuta da loro in grande considerazione e le furono subito aggiudicati un animale e un posto nel programma del giorno seguente. Ella era ansiosa di mostrarmi la sua bravura nei confronti di questi animali ottimi fra i migliori.

Minea mi condusse infine a un piccolo edificio dove il sommo sacerdote del dio cretese viveva solo. Così come Minosse si chiamava sempre Minosse, altrettanto il sommo sacerdote era sempre detto Minotauro, e non so per quale motivo era l'uomo più venerato e temuto di tutta Creta. Mal volentieri veniva menzionato il suo nome, e a lui si alludeva sempre come "all'uomo che vive nella piccola casa dei tori". Persino Minea temeva di rendergli visita benché non volesse confessarmelo; ma io lo capii dai suoi occhi, di cui avevo imparato a comprendere ogni sfumatura.

Dopo che fummo annunciati, egli ci ricevette in una stanza fiocamente illuminata. Dapprima credetti di trovarmi dinanzi al dio in persona e credetti per un attimo a tutte le favole che mi erano state narrate, poiché vidi un uomo dall'aurea testa taurina; ma dopo che ci fummo inchinati dinanzi a lui, egli si tolse questa testa e rivelò il proprio volto. Tuttavia, nonostante il suo sorriso cortese, quell'uomo non mi piacque, poiché in quel la sua faccia inespressiva lessi una vaga minaccia di inflessibilità e di crudeltà. Non avrei saputo definire che cosa fosse, poiché era un uomo assai bello, molto scuro di carnagione e nato per comandare. Minea non ebbe bisogno di dirgli nulla; già era a conoscenza del suo naufragio e dei suoi viaggi. Non fece domande inutili, ma mi ringraziò della mia benevolenza verso Minea e, per tramite di lei, verso Creta e il suo dio. Mi disse che mi attendevano alla locanda ricchi doni di cui sperava io sarei stato contento.

« Non m'interessano doni », risposi. « Il sapere vale ai miei occhi assai più dell'oro, e per accrescerlo ho viaggiato in molte contrade cosicché ora mi sono familiarizzato con gli dèi di Babilonia e degli Hittiti; spero di prendere dimestichezza anche col dio di Creta, di cui ho tanto inteso decantare le meraviglie, e che ama le vergini e i fanciulli puri in contrasto con gli dèi siriaci i cui templi sono case di piacere e i cui officianti sono sacerdoti castrati ».

« Abbiamo moltissimi dèi adorati dal popolo », mi rispose. « Nel porto sorgono templi alla gloria degli dèi stranieri, dove puoi sacrificare ad Ammon o a Baal come meglio desideri. Ma non ti metterò fuori strada, e ammetterò che la potenza di Creta dipende da quel dio che viene adorato in segreto sin da un'epoca così remota che la memoria di essa è andata perduta. Gli iniziati soltanto lo conoscono, e ciò avviene unicamente quando essi lo incontrano a faccia a faccia, ma nessuno è mai ritornato a dirci che aspetto egli abbia ».

« Gli dèi degli Hittiti sono il firmamento e la pioggia che cade dal firmamento e fruttifica la terra. Suppongo che il dio di Creta sarà il dio del mare, giacché la ricchezza e la potenza di Creta provengono dal mare ».

« Forse avrai ragione, Sinuhe », mi rispose con uno strano sorriso. « Sappi comunque che noi Cretesi adoriamo un dio vivente, e ci differenziamo in tal modo dai popoli di terraferma che adorano dèi morti o immagini di legno. Il nostro dio non ha volto ancorché noi prendiamo i tori a suoi simboli, e finché il nostro dio vivrà, durerà sui mari la sovranità di Creta. Così è stato profetizzato, e di questo siamo certi ancorché riponiamo pure grande fiducia nei nostri vascelli da guerra, contro i quali nessun'altra nazione marinara può competere ».

« Ho inteso dire che il vostro dio abita negli intrichi di una dimora buia », insistetti. « Mi piacerebbe vedere questo labirinto di cui ho tanto inteso parlare, ma non capisco perché i vostri iniziati non ne ritornino mai, ancorché abbiano il permesso di farlo dopo esservi rimasti per lo spazio di una luna ».

« Il massimo onore, la beatitudine più profonda che possa toccare in sorte a un iniziato è di entrare nella dimora del dio », mi rispose il Minotauro ripetendo parole che già avevo infinite altre volte udito. « Ecco perché le isole marine fanno a gara tra loro per mandarci le loro vergini più belle e il fiore dei loro giovani perché danzino davanti ai tori affinché possano partecipare all'estrazione delle sorti. Non so se tu abbia udito ciò che si favoleggia delle dimore del dio marino; la vita vi è così completamente diversa da quella da noi conosciuta, che nessuno che vi sia entrato desidera ritornare ai tormenti e ai dolori del mondo. Che ne dici tu, Minea? Temi di entrarvi? ».

Minea non diede risposta e io dissi: « Ho veduto i cadaveri dei marinai che la risacca ributtava sulla spiaggia di Smirne; avevano il volto e il ventre enfiati, e nessuna gioia era riflessa nei loro lineamenti. Questo è quanto io so delle dimore del dio marino, ma non dubito della tua parola, e auguro a Minea ogni bene ».

Il Minotauro mi rispose freddamente: « Tu vedrai il labirinto la notte prossima al plenilunio, e in quella notte Minea entrerà nella casa del dio ».

« E se rifiuta? », domandai disperatamente, poiché le sue parole mi adiravano e mi gelavano il cuore di un infinito sconforto.

« Questo non è mai accaduto. Tranquillizzati, Sinuhe l'Egiziano. Quando Minea avrà danzato davanti ai tori entrerà nella casa del dio di sua spontanea volontà ».

Si rimise in capo l'aurea testa taurina, avvertendoci così che dovevamo ritirarci, e il suo volto si sottrasse al nostro sguardo. Minea mi prese per mano e mi condusse via, ma non era più felice.

3.

Quando rientrai, Kaptah era alla locanda e già aveva bevuto copiosamente nelle taverne del porto. Mi disse: « Signore, per i servi questa terra è il Paese d'Occidente. Nessuno li picchia o si ricorda dell'oro che aveva nella borsa o dei gioielli che possedeva. Se un padrone è adirato col proprio domestico e gli ordina di lasciare la sua casa, il domestico non ha che da nascondersi e ritornare il giorno dopo quando il padrone si è dimenticato di tutto l'accaduto ».

Questo mi disse col suo tono solito di quand'era ubriaco, ma poi chiuse la porta e dopo essersi assicurato che nessuno era ad origliare, proseguì: « Signore, strane cose stanno succedendo in questo paese. I marinai delle taverne dicono che il dio di Creta è morto e che i sacerdoti, in preda a grande paura, stanno cercando un nuovo dio. Questo è un discorso pericoloso, e già molti marinai per avere chiacchierato sono stati scaraventati dall'alto degli scogli e dati in pasto alle seppie, poiché è stato predetto che la potenza di Creta si sbriciolerà non appena il suo dio sarà morto ».

Una forsennata speranza mi fiammeggiò nel cuore. Dissi a Kaptah: « Nella notte del plenilunio Minea entrerà nella casa di quel dio. Se è veramente morto, e può darsi che lo sia poiché la gente finisce col sapere tutto ancorché nessuno le dica nulla, può darsi che Minea ritorni a noi dalla casa del dio, da cui nessuno finora è tornato ».

Il giorno seguente mi assicurai un buon posto nel grandioso anfiteatro i cui banchi di pietra si elevavano come scalini gli uni dietro agli altri in modo che tutti potessero vedere facilmente i tori. Ammirai moltissimo questo abile stratagemma, non avendone fino a quel momento veduto uno simile; in Egitto, durante le processioni e le parate, vengono erette alte piattaforme in modo che tutti possano contemplare il dio e i sacerdoti e coloro che danzano.

I tori vennero condotti fuori nell'arena ad uno ad uno, e ogni danzatore a turno compiva certi gesti e movimenti che costituivano un'esecuzione complessa e difficile. Ciò comprendeva molte azioni diverse che dovevano essere tutte eseguite in modo impeccabile e secondo un ordine prestabilito. L'impresa più difficile di tutte era il balzo tra le corna e di lì la duplice capriola arrovesciata nell'aria che doveva concludersi con la caduta in piedi del danzatore sulla schiena del toro. Nemmeno i più abili riuscivano ad eseguire tutti questi movimenti senza un qualche errore, poiché molto dipendeva dal comportamento dell'animale, come cioè esso si fermava, o caricava, o abbassava il capo. I ricchi e i potenti di Creta scommettevano fra loro a ogni mossa, appoggiando ciascuno il proprio favorito. Dopo averne veduti alcuni non riuscii a capire il loro entusiasmo, poiché a me i tori sembravano tutti gli stessi, e non riuscivo a distinguere una mossa dall'altra.

Anche Minea danzò, e io temetti per la sua vita finché la sua abilità e la sua perizia meravigliose mi stregarono talmente che dimenticai il suo pericolo e mi rallegrai con il resto della folla. Qui le fanciulle danzavano nude, e anche i giovani, poiché si tratta di un gioco talmente traditore che il più piccolo indumento, intralciandone i movimenti, avrebbe potuto mettere a repentaglio la loro incolumità. A parer mio Minea era la più bella di tutte le danzatrici, la sua pelle luceva d'olio, ancorché dovessi ammettere che tra le sue compagne c'erano pure alcune fanciulle di straordinaria bellezza che si conquistarono grandi applausi. Ma io non avevo occhi che per Minea. Paragonata alle altre era fuori d'esercizio causa la sua lunga assenza, e non vinse neppure una sola ghirlanda. Il suo vecchio protettore, che aveva scommesso sulla sua vittoria, era pieno di amarezza e di risentimento, ma ben presto si dimenticò del danaro che aveva perduto e si recò alle stalle a rinnovare altre scommesse, ché come protettore di Minea ne aveva il diritto.

Quando ebbi incontrato Minea nella casa dei tori dopo la cerimonia, ella si guardò intorno e mi disse freddamente: « Sinuhe, non ti vedrò più, perché i miei amici mi hanno invitata a un banchetto; inoltre devo prepararmi per il mio dio giacché la notte successiva a domani la luna sarà al suo colmo. Perciò è probabile che non c'incontreremo più prima del mio ingresso nella casa del dio, a meno che tu non voglia accompagnarmi sin là con gli altri miei amici ».

« Sia come tu vuoi », dissi. « Ho molte cose ancora da vedere a Creta; le abitudini e anche le vesti delle donne mi interessano moltissimo. Mentre sedevo ad ammirare la tua esibizione, parecchie tue amiche mi hanno invitato a casa loro, e io mi sono estasiato ad ammirare i loro volti e i loro seni... anche se quelle donne erano un po' più grasse e un po' più frivole di te ».

Mi afferrò per le braccia in un trasporto di collera; i suoi occhi lanciavano fiamme e il suo respiro era interrotto mentre mi diceva: « Ti proibisco di divertirti con i miei amici mentre io sono assente! Per amor mio tu dovresti aspettare finché non me ne sarò andata, Sinuhe, e benché senza dubbio ai tuoi occhi io sia troppo magra — cosa di cui prima non mi ero mai accorta — tu devi fare questo per amicizia verso di me dal momento che te lo chiedo ».

« Scherzavo: non ho nessun desiderio di turbare la tua pace giacché tu avrai certamente molto da fare prima di entrare nella casa del dio. Ritornerò perciò alla mia locanda e mi occuperò degli ammalati, poiché al porto molti sono coloro che abbisognano del mio aiuto ».

La lasciai, e ancora molto tempo dopo il lezzo delle bestie cornute rimase appiccicato alle mie narici. Mai dimenticherò il tanfo delle stalle cretesi, e ancor oggi, quando vedo una mandria o ne sento l'usta, sono assalito dalla nausea e non riesco a mangiare e il cuore mi duole nel petto. Tuttavia mi separai da lei e andai dai pazienti che mi aspettavano alla locanda; li curai e alleviai le loro sofferenze finché cadde la notte e le lampade si accesero nelle case di piacere del porto. Attraverso le loro pareti usciva un suono di musiche e di risa, poiché persino gli schiavi avevano assunto i modi spensierati dei loro padroni, e tutti vivevano come se non dovessero mai morire e come se il dolore, la sofferenza e il distacco non esistessero.

Era buio; io sedevo nella mia stanza dove già Kaptah aveva disteso la stuoia per dormire, nelle tenebre, poiché non avevo permesso che si accendesse la lampada. La luna si levò grande e lucente ma non ancora in tutto il suo colmo, e io la odiai perché stava per separarmi dalla sola creatura al mondo che mi fosse sorella. Odiavo anche me stesso perché mi sentivo debole e timido e incerto nei miei stessi desideri. A un tratto la porta si aperse e Minea entrò cautamente. Non era più vestita secondo la foggia cretese, ma indossava la semplice veste con la quale aveva danzato per i potenti e gli umili di tanti paesi, e aveva i capelli legati da un nastro dorato.

« Minea! », esclamai stupefatto. « Perché sei venuta? Pensavo che ti stessi preparando per il tuo dio ».

Mi disse: « Parla piano, non voglio che altri ti ascoltino ».

Mi sedette accanto e fissando la luna proseguì con voce strana: « Non mi piace il mio luogo di riposo nella casa dei tori, e non sono più felice come prima in mezzo ai miei amici. Ma perché sono venuta a trovarti in questa locanda del porto, e perché abbia fatta questa cosa così disdicevole, non ti saprei dire. Se però desideri dormire, non ti disturberò... me ne andrò via.

« Non riuscivo a dormire e ho provato la nostalgia del noto odore di droghe e di erbe; volevo ancora una volta pizzicare le orecchie di Kaptah e tirargli i capelli per tutte le sciocchezze che dice. I viaggi e i popoli strani che ho veduto mi hanno distratta, tanto che ora non mi sento più in pace in mezzo ai tori né mi entusiasmano gli applausi dell'arena, e non desidero nemmeno più come prima di entrare nella casa del dio. Mi sembra che i discorsi di quelli che mi stanno intorno siano ciance di bambini sciocchi, la loro gaiezza è per me simile alla spuma del mare sulla spiaggia, e i loro piaceri non sono più tali per me. Il mio cuore è vuoto, e anche il mio cervello non riesce a pensare; non riesco a formulare un'idea che possa chiamare mia. Tutto mi è dolore, e mai ho provata in vita mia una simile angoscia. Ti prego dunque, tienimi la mano ancora una volta come solevi fare. Non temo alcun male... neppure la morte... fin quando tu mi stringi le mani, Sinuhe, per quanto sappia sin troppo bene come tu preferisca contemplare donne più grassocce e più belle di me e stringere le loro mani anziché le mie ».

Le risposi: « Minea, sorella mia! La mia infanzia e la mia giovinezza furono come un ruscello chiaro, che scorreva profondo. La mia virilità divenne un grande fiume, che si allargò e allargò, coprendo molto terreno, ma le sue acque, ancorché turgide, ristagnarono in pozze ferme e maleodoranti. Ma quando tu sei venuta a me, Minea, tu hai raccolte tutte queste acque; esse si sono riversate gioiosamente in un profondo canale, cosicché tutto in me fu purificato. Il mondo mi sorrise, e il male fu cacciato lungi da me. Per amor tuo ho cercato la bontà; ho guarito gli ammalati senza curarmi di ricevere doni, e gli dèi oscuri non hanno avuto potere su di me. Così è stato quando tu sei venuta, e ora che te ne vai anche la luce se ne va, e il mio cuore è come un corvo solitario nel deserto. Non provo più benevolenza per nessuno: odio gli uomini e odio gli dèi e non voglio udirne parlare.

« Questo è quello che io sento, Minea, e perciò ti dico: nel mondo ci sono molte contrade ma un solo fiume. Lascia che io ti porti con me nella Terra Nera presso le sponde di quel fiume dove l'anatra selvatica lancia il suo richiamo fra le canne e ogni giorno il sole attraversa il firmamento nella sua barca d'oro. Vieni con me, Minea; spezzeremo insieme una giara e saremo marito e moglie per non separarci mai più. La vita ci sarà facile, e quando morremo i nostri corpi saranno conservati affinché noi possiamo reincontrarci nel Paese d'Occidente e vivere insieme in eterno ».

Ma ella strinse le mie mani tra le sue; con la punta delle dita mi sfiorò le palpebre, la bocca e la gola e mi disse: « Sinuhe, anche se lo volessi, non potrei seguirti, poiché non una sola nave ci condurrebbe via da Creta, non un solo capitano oserebbe nasconderci a bordo. Già io sono sorvegliata per il mio dio, e non permetterò mai che tu venga ucciso per causa mia. Non posso venire con te. Dal momento in cui ho danzato dinanzi ai tori, la loro volontà è più forte della mia ancorché io non ti possa spiegare questo poiché tu non lo hai provato. Perciò nella notte del plenilunio entrerò nella casa del dio, e nessun potere di questa terra potrà impedirmelo. Perché così sia, non so... e forse nessuno lo sa all'infuori del Minotauro ».

Il mio cuore era come una tomba vuota entro il mio petto mentre le rispondevo: « Nessuno sa quello che può recare il domani e io non posso credere che tu ritornerai da quella casa. Nelle dorate dimore del dio marino tu potrai bere la vita eterna alle sue fontane, dimenticando tutte le cose terrestri — dimenticando persino me — benché io non creda a nessuna di queste cose. È una favola, e nulla di quel che ho veduto negli altri paesi mi sospinge a credere nelle favole. Sappi dunque che se tu non sarai ritornata entro il tempo stabilito io entrerò personalmente nella casa del dio e ti verrò a prendere; ti riporterò con me anche se tu non vorrai tornare. Questa è la mia decisione, Minea, e metterò in atto il mio proposito anche se questo dovesse essere il mio ultimo gesto in terra ».

Ma ella mi chiuse la bocca con la mano, atterrita, e guardandosi attorno esclamò: « Zitto! Non devi mai dire queste cose... non devi neppure pensarle. La casa del dio è buia, e nessuno straniero può entrarvi. Per i profani vi sta in agguato una morte spaventosa; e d'altronde tu non sapresti farti strada là dentro, poiché essa è sorvegliata da cancelli di rame. Ne sono contenta, sapendo che nella tua follìa tu potresti veramente fare quello che dici e votarti con ciò alla distruzione. Credimi, ritornerò di mia spontanea volontà, poiché il mio dio non può essere tanto cattivo da impedirmi di tornare a te se io lo desidero. È un dio giustissimo e bellissimo che protegge la potenza di Creta e mostra benevolenza verso ognuno, cosicché gli oliveti fioriscono e il grano matura nei campi e le navi salpano di porto in porto. Egli dirige i venti in nostro favore e guida i vascelli quando la nebbia li circonda, nessun male coglie coloro che si pongono sotto la sua protezione. Perché dunque dovrebbe dimostrarsi malvagio nei miei confronti? ».

Sin dall'infanzia era stata cresciuta nell'ombra; i suoi occhi erano accecati, e io non potevo aprirli benché avessi guarito i ciechi con gli aghi e avessi ridata loro la vista. In preda a un accesso di furia impotente l'afferrai tra le braccia e la baciai e le carezzai le membra, e le sue membra erano lisce come vetro ed ella era veramente per me una fontana nel deserto.

Non oppose resistenza ma premette il suo viso contro il mio collo e tremò, e le sue lagrime cadevano calde sulla mia gola mentre ella mi diceva: « Sinuhe, amico mio, se tu dubiti del mio ritorno non ti negherò nulla. Fa di me quello che vuoi se questo può darti gioia, anche se a causa di ciò io debba morire... poiché nelle tue braccia non temo la morte; nulla importa se non che il mio dio mi toglie a te ».

Le chiesi: « E questo a te darebbe gioia? ».

La sua risposta fu incerta.

« Non lo so: so soltanto che il mio corpo è inquieto e non conosce riposo lontano da te. So soltanto che una foschìa mi vela gli occhi, e i ginocchi mi si piegano quando tu mi tocchi. Ti odiai in principio per questo e temevo il tuo contatto. Allora tutto era piano e diritto, nulla soffocava la mia gioia perché io andavo orgogliosa soltanto della mia perizia, della mia flessuosità e della mia verginità. Ora so che il tuo contatto mi è dolce anche se esso può portarmi dolore... per quanto ancora non lo sappia. Forse dopo sarò triste, ma se tu fossi felice... allora la tua felicità sarà la mia, e io non desidero altro ».

Rallentai la mia stretta, le accarezzai i capelli, gli occhi e la gola e le dissi: « A me basta che tu sia venuta qui stanotte come eri quando camminavamo insieme per le strade di Babilonia. Dammi il nastro dorato dei tuoi capelli; non ti chiedo altro ».

Mi guardò con aria dubitosa, e lisciandosi i fianchi con le mani disse: « Forse sono troppo magra, e tu pensi che il mio corpo non possa darti piacere. Certo preferiresti una donna più gaia di me: ma io sarò allegra... ti darò tutto quello che desideri per non disilluderti, e vorrei darti quanto più piacere mi sarà possibile ».

Le sorrisi, accarezzai le sue spalle levigate e ripresi: « Minea, nessuna donna è ai miei occhi più bella di te, e nessuna potrebbe darmi gioia maggiore, ma non vorrei prenderti per il mio piacere mentre tu sei angosciata al pensiero del tuo dio. So qualcosa che potrà dare felicità a entrambi. Secondo l'usanza del mio paese prenderemo una giara e la spezzeremo insieme. Quando avremo fatto questo, saremo marito e moglie anche se io non ti prenderò, e benché non vi siano sacerdoti a testimoniare di ciò e a scrivere i nostri nomi nel libro del tempio. Diciamo dunque a Kaptah di andare a prendere una giara, affinché noi possiamo compiere questo rito ».

I suoi occhi si dilatarono e si riempirono della luce della luna, ed ella batté le mani e sorrise gioiosamente. E così andai in cerca di Kaptah, ma lo trovai seduto a terra fuori della mia porta che si asciugava col dorso della mano la faccia rigata di lagrime. Quando mi vide si mise a piangere forte.

« Che cosa c'è, Kaptah? », gli chiesi. « Perché piangi? ».

Mi rispose per nulla intimorito: « Signore, io ho un cuore tenero e non ho potuto trattenere le lagrime quando ho inteso quello che diceva quella ragazza senza fianchi. Mai in vita mia ho inteso nulla di più commovente ».

Furibondo gli sferrai un calcio e gli dissi: « Dunque tu avresti ascoltato alla porta e avresti inteso tutto quello che ci siamo detto? ».

Mi rispose con candore: « Certo, perché altri erano venuti ad origliare alla tua porta, gente che non aveva nulla che fare con te, ma che era venuta a sorvegliare la ragazza. Perciò io li ho cacciati via con minacce e mi sono seduto accanto alla tua porta a proteggere la tua pace, pensando che non ti sarebbe stato gradito di essere disturbato nel mezzo di una conversazione importante. Mentre sedevo qui non ho potuto fare a meno di ascoltare quello che vi siete detto, ed era talmente bello... benché molto infantile... che sono stato costretto a piangere ».

Quando mi ebbe così parlato, la mia collera di fronte a tanta semplicità cadde e io dissi soltanto: « Giacché sei rimasto a origliare, saprai di che cosa abbiamo bisogno. Affrettati ad andarmi a prendere una giara ».

« Che tipo di giara deve essere, padrone », mi rispose in tono evasivo. « Desideri una giara di terra oppure di pietra, la desideri dipinta o liscia, alta o bassa, larga o stretta? ».

Lo picchiai col mio bastone, ma piano perché il mio cuore era pieno di benevolenza, e gli dissi: « Sai benissimo quel che intendo dire e che al mio scopo serve qualsiasi giara. Smettila di tergiversare e spicciati a portarmi la prima giara su cui potrai mettere le mani ».

Mi rispose: « Vado subito e ti ho parlato così soltanto per darti tempo di riflettere a quello che stai per fare. Rompere una giara con una donna è un passo importante nella vita di un uomo e non dovrebbe essere fatto in fretta e senza le dovute riflessioni. Ma naturalmente andrò subito a prendere la giara poiché tu lo desideri e non ritarderò l'avvenimento ».

Kaptah ci portò una vecchia giara d'olio che puzzava di pesce, e la spezzammo insieme, Minea ed io. Kaptah assistette al matrimonio, ed egli prese il piede di Minea e se lo pose sul collo e disse: « Da questo momento tu sei la mia padrona, e mi comanderai al pari del mio signore — e anche peggio — ma spero che non mi butterai acqua bollente sui piedi quando sarai in collera. Spero inoltre che adotterai pantofole morbide e senza tacco; non mi piacciono le pantofole col tacco perché ti lasciano ammaccature e bozze sulla testa. Intendo servirti fedelmente come servo il mio padrone da quando, per un motivo che non capisco, il mio cuore si è fortemente affezionato a te, ancorché tu sia magra e abbia le mammelle piccole, e non capisco che cosa il mio signore trovi in te. Intendo inoltre rubare coscienziosamente a te come a lui, considerando più il tuo vantaggio che non il mio ».

Nel dir questo si commosse talmente che riprese a piangere e a lamentarsi a gran voce. Minea gli accarezzò la schiena e le guance grasse e lo consolò finché si ricompose alquanto, dopo di che io gli feci spazzare i frammenti della giara e lo mandai fuori della stanza.

Quella notte riposammo come eravamo soliti riposare, Minea ed io. Ella dormì tra le mie braccia, respirando sul mio collo e sfiorandomi la guancia coi suoi capelli. Ma non la possedetti, poiché quello che non era gioia per lei non poteva esserlo per me. Credo che la mia gioia fosse più dolce e più profonda che non se l'avessi fatta mia, ancorché di questo non sia sicuro, non avendo mai provato il confronto. Una cosa sola so: mi sentivo pieno d'amore verso tutti gli uomini, e non un solo pensiero cattivo mi era rimasto nel cuore. Ogni uomo era mio fratello, ogni donna mi era madre, e ogni fanciulla sorella, e nella Terra Nera e nelle Terre Rosse, sotto lo stesso cielo rischiarato dalla luce della luna.

4.

Il giorno seguente Minea danzò ancora una volta davanti ai tori, e il mio cuore tremò per lei, per quanto ella ne uscisse incolume. Ma un giovane tra i suoi compagni scivolò dalla fronte dell'animale e cadde a terra, e il toro gli squarciò il corpo e lo maciullò sotto gli zoccoli, tanto che gli spettatori nell'arena si levarono in piedi urlando di orrore e di entusiasmo insieme. Quando il toro fu condotto fuori e il cadavere del danzatore fu portato alle stalle, le donne corsero a guardarlo. Gli toccarono le membra sanguinanti, il loro respiro si fece affannoso ed esse esclamarono: « Che spettacolo spaventoso! ». Ma gli uomini dissero: « È tanto che non abbiamo ammirata una gara eccellente come quella di oggi ». Sistemarono tra loro le proprie scommesse e fecero baldoria nelle loro case, cosicché le luci rimasero accese fino a ora molto tarda. Le donne si allontanarono dai loro mariti per entrare in letti stranieri, ma nessuno si accigliava per ciò perché questa era l'usanza.

Io giacqui solo sulla mia stuoia, poiché quella notte Minea non sarebbe venuta. Il mattino seguente per tempo noleggiai una portantina e mi accinsi a seguirla alla casa del dio. Ella vi fu portata in una carrozza dorata trascinata da cavalli impennacchiati, e i suoi amici la circondavano, chi in portantina chi a piedi tra molto baccano e risa, cospargendola di fiori e fermandosi sul ciglio della strada a bere vino.

Il percorso era lungo, ma tutti erano ben provvisti, e di quando in quando spezzavano rami, e si facevano vento, e mettevano in fuga le pecore dei contadini, e si abbandonavano a molte altre frivolezze. La casa del dio sorgeva in un luogo deserto ai piedi di una montagna in prossimità della spiaggia marina, e quando la comitiva vi si avvicinò, tutti abbassarono la voce e presero a parlare in sussurri, e le risa cessarono.

Questa casa è difficile a descriversi poiché era una collina bassa su cui crescevano erbe e fiori, e si prolungava direttamente entro la montagna. L'accesso vi era sbarrato da immensi portali di rame, ed innanzi ad essa c'era un piccolo tempio dove avveniva la dedicazione e dove erano acquartierati i guardiani. La processione vi giunse che era già l'imbrunire. Gli amici di Minea scesero dalle loro portantine, si buttarono sull'erba e incominciarono a mangiare e a bere e a farsi scherzi vicendevoli, poiché già avevano dimenticato la loro aria solenne di poco prima... I Cretesi infatti hanno la memoria corta. Poiché scendevano le tenebre accesero delle torce e presero a rincorrersi tra i cespugli finché risuonarono nell'oscurità le grida delle donne e le risa degli uomini. Ma Minea sedeva sola nel tempio dove nessuno poteva accostarla. Io la contemplai mentre ella sedeva così: era ammantata d'oro come un'immagine divina, e sul capo portava un grande serto dorato; tentò di sorridermi, ma il suo sorriso era senza gioia. Allorché la luna spuntò, le tolsero l'oro e i gioielli, la vestirono di una veste semplice, e le legarono i capelli entro una rete d'argento. Poi le guardie alzarono le sbarre delle porte di rame, che si aprirono con un rumore cupo, rimbombante; occorsero dieci uomini per aprire ciascuna porta. Al di là tutto era tenebre sbadiglianti. Seguì un profondo silenzio. Il Minotauro si cinse di una cintura d'oro, si appese una spada al fianco, e si mise in capo l'aurea testa taurina cessando così di assomigliare a un uomo. Una torcia accesa fu posta in mano a Minea; il Minotauro la condusse nella casa buia dove scomparvero insieme, e la luce della torcia smorì lontano. Allora le fragorose porte di rame furono nuovamente richiuse e assicurate con enormi sbarre che richiedevano per essere abbassate la forza riunita di molti uomini robusti, e non vidi più Minea.

Fui assalito da una così intensa disperazione che il cuore mi parve essere diventato una ferita aperta dalla quale sentivo sgorgare il sangue della mia vita. Caddi in ginocchio e piegai il capo verso la terra. In quell'ora compresi che mai più avrei riveduto Minea, sebbene ella mi avesse promesso di ritornare a trascorrere l'esistenza con me. Capii che non sarebbe mai tornata. Perché mi fossi persuaso di ciò proprio in quel momento non so dire, dopo avere sino allora esitato, e creduto, e temuto, e sperato, e cercato di convincermi che il dio di Creta fosse diverso dagli altri dèi e avrebbe liberato Minea per l'amore che la legava a me.

Ora non avevo più speranza, ma giacevo riverso, la faccia al suolo, mentre Kaptah, seduto accanto a me, scuoteva la testa e si lamentava.

Il fiore della gioventù cretese mi correva vicino recando torce tra le mani; iniziarono danze complicate e intonarono canti di cui non riuscivo a comprendere le parole. Non appena le porte di rame si furono richiuse, una tale frenesia li colse che si misero a saltare, a danzare, a correre fino a esserne spossati, e le loro voci risuonavano alle mie orecchie come un gracchiar di corvi dagli spalti di una città.

Dopo qualche tempo Kaptah interruppe le sue lamentazioni e disse: « Se il mio occhio non m'inganna — e non ho ancora bevuto abbastanza per vederci doppio — Testacornuta è sceso dalla montagna, non so come, perché nessuno ha aperto le porte di rame ».

Diceva la verità. Il Minotauro era ritornato, e l'aurea testa taurina luccicava di un terrificante scintillìo sotto la luce della luna, dove, insieme agli altri, si era unito nella danza rituale. Non appena lo vidi, non potei più controllarmi, ma balzai in piedi e corsi a lui, lo afferrai per la manica e gli domandai: « Dov'è Minea? ».

Allontanò violentemente le mie mani e scosse la maschera, ma quando comprese che non cedevo, se la tolse e replicò irosamente: « È vietato disturbare la cerimonia sacra, ma essendo straniero certo tu lo ignori, e ti perdono purché tu non osi levar un'altra volta la tua mano su di me ».

« Dov'è Minea? », insistetti.

« Ho lasciato Minea nelle tenebre della casa del dio come è scritto, e sono ritornato a danzare la danza rituale in onore del dio. Che cosa vuoi ancora da Minea dal momento che già sei stato ricompensato per averla ricondotta in patria? ».

« Come hai potuto ritornare tu, e lei no? », chiesi ancora, incalzandolo, ma egli mi scostò, e i danzatori si interposero fra noi, Kaptah mi afferrò per un braccio e mi trascinò via. Fece bene, poiché altrimenti chi sa quello che sarebbe accaduto!

Mi disse: « Sei sciocco ad attirare così l'attenzione; ti converrebbe invece danzare con gli altri e ridere e cantare come fanno loro, altrimenti ti andrà male. Io so adesso che il Minotauro è uscito attraverso una porticina laterale a fianco dei portali di rame. Sono andato a dare un'occhiata e ho veduto un guardiano che la chiudeva e ne intascava la chiave. Ma adesso bevi, padrone, e ricomponiti. Hai la faccia sconvolta come quella di un ossesso, e strabuzzi gli occhi come un barbagianni ».

Mi diede da bere del vino e io mi accasciai semiaddormentato sull'erba, sotto la luce lunare, mentre il chiarore delle torce mi volteggiava oscillante dinanzi agli occhi. Ingannevolmente Kaptah aveva mescolato al mio vino del succo di papavero. Così si vendicò di quel che io avevo fatto a lui a Babilonia per salvargli la vita, però non mi mise in una giara. Mi distese addosso una coperta e impedì ai danzatori di calpestarmi sotto i loro piedi. Può anche darsi che a sua volta egli mi abbia salvata la vita, perché nella mia disperazione forse io avrei cacciato la mia lama nel fianco del Minotauro e l'avrei ucciso. Mi stette seduto accanto tutta notte fino a che la giara di vino non fu vuota, quindi si addormentò a sua volta ruttandomi nelle orecchie i fumi del vino.

Il giorno seguente mi svegliai tardi. Così potente era stato l'effetto della droga che a tutta prima mi chiesi dove fossi. Quando me ne ricordai, ero calmo, la mia mente era lucida, e grazie al sonnifero non vaneggiavo più. Molti di coloro che avevano preso parte alla processione erano ritornati in città, ma altri dormivano ancora tra i cespugli, uomini e donne insieme, i corpi svergognatamente scoperti, poiché avevano bevuto e danzato fino al mattino. Quando si svegliarono indossarono abiti freschi, e le donne si annodarono nuovamente i capelli, malcontente di non poter prendere un bagno; i ruscelli erano troppo freddi per loro, abituate all'acqua calda uscente da chiavette d'argento.

Ma si risciacquarono la bocca e si massaggiarono il volto con unguenti, si dipinsero le labbra e le sopracciglia, e si dissero tra uno sbadiglio e l'altro: « Chi rimane ad aspettare Minea, e chi rientra in città? ».

La maggior parte era ormai stanca di baldoria e rientrò in città nel corso della giornata. Soltanto i più giovani e i più insaziabili rimasero a divertirsi ancora, col pretesto di attendere il ritorno di Minea, ma in realtà per incontrarsi nuovamente durante la notte con quello o quella con cui avevano trovato piacere. Le mogli si avvalsero di quest'occasione per rimandare in città i loro mariti e per sbarazzarsene. Comprendevo infine perché in tutta la città non vi fosse una sola casa di piacere, ma nel porto soltanto. Dopo avere osservato le loro mene durante la notte e il giorno seguente, riflettei che le ragazze che facevano dell'amore una professione avrebbero avuto il loro da fare per competere con le donne di Creta.

Prima che il Minotauro se n'andasse gli chiesi: « Posso aspettare in compagnia dei suoi amici il ritorno di Minea, per quanto io sia forestiero? ».

Mi lanciò uno sguardo malevolo e rispose: « Non c'è nulla che possa impedirtelo, ma credo ci sia giusto una nave all'ancora nel porto che potrà riportarti in Egitto, poiché la tua attesa sarà vana. Nessuno che sia stato dedicato al dio è mai ritornato ».

Ma io insistetti con fare suadente e in tono ingenuo: « È vero che ero stato in un certo senso preso da Minea, benché mi fosse molto seccante essere sempre respinto da lei a causa del suo dio. Ma per dire la verità non aspetto il suo ritorno; come gli altri, adduco questa ragione per poter continuare a rimanere qui, poichè ci sono molte ragazze meravigliose — e mogli pure — cui piace guardarmi negli occhi e pormi voluttuosamente i seni tra le mani, e questa è una cosa che io non ho mai esperimentata sinora. Per dire la verità, Minea era una ragazza maledettamente gelosa e litigiosa che si intrometteva nei miei piaceri ancorché ella non potesse offrirmene alcuno. Inoltre ti devo chiedere scusa perché ero così ubriaco stanotte e certamente senza volerlo devo averti offeso. Anzi non riesco ancora a ricordarmi esattamente quello che è successo, perché mi sento tuttora un tantino sborniato ».

Mentre dicevo questo, avevo parlato a bella posta con la lingua grossa, ammiccando e lamentandomi di un forte mal di capo, finché egli sorrise, considerandomi certamente un idiota, e rispose: « Se così stanno le cose non ti impedirò certo di godertela, poiché qui a Creta non siamo ristretti di vedute. Rimani dunque ad aspettare Minea fin quando ti pare, ma bada di non far concepire nessuna donna, poiché questo, essendo tu straniero, sarebbe disdicevole. Ti prego, non offenderti di questo mio consiglio; te lo suggerisco da uomo a uomo affinché tu possa comprendere le nostre usanze ».

Gli assicurai che sarei stato attento e parlai delle mie sicure esperienze con le vergini sacre di Siria e di Babilonia, sinché dovette credermi ancora più imbecille di quanto sospettava ed estremamente seccante. Mi batté una mano sulla spalla e si volse per avviarsi verso la città. Credo però raccomandasse al guardiano di tenermi d'occhio, e credo anche che ordinasse agli altri di intrattenermi, poiché di lì a poco mi vidi circondato da uno stuolo di donne. Mi cinsero il collo di ghirlande e mi guardarono negli occhi e mi si strofinarono contro finché i loro seni nudi mi premettero il braccio. Mi condussero con loro tra i cespugli di alloro a bere e a mangiare. Così vidi tutta la loro lascivia, e non fecero certamente mostra di pudore di fronte a me. Bevvi abbondantemente fingendomi ubriaco fradicio, cosicché non poterono ottenere alcuna soddisfazione da me, tanto che alla fine si indignarono e mi percossero, chiamandomi porco e barbaro.

Kaptah sopraggiunse a trascinarmi via a forza di braccia, insultandomi forte a motivo della mia ubriachezza, e si offerse di sostituirmi per dar loro godimento. Alla sua vista tutti sghignazzarono, e i giovani si beffarono di lui, additandosi tra loro la sua grossa pancia e la sua testa calva; ma era uno straniero, e le donne di tutti i paesi sono sempre attratte da ciò che è esotico. Quando ebbero finito di ridere, gli consentirono di unirsi a loro, e gli diedero del vino e gli riempirono la bocca di frutta, strusciandosi contro di lui e chiamandolo il loro caprone e fingendosi indignate del suo odore... finché anche il suo odore incominciò a sembrare loro allettante.

Così quel giorno passò finché io fui nauseato della loro lussuriosa allegria e non seppi immaginare un'esistenza più tediosa della loro, poiché il capriccio smodato è alla fine ancora più tedioso di una vita di fatiche. Trascorsero la notte come la precedente, e i miei sogni angosciati erano interrotti dalle grida delle donne che fingevano di fuggire l'inseguimento dei giovani che le afferravano per le vesti e le spogliavano. Il mattino però furono finalmente stanche e sazie e desiderose di un bagno, e la maggior parte di esse rientrò quel giorno in città. Solo le più giovani e i più infaticabili indugiarono ancora presso le porte di rame.

Il terzo giorno anche costoro se ne andarono, io acconsentii che si servissero della mia portantina, che era sinora rimasta ad aspettarmi. Quelli venuti a piedi non erano in grado di camminare e avanzavano barcollando per eccesso di lascivia e per mancanza di sonno; d'altronde conveniva al mio scopo che nessuno mi aspettasse. Ogni giorno avevo dato del vino alle guardie, e quando all'imbrunire offersi loro una giara, non ne furono sorpresi ma l'accettarono con gioia. Avevano pochi piaceri nella loro solitudine che durava da un mese all'altro, cioè dalla venuta di un iniziato a quello successivo. L'unica loro meraviglia era che io rimanessi ad aspettare Minea, ma poiché ero forestiero dovevano ritenermi un sempliciotto e bevevano volentieri il mio vino.

Quando vidi che anche il sacerdote residente era della loro opinione, dissi a Kaptah: « Gli dèi hanno ormai decretato che noi dobbiamo separarci. Minea non è ritornata, né credo ritornerà a meno che io non vada a cercarla: ma nessuno è entrato nella casa buia per uscirne nuovamente, e non sarà certo a me che questo potrà accadere. Ho scritto dunque per te una tavoletta d'argilla, e l'ho contrassegnata col mio sigillo siriano affinché tu possa rientrare in Siria e ritirare il mio danaro dagli uffici dei mercanti. Puoi vendere la mia casa se lo desideri. Una volta fatto questo, sei libero di andare e venire. Se temi che in Egitto ti possano arrestare come schiavo fuggiasco, resta dunque a Smirne e vivi nella mia casa, col mio danaro. Così come stanno le cose non ho neppure predisposto per l'imbalsamazione del mio cadavere. Se non ritrovo Minea, poco mi importa che il mio corpo venga o no risparmiato. Vattene, dunque, e che la buona sorte dello scarabeo ti assista, poiché puoi anche tenere lo scarabeo dal momento che tu hai in esso più fiducia di quanta ne abbia io. Non credo mi servirà nel viaggio che sto per intraprendere ».

Kaptah rimase a lungo silenzioso e senza guardarmi; infine disse: « Padrone, non ti serbo rancore se a volte tu mi hai picchiato con eccessiva severità, perché l'hai sempre fatto con buone intenzioni; ma più spesso tu hai ascoltato i miei consigli e mi hai parlato come se ti fossi più amico che servo, tanto che a volte ne ero preoccupato per la tua dignità, finché il tuo bastone non ristabiliva la distanza prestabilita dagli dèi che deve separarci. Il fatto è che ora io mi sono messo al collo il piedino di Minea e mi sento così responsabile nei suoi confronti come suo servo. Né posso permetterti di entrare da solo in quella casa buia, perché anche se non potrò servirti laggiù come domestico, dal momento che tu mi hai ordinato di lasciarti e bisogna che io obbedisca ai tuoi ordini anche se sono sciocchi, tuttavia come amico verrò con te. Non posso infatti lasciarti solo e tanto meno senza lo scarabeo ancorché ritenga al pari di te che neppure lo scarabeo potrà esserci di grande aiuto in questo frangente ».

Aveva parlato con tanta gravità e pensosità che stentavo a riconoscerlo, e nemmeno si era messo a piagnucolare come era suo costume. Ma a parer mio era folle che cercassimo in due la morte là dove uno solo era più che bastante. Glielo dissi, e gli ripetei l'ingiunzione di lasciarmi.

Ma Kaptah era ostinato e replicò: « Se non vuoi che venga con te ti seguirò. Preferirei però venire con te, poiché quella casa buia mi fa tanta paura che al solo pensarvi mi sento il corpo trasformato in acqua. Per questo motivo spero che tu mi permetterai di portare una giara di vino, così potrò ingurgitarne una sorsata di quando in quando, strada facendo, per darmi coraggio, perché ho timore di mettermi a urlare dallo spavento e di disturbarti ».

Tagliai corto alla discussione dicendo: « Smettila con queste chiacchiere e portati il vino se vuoi, ma partiamo subito perché credo che le guardie in questo momento stiano dormendo, sopraffatte dalla bevanda ch'io ho mesciuta per loro ».

Le guardie dormivano sonoramente, e anche il sacerdote; fui così in grado di asportare senza difficoltà la chiave dalla casa di costui, nel nascondiglio dove io l'avevo notata. Prendemmo pure un bacile di braci e alcune torce, che però non accendemmo subito poiché la luna splendeva luminosa, e la porticina fu facilmente aperta. Penetrammo nella casa del dio e richiudemmo l'usciolo alle nostre spalle. Nelle tenebre potei udire i denti di Kaptah battere per la paura contro l'orlo della giara.

5.

Dopo aver fortificato il proprio valore col vino, Kaptah mi disse con un filo di voce: « Padrone, accendiamo una torcia. Il suo chiarore non si vedrà dall'esterno, e questa oscurità è peggiore delle tenebre della morte, poiché queste sono inevitabili, mentre noi siamo entrati qui di nostra spontanea volontà ».

Soffiai sui carboni, e dopo aver acceso una torcia mi accorsi che ci trovavamo sotto un'ampia volta, il cui ingresso era chiuso dai portali di rame. Da questa volta si diramavano dieci corridoi conducenti in dieci direzioni diverse e separati l'uno dall'altro da massicce mura di mattoni. Ero preparato a questo poiché avevo inteso dire che il dio di Creta abitava un labirinto, e i sacerdoti babilonesi mi avevano insegnato che i labirinti erano costruiti secondo le stesse volute presentate dalle viscere delle vittime sacrificali. Per questo motivo ritenevo di riuscire a trovare la via, appunto perché tante volte avevo osservato durante i sacrifici gli intestini dei tori, e ne avevo dedotto che il labirinto cretese fosse costruito secondo uno schema analogo.

Indicai dunque il corridoio che si stendeva su uno dei lati estremi e dissi: « Entreremo lì ».

Ma Kaptah replicò: « Non abbiamo molta fretta, e non si perde mai nulla a essere prudenti. Facciamo bene attenzione a non smarrirci, e soprattutto assicuriamoci la strada del ritorno... se pure mai ritorneremo, cosa di cui dubito assai ».

Così dicendo si tolse di tasca un gomitolo di filo e ne legò l'estremità a un chiodo d'osso che conficcò tra i mattoni. Questo stratagemma nella sua semplicità era talmente astuto che da solo non ci sarei mai arrivato, benché questo non lo dissi per non perdere di dignità ai suoi occhi; invece mi limitai a ordinargli bruscamente di affrettarsi. Mi addentrai così tra i meandri della casa buia, con la visione delle viscere bovine impresse nella mia memoria, mentre Kaptah mi seguiva srotolando il filo.

Ci aggirammo senza fine nell'oscurità, mentre sempre nuovi anditi si aprivano dinanzi a noi. A volte ci imbattevamo in un muro ed eravamo costretti a ritornare sui nostri passi e a volgere da un'altra parte. A un certo momento Kaptah si fermò e prese ad annusare l'aria; poi i denti ricominciarono a battergli, e la torcia gli vacillò tra le mani mentre egli diceva: « Signore, senti l'odore dei tori? ».

Anch'io m'ero accorto di un tanfo repellente simile al tanfo dei tori, benché ancora peggiore, che sembrava uscire dalle pareti stesse come se l'intiero labirinto fosse una sola gigantesca stalla. Ordinai a Kaptah di proseguire senza respirare, e, dopo che egli ebbe attinto a garganella dalla giara di vino, ci precipitammo in avanti finché il suo piede scivolò su qualcosa di viscido. Mi chinai e mi accorsi che si trattava del cranio putrescente di una donna, al quale aderiva ancora qualche ciocca di capelli. Allora fui sicuro che non avrei più riveduta Minea viva, ma, nonostante questo, un impulso forsennato mi spinse ugualmente ad avanzare. Diedi un ceffone a Kaptah e gli proibii di frignare, e così proseguimmo srotolando il filo di mano in mano. Ben presto però incontrammo un altro muro e dovemmo volgerci di nuovo.

Improvvisamente Kaptah si fermò di botto indicandomi il suolo; i suoi radi capelli gli si erano rizzati sulla testa, e la sua faccia era divenuta grigia e sconvolta. Seguii il suo sguardo e notai sul terreno dello sterco bovino essiccato, ma il mucchio era alto quanto un uomo cosicché, se era stato un toro a deporlo, doveva trattarsi di un animale di grandezza inimmaginabile.

Kaptah ebbe lo stesso pensiero, perché disse: « Non può essere di un toro, poiché un toro così grosso non avrebbe potuto entrare per questi corridoi. Io credo siano gli escrementi di un serpente mostruoso! ».

Così dicendo ingollò un'altra sorsata, coi denti che gli battevano contro l'orlo della giara, e io riflettei che il meandro sembrava costruito effettivamente per i movimenti di un serpente immenso e fui afferrato da un impulso che mi risospingeva indietro. Ma pensavo a Minea, e attratto da una forza irresistibile proseguii, trascinandomi dietro Kaptah e stringendo nella mia mano madida il coltello, benché sapessi che nessun coltello avrebbe potuto aiutarmi.

Mentre proseguivo, il fetore emanante dai corridoi diventava sempre più impressionante, parevano miasmi esalanti da qualche tomba immane, e ci era difficile respirare. Ma dentro di me mi rallegravo sapendo che ci avvicinavamo alla nostra mèta. Seguitammo a proseguire finché nei corridoi avvertimmo una debole luce. Ci trovavamo ormai entro la montagna stessa; le pareti non erano più di mattoni ma scavàte nel tufo. Ora il percorso correva all'ingiù, ed inciampammo su ossa umane e mucchi di escrementi finché una grande caverna si aprì dinanzi a noi. Ci fermammo su un bastione roccioso strapiombante su una distesa d'acqua e venimmo avviluppati da un'atmosfera avvelenata, carica di esalazioni mefitiche.

In questa caverna la luce entrava dal mare; era una luce verdastra, spettrale, che ci consentiva però di vedere senza l'ausilio delle torce, e in lontananza potevamo udire le onde frangersi contro gli scogli. Sulla superficie dell'acqua innanzi a noi galleggiava quel che mi parve a tutta prima essere una fila di immensi otri di pelle, finché compresi, aguzzando meglio lo sguardo, trattarsi di un solo mastodontico animale morto, più enorme, più terrificante di quanto l'immaginazione possa fantasticare, da cui emanava il lezzo della corruzione. Aveva il capo affondato nell'acqua; era il capo di un toro colossale. Il suo corpo assomigliava al corpo di un serpente che, reso lieve dalla decomposizione, ondulasse nell'acqua le sue orrende spire. Compresi che quello era il dio di Creta... e compresi anche che da mesi esso era morto. Dov'era dunque Minea?

Pensando a lei pensavo anche a tutti coloro che l'avevano preceduta. Pensai ai giovani cui le donne erano vietate, e alle fanciulle che dovevano conservare la loro purezza per poter partecipare alla beatitudine e alla gloria del dio. Ripensai ai loro crani, alle loro ossa disseminate per i corridoi della casa buia. Pensai al mostro che li inseguiva attraverso i meandri del labirinto, sbarrandone i passaggi con la sua mole mostruosa cosicché né i loro salti né i loro balzi agilissimi né alcun altro stratagemma umano era valso a salvarli.

Questo mostro marino si era pasciuto di carne umana, — un pasto ogni mese — e il pasto gli era fornito dai governanti di Creta sotto forma di fanciulle bellissime e di giovani perfetti, poiché questi governanti si immaginavano che così facendo sarebbero riusciti a conservare la sovranità dei mari. Dalle profondità paurose dell'oceano questo immane mostro doveva essere stato sospinto tanto tempo fa entro la caverna da qualche tempesta. Avevano poi elevato una barriera attraverso l'ingresso per impedirgli di uscire e dovevano aver costruito il labirinto per farlo circolare là dentro. Poi era stato nutrito di sacrifici finché era morto, e nell'intero universo non era più possibile trovare un altro mostro simile. Dov'era dunque Minea?

Folle di disperazione urlai il suo nome risvegliando tutti gli echi della caverna, finché Kaptah indicò la roccia su cui stavamo; era macchiata di sangue coagulato. Seguendo questa traccia fino nell'acqua, i miei occhi scorsero il corpo di Minea, o meglio quel che ne era rimasto. Si muoveva lentamente sul fondo, trascinato dai granchi marini che lo divoravano ferocemente. Il suo volto era scomparso e la riconobbi soltanto alla rete d'argento che le chiudeva i capelli. Non ebbi bisogno di guardare alla ferita di spada che le squarciava il petto, poiché già avevo capito che il Minotauro l'aveva seguita sin lì, l'aveva trafitta alle spalle, e l'aveva gettata nell'acqua affinché nessuno sapesse che il dio di Creta era morto. Questa sorte doveva essere toccata a più d'un giovane e di una fanciulla prima di Minea.

Quando ebbi veduto e compreso ogni cosa, un grido terribile proruppe dalla mia gola. Caddi in deliquio, e certamente sarei caduto dallo sporto di roccia e sarei andato a raggiungere Minea se Kaptah non mi avesse tratto in salvo, come mi spiegò poi. Di quel che accadde da quel momento non so nulla se non attraverso il racconto di Kaptah, così misericordiosamente profondo fu il deliquio che mi prese dopo tanta angoscia, tanto tormento, tanta disperazione.

Kaptah mi narrò che aveva pianto a lungo accanto al mio corpo credendomi morto, e aveva molto lagrimato anche per Minea finché il suo buonsenso non aveva avuto il sopravvento. Dopo avermi toccato ed essersi accorto che ero ancora vivo, rifletté che avrebbe potuto salvare almeno me, non potendo più nulla per lei. Aveva veduti i corpi di altri giovani e di altre fanciulle che il Minotauro aveva trucidati. I granchiolini di mare ne avevano rosicchiate tutte le carni finché le loro ossa erano rimaste lisce e bianche sopra il sabbioso letto marino.

Poi il tanfo incominciò a soffocarlo. Quando capì che non avrebbe potuto trasportare me e la giara insieme, bevve risolutamente il resto del vino e scagliò la giara vuota nell'acqua. Questo lo fortificò talmente che riuscì in parte a trascinarmi, in parte a trasportarmi indietro sino ai portali di rame, grazie al filo che avevamo srotolato nel cammino di andata. Dopo aver riflettuto un istante, ritenne opportuno riarrotolarlo per non lasciare traccia della nostra visita. Sembra che alla luce della sua torcia egli abbia notato sulle pareti segni misteriosi, fattivi senza dubbio dal Minotauro per orientarsi più facilmente. Kaptah mi disse che aveva gettato a bella posta in acqua la giara per poter procurare un po' di grattacapi al Minotauro la prima volta che avesse avuto occasione di portare a termine la sua sanguinosa bisogna.

Albeggiava, quando mi portò fuori. Richiuse la porticina dietro di sé e rimise la chiave nella casa del sacerdote, poiché costui e le guardie dormivano ancora, drogati dal vino che avevo mesciuto per loro. Poi mi portò nel nascondiglio di una macchia, lungo le rive di un ruscello. Qui mi bagnò il viso e mi massaggiò le mani finché rientrai in me. Anche di questo non ricordo nulla. Sembra che io fossi come allucinato e incapace di proferire parola; mi diede perciò una pozione calmante. Non ripresi piena conoscenza se non molto più tardi mentre ormai eravamo prossimi alla città, dove Kaptah mi aveva trascinato sorreggendomi a ogni passo. Da allora ricordo tutto.

Non mi rammento di aver sofferto, né i miei pensieri si volgevano spesso a Minea. Ella era ormai per la mia anima una ombra remota, come se io l'avessi conosciuta in un'altra vita. Riflettevo invece che il dio di Creta era morto e che secondo la profezia anche la potenza di Creta sarebbe presto declinata. Questo pensiero non mi turbava affatto, ancorché i Cretesi mi avessero dimostrata cortesia, e ancorché la loro gaiezza scintillasse sulla riva come spuma marina. Quando fui vicino alla città, mi fece piacere immaginare che quelle costruzioni aeree, delicate, sarebbero state un giorno preda delle fiamme, e che le grida di lussuria delle donne si sarebbero trasformate in strida di morte; che la maschera aurea del Minotauro sarebbe stata appiattita col martello e spartita con le altre spoglie, e che nulla sarebbe rimasto della splendida maestà di Creta. L'isola stessa sarebbe affondata nuovamente nel mare, da cui, insieme ad altri prodigi dell'abisso, si era un giorno levata.

Pensai anche al Minotauro, ma senza rancore, poiché la morte di Minea era stata subitanea, e non aveva dovuto fuggire dal mostro servendosi di tutti i trucchi che la sua arte le aveva appresi. Era morta prima ancora di accorgersi quale stava per essere la sua sorte. Riflettei che il Minotauro era il solo a sapere che il dio era morto e che Creta era destinata a cadere, e arguii che il suo non doveva essere un segreto facile da portare. Non ero certo che il suo compito fosse sempre stato lieve, anche nei giorni in cui il mostro viveva ancora ed egli sospingeva entro la casa buia il fiore della gioventù della sua terra, mese per mese, anno per anno, pur sapendo che cosa li attendesse laggiù.

No, non provavo risentimento alcuno. Appoggiato a Kaptah

cantavo e bevevo come un pazzo, mentre camminavo, e gli fu facile convincere gli amici di Minea in cui ci imbattemmo che ero ancora ubriaco dopo aver atteso inutilmente il suo ritorno. Trovarono la cosa naturale, vedendo che ero straniero e troppo ignorante per capire quanto dovessi apparire barbaro ai loro occhi per mostrarmi pubblicamente ubriaco nel mezzo del giorno. Kaptah riuscì infine a noleggiare una portantina, e mi condusse alla locanda dove, dopo aver ingurgitata una grande quantità di vino, sprofondai in un sonno lungo, letargico.

Allorché mi risvegliai, la mia testa era fresca e lucida, e il passato lontano. Mi tornò in mente il Minotauro. Dovevo uscire e ucciderlo? Ma compresi che sarebbe stata un'impresa inutile. Dicendo la verità avrei salvata la vita a coloro che ancora dovevano estrarre le sorti, o che già le avevano estratte, per ottenere il privilegio di entrare nella casa del dio. Ma sapevo che la verità è un pugnale sguainato nelle mani di un bambino, e si rivolge prontamente contro chi la possiede.

Del resto come straniero capivo che il dio di Creta non mi riguardava... e Minea se n'era andata. I granchi e gli astaci avrebbero finito di divorarne le ossa delicate, ed ella avrebbe riposato per sempre sul sabbioso fondo del mare. Mi dissi che tutto questo era già scritto nelle stelle assai prima del giorno della mia nascita, e questo pensiero mi consolò. Lo dissi a Kaptah, ma egli mi rispose che io ero ammalato e dovevo riposare, e impedì a chiunque di vedermi.

In quel periodo mi indispettii molto contro Kaptah, poiché insisteva a rimpinzarmi di cibo benché non avessi alcuna voglia di mangiare e desiderassi soltanto vino. Soffrivo di una sete continua, inestinguibile, e mi calmavo soltanto quando avevo bevuto abbastanza perché la vista mi si alterasse. A volte mi rendevo conto che le cose non sono affatto come sembrano. Il bevitore infatti vede ogni cosa doppia, dopo aver bevuto molto. Per lui questa è la visione esatta anche se sa in cuor suo che essa è falsa. E che cos'è ciò se non l'essenza stessa della verità? Quando a forza di pazienza e di dominio su me stesso cercavo di spiegare questa mia teoria a Kaptah, egli non mi voleva ascoltare ma mi obbligava a sdraiarmi, a chiudere gli occhi e a ricompormi.

Riconosco soltanto ora la gravità del mio stato di allora, per quanto ne abbia dimenticati i pensieri perché il vino tendeva a confondermi e ad annebbiare il mio intelletto. Credo tuttavia che il buon vino abbia salvata la mia ragione e mi abbia aiutato a superare il peggio, dopo che ebbi perduta Minea per sempre, smarrendo altresì ogni fede negli dèi e nell'umanità.

Qualcosa di me svaporava entro i fumi del vino. Avevo provato qualcosa del genere già una volta, allorché durante la mia fanciullezza avevo veduto il sacerdote di Ammon sputare in faccia al dio del santuario e fregargli il volto con il rovescio della manica. Il fiume della vita si era ristagnato e le sue acque si allargavano... si riversavano entro un vasto lago la cui superficie era bella, era come uno specchio per il firmamento stellato. Ficcaci dentro un bastone, ed ecco che l'acqua si intorbida e il fondo non è che fango e putridume.

Un mattino mi svegliai nella locanda e vidi Kaptah seduto in un angolo della stanza che piangeva silenziosamente, stringendosi la testa tra le mani. Inclinai il capo sopra la giara di vino e dopo aver bevuto gli chiesi bruscamente: « Per che cosa piangi, animale? ».

Era la prima volta in tanti giorni che mi curavo di parlargli, talmente ero seccato delle sue sciocche premure. Allora egli alzò la testa e rispose: « Una nave si trova in questo momento nel porto pronta a salpare per la Siria, l'ultima dicono, che partirà prima delle tempeste invernali. Ecco perché piango ».

Gli dissi: « Vattene dunque sulla tua nave, prima che ti bastoni un'altra volta. Mi saranno almeno risparmiati la vista insopportabile della tua faccia e i tuoi continui guaiti e lamenti ».

Ma dopo aver detto questo mi vergognai e respinsi lontano la giara del vino. Era pure un'amara consolazione sapere che c'era almeno una creatura al mondo che dipendeva da me, anche se questa creatura non era altri che uno schiavo fuggiasco.

Kaptah disse: « Francamente, padrone, sono stufo anch'io della tua stupidaggine. I morti sono morti e non ritornano. Andiamocene di qui finché siamo in tempo. L'oro e l'argento che tu hai ammassato nel corso dei tuoi viaggi li hai buttati dalla finestra. Non credo che con le tue mani tremanti tu possa operare una sola guarigione; non riesci neppure a tenere stretta l'anfora del vino. Da principio pensavo che fosse bene tu bevessi, per la pace del tuo spirito; anzi ti spingevo a bere, e seguitavo a rompere sigilli di sempre nuove giare... e bevevo anch'io. E quel che è peggio, mi vantavo con gli altri: "Guardate che padrone ho! Beve come un ippopotamo... affoga nel vino tutto il suo oro e il suo argento, spensieratamente, divertendosi come un pazzo". Adesso però non mi vanto più e mi vergogno, causa il mio padrone, poiché c'è un limite a tutto, e a parer mio tu lo hai superato.

« Non condannerò mai un uomo che si ubriaca d'impulso e attacca lite per la strada e si fa rompere la testa. Questa è una usanza sensata, che solleva la mente in molte specie di dolori, e anch'io molte volte ho fatto lo stesso. I disordini che ne risultano possono essere trattati prudentemente con birra e pesce salato, dopo di che un uomo riprende le sue fatiche, così come gli dèi hanno predisposto e come la decenza richiede. Ma tu bevi come se ogni giorno fosse il tuo ultimo, e ho una gran paura che tu voglia infradiciarti di vino sin dentro la tua fossa. Se questo è il tuo scopo, faresti meglio ad annegarti in un intiero bagno di vino, è un metodo più spiccio e anche più piacevole, e non reca disonore ».

Riflettei a queste sue parole. Mi osservai le mani, che erano state quelle di un risanatore, ma che ora tremavano come per forza propria, e come se io non ne fossi più il padrone. Pensai al sapere che avevo accumulato in tanti paesi diversi e compresi che ogni eccesso è follìa. È altrettanto folle mangiare e bere smodatamente come soccombere agli estremi della gioia e del dolore.

Dissi perciò a Kaptah: « Sia dunque come tu dici, ma sappi che la situazione mi era già chiara, e non sono certo le tue parole a persuadermi, poiché i tuoi discorsi sono noiosi alle mie orecchie come il ronzìo delle mosche. Smetterò di bere per qualche tempo e non voglio aprire un'altra giara. Ho rifatto l'ordine tra i miei pensieri e intendo ritornare a Smirne ».

Kaptah prese a saltare di gioia per la stanza e poi uscì a sistemare la nostra partenza, e quello stesso giorno salimmo a bordo. I vogatori tuffarono i loro remi, e noi uscimmo scivolando dal porto, di là dalle centinaia di vascelli ondeggianti all'ancora, di là dalle navi da guerra cretesi coperte di scudi di rame. Una volta fuori del porto gli uomini riposero i remi negli scalmi; il capitano rese sacrifici nella sua cabina al dio del mare e agli altri dèi e diede ordine di inalzare la vela; il naviglio sbandò, poi raddrizzandosi iniziò ratto la sua corsa. A poppavia l'isola di Creta si fondeva come una nube turchina, come un'ombra, come un sogno, e noi fummo nuovamente soli sull'ondosa vastità dell'oceano.

LIBRO IX

LA CODA DEL COCCODRILLO

I.

Intanto ero entrato nell'età matura, e quando tornai a Smirne non ero più giovane. Ne ero rimasto assente tre anni, durante i quali avevo acquistato conoscenza, buona e cattiva, di molti paesi. I venti oceanici mi avevano liberato il cervello dai fumi del vino, avevano ridata lucidità ai miei occhi e ridonata forza alle mie membra. Mangiavo e bevevo e mi comportavo come gli altri, soltanto parlavo meno dei miei simili e mi sentivo ancora più solitario di prima. La solitudine è il destino di molti, — il destino degli anni maturi — ma io ero sempre stato solo sin dalla fanciullezza, ero uno straniero nel mondo da quando la navicella di giunchi mi aveva trasportato alla sponda tebana. Non sentivo il bisogno di adattarmi alla solitudine come la maggior parte degli uomini, poiché sin dai primordi della mia esistenza essa mi era stata patria e rifugio nelle tenebre dell'universo.

Ma mentre sostavo presso la polena del tagliamare, tra le verdi, ondose acque, e la brezza marina mi allontanava dal cervello la mia follìa, vedevo in lontananza due occhi verdi simili a luce lunare sul mare; riudivo il riso fresco di Minea e la rivedevo danzare su un'aia lungo le strade di Babilonia, nella sua veste leggiera, giovane e svelta come una tenera canna. E la sua immagine non mi addolorava ma mi era piuttosto come un dolce tormento, così come quando ci si sveglia da un sogno che è più bello della realtà. Quando pensavo a lei mi rallegravo di averla conosciuta, e non avrei rinunciato a una sola ora della sua compagnia sapendo che senza di lei io non sarei stato così completo come ero diventato. La polena di nave era di freddo legno dipinto, ma il suo era un volto femminile. Mentre vi sostavo accanto, la faccia nel vento, sentivo rigogliosa entro di me la mia virilità e presentivo che ci sarebbero state ancora molte donne nella mia vita, poiché è tedioso per un uomo solitario giacere solo la notte. Ma mi figuravo che tutte queste donne sarebbero state soltanto figure di legno dipinto e che, allorché nelle tenebre mi sarei accostato ad esse, avrei ricercato in loro soltanto

Minea; soltanto lo scintillìo della luce lunare, il calore di un corpo snello, la fragranza del cipresso mi avrebbero potuto ricordare Minea. Così, presso la polena scolpita della nave, le dissi addio.

La mia casa di Smirne era ancora in piedi ancorché le imposte ne fossero state spezzate dai ladri, i quali avevano asportato tutti gli oggetti di valore che non avevo affidati alla custodia dei mercanti. Poiché la mia assenza si era protratta troppo a lungo, i miei vicini avevano incominciato a servirsi dello spazio di fronte alla mia casa come di immondezzaio e latrina; di conseguenza ne emanava un tanfo insopportabile. Allorché entrai nelle stanze un'orda di topi si mise in fuga precipitosa lungo il pavimento, stracciando le ragnatele che pendevano ovunque.

I vicini non furono contenti di vedermi. Distolsero gli occhi da me e si dissero tra loro: « È Egiziano e ogni male viene dall'Egitto ». Perciò mi recai prima di tutto a una locanda raccomandando a Kaptah di mettere in ordine la casa in modo che fosse nuovamente abitabile. Quindi mi recai a visitare i mercanti presso i quali avevo depositato i miei fondi. Dopo tre anni di peregrinazioni ero ritornato povero, poiché oltre ai miei guadagni avevo perduto quel che Horemheb mi aveva dato, soprattutto in donazioni ai sacerdoti di Babilonia per il riscatto di Minea.

I ricchi armatori furono stupefatti nel vedermi. I loro nasi si allungarono ancor più del solito e si lisciarono la barba con aria perplessa, poiché la mia lunga assenza li aveva incoraggiati a ritenere che i miei beni fossero ormai loro. Comunque mi diedero conto esatto di ogni cosa, e benché alcune navi fossero affondate e io avessi perduta la mia compartecipazione ad esse, altre invece avevano apportato un profitto enorme. Quando tutto fu sistemato mi accorsi di essere diventato più ricco di quanto non fossi stato alla mia partenza e non dovevo certo preoccuparmi per il mio sostentamento a Smirne.

Comunque gli armatori mi invitarono nelle loro stanze, mi offersero vino e pane al miele, e facendo una faccia lunga mi dissero: « Medico Sinuhe! Tu ci sei amico, ma ancorché noi siamo contenti di trafficare con l'Egitto, non ci piace vedere gli Egiziani farsi strada in mezzo a noi. Il popolo mormora ed è duramente vessato dai tributi che è costretto a pagare al Faraone. In questi ultimi tempi gli Egiziani sono stati presi a sassate per le vie, nei loro templi vennero buttati maiali morti, e la nostra gente non ama mostrarsi in pubblico in loro compagnia. Tu, Sinuhe, ci sei amico, e noi ti rispettiamo moltissimo per le tue doti di risanatore, di cui non ci siamo dimenticati. Per questo motivo desideriamo parlarti chiaro, affinché tu possa agire di conseguenza e con cautela ».

Queste loro parole mi lasciarono sbalordito poiché alla mia partenza la gente aveva fatto a gara per ottenere il favore degli Egiziani e li invitava sempre nelle proprie case. Come i Tebani avevano adottati i costumi di Siria, così qui a Smirne tutti seguivano la foggia egizia. Ma Kaptah doveva provarmi la verità di queste parole quando pieno di sdegno venne a raggiungermi alla locanda.

« Uno spirito maligno deve certo essersi impossessato di questa gente, perché si comportano come cani arrabbiati, fingendo di ignorare la lingua egiziana. Quando videro che ero Egiziano mi buttarono fuori della taverna dove ero andato per rinfrescarmi la gola riarsa. Mi insultarono e mi copersero di male parole e i bambini mi lanciarono manate di sterco. Entrai allora in un'altra taverna, poiché avevo la gola secca come stoppia e ardevo dal desiderio di bere la forte birra siriana. Qui però non proferii parola, il che mi è duro, come tu sai. Comunque fui prudente e intinsi la mia cannuccia nella birra insieme agli altri, in silenzio, e ascoltai quello che dicevano. Si lamentavano che Smirne era un tempo città libera, che non pagava tributi a nessuno, e non volevano più che i loro figliuoli nascessero servi del Faraone. Anche altre città siriache erano libere da tempo, e perciò bisognava bastonare e scacciare tutti gli Egiziani... Questo era il dovere di ogni uomo amante della libertà e stanco di essere schiavo del Faraone. Queste sciocchezze dicevano, benché sia risaputo che la protezione dell'Egitto è più un beneficio per la Siria che non per l'Egitto stesso. Se le lasciassimo a loro stesse, le città siriache diventerebbero come tanti gatti selvatici in un sacco, e si graffierebbero e dilanierebbero a vicenda, con grande detrimento dell'agricoltura e del commercio. Quegli imbecilli si vantavano della loro potenza e parlavano di non so quale alleanza fra tutte le loro città. Come Egiziano mi sentii così profondamente nauseato dei loro discorsi che non appena il taverniere girò la schiena me n'andai senza pagare spezzando la mia cannuccia ».

Non dovetti camminare a lungo per la città per avere conferma dell'esattezza delle parole di Kaptah. Nessuno mi molestò, poiché avevo appreso a portare le vesti siriache, ma quelli che un tempo mi avevano conosciuto volgevano ora il viso quando mi incontravano, mentre gli altri Egiziani abitanti in città uscivano scortati. Ma anche così, il popolo li insultava e li tempestava di frutta marcia e di pesce fradicio. Io però non ero preoccupato. Senza dubbio il popolo di Smirne era infuriato a causa delle nuove tasse, e tumulti di questo genere erano destinati a cessare rapidamente perché la Siria traeva altrettanto vantaggio dall'Egitto quanto l'Egitto dalla Siria. Non potevo credere che le città della costa riuscissero a mantenersi a lungo da sé senza il grano d'Egitto.

Avevo riordinata la mia casa, e avevo ricominciato a ricevere pazienti e a curarli come prima. E come prima gli ammalati venivano, poiché la malattia e il dolore non si informano della razza di un individuo, ma soltanto della sua abilità.

Però discutevano con me e mi chiedevano: « Dicci, tu che sei Egiziano, non è ingiusto che l'Egitto ci debba estorcere tributi, ci debba sfruttare e attaccarsi alla nostra povertà come una mignatta avida di sangue? E non è forse ingiusto anche che noi non possiamo essere in grado di riparare le nostre mura e le nostre torri se così desideriamo e siamo disposti a sopportarne il costo da soli? I nostri consiglieri sono più che competenti a governarci bene e con equità anche senza l'intromissione egiziana per quel che riguarda l'incoronazione dei nostri governanti o la amministrazione della nostra giustizia. Per Baal, se non fosse per gli Egiziani potremmo fiorire e prosperare. Ma questi ci stanno addosso come locuste, e adesso il vostro Faraone vuole imporci un nuovo dio, cosicché finiremo per perdere il favore dei nostri ».

Non avevo voglia di sciupar parole con loro, ma mi limitavo a rispondere: « Contro chi costruireste le vostre mura e le vostre torri se non contro l'Egitto? È indubbiamente vero che la vostra città fu libera entro le sue mura nei giorni dei vostri antenati, ma voi avete sparso sangue e vi siete impoveriti in innumerevoli guerre contro vicini che ancora odiate, mentre i vostri principi erano despoti licenziosi sotto i quali né i ricchi né i poveri conoscevano sicurezza. Ora siete protetti dai vostri nemici dalle lance, dagli scudi egiziani, e le leggi d'Egitto difendono non solo i diritti dei ricchi ma anche quelli dei poveri ».

Questi discorsi però li facevano montare in furore; i loro occhi si iniettavano di sangue e le loro narici fremevano mentre mi replicavano: « Le leggi d'Egitto sono sterco per noi, e i suoi dèi noi li aborriamo. Che importa se i nostri principi erano despoti e ingiusti... cosa però che non crediamo! Erano i *nostri* principi, e il nostro cuore ci dice che l'ingiustizia in un paese libero è meglio che la giustizia in un paese schiavo ».

Ribattevo: « Non vedo tra voi alcun segno di schiavitù; anzi mi pare che ingrassiate e vi vantiate della ricchezza guadagnata a spese della stupidità egiziana. Se foste liberi vi saccheggereste vicendevolmente le vostre navi e vi abbattereste a vicenda i vostri alberi da frutta. E nei vostri viaggi nel retroterra le vostre vite non sarebbero più sicure ».

Ma non volevano ascoltarmi. Buttavano a terra i loro doni e se ne andavano dicendo: « Tu in cuor tuo sei Egiziano anche se porti vesti siriache. Tutti gli Egiziani sono oppressori e malfattori, e i soli Egiziani buoni sono quelli morti ».

In conseguenza di tutto ciò incominciavo a sentirmi a disagio a Smirne. Presi a raccogliere tutto quello che mi apparteneva per prepararmi alla partenza. Dovevo tornare in Egitto, secondo la mia promessa, per incontrare Horemheb e narrargli quanto avevo veduto; ma non mi affrettavo, poiché il mio spirito veniva meno al pensiero di bere un'altra volta l'acqua del Nilo. E così il tempo fuggiva via.

Una sera stavo tornando nell'oscurità dal tempio di Ishtar, dove mi recavo di quando in quando, come un uomo assetato beve senza badare alla fonte che gli dà sollievo. Alcuni uomini mi si avvicinarono, strisciando lungo il muro e dicendosi tra loro: « Quest'uomo non è forse Egiziano? Dobbiamo permettere che un circonciso giaccia con le nostre vergini e insozzi il nostro tempio? ».

Osservai: « Le vostre vergini, per le quali consiglierei un epiteto più adatto, non badano né alle razze né agli individui. Misurano il loro piacere dall'oro che uno ha nella borsa. Non faccio lor colpa di questo dal momento che è mio costume prendere piacere con loro, e intendo continuare in questo senso fin quando mi parrà ».

Non avevo ancora terminato di proferire queste parole che si coprirono il viso coi loro mantelli, mi si buttarono addosso e mi gettarono a terra, poi incominciarono a sbattermi la testa contro il muro finché credetti di essere sul punto di morire; ma mentre già mi stavano derubando e spogliando, prima di gettarmi nel porto, uno di costoro mi vide in faccia ed esclamò: « Ma questo è Sinuhe, il medico egiziano amico del Re Aziru! ».

Dissi che lo ero e giurai che li avrei uccisi tutti e avrei buttato le loro carogne ai cani. La testa mi doleva terribilmente, ed ero troppo furibondo per provare spavento. Allora mi liberarono, mi restituirono i miei vestiti e fuggirono, sempre tenendosi il volto nascosto nei mantelli. Non so perché facessero questo, poiché avendomi in loro potere non avevano motivo di temere le mie minacce.

2.

Pochi giorni dopo giunse a cavallo e si fermò davanti alla mia porta un messaggero; ora questo era uno spettacolo assai raro, poiché un Egiziano non viaggia mai a cavallo e un Siriano assai difficilmente. Sono soprattutto i razziatori del deserto a viaggiare in questa guisa, poiché il cavallo è un animale indomito, sgraziato, che scalcia e morde quando un uomo cerca di montarlo, e lo butta a terra, e si comporta in modo assai diverso dall'asino, che è passibile di tutti gli usi. Quest'uomo si fermò davanti alla mia casa su una bestia scalpitante, coperta di schiuma, dalla cui bocca uscivano rivoli di sangue. Le sue vesti mi fecero capire che il messaggero proveniva dalle colline della terra dei pastori, e nel suo viso lessi un'intensa emozione.

Accorse verso di me e senza quasi salutarmi, tanto era agitato, prese a gridare: « Ordina subito la tua portantina, Sinuhe, e seguimi immediatamente. Vengo dalla terra di Amurru, il cui Re, Aziru, mi ha mandato a prenderti. Suo figlio è malato, e nessuno capisce il male del ragazzo. Il Re infuria come un leone nel deserto, e rompe le ossa di chiunque gli si avvicini. Prendi dunque la tua cassetta di medicinali e seguimi in fretta, altrimenti ti staccherò la testa dalle spalle e la farò rotolare a calci lungo la strada ».

« La mia testa da sola servirebbe poco al Re. Tuttavia ti perdono la tua impetuosità e ti seguirò, non a causa delle tue minacce, ma perché Re Aziru mi è amico e desidero aiutarlo ».

Ordinai a Kaptah di andar a cercare una lettiga e seguii il messo rallegrandomi in cuor mio. Mi sentivo talmente solo che persino il pensiero d'incontrare Aziru, a cui una volta avevo coperto d'oro i denti, mi dava piacere. Ma non fui più tanto felice quando giungemmo all'imboccatura di un valico, poiché allora io e il mio cofano di medicinali venimmo issati su un cocchio trainato da cavalli selvaggi. Procedevamo all'impazzata su pietre e massi finché incominciai a temere che le mie povere membra si sarebbero spezzate ad una ad una, e tanto era il terrore da cui mi sentivo invaso, che mi ero messo a strillare come una donnicciola. Il mio compagno col suo cavallo affaticato era rimasto a grande distanza, e io speravo si rompesse il collo al più presto.

Dall'altra parte della catena montana fui fatto scendere dal cocchio e salire in un altro trainato da cavalli freschi. Non riuscivo quasi più a capire se mi trovavo sulla testa o sui piedi, e non facevo che urlare ai conducenti: « Mascalzoni! Carogne! Scarabei stercorari! ». E percuotevo le loro schiene a suon di pugni non appena arrivavamo su tratti più lisci, e osavo allentare la mia stretta sugli orli del carro. Ma non mi badavano neppure, e seguitavano ad agitare le redini e a schioccare la frusta, cosicché noi balzavamo sulle pietre e io pensavo che le ruote avrebbero finito per volar via.

In questo modo il nostro viaggio ad Amurru non fu certo lungo, e prima del calar del sole eravamo in una città circondata di mura altissime e costruite da poco. Erano guardate da soldati armati di scudo, ma le porte si aprirono immediatamente dinanzi a noi. Passammo come un fulmine per la città tra il ragliare degli asini e le strida delle donne e dei bambini, mentre ceste di frutta volavano per l'aria e innumerevoli brocche furono frantumate sotto le ruote, poiché i conducenti non badavano a nessuno nella loro corsa forsennata.

Quando mi sollevarono dal veicolo non ero più in grado di camminare, ma barcollavo come un ubriaco. I conducenti mi portarono a braccia entro la casa, seguiti da schiavi recanti il mio cofano di medicinali. Avevamo appena oltrepassato il muro esterno, su cui erano appesi scudi, corazze e lance adorne di nappe, quando Aziru si scontrò con noi: barriva come un elefante ferito, si era strappate le vesti e si era cosparso il capo di cenere, e si era talmente graffiata la faccia con le unghie che sanguinava tutto.

Non appena mi vide mi abbracciò con effusione e pianse e disse: « Guarisci mio figlio, Sinuhe... guariscilo, e tutto quel che è mio sarà tuo ».

Gli feci osservare: « Lascia prima che veda tuo figlio e poi ti dirò se potrò guarirlo ».

Mi condusse affannosamente in una grande stanza riscaldata da un braciere ancorché fosse estate. Dentro, l'aria era soffocante. In mezzo al pavimento stava una culla in cui era adagiato un bambino di non ancora un anno, tutto avvolto in indumenti di lana. Urlava talmente forte che la sua faccia era diventata di un blu violaceo e la sua minuscola fronte era tutta imperlata di sudore. Benché piccolo, aveva fitti capelli neri come suo padre. Non riuscivo a capire che cosa lo tormentasse. Certo se fosse stato moribondo non avrebbe potuto strillare tanto di gusto. Distesa a terra accanto alla culla stava Keftiu, la donna che un giorno io avevo donata ad Aziru. Si era fatta ancora più grassa e più bianca, e le sue carni grevi come montagne si scuotevano tutte mentre ella picchiava la fronte contro il pavimento in preda al dolore e si lamentava e strideva. Dai quattro angoli della stanza giungevano le grida delle schiave e delle nutrici le cui facce erano gonfie e contuse dai colpi che Aziru aveva loro inflitto poiché non erano state in grado di guarire il suo figliuolo.

« Fatti coraggio, Aziru », gli dissi. « Tuo figlio non sta morendo, ma bisogna che io mi purifichi prima di auscultarlo. E porta via quel maledetto braciere prima che soffochiamo tutti! ».

Keftiu alzò pronta la testa dal pavimento e gridò spaventata: « Il bambino prenderà freddo! ». Poi i suoi occhi si posarono sopra di me: allora sorrise e si tirò a sedere, si ravviò i capelli e il vestito e mormorò: « Sinuhe, sei tu? ».

Ma Aziru si torceva le mani e gemeva: « Il bambino non riesce a inghiottire nulla e vomita tutto quello che mangia, e ha il corpo accaldato. Da tre giorni non ha quasi preso cibo e non fa che piangere, tanto che a udirlo il cuore mi si spezza ».

Gli ordinai di cacciar via le nutrici e le schiave, e mi obbedì umilmente, dimenticandosi completamente della sua regalità. Quando mi fui purificato disfeci le fasce che avvolgevano il bambino e gliele tolsi, quindi aprii le imposte affinché la stanza fosse rinfrescata dalla mite brezza della sera. Immediatamente il piccolo si quietò, smise di piangere e incominciò a scalciare con le sue grosse gambette. Gli tastai il corpo e la pancia finché a un tratto un pensiero mi attraversò il cervello: gli posi un dito in bocca. Avevo indovinato giusto: il primo dentino già spuntava come una perla nella sua gengiva.

Allora esclamai furibondo: « Aziru, Aziru! È per questo che i tuoi cavalli impazziti hanno trascinato fin qui il primo dottore di Smirne! Il tuo bambino non ha nulla: è solo impaziente e irritabile come suo padre. Può anche darsi che abbia un po' di febbre, ma questa è ormai scemata. Se ha vomitato è perché ha avuto il buonsenso di salvarsi così la pelle, poiché voi lo avete rimpinzato di latte troppo grasso. Sarebbe ora che Keftiu lo svezzasse e lo abituasse a un cibo adatto, altrimenti finirà per strappare a suon di morsi i capezzoli di sua madre. Devi sapere che tuo figlio piangeva di petulanza perché gli sta spuntando il suo primo dentino, e se non mi credi guarda da te ».

Aprii la bocca del piccolo, e mostrai il dente ad Aziru. Questi proruppe in una gioia selvaggia, batté le mani e prese a danzare per la stanza finché tutto il pavimento ne fu scosso. Mostrai il dente anche a Keftiu, ed ella dichiarò che non aveva mai visto un dentino più bello nella bocca di nessun bambino. Voleva fasciare nuovamente la creatura con indumenti di lana, ma io glielo proibii e avvolsi il piccolo in un fresco pannolino di tela per evitare che l'aria della sera avesse a raffreddarlo.

Aziru seguitò a ballare, a picchiare i piedi e a cantare con la sua voce rauca, e non era per nulla impacciato per avermi trascinato da così lontano. Insistette per mostrare il dente di suo figlio ai membri della corte e a tutti gli ufficiali. Furono chiamate ad ammirarlo persino le guardie delle mura. Tutti si affollavano intorno alla culla tra un clangore di scudi e di lance, e ammiravano il bambino e cercavano di infilargli in bocca i loro sudici pollici per vedere il dente, finché io allontanai tutti quanti dalla stanza, pregando Aziru di non dimenticare completamente la sua dignità e di ricomporsi.

Aziru mi guardò sbalordito e disse: « Effettivamente devo essermi lasciato un po' troppo andare e devo essermi comportato come un piagnone sciocco e inutile. Ho passato tante notti sveglio presso questa culla con la disperazione nel cuore, ma tu devi capire che è mio figlio, il mio primogenito, il mio principe, il mio gioiello, la pupilla dei miei occhi, il mio leoncino che un giorno porterà la corona di Amurru e governerà molti uomini. Perché intendo fare di questo paese una grande nazione, degna di essere ereditata, affinché mio figlio possa lodare il nome di suo padre. Sinuhe, Sinuhe, tu non sai quanto ti sono grato per avermi tolta questa pietra dal cuore. Devi ammettere che non hai mai veduto un maschio così bello, in tutti i tuoi viaggi. Guarda che capelli... non sembrano una criniera di leoncello... e dimmi se hai mai veduto capelli simili su un bambino di quest'età. Hai visto tu stesso che il suo dentino è come una perla, impeccabile e lucente... e guardagli le membra! ».

Queste sue ciance mi seccarono talmente che alla fine augurai a lui e al suo bambino di andar a finire nel più profondo degli abissi. Gli spiegai che avevo le ossa talmente ammaccate da quell'odioso viaggio che anche ora non riuscivo a capire se stavo sulla testa o sui piedi. Ma egli mi calmò, e circondandomi le spalle col suo braccio mi offerse ogni sorta di cibi, su piatti d'argento, agnello arrosto e riso cotto nel grasso, nonché del vino in un nappo d'oro. Mi sentii sollevato e gli perdonai.

Rimasi suo ospite alcuni giorni, mi colmò di doni splendidi e mi diede oro e argento; la sua ricchezza era molto aumentata da quando ci eravamo lasciati l'ultima volta. Non volle però dirmi in che modo il suo povero paese si fosse arricchito, ma rise tra la barba e mi spiegò che la moglie che gli avevo regalata gli aveva portato fortuna. Anche Keftiu fu cordiale e mi dimostrò un rispetto quasi ostentato... ricordandosi senza dubbio del bastone con cui più di una volta avevo provata la resistenza della sua pelle. Mi seguiva dappertutto ondeggiando e tintinnando in tutta la sua opulenza, e mi lanciava tenere occhiate e mi accarezzava di sorrisi. Tanto ardente era l'amore che Aziru le portava che raramente faceva visita alle altre sue mogli, e solo per dovere di cortesia. Costoro erano le figlie di capi tribù di cui egli si era con queste unioni prudentemente assicurata l'alleanza.

Avevo viaggiato tanto e avevo veduto tanti paesi che egli si sentì spinto di vantarmi la sua potenza. Mi narrò tante cose che forse in seguito dovette pentirsi di avermi dette. Appresi in tal modo che gli uomini che mi avevano attaccato a Smirne e per poco non mi aveva buttato nel porto, erano agitatori inviati da lui, ed erano stati loro a riferirgli che io ero rientrato a Smirne.

Deplorò quanto era accaduto, ma soggiunse: « Per dir la verità ci saranno molte teste rotte tra gli Egiziani, e più di un soldato egiziano sarà scagliato nel porto prima che Smirne, Biblo, Sidone e Gaza abbiano imparato che gli Egiziani non sono invulnerabili... che anche il loro sangue scorre e che quando le loro carcasse sono trafitte anche loro sono abbandonati dalla vita. I mercanti di Siria sono troppo pavidi, i principi timidi, e il popolo tardo come un bue. Tocca agli svegli guidarli e dimostrargli dove sta il loro interesse ».

Gli chiesi: « Perché deve essere così, Aziru, e perché nutri tanto odio contro gli Egiziani? ».

Si lisciò la barba ricciuta con un sorriso volpino e rispose: « Chi dice che io li odii, Sinuhe? Io non li odio. Sono cresciuto nella casa aurea del Faraone, come mio padre prima di me, e come tutti gli altri principi egiziani. Ho imparato laggiù che agli occhi della gente colta tutti i popoli sono gli stessi. Non esiste una nazione più coraggiosa o più codarda, più crudele o più compassionevole, più malvagia o più virtuosa di un'altra. In tutte le razze esistono eroi e vigliacchi, uomini onesti e farabutti, e questo vale tanto per la Siria quanto per l'Egitto. Perciò i governanti non odiano nessuno e non ammettono nessuna differenza tra le nazioni... ma l'odio è una grande forza nelle mani di un governante! È più potente di molte armi, poiché senza odio nessun braccio è abbastanza forte per impugnare un'arma. Perciò faccio quello che posso per suscitare odio tra la Siria e l'Egitto, e soffierò sulla fiamma finché essa divamperà in un incendio che distruggerà la sovranità egiziana in Siria. Tutte le città, tutte le razze siriache impareranno che gli Egiziani sono più disprezzabili, più codardi, più crudeli, più corrotti, più avidi e più ingrati dei Siriani. Impareranno a sputare quando udranno menzionare il nome di un Egiziano e a considerarli usurpatori, oppressori, vampiri, carnefici, corrompitori di giovani, finché il loro odio smuoverà le montagne ».

« Ma nulla di tutto questo è vero, come hai detto tu stesso ».

Ebbe un gesto vago delle mani, quindi riprese scrollando le spalle: « Che cos'è la verità, Sinuhe? Quando il loro sangue avrà intriso a sufficienza la verità che io offro, giureranno di essere più forti, più coraggiosi, più giusti di qualsiasi altro popolo della terra. Crederanno di amare la libertà più di quanto temono la morte, la fame e le privazioni, e saranno pronti a pagare qualsiasi prezzo pur di ottenerla. Io insegnerò loro questo. Molti già ci credono, e ogni credente convertirà altri adepti finché la nuova verità percorrerà come un fuoco divampante tutta la Siria. È pure una verità che l'Egitto una volta entrò in Siria a ferro e fuoco, e perciò deve esserne cacciato col ferro, col fuoco e col sangue ».

« Di quale libertà parli loro? », chiesi, temendo dai suoi discorsi per il destino dell'Egitto.

Levò ancora una volta le mani e sorrise con dolcezza.

« La libertà è una parola dai molti significati; alcuni per verità intendono una cosa, altri un'altra, ma ciò non ha importanza, purché la libertà non venga mai raggiunta. Occorrono molti anni per conquistare la libertà; ma una volta conquistata, conviene non dividerla con nessuno, ma tenerla per sé. Io penso che la terra di Amurru sarà un giorno chiamata la culla della libertà. Una nazione che crede a tutto ciò che le si dice è come una mandria di bovini che può essere spinta attraverso un cancello mediante un bastone, o come un gregge che segue la pecora del campano senza riflettere a dove è condotta. E forse sarò io colui che spingerà la mandria e guiderà il gregge ».

« Devi proprio avere un cervello da pecora per parlare così pericolosamente. Se il Faraone ti sentisse, ti manderebbe subito contro i suoi cocchi e le sue lance. Abbatterebbe le tue mura e impiccherebbe te e il tuo figlio a testa in giù alla prora della sua nave da guerra, non appena tornato a Tebe ».

Aziru si limitò a sorridere.

« Non credo di correre grande pericolo a causa del Faraone, poiché ho ricevuto dalle sue mani il simbolo della vita e ho inalzato un tempio al suo dio. Crede più a me che a chiunque altro in Siria... più ancora che ai suoi stessi inviati o agli ufficiali della guarnigione che adorano Ammon. Ti mostrerò ora qualcosa di molto divertente ».

Mi condusse sulle mura e mi mostrò un corpo nudo e scarnificato che penzolava per i talloni; era brulicante di mosche.

« Guarda bene », mi disse, « e ti accorgerai che quest'uomo è circonciso: effettivamente è un Egiziano. Era un gabellotto del Faraone che ebbe l'audacia di spingersi a spiare fin qui per scoprire perché io fossi in arretrato da un paio d'anni nel pagamento dei miei tributi. I miei soldati ci si divertirono molto con lui prima di impiccarlo sugli spalti per la sua sfacciataggine. Con ciò mi sono assicurato che gli Egiziani non viaggiano volentieri attraverso il paese di Amurru, nemmeno se sono in forti comitive, e i mercanti preferiscono pagare le tasse a me anziché a loro. Comprenderai tutta la portata di questo quando ti dirò che Megiddo è sotto il mio dominio, e obbedisce a me e non alla guarnigione, che si è rinchiusa timorosa nella fortezza e non osa avventurarsi per le strade della città ».

« Il sangue di questo poveraccio ricadrà sul tuo capo », dissi inorridito. « La tua punizione sarà tremenda quando questo misfatto sarà conosciuto, poiché in Egitto si può scherzare con qualunque cosa, ma non con gli esattori delle tasse ».

Tentai di spiegargli che aveva una nozione errata della ricchezza e della maestà dell'Egitto, e lo ammonii contro il pericolo di lasciarsi gonfiare. Anche un otre di pelle si gonfia quando è pieno d'aria, ma basta una puntura di spillo per sgonfiarlo. Ma Aziru si limitò a ridere mettendo in mostra i suoi abbaglianti denti d'oro, quindi ordinò dell'altro montone arrosto, che fu portato su piatti d'argento quasi a ostentazione della sua ricchezza.

La sua stanza privata era piena di tavolette di argilla, poiché i messaggeri gli portavano informazioni da tutte le città della Siria. Egli riceveva tavolette anche dal Re degli Hittiti e da Babilonia, cosa di cui non poté trattenersi dal vantarsi con me, benché non volle mostrarmene il contenuto. Era ansiosissimo di udirmi parlare del paese degli Hittiti, ma mi accorsi che ne sapeva in proposito quanto me. I messi hittiti gli facevano visita e si abboccavano con i suoi guerrieri e i suoi capi tribù.

Quando seppi questo, dissi: « Il leone e lo sciacallo possono allearsi per cacciare la medesima preda... ma hai mai visto i bocconi migliori toccare allo sciacallo? ».

Si limitò a ridere. « Grande è la mia sete di conoscenza, e come te cerco di imparare cose nuove, benché gli affari di stato m'impediscano di viaggiare al pari di te, che non hai responsabilità e sei libero come gli uccelli dell'aria. Che male c'è dunque se gli ufficiali hittiti istruiscono i miei capi tribù nell'arte della guerra? Essi possiedono armi nuove e l'esperienza che noi non abbiamo. Questo non può essere di aiuto al Faraone, perché se dovesse scoppiare una guerra... ma come, la Siria è da un pezzo lo scudo del Faraone ed è spesso stata anche uno scudo sanguinoso. Questo è qualcosa di cui ci ricorderemo quando dovremo regolare insieme i nostri conti ».

Mentre parlava di guerra mi venne in mente Horemheb e dissi: « Ho abusato anche troppo della tua ospitalità e adesso devo rientrare a Smirne, purché tu mi metta a disposizione una portantina. Mai più salirò su quei tuoi spaventosi cocchi: preferirei essere bastonato a morte, piuttosto! Smirne è diventata per me un deserto, e probabilmente io ho già succhiato anche troppo a lungo il sangue della povera, miserabile Siria. Ho intenzione di ritornare in Egitto. Può darsi che non ci incontreremo più per molto tempo — forse mai — poiché il ricordo dell'acqua del Nilo è dolce alle mie labbra. Chi sa che non rimanga a dissetarmici per sempre dal momento che ho già veduto abbastanza la cattiveria del mondo e ne ho imparato qualcosa pure da te ».

Aziru replicò: « Nessuno sa quel che può recare il domani. Sasso che rotola non si copre di muschio, e l'inquietudine che luccica nei tuoi occhi non ti può permettere di restare a lungo in nessun luogo ».

Ci separammo da amici; egli mi diede un palanchino e molti doni, e i suoi guerrieri mi scortarono sino a Smirne affinché nessuno mi assalisse per il fatto che ero Egiziano.

Alle porte di Smirne una rondine mi sfrecciò come un dardo sopra il capo; ne fui turbato e mi sentii il suolo della strada scottare sotto i piedi. Appena giunto a casa dissi a Kaptah: « Raccogli tutte le nostre robe e vendi questa casa. Ritorniamo in Egitto ».

3.

È inutile che io descriva questo nostro viaggio, che è ora per me come un'ombra o come un sogno inquieto. Quando salii finalmente a bordo della nave che doveva ricondurmi a Tebe, la città della mia fanciullezza, la mia anima fu invasa da un così intenso e sconfinato anelito, che non riuscivo più a stare né in piedi né seduto né disteso, ma seguitavo a passeggiare innanzi e indietro per il ponte ingombro, tra stuoie arrotolate e balle di mercanzia. L'odore della Siria era ancora appiccicato alle mie narici, ed ogni giorno che passava aumentava la mia ansia di vedere, invece della rocciosa costa siriaca, una certa terra piatta e verde di canne. Ogniqualvolta il bastimento giaceva all'ancora per interi giorni, ormeggiato ai moli delle città disseminate lungo la costa, non avevo la serenità sufficiente per visitare quei luoghi o raccogliere informazioni; il ragliare degli asini sulla riva si mescolava alle grida dei pesciaoli e al brusìo di idiomi stranieri in un fragore indistinguibile alle mie orecchie dal fragore del mare.

La primavera era ritornata tra le valli di Siria. Vedute dal largo le colline erano rosse come vino, e la sera la spumeggiante risacca delle sponde luccicava di un verde perlaceo. I sacerdoti di Baal elevavano tumultuose, stridule grida nei vicoli stretti. Si tagliuzzavano la faccia con coltelli di silice fino a che il sangue sgorgava, mentre le donne, scarmigliate, gli occhi fiammeggianti, seguivano i sacerdoti spingendo carriuole di legno. Ma tutto ciò lo avevo visto molte altre volte; i loro modi stranieri e la loro frenesia abbrutita mi rivoltavano, ora che dinanzi ai miei occhi aleggiava incerta la visione della mia patria. Avevo creduto che il mio cuore si fosse indurito, pensavo di essermi adattato ormai a tutte le usanze e a tutte le fedi, di comprendere i popoli di tutte le razze e di non disprezzarne nessuno, e che il mio solo scopo fosse quello di accumulare sapere. Ma ora la consapevolezza di essere in viaggio verso la Terra Nera divampava nel mio cuore come una fiamma vivificatrice.

Misi da parte i miei pensieri stranieri come indumenti estranei e ritornai ancora una volta Egiziano. Avevo nostalgia dell'odore di pesce fritto, sull'imbrunire, per i vicoli di Tebe, quando le donne accendono davanti alle capanne di mota i fuochi delle loro cucine. Anelavo al sapore del vino egiziano e alle acque del Nilo con il loro profumo di limo fertile. Desideravo lo stormire delle canne di papiro nelle brezze notturne, rivedevo con la fantasia il calice dei fiori di loto allargarsi sulla riva, la scrittura immaginifica dei templi, i pilastri colorati con le loro figurazioni eterne, l'odore dell'incenso tra gli intercolunni: così sciocco era il mio cuore.

Ritornavo in patria benché non avessi patria e fossi uno straniero sulla terra. Ritornavo in patria e le memorie non mi ferivano più. Il tempo e la conoscenza si erano accumulati come sabbia su tanta amarezza. Non provavo né dolore né rimorso, ma soltanto un anelito inquieto mi divorava il cuore. A poppavia fuggiva la terra siriana; prospera, fertile, ribollente d'odio e di inquietudine. La nostra nave, spinta innanzi dai remi, scivolava oltre le rosse sabbie del Sinai, e i venti del deserto soffiavano caldi e secchi sui nostri volti ancorché fosse soltanto primavera. Poi venne un mattino in cui il mare fu giallo, e di là da esso la terra si stendette come un sottile nastro verde. I marinai calarono una giara e la sollevarono piena d'acqua non salata; era acqua del Nilo e sapeva di fango egiziano. Nessun vino aveva mai avuto per me un sapore così gradevole come quell'acqua limacciosa, attinta così lontano dalla terra.

Kaptah disse: « L'acqua è sempre acqua, anche quella del Nilo. Abbi pazienza, signore, finché possiamo trovare una onesta taverna dove la birra sia chiara e spumeggiante, in modo che non si debba succhiarla attraverso una pagliuzza per evitare la pula dei chicchi. Allora, e allora soltanto, saprò di essere in patria ».

Questo suo discorso cinico mi irritò e gli dissi: « Una volta schiavi si è sempre schiavi, anche se vestiti di lana fine. Abbi pazienza, Kaptah, finché io riesca a scovare una canna flessibile, di quelle che si possono trovare soltanto tra i giuncheti del Nilo, e allora ti accorgerai di essere veramente in patria ».

Non se ne risentì, ma anzi i suoi occhi si riempirono di lagrime, e il mento gli tremò ed egli mi si prosternò dinanzi, tendendo le mani al livello dei ginocchi.

« Veramente, signore, tu hai il dono di saper trovare la parola giusta al momento propizio, poiché già mi ero dimenticato di quanto tenera è la carezza di una canna sottile sulle gambe e sulla schiena. Ah, mio signore Sinuhe, è un'esperienza che mi auguro che anche tu possa condividere, meglio dell'acqua o della birra, meglio dell'incenso, meglio dell'anatra selvatica tra le giuncaie; più eloquentemente di tutte queste cose quest'esperienza ti parla della vita in Egitto, dove ognuno occupa il posto che gli spetta, e nulla cambia. Non stupire se nella mia emozione io piango, perché soltanto ora capisco di ritornare a casa dopo avere visto tante cose straniere che mi hanno lasciato pieno di perplessità e di disgusto. O benedetta canna che mette ciascuno al suo posto e risolve i problemi: non c'è nulla che ti uguagli! ».

Pianse un poco, poi andò a ungere il suo scarabeo, ma avevo notato che non si serviva più di olio fine come una volta. La terra era vicina, ed egli si immaginava senza dubbio che una volta in Egitto gli sarebbe bastata la sua astuzia innata.

Quando ci ancorammo nel grande porto del Basso Egitto mi accorsi per la prima volta quanto fossi stanco di vesti voluminose e variopinte, di barbe ricciute, di corpi grassi. I fianchi stretti dei portatori, gli stracci che ricoprivano i loro lombi, i loro menti rasi, il loro idioma che era quello del Basso Egitto, il loro odore sudato, l'odore del limo del fiume, delle canne e del porto... tutto era così diverso dalla Siria, tutto così familiare!

Le vesti siriane che indossavo incominciarono a prudermi e a soffocarmi. Non appena ebbi finito di sbrigare le mie faccende con gli scrivani del porto e dopo aver vergato il mio nome su molte carte, mi recai subito ad acquistare abiti nuovi. Dopo tanta lana il lino fine era dolce alla pelle, ma Kaptah decise di continuare a vestirsi da Siriano, poiché aveva timore che il suo nome figurasse ancora sull'elenco degli schiavi fuggiaschi, benché le autorità di Smirne gli avessero rilasciata una tavoletta d'argilla in cui si attestava che egli era nato in Siria, dove io lo avevo regolarmente acquistato.

Ci imbarcammo quindi col nostro bagaglio su un'imbarcazione fluviale per continuare il nostro viaggio a monte del Nilo. I giorni passavano e ci portavano sempre più addentro nella vita dell'Egitto. Su ciascun lato del fiume si stendevano i campi già prossimi ad asciugarsi dove buoi tardi trascinavano aratri di legno e i lavoratori percorrevano i solchi a testa china, lanciando a ventaglio le loro sementi. Le rondini turbinavano con strida ansiose sull'acqua che scorreva pigra e sul fango in cui presto si sarebbero dileguate durante il calore dell'anno. Le palme ricurve fiancheggiavano le rive, e all'ombra degli alti sicomori si raggruppavano le basse capanne dei villaggi. La barca toccava i punti d'approdo di città grandi e piccole, e non c'era una taverna di porto in cui Kaptah e non accorresse, per inumidirsi la gola con birra egiziana, per vantarsi e raccontare storie fantastiche intorno ai suoi viaggi e alla mia abilità, mentre il suo uditorio composto di scaricatori portuali lo ascoltava ridendo e scherzando e invocando gli dèi.

Così rividi ancora una volta le cime dei tre colli stagliati contro il cielo orientale, le tre eterne sentinelle di Tebe. Ora le costruzioni sorgevano l'una accanto all'altra, più fitte; i poveri villaggi avevano ceduto il posto a sobborghi ricchi, e le mura della città si elevavano come colline. Vidi il tetto del grande tempio e i suoi pilastri, gli innumerevoli edifici che lo circondavano, e il lago sacro. A occidente la Città dei Morti si stendeva lontano, sino ai colli. Il tempio mortuario dei Faraoni scintillava candido contro i gialli pendii, e i colonnati del tempio della grande Regina portavano ancora un mare di alberi in fiore. Di là dai colli si stendeva la valle proibita, con i suoi serpenti e i suoi scorpioni, dove nella sabbia, presso l'ingresso della tomba del grande

Faraone, i corpi scarnificati dei miei genitori Senmut e Kipa giacevano nell'eterno riposo. Più lontano, a meridione, lungo la riva, si levava l'aurea, aerea casa del Faraone, diafana tra le sue mura e i suoi giardini. Mi chiesi se Horemheb vi abitasse.

L'imbarcazione si ormeggiò contro un molo di pietra che mi era familiare. Nulla era mutato, e poche strade lontano esisteva ancora il luogo in cui avevo trascorso la mia fanciullezza, senza neppure lontanamente immaginare che un giorno avrei distrutta la vita dei miei genitori. Le sabbie del tempo, che si erano distese su quelle cocenti memorie, si agitarono un poco. Desideravo nascondermi e coprirmi la faccia e non provai alcuna gioia, benché mi risuonasse nuovamente all'orecchio il frastuono di una grande città, e benché la fretta e i movimenti irrequieti della folla risvegliassero nei miei sensi il febbrile pulsare di Tebe. Non avevo fatto alcun progetto per il mio ritorno, poiché avevo deciso di lasciar dipendere ogni cosa dal mio incontro con Horemheb e dalla sua posizione a corte; ma non appena i miei piedi ebbero toccato le pietre del molo mi balzò improvvisamente nel cervello un piano bell'e formato, un piano che non prometteva né fama né ricchezza, non doni munifici in cambio di tutto il sapere che avevo accumulato, — come era stato un tempo il mio sogno — ma oscurità e vita semplice tra ammalati poveri. E nondimeno mi sentii invadere da una strana serenità quando compresi che il mio avvenire mi si era improvvisamente rivelato. Questa risoluzione, questo frutto nascosto dell'esperienza, si era maturato entro di me non visto. Quando mi udii attorno il chiasso di Tebe, e i miei piedi si furono posati sulle brucianti pietre della banchina, ritornai a un tratto bambino, e mi parve di riosservare con occhi curiosi e attoniti l'opera di mio padre Senmut tra i sofferenti.

Allontanai i portatori che rumorosamente mi importunavano, seguitando intanto a berciare tra loro, e dissi a Kaptah: « Lascia il nostro bagaglio nella barca e affrettati a comperarmi una casa, non importa quale, una casa vicino al porto nel quartiere povero vicino al luogo in cui sorgeva la casa di mio padre prima che l'abbattessero. Fa presto perché voglio andarci ad abitare oggi stesso e incominciare sin da domani a esercitarvi la mia professione ».

La mascella di Kaptah si fece pendula, e la sua faccia divenne una maschera impassibile. Si era immaginato che saremmo subito scesi alla locanda migliore e ci saremmo fatti servire da uno stuolo di schiavi, ma per una volta non proferì nemmeno una parola di protesta; dopo avermi fissato attentamente, chiuse la bocca e se ne andò a testa china.

Quella sera presi alloggio in una casa del quartiere povero che era appartenuta a un fonditore di rame. Vi feci portare il mio bagaglio e distesi la mia stuoia sul pavimento di terra battuta. I fuochi delle cucine ardevano davanti alle capanne dei poveri, e l'odore di pesce fritto aleggiava su tutto quel quartiere sudicio, disgraziato, sofferente. Poi le lampade si accesero sulle porte delle case di piacere, e dalle taverne risuonò aspra la musica siriaca, confondendosi con il vociare dei marinai ubriachi, e il cielo su Tebe rifulse purpureo delle innumerevoli luci ardenti nel centro della città. Avevo viaggiato senza posa per molte strade straniere, accumulando saggezza e fuggendo eternamente da me stesso, ed ero tornato in patria.

4.

Il mattino seguente dissi a Kaptah: « Trovami un'insegna di medico da mettere sulla mia porta, un'insegna semplice, senza ornamenti e senza pitture. E se qualcuno ti dovesse chiedere di me, non dir niente della mia fama o della mia abilità, ma di' soltanto che il medico Sinuhe riceve ammalati — poveri e ricchi — e ne domanda in cambio soltanto quei doni di cui i loro mezzi possono disporre ».

« Poveri? », ripeté Kaptah in preda ad un acuto sgomento; « signore, non sei per caso ammalato? Forse hai bevuto acqua putrida o sei stato morsicato da uno scorpione! ».

« Fa come ti dico se desideri restare con me. Se questa semplice casa non ti si confà e se il tanfo di miseria offende il tuo delicato naso siriano, sei libero di andare e venire come ti piace. Credo che tu mi abbia derubato abbastanza per permetterti il lusso di comprarti una casa tua e di sceglierti una moglie se lo desideri: non sarò certo io a impedirtelo ».

« Una moglie? », esclamò Kaptah sempre più spaventato. « Davvero, signore, tu sei malato e febbricitante di cervello. Perché dovrei prendermi una moglie che mi opprimerebbe e mi annuserebbe il fiato quando tornassi dalla città e che, quando mi svegliassi il mattino con la testa indolenzita, mi si farebbe vicina con un bastone in mano e la bocca piena di male parole? Perché dovrei prendermi una moglie quando la più comune delle schiave serve altrettanto bene al mio scopo? Già ho discusso questo argomento con te; ma tu sei il mio padrone; il tuo comando è il mio comando e la tua punizione è la mia, anche se avevo pensato di aver raggiunto finalmente la pace e la tranquillità dopo tutte le terribili traversìe che tu mi hai costretto a sopportare. Se a te basta un letto di giunchi per dormire, basterà anche a me. La miseria che ti circonda ha questo vantaggio, che abbiamo taverne e postriboli a portata di mano. La taverna detta la Coda del Coccodrillo, di cui già ti ho parlato, è poco lontano di qui.

« Spero tu mi scuserai se quest'oggi ci vado e mi ci ubriaco. Tutto questo cambiamento mi ha profondamente scosso, e ho bisogno di riprendermi. Questo non lo avrei mai creduto! Soltanto un pazzo nasconde un gioiello in un mucchio di letame, e allo stesso modo tu seppellisci la tua abilità e la tua scienza ».

« Kaptah », dissi, « tutti nascono nudi al mondo, e nella malattia non esiste differenza tra poveri e ricchi, Egiziani o Siriani ».

« Può darsi, ma nei doni che portano al loro dottore la differenza è grande », ribatté sentenziosamente Kaptah. « Il tuo è un pensiero bellissimo, e non mi ci opporrei, se fosse un altro a mandarlo ad effetto, ora che finalmente, dopo tutte le nostre miserie, potremmo dondolare da un ramo d'oro. Questa tua decisione meglio si adatterebbe a qualcuno nato in schiavitù; anch'io avevo di questi pensieri quando ero più giovane, finché il bastone non mi ha insegnato il buonsenso ».

« E perché tu conosca fino in fondo le mie intenzioni », proseguii, « ti dirò che se dovessi imbattermi in un bambino abbandonato lo adotterei e lo alleverei come se fosse mio ».

« E per quale motivo? », domandò Kaptah esterrefatto. « Esiste pure una casa per i trovatelli, nel tempio! Alcuni di costoro vengono cresciuti per diventar sacerdoti dei gradi inferiori, mentre altri, dopo essere fatti eunuchi, conducono un'esistenza più brillante nei ginecei del Faraone e diventano assai più nobili di quanto le loro madri mai si sarebbero sognate. Se desideri un figlio — il che è comprensibile — niente di più facile. Se non hai intenzione di comperarti una schiava, puoi sempre sedurre qualche ragazza povera, la quale sarà felicissima di affidarti la sua creatura e ti ringrazierà in eterno per averla liberata dalla vergogna. Ma i bambini sono turbolenti, e la gioia che si dice essi procurino è certamente esagerata... per quanto a dir la verità io non possa dir molto su questo punto, giacché non ho mai veduto figliuoli miei, di cui pure ci deve essere un buon numero sparsi qua e là per il mondo. Faresti meglio a comperarti una giovane schiava oggi stesso; e per giunta mi sarebbe di aiuto, poiché le mie membra sono ormai irrigidite, e le mani mi tremano, soprattutto la mattina, come risultato di tutte le nostre traversie. È troppo per me badare alla tua casa e prepararti il cibo quando devo anche sovrintendere ai tuoi investimenti ».

« Non avevo pensato a questo, Kaptah. Comunque non comprerò una schiava. Se lo desideri, puoi assumere un servo, poiché di più non meriti. Se vorrai rimanere a casa mia sarai libero di andare e venire come meglio ti aggrada in ricompensa della tua lealtà, e credo che con l'aiuto della tua sete mi potrai procurare molte informazioni preziose. Fa dunque come ti ho detto e non seccarmi con altre domande, perché la mia risoluzione si è formata in me in seguito a qualcosa che è più forte di me stesso, e non può essere contraddetta ».

E così dicendo uscii in cerca dei miei amici. Alla Giara Siriana chiesi di Tutmosi, ma vi trovai un taverniere nuovo che non seppe dirmi nulla circa un certo pittore povero che si guadagnava da vivere disegnando gatti su libri di figure a uso dei figli dei ricchi. Mi recai quindi alle caserme per informarmi di Horemheb, ma le trovai vuote. Nei cortili non c'erano né lottatori, né arcieri esercitantisi nel pugilato contro sacchi riempiti di giunchi, e nelle tettoie delle cucine non fumavano più come una volta le enormi caldaie. Tutto era deserto.

Un taciturno sergente degli Shardana mi fissò, contorcendo i piedi nella sabbia. Aveva la faccia ossuta, non cosparsa d'olio, ma s'inchinò al nome di Horemheb, comandante del Faraone che alcuni anni prima aveva guerreggiato in Siria contro i Khabiri. Era ancora comandante, mi disse l'uomo in un egiziano incerto, ma da alcuni mesi era assente nella terra di Kush, dove era andato a sciogliere le guarnigioni e a liberare le truppe dagli impegni militari. Nessuno sapeva quando sarebbe ritornato. Gli diedi una moneta d'argento; mi sembrava talmente abbattuto! Alla vista della moneta dimenticò la sua dignità di Shardana, sorrise, e nel suo gioioso stupore bestemmiò nel nome di un dio ignoto. Mentre già stavo per andarmene mi trattenne indicando il cortile con un gesto sconfortato della mano.

« Horemheb è un grande ufficiale che capisce i soldati, e non conosce la paura », mi disse. « Horemheb è un leone, il Faraone è una capra scornata. Le caserme sono vuote, non siamo pagati, non siamo nutriti: i miei compagni mendicano per le campagne. Quello che avverrà, non so. Che Ammon ti benedica per quella moneta d'argento; tu sei un uomo buono. Non bevo da mesi, e ho la pancia piena di paura. Mi hanno fatto abbandonare il mio paese con molte promesse. I funzionari di reclutamento egiziani se ne vennero di tenda in tenda promettendo sacchi d'oro, tante donne e vino in abbondanza. Ebbene? Non ci hanno dato né danaro, né vino, né donne! ».

Sputò in segno di disgusto e schiacciò lo sputo nella polvere con la pianta del suo piede calloso. Era un povero Shardana molto contrito, e mi preoccupavo per lui, comprendendo da quanto mi aveva detto che il Faraone aveva licenziati i suoi sol dati e disperse le truppe che erano state reclutate all'estero ai tempi di suo padre. I miei pensieri si volsero al vecchio Ptahor, e ansioso di conoscere dove potesse essere, raccolsi tutto il mio coraggio e mi recai al tempio di Ammon, nella Casa della Vita, per ricercarvi il suo nome tra i registri. Ma l'archivista mi disse che il chirurgo cranico reale giaceva da più di un anno nella Città dei Morti. Così a Tebe non trovai un solo amico.

Poiché già mi trovavo nel tempio, mi recai nella grande sala dei pilastri, entro il sacro crepuscolo di Ammon. La fragranza dell'incenso era sospesa intorno alle colonne di pietra colorata dalle molteplici iscrizioni ieratiche, e in alto sul mio capo le rondini sfrecciavano attraverso i trafori di pietra delle finestre. Ma il tempio era pressoché vuoto e vuota era pure l'avancorte, e nelle innumerevoli tende da fiera e nelle botteghe c'era minor mercanteggiare e minor traffico che non in passato. Alcuni sacerdoti sbarbati e dal capo cosparso d'olio, biancovestiti, mi squadrarono con diffidenza, e la gente dell'avancorte conversava a voce bassa, volgendo continuamente gli occhi da una parte e dall'altra come se avesse avuto timore di essere spiata. L'affaccendato brusìo di questo cortile, che mi era stato così familiare nei miei giorni studenteschi, quando esso sembrava lo spirare del vento tra le canne, era ora attutito e quasi silenzioso. Non provavo alcun particolare affetto per Ammon, ma mio malgrado fui colto da un senso di malinconia, come accade quando si pensa alla propria giovinezza, sia essa stata felice o infelice.

Quando uscii fuori tra i piloni e le gigantesche statue faraoniche notai che accanto all'antico era sorto un tempio nuovo, di proporzioni massicce e dal disegno stranissimo. Non era chiuso da mura, e quando entrai mi avvidi che il colonnato circondava una corte aperta, in mezzo alla quale sorgeva un altare su cui erano state posate offerte di grano, di fiori e di frutta. Un grande rilievo scolpito mostrava Aton in atto di riversare i suoi raggi sul Faraone sacrificante; ogni raggio terminava in una mano benedicente e reggente la croce della vita. Le teste dei sacerdoti biancovestiti non erano rase; la maggior parte di essi erano quasi dei fanciulli. Le loro facce raggiavano d'estasi mentre essi cantavano l'inno santo di cui rammentavo di aver udite una volta le parole nella lontana Gerusalemme. Ma più impressionanti dei sacerdoti e delle immagini erano i quaranta enormi pilastri, da ciascuno dei quali il nuovo Faraone, scolpito in proporzioni normali, fissava l'osservatore, le braccia strettamente incrociate sul petto e reggente tra le mani il lituo e il flagello della maestà.

Che quei pilastri scolpiti fossero rappresentazioni del Faraone lo compresi subito chiaramente, poiché riconobbi la sua faccia appassionata, ossessiva, la sua sagoma larga di anche e snella di braccia e di gambe. Fui preso da un'ammirazione mista a reverenza per l'artista tanto abile e tanto audace d'aver osato scolpire quelle statue, poiché l'arte libera cui il mio amico Tutmosi aveva un tempo tanto agognato era ora evidente, e sinistramente pervertita. Tutte le deformità del corpo del Faraone vi erano state innaturalmente esagerate — le cosce rigonfie, le caviglie snelle, il collo sottile e fanatico — come se possedessero un significato occulto, ma soprattutto terrificante era la faccia del Faraone, quella faccia stranamente allungata dalle sopracciglia circonflesse, dagli zigomi sporgenti, dal sorriso ironico e segreto, sognante e blasfemo che gli aleggiava sulle labbra tumide. Nel tempio di Ammon i Faraoni di pietra sedevano su ciascun lato dei piloni, giganti maestosi, in sembianza di dèi. Qui, questa creatura enfiata, scrofolosa, in sembianza umana, fissava immota da quaranta pilastri gli altari di Aton, uomo che vedeva più in là degli altri uomini. Tutto il suo aspetto imprigionato nella pietra era istinto e tensione fanatica.

Tremai fin dentro il più profondo del mio essere mentre osservavo quei pilastri, poiché per la prima volta vedevo il quarto Amenofi come egli stesso poteva vedersi. Lo avevo incontrato una volta quando era un fanciullo fragile, rachitico, tormentato dal morbo sacro. Osservandolo con l'occhio del medico, benché fossi ancora inesperto, avevo scambiato le sue parole per vaneggiamenti di delirante. Ora lo vedevo come l'aveva veduto lo scultore, con un misto di amore e di odio... uno scultore insuperato sino allora in Egitto in fatto di coraggio. Poiché se un qualunque suo precursore avesse osato creare una simile sembianza di Faraone, sarebbe stato mutilato e appeso a testa in giù sugli spalti per alto tradimento.

Non c'erano che poche persone in questo tempio. Alcuni, a giudicare dal lino regale, dai colletti pesanti e dai gioielli che portavano indosso, dovevano essere nobili o comunque appartenenti alla casata reale. Il popolo comune ascoltava con espressione stupita e apatica il salmodiare dei sacerdoti, poiché le parole erano nuove e differivano grandemente dalle invocazioni antiche, ripetute da duemila anni sin da quando erano state costruite le piramidi. Le orecchie dei fedeli erano state abituate sin dalla fanciullezza a quelle vecchie preghiere, e il popolo le capiva con il cuore anche se non sempre giungevano al suo intelletto.

Tuttavia quando l'inno ebbe termine un vecchio, che a giudicare dal vestire mi parve della campagna, si fece innanzi in atteggiamento reverente e confabulò con i sacerdoti per l'acquisto di un talismano appropriato, o di un occhio protettore, o di una striscia di papiro recante un'iscrizione magica, purché potesse ottenere questi oggetti a un prezzo moderato. Ma i sacerdoti gli risposero che tali cose non si vendevano nel loro tempio, poiché Aton non richiedeva né sortilegi, né doni, né sacrifici, ma visitava liberamente chiunque credeva in lui. Il vecchio, offeso, se ne andò borbottando parole incomprensibili in cui ricorreva qualcosa come bugie e imbrogli, e lo vidi entrare nel vecchio e familiare recinto di Ammon.

Una vecchia pescivendola si avvicinò quindi ai sacerdoti, e guardandoli con benevolo rispetto, domandò: « Nessuno offre più arieti e buoi ad Aton, in modo che voi, poveri ragazzi, tutti pelle e ossa, possiate mangiare un po' di carne di quando in quando? Se il vostro dio è forte e potente come si dice — ancora più forte di Ammon benché questo io proprio non possa crederlo — i suoi preti dovrebbero essere grassi e rilucenti di buona salute. Io sono una povera donna e non so, ma in cuor mio vi auguro molta carne e grascia ».

I sacerdoti scoppiarono a ridere e presero a bisbigliare tra loro come monelli. Il più anziano però presto si ricompose e disse alla donna: « Aton non desidera sacrifici di sangue, e non è bene che nel suo tempio si parli di Ammon, poiché Ammon è un falso dio il cui trono cadrà presto, e il suo tempio si sbriciolerà in rovina ».

La donna si ritrasse prestamente, sputò in terra, e facendosi il santo segno di Ammon gridò: « Sei stato tu a dire questo, non io: possa la maledizione ricadere su di te ».

Si allontanò frettolosamente, e con lei anche altri, dopo aver guardato in tralice i sacerdoti con occhi carichi di sgomento. Ma costoro risero forte e ammonirono il popolo a una sola voce: « Andatevene dunque, uomini di poca fede... ma Ammon è un falso dio! Ammon è un idolo, e il suo dominio cadrà come erba sotto il taglio della falce ».

Allora uno tra coloro che si erano ritirati afferrò una pietra e la scagliò, e questa colpì uno dei sacerdoti al viso tanto che ne sgorgò sangue. Egli si coperse il volto con le mani, gemendo lamentosamente, mentre gli altri sacerdoti invocavano a gran voce l'intervento delle guardie; ma l'aggressore si era già dato alla fuga mescolandosi tra la folla ammassata innanzi ai piloni del tempio di Ammon.

Tutto ciò mi diede molto da pensare. Avvicinandomi ai sacerdoti dissi loro: « Sono effettivamente Egiziano, ma ho abitato a lungo in Siria e non conosco questo nuovo dio che voi chiamate Aton. Volete caritatevolmente illuminare la mia ignoranza e spiegarmi chi esso sia, che cosa voglia, e come bisogna adorarlo? ».

Esitarono prima di rispondermi, sospettando che mi beffassi di loro, e scrutarono a lungo il mio volto, ma infine dissero: « Aton è il solo dio. Egli ha creato la terra e il fiume, gli uomini e gli animali, tutto ciò che esiste sopra la terra. Egli è eterno ed è stato adorato col nome di Ra nelle sue prime manifestazioni, ma al tempo nostro egli si è rivelato come Aton al suo figliuolo il Faraone, che vive secondo verità. Egli è il solo dio, e tutti gli altri sono idoli. Egli non rigetta nessuno che si volge a lui. Ricchi e poveri sono eguali al suo cospetto, ed ogni mattina noi lo salutiamo nel disco del sole. Egli benedice la terra coi suoi raggi; egli risplende ugualmente sul bene e sul male, ed offre ad ognuno la croce della vita. Se tu vuoi riceverla sarai suo servo, poiché il suo essere è amore. Egli è immortale, eterno e onnipresente. Nulla può avverarsi al difuori della sua volontà. Grazie al potere di Aton il Faraone può guardare nel cuore di tutti gli uomini e leggervi anche i loro più intimi segreti ».

Ma io protestai: « Allora egli non è umano, poiché non sta in potere di nessun uomo leggere nel cuore degli altri uomini ».

Confabularono alquanto fra loro, quindi mi risposero: « Benché il Faraone personalmente possa desiderare di essere soltanto umano, noi non dubitiamo tuttavia che egli sia di essenza divina, e questo è dimostrato dalle sue visioni, durante le quali egli può vivere molte vite in breve spazio di tempo. Questo però può essere noto soltanto a coloro che sono da lui amati, e per questo motivo l'artista lo ha ritratto su quei pilastri in sembianza d'uomo e di donna insieme, giacché Aton è la forza vivente che affretta il seme dell'uomo e trae la creatura dall'utero della madre ».

Allora io alzai le mani con un gesto beffardo di disperazione, e stringendomi il capo esclamai: « Io non sono che un uomo semplice, semplice come quella donna di dianzi, e non riesco ad afferrare completamente questa vostra nuova saggezza. Vedo però che essa appare oscura persino a voi dal momento che dovete consigliarvi a vicenda prima di rispondermi ».

Mi risposero senza indugio: « Aton è perfetto così come il

disco del sole è perfetto, e tutto ciò che esiste e vive e respira in lui è perfetto. Il pensiero umano è imperfetto e simile a nebbia, e per questo non possiamo perfettamente illuminarti, giacché noi stessi non conosciamo ogni cosa, ma dobbiamo apprendere la sua verità giorno per giorno. Al Faraone soltanto la sua volontà si rivela intera... Al Faraone suo figliuolo, che vive secondo verità ».

Queste parole colsero nel segno, poiché mi dimostrarono che quei sacerdoti erano sinceri di cuore anche se vestivano di lino fine e si ungevano il capo e si compiacevano dell'ammirazione delle donne e si facevano beffe dei semplici. L'elemento che in me era giunto a maturità, a dispetto del mio volere e della mia conoscenza, rispose a queste parole. Per la prima volta riflettei che il pensiero umano poteva sí essere imperfetto, ma che al di là di esso potevano esistere cose che l'occhio non riusciva a vedere, l'orecchio a udire, la mano a toccare. Poteva darsi che il Faraone e i suoi sacerdoti avessero scoperta questa verità suprema e l'avessero chiamata Aton?

5.

Era l'imbrunire quando rientrai a casa mia. Sullo stipite della porta pendeva una semplice insegna, e nel cortile se ne stavano acquattati diversi pazienti dall'aspetto sudicio che erano rimasti ad aspettarmi rassegnatamente. Kaptah, che appariva molto scontento, era seduto sotto il porticato e si sventagliava le mosche dalla faccia e dalle gambe con una foglia di palma. Le mosche erano venute con gli ammalati, ma per consolarsi teneva davanti a sé una giara di birra appena spillata.

Gli ordinai di far passare per prima una madre che reggeva tra le braccia una creaturina emaciata. Il rimedio migliore per lei furono alcune monete di rame con le quali potesse comprarsi del cibo adatto e allattare così il suo piccolo. Curai in seguito uno schiavo che si era schiacciato in una macina varie dita, rimettendogli a posto le ossa e le giunture e somministrandogli una pozione calmante che gli lenisse la sofferenza. Venne poi un vecchio scriba che aveva sul collo un'escrescenza grossa quanto la testa di un bambino, tanto che ne aveva gli occhi strabuzzati ed era costretto a tenere la testa di sghimbescio e aveva difficoltà a respirare. Gli diedi un estratto d'alga marina di cui avevo appreso a Smirne, per quanto non credessi che potesse essergli ormai di grande aiuto. Tolse da uno straccio pulito due monete di rame e me le offerse con occhi supplichevoli, vergognoso della propria povertà, ma io non volli accettarle, e gli dissi che mi sarei valso dei suoi servigi la prima volta in cui avessi avuto necessità di scrivere. Se ne andò felice perché aveva risparmiato il proprio danaro.

Venne pure a chiedermi aiuto una ragazza di una vicina casa di piacere: essa aveva gli occhi così ingrommati di scabbia che ciò le nuoceva nell'esercizio della sua professione. Le lavai gli occhi e preparai un collirio con cui avrebbe dovuto bagnarli quotidianamente per liberarsi del male. Timidamente si svestì e rimase nuda davanti a me per offrirmi il solo dono che possedeva. Poiché non desideravo ferirla con un rifiuto, le dissi che dovevo astenermi dalle donne, a causa di un importante rimedio che stavo per somministrare. Mi credette e mi ammirò per la disciplina che imponevo a me stesso. Inoltre, per dimostrarle che la sua buona volontà non era stata del tutto vana, le tolsi dai fianchi e dal ventre alcune verruche che la sfiguravano, avendo prima strofinato le parti con un balsamo calmante per rendere l'operazione pressoché indolore, e la ragazza se ne andò contenta.

Così la mia prima giornata di lavoro mi rese meno di quanto bastava per comprare sale per la mia mensa, e Kaptah mi derise mentre mi serviva un'oca grassa preparata alla maniera tebana, un piatto che non aveva eguali in nessun'altra parte del mondo. L'aveva acquistata in una taverna di prim'ordine della città e l'aveva tenuta calda nella buca del forno. Mi versò in un calice di vetro colorato il miglior vino delle vigne di Ammon, sempre continuando frattanto a beffarsi di me per il profitto della mia giornata. Ma io mi sentivo leggiero di cuore e assai più felice a causa del mio lavoro che se avessi curato un ricco mercante e fossi stato ricompensato con una catena d'oro. E devo anche aggiungere che lo schiavo della macina ritornò in capo a pochi giorni a mostrarmi le sue dita, che già stavano guarendo molto bene, e per darmi una pentola piena di cibo che aveva rubata per me, cosicché la mia prima giornata di lavoro non rimase poi del tutto senza ricompensa.

Ma Kaptah disse: « Io credo che da oggi la tua fama si spargerà per tutto il quartiere, e all'alba il tuo cortile brulicherà di pazienti. Già mi sembra di udire i pezzenti ciarlare tra loro: "Affrettatevi alla casa del fonditore di rame qui all'angolo, perché è arrivato un dottore che cura i malati senza farsi pagare, senza procurar dolore e con grande perizia, che distribuisce danaro alle madri squattrinate ed eseguisce operazioni estetiche per le ragazze povere dei bordelli, senza pretendere ricompensa. Affrettatevi dunque! Chi prima arriva meglio alloggia, perché il disgraziato sarà presto costretto a vendersi la casa e a traslocare altrove''.

« Ma quei cretini sbagliano: per buona fortuna tu possiedi dell'oro che io astutamente ho messo a fruttare per te. Mai in vita tua avrai a soffrire il bisogno, ma potrai sempre mangiare oca ogni giorno se lo desideri, e bere il vino migliore e prosperare, purché ti contenti di rimanere in questa casa modesta: siccome però non ti comporti mai come gli altri, non mi sorprenderei di svegliarmi un mattino col capo coperto di cenere per aver tu venduta la casa e me insieme... tanta è la fatale irrequietudine del tuo cuore. Davvero non me ne stupirei; perciò, padrone, sarebbe meglio scrivere su un pezzo di papiro che io sono libero di andare e venire come mi piace, e mandare questo documento agli archivi reali. La parola parlata presto si dimentica e svanisce ma la carta dura in eterno, purché rechi il tuo sigillo in creta e purché tu offra doni adatti agli scribi del Re. Ho un motivo speciale per farti questa mia richiesta, ma per il momento non voglio turbarti il cervello e farti perdere il tempo con spiegazioni inutili ».

Era una mite sera primaverile; i fuochi di sterco scoppiettavano dinanzi alle capanne di mota, e dal porto il vento recava l'aroma del legno di cedro e delle acque profumate di Siria. La fragranza delle acacie si fondeva dolcemente con l'odore di pesce fritto. Avevo mangiato dell'oca preparata alla maniera tebana e avevo bevuto del vino, e mi sentivo sazio e contento.

Dissi a Kaptah che si versasse del vino anche per sé in una ciotola di terraglia, e soggiunsi: « Tu sei libero, Kaptah, e lo sei da molto tempo come sai benissimo, poiché nonostante la tua sfacciataggine tu sei sempre stato più il mio amico che non il mio schiavo, dal giorno che mi hai prestato argento e rame, pur con la convinzione che non li avresti riveduti mai più. Sei libero, Kaptah, e sii felice! Domani lo scriba del Re compilerà i documenti legali su cui io apporrò tanto il mio suggello egiziano quanto quello siriano. Ma dimmi in che modo hai investita la mia fortuna tanto che essa opera per me ancorché io non guadagni nulla. Hai riportato l'oro nei forzieri del tempio come ti ho ordinato? ».

« No, padrone! », rispose Kaptah guardandomi fisso in volto col suo unico occhio. « Non ho obbedito al tuo ordine perché era sciocco, come non ho mai obbedito a tutti i tuoi sciocchi ordini, ma ho sempre agito fidandomi del mio buonsenso. Adesso posso dirtelo, che sono libero e tu hai bevuto con moderazione e non ti adirerai. Inoltre, conoscendo il tuo carattere frettoloso e impulsivo, che l'età non ha ammansito, ho preso la precauzione di nascondere il tuo bastone. Te lo dico perché tu non tenti di andarlo a prendere quando avrò incominciato a dirti quello che ho fatto. Soltanto i sempliciotti mandano il loro oro da custodire nel tempio, perché il tempio non paga nulla in cambio, ma anzi pretende dei doni per nascondere i tesori nelle cantine e farvi montare la guardia. Inoltre è una cosa stupida anche per questo motivo: il dipartimento delle tasse viene così a sapere l'ammontare esatto del tuo oro, col risultato che esso si dilapida rapidamente sul posto finché non ne rimane nulla. Il solo ragionevole scopo dell'ammassare oro è di metterlo a profitto in modo da potersene stare seduti a braccia incrociate e masticare semi di loto arrostiti nel sale al fine di procurarsi una sete piacevole. Ho corso tutto il giorno per la città con le gambe indolenzite per informarmi del modo migliore di sistemare i tuoi fondi, mentre tu te ne andavi a spasso. Grazie alla mia sete ho imparato molte cose, e tra l'altro che Ammon sta vendendo terreni ».

« Ecco che incominci a mentire! », esclamai, poiché il solo pensare una cosa simile era assurdo. « Ammon non vende mai... compera soltanto. Ammon ha sempre comprato, e attualmente possiede un quarto di tutti i terreni del paese: e quel che ha una volta acquistato non abbandonerà certamente mai ».

« Certo, certo », disse Kaptah con tono di condiscendenza, versando dell'altro vino nel mio calice di vetro e — con minore ostentazione — nella sua ciotola di terraglia. « Chiunque abbia un briciolo di buonsenso sa che la terra è il solo bene durevole e il solo che conservi il proprio valore, purché si resti in buoni rapporti con gli agrimensori e si abbia l'intelligenza di ricompensarli dopo ogni piena. Comunque è vero che Ammon sta vendendo terreni in fretta e in segreto a tutti i fedeli che hanno danaro. Anch'io fui molto sgomentato nell'apprendere questo e mi sono informato attentamente. Ammon sta effettivamente vendendo le proprie terre, e a buon mercato. Tu sai che egli possiede i prati più fertili, e se le cose stessero come un tempo, nulla sarebbe più allettante di un simile acquisto, poiché il guadagno è sicuro e rapido. Ammon ha venduto aree estesissime di terra e ammassato nelle sue volte tutto l'oro convertibile d'Egitto, cosicché il prezzo dei beni immobili è notevolmente caduto. Tutte queste notizie però sono segrete, e io non ne avrei saputo nulla se la mia utilissima sete non mi avesse condotto proprio fra coloro che sanno ».

« Non dirmi che hai comprato terreni, Kaptah », esclamai spaventato. Ma egli mi rassicurò.

« Non sono così imbecille, padrone, perché dovresti sapere che non sono nato col letame appiccicato agli alluci dei piedi, per quanto schiavo, bensí in una strada selciata e in mezzo a case alte. Non m'intendo per niente in fatto di terreni. L'offerta di Ammon è così stranamente invitante che ci deve essere nascosto sotto qualche sciacallo, e certo deve essere nata dai sospetti dei ricchi nei confronti dei forzieri del tempio. Io credo che tutta la faccenda dipenda dal nuovo dio del Faraone. Io però, preoccupato soltanto del tuo interesse, ti ho comperato un certo numero di edifici redditizi in città: cioè botteghe e case di abitazione, che danno annualmente una rendita sostanziosa. Gli acquisti aspettano soltanto il tuo sigillo e la tua firma per essere perfetti. Credimi, ho comprato a buon mercato, e se i venditori mi dovessero offrire dei regali in seguito, questo non è affar tuo ma una questione tra me e loro dovuta unicamente alla loro stupidità. In questi contratti non ti ho rubato assolutamente nulla; però non protesterei se tu mi offrissi un regaluccio, dal momento che ho predisposto ogni cosa a tuo vantaggio ».

Riflettei alquanto e infine risposi: « No, Kaptah, non ti farò nessun regalo semplicemente perché tu hai intenzione di stornare in tuo favore una parte delle rendite, nonché di aggiustarti con gli imprenditori quando calcoleranno le spese delle loro riparazioni annuali ».

Kaptah, per nulla confuso, assentì prontamente alle mie parole. « Questo è appunto il modo come io ho veduta la questione, poiché la tua ricchezza è la mia ricchezza, perciò anche il tuo interesse deve essere il mio interesse. Tuttavia devo ammettere che quando ho inteso parlare delle transazioni di Ammon ho incominciato a risentire per l'agricoltura un interesse enorme. Mi sono recato alla borsa del grano e ho vagabondato di taverna in taverna ascoltando e imparando. Col tuo oro e col tuo permesso, padrone, intendo acquistare riserve di grano — sul raccolto della prossima estate — ora che il profitto è massimo e i prezzi sono ancora molto ragionevoli. Ti propongo di tenerlo immagazzinato e accuratamente sorvegliato, poiché qualcosa mi avverte che il prezzo del grano crescerà coll'andare del tempo. Adesso che Ammon si è messo a vendere, e ogni imbecille si trasforma in agricoltore, il raccolto non potrà continuare ad essere abbondante come prima. Ho acquistato perciò vari magazzini per riporvi il grano, bene asciutti e costruiti solidamente; quando non ne avremo più bisogno potremo affittarli ai negozianti di granaglie a condizioni vantaggiose ».

A parer mio Kaptah si stava dando da fare in modo eccessivo, ma a lui piaceva escogitar progetti e io non avevo nulla da obiettare contro quegli investimenti, purché non dovessi preoccuparmi della loro amministrazione, e glielo dissi.

Nascondendo sapientemente la propria soddisfazione proseguì, fingendosi irritato: « C'era un'altra impresa vantaggiosissima in cui desideravo lanciarmi per conto tuo. È in vendita una delle maggiori case dedite al commercio degli schiavi, e credo di poter affermare con sicurezza di sapere tutto su quel che riguarda gli schiavi, essendo stato io stesso uno schiavo tutta la mia vita. Certamente ti arricchiresti in pochissimo tempo. So come nascondere i difetti e le deficienze di uno schiavo e so usare magnificamente il bastone, cosa che tu non sai fare, padrone, se mi permetti di dirtelo adesso che il tuo bastone è nascosto. Però sono tormentato dal presentimento che questa magnifica occasione mi sarà guastata e che tu non acconsentirai a questo mio progetto. Non è così? ».

« È proprio così, Kaptah. Il traffico degli schiavi è qualcosa in cui non ci imbarcheremo poiché è un mestiere sudicio e avvilente, se pure non sappia dirti perché sia così, giacché tutti comprano schiavi, usano schiavi, abbisognano di schiavi. Così è sempre stato e sempre sarà, eppure qualcosa mi dice che non saprei fare il mercante di schiavi, né mi piacerebbe lo diventassi tu ».

Kaptah sospirò di sollievo e disse: « Ho letto bene nel tuo cuore, padrone, e così siamo sfuggiti a questo pericolo... perché, a pensarci bene, temo che avrei dato un'eccessiva attenzione alle donne quando si fosse trattato di stabilire il loro valore, sciupando così stupidamente le mie forze. Non posso più permettermi questo lusso da quando sto diventando vecchio; le mie membra si fanno ogni giorno più rigide e le mani mi tremano tediosamente, soprattutto la mattina quando mi sveglio, e prima che io abbia avuto il tempo di afferrare l'anfora della birra. Dopo aver così scrutato entro il mio cuore, permettimi di rassicurarti che tutte le case che ti ho comperate sono rispettabili e offrono un guadagno modesto ma sicuro. Non ti ho comperata nemmeno una casa di piacere, e neppure dei tuguri le cui tane cadenti rendono più profitto che non le dimore confortabili dei benestanti. Devo però chiederti un favore ».

Kaptah si fece a un tratto diffidente e mi guardò con aria scrutatrice, attraverso il suo unico occhio, come per rassicurarsi circa la benevolenza del mio stato d'animo. Gli versai personalmente dell'altro vino nella ciotola e lo incoraggiai a parlare, poiché non avevo mai veduto Kaptah malsicuro di sé, e questo risvegliava la mia curiosità.

Infine mi disse: « La mia richiesta è presuntuosa e sfacciata, ma dal momento che per tuo stesso decreto io sono libero, mi arrischio ad esportela, nella speranza che tu non monti sulle furie. Desidero tu venga con me alla taverna del porto detta la Coda del Coccodrillo, della quale ti ho spesso parlato, affinché possiamo godere una misura di vino insieme e affinché tu possa vedere che posto sia quello in cui io sognavo quando aspiravo attraverso una pagliuzza di birra fangosa nelle città di Siria e di Babilonia ».

Scoppiai a ridere e non mi sentii affatto offeso, poiché il vino mi aveva messo di buon umore. C'era un tocco di malinconia nel crepuscolo primaverile, e mi sentivo molto solo; per quanto strano e disdicevole potesse essere per un padrone recarsi col proprio servo in una misrabile taverna del porto ad assaggiare una bevanda che a causa della sua forza era detta coda di coccodrillo, mi rammentavo tuttavia che Kaptah mi aveva una volta accompagnato di sua spontanea volontà entro una certa soglia oscura, pur sapendo che nessuno ne era mai uscito vivo. Gli posai una mano sulla spalla e gli dissi: « Il cuore mi dice che una coda di coccodrillo è proprio quello che ci vuole per finire la giornata. Andiamo ».

Kaptah si mise a saltare dalla gioia com'è costume degli schiavi, dimenticandosi dell'intorpidimento delle sue ossa. Corse a prendermi il bastone dal nascondiglio in cui lo aveva ficcato, e mi avvolse la mantella intorno alle spalle. Ci avviammo quindi al porto e alla Coda del Coccodrillo, mentre sull'acqua il vento sospingeva la fragranza del legno di cedro e l'odore della terra di fresco ricoperta di verde.

6.

La Coda del Coccodrillo sorgeva nel mezzo del quartiere portuale, strozzata tra vasti fondachi in un vicolo oscuro. I suoi muri di mattoni di fango avevano uno spessore enorme, cosicché d'estate vi faceva fresco e nell'inverno conservava il suo calore. Sopra l'ingresso, accanto a una giara di vino e a una giara di birra, pendeva un enorme coccodrillo essiccato, dagli occhi di vetro lucente, nelle cui fauci spalancate si allineavano molte file di denti. Kaptah mi fece entrare ansiosamente, chiamò il proprietario e si diresse verso alcuni sedili coperti di cuscini. Era molto conosciuto in quel luogo e completamente di casa; gli altri clienti, dopo avermi lanciata un'occhiata sospettosa, ripresero le loro conversazioni. Vidi con stupore che il pavimento era di legno e che anche le pareti erano coperte di pannelli. A queste pareti pendevano trofei raccolti in paesi lontani: piume e lance negre, mitili delle isole marine, e ciotole cretesi dipinte.

Kaptah seguì il mio sguardo con orgoglio e disse: « Comprendo il tuo stupore nel vedere che le pareti sono di legno come nelle case dei ricchi. Devi sapere che tutte queste tavole provengono da vecchie navi smantellate, e per quanto io non parli volentieri di viaggi per mare, devo dirti che questa vecchia tavola gialla consunta dalla salsedine ha navigato sino al paese di Punt, e questa tavola bruna si è strofinata contro i moli delle isole marine. Ma se il luogo ti piace, beviamoci una "coda", che il proprietario ha mesciuto personalmente per noi ».

Mi fu posto tra le mani un graziosissimo nappo, foggiato a mo' di conchiglia marina, del genere che bisogna tenere adagiato sul palmo. Io però non vi feci caso, poiché avevo occhi soltanto per la donna che me lo aveva recato. Forse non era più tanto giovane come lo sono la maggior parte delle ragazze di taverna, né andava in giro seminuda per attrarre gli sguardi e i sensi dei clienti. Era invece vestita decentemente, e portava un cerchio d'argento alle orecchie e braccialetti d'argento ai polsi sottili. Sostenne il mio sguardo senza timore e non abbassò gli occhi come fanno solitamente le donne. Aveva le sopracciglia accuratamente depilate, e nei suoi occhi si leggevano un sorriso e un dolore insieme. Erano occhi caldi, bruni, vivaci, e faceva bene al cuore guardarvi dentro. Presi la coppa che ella mi offriva sul palmo della mia mano, e Kaptah fece lo stesso.

Sempre guardandola negli occhi dissi mio malgrado: « Come ti chiami, bellezza? ».

Mi rispose a voce bassa: « Mi chiamo Merit, e mi sembra sciocco che tu mi dica bellezza come fanno i ragazzi timidi che cercano per la prima volta di tastare le cosce di un'ancella. Spero ti ricorderai di questo se ti capiterà di onorare nuovamente la nostra casa, o medico Sinuhe, Tu Che Sei Solo ».

Mortificato risposi: « Non ho alcun desiderio di accarezzarti le cosce, bella Merit. Ma come sai il mio nome? ».

Sorrise, e quel suo sorriso le illuminò il volto bruno mentre ella mi diceva in tono beffardo: « La tua fama ti ha preceduto, Figlio dell'Asino Selvaggio, e vedendoti capisco che la fama non ha mentito, ma ha detto la verità punto per punto ».

Nella profondità di quegli occhi si nascondeva come un miraggio, un remoto dolore; esso cercava il mio cuore attraverso quel sorriso e non mi fu possibile adirarmi con lei.

« Se per fama tu intendi Kaptah qui presente, questo mio

ex-schiavo che oggi ho reso libero, dovresti sapere per esperienza che non si può dar fede alla sua parola. Sin dalla nascita la sua lingua è stata incapace di discernere il vero dal falso, ma egli ama la verità e la falsità in maniera uguale... per quanto pensi abbia un debole verso quest'ultima. Non sono mai stato capace di guarirlo di questo né con le cure né con le botte ».

Ella disse: « Il falso può essere più dolce del vero quando si è molto soli e si è passata la primavera della vita. Mi piace di credere alle tue parole quando tu dici "bella Merit", e io credo a tutto quello che la tua faccia mi dice. Ma non vuoi assaggiare la coda di coccodrillo che ti ho portata? Sono curiosa di sapere se può essere paragonata con una qualsiasi delle bevande dei paesi stranieri che tu hai visitati ».

Senza distogliere gli occhi da lei alzai la ciotola e bevvi, ma subito non la guardai più. Il sangue mi salì alla testa, incominciai a tossire, e mi parve di avere la gola in fiamme!

Quando finalmente trovai la forza per respirare di nuovo balbettai: « Mi ricredo su quel che ho detto di Kaptah, poiché in questa cosa almeno non ha mentito. La tua bevanda è più forte di ogni altra che io abbia assaggiata, e più ardente dell'olio di terra che i Babilonesi bruciano nelle loro lampade. Non dubito che essa saprebbe abbattere anche un uomo forte, proprio come il colpo di coda di un coccodrillo ».

Mi sentivo il corpo in fiamme, e nella mia bocca indugiava l'arzente delle spezie. Il mio cuore divenne alato come una rondine e dissi: « Per Set e per tutti i dèmoni, io non riesco a capire come è stata mesciuta questa bevanda, e non so se è stata essa a stregarmi, o i tuoi occhi, Merit. Sento la magìa scorrere entro le mie membra e il mio cuore è ritornato giovane... Non ti sorprendere se ti metto la mano sulle cosce, perché questa ciotola è da biasimare, non io ».

Modestamente si ritrasse e alzò le mani con gesto beffardo. Era snella, longilinea, e sorrise mentre mi diceva: « Non sta bene che tu bestemmi. Questa è una taverna decente, e io non sono ancora tanto vecchia né tanto lontana dall'essere vergine... anche se tu non mi vorrai credere. In quanto a questa bevanda, è la sola dote di cui mio padre mi abbia provveduta, e per questo motivo il tuo schiavo mi ha fatto una corte assidua, sperando di ottenerne da me il segreto, e per niente. Ma Kaptah è monocolo, vecchio e grasso, e non credo che una donna matura possa trovare in lui un gran piacere. Così ha dovuto comperare la taverna e spera anche di comperare la formula, sebbene, per dir la verità, bisognerà che mi pesi molto oro prima che noi ci mettiamo d'accordo su questo punto ».

Kaptah le stava facendo smorfie disperate per indurla a tacere.

Assaggiai nuovamente la bevanda, e mentre il suo fuoco mi correva per le vene osservai: « In verità credo che Kaptah sarebbe dispostissimo a rompere una giara con te per amor di questa bevanda pur sapendo che dopo le nozze tu ti affretteresti a buttargli acqua bollente sui piedi. Ma anche senza di questo posso benissimo comprendere i suoi sentimenti quando ti guardo negli occhi... benché tu non debba dimenticare che in questo momento sta parlando in me la coda di coccodrillo e domani può darsi che io non sia in grado di assumere la responsabilità di queste mie parole. È dunque vero che Kaptah ha comperata questa taverna? ».

« Vattene, puttana insolente! », esclamò Kaptah, aggiungendo una fila di bestemmie che aveva apprese in Siria. Volgendosi quindi a me, proseguì in tono supplichevole: « Padrone, le cose si sono svolte così rapidamente! Io avevo l'intenzione di prepararti a questo a poco a poco e d'implorare la tua approvazione, poiché sono sempre il tuo servo, però è vero che ho comperata questa casa dal taverniere, e che ho l'intenzione di scroccare il segreto della bevanda alla figlia. Essa ha reso famoso questo posto a monte e a valle del fiume, dovunque si raccolgano compagnie di gente allegra, e me ne sono sempre ricordato in tutti i giorni del mio esilio. Come sai, ti ho derubato in tutti questi anni con tutta la bravura e l'abilità di cui sono capace. E sono stato alquanto incerto prima di investire il mio oro e il mio argento, poiché debbo pur pensare alla vecchiaia.

« Sin dalla giovinezza la professione del locandiere mi è sempre parsa invitante e invidiabile », proseguì, poiché la coda di coccodrillo lo rendeva sentimentale. « In questi giorni mi immaginavo, è vero, che un locandiere potesse bere per niente tutta la birra che voleva. Adesso invece capisco che è necessario si moderi in questo e che non deve mai ubriacarsi, e questo mi farà molto bene; troppa birra qualche volta mi disturba così stranamente che mi pare di vedere ippopotami e altre bestiacce spaventose. Un locandiere deve trattare continuamente con gente che può essergli utile, e deve sapere tutto quel che accade, e questo mi attira moltissimo perché sin dall'infanzia sono stato eccessivamente curioso. La mia lingua mi sarà di grande aiuto, e spero con le mie favole di riuscire a intrattenere così bene i miei clienti da ottenere che vuotino una coppa dopo l'altra loro malgrado e lasciarli sbalorditi quando arriva il momento del conto. Dopo matura riflessione mi è sembrato che gli dèi avessero sempre avuto l'intenzione di far di me un locandiere, ancorché per un inesplicabile errore io sia nato schiavo. Anche questo però si è risolto in definitiva in un vantaggio, poiché non c'è stratagemma o bugia che possa inventare un cliente per svignarsela senza pagare che io non conosca o che non abbia tentato ai miei tempi ».

Kaptah vuotò la tazza, appoggiò la testa fra le mani sorridendo e proseguì: « Inoltre è la professione più sicura e più redditizia di tutte perché qualunque cosa succeda, la sete rimane. La potenza del Faraone può essere scossa, gli dèi possono cadere dai loro troni, ma le taverne e le botteghe dei vinai non perderanno mai la loro clientela. L'uomo beve quando è contento e quando soffre. Beve quando prospera, e nel vino affoga i suoi insuccessi. Il locale è già mio, e per il momento lo amministra il proprietario con l'aiuto di questa strega di Merit, e abbiamo deciso di dividerci i guadagni finché io mi stabilirò qui definitivamente quando sarò vecchio. Abbiamo stretto un accordo a questo effetto e lo abbiamo consacrato con giuramento invocando tutti gli dèi d'Egitto. Non credo mi imbroglierà più del ragionevole, poiché è un uomo pio e si reca al tempio tutti i giorni di festa a offrire sacrifici, per quanto io credo che faccia questo in gran parte perché si radunano qui da lui parecchi sacerdoti. Non nutro però alcun dubbio sulla sua religiosità; del resto è giusto, e un uomo saggio dovrebbe sempre riunire i suoi affari commerciali con quelli spirituali, e... e... Francamente dimentico quello che stavo dicendo e quel che intendevo dire, poiché questo è un giorno di grande gioia per me e mi rallegro soprattutto perché tu non ti sei offeso ma seguiti a considerarmi come tuo servo anche se son diventato proprietario di una taverna... mestiere che non tutti ritengono rispettabile... ».

Dopo questo discorso, Kaptah incominciò a balbettare e a piangere, e mi posò la testa sulle ginocchia e mi abbracciò le gambe con effusioni da ubriaco.

Lo presi per le spalle e lo rimisi a sedere al suo posto dicendogli: « In verità credo che tu avresti potuto trovare un'occupazione più adatta o una sicurezza migliore per la tua vecchiaia; però c'è un punto che ancora non capisco. Se il proprietario sa che la sua taverna rende tanto e dal momento che possiede il segreto della coda di coccodrillo, perché ha acconsentito a cedertela invece di tenersela per sé? ».

Kaptah mi guardò col suo unico occhio velato di lagrime e di rimprovero, e mi disse: « Non ho sempre detto io, almeno mille volte, che tu hai il dono singolare di avvelenare tutte le mie gioie col tuo buonsenso, che è più amaro dell'assenzio? Di', come dice lui, che siamo stati amici sin dall'infanzia e ci siamo sempre amati come fratelli, e desideriamo spartire la nostra felicità e la nostra buona fortuna! Ma capisco dal tuo sguardo che questo non ti basta, e ammetto che anche in questa contrattazione si nasconde in agguato uno sciacallo. Corre voce che ci saranno molti disordini quando Ammon e il dio del Faraone scenderanno in lizza l'un contro l'altro per la supremazia del potere. Come sai, le taverne sono le prime a soffrire in simili casi; le loro imposte vengono infrante, i loro proprietari frustati e gettati nel fiume, le giare sono rovesciate, la mobilia fatta a pezzi, e nel peggiore dei casi, quando tutti sono ubriachi fradici, vi appiccano il fuoco. Questo accade con maggiore probabilità quando il proprietario è dalla parte del torto, e quest'uomo è un uomo di Ammon e tutti lo sanno. Non può mutar più pelle ormai. Ha incominciato a dubitare di Ammon da quando ha inteso che Ammon si è messo a vender terreni, e naturalmente io ho fatto del mio meglio per alimentare i suoi dubbi. Tu dimentichi, padrone, che noi abbiamo lo scarabeo: io invece sono persuaso che esso saprà concedere un po' di protezione alla Coda del Coccodrillo benché naturalmente abbia molto da fare a tutelare i tuoi vari interessi ».

Dopo avere a lungo riflettuto dissi infine: « Comunque, Kaptah, devo ammettere che tu hai compiuto molte cose in un sol giorno ».

Accolse il mio elogio con un gesto condiscendente della mano e replicò: « Tu ti sei scordato, padrone, che siamo sbarcati ieri. Ma effettivamente io non mi son lasciato crescer l'erba sotto i piedi. Ti sembrerà incredibile, ma persino la mia lingua è stanca, poiché basta una sola coda di coccodrillo a farla incespicare ».

Ci alzammo quindi per partire, salutammo il proprietario, e Merit ci accompagnò sin sulla soglia, i cerchi d'argento scintillanti ai polsi e alle caviglie. Nelle tenebre dell'ingresso posai la mia mano sulle sue reni e sentii la sua vicinanza.

Ma ella allontanò fermamente la mia mano e la respinse dicendo: « Può essere che il tuo contatto mi piaccia, ma non lo accetterò finché la coda del coccodrillo parla attraverso le tue mani ».

Umiliato alzai le palme e le osservai, e stranamente esse mi rammentarono proprio le zampe di un coccodrillo. Ritornammo a casa per la via più breve, vi stendemmo le nostre stuoie, e quella notte dormimmo profondamente.

7.

Così ebbe inizio la mia esistenza nel quartiere povero di Tebe. Come Kaptah aveva preveduto, avevo molti pazienti e perdevo più danaro di quanto ne guadagnassi. Avevo bisogno di molte medicine costose, e non mi serviva guarire gli affamati se non potevo comprar loro cibo e grassi sufficienti a fargli ricuperare la salute. I doni che ricevevo erano di scarso valore, ancorché mi procurassero gioia, e ancora più grande fosse la mia gioia nell'apprendere che i poveri avevano incominciato a benedire il mio nome. Ogni sera il cielo di Tebe s'illuminava di purpurei rossori al riflesso delle luci della città murata. Ero affaticato dopo la mia giornata di lavoro, e anche la notte i miei pensieri erano con le sofferenze dei miei pazienti. Pensavo anche ad Aton, il dio del Faraone.

Kaptah assunse una vecchia che ci governasse la casa, una vecchia che non mi disturbava e che era stanca della vita e degli uomini come testimoniava la sua faccia. Sapeva cucinare bene ed era tranquilla e non si affacciava mai sotto il portico a insultare i poveri a causa del loro cattivo odore e ad allontanarli da me con parole aspre. Presto mi abituai a lei, e non mi dava mai fastidio. Era un'ombra, ed io cessai di accorgermene. Si chiamava Muti.

Così un mese seguiva all'altro. A Tebe l'irrequietezza aumentava, e ancora non si sapeva nulla del ritorno di Horemheb. Il sole inaridiva e ingialliva i giardini, e il colmo dell'estate si stava avvicinando. A volte sentivo un acuto bisogno di mutamento e mi recavo con Kaptah alla Coda del Coccodrillo per scherzare con Merit e guardarla negli occhi, benché ella mi restasse lontana e mi facesse dolere il cuore. Mi soffermavo ad ascoltare le chiacchiere degli altri clienti e ben presto notai che non a tutti si offrivano in quella casa un sedile e una coppa. I clienti venivano scelti con cura, e benché alcuni di essi vivessero forse spogliando tombe o ricattando il prossimo, subito dimenticavano i loro loschi mestieri non appena rientravano nella taverna, e si comportavano in maniera decente. Dovetti credere a Kaptah quando mi diceva che in quella taverna si raccoglievano soltanto le persone che avevano necessità le une delle altre. Cosicché nessuno aveva bisogno di me, anche qui mi sentivo un estraneo, per quanto fossi tollerato e nessuno mi schivasse per il fatto che ero amico di Kaptah.

Molte cose si udivano in quel luogo; udivo maledire e anche lodare il Faraone, ma del suo nuovo dio quasi tutti si facevano beffe. Una sera però giunse alla taverna un venditore d'incenso che aveva le vesti strappate e il capo coperto di cenere.

Era venuto a calmare i suoi dispiaceri con una coda di coccodrillo, e urlava: « Possa questo falso Faraone essere maledetto per tutta l'eternità... dannato bastardo, usurpatore, che agisce a seconda dei suoi capricci, e a detrimento della mia sacra professione. Fino a questo momento io ho sempre tratto i miei profitti dai materiali che mi giungono dalla terra di Punt, e i viaggi sul Mare Orientale non sono affatto lasciati al caso. Ogni estate sono state apparecchiate navi per le rotte di traffico, e nell'anno successivo almeno due navi su dieci sono sempre ritornate con una semplice clessidra di ritardo. Io sono quindi sempre stato in grado di compilare un inventario accurato di tutti i miei beni e profitti. Ma adesso! Poteva esserci una pazzìa maggiore? Durante l'ultimo raddobbo, il Faraone è sceso personalmente al porto a ispezionare la flotta. Ha veduto i marinai che si lamentavano a bordo delle navi, e le loro mogli e i loro bambini che piangevano sulla riva, percuotendosi la faccia con pietre puntute come succede sempre in queste occasioni, poiché tutti sanno quante navi partono e quante poche ritornano. È sempre stato così sin dai tempi della grande Regina. Nondimeno, lo crediate o no, questo ragazzo malaticcio, questo maledetto Faraone ha vietato che i vascelli partissero e ha decretato che nessuna nave sia più allestita alla volta di Punt. Che Ammon ci salvi! Ogni onesto mercante sa che cosa questo significa. Significa la rovina per innumerevoli uomini, la povertà e la fame per le mogli e i figli dei marinai. Pensate alle fortune investite nelle navi e nei fondachi, nelle perline di vetro e nelle giare di terraglia! Pensate agli agenti egiziani che dovranno ora languire per sempre nelle capanne di paglia della terra di Punt, abbandonati dagli dèi! ».

Soltanto quando gli ebbero posato sul palmo della mano la terza coda di coccodrillo il mercante d'incenso incominciò a quietarsi. Quindi si affrettò a implorare perdono se nel suo dolore e nel suo sdegno aveva denigrato il Faraone.

« Eppure », proseguì, « io ritengo che la Regina Taia, la quale è una donna saggia e piena di discernimento, dovrebbe governar meglio il suo figliuolo. Io credevo anche che Eie il prete fosse un uomo di buonsenso, ma tutti quanti cercano di rovesciare Ammon e per questo lasciano libero il freno alla pazzia del Faraone. Povero Ammon! Di solito un uomo ritorna in sé dopo aver rotta una giara con una donna ed essersi sposato, ma questa Nefertiti, questa consorte reale, non pensa che alle sue vesti e alle sue mode indecenti. Che mi crediate o no, le donne della corte adesso si dipingono gli occhi di verde con polvere di malachite e si presentano con i vestiti aperti dall'ombelico in giù alla presenza degli uomini ».

Kaptah incuriosito osservò: « Non ho mai veduta una moda simile in nessun altro paese, ancorché mi sia imbattuto in molte stranezze, soprattutto per quel che riguarda il vestire delle donne. Vuoi forse farmi credere che le donne adesso vadano in giro con le loro parti nascoste scoperte, la Regina compresa? ».

Il trafficante d'incenso replicò in tono offeso: « Io sono un uomo decoroso, con moglie e figli. Non ho certo abbassato i miei occhi al disotto dell'ombelico, né ti consiglierei di fare una cosa così indecente ».

A questo punto s'interpose Merit che proruppe in tono irato: « È la tua bocca che è svergognata e non queste nuove fogge estive, che sono freschissime e rendono piena giustizia alla bellezza di una donna purché sia ben fatta e abbia un ventre ben formato che non sia stato rovinato da una levatrice maldestra. Avresti fatto meglio a permettere ai tuoi occhi di viaggiare un po' più basso, poiché sotto la veste aperta c'è un leggiero perizoma di lino finissimo che non può certo offendere gli sguardi dei pudichi ».

Il mercante d'incenso avrebbe voluto rispondere a ciò, ma la terza coda di coccodrillo fu più forte della sua lingua. Perciò nascose il capo tra le mani e prese a piangere amaramente sul vestire delle donne della corte e sul destino degli Egiziani abbandonati nella terra di Punt.

Mentre Kaptah ed io stavamo andandocene, dissi a Merit sulla soglia: « Tu sai che io sono solo, e i tuoi occhi mi hanno rivelato che anche tu sei sola. Ho riflettuto alle parole che mi hai detto un giorno e credo che a volte una menzogna possa essere più dolce della verità per una creatura solitaria che ha già superata la primavera della vita. Mi piacerebbe che tu indossassi un nuovo abito estivo come quello di cui parlavi poco fa, poiché sei ben fatta e hai le gambe lunghe, e non credo che tu debba vergognarti del tuo ventre quando passeggerai con me lungo il Viale degli Arieti ».

Questa volta non respinse la mia mano, ma anzi la strinse dolcemente e disse: « Farò forse come mi proponi ».

Questa sua promessa però non mi diede piacere mentre uscivo fuori, nell'infuocata aria della sera, anzi mi riempì di una vaga malinconia. Lontano, dal fiume, giungevano le note solitarie di una duplice zampogna.

Il giorno seguente Horemheb rientrò a Tebe e con lui un esercito in armi. Ma per narrare di ciò e di quanto accadde, debbo iniziare un nuovo libro. Devo però annotare che nel corso della mia professione ebbi due volte occasione di aprire crani; un paziente era un uomo ricco e l'altra una povera donna che credeva di essere la grande Regina Hatshepsut. Entrambi si ristabilirono e guarirono, per quanto io ritenga che la povera vecchia fosse più felice allorché si credeva Regina di quando ebbe ricuperata la ragione.

LIBRO X

LA CITTÀ DELL'ORIZZONTE

I.

Quando Horemheb ritornò dalla terra di Kush, l'estate era al suo colmo. Da un pezzo le rondini erano scomparse entro la mota del fiume; le pozze intorno alla città ristagnavano, mentre cavallette e insetti nocivi attaccavano i raccolti. Ma a Tebe i giardini dei ricchi erano verdi, freschi e lussureggianti, e su entrambi i lati del Viale degli Arieti sfolgoravano in pieno rigoglio fiori bellissimi che assommavano nei loro petali tutte le gamme dell'arcobaleno. Soltanto i poveri mancavano d'acqua, e il loro cibo era insozzato dalla polvere che si deponeva ovunque come una rete, coprendo di uno strato grigio le foglie delle acacie e dei sicomori nel quartiere povero della città. A sud, sulla riva più estrema, la casa d'oro del Faraone con le sue mura e i suoi giardini si elevava nella foschìa, prodotta dal calore, con un barbaglio turchino, diafano, di sogno. Per quanto fosse giunta ormai la stagione torrida, il Faraone non era partito per i suoi palazzi d'estate del Basso Egitto, ma era rimasto a Tebe. Ciò faceva supporre che qualcosa stesse per accadere. Come il firmamento si oscura prima di una tempesta di sabbia, così il cuore del popolo era aduggiato dal fantasma della paura.

Nessuno si sorprese di vedere numerosi guerrieri entrare all'alba in Tebe provenienti da tutte le strade del sud. Reggendo scudi polverosi, lance di rame scintillanti, e con gli archi a tracolla, le truppe negre marciavano per le strade e si guardavano intorno stupite, mentre il bianco dei loro occhi lampeggiava nelle loro facce sudate. Seguirono i loro barbari stendardi nelle caserme vuote, dove ben presto incominciarono ad ardere fuochi da campo e dove furono riscaldate le pietre su cui posare gli enormi recipienti di terracotta. Frattanto, le navi della flotta si ormeggiavano lungo i moli, e i cocchi e i cavalli impennacchiati degli ufficiali venivano sbarcati a riva per mezzo di chiatte. Non si vedevano Egiziani tra queste truppe, le quali erano formate per la maggior parte di Nubiani provenienti dal sud e di Shardana oriundi del deserto nord-occidentale. Costoro occuparono la città;

agli angoli delle strade vennero accesi fuochi di scolta, e il fiume fu sbarrato. A poco a poco nel corso della giornata ogni fatica cessò nelle officine e nelle macine, nei banchi e nei fondachi. I mercanti trasportarono in casa le loro merci e sbarrarono le imposte, e i tenitori delle taverne e delle case di piacere si affrettarono ad assoldare uomini robusti e armati di mazza al fine di proteggere i propri locali. Il popolo si vestì di bianco e incominciò a fluire da tutti i quartieri della città verso il grande tempio di Ammon finché tutte le corti ne furono invase e molti si raccolsero al difuori delle mura.

Intanto era corsa voce che durante la notte il tempio di Aton era stato insozzato e profanato: avevano lanciato sull'altare la carogna putrescente di un cane, e il guardiano era stato ritrovato con la gola squarciata da un orecchio all'altro. Come il popolo seppe questo tutti si lanciarono lunghi sguardi in tralice carichi di paura, ma molti non riuscirono a trattenersi dal giubilare in segreto.

« Ripulisci i tuoi strumenti », mi disse Kaptah con tono grave. « Credo che prima di notte avrai molto lavoro da sbrigare, e se non sbaglio ti toccherà anche aprire più di un cranio ».

Tuttavia nulla di notevole accadde prima di sera: gruppi di Nubiani ubriachi saccheggiarono alcuni negozi e violarono qualche donna. Le guardie se ne impadronirono e li bastonarono al cospetto del popolo, il che recò scarsa consolazione sia ai mercanti sia alle donne. Avendo saputo che Horemheb si trovava a bordo della nave ammiraglia mi recai al porto, ancorché nutrissi pochissima speranza di potermi abboccare con lui. La sentinella mi ascoltò con indifferenza e andò ad annunciare il mio arrivo, ma con mia sorpresa ritornò subito per accompagnarmi nella cabina del capitano. Così salii per la prima volta sul ponte di una nave da guerra e mi guardai attorno pieno di curiosità; però soltanto l'armamento e l'equipaggio più numeroso la distingueva dai vascelli normali, poiché anche le navi mercantili si fregiavano di prore dorate e di vele multicolori.

E così fu che m'incontrai nuovamente con Horemheb. Mi apparve ancora più alto e più imponente; le sue spalle si erano allargate, e i muscoli delle sue braccia risaltavano poderosi. Il suo volto però era solcato di rughe, e aveva gli occhi iniettati di sangue e pieni di stanchezza. Mi prostrai dinanzi a lui e tesi le mani a livello delle ginocchia.

Egli esclamò con un riso amaro: « Ma guarda un po' Sinuhe, il Figlio dell'Asino Selvaggio! In verità tu vieni a un'ora propizia! ».

Non mi abbracciò a causa della sua alta carica, ma si volse a un ufficiale piccolo e grasso e dagli occhi sporgenti che se ne stava accanto a lui ansimante per il caldo. Horemheb gli porse la sua frusta dorata di comando dicendo: « Su, assumi tu l'incarico! ». Si tolse poi il colletto ricamato d'oro, lo infilò al collo dell'ometto panciuto e soggiunse: « Prendi il comando e possa il sangue del popolo sgorgare sulle tue mani sudicie ». Quindi si volse bruscamente verso di me.

« Sinuhe, amico mio, sono libero di venire con te dovunque vorrai, e spero tu abbia una stuoia in casa tua su cui possa stirare le mie ossa, perché per Set e tutti i dèmoni sono arcistufo di discutere con dei pazzi! ».

Posò quindi le mani sulle spalle del piccolo ufficiale, che era più basso di lui di tutta una testa e disse: « Guardalo bene, amico Sinuhe, e imprimiti nella memoria quello che vedi, poiché questo è l'uomo nelle cui mani oggi giace il destino di Tebe. Il Faraone ha messo quest'uomo al mio posto quando io ho detto al Faraone che era pazzo, e adesso dopo aver veduto questo uomo potrai facilmente presagire che il Faraone avrà tra non molto nuovamente bisogno di me! ».

Rise e si batté le ginocchia, ma non c'era allegria nel suo riso; anzi esso mi spaventò. Il piccolo ufficiale lo fissò con aria mogia, i suoi occhi erano più che mai sporgenti per il calore e il sudore gli colava lungo la faccia e il collo e tra i grassi pettorali.

« Non essere crucciato con me, Horemheb », disse con una vocetta acuta. « Tu lo sai che io non ho mai ambita la tua frusta di comando. Preferisco i miei gatti e la pace del mio giardino al frastuono della guerra. Ma chi sono io per oppormi agli ordini del Faraone? Ora egli dichiara che non ci sarà guerra, ma che il falso dio deve cadere senza spargimento di sangue ».

« Il Faraone dichiara quello che spera », ribatté Horemheb. « Il suo cuore va al di là della sua ragione così come un uccello supera di gran lunga in rapidità una lumaca; perciò le sue parole non hanno peso. Tu dovresti pensare a te stesso e spargere sangue moderatamente, con i dovuti riguardi, anche se può trattarsi di sangue egiziano. Per il mio falco, ti bastonerò di mia propria mano se dimenticherai il tuo buonsenso nelle gabbie dei tuoi gatti di lusso, perché ai tempi del defunto Faraone tu sei stato un guerriero famoso, così mi hanno detto, e questo è senza dubbio il motivo per il quale il Faraone ti ha affidato quest'odioso incarico ».

Diede sulla schiena del nuovo comandante una manata così energica che il poveretto barcollò e gemette, e le parole che avrebbe voluto dire gli rimasero appiccicate in gola. Con due lunghi balzi Horemheb saltò sul ponte e i soldati si irrigidirono e lo acclamarono alzando le lance.

Egli li salutò agitando la mano e gridando: « Arrivederci, canaglie! Obbedite a questo micino di lusso che regge adesso la frusta di comando. Obbeditegli come se fosse un bambino, e badate a che non capitomboli dal suo cocchio o si faccia male col proprio coltello ».

I soldati risero e urlarono le sue lodi, ma egli si adirò, e scuotendo i pugni verso di loro disse: « Io non vi dico addio! Ci incontreremo di nuovo e presto, poiché vi leggo negli occhi le vostre intenzioni. Soltanto vi avverto: comportatevi a dovere e ricordatevi le mie parole, altrimenti quando ritornerò farò a strisce la pelle delle vostre schiene ».

Mi chiese dove abitassi e ne avvertì l'ufficiale di guardia, ma gli proibì di spedire a casa mia il suo bagaglio, ritenendolo più al sicuro a bordo della nave da guerra. Poi come nei vecchi giorni mi passò il braccio intorno al collo e sospirò: « Francamente, Sinuhe, se c'è qualcuno stasera che si è meritata un'onesta baldoria, quell'uomo sono io ».

Gli parlai della Coda del Coccodrillo e se ne mostrò talmente interessato che mi arrischiai a pregarlo di predisporre uno speciale picchetto di armati davanti alla taverna di Kaptah. Diede all'ufficiale della guardia gli ordini necessari, e questi promise di raccogliere a questo scopo tra i veterani alcuni uomini sicuri. Fui così in grado di rendere a Kaptah un servigio che non mi costava nulla.

Sapevo ormai che la Coda del Coccodrillo disponeva di un certo numero di salette private dove violatori di tombe e ricettatori di merci rubate solevano sistemare i loro conti e dove di quando in quando dame di riguardo davano appuntamento a muscolosi scaricatori del porto. Condussi Horemheb in una di queste piccole sale. Merit gli recò in una conchiglia una coda di coccodrillo; egli la inghiottì in una sola sorsata, tossì alquanto e disse: « O... oh! ». Ne chiese subito un'altra, e quando Merit si fu allontanata a cercarla, disse che era una bella donna e mi chiese se tra noi c'era qualcosa. Io gli assicurai che non c'era assolutamente nulla; comunque fui contento che Merit non avesse ancora acquistata la sua veste nuova con la spaccatura anteriore. Horemheb tuttavia non le fece alcuna proposta; le offrì soltanto i suoi rispettosi omaggi, e ponendo la tazza sul palmo della mano la centellinò cautamente.

Poi con un profondo sospiro disse: « Sinuhe, domani il sangue scorrerà per le vie di Tebe, e noi non potremo far nulla per impedirlo. Il Faraone è mio amico, e io gli voglio bene nonostante la sua follìa; un giorno lo copersi con la mia mantella, e da quel momento il mio falco unì insieme i nostri destini. Forse lo amo proprio a causa della sua follìa, ma non voglio essere coinvolto in questa lotta, perché devo pensare al mio avvenire e non desidero che il popoli mi odii. O Sinuhe, amico mio! Quanta acqua è fluita entro il letto del Nilo dal giorno del nostro ultimo incontro in quella puzzolente Siria! Sono appena tornato dalla terra di Kush, dove per ordine del Faraone ho sciolte le guarnigioni e ho riportato a Tebe le truppe negre, così adesso il paese al sud è indifeso. Se le cose continuano di questo passo lo scoppio dei disordini in Siria non sarà che una questione di tempo. Può darsi che la rivolta riconduca al buonsenso il Faraone... frattanto però il paese è impoverito. Da quando egli è stato incoronato, pochissimi soltanto hanno lavorato nelle miniere e senza che se ne sia tratto alcun profittto. Non è più permesso ricondurre al dovere i pigri a suon di bastonate; bisogna limitarsi a metterli a razione scarsa di cibo. Veramente il mio cuore trema per il bene del Faraone e dell'Egitto, e per il bene del suo dio, benché di dèi, essendo un guerriero, io non m'intenda affatto. Io dico soltanto che molti... moltissimi... periranno per colpa di questo dio. È una pazzia, poiché logicamente gli dèi esistono per tener tranquillo il popolo e non per seminare l'inquietudine tra la massa ».

Dopo una pausa proseguì: « Domani Ammon sarà deposto, e non sarò certo io a rimpiangerlo, poiché è diventato troppo potente per seguitare a spartirsi l'Egitto col Faraone. È un atto politico da parte del Faraone rovesciarlo, poiché in questo modo egli potrà confiscare i suoi numerosi beni, riuscendo forse ancora a salvarci. I sacerdoti di altri dèi sono stati messi in ombra da Ammon e sono invidiosi... ma nemmeno loro amano Aton, e sono i sacerdoti quelli che governano il cuore del popolo. Ecco perché ti dico che da questa situazione usciranno lutti e rovine ».

« Ma », obiettai, « Ammon è un dio odioso, e i suoi sacerdoti già da troppo tempo tengono il popolo nelle tenebre e soffocano ogni pensiero vitale, tanto che nessuno osa proferire parola senza il permesso di Ammon, mentre Aton offre la luce e una vita di libertà — una vita scevra di paura — e questa è una grande cosa, una grandissima cosa, Horemheb, amico mio ».

« Non so quel che tu intendi dire per paura », mi rispose. « Il popolo deve essere dominato dalla paura. Se gli dèi lo governano, il trono non ha bisogno di armi per essere sorretto. Se

Ammon si accontentasse di essere il servo del Faraone, meriterebbe pienamente il posto che gli spetta, poiché nessuna nazione può essere governata senza la paura, ed ecco perché Aton, con la sua dolcezza e la sua croce d'amore, è un dio immensamente pericoloso ».

« È un dio assai più grande di quanto tu creda », osservai piano, quasi senza rendermi conto di quello che dicevo. « Forse egli è in te, senza che tu lo sappia... e in me. Se il popolo lo comprendesse, egli potrebbe salvarci tutti dalla paura e dalle tenebre; ma è più probabile che molti debbano morire per causa sua, come tu dici, poiché le cose che sono eterne possono essere imposte soltanto con la forza alla massa degli uomini ».

Horemheb mi guardò con impazienza come si guarda un bambino che balbetta; poi, ispirato forse dalla coda di coccodrillo, riprese il suo buonumore e replicò: « Comunque, siamo d'accordo che è tempo di scalzare Ammon, e giacché lo si deve fare, è meglio farlo all'improvviso, di notte e in segreto, e in tutto il paese alla medesima ora. Si dovrebbero giustiziare immediatamente i sacerdoti dei gradi massimi e mandare gli altri nelle miniere e nelle cave di pietra: ma il Faraone nella sua stoltezza vuole agire apertamente col consenso del popolo e alla luce del suo dio... Poiché il suo dio è il disco solare, il che, sia detto per inciso, non è una dottrina nuova. È un'impresa pazzesca e che costerà molto sangue. Io non ho voluto acconsentire a metterla in atto, perché non ero stato preavvisato dei suoi progetti. Per Set e tutti i dèmoni, se fossi stato informato in tempo avrei architettato ogni cosa con la massima cura e avrei rovesciato Ammon con tanta rapidità che nemmeno il Faraone avrebbe potuto rendersi conto di quel che era accaduto. Ma ormai anche l'ultimo ragazzino di strada tebano è al corrente del progetto. I sacerdoti stanno sollevando il popolo nei cortili del tempio, gli uomini spezzano rami nei loro giardini per farsene armi, e le donne si recano al tempio con bastoni da lavandaia nascosti sotto le vesti. Per il mio sparviere, mi vien da piangere pensando alla follìa del Faraone ».

Chinò il capo tra le mani e versò effettivamente lagrime sopra la rovina che stava per sconvolgere Tebe. Merit gli recò una terza coda di coccodrillo e prese a fissare con tanta ammirazione la sua vasta schiena e i suoi bicipiti poderosi che bruscamente io le ordinai di andarsene e di lasciarci soli. Volevo parlare a Horemheb di quello che avevo veduto a Babilonia, nel paese di Hatti e a Creta. Ma ben presto capii che il coccodrillo lo aveva ormai colpito alla testa con la sua coda, poiché già egli dormiva pesantemente col capo tra le mani. Quella notte riposò tra le mie braccia, ed io vegliai sul suo sonno, rimanendo tutta la notte nella taverna ad ascoltare le gozzoviglie dei soldati. Kaptah e il proprietario facevano a gara per tenerli allegri, affinché proteggessero con più efficacia la casa non appena fossero scoppiati i disordini. Ma il mio animo era triste perché riflettevo che in ogni casa di Tebe si stavano affilando armi, aguzzando picche e fasciando di rame i pestelli domestici. Credo che pochi abbiano dormito quella notte nella città — certamente non il Faraone dormì — ma Horemheb, guerriero nato, russò come un ghiro.

2.

La popolazione vegliò tutta la notte dinanzi al tempio. I poveri si erano distesi sui freschi prati dei giardini fioriti, mentre i sacerdoti sacrificavano ad Ammon continuamente, profusamente, dispensando al popolo la carne, il pane e il vino degli olocausti. Invocavano Ammon a voce altissima e promettevano vita eterna a tutti coloro che credevano in lui e offrivano le proprie esistenze per amor suo.

I sacerdoti avrebbero potuto evitare uno spargimento di sangue se lo avessero desiderato. Non avevano che a sottomettersi, e il Faraone li avrebbe lasciati in pace, senza perseguitarli, giacché il suo dio rifuggiva dalla persecuzione e dall'odio. Ma il potere e la ricchezza avevano talmente dato loro alla testa che neppure la morte li spaventava più. Sapevano che né il popolo né le poche guardie poste a difesa di Ammon erano in grado di opporsi ad un esercito armato che la guerra aveva reso esperto e incallito, e non potevano ignorare che questa forza in armi avrebbe spazzato via ogni cosa così come le acque in piena trascinano e distruggono la paglia secca. Essi desideravano che venisse sparso il sangue tra Ammon e Aton al fine di trasformare il Faraone in un criminale e in un assassino, che avrebbe poi ordinato a dei sudici negri di versare il puro sangue d'Egitto. Volevano che si sacrificasse ad Ammon affinché egli durasse per tutta l'eternità anche se la sua immagine doveva essere rovesciata e il suo tempio chiuso.

Dopo questa lunga notte il disco di Aton si levò finalmente al disopra dei tre colli orientali, e la frescura della notte cedette al flagellante calore del giorno. In ogni strada e su ogni piazza pubblica fu dato fiato ai corni, e gli araldi lessero a voce alta un proclama in cui il Faraone affermava che Ammon era un falso dio e doveva essere immediatamente deposto, che esso era maledetto per tutta l'eternità, e che il suo nome sarebbe stato cancellato da tutte le iscrizioni, da tutti i monumenti, da tutte le tombe. Tutti i templi di Ammon, sia dell'Alto che del Basso Egitto, tutte le sue terre, i suoi armenti, i suoi schiavi, i suoi edifici, il suo oro, il suo argento, il suo rame venivano confiscati a favore del Faraone e del suo dio. Il Faraone prometteva di trasformare i templi in pubblici passeggi e i giardini in parchi pubblici e i laghi sacri in laghi pubblici dove i poveri potessero bagnarsi e attingere acqua liberamente. Prometteva inoltre di dividere la terra di Ammon tra coloro che non possedevano terra, affinché la coltivassero in nome di Aton.

Il popolo ascoltò il proclama in silenzio, come richiedeva la tradizione: poi da ogni dove — nelle strade, nelle piazze, dinanzi ai templi — si levò un urlo tonante: « Ammon! Ammon! ». Tanto terribile fu questo grido che le stesse pietre e le mura parvero proferirlo. Ed ecco che le truppe negre esitarono. I loro volti si fecero grigi sotto la pittura rossa e bianca, i loro occhi strabuzzarono nelle orbite mostrando il bianco, e nel guardarsi attorno quegli uomini si accorsero che pur essendo numerosi non erano che pochi in quella immensa città che essi vedevano per la prima volta. A causa dell'assordante frastuono pochi soltanto poterono udire che il Faraone, al fine di dissociare il proprio nome da quello di Ammon, aveva assunto in quello stesso giorno il nome di Akhenaton, il che significava il Favorito di Aton.

Il clamore risvegliò persino Horemheb, il quale si stirò e mormorò sorridendo, con gli occhi ancora chiusi: « Sei tu, Baket, la benamata di Ammon, la mia principessa? Mi hai chiamato? ».

Ma come gli diedi una gomitata nel fianco aprì gli occhi e il sorriso cadde dalla faccia come un indumento smesso. Si tastò il capo e disse: « Per Set e tutti i dèmoni, la tua era una bevanda potente, Sinuhe. Stavo sognando, credo ».

Gli dissi: « Il popolo sta invocando Ammon ».

Immediatamente si rammentò di ogni cosa, ed ebbe fretta di uscire. Attraversammo la taverna dove incespicammo nelle gambe nude di ragazze e di soldati allacciati nell'ubriachezza. Horemheb tolse una pagnotta da uno scaffale e tracannò una caraffa di birra, e insieme ci avviammo frettolosamente al tempio attraverso strade deserte come mai le avevo vedute prima di quel momento. Cammin facendo si fermò a lavarsi a una fontana, tuffando la testa nell'acqua tra molti sbuffi e gorgogli, poiché la coda di coccodrillo gli picchiava ancora in testa.

Il grasso micino, che si chiamava Pepitamon, stava disponendo davanti al tempio le sue truppe e i suoi cocchi. Quando seppe che tutto era pronto e che gli uomini avevano ricevuto tutti i suoi ordini si alzò in piedi nella sua lettiga dorata e gridò con voce acuta: « Soldati d'Egitto! Audaci uomini di Kush! Valorosi Shardana! Avanzate dunque e rovesciate l'immagine di Ammon il maledetto, secondo il comando del Faraone, e grande sarà la vostra ricompensa! ».

Dopo aver detto ciò gli parve di aver fatto tutto quello che si pretendeva da lui, e si rimise a sedere soddisfatto sui morbidi cuscini della portantina, lasciando che i suoi schiavi gli facessero vento, poiché l'ora era già caldissima.

Ma davanti al tempio sostava una folla innumerevole di gente biancovestita, uomini e donne, vecchi e bambini, i quali non arretrarono dinanzi alle truppe e ai cocchi avanzanti. Con un urlo immenso si buttarono a terra, cosicché i cavalli li calpestarono e le ruote passarono sui loro corpi. Gli ufficiali compresero che non avrebbero potuto proseguire senza spargimento di sangue, e ordinarono ai loro uomini di ritirarsi in attesa di nuovi ordini, poiché il Faraone aveva proibito che si versasse sangue. Ma il sangue già fluiva sul selciato della piazza, dove i feriti gemevano e si lamentavano con alte strida, e quando il popolo vide che i guerrieri arretravano, una grande commozione percorse la folla, la quale credette che già la vittoria fosse sua.

Nel frattempo Pepitamon si rammentò che il Faraone nel suo proclama aveva mutato il proprio nome in quello di Akhenaton e decise lì per lì di mutare anche il suo, onde ingraziarsi il favore del Faraone. Quando gli ufficiali vennero a lui per chiedere consiglio, affannati e sudanti, egli finse di non udirli, ma spalancò gli occhi e disse: « Non conosco nessun Pepitamon: io mi chiamo Pepitaton, Pepi il benedetto di Aton ».

Gli ufficiali, ciascuno dei quali reggeva una frusta adorna di trecce d'oro e comandava mille uomini, ne furono irritatissimi, e il comandante dei cocchi esclamò: « Che Aton finisca nel più profondo dei baratri! Che significa questa scempiaggine? Dacci i tuoi ordini ».

Allora Pepitaton si fece beffe di loro dicendo: « Che cosa siete? Guerrieri o donnicciuole? Disperdete il popolo, ma non spargete sangue, poiché questo è stato espressamente vietato dal Faraone ».

Allorché gli ufficiali udirono ciò si guardarono tra loro e sputarono per terra, ma non potendo far altro ritornarono presso i loro uomini.

Mentre si svolgevano questi conciliaboli nelle alte sfere, il popolo aveva preso a incalzare i Negri in ritirata, svellendo le pietre del selciato e scagliandole contro le truppe, agitando i pestelli e i rami spezzati e urlando. La turba era immensa, e gli uomini si esaltavano a vicenda con grandi grida. Molti Negri, abbattuti dalle pietre, giacevano al suolo nel loro sangue. I cavalli, alle grida della folla, si imbizzarrirono, s'impennarono, scartarono, tanto che gli aurighi ebbero molta fatica a trattenerli. Quando il comandante dei cocchi ritornò tra i suoi uomini si accorse che l'animale più bello e più pregiato era stato colpito a un occhio e che zoppicava da una gamba, dove un sasso lo aveva ferito.

Questo lo rese così furioso che incominciò a urlare di collera e a gridare: « O mia freccia d'oro, o mio capriolo, o mio raggio di sole! Ti hanno fatto schizzar via un occhio, ti hanno spezzata una gamba, ma in verità tu sei più caro al mio cuore di tutta questa gente e di tutti gli dèi messi insieme! Mi vendicherò dunque... ma non spargiamo sangue, poiché questo il Faraone ha espressamente vietato! ».

Alla testa dei suoi cocchi si buttò tra la folla, e ciascun auriga tirò sul proprio cocchio i più turbolenti tra i ribelli, mentre i cavalli calpestavano i vecchi e i bambini, e le urla si tramutavano in lamenti. Quelli però che i soldati avevano così sollevati da terra furono da questi strangolati con le redini cosicché nessun sangue sgorgò; gli aurighi compirono quindi una brusca conversione e ritornarono di gran carriera verso la folla trascinandosi dietro i cadaveri per infondere terrore nel cuore del popolo. I Nubiani slegarono i loro archi, caricarono e strangolarono le loro vittime con le corde degli archi. Strangolarono anche molti bambini, difendendosi contro le pietre e i colpi con i propri scudi. Però ogni Negro dipinto che veniva a essere separato dai compagni era calpestato sotto i piedi dalla plebaglia e ridotto in pezzi. Alcuni riuscirono a tirar giù da un cocchio l'auriga, e ne spiaccicarono la testa contro le pietre del selciato tra strida frenetiche.

A mano a mano che il tempo passava il comandante in capo reale Pepitaton diveniva inquieto, la clessidra che aveva accanto a sé fluiva via gorgogliando, e il tumultuare del popolo giungeva alle sue orecchie come il fragore di un torrente in piena. Radunò i propri ufficiali e li rimproverò dell'indugio, e disse: « La mia gatta sudanese Mimo deve avere i piccoli quest'oggi; sono molto preoccupato per lei perché non posso essere presente ad aiutarla. In nome di Aton andate e rovesciate quella dannata statua cosicché si possa andare tutti a casa, altrimenti, per Set e tutti i dèmoni, io vi strapperò le catene d'oro che avete al collo e spezzerò le vostre fruste: lo giuro! ».

Allorché gli ufficiali udirono questo compresero di essere traditi, comunque si fossero svolte le cose, e decisero pertanto di salvare almeno il loro onore di soldati. Reinquadrarono i loro uomini e attaccarono, scaraventando il popolo da un lato come se fosse stato paglia travolta da un'inondazione; le lance dei Negri si invermigliarono, il sangue fluì per la piazza, e quel mattino in nome di Aton perirono cento volte cento uomini, donne e bambini. Quando i sacerdoti videro che i soldati stavano caricando sul serio, chiusero i portali d'ingresso, e la folla prese a fuggire da ogni parte come un branco di pecore spaventate. Molti Negri assetati di sangue inseguirono i cittadini e li trafissero con le loro frecce, mentre gli aurighi passarono come una tempesta per le vie infilzando i fuggiaschi con le loro lance. Ma nella fuga il popolo si aprì a forza un varco sin entro il tempio di Aton, ne capovolse gli altari e trucidò tutti i sacerdoti su cui poté mettere le mani, mentre i cocchi inseguitori li rincorrevano con fragore di tuono. Così anche il pavimento di pietra del tempio di Aton s'invermigliò ben presto di sangue e si coperse di moribondi.

Ma le mura del tempio di Ammon bloccarono la strada alle truppe negre di Pepitaton, le quali non erano abituate a dar la scalata a simili difese, e i loro arieti d'assalto non furono sufficienti ad abbattere le porte di rame. I soldati non poterono far altro che accerchiare il tempio, e dalle mura i sacerdoti li coprivano di imprecazioni, e le guardie del tempio li presero di mira con le loro frecce e coi loro giavellotti, cosicché più di un negro dipinto cadde, e senza scopo. Dallo spazio aperto antistante il tempio si levò un greve e dolciastro odore di sangue, e vi si addensarono nugoli di mosche provenienti da tutta la città, le quali presero a volteggiare in un turbinìo di polvere. Pepitaton, sopraggiunto nella sua lettiga dorata, si fece cinereo in volto a quel tanfo ributtante; ordinò ai suoi schiavi di bruciare incenso intorno alla sua persona, e pianse e si strappò le vesti al cospetto degli innumerevoli cadaveri.

Nondimeno il suo cuore era pieno di inquietudine al pensiero della gatta sudanese Mimo, perciò disse ai suoi ufficiali: « Ho paura che la collera del Faraone sarà spaventosa, poiché voi non avete rovesciato l'immagine di Ammon, mentre il sangue fluisce a torrenti lungo le cunette delle vie. Devo affrettarmi dal Faraone per riferirgli quanto è accaduto, e cercherò di parlare a vostro favore. Intanto potrò anche recarmi a casa mia, vedere la mia gatta, e cambiarmi le vesti, poiché il lezzo qui è terribile e penetra fin dentro la pelle. Non possiamo assolutamente scalare oggi le mura del tempio: il Faraone in persona deciderà quel che si dovrà fare ».

Quel giorno non accadde altro. Gli ufficiali ritirarono dalle mura e dai mucchi di cadaveri i loro uomini, e fecero venire i carri addetti al vettovagliamento affinché i Nubiani potessero rifocillarsi.

Nelle notti che seguirono molti incendi divamparono per la città, molte case furono saccheggiate, Negri dipinti bevvero vino da tazze dorate, e gli Shardana giacquero in morbidi letti a baldacchino. Tutta la feccia della città uscì furtivamente dalle sue tane segrete: ladri, violatori di tombe, rapinatori che non temevano alcun dio, neppure Ammon. Costoro, benedicendo religiosamente il nome di Aton, entravano nel suo tempio, che era stato frettolosamente mondato, per ricevere la croce della vita dalle mani dei sacerdoti sopravvissuti. Si appendevano questa croce al collo come un talismano protettore che avrebbe consentito loro di rubare, assassinare, saccheggiare a volontà col favore delle tenebre. Dovevano passare molti anni prima che Tebe ritornasse quello che era stata, poiché in quei giorni il potere e la ricchezza furono in essa prosciugati come il sangue è risucchiato da un corpo pletorico.

3.

Horemheb se ne stette nella mia casa, insonne e smarrito. I suoi occhi si facevano ogni giorno più cupi, ed egli non aveva stomaco per il cibo che Muti gli poneva ripetutamente dinanzi. Muti, come molte altre donne, era fortemente impressionata dall'aspetto di Horemheb e rispettava assai più lui di me, che, sapere o no, non ero che un uomo dai muscoli flaccidi.

Horemheb disse: « Che vuoi che m'importi sia di Ammon che di Aton? M'hanno lasciato sfrenare talmente i miei uomini che bisognerà che molte schiene si pieghino sotto la mia sferza, e molte teste dovranno cadere prima che io riesca a farli rientrare in sé. E questo è un grande peccato, perché sono buoni combattenti, se disciplinati ».

Kaptah si arricchiva ogni giorno di più, e la sua faccia luceva di grascia. Egli trascorreva ora le sue notti alla Coda del Coccodrillo. Infatti gli ufficiali e i sergenti Shardana gli pagavano a peso d'oro le sue bevande, e nelle stanze posteriori della taverna si ammucchiavano montagne sempre più grosse di tesori rubati, gioielli, forzieri, stuoie, che i clienti gli offrivano in cambio di vino, senza stare a discutere sul prezzo. Nessuno osava attaccare la casa, e i ladri vi giravano al largo, poiché essa era vigilata dagli uomini di Horemheb.

Il terzo giorno la mia provvista di medicinali si esaurì, e mi fu impossibile acquistarne altri, sia pure a prezzo d'oro. Le mie arti erano impotenti nei confronti della pestilenza che si andava spargendo nel quartiere povero, a causa dei numerosi cadaveri insepolti e dell'acqua inquinata. Ero stanco e il cuore mi doleva nel petto come una ferita, i miei occhi erano iniettati di sangue per mancanza di sonno. Tutto mi nauseava... i poveri le ferite, Aton... e me ne andai alla Coda del Coccodrillo dove bevvi vino drogato finché mi addormentai.

Il mattino Merit mi risvegliò; ero disteso sulla sua stuoia con lei accanto. Profondamente confuso le dissi: « La vita è come una fredda notte, ma è davvero dolce quando due mortali solitari si riscaldano a vicenda, anche se le loro mani e i loro occhi raccontano menzogne per il bene della loro amicizia ».

Sbadigliò assonnatamente.

« Come sai che le mie mani e i miei occhi mentono? Sono stanca di picchiar soldati sulle dita e di prenderli a calci negli stinchi; qui al tuo fianco, Sinuhe, ho trovato il solo posto sicuro nella città, un posto dove nessuno oserà mettermi le mani addosso. Perché così debba essere non so e sono un tantino offesa, poiché si dice che sono bella e non credo ci sia nulla a ridire sul mio ventre, anche se tu non ti sei neppure degnato di dargli un'occhiata ».

Bevvi la birra che mi offriva, per rischiarare la mia testa indolenzita, e non seppi che cosa risponderle. Mi guardò negli occhi sorridendo, ancorché nella profondità delle sue brune pupille si nascondesse immobile il dolore, come si nascondono nel fondo di un pozzo le acque scure.

Mi disse: « Sinuhe, vorrei aiutarti se mi fosse possibile, e so che in questa città c'è una donna che deve saldarti un debito immisurabile. In questi giorni i tetti sono pavimenti, tutte le porte si spalancano, e molti esigono per la strada il pagamento di antichi crediti. Forse converrebbe anche a te andare in giro a esigere il saldo di ciò che ti spetta, e ti convinceresti finalmente che non ogni donna è un deserto ».

Le risposi che non avevo mai pensato questo di lei, ma uscii, e le sue parole rimasero entro di me poiché dopo tutto non ero che un uomo. Lo spettacolo di tanta carneficina mi aveva gonfiato il cuore, e la frenesia dell'odio mi aveva così riempito che ne avevo paura per me stesso. Ricordavo il tempio della dea gatta e la casa che vi sorgeva accanto, anche se il tempo si era disteso come sabbia sopra quelle memorie. Ma nei giorni del terrore i morti si levano dalle loro tombe e io mi rammentavo di mio padre Senmut e della sua tenerezza e della mia buona madre Kipa; e al pensiero di loro si frammischiava nella mia bocca un sapore di sangue. In quel momento nessuno a Tebe era troppo ricco o troppo in vista per non correre pericolo nel camminare all'aperto, e mi sarebbe bastato assoldare pochi uomini per portare a termine il mio proposito. Tuttavia non sapevo ancora esattamente quale fosse il mio proposito!

Il quinto giorno un senso di incertezza incominciò a farsi strada anche fra gli ufficiali al comando di Pepitaton, poiché i soldati smisero di obbedire ai richiami dei corni e presero a insultare per la via i loro capi, strappando loro di mano le fruste dorate e spezzandole contro le ginocchia. Gli ufficiali si recarono da Pepitaton, che la vita di guerriero già aveva tediato e che sentiva vivissima la mancanza dei suoi gatti, e lo persuasero a chiedere udienza al Faraone per dirgli la verità e rimettergli il suo collare di comando. Così il quinto giorno i messaggeri del Faraone vennero alla mia casa ingiungendo a Horemheb di seguirli dinanzi al Faraone. Horemheb si levò come un leone dal suo giaciglio, si lavò e si vestì, e ritornò fra i suoi uomini borbottando tra sé al pensiero di tutto quello che avrebbe detto al Faraone. Ormai anche l'autorità del Faraone vacillava, e nessuno poteva dire quel che avrebbe recato il domani.

Quando fu di fronte a lui gli disse: « Akhenaton, non abbiamo un minuto da perdere, e non occorre che io sciupi il mio tempo a ricordarti tutto quello che ti avevo consigliato di fare. Se vuoi che tutto ritorni come prima, concedimi per tre giorni la tua autorità, e allo scadere del terzo giorno io te la restituirò. Non avrai mai bisogno di sapere quello che sarà accaduto ».

Il Faraone gli chiese: « Rovescerai Ammon? ».

Horemheb replicò: « In realtà tu sei posseduto da un demonio! Eppure, nonostante tutto quello che è successo, Ammon deve cadere se vogliamo che la maestà del Faraone sopravviva. Io dunque lo rovescerò... ma non chiedermi come farò per riuscirvi ».

Il Faraone disse: « Tu non devi recar danno ai suoi sacerdoti, poiché non sanno quello che si fanno ».

Horemheb ribatté: « In verità ti dovrebbero scoperchiare il cranio, poiché è evidente che non esiste altro mezzo per guarirti. Nondimeno obbedirò al tuo comando per il ricordo di quell'ora in cui ricoprii la tua debolezza con la mia mantella ».

Allora il Faraone pianse e gli consegnò per tre giorni il flagello e il lituo. Come questa tragedia si concluse, io l'ho appreso soltanto da quel che Horemheb mi disse, e anch'egli come tutti i guerrieri era incline ad abbellimenti fantastici. Comunque sia ritornò in città nel cocchio dorato del Faraone e passò di strada in strada chiamando i soldati per nome. Prese con sé i più fidi e ordinò di dar fiato ai corni, raggruppando gli uomini sotto i loro stendardi, i loro falchi e le loro code di leone. La caccia durò tutta la notte. Dai dormitori dei soldati si levavano strida e ululati, e le sferze si ruppero a decine tra le mani dei flagellatori, le cui braccia si stancarono a forza di percuotere, ed essi si lamentarono di non aver mai prima di allora sopportata una così terribile fatica. Horemheb mandò a pattugliare le strade i suoi uomini migliori perché si impadronissero di tutti coloro che non obbedivano al suono dei corni, con l'ordine tassativo di fustigarli; molti che avevano le mani e le vesti lorde di sangue furono decapitati alla presenza dei loro compagni. Allo spuntare dell'alba la feccia di Tebe si era rintanata nei suoi nascondigli, simile a un'orda di topi, poiché chiunque fosse stato colto a rubare o a scassinare veniva trafitto sul posto a fil di lancia.

Poi Horemheb radunò tutti i mastri architetti della città e ingiunse loro di abbattere le case dei ricchi e di distruggere le navi per cavarne legname, e pose i lavoratori a costruire arieti d'assalto e torri d'assedio, finché il fragore delle incudini riempì la notte. Ma su ogni altro rumore si levavano le strida dei Nubiani e degli Shardana fustigati a sangue, gradevole suono alle orecchie dei cittadini di Tebe.

Horemheb non sprecò tempo inutile in vani negoziati con i sacerdoti. Ma non appena fu giorno impartì gli ordini ai suoi ufficiali. Intorno alle mura del tempio, in cinque punti, vennero disposte le torri d'assedio, mentre nel medesimo tempo gli arieti d'assalto incominciarono a martellare le porte. Nessuno fu ferito, poiché i soldati fecero tetto con i loro scudi. I sacerdoti e le guardie del tempio non seppero resistere a un attacco così deciso e sapientemente concertato. Le loro forze si dispersero ed essi incominciarono a correre di qua e di là per le mura in preda al panico, mentre nei cortili si levavano le grida atterrite della popolazione che vi si era rifugiata. Allorché i sommi sacerdoti videro che le porte stavano cedendo e che i Negri già raggiungevano le mura, ordinarono di dar fiato ai corni per invocare una tregua affinché fossero almeno salve le vite dei cittadini. Erano d'opinione che Ammon avesse ormai avuto olocausti sufficienti e volevano risparmiare i fedeli superstiti per servirsene in avvenire. Vennero quindi aperte le porte, e i soldati lasciarono che la folla disordinata e atterrita si disperdesse incolume come Horemheb aveva ordinato. Il popolo fuggì invocando Ammon; erano tutti felici di ritornare alle loro case, poiché i tumulti erano stati sedati e tutti erano ormai stanchi di quel soggiorno prolungato nei cortili, sotto un sole di fuoco.

In tal modo Horemheb prese possesso delle avancorti, dei magazzini, delle stalle, delle officine del tempio, e ciò senza gravi perdite. Furono poste sotto il suo controllo anche la Casa della Vita e la Casa della Morte, ed egli inviò in città i medici della Casa della Vita a curare gli ammalati, ma non si intromise nella Casa della Morte, poiché coloro che vi abitavano erano separati e isolati da tutto ciò che accade nel mondo esterno. I sacerdoti e le guardie opposero un'ultima resistenza nel grande tempio, al fine di proteggere il santo dei santi. I sacerdoti avevano stregate le guardie e le avevano drogate affinché combattessero fino all'ultimo sangue senza risentire dolore.

La battaglia nel grande tempio si protrasse sino al cader della notte; infine le guardie affatturate furono trucidate tutte, insieme ai sacerdoti che avevano opposto resistenza armata, e non rimanevano più ora che i sacerdoti del grado sommo, i quali si erano raccolti nel santuario, intorno al loro dio. Horemheb diede ordine che la lotta cessasse e spedì subito i suoi uomini a raccogliere i morti e a scagliarli nel fiume.

Si avvicinò quindi ai preti di Ammon e disse loro: « Io non muovo guerra ad Ammon, poiché servo Horo, il mio sparviere. Nondimeno sono venuto al comando del Faraone a deporre il vostro dio. Non sarebbe più gradevole sia per voi sia per me che nessuna immagine venisse ritrovata nel santo dei santi perché i soldati la profanino? Non desidero infatti commettere sacrilegio, ancorché a motivo del mio giuramento io debba servire il Faraone. Riflettete a queste mie parole; vi concedo a questo effetto il fluire di una clessidra. Poi potrete andarvene in pace, e nessuno alzerà la mano contro di voi perché io non desidero le vostre vite ».

Queste parole suonarono gradite ai sacerdoti che già si erano preparati a morire per amore di Ammon. Rimasero nel santuario finché dalla clessidra fu scorsa una misura d'acqua. Quindi Horemheb stracciò di propria mano il velo del tempio e lasciò che i preti si allontanassero. Quando se ne furono andati, il sacrario era vuoto: non vi si vedeva nessuna immagine di Ammon. I sacerdoti si erano affrettati a demolirla, trasportandone i frammenti sotto i loro mantelli, per potere in avvenire proclamare un miracolo e affermare che Ammon viveva ancora. Horemheb fece applicare i sigilli a tutti i magazzini, e suggellò di propria mano le volte in cui erano nascosti l'oro e l'argento. Quella sera stessa, alla luce delle torce, gli scalpellini si posero al lavoro per cancellare da ogni statua e da ogni iscrizione il nome di Ammon. La notte Horemheb fece spazzare la piazza dei cadaveri e dei frammenti umani che l'ingombravano e mandò i suoi uomini a spegnere gli incendi che ancora divampavano in alcuni punti della città.

Quando i più ricchi e i più aristocratici tra i Tebani appresero che Ammon era stato deposto e che la pace e l'ordine pubblico erano stati restaurati, si abbigliarono delle loro vesti migliori, accesero lampade davanti alle loro case e scesero nelle strade a celebrare la vittoria di Aton. Alcuni membri della corte che si erano rifugiati nella casa aurea del Faraone furono ora nuovamente traghettati in città, dalla parte opposta del fiume. Ben presto il cielo di Tebe luccicò rosso nel riflesso delle torce e delle lampade celebrative, e il popolo cosparse di fiori le strade, e tutti gridarono di gioia e risero e si abbracciarono a vicenda. Horemheb non poté impedire che i cittadini rimpinzassero gli Shardana di vino né poté evitare a molte nobili dame di abbracciare i Nubiani che recavano infilzate sulla punta delle loro picche le teste rase dei sacerdoti che essi aveveno uccisi. Tebe quella notte si rallegrò nel nome di Aton. Nel nome di Atòn tutto era permesso, e ogni differenza tra Egiziano e Negro era caduta. Per dar prova di ciò le dame di corte ammisero nelle loro case i Nubiani, indossarono i loro nuovi abiti estivi, e godettero la virilità di quegli uomini neri e l'odore acre di sangue che emanava dai loro corpi. E allorché una guardia del tempio ferita avanzò strisciando all'aperto dall'ombra delle mura, invocando Ammon nel suo delirio, gli spaccarono la testa contro le pietre della strada, e le dame danzarono una danza orgiastica attorno al suo cadavere.

Queste cose io vidi con i miei propri occhi, e dopo averle vedute mi strinsi il capo tra le mani, indifferente ormai a tutto ciò che accadeva. Riflettei che nessun dio è capace di guarire l'uomo dalla sua follìa. Mi precipitai alla Coda del Coccodrillo, e con le parole di Merit ancora fiammeggianti nel cuore, chiamai i soldati che vi sostavano a guardia. Essi mi obbedirono, poiché mi avevano veduto in compagnia di Horemheb, e io li guidai attraverso quella notte d'incubo, tra i gozzoviglianti che danzavano per le strade, sino alla casa di Nefernefernefer. Anche laggiù torce e lampade ardevano, e dalla casa, che non aveva sofferto alcun saccheggio, echeggiava sin nella via il frastuono ubriaco dell'orgia. Ma giunto sin lì le ginocchia incominciarono a tremarmi, e mi sentii stringere lo stomaco.

Dissi ai soldati: « Questi sono gli ordini di Horemheb, mio amico e comandante in capo del Re. Entrate in quella casa dove troverete una donna che porta il capo alteramente e i cui occhi sono come verdi pietre. Portatela qui a me, e se dovesse resistervi, percuotetela al capo con l'impugnatura di una lancia, ma non fatele troppo male ».

I soldati entrarono allegramente. Poco dopo ne uscivano barcollando gli ospiti stupefatti, e i servi chiamarono le guardie. I miei uomini ritornarono quasi subito con frutta e pane al miele e giare di vino tra le mani e con loro recarono anche Nefernefernefer. Ella si era difesa ed essi l'avevano colpita con una lancia, cosicché la sua testa liscia sanguinava e la sua parrucca le era scivolata da un lato. Le posai un mano sul seno, e la sua pelle era liscia come vetro caldo, ma per me fu come se avessi messo la mano su una pelle di serpe. Sentii che il suo cuore batteva e compresi che non le avevano fatto nulla di grave, nondimeno l'avvolsi in un panno scuro di quelli in cui si avvolgono i cadaveri e l'adagiai su una lettiga. La ronda non intervenne quando mi vide accompagnato da soldati. Costoro mi scortarono sino all'ingresso della Casa della Morte, mentre sedevo nell'ondeggiante portantina reggendo tra le braccia il corpo inanimato di Nefernefernefer. Era ancora bellissima, ma a me sembrava più repellente di una biscia. Così arrivammo attraverso la notte gavazzante sino alla Casa della Morte, dove distribuii oro ai miei soldati e li congedai, licenziando anche la portantina.

Sempre reggendo Nefernefernefer tra le braccia entrai nella Casa della Morte e dissi ai lavatori di cadaveri che vennero ad incontrarmi: « Vi porto il corpo di una donna che ho trovato per la strada; non conosco né il suo nome né la sua famiglia, ma credo che i gioielli che ha indosso vi ricompenseranno del vostro disturbo se voi vorrete conservare il suo corpo per sempre ».

Gli uomini mi coprirono d'insulti e di bestemmie e dissero: « Pazzo, credi che non abbiamo avuto abbastanza carogne da maneggiare in questi giorni? E chi ci ricompenserà del nostro disturbo? ».

Ma quando ebbero slegato il panno nero si accorsero che il corpo era ancora caldo, e quando le ebbero tolti i gioielli e la veste videro che era bella, la più bella di ogni altra donna che mai fosse stata portata alla Casa della Morte. Non dissero più nulla, ma posarono le loro mani sul suo petto e sentirono che il suo cuore batteva. Subito la ricopersero del panno funebre ammiccando e facendosi a vicenda smorfie di soddisfazione.

Poi mi dissero: « Va per la tua strada, straniero, e benedetto sia questo tuo gesto. Noi faremo del nostro meglio per conservare il suo corpo per sempre, e se dipendesse da noi soli la terremo con noi settanta volte settanta giorni, affinché il suo corpo possa essere conservato per sempre ».

Così riscossi il saldo del debito che Nefernefernefer aveva contratto verso di me e verso i miei genitori. Mi chiedevo quali sarebbero stati i suoi sentimenti quando si fosse risvegliata nei recessi della Casa della Morte, derubata della sua ricchezza e nelle mani dei lavatori e degli imbalsamatori di cadaveri. Per quel che sapevo di questa genìa, mai costoro l'avrebbero lasciata ritornare alla luce del giorno. Questa fu la mia vendetta, poiché era stato per causa sua che io avevo conosciuta la Casa della Morte; ma la mia fu una vendetta puerile, come dovevo scoprire in seguito.

Alla Coda del Coccodrillo vidi Merit e le dissi: « Ho preteso il mio avere, in maniera assai più terribile di qualunque altro: ma la mia vendetta non mi dà alcun sollievo, il mio cuore è ancora più vuoto di sempre, e nonostante il calore della notte ho le membra intirizzite ».

Ingurgitai del vino, ma esso diede alla mia bocca un gusto di polvere. Dissi: « Possa il mio essere perire se mai poserò ancora le mie mani su una donna, poiché più penso alle donne più le temo; il loro corpo è un deserto e il loro cuore una tagliola di morte ».

Ella mi accarezzò le mani, e i suoi occhi bruni si fissarono nei miei, mentre diceva: « Sinuhe, tu non hai mai conosciuto una donna che desiderasse il tuo bene ».

Le risposi: « Possano tutti gli dèi d'Egitto salvarmi da una donna che desidera il mio bene. Anche il Faraone desidera unicamente il bene di tutti, e tuttavia il fiume rigurgita di cadaveri enfiati e galleggianti, proprio a cagione del suo amor di bene ».

Bevvi, piansi e dissi: « Merit, le tue guance sono lisce come il vetro e le tue mani calde. Lascia che io ti sfiori le guance con le mie labbra questa notte e posi le mie fredde mani tra le tue, affinché io possa dormire senza sognare, e io ti darò tutto quello che desideri ».

Mi sorrise tristemente e rispose: « La coda di coccodrillo parla per la bocca tua, ma io sono abituata a questo e non me ne offendo. Sappi dunque, Sinuhe, che non pretendo nulla da te e che in vita mia non ho mai preteso nulla da nessun uomo; da nessun uomo ho mai ricevuto un dono di qualche valore. Ciò che io do, lo do dal profondo del cuore, e anche a te darò ciò che mi chiedi, poiché sono sola al pari di te ».

Mi tolse la coppa del vino dalle mani che mi tremavano, e dopo aver disteso per terra la sua stuoia perché io mi ci sdraiassi sopra, si pose accanto a me, riscaldando le mie mani tra le sue. Accarezzai con le mie labbra le sue lisce guance e respirai nella fragranza cedrigna della sua pelle, e presi piacere con lei. Ella fu per me come mio padre e come mia madre: era come un braciere in una notte d'inverno, come un faro sulla riva che guida in porto il marinaio in una notte di tempesta. Quando mi addormentai ella fu per me Minea — Minea che avevo perduta per sempre — e giacqui contro di lei come se fossi stato disteso sul fondo marino accanto a Minea. Nessun incubo mi tormentò, ma dormii profondamente, mentre ella mi sussurrava all'orecchio le parole che le madri sussurrano quando i loro bambini temono il buio. Da quella notte ella divenne l'amica mia, poiché nelle sue braccia mi fu possibile credere ancora una volta che esistesse qualcosa di più grande di me e al disopra della mia comprensione, qualcosa per la quale valesse la pena di vivere.

Il mattino seguente le dissi: « Merit, ho spezzato una giara con una donna che ora è morta, e ho ancora con me il nastro d'argento con cui le legavo i lunghi capelli. Nondimeno per amore della nostra amicizia, Merit, sono pronto a spezzare la giara con te se tu lo desideri ».

Soffocò col dorso della mano uno sbadiglio e disse: « Non devi più bere code di coccodrillo, Sinuhe, perché il mattino dopo ti fanno dire cose sciocche. Ricordati che sono cresciuta in una taverna e non sono più una ragazzina innocente che potrebbe prenderti in parola... e rimanerne amaramente delusa! ».

« Quando ti guardo negli occhi, Merit, riesco a credere che ci siano nel mondo donne buone », dissi e le accarezzai le guance lisce con la mia bocca. « Ecco perché ti ho detto quello che ti ho detto, affinché tu sappia fino a che punto tu mi sei cara ».

Ella sorrise.

« Ti sarai reso conto come io ti abbia proibito di bere code di coccodrillo, poiché il primo segno di tenerezza dimostrato da una donna verso un uomo è di proibirgli qualcosa, per affermare il proprio potere su di lui. Non parliamo di giare, Sinuhe. Tu sai che la mia stuoia ti appartiene ogni qualvolta tu ti sentirai solo e addolorato, ma non offenderti se ti accorgerai che esistono altri esseri soli e addolorati al pari di te, poiché, essendo una creatura umana, sono anch'io libera di scegliermi le mie compagnie, così come io non ritengo te legato in alcun modo.

E perciò, nonostante tutto, ti darò di mia mano un'altra coda di coccodrillo ».

La mente dell'uomo è tanto strana, e così poco egli conosce il proprio cuore che in quel momento la mia anima si sentì libera e leggiera come un uccello, e io non riuscivo più a rammentarmi nulla di tutti gli orrori che si erano succeduti in quei giorni. Ero contento, e per quella giornata non assaggiai più nessun'altra coda di coccodrillo.

4.

Il mattino successivo mi recai a prendere Merit per andare insieme con lei ad assistere alla processione celebrativa del Faraone. Pur essendo stata educata in una taverna, appariva graziosissima nell'abito estivo tagliato secondo la foggia nuova, e non mi vergognavo affatto di trovarmi accanto a lei nei posti riservati ai favoriti del Faraone.

Il Viale degli Arieti garriva di stendardi ed era assiepato dalla turba innumerevole accorsa a vedere il Faraone. I ragazzi si erano arrampicati sugli alberi dei giardini fiancheggianti i due lati del Viale, e Pepitaton aveva dato ordine che fossero posti lungo la strada cesti e cesti di fiori a non finire, perché, secondo l'usanza, gli spettatori potessero cospargerne il cammino del Faraone. Avevo l'animo pieno di speranza poiché mi sembava di scorgere finalmente un barlume di libertà e di gioia per la terra d'Egitto. La casa del Faraone mi aveva fatto omaggio di una tazza d'oro, ed ero stato nominato chirurgo cranico della famiglia reale. Avevo accanto a me una donna bella nel rigoglio della sua maturità che mi era amica, e tutt'intorno a noi nei posti riservati non vedevamo che gente felice e sorridente. Regnava tuttavia un silenzio profondo, si udiva dal tetto del tempio provenire il gracidìo dei corvi, poiché corvi e avvoltoi avevano eletta a Tebe la loro dimora e si erano talmente rimpinzati e saziati che non riuscivano più ad alzarsi in volo per ritornare tra le colline.

Il Faraone commise un errore nel permettere che Negri dipinti seguissero la sua portantina. La sola loro vista risvegliò il furore del popolo. Nei giorni precedenti ben pochi erano stati coloro che erano riusciti a sfuggire alle persecuzioni delle truppe di colore. Molti avevano perduto le loro case in mezzo agli incendi, le lagrime delle loro mogli ancora non erano asciutte, le ferite degli uomini ancora bruciavano sotto le bende, e le bocche contuse e illividite non riuscivano a sorridere. Ma il Faraone Akhenaton comparve, ondeggiante alto nella lettiga sopra il mareggiare della folla, visibile a tutti. Recava sul capo la doppia corona dell'Alto e Basso Egitto: il giglio e il papiro. Aveva le braccia conserte sul petto, e stringeva saldi tra le mani il lituo e il flagello della regalità. Sedeva immobile come un'immagine, come i Faraoni di tutte le età sempre sedettero al cospetto del popolo, e a mano a mano che egli avanzava un silenzio di morte si stendeva sulle turbe, come se al suo cospetto tutti avessero perduta la favella. I soldati che vigilavano il percorso levarono alte le lance con clamori di giubilo, e anche gli spettatori più eminenti lanciarono grida di omaggio e presero a gettare fiori dinanzi alla lettiga reale: ma di contro al minaccioso silenzio della folla, le loro grida risuonavano flebili e meschine, simili al ronzìo di un moscerino isolato in una notte d'inverno, e ben presto i pochi che applaudivano tacquero e si guardarono tra loro interdetti.

Ed ecco che, contro tutta la tradizione, il Faraone si mosse. Alzò il flagello e il lituo in un gesto di saluto estatico. La folla si ritrasse con un fragore di risacca, e all'improvviso dalla sua molteplice gola eruppe un grido spaventoso simile al tumultuare tonante del mare quando si infrange tra gli scogli.

« Ammon! Ammon! Ridacci Ammon, il re di tutti gli dèi! ».

Mentre la folla tumultuava e ondeggiava e il grido si ripercoteva sempre più forte, i corvi e gli avvoltoi si librarono a volo dal tetto del tempio e andarono a sbattere i sommoli delle loro ali nere contro la portantina del Faraone, e il popolo gridò: « Vattene, falso Faraone! Vattene! ».

L'urlo spaventò i portatori, e la lettiga subì una sosta improvvisa. Quando si rimisero in moto, incitati dai comandi nervosi degli ufficiali della guardia, la folla si riversò attraverso il Viale degli Arieti come un fiotto incontenibile, spezzò la catena di soldati e si gettò alla rinfusa dinanzi alla portantina per impedirle di avanzare.

Non era più possibile seguire con chiarezza quello che stava accadendo. I soldati incominciarono a percuotere il popolo con le loro mazze per far libera la via, ma presto dovettero ricorrere alle lance e ai pugnali per propria difesa personale. Nell'aria sibilavano bastoni e sassi, e il sangue irrorò la strada, e sopra il frastuono si levavano le strida dei morenti. Non una sola pietra però fu gettata contro il Faraone, poiché egli era nato dal sole come tutti gli altri Faraoni prima di lui. La sua persona era sacra, e nessuno tra la turba avrebbe ardito sia pure in sogno di alzare una mano contro di lui, benché nei loro cuori tutti lo odiassero. Non credo che nemmeno i sacerdoti avrebbero osato compiere un gesto così inaudito. Il Faraone alzò gli occhi sul popolo senza che nessuno lo molestasse. Allora egli si alzò, dimenticando la sua dignità, e ordinò forte ai soldati di fermarsi, ma nessuno intese il suo comando, nella confusione spaventevole.

La plebaglia lapidò le guardie, e le guardie si difesero e uccisero molti tra i cittadini, i quali seguitavano a gridare instancabilmente: « Ammon! Ammon! Ridacci Ammon! », e ancora: « Vattene, falso Faraone! Vattene, Tebe non ti vuole! ». Furono presi a sassate anche i dignitari d'alto rango, e il popolo tumultuava minaccioso intorno ai recinti riservati, cosicché le donne gettarono i loro fiori, lasciarono cadere le loro fiale di profumo e fuggirono.

Al comando di Horemheb venne dato fiato ai corni. Dalle corti e dalle strade laterali sopraggiunsero i cocchi che egli vi aveva predisposti fuor dalla vista del popolo per evitare di provocarlo. Molti furono maciullati sotto gli zoccoli e le ruote, ma Horemheb aveva ordinato di togliere le falci sui fianchi dei cocchi per impedire un massacro inutile. Essi avanzarono lentamente e in ordine prestabilito, accerchiando la lettiga del Faraone e proteggendo al tempo stesso la famiglia reale e gli altri componenti la processione, e facendoli allontanare sotto scorta. Ma la turba non si lasciò disperdere finché non vide le imbarcazioni reali dirigersi verso l'altro lato del fiume. Allora tutti proruppero in grida di giubilo, e la loro gioia echeggiò ancora più terribile che non la loro collera. La feccia prese d'assalto le case dei ricchi, finché i soldati ristabilirono l'ordine e il popolo ritornò sparsamente alle proprie dimore. Calò la sera e i corvi scesero roteando a dilaniare i cadaveri che erano rimasti distesi lungo il Viale degli Arieti.

Così il Faraone Akhenaton venne per la prima volta a contatto del suo popolo infuriato e vide il sangue sgorgare a cagione del suo dio. Egli non dimenticò mai questo spettacolo. L'odio versò veleno nel suo amore, e il suo fanatismo crebbe a tal punto che egli decretò che chiunque pronunciasse il nome di Ammon a voce alta o lo tenesse celato su immagini o recipienti fosse immediatamente mandato alle miniere.

Riferisco questi avvenimenti prima di giungere al momento in cui accaddero, per spiegarne la causa. Quella sera stessa fui chiamato in tutta fretta alla casa d'oro, poiché il Faraone aveva avuto un attacco del suo male. I medici temevano per la sua vita e cercavano di dividersi il fardello delle responsabilità, poiché egli aveva parlato di me. Giacque a lungo come morto;

le sue membra erano divenute fredde, il suo polso filiforme, pressoché inavvertibile. Dopo aver delirato ed essersi morso la lingua e le labbra fino a farne sgorgare il sangue rientrò in sé. Licenziò allora tutti gli altri dottori, poiché non poteva sopportarne la vista.

« Raduna i fiumaroli », mi disse, « e fa inalzare sulla mia nave vele rosse. Di' ai miei amici che mi accompagnino, poiché io voglio intraprendere un viaggio e lasciarmi guidare dalla mia visione finché non avrò trovata una terra che non appartenga né agli dèi né agli uomini. Questa terra io la dedicherò ad Aton e vi fonderò una città che sarà la città di Aton. Mai più ritornerò a Tebe ».

Disse anche: « La condotta dei Tebani mi è più odiosa di quanto sia mai accaduto prima, più disgustosa, più disprezzabile di quel che i miei antenati abbiano mai veduto, sia pure fra stranieri. Perciò ripudio Tebe e la lascio alle sue tenebre ».

Così intensa era la sua agitazione che volle essere trasportato alla sua nave mentre soffriva ancora, né fui in grado di impedirglielo pur essendo il suo medico.

Horemheb disse: « Meglio così. I Tebani faranno a modo loro e Akhenaton a modo suo; tutti quanti saranno soddisfatti, e la pace ritornerà nel paese ».

Accompagnai il Faraone nel suo viaggio lungo il fiume. Era troppo impaziente per attendere sia pure la famiglia reale, ma salpò senza indugio. Horemheb ordinò che l'imbarcazione fosse scortata da una flottiglia di navi da guerra affinché nessuno le recasse offesa.

Così sospinta dalle sue rosse vele, la nave del Faraone scivolò giù per il fiume, e Tebe si dileguò in lontananza. Le sue mura, i tetti del tempio, le cime dorate degli obelischi scomparvero lentamente all'orizzonte, finché anche i tre picchi, le sentinelle eterne di Tebe, svanirono a loro volta. Ma il ricordo di Tebe rimase con noi per molti giorni ancora, poiché il fiume era gremito di coccodrilli grassi che agitavano e dimenavano la coda nelle acque contaminate, mentre sospinti alla deriva dalla corrente vedemmo galleggiare cento volte cento cadaveri enfiati. Non vi era secca, non ciuffo di canne che non avesse il proprio cadavere, impigliato strettamente per le vesti o per i capelli, e tutto questo per colpa del dio del Faraone Akhenaton. Ma egli era all'oscuro di tutto ciò, perché giaceva nella sua cabina su morbide stuoie, dove i suoi servi lo cospargevano di olii profumati e bruciavano incenso tutt'attorno alla sua persona, affinché non gli giungesse alle nari il puzzo del suo dio.

Dopo aver veleggiato per dieci giorni, il fiume ridivenne limpido e il Faraone avanzò sino a prora per guardare intorno a sé. La terra era ammantata del giallo dell'estate; i coloni stavano raccogliendo le loro messi, e la sera il bestiame veniva condotto ad abbeverarsi sulle rive dell'acqua, e i pastori suonavano le loro duplici zampogne. Allorché scorgevano la nave del Faraone i contadini si vestivano di bianco e correvano sulla riva, da dove lanciavano le loro grida di saluto e agitavano rami di palma. Lo spettacolo di questa gente soddisfatta ebbe più efficacia sul Faraone di qualsiasi medicina. Di quando in quando dava ordine che la nave accostasse a riva, e scendeva allora a terra per discorrere col popolo, e li toccava, e benediceva con le sue mani le donne e i bambini. Anche le pecore gli si avvicinavano timide, annusando e mordicchiando l'orlo della sua veste, e allora egli rideva di gioia.

Nel buio della notte sostò a prora fissando il luccichìo delle stelle e mi disse: « Dividerò tutti i terreni del falso dio tra coloro che si accontentano di poco e hanno faticato con le proprie mani, affinché siano felici e benedicano il nome di Aton. Dividerò fra loro tutta la terra, poiché il mio cuore si rallegra alla vista di bambini paffuti e di donne ridenti e di uomini che faticano nel nome di Aton senza tema o odio d'alcuno ».

Mi disse anche: « Il cuore dell'uomo è oscuro; non l'avrei creduto se non l'avessi veduto io stesso. Infatti così luminosa è la mia chiarezza che io non comprendo le tenebre, e allorché la luce si riversa nel mio cuore io dimentico tutti i cuori contorti e aduggiati. Molti devono essere coloro che non intendono Aton, ancorché lo vedano e sentano il suo amore, poiché la loro esistenza è sempre stata un'esistenza di tenebre, e i loro occhi non conoscono la luce benché essi la vedano. La chiamano maligna e dicono che essa ferisce la loro vista. Perciò io li lascio soli e non li turbo, ma non voglio dimorare tra loro. Io raccolgo intorno a me quelli che mi sono soprattutto cari e rimarrò tra loro senza mai lasciarli, per non soffrire queste malvage pene nel mio capo provocatemi dalla visione di cose che opprimono il mio spirito e appaiono ributtanti al cospetto di Aton ».

Appuntando il suo sguardo nelle stelle proseguì: « La notte è per me abominazione. Non amo le tenebre; le temo. Non amo le stelle, poiché quando esse risplendono, gli sciacalli sgattaiolano fuori delle loro tane, i leoni abbandonano le loro caverne e ruggiscono assetati di sangue. Tebe è come la notte per me, e perciò io la ripudio; in verità ripudio tutto ciò che è vecchio e contorto e ripongo la mia fede nei giovani e nei fanciulli. La primavera del mondo è nata per essi. Coloro che dall'infanzia si dedicano all'insegnamento di Aton sono purificati, e così il mondo intero sarà purificato. Le scuole saranno trasformate, i vecchi maestri ne saranno allontanati, e i bambini impareranno a copiare testi nuovi, scritti appositamente per loro. Io renderò inoltre la scrittura più semplice di quel che non sia ora, poiché non abbiamo bisogno d'immagini per comprenderla; farò sì che venga adottata una forma di scrittura che anche i più umili possano imparare rapidamente. Non dovrà più sussistere nessun abisso tra gli scribi e il popolo; il popolo imparerà a scrivere, così in ogni villaggio — anche nel più misero — vi sarà qualcuno che saprà leggere ciò che scriverò per loro. Poiché io scriverò loro spesso, di molte cose che essi dovranno conoscere ».

Questi discorsi del Faraone mi turbavano. Conoscevo questo tipo di scrittura nuova, facile a impararsi e a scriversi; non era una scrittura sacra, né era bella e ricca di contenuto come l'antica, e tutti gli scribi che si rispettavano la disprezzavano.

Perciò gli dissi: « La scrittura popolare è brutta e barbara; e non è una scrittura sacra. Che cosa accadrà dell'Egitto se tutti diverranno letterati; una cosa simile non è mai stata! Allora nessuno si accontenterebbe più di faticare con le proprie mani; nessuno più coltiverebbe il suolo, e il popolo non si rallegrerebbe più della propria capacità di scrivere quando fosse affamato ».

Non avrei dovuto dire questo, poiché egli esclamò in preda a violento sdegno: « Dunque le tenebre sono ancora tanto vicine! Esse mi stringono da presso nella tua stessa persona, Sinuhe. Tu getti dubbi e ostacoli sul mio cammino... ma la verità brucia come fuoco entro di me. I miei occhi penetrano tutte le barriere come se fossero barriere d'acqua trasparente, e io già vedo il mondo che verrà dopo di me. In questo mondo non esisterà né odio né paura; gli uomini si divideranno tra loro le loro fatiche e non vi saranno né ricchi né poveri — tutti saranno eguali — tutti potranno leggere ciò che io scriverò per loro; nessun uomo dirà più a un altro uomo "sudicio Siriano", o "miserabile Negro". Tutti saranno fratelli, e la guerra sarà bandita dal mondo, e nel contemplare queste cose io sento crescere la mia forza, e tanto grande ne diviene la mia gioia che il mio cuore è prossimo a scoppiare ».

Mi persuasi ancora una volta e sempre più della sua follìa. Lo accompagnai al suo giaciglio e gli diedi una pozione calmante. Nondimeno le sue parole mi torturavano, il mio cuore ne sentiva il pungolo, poiché vi era qualcosa in me che era divenuto maturo a ricevere il suo messaggio.

Dicevo al mio cuore: "La sua mente è in preda a un profondo disordine a cagione della sua malattia, e tuttavia si tratta di un disordine contagioso e benefico al tempo stesso. Io potrei desiderare che queste visioni si avverassero benché la mia ragione mi dica che un mondo simile non può esistere in alcun luogo se non nel Paese d'Occidente. Eppure il mio cuore grida forte che la sua verità è più alta di tutte le altre verità pronunciate sinora e che nessuna verità maggiore sarà mai pronunciata dopo di lui, ancorché dall'orma dei suoi passi sgorghino sangue e rovine. Se vivrà abbastanza a lungo egli rovescerà da se stesso il suo grande impero".

E mentre contemplavo le stelle nell'oscurità riflettevo: "Io, Sinuhe, sono straniero sulla terra e non so nemmeno chi mi ci abbia portato. Di mia spontanea volontà sono diventato il medico dei poveri di Tebe, e l'oro ha ben poco significato per me, per quanto preferisca un'oca grassa al pane secco e il vino all'acqua. Nessuna di queste cose però è tanto importante che io non possa astenermene. Poiché non ho più altro da perdere all'infuori della mia vita, perché non dovrei diventare un sostegno alla sua debolezza e restargli al fianco e incoraggiarlo senza rimorsi e apprensioni? Egli infatti è il Faraone! Suo è il potere, e in tutta quanta la terra non esiste un paese più ricco e più fertile dell'Egitto, e chi sa che l'Egitto non riesca a superare la prova? Se questo potesse essere, allora in verità il mondo si rinnoverebbe: gli uomini diventerebbero fratelli e non esisterebbero più né ricchi né poveri. Mai prima d'ora un'occasione simile si è offerta a uomo alcuno di tradurre in atto la propria verità, poiché quest'uomo è nato Faraone, e l'occasione non si ripresenterà più. Questo è il solo momento di tutte le epoche dell'universo in cui il suo verbo potrebbe divenire realtà".

Questi erano i miei sogni ad occhi aperti a bordo della rollante nave, mentre il vento notturno recava alle mie nari la fragranza del grano maturo e delle aie pronte per la trebbiatura. Ma il vento mi raggelò e il sogno svanì, e io dissi a me stesso con malinconia: "Oh, se Kaptah fosse qui ad ascoltare le sue parole! Poiché sebbene un medico possa essere un uomo intelligente e capace di guarire molti malanni, purtroppo il male e la miseria del mondo sono così grandi che nemmeno tutti i medici della terra riuscirebbero a guarirli ancorché competentissimi, e vi sono mali di fronte ai quali i medici non hanno alcun potere. Così potrebbe darsi che Akhenaton fosse veramente un medico per il cuore umano, ma egli non può arrivare dovunque. I cuori degli uomini sono così induriti e anneriti che neppure la sua verità saprebbe giovargli in nulla. Kaptah direbbe: "Bella sarebbe l'età in cui non vi fossero più né poveri né ricchi, ma tuttavia sempre ci saranno dotti e ignoranti, astuti e semplici, poiché così è stato e così sempre sarà. Il forte schiaccia col suo piede il collo del debole; il furbo se la svigna con la borsa del babbeo e fa lavorare per sé i semplici di mente. L'uomo è un giocatore disonesto, e persino le sue virtù sono imperfette. Solo colui che si adagia per non sollevarsi mai più è interamente buono. Già tu puoi contemplare i frutti di questa bontà, e quelli che maggiormente hanno motivo di benedirla sono i coccodrilli del fiume e i corvi sazi sul tetto del tempio".

Il Faraone Akhenaton mi parlava, e io parlavo a lui col mio debole e vacillante cuore. Il quindicesimo giorno giungemmo in vista di una terra che non apparteneva a nessun dio né a nessun uomo eminente. Dalla riva, le sue colline digradavano dal giallo oro al turchino. Il suolo si stendeva incolto, e soltanto pochi pastori vi custodivano i loro greggi e vi abitavano in capanne di cannicci disseminate lungo la sponda del fiume. Qui il Faraone sbarcò e consacrò la terra ad Aton per fondare su di essa una nuova città, e questa città futura egli la chiamò Akhetaton, la Città dell'Orizzonte.

Una nave si avvicinò all'altra, ed egli riunì insieme i suoi mastri costruttori e i suoi architetti e indicò loro dove sarebbero corse le strade principali, dove dovevano sorgere il suo aureo palazzo e il tempio di Aton. Non appena i suoi seguaci lo ebbero raggiunto egli indicò a ciascuno il luogo della propria dimora. I costruttori scacciarono i pastori e le loro pecore, abbatterono le loro capanne di cannicci, e costruirono moli lungo le rive. A questi costruttori il Faraone assegnò l'area ove si sarebbero costruita la loro città, al difuori della cerchia della città sacra, e in cui, prima di iniziare l'opera che era loro stata commessa, ottennero il permesso di costruirsi case di mota. Cinque strade correvano da nord a sud, cinque da est a ovest; le case che le fiancheggiavano erano tutte di altezza identica e ciascuna conteneva due stanze uguali. La buca del forno si trovava in ciascuna casa esattamente nel medesimo punto, e così era per ogni stuoia e ogni brocca. Il Faraone voleva bene a tutti i suoi operai e desiderava che tutti dividessero i medesimi vantaggi, che vivessero felici nelle loro dimore al difuori della città del Faraone e benedicessero il nome di Aton.

Poi venne l'inverno e la stagione della piena. Il Faraone non ritornò a Tebe come voleva il costume, ma rimase a bordo della sua nave, divenuta ormai la sede del governo. A mano a mano che le pietre si posavano sulle pietre e le colonne venivano inalzate l'una dopo l'altra, egli si rallegrava grandemente. Soleva spesso prorompere in un riso malizioso quando contemplava le belle, delicate case di legname che si elevavano lungo le strade, poiché il pensiero di Tebe corrodeva la sua mente come un veleno. In questa città di Akhetaton egli spese tutto il danaro che aveva sottratto ad Ammon, e divise la terra di Ammon tra i poverissimi.

Io avevo molto da fare, poiché sebbene il Faraone personalmente migliorasse di salute e d'umore nel veder fiorire dal suolo la propria città sui suoi pilastri colorati, la pestilenza infuriava tra gli operai, là dove il terreno non era ancora stato prosciugato; e vi furono anche molte disgrazie per il ritmo eccessivamente veloce imposto agli uomini per affrettare la costruzione.

Non appena il fiume fu ritornato nel suo letto, Horemheb sbarcò ad Akhetaton insieme ai membri della corte, benché non intendesse restare più a lungo di quanto gli sarebbe stato strettamente necessario per persuadere il Faraone a mutar parere circa lo smembramento dell'esercito. Il Faraone gli aveva imposto di liberare dal servizio militare i Nubiani e gli Shardana e di rimandarli alle loro case. Ma Horemheb aveva ritardato con ogni pretesto l'esecuzione di quest'ordine, poiché aveva giustificati motivi per temere che una rivolta sarebbe ben presto scoppiata in Siria e intendeva guidare le truppe in quella regione.

Ma il Faraone Akhenaton fu irremovibile nella sua decisione, e Horemheb non fece che perdere il suo tempo ad Akhetaton. Ogni giorno la loro conversazione era la stessa.

Horemheb diceva: « La Siria è molto inquieta e le colonie egiziane laggiù sono deboli. Re Aziru sta fomentando l'odio contro l'Egitto. Sono certo che non appena i tempi saranno maturi inizierà una rivolta armata ».

Il Faraone Akhenaton diceva: « Hai veduto il pavimento del mio palazzo su cui gli artisti stanno proprio in questo momento creando canneti acquitrinosi e anatre natanti, secondo lo stile cretese? In quanto a una rivolta in Siria, la ritengo improbabile, poiché io ho inviato a tutti i suoi principi la croce della vita. Re Aziru poi mi è particolarmente amico, poiché ha ricevuto direttamente da me la croce della vita e ha inalzato un tempio ad Aton nella terra di Amurru. Certamente tu hai già veduto il vestibolo a colonne di Aton, qui a fianco del mio palazzo. Vale la pena che tu lo veda, ancorché i pilastri siano stati costruiti di mattoni soltanto, per risparmiar tempo... e poi il pensiero degli schiavi faticanti nelle cave di pietra ripugna al mio spirito. Ma per ritornare ad Aziru... tu non hai ragione di dubitare della sua lealtà; io ho ricevuto da lui innumerevoli tavolette d'argilla in cui mi chiede ansiosamente di apprendere cose nuove circa l'Aton. Se tu lo desideri, i miei scribi potranno mostrarti queste tavolette non appena i nostri archivi saranno in ordine ».

Horemheb rispondeva: « Io ci sputo sulle sue tavolette di argilla... sono sudice e false come lui. Ma se è tuo fermo proposito di sciogliere l'esercito, permettimi almeno di rafforzare le truppe di frontiera, perché le tribù meridionali già stanno spingendo i loro armenti oltre le nostre frontiere confinarie, verso i terreni da pascolo del paese di Kush e della Siria. Già stanno bruciando i villaggi dei nostri alleati negri, il che non è d'altronde difficile impresa dal momento che sono costruiti di paglia ».

Akhenaton diceva: « Io penso che non sia il malvolere ma la povertà a incitarli. I nostri alleati dovrebbero dividere i loro pascoli con le tribù meridionali, e io manderò anche a queste la croce della vita. Né penso che esse incendino i villaggi di deliberato proposito. Come tu dici, questi sono facile preda delle fiamme, e non è giusto condannare tribù intiere per la distruzione di pochi villaggi. Ma se proprio lo vuoi, ti permetto di rafforzare le guarnigioni di frontiera nel paese di Kush e in Siria giacché tu sei responsabile della sicurezza del reame, ma bada che si tratti semplicemente di guarnigioni e non di un esercito permanente ».

Horemheb diceva: « Akhenaton, mio pazzo amico, bisogna che tu mi lasci riordinare le truppe di guarnigione in tutto quanto il paese, poiché gli uomini sbandati stanno rubando a destra e a manca, poveri in canna come sono, e rubano financo la pelle dei contadini, che picchiano a suon di bastonate ».

Il Faraone Akhenaton diceva, come chi vuol fare la morale: « Vedi che cosa è accaduto per il tuo rifiuto di ascoltarmi? Se tu avessi parlato dell'Aton più a lungo a questi uomini, ora non agirebbero in questa guisa. Ma i loro cuori sono abbuiati, le cicatrici della tua sferza bruciano le loro schiene, ed essi non sanno quel si fanno. A proposito, hai visto che tutte e due le mie figliuole sanno ormai camminare? Meritaton si occupa della più piccola, e hanno come compagna di giuochi una piccola gazzella deliziosa. Ebbene; nulla ti può impedire di raccogliere i tuoi sbandati e di metterli di guardia a monte e a valle del paese, purché rimangano guardie e non vengano incorporati in un esercito permanente destinato alla guerra. E a parer mio sarebbe bene distruggere tutti i cocchi, poiché il sospetto genera il sospetto, e noi dobbiamo convincere i nostri vicini che qualunque cosa accada l'Egitto non ricorrerà mai alla guerra ».

« Non sarebbe più semplice vendere i nostri cocchi ad Aziru o agli Hittiti? Pagano bene cocchi e cavalli! », replicava Horemheb in tono di scherno. « Capisco che non ti conviene mantenere un esercito regolare dal momento che stai seppellendo in una palude tutta la ricchezza d'Egitto e la tramuti in mattoni ». Discussero così per giorni e giorni, finché a forza di tenacia Horemheb ottenne di essere nominato comandante in capo delle truppe di frontiera e di tutte le guarnigioni. Fu però il Faraone a decidere sul come dovessero essere armati, e precisamente con lance di legno. Doveva essere però Horemheb a stabilirne il numero. Horemheb ordinò allora a tutti i comandanti di circoscrizione di radunarsi a Menfi, poiché questa città si trovava nel mezzo del paese e al confine tra i Due Regni. Stava per imbarcarsi alla volta di Menfi quando giunse un corriere fluviale con un fascio di lettere e di tavolette d'argilla provenienti dalla Siria e recanti notizie allarmanti. Le sue speranze si riaccesero. Queste comunicazioni mostravano senza possibilità di dubbio che Re Aziru, venuto a conoscenza dei disordini occorsi a Tebe, aveva ritenuto giunto il momento opportuno per annettersi alcune città al difuori dei suoi confini. Anche Megiddo, la chiave della Siria, era in rivolta, e le armate di Aziru stavano assediando la fortezza in cui la guarnigione egiziana si era ritirata e dalla quale i suoi comandanti invocavano ora il pronto intervento del Faraone.

Ma il Faraone Akhenaton disse: « Ritengo che Re Aziru abbia fondate ragioni al suo agire; egli è un uomo focoso, e forse i miei messi lo hanno offeso. Non lo giudicherò finché non gli sarà data occasione di difendersi. Una cosa però posso fare, ed è stato mio il torto di non avervi pensato prima d'ora. Adesso che una città dell'Aton sta sorgendo nella Terra Nera, io debbo costruirne un'altra nella Terra Rossa — in Siria — nel paese di Kush. Megiddo rappresenta il punto d'unione delle strade carovaniere, ed è pertanto il luogo più adatto, ma temo che in questo momento sia troppo agitata per permettere che vi si costruisca.

« Tu però mi hai parlato di Gerusalemme, dove hai costruito un tempio ad Aton durante la tua campagna contro i Khabiri, una campagna della quale non mi perdonerò mai. Non è centrale come Megiddo, trovandosi assai più a meridione; nondimeno intraprenderò subito passi necessari per la costruzione di una città dell'Aton a Gerusalemme, cosicché in avvenire questa diventerà il centro della Siria, anche se attualmente è soltanto un villaggio disordinato e crollante ».

Allorché Horemheb intese queste parole spezzò la sua frusta di comando, la buttò ai piedi del Faraone e salì a bordo della sua nave. E così veleggiò verso Menfi per riorganizzare in tutto il paese le truppe di guarnigione. Comunque, il suo soggiorno in Akhetaton aveva avuto questo vantaggio: io ero stato in grado di riferirgli con calma e per esteso tutto quanto avevo udito e veduto a Babilonia, a Mitanni, nella Terra di Hatti, e a Creta. Stette ad ascoltarmi in silenzio, annuendo di tanto in tanto con un gesto del capo come se ciò che gli dicevo non gli fosse del tutto nuovo, e intanto giocherellava col coltello che mi ero fatto dare dal capitano del porto di Smirne. Tutto ciò che gli riferivo di strade, di ponti, di fiumi, egli fece mettere per iscritto, nonché tutti i nomi che io gli andavo citando. Infine gli dissi di consultare Kaptah a questo riguardo, poiché Kaptah aveva una memoria infantile per tutte queste cose inutili.

Si dipartì da Akhetaton furibondo, e il Faraone fu felice di vederlo partire. I colloqui con Horemheb lo avevano talmente disgustato che la sola sua vista bastava a dargli il mal di capo. A me disse in tono pensoso: « Può darsi sia la volontà dell'Aton che noi perdiamo la Siria, e se così è, chi sono io per oppormi a questo, giacché ciò sarà per il bene dell'Egitto? Infatti la ricchezza della Siria ha corroso il cuore dell'Egitto. Tutte le superficialità, tutte le mollezze, tutti i vizi, tutte le pratiche malvage vengono da laggiù. Dovessimo perdere la Siria, l'Egitto ritornerebbe a costumi più semplici, a costumi di verità, e questo è il miglior destino che possa toccare alla nostra terra. La vita nuova deve incominciare da qui e spargersi fra tutte le nazioni ».

A queste sue parole il mio cuore si ribellò e dissi: « Il comandante della guarnigione smirniota ha un figliuolo di nome Ramsete... è un ragazzino vivace con due grandi occhi bruni, che ama giocare con pietruzze preziose. Io l'ho curato una volta di varicella. E a Megiddo abita una donna egiziana che avendo inteso parlare della mia capacità, è venuta a cercarmi sino a Smirne. Aveva il ventre enfiato; gliel'ho aperto col mio coltello ed ella è vissuta. Aveva la pelle soffice come lana, e il suo incedere era bellissimo come quello di tutte le donne egiziane, ancorché il suo ventre fosse gonfio e i suoi occhi ardessero per febbre ».

« Non capisco perché mi dici queste cose », protestò Akhenaton, e prese a disegnare lo schizzo di un tempio che egli contemplava con l'occhio della mente. Seccava giorno e notte architetti e mastri costruttori con disegni e spiegazioni, benché costoro conoscessero il loro mestiere assai meglio di lui.

« Perché voglio farti capire che già vedo quel piccolo Ramsete con la bocca squarciata e illividita e le ciocche dei suoi capelli raggrumate di sangue. Vedo la donna di Megiddo distesa nuda e sanguinante nel cortile della fortezza, violata dagli uomini di Amurru. Ma certo riconosco che i miei pensieri sono volgari in paragone ai tuoi, e che un governante non può ricordarsi fra tutti i suoi sudditi di ogni Ramsete e di ogni donna dalla pelle morbida ».

Il Faraone strinse i pugni, i suoi occhi divennero cupi, e gridò: « Sinuhe, non capisci che se devo scegliere tra la morte e la vita, preferisco dunque la morte di cento Egiziani a quella di mille Siriani? Se dovessi dar battaglia in Siria per liberarvi ogni Egiziano che vi abita, quanti e quanti Egiziani e Siriani insieme perderebbero la vita in guerra! Se dovessi rispondere al male col male, soltanto dell'altro male ne uscirebbe. Ma se affronto il male col bene, il male che ne risulterà sarà minore. Io non voglio scegliere la morte invece della vita, e perciò mi turo le orecchie alle tue parole. Non parlarmi più della Siria se mi ami e se la mia vita ti è cara. Quando penso a queste cose, il mio cuore prova tutte le sofferenze che coloro che morranno per mia volontà dovranno subire... e un uomo solo non può sopportare a lungo le pene di molti. Dammi pace per l'amore di Aton e per la mia verità ».

Chinò il capo, e aveva gli occhi gonfi e iniettati di sangue, tanto intenso era il dolore che lo travagliava, e le sue tumide labbra tremavano. Lo lasciai in pace, ma entro le mie orecchie già risuonava il fragore degli arieti d'assalto contro le mura di Megiddo e le grida delle donne oltraggiate nelle tende di lana degli Amoriti. Irrigidii il mio cuore contro questi clamori, poiché lo amavo, nonostante la sua follìa, e forse lo amavo ancor più a cagione di essa, poiché la sua follìa era più bella che non la saggezza degli altri uomini.

5.

La fondazione della nuova città gettò la discordia nella famiglia reale, poiché la Regina Madre si rifiutò di seguire nel deserto il proprio figliuolo. La sua città era Tebe, e la casa aurea del Faraone, lucente di un chiarore diafano, rossiccio e turchino, tra le sue mura e i giardini in riva al fiume, era stata costruita dal Faraone Amenofi per la sua beneamata. Taia, la Regina Madre, aveva iniziato la propria esistenza come una povera figliuola di uccellatori nei giuncheti del Basso Egitto. Non voleva perciò abbandonare Tebe, e la Principessa Baketamon rimase con lei. Il sacerdote Eie, reggitore del lituo alla mano destra del Re, vi regnava e sedeva in giudizio sul trono regale, e aveva dinanzi a sé i rotoli di pergamena. La vita a Tebe proseguì come per l'innanzi; mancava soltanto il falso Faraone... e nessuno lo rimpiangeva.

La Regina Nefertiti ritornò a Tebe per la nascita della sua nuova creatura, poiché non osava partorire senza l'aiuto dei medici e degli stregoni negri di Tebe. Quivi nacque la sua terza figliuola, cui diedero il nome di Ankhsenaton e che col tempo sarebbe diventata regina. Per facilitarne la nascita gli stregoni restrinsero e allungarono il capo della creatura come avevano fatto per le altre principesse. Allorché la bambina crebbe, tutte le dame di corte, e quelle che desideravano seguire la moda e imitare le fogge della corte, presero a portare nuche false per modificare la forma della propria testa. Le Principesse però portavano il capo accuratamente rasato per mettere in mostra la sagomatura raffinata del loro cranio. Anche gli artisti le ammiravano, e scolpirono e disegnarono e dipinsero numerosi ritratti di esse senza sospettare che questo tratto caratteristico altro non era che il risultato di arti magiche.

Dopo aver generata la sua creatura, Nefertiti ritornò ad Akhetaton e fissò la propria residenza al palazzo che nel frattempo era stato reso abitabile. Lasciò però le altre donne a Tebe, perché era seccata di aver dato alla luce tre figlie, e non aveva alcun desiderio che il Faraone disperdesse la sua virilità nei giacigli di altre donne. Anche Akhenaton fu lieto di ciò, poiché era stanco di adempiere il proprio dovere di maschio nel gineceo, e non desiderava nessuna all'infuori di Nefertiti, come era facile comprendere a chiunque ne ammirasse l'incomparabile bellezza. Neppure quella terza gravidanza aveva potuto offuscare la sua radiosità. Appariva più giovane, più splendente che mai, ma non saprei dire se questo suo mutamento fosse dovuto alla Città di Akhetaton o ai sortilegi degli stregoni negri.

Così in un solo anno Akhetaton sorse dal nulla; i palmizi ondeggiavano orgogliosi lungo le sue splendide strade, i melograni maturavano e rosseggiavano nei giardini, e negli stagni dei pesci fluttuavano i rosei fiori del loto. Tutta la città era un giardino in fiore, poiché le sue case erano di legno, aeree e fragili come padiglioni, e le loro colonne di palma e di canne erano leggiere e adorne di vivaci colori. I giardini entravano sin dentro le case, poiché le pitture murali rappresentavano palme e sicomori ondeggianti alla brezza di una primavera eterna. Sui pavimenti delle case erano raffigurati letti di canne e pesci natanti multicolori, e anatre dalle ali lucenti vi si levavano in volo. In questa città non mancava nulla che potesse rallegrare il cuore dell'uomo. Gazzelle addomesticate vagavano per i giardini, mentre nelle strade cocchi leggerissimi venivano trainati da focosi cavalli adorni di piume di struzzo. Nelle cucine aleggiava un acuto profumo di spezie recate da ogni parte della terra.

Così la Città dell'Orizzonte era ormai terminata, e quando l'autunno ritornò e le rondini emersero dal limo per sfrecciare in stormi inquieti sopra le acque gonfiantisi nella piena, il Faraone Akhenaton consacrò la città e il suolo ad Aton. Consacrò anche le pietre di confine a settentrione, a meridione, ad oriente, ad occidente, e su ciascuna di queste pietre era rappresentata l'immagine dell'Aton riversante la benedizione dei suoi raggi sul Faraone e sulla casa del Faraone. Queste pietre recavano incise iscrizioni in cui era rafforzato il voto del Faraone di non mettere mai più piede al dilà di quei confini. Per questa cerimonia gli operai tracciarono strade pavimentate di pietra verso i quattro punti della terra affinché il Faraone potesse raggiungere i confini nel suo cocchio d'oro scortato dalla sua famiglia in cocchi e portantine e dai membri della corte, i quali gettavano fiori lungo il loro cammino mentre flauti e strumenti a corda risuonavano in lode dell'Aton.

Il Faraone non intendeva lasciare la città dell'Aton neppure in morte. Allorché la costruzione della città ebbe termine, inviò i suoi operai alle colline orientali, entro i limiti della terra consacrata, affinché vi scavassero per lui il luogo del suo eterno riposo. Vi trovarono lavoro sufficiente per tutto il resto della loro esistenza e non furono mai in grado di ritornare al proprio luogo di nascita. D'altronde non lo desideravano molto, ma si abituarono ben presto a dimorare nella nuova città e all'ombra del Faraone, poiché il frumento veniva loro misurato con abbondanza, le loro giare d'olio non erano mai vuote, e le loro mogli partorivano figliuoli sani.

Quando il Faraone ebbe deciso di costruire tombe per sé e per i suoi nobili e di offrirne una a ciascuno dei suoi ragguardevoli seguaci che desideravano vivere con lui nella Città dell'Orizzonte e credevano in Aton, costruì pure una Casa della Morte fuor della cinta della città, affinché i corpi di coloro che morivano in Akhetaton fossero conservati in eterno. A questo scopo fece venire da Tebe i più esperti e capaci imbalsamatori e lavatori di cadaveri. Costoro giunsero lungo il fiume in una nave nera, e il loro puzzo li precedette portato dal vento, cosicché il popolo si nascose a testa china nelle proprie case, recitando preghiere all'Aton. Molti però pregarono anche i vecchi dèi e fecero il santo segno di Ammon, perché quando annusavano lezzo di lavatori di cadaveri, Aton sembrava molto lontano e i pensieri del popolo si rivolgevano alle deità antiche.

Gli imbalsamatori scesero a terra dal loro naviglio con tutte le loro robe, e i loro occhi abituati alle tenebre ammiccarono ed essi maledissero amaramente la luce che feriva i loro sguardi. Poi entrarono lestamente nella nuova Casa della Morte recando con sé il loro odore, e subito quel luogo divenne la loro dimora, che essi non lasciarono mai più. Tra costoro c'era anche il vecchio Ramose, l'esperto delle pinze, il cui compito era di estirpare il cervello. Io lo incontrai nella Casa della Morte, poiché i sacerdoti di Aton consideravano con orrore la Casa della Morte, e il Faraone l'aveva posta sotto il mio controllo. Dopo avermi fissato alquanto mi riconobbe e stupì. Io mi feci conoscere a lui per ottenerne la fiducia, poiché l'incertezza mi divorava il cuore come un tarlo ed ero ansioso di sapere come fosse stata portata a termine la mia vendetta nella Casa della Morte di Tebe.

Dopo esserci intrattenuti per un certo tempo a parlare del suo lavoro gli chiesi: « Ramose, amico mio, ti è mai capitata per le mani una donna bellissima che fu recata alla Casa della Morte durante il Terrore e il cui nome credo fosse Nefernefernefer? ».

Egli mi fissò, tutto curvo e ammiccante come una tartaruga, e infine disse: « In verità, Sinuhe, tu sei il primo uomo di riguardo che abbia mai chiamato suo amico un lavatore di cadaveri. Il mio cuore ne è grandemente commosso, e certo l'informazione che mi chiedi deve essere di grande importanza perché tu ti rivolga a me in questa guisa. Spero non sia stato tu a portarla in quella notte buia, avvolta nella nera veste della morte! Poiché se fossi stato tu quell'uomo non potresti certo dirti amico di nessun lavatore di cadaveri, e se i miei compagni venissero a sapere ciò, ti trafiggerebbero con coltelli avvelenati infliggendoti così la più terribile delle morti ».

Quelle sue parole mi fecero tremare e dissi: « Chiunque l'abbia portata, si meritava il destino che ha avuto. Tuttavia dalle tue parole sospetto che non fosse morta, ma che sia ritornata in vita sotto le mani dei lavatori ».

Ramose rispose: « Purtroppo quella donna spaventosa ritornò alla vita, benché preferisca non chiederti come tu sappia questo. Si risvegliò, poiché donne come quelle non muoiono mai, e se muoiono dovrebbero essere bruciate per impedire che possano tornare. Quando la conoscemmo le demmo il nome di Set-nefer: Bellezza del Demonio ».

Un terribile sospetto si impadronì di me e domandai: « Perché parli di lei come di qualcosa che è stato? Non si trova tuttora nella Casa della Morte? I lavatori avevano giurato che ve l'avrebbero tenuta per settanta volte settanta giorni ».

Ramose agitò furibondo i suoi coltelli e le sue pinze, e credo mi avrebbe percosso se io non gli avessi recato una giara del vino migliore della cantina del Faraone. Si limitò a tastarne col pollice il sigillo polveroso e disse: « Non ti serbiamo rancore, Sinuhe; tu eri per me come un figliuolo, io ti avrei tenuto volentieri per tutta la vita nella Casa della Morte e ti avrei insegnata la mia arte. Abbiamo imbalsamato i corpi dei tuoi genitori come si imbalsamano soltanto i corpi delle persone di maggior riguardo e non abbiamo lesinato né in olii preziosi né in balsami. Perché dunque ci hai reso male per bene portandoci viva quella donna spaventosa? Sappi che prima della sua venuta noi conducevamo una vita semplice, di lavoro duro, rallegrando i nostri cuori con birra, e ci arricchivamo ogni giorno più rubando i gioielli dei morti, senza riguardo al sesso o alla condizione, oppure vendendo alle streghe gli organi di cui esse abbisognano per i loro sortilegi. Ma dopo la venuta di quella donna, la Casa della Morte divenne come un abisso dell'inferno. Gli uomini presero ad accoltellarsi a vicenda e a combattere tra loro come cani arrabbiati. Ella ci derubò di tutte le nostre ricchezze — di tutto l'oro e l'argento che avevamo ammassato e nascosto nel corso di tanti anni nella Casa della Morte — e non disprezzava nemmeno il rame. Ci tolse persino le nostre vesti, perché dopo aver derubato i giovani di tutto ciò che possedevano li incitò a defraudare i vecchi come me, di cui non riusciva più ad accendere la lussuria. Non passarono trenta volte trenta giorni che quella donna ci ebbe spogliati nudi nati di ogni nostro avere. Poi se ne andò, portando tutto con sé, e non potemmo impedirglielo, poiché se uno di noi si poneva sul suo cammino un altro glielo impediva, per un solo suo sorriso o un semplice tocco delle sue dita. Così ella ci tolse i nostri averi e la nostra pace. Aveva raccolti non meno di trecento *deben* d'oro, per tacer dell'argento, del rame, delle bende di lino, degli unguenti che per anni avevamo sottratti ai morti, come è il costume. Promise che sarebbe ritornata da noi in capo ad un anno per accertarsi di quanto saremmo stati in grado di mettere da parte per allora. Così adesso nella Casa della Morte si ruba a tutto spiano; e quel che è peggio i lavatori di cadaveri hanno imparato a derubarsi a vicenda non limitandosi a saccheggiare soltanto i morti, cosicché la nostra pace è completamente sparita. Per questo tu puoi capire perché noi le abbiamo dato il nome di Setnefer, poiché la sua bellezza è meravigliosa ma spaventosamente demoniaca; è la bellezza di Set ».

Soltanto allora compresi la puerilità della mia vendetta, poiché Nefernefernefer era ritornata incolume dalla Casa della Morte, più ricca che mai e, suppongo, senza che alcuno le avesse recato offesa, e senza alcun danno all'infuori del puzzo di cadavere che certo dovette apprendersi anche al suo corpo e che per qualche tempo le dovette certamente impedire di esercitare la sua professione. La mia vendetta aveva róso il mio cuore ma aveva lasciato lei illesa. Come compresi questo, compresi anche che la vendetta non offre soddisfazione. La sua dolcezza è di breve durata, ed essa si rivolge contro il vendicatore per divorargli e consumargli il cuore.

LIBRO XI

MERIT

I.

Tutti hanno veduto l'acqua scorrere da una clessidra. Così sgocciola via anche la vita umana, ancorché questa non sia misurata dall'acqua ma dagli eventi. Questa è una verità profonda, che si afferra soltanto nella vecchiezza quando il nostro tempo scorre verso il nulla, monotonamente. Un giorno solo, in un periodo pieno di avvenimenti, lascia su di noi la sua impronta, e può sembrare più lungo di un anno e anche più di lavoro uniforme che lascia immutato il nostro cuore. Io appresi questa verità nella città di Akhetaton, dove il tempo fluiva per me liscio come la corrente del Nilo e dove la mia vita non fu che un breve sogno, una affascinante, evanescente canzone. I dieci anni da me trascorsi all'ombra del Faraone Akhetaton nel palazzo aureo della città nuova furono più brevi di uno qualsiasi degli anni della mia giovinezza, di quegli anni di viaggi e di mutamenti continui.

In Akhetaton io non aggiunsi nulla né al mio sapere né alla mia scienza; ma piuttosto attinsi alla saggezza che avevo raccolta in tanti paesi diversi, come l'ape sopravvive all'inverno pascendosi del miele che ha riposto nell'arnia. Tuttavia, allo stesso modo che l'acqua muta la forma di una pietra, così può darsi che il tempo abbia cambiato il mio cuore; per quanto di ciò io non mi accorgessi. Mi sentivo meno solo di un tempo. Forse ero divenuto più tranquillo, ero meno gonfio e tronfio di me stesso e del mio talento, ancorché non possa accampare nessun merito per ciò, ma soltanto perché Kaptah non viveva più con me, ma si trovava lontano, a Tebe, dove amministrava i miei beni e la Coda del Coccodrillo.

La città di Akhetaton si era rinchiusa in se stessa, entro i sogni e le visioni del Faraone, e non si curava del mondo esterno. Tutto ciò che accadeva oltre le pietre confinarie di Aton sembrava remoto e irreale come luce lunare sull'acqua. La sola realtà era quella che avveniva entro le mura della città di Akhetaton. Tuttavia nel ripensare a tutto questo capisco ora che forse era vero l'opposto: Akhetaton e le sue imprese non erano che ombra e illusione, mentre la realtà stava nella fame, nella sofferenza, nella morte che strisciavano di là dai suoi confini. Poiché tutte le cose spiacevoli erano tenute nascoste ad Akhetaton, e allorché si presentava un problema qualsiasi in cui era necessaria una sua decisione, sempre gli veniva posto dinanzi velato e raddolcito e ingentilito per timore che la malattia che gli travagliava il cervello sì rinfocolasse in lui.

In quel torno di tempo il sacerdote Eie governava Tebe come reggitore del lituo alla mano destra del Re. Il Faraone aveva abbandonato dietro di sé tutti quei doveri amministrativi da lui ritenuti tediosi e sgradevoli, riponendo la più completa fiducia in Eie, che era anche suo suocero, e che spadroneggiava con ambizione sfrenata. Eie era il vero governante dei Due Regni, poiché tutto ciò che si riferiva all'esistenza della gente comune, fossero agricoltori o cittadini, era affidato alle sue mani. Ora che Ammon era stato rovesciato, nessun'altra potenza poteva più rivaleggiare con la potenza del Faraone — cioè con la potenza di Eie — ed Eie sperava che i disordini si sarebbero presto placati. Non vi era nulla che gli procurasse più piacere della città di Akhetaton, che teneva il Faraone lontano da Tebe. Egli fece di tutto per raccogliere fondi per la sua costruzione e il suo abbellimento, e non si stancava di mandare incessantemente doni generosissimi affinché Akhetaton divenisse ogni giorno più gradita al Faraone. La pace avrebbe potuto essere ristabilita, e tutto sarebbe ritornato come prima — all'infuori che per Ammon — se non per un unico fatto, che cioè il Faraone rappresentava un inciampo sul sentiero di Eie.

Il governo di Eie era condiviso da Horemheb a Menfi: toccava a lui rispondere della sicurezza e della disciplina di tutto il paese. Suo era in definitiva il potere che si celava dietro le verghe dei gabellieri e dietro i martelli che scalpellavan via il nome di Ammon da tutte le immagini e da tutte le iscrizioni, e che per questo scopo penetravano sin entro le tombe stesse. Il Faraone Akhetaton concesse che persino la tomba del proprio padre venisse aperta affinché dalla sua iscrizione fosse cancellato il nome di Ammon. Ed Eie non si oppose a questo, purché il Faraone si accontentasse di simili innocenti passatempi. Preferiva che i pensieri del Faraone fossero rivolti esclusivamente ad argomenti religiosi e tali da non influenzare la vita quotidiana della popolazione.

Trascorso un certo tempo dai giorni di terrore che erano infieriti su Tebe, l'Egitto stette calmo come un lago d'estate. Eie domandò l'esazione delle imposte ai suoi comandanti in capo, risparmiandosi così una quantità di noie. Questi appaltarono i diritti d'imposta ai gabellieri delle città e dei villaggi, arricchendosi considerevolmente. Se i poveri lamentavano la loro sorte e si cospargevano il capo di cenere alla sola vista degli esattori d'imposte, non facevano se non quello che avevano sempre fatto in ogni età.

In Akhetaton la nascita di una quarta figlia fu una disgrazia maggiore che non la caduta di Smirne. La Regina Nefertiti incominciò a sospettare di essere vittima di qualche maleficio, e si recò a Tebe a implorare il soccorso degli stregoni negri di sua madre. Erano infatti inspiegabili le nascite successive di quattro bambine, senza un solo maschio. Ma era nondimeno il suo destino quello di dare al Faraone Akhetaton ben sei figlie e nessun maschio, e il destino della Regina era legato a quello del Re.

A misura che il tempo passava, le notizie di Siria divenivano sempre più preoccupanti. Ogni qualvolta arrivava una nave messaggera, mi recavo negli archivi reali a consultare le più recenti tavolette con le loro reiterate invocazioni di aiuto. Mentre le leggevo mi pareva di udire vicino alle mie orecchie il sibilìo delle frecce e di fiutare il puzzo d'incendio delle case bruciate. In mezzo alle frasi rispettose mi pareva di ascoltare le urla e le strida dei bambini mutilati. Gli uomini di Amurru erano brutali, ed erano stati addestrati alle arti della guerra da ufficiali hittiti. Non una sola guarnigione siriaca era in grado di opporsi ad essi. Leggevo i messaggi del Re di Biblo e del Principe di Gerusalemme. Essi supplicavano in nome della loro vecchiezza e della loro lealtà; invocavano la memoria del defunto Faraone e imploravano aiuto rammentando la loro amicizia verso Akhetaton, finché il Faraone, tediato delle loro suppliche, finì col mandare le loro lettere agli archivi senza neppure leggerle.

Dopo la caduta di Gerusalemme, anche l'ultima delle città fedeli capitolò, si arrese anche Joppa, e strinse alleanza con il Re Aziru. Allora Horemheb venne da Menfi a chiedere udienza al Faraone e a domandargli di raccogliere un esercito con cui organizzare la resistenza in Siria. Fino a quel momento si era limitato a guerreggiare una guerra segreta a base di lettere e di danaro, al fine di salvare almeno un posto avanzato in quella contrada.

Egli disse al Faraone Akhenaton: « Permettimi di radunare almeno cento volte cento lancieri e arcieri, e cento cocchi, e io ti riconquisterò la Siria. Ora che anche Joppa ha ceduto, il potere egiziano in Siria è perduto ».

Quando il Faraone Akhenaton seppe che Gerusalemme era stata distrutta ne fu profondamente addolorato, poiché già aveva intrapreso passi per fare di questa città una città dell'Aton, per pacificare la Siria. Disse: « Quel vecchio che sta a Gerusalemme — in questo momento non me ne rammento il nome — era un amico di mio padre. Lo vidi quand'ero ragazzo nella casa d'oro di Tebe: aveva una barba lunga. Per ricompensarlo gli darò una pensione sui fondi egiziani, ancorché i redditi siano notevolmente diminuiti da quando il commercio con la Siria è cessato ».

« Non credo sia in condizioni di godersi una pensione », replicò secco Horemheb. « Hanno foggiato del suo cranio una ciotola di fattura squisita tutta ornata d'oro, su comando di Aziru, il quale l'ha mandata in dono al Re Shubbiluliuma di Hattushash, a meno che i miei informatori non si siano ingannati ».

Il volto del Faraone si fece cinereo, i suoi occhi si iniettarono di sangue, ma dominando la sua disperazione rispose con voce tranquilla: « Mi sembra impossibile dover credere una cosa simile da parte del Re Aziru, che io consideravo mio amico e che ha ricevuto con gioia dalle mie mani la croce della vita; ma forse mi sono ingannato sul suo conto e il suo cuore è più nero di quanto immaginavo. Tu però, Horemheb, desideri da me una cosa impossibile chiedendomi lance e cocchi, poiché già il popolo si lamenta delle tasse, e il raccolto è stato meno abbondante di quanto speravo ».

« Per pietà del tuo Aton, concedimi almeno dieci cocchi e dieci volte dieci lancieri, affinché io possa portarli in Siria e salvare il salvabile ».

Ma il Faraone Akhenaton rispose: « Io non posso muover guerra in nome di Aton, poiché lo spargimento di sangue è per lui abominazione. Preferirei piuttosto abbandonare la Siria. Che la Siria sia libera e costituisca un proprio stato federato, e commerceremo con essa come per l'innanzi, poiché la Siria non può fare a meno del grano d'Egitto ».

« Credi che si accontenteranno di questo, Akhenaton? », esclamò Horemheb fulminato. « Ogni Egiziano ucciso, ogni muro scalato, ogni città catturata, aumenta la fiducia in loro stessi e li incalza a pretese sempre più esigenti e oltraggiose. Dopo la Siria verranno le miniere di rame del Sinai, senza le quali noi non saremo più in grado di foggiare lance e punte di freccia ».

« Ti ho già detto che lance di legno bastano per le guardie », replicò il Faraone irritato. « Perché mi tormenti senza posa con discorsi di lance e di frecce sino a che le tue parole mi girano in tondo per il capo, mentre io cerco di comporre un inno in onore di Aton? ».

« Dopo il Sinai verrà la volta del Basso Egitto », proseguì con amarezza Horemheb. « Come hai detto tu stesso, la Siria non può fare a meno del grano d'Egitto, per quanto mi sia stato detto che ora ne sta ricevendo da Babilonia. Ma se non temi la Siria, temi almeno gli Hittiti, la cui sete di potenza non conosce limiti ».

Il Faraone Akhenaton rise in tono di commiserazione come avebbe riso ogni Egiziano sensato nell'udire un simile discorso, e disse: « Da memoria d'uomo non un solo nemico ha posto il piede entro i nostri confini, e nessuno oserebbe questo. L'Egitto è il più ricco e il più potente di tutti i regni della terra. Io ho mandato la croce della vita anche al Re Shubbiluliuma, e anche oro, — a sua richiesta, — affinché egli possa erigere nel suo tempio un'immagine di me in grandezza naturale. Egli non turberà la pace dell'Egitto dal momento che può ricevere oro da parte mia ogni qualvolta me ne faccia richiesta ».

Le vene sulla fronte di Horemheb si inturgidirono, ma poiché aveva ormai imparato a dominare i suoi sentimenti, non aggiunse altro. Io gli dissi che come medico non potevo permettergli di stancare più a lungo il Faraone, al che egli si volse e mi seguì all'aperto.

Quando fummo a casa mia si batté violentemente la coscia con la sua frusta d'oro e bestemmiò: « Per Set e tutti i dèmoni! Una manciata di sterco sulla strada serve più che la sua croce della vita. Ma certo è che di tutte le pazzie questa è la peggiore: quando mi guarda negli occhi, quando mi pone la sua mano sulla spalla, quando mi chiama amico, io credo nella sua verità, benché sappia fin troppo bene che lui ha torto e io ragione! Questa strana forza che è in lui si espande continuamente in questa città, che è sgargiante e appariscente come una prostituta e puzza di meretricio. Se fosse possibile portargli davanti ogni essere umano che esiste al mondo, se fosse possibile farlo parlare a ciascun uomo, se fosse possibile fargli toccare con le sue dita tutti gli uomini della terra, e riversare in essi la sua forza, credo che egli riuscirebbe a cambiare la faccia del mondo... Ma questo non è possibile... Peuh! Se me ne restassi a lungo in questo posto, incomincerebbero a crescermi le mammelle come ai cortigiani... e finirei col dare il latte! ».

Quando Horemheb fu tornato a Menfi, le sue parole restarono in me, ossessionandomi, e io mi biasimavo di essere per lui un cattivo amico e per il Faraone un cattivo consigliere. Tuttavia il mio giaciglio era soffice sotto il baldacchino, i miei cuochi mi ammannivano uccelletti cucinati nel miele, gli arrosti di antilope non mancavano, e l'acqua scorreva veloce nella mia clessidra.

La seconda figlia del Faraone, Meketaton, fu colta da una malattia devastante; le sue piccole guance ardevano di febbre, e le ossa del suo collo incominciarono a risaltare sotto la pelle, quasi volessero bucarla. Io cercai di rinvigorirla con tonici, dandole da bere una soluzione d'oro, e maledicevo il mio destino, ché non appena gli attacchi del Faraone fossero cessati, sua figlia dovesse ammalarsi in modo che io non potessi avere pace né di giorno né di notte. Anche il Faraone divenne inquieto, poiché amava le sue figliole teneramente. Le due maggiori, Meritaton e Meketaton, lo accompagnavano al balcone nei giorni di udienza e lanciavano catene d'oro e altri doni a coloro che il Faraone desiderava onorare.

Come sempre succede tra gli uomini, il Faraone si affezionò più a questa sua figliuoletta ammalata che non alle altre tre. Le regalava palline d'avorio e d'argento, e le diede un cagnolino che la seguiva dappertutto e dormiva ai piedi del suo letto. Si era smagrito ed era divenuto insonne, tanta era l'angoscia che lo tormentava, e si alzava più volte durante la notte per ascoltare il respiro della bambina, e ogni suo colpo di tosse gli lacerava il cuore.

Allo stesso modo anche questa ragazzina aveva più significato per me che non le mie ricchezze tebane, o Kaptah, o l'anno della carestia, o tutti coloro che attualmente erano affamati o morenti in Siria per colpa di Aton. Prodigai su di lei tutte le mie cure, tutte le mie doti mediche, trascurando gli altri miei pazienti di riguardo i quali soffrivano unicamente di ingordigia e di noia, e soprattutto di mali di capo poiché questo era il disturbo del Faraone. Curando i loro dolori di testa mi ero guadagnato moltissimo oro, ma io ero sazio d'oro e di adulazioni.

A volte ero così brusco con i miei pazienti che essi dicevano: « La sua autorità di medico della casa reale gli è andata alla testa! Siccome si illude che il Faraone lo ascolti, ignora quello che gli altri possono dirgli ».

Nondimeno quando ripensavo a Tebe, a Kaptah, alla Coda

del Coccodrillo, mi sentivo invadere dalla malinconia, e il mio cuore era affamato di una fame che non riuscivo a placare. Stavo diventando calvo sotto la parrucca, e vi erano giorni in cui, trascurando i miei doveri, sognavo ad occhi aperti e ripercorrevo ancora una volta le strade di Babilonia con nelle narici il profumo del grano messo a essiccare sulle aie di terra battuta. Mi ero anche accorto che ingrassavo e che mi era venuto il sonno pesante e che avevo sempre bisogno di una portantina perché anche una breve passeggiata mi dava l'affanno, mentre un tempo riuscivo a camminare a lungo senza mai stancarmi.

Ma quando l'autunno ritornò e il fiume si gonfiò e le rondini emersero dal limo del fiume per sfrecciare inquiete nell'aria sul mio capo, la salute della figlia del Faraone rifiorì, ella riprese a sorridere e i dolori che le travagliavano il petto l'abbandonarono. Il mio cuore accompagnava le rondini nei loro voli, e col permesso del Faraone salii a bordo di una nave diretta a Tebe. Egli mi pregò di salutare per suo conto tutti i coloni stabilitisi sulle sponde del fiume tra i quali aveva spartito la terra del falso dio, e mandò il suo saluto anche alle scuole da lui fondate, sperando di averne buone notizie al mio ritorno.

Approdai a molti villaggi e radunai gli anziani a colloquio con me. Il viaggio fu più confortevole di quanto avessi sperato, poiché sull'albero maestro garriva il pennone faraonico, la mia cuccetta era morbida, e non vi erano mosche sul fiume. Il mio cuoco mi aveva seguito nell'imbarcazione cuciniera, e a lui venivano portati i doni dei diversi villaggi, cosicché non mancai mai di cibo fresco. Ma quando i coloni vennero a visitarmi, mi accorsi che erano ridotti a pelle e ossa, veri scheletri, che le loro mogli si guardavano attorno con occhi atterriti, timorose del minimo rumore, e che i loro bambini erano malaticci e rachitici. Questa gente mi mostrò le loro madie, che non erano nemmeno per metà piene, mentre il grano in esse contenuto era tutto punteggiato di rosso come se fosse stato esposto a una pioggia di sangue.

Costoro mi dissero: « Dapprima credevamo che i nostri insuccessi fossero risultato d'ignoranza, poiché non avevamo mai prima di allora coltivato il suolo in vita nostra. Ma ora sappiamo che la terra che il Faraone ha divisa fra di noi è maledetta, e chi la coltiva è pure maledetto. La notte, piedi invisibili calpestano le nostre messi; mani invisibili spezzano i nostri alberi da frutta, il nostro bestiame muore inspiegabilmente, i nostri canali d'irrigazione si ostruiscono, e nei nostri pozzi troviamo continuamente delle carogne, cosicché ci viene a mancare persino l'acqua potabile. Molti hanno abbandonato il loro appezzamento di terra e se ne sono ritornati nelle loro città più poveri di come le avevano lasciate, rinnegando il nome del Faraone e il suo dio. Noi però abbiamo perseverato, confidando nella croce magica e nelle lettere che il Faraone ci ha inviate. Le appendiamo su pali nei nostri campi a protezione contro le cavallette; ma la magìa di Ammon è più potente della magìa del Faraone. La nostra fede sta vacillando, e noi abbiamo intenzione di lasciare questa terra malsana prima di morire tutti quanti come già sono morti i figli e le mogli di molti di noi ».

Mi recai a visitare anche le loro scuole, e quando i maestri videro sulle mie vesti la croce di Aton, si affrettarono a nascondere le loro verghe e si fecero il segno dell'Aton, mentre i bambini rimasero seduti a gambe incrociate sulle aie guardandomi con tanta fissità che si dimenticarono di pulirsi il naso.

I maestri mi dissero: « Sappiamo che non esiste una follìa più grande del concetto che ogni bambino debba imparare a leggere e a scrivere, ma che cosa non faremmo per il Faraone, che amiamo e che è nostro padre e nostra madre e che veneriamo come figlio del suo dio? Ma noi siamo uomini istruiti, e mal si addice alla nostra dignità sedere sulle aie, asciugare il naso dei fanciulli mocciosi e tracciare sulla sabbia brutti segni — poiché non abbiamo né tavolette né calami — e inoltre questi caratteri nuovi non saranno mai in grado di riprodurre tutta la conoscenza e il sapere che con grandi fatiche e sacrifici noi abbiamo acquistati. I nostri stipendi ci sono pagati irregolarmente, e i genitori ci ricompensano in modo molto meschino; la loro birra è debole e acida, e l'olio nelle nostre giare è rancido. Tuttavia noi persistiamo, per dimostrare al Faraone che è impossibile insegnare a leggere e a scrivere a tutti i bambini indistintamente, poiché soltanto gli allievi migliori, quelli che hanno il cervello duttile e ricettivo sono in grado di imparare ».

Volli saggiare il loro profitto, ma fui lungi dall'essere soddisfatto. E ancor meno mi piacevano le loro facce enfiate, i loro sguardi incerti, poiché questi maestri erano scribi falliti cui nessuno avrebbe voluto dare un impiego: avevano accettato la croce di Aton soltanto per tirar a campare.

I coloni e gli anziani dei villaggi bestemmiavano amaramente nel nome di Aton e dicevano: « Signore Sinuhe, parla in favor nostro al Faraone, e supplicalo di toglierci almeno il gravame di queste scuole, o altrimenti non riusciremo a sopravvivere. I nostri ragazzi ritornano a casa neri e lividi a forza di percosse, con i capelli strappati, e questi terribili maestri sono insaziabili come coccodrilli. Ci derubano di ogni cosa nostra, casa e focolare, ci estorcono le nostre ultime monete di rame e persino le cuoia del nostro bestiame per comprarsi da bere. Quando siamo fuori nei campi, entrano nelle nostre case e prendono piacere con le nostre donne, affermando che questo è il volere di Aton, al cui cospetto non esiste differenza tra uomo e uomo o tra donna e donna. In verità noi non desideravamo alcun mutamento nelle nostre esistenze, poiché se effettivamente eravamo poveri nelle città, vi eravamo nondimeno felici. Ma qui non vediamo che fosse fangose e bestiame muggente. Avevano ragione coloro che ci ammonivano dicendo: "Guardatevi dai mutamenti: tra i poveri essi sono sempre destinati a produrre il peggio. Quali che siano i mutamenti fatti nel mondo, state certi che a causa di essi la misura di grano del povero rimpicciolirà e l'olio calerà nella sua giara" ».

Il cuore mi diceva che essi avevano ragione, e non volli discutere con loro, ma proseguii nel mio viaggio. Ero pieno di tristezza al pensiero del Faraone e mi stupivo di vedere come tutto ciò che egli toccasse si inaridiva e degenerava, cosicché gli attivi divenivano pigri a causa dei suoi doni e soltanto gli indegni si ammucchiavano intorno ad Aton come mosche su una carogna. Allora il mio cuore fu assalito da un sospetto orribile: e se il Faraone e i nobili oziosi della sua corte — persino io stesso durante questi ultimi anni — non fossero che parassiti, sozzura, pulci nel pelame di un cane? Forse la pulce immagina che il cane esista soltanto per il benessere delle mosche e per il nutrimento di queste. Forse il Faraone e il suo dio non erano che pulci, che recavano soltanto danno e noia e non facevano bene alcuno, giacché i cani stanno molto meglio quando sono liberi dai parassiti.

Così il mio cuore si risvegliò finalmente dal suo lungo sonno, e ripudiò la città di Akhetaton. Mi guardai intorno con occhi nuovi e nulla di quello che vidi era buono. Ma in questo forse i miei occhi furono stornati dalla magìa di Ammon, che con arti nascoste governava tuttora l'intero Egitto, poiché la Città dell'Orizzonte era il solo luogo del paese su cui egli non stendesse il suo controllo. Dove stesse la verità non so dire, poiché sebbene vi siano individuì che pensano sempre allo stesso modo e ritraggono il capo come tartarughe al solo accenno di una novità, i miei pensieri invece sono stati perennemente modificati da quel che ho veduto e udito: perciò molte cose hanno influenzato il mio ragionamento anche se non sempre io le ho intese tutte e giustamente.

Rividi una volta ancora le tre colline all'orizzonte, le sentinelle eterne di Tebe. Il tetto del tempio e le sue mura si levarono dinanzi ai miei occhi, ma le cime degli obelischi non scintillavano più nella luce del sole, poiché la loro doratura non era mai stata rinnovata. E tuttavia la loro vista mi allietò il cuore, e io versai vino nelle acque del Nilo come fanno i marinai quando ritornano da un lungo viaggio, benché le loro libagioni siano di birra dato che essi preferiscono conservare per sé il loro vino, se ne hanno un poco. Rividi ancor una volta i grandi moli di pietra di Tebe e aspirai l'odore del porto: l'odore di grano marcio e di acqua putrida, di spezie, di erbe e di bitume.

Allorché nel quartiere povero vidi la casa che era appartenuta al fonditore di rame, mi apparve inverosimilmente angusta, strozzata nel vicolo sudicio, brulicante di mosche ed emanante un lezzo insostenibile. E neppure il sicomoro del cortile mi rallegrò, sebbene lo avessi piantato io stesso e fosse cresciuto alto e rigoglioso durante la mia assenza, tanto ero stato viziato dalla ricchezza e dall'abbondanza di Akhetaton. Provai vergogna e rimorso per la mia incapacità ad allietarmi della vista della mia casa.

Kaptah non c'era, c'era soltanto la mia cuoca Muti, la quale esclamò con amarezza: « Benedetto sia il giorno che riporta a casa il mio signore, ma le stanze non sono pulite e la biancheria è da lavare e la tua venuta mi causa molto fastidio e disturbo, per quanto io non mi aspetti dalla vita in genere che ben poca felicità. Però non mi stupisco affatto del tuo improvviso ritorno, poiché questa è l'abitudine degli uomini, dai quali non ci si può mai aspettare nulla di buono ».

La rassicurai dicendole che per quella notte sarei rimasto a dormire a bordo. Chiesi di Kaptah e subito la lasciai facendomi trasportare alla Coda del Coccodrillo. Merit mi venne incontro sulla soglia e non mi riconobbe, tanta era la ricchezza delle mie vesti e lo sfarzo della mia lettiga.

Mi chiese: « Hai riservato un posto per questa sera? Perché in caso contrario non posso permetterti di entrare ».

Era un poco ingrassata, e i suoi zigomi erano divenuti meno sporgenti, ma i suoi occhi erano sempre i medesimi, eccetto poche rughe intorno alle palpebre.

Il mio cuore si riscaldò alla sua vista e io posai la mano sui suoi fianchi e le dissi: « Capisco che tu mi abbia dimenticato, perché molti devono essere gli uomini tristi e soli che tu hai riscaldati sulla tua stuoia... eppure io m'immaginavo che avrei sempre trovato un posto nella tua casa e una tazza di vino fresco, anche se non posso presumere di pensare di dividere con te la medesima stuoia ».

Ella esclamò in preda al più profondo stupore: « Sinuhe, sei tu? Benedetto sia il giorno che riporta a casa il mio signore! ».

Mi posò sulle spalle le sue forti e belle mani, e scrutandomi intensamente nel volto proseguì: « Sinuhe, che cosa hai fatto? Un tempo la tua solitudine era quella del leone, adesso è la solitudine di un cagnolino di lusso, e ti sei messo al guinzaglio ». Mi tolse la parrucca, mi accarezzò con dolcezza la testa calva e riprese: « Siedi dunque, Sinuhe, e io ti porterò del vino gelato, perché sei tutto sudato e accaldato dal tuo faticoso viaggio ».

Le dissi preoccupato: « Non portarmi, ti prego, una coda di coccodrillo poiché non ho più lo stomaco di un tempo: e specialmente la mia testa non regge più come una volta ».

Battendomi affettuosamente sulle ginocchia, mi beffò dicendo: « Sono dunque ormai così vecchia e grassa e brutta che nel rivedermi per la prima volta dopo tanti anni pensi soltanto al tuo stomaco? Allora non temevi di soffrire di mal di capo in mia compagnia... anzi ti piacevano tanto queste code di coccodrillo, che io ero costretta a frenarti ».

Le sue parole mi umiliarono, poiché ella diceva la verità, e la verità produce spesso questo effetto.

Perciò le risposi: « Oh, Merit, amica mia... sono ormai vecchio e finito ».

Ma ella ribatté: « Tu immagini che sia così, ma i tuoi occhi quando mi guardano sono lungi dall'essere vecchi, e questo mi rallegra ».

« Merit, in nome della nostra amicizia, affrettati a portarmi una coda di coccodrillo, altrimenti il mio atteggiamento nei tuoi confronti diventerà irriverente, il che male si addirebbe alla mia dignità di chirurgo cranico reale, soprattutto in una taverna del porto ».

Mi portò la bevanda in una conchiglia che posò nel cavo della mia mano. Essa bruciò la mia gola, abituata a vini melati, ma quel bruciore era dolce al mio palato poiché l'altra mia mano era posata sui fianchi di Merit.

« Merit », mormorai, « tu mi hai detto una volta che una bugia può essere più dolce della verità a chi è solo e quando la prima giovinezza è finita. E allo stesso modo io ti dico che il mio cuore è ancora giovane e si sente rinverdire alla tua vista; lunghi sono gli anni che ci hanno separati e non è trascorso un giorno, in tutti questi anni, in cui io non abbia sussurrato al vento il tuo nome; ti ho mandato il mio saluto con le rondini mentre volavano contro corrente, e ogni mattino mi sono svegliato col tuo nome sulle labbra ».

Mi guardò, e ai miei occhi ella era ancora snella e bellissima. Nella profondità delle sue pupille c'era un guizzo di sorriso e di dolore, come nelle acque di un pozzo senza fondo. Mi accarezzò la guancia con la mano e disse: « Tu parli molto bene, Sinuhe... perché non dovrei anch'io a mia volta confessare che il mio cuore ti ha cercato e le mie mani ti hanno desiderato quando la notte giacevo sola sulla mia stuoia? Ogni qualvolta per via della coda di coccodrillo qualcuno mi ha detto delle sciocchezze, io ti rammentavo con malinconia, però nella casa d'oro del Faraone ci devono essere molte donne bellissime, e senza dubbio nella tua qualità di medico tu avrai trascorso coscienziosamente le tue ore libere ad occuparti di loro ».

Era vero che avevo preso piacere con qualche dama di corte, la quale nel suo tedio era venuta a chiedere i miei consigli professionali. Queste donne avevano la pelle liscia come un frutto e soffice come peluria, e d'inverno specialmente faceva più caldo giacere in due in un letto che non soli. Ma erano stati piaceri comuni e non mi sono neppure curato di annotarli nel mio libro. Replicai: « Merit, effettivamente non ho dormito sempre solo, ma è altrettanto vero che tu sei la sola donna che mi sia amica ».

La coda di coccodrillo stava operando entro di me. Il mio corpo era divenuto giovane come il mio cuore, e un dolce fuoco correva per le mie vene mentre dicevo: « Certamente durante tutto questo tempo molti uomini avranno diviso la tua stuoia, ma tu faresti bene a metterli in guardia da me fino a che io resterò a Tebe, poiché quando sono irritato divento un uomo violento! Allorché combattei contro i Khabiri, i soldati di Horemheb mi soprannominarono il Figlio dell'Asino Selvaggio ».

Ella alzò le mani con un gesto di finto terrore e disse: « È proprio ciò che ho sempre tanto temuto, poiché Kaptah mi ha parlato d'innumerevoli lotte e di risse forsennate in cui ti ha trascinato la tua natura focosa e dalle quali sei stato salvato solo grazie alla sua fedeltà e risolutezza ».

Come intesi il nome di Kaptah e immaginai tutte le bugie svergognate che egli doveva averle raccontate di me e della mia vita in paesi stranieri, il cuore mi si sciolse entro il petto, e le lagrime mi sgorgarono dagli occhi, e gridai: « Dov'è Kaptah, il mio antico schiavo e servo, che io possa abbracciarlo? Perché il mio cuore ne ha amaramente sentita la mancanza, anche se sia disdicevole che io parli così di uno schiavo ».

Merit si sforzò di farmi tacere.

« Mi accorgo veramente che tu sei disabituato alle code di coccodrillo, e mio padre sta guardando furioso dalla nostra parte per tutto questo fracasso che tu stai facendo. Non potrai vedere Kaptah prima di sera, poiché il suo tempo è tutto preso da affari importantissimi alla borsa del grano e nelle taverne. Sarai stupito quando lo rivedrai. Infatti non si ricorda quasi più di essere stato un tempo schiavo e di averti portati i sandali appesi a un bastone di traverso sulle spalle. Ti condurrò fuori a prendere una boccata d'aria fresca prima che rientri. Certo vorrai vedere quanto è mutata Tebe dal tempo in cui l'hai lasciata, e così potremo restare soli ».

Andò a mutarsi d'abito e a ungersi il viso con unguenti e ad adornarsi d'oro e d'argento. Solo dalle mani e dai piedi si poteva capire che non era una dama dell'aristocrazia, benché poche dame avessero uno sguardo chiaro e diritto come il suo e una bocca così orgogliosa. Ordinai agli schiavi di portarci lungo il Viale degli Arieti, e sedemmo vicini nella lettiga cosicché io potei respirare il profumo dei suoi unguenti, che era il profumo di Tebe, più vivo, più inebriante di tutti i rari e preziosi cosmetici di Akhetaton. Tenevo stretta la sua mano nelle mie, e nel mio cuore non era più rimasto un solo pensiero cattivo. Dopo un lungo viaggio ero ritornato a casa.

Ci avvicinammo al tempio, dove neri uccelli roteavano e gracchiavano sopra la vuota desolazione, poiché non erano mai più ritornati alle loro colline, ma avevano preso dimora entro i recinti. Quello era terreno maledetto e il popolo lo schivava. Scendemmo dalla portantina e vagammo per le avancorti deserte; la sola gente che vi vedemmo furono gli addetti alle Case della Vita e della Morte. Sarebbe stata un'impresa troppo costosa e difficile mutar di luogo a queste istituzioni. Merit mi spiegò che il popolo evitava anche la Casa della Vita, e per questo motivo la maggior parte dei medici aveva traslocato nella città propriamente detta per esercitarvi la propria professione. Passeggiammo nei giardini del tempio, ma l'erba aveva ricoperto i sentieri, e gli alberi vi erano stati abbattuti e rubati. Le sole persone che incontrammo nei giardini trasformati dal Faraone in parchi pubblici e terreni di gioco furono pochi vagabondi sudici e furtivi che ci lanciarono occhiate di traverso.

Merit disse: « Tu mi raggeli il cuore portandomi in questo luogo infausto. Certo la croce di Aton ci proteggerà, per quanto io preferirei che tu te la togliessi dal collo perché per causa sua potresti essere preso a sassate. L'odio qui a Tebe è tuttora vivo ».

Diceva la verità. Come fummo ritornati entro lo spazio aperto dinanzi al tempio, il popolo, non appena vide la mia croce, sputò per terra. Fui stupefatto di notare un prete di Ammon che passeggiava altezzoso tra la folla a capo raso, nonostante gli ordini del Faraone, e ammantato di bianco. La sua faccia luceva, la sua veste era di lino finissimo, e pareva non avesse mai sofferto la benché minima privazione. La gente si faceva da parte con venerazione per lasciarlo passare. La prudenza mi consigliò di tenere la mano sul petto per nascondere la croce di Aton, poiché mi sarebbe ripugnato essere causa di un inutile tumulto.

Sostammo presso il muro di cinta dove un cantastorie sedeva sulla propria stuoia con accanto una ciotola vuota. L'uditorio gli aveva fatto cerchio intorno, e i più poveri sedevano per terra, non avendo alcuna preoccupazione di insudiciarsi le vesti. Stava narrando una storia che non avevo mai intesa prima d'allora, poiché parlava di un falso Faraone che era vissuto tanti anni or sono e la cui madre era una strega negra. Per volere di Set, questa strega aveva ottenuto l'amore del Faraone buono e aveva generato il Faraone falso, il quale aveva cercato la rovina del popolo egiziano e sarebbe stato pronto a consegnare in schiavitù i suoi sudditi ai Nubiani e ai selvaggi. Questo falso Faraone aveva rovesciato le statue di Ra, perciò Ra aveva maledetto la terra, che era divenuta sterile. La gente annegò in terribili inondazioni, le cavallette divorarono le poche messi rimaste, le pozze si trasformarono in sangue malodorante. Ma i giorni del falso Faraone erano contati, poiché la potenza di Ra era superiore alla potenza di Set. E il falso Faraone perì miseramente, e altrettanto accadde della strega sua madre, e Ra colpì tutti coloro che lo avevano rinnegato, e divise le loro case e i loro beni e le loro terre tra quelli che gli erano rimasti fedeli in tutte queste prove e avevano creduto nel suo ritorno.

Era un racconto lunghissimo e molto eccitante, e il popolo muoveva i piedi e alzava il capo, impaziente di udire la conclusione. Anch'io stetti ad ascoltare a bocca aperta. Quando la storia ebbe termine e il falso Faraone fu punito e scagliato nel pozzo senza fondo, quando il suo nome fu maledetto e Ra ebbe ricompensato i suoi fedeli, allora gli ascoltatori si misero a saltare e a gridare di gioia e riempirono di monete di rame la ciotola del cantastorie.

Grandemente perplesso mi rivolsi a Merit: « Questo è un racconto nuovo, che non avevo mai inteso prima, per quanto credevo di averli ascoltati tutti da bambino da mia madre Kipa che era amantissima delle favole e teneva in alta considerazione tutti i cantastorie... a un punto tale che a volte mio padre Senmut la minacciava col suo bastone quando la vedeva dar loro da mangiare nella nostra cucina. Già, è proprio una storia nuova, e se non fosse assurdo, direi che essa si riferisce al Faraone Akhenaton e al falso dio di cui non osiamo pronunciare ad alta voce il nome. Questo racconto dovrebbe essere proibito! ».

Merit sorrise.

« E chi può proibire un racconto? Questo viene narrato nei Due Regni, a ogni ingresso, sotto il muro di cinta anche dei più piccoli villaggi, e al popolo piace. Quando le guardie minacciano i cantastorie, essi asseriscono trattarsi di una favola antica... e sono in grado di provarlo, poiché i sacerdoti l'hanno ritrovata in scritture vecchie di secoli. Perciò le guardie non possono impedirla, ancorché io abbia inteso dire che Horemheb, che è un uomo risoluto e non si preoccupava né di documentazioni né di antiche scritture, abbia fatto impiccare più di un cantastorie sulle mura e ne abbia gettati i cadaveri ai coccodrilli ».

Merit mi strinse la mano e sorrise mentre proseguiva: « Molte profezie si raccontano a Tebe. Non appena due uomini si incontrano, si narrano a vicenda le profezie che hanno udito, e i cattivi auspici. Come sai, le riserve di grano si stanno consumando, la povera gente è affamata, e le tasse si abbattono gravosamente su ricchi e poveri. Si sussurrano cose ancora peggiori, e io tremo al pensiero di tutto il male di cui queste previsioni ci minacciano ».

Ritirai la mia mano dalle sue, e anche il mio cuore. La coda di coccodrillo da molto tempo era svanita dal mio cervello, e ora la testa mi doleva. Il mio spirito si immalinconì, e la sua sciocca ostinazione non serviva certo a rallegrarmi. Ritornammo così immusoniti alla taverna, e io compresi che quanto il Faraone Akhenaton aveva detto era vero: « Aton dividerà il fanciullo dalla propria madre e l'uomo dalla sorella del suo cuore finché il suo regno sia stabilito sulla terra ». Ma io non desideravo di essere separato da Merit per causa di Aton, perciò rimasi di pessimo umore finché la sera non rividi Kaptah.

3.

Non si poteva restare a lungo imbronciati allo spettacolo di Kaptah ruzzolante attraverso l'uscio della taverna, immenso, massiccio come una scrofa prossima a figliare... talmente grasso che dovette voltarsi di lato per entrare. Aveva la faccia tonda come la luna piena e luccicante di sudore e di olii costosi. Portava una bellissima parrucca turchina e teneva celata la sua occhiaia vuota mediante un disco d'oro. Aveva smesso gli abiti siriani e vestiva alla fóggia egiziana, con le più belle vesti che avessero saputo confezionare i sarti di Tebe, e i polsi e le caviglie gli tinnivano di pesanti anelli d'oro.

Quando mi vide lanciò un grido levando alte le braccia in gesto di sorpresa, poi si chinò fino a terra e tese innanzi le mani, con un movimento che la sua grossa pancia rendeva molto difficile.

« Benedetto sia il giorno che riconduce a casa il mio signore! ».

I suoi sentimenti lo sopraffecero, ed egli pianse, si buttò in ginocchio ad abbracciarmi le gambe e fece un tale baccano che riconobbi subito il mio vecchio Kaptah nonostante il lino regale e i cerchi d'oro, nonostante gli olii preziosi e la parrucca turchina. Lo sollevai per le braccia e lo abbracciai, e mi parve di stringermi al petto un bue grasso che odorasse di pane fresco, tanto forte gli si era attaccato alla persona l'odore del mercato del grano.

A sua volta mi annusò cortesemente le spalle, si asciugò le lagrime e rise: « Questo è per me un giorno di tale felicità che voglio offrire a tutti i clienti attualmente riuniti nella mia casa una coda di coccodrillo gratuita! Se però ne vogliono una seconda se la dovranno pagare ».

Mi condusse nella parte interna della casa e mi diede soffici stuoie su cui stendermi. Permise a Merit di sedermi accanto mentre servi e schiavi mi recavano il meglio che la taverna potesse offrire. I suoi vini erano paragonabili a quelli del Faraone, e la sua oca arrostita era un'oca tebana, che non ha l'uguale in tutto l'Egitto, poiché è ingrassata con pesce marcio, il che conferisce alla sua carne un gusto delicatissimo e particolarmente raffinato.

Dopo che avemmo finito di mangiare e di bere mi disse: « Sinuhe, mio signore e padrone, spero tu abbia esaminato con cura tutti i ragguagli e tutti i conti che gli scribi ti hanno preparati su mia richiesta e spediti alla tua casa di Akhetaton durante questi ultimi anni. Forse tu mi permetterai di segnare questo pranzo sul nostro conto spese, nonché le code di coccodrillo che nella mia grande gioia io ho offerto ai miei clienti. Ciò si risolverà tutto a tuo vantaggio, poiché io ho le più gravi difficoltà nel cercare di ingannare a tuo favore il dipartimento delle tasse del Faraone ».

Gli risposi: « Per me questa è una sciarada, e non ce ne capisco una parola. Fa come ti pare, perché sai che io ripongo in te la più completa fiducia. Ho letto effettivamente i tuoi ragguagli e i tuoi conti, benché debba confessarti che vi ho capito assai poco, dato che contengono una incredibile quantità di cifre, e prima ancora di arrivare al termine delle somme già la testa mi faceva male da un pezzo ».

Kaptah rise soddisfatto, e il riso gli borbottava rumorosamente nella pancia come se uscisse da sotto morbidi cuscini. Anche Merit rise, poiché aveva bevuto vino con me e se ne stava ora arrovesciata all'indietro con le mani dietro il capo, cosicché mi fu possibile osservare come fosse ancora graziosa sotto la veste la curva del suo seno.

Kaptah esclamò: « Oh, Sinuhe, mio signore e padrone, mi rallegro nel constatare come tu abbia conservata la tua indole infantile e non ti intenda delle cose di ogni giorno più di quanto un maiale s'intenda di perle... per quanto lungi da me l'intenzione di paragonarti a un suino. Anzi rendo lode e ringraziamento agli dèi dell'Egitto in nome tuo poiché essi avrebbero potuto darti come servo un ladro e un buono a nulla che ti avrebbe ridotto in miseria, mentre io ho seguitato ad aumentare le tue ricchezze ».

Gli feci notare che non occorreva egli ringraziasse gli dèi per questo, ma che ciò era piuttosto merito del mio buon discernimento giacché ero stato io a comprarlo personalmente sul mercato degli schiavi... e a poco prezzo, poiché aveva perduto un occhio in una rissa di taverna.

Al ricordo di queste cose mi commossi e dissi: « In verità non dimenticherò mai la prima volta che ti ho veduto, legato per la caviglia al palo degli schiavi, che urlavi parole svergognate a tutte le donne che passavano e chiedevi birra agli uomini. Eppure il tuo acquisto fu una cosa saggia anche se allora ne ero stato dubitoso ».

La faccia di Kaptah si rabbuiò e si contorse in molte pieghe mentre egli replicava: « Non mi piace mi si rammentino questi ricordi vecchi e antichi, che non si addicono alla mia dignità ». Proseguì poi lodando a gran voce lo scarabeo e dicendo: « Hai fatto bene a lasciarmelo affinché vegliasse sui tuoi affari, poiché esso ti ha reso ricco... più ricco di quanto tu avresti potuto sognare... a dispetto dei gabellotti che mi ronzano addosso come mosche. Ho dovuto assumere due contabili siriani per tenere registri speciali appositamente per loro, poiché nessuno — neppure Set in persona — riuscirebbe a capire nulla della contabilità siriana. E parlando di Set, i miei pensieri s rivolgono al nostro vecchio amico Horemheb cui ho prestato danaro in nome tuo come tu sai. Ma non parlerò di lui adesso, ma della tua ricchezza, anche se tu di questi argomenti non riesci ad afferrare gran che. In grazia mia oggi sei più ricco di molti nobili egiziani. La ricchezza non significa possesso di oro ma di case, di magazzini, di navi, di moli, di bestiame, di terre, di giardini fruttiferi e di schiavi. Ora tu possiedi tutte queste cose anche se forse lo ignori perché sono stato costretto a registrare molte voci al nome di servi e di scribi al fine di eludere le imposte. I balzelli del Faraone si abbattono pesantemente sui benestanti, i quali devono pagare di più dei poveri, cosicché mentre un povero deve consegnare soltanto un quinto del suo grano, un ricco è costretto a cederne un terzo e persino la metà. Questo è iniquo... è l'iniquità più nefanda fra tutte le nefandezze perpetrate dal Faraone. Questo sistema di tasse e la perdita della Siria hanno impoverito il paese. Ma, quello che è più strano, più diminuisce il patrimonio nazionale, più poveri diventano i poveri e più ricchi i ricchi, e nemmeno il Faraone può mutare ciò ».

Kaptah, bevuto di nuovo, continuò a vantarsi.

« Il nostro scarabeo, signore, è strano in questo, che al primo giorno del nostro ritorno dai nostri viaggi esso mi ha condotto proprio alla taverna presieduta dai mercanti di grano. Incominciai subito così ad acquistar frumento per loro conto, e già sin dal primo anno fui in grado di accumulare un buon guadagno dal momento che Am... voglio dire molti vasti appezzamenti di terreno erano rimasti a maggese e incolti come tu sai. Ora il frumento è una merce importantissima, in quanto può essere acquistato e venduto prima ancora che sia seminato, e anche perché il suo prezzo si eleva di anno in anno come per opera di magìa, cosicché l'acquirente non può non trarne un vantaggio. Per questo motivo non ho alcuna intenzione di vendere, ma seguiterò a comperare e a riporre frumento nei miei granai finché una misura di grano sarà pagata a peso d'oro, come certamente avverrà se continuerà questo stato di cose ».

Dopo avermi scrutato attentamente in volto versò dell'altro vino a tutti e tre e proseguì con voce grave: « Comunque, nessuno punta tutto ciò che possiede su un colpo solo, e così io ho distribuito equamente i tuoi profitti in diverse imprese come se si fosse trattato di giocare con parecchi dadi nel tuo interesse, mio caro padrone. Non ti ho derubato più del solito, nemmeno la metà di quello che ho guadagnato per te grazie alla mia sagacia; direi anzi nemmeno un terzo, per quanto non so di nessun altro cui sarebbe più facile e più proficuo rubare, mio caro e benedetto signore Sinuhe ».

Merit era sdraiata sulla sua stuoia, sorridente, e rise forte della mia espressione attonita mentre cercavo di afferrare tutto quello che Kaptah mi stava dicendo. Questi proseguì nelle sue spiegazioni:

« Tu devi capire, signore, che quando parlo di guadagni, intendo guadagni netti, cioè tutto ciò che rimane dopo il pagamento dei tributi. Ho dovuto anche sottrarre una certa cifra da distribuire in dono ai funzionari delle imposte per via della mia contabilità siriana e della enorme quantità di vino di cui ho avuto bisogno per costringerli a guardar storto quando esaminavano le mie cifre. E questo soltanto non è stata cosa da poco, perché sono uomini astuti, dotati di una forza di resistenza speciale; costoro si impinguano nella loro professione. Di quando in quando, ho anche distribuito un po' di grano ai poveri affinché benedicessero il mio nome. Quando i tempi sono incerti è bene vivere in armonia coi poveri. Questa distribuzione di grano è un affare eccellente perché il Faraone nella sua follìa concede un ribasso su tutto il frumento così distribuito. Allorché regalo una misura di grano a un povero, io lo faccio testimoniare con l'impronta del suo pollice di aver ricevuto cinque misure, poiché i poveri non sanno leggere, e anche se sapessero mi sarebbero ugualmente riconoscenti per una sola misura, e benedirebbero il mio nome e imprimerebbero le loro dita in calce a qualsiasi documento che io mettessi loro dinanzi ».

Dopo avermi esposto tutto questo Kaptah incrociò le braccia con aria di sfida, gonfiò il petto e aspettò la mia lode: ma le sue parole mi avevano messo in moto il cervello e dovetti pensare a lungo prima di chiedergli, dopo un lungo silenzio: « Dunque abbiamo forti provviste di grano? ».

Kaptah annuì con un cenno vigoroso del capo, sempre aspettando il mio plauso, ma io ripresi: « Se le cose stanno così, devi recarti subito dai coloni che stanno coltivando la terra maledetta e distribuire tra loro il grano affinché lo seminino, poiché essi ne sono privi. Il poco frumento che è loro rimasto è tutto chiazzato come se vi fosse caduta sopra una pioggia di sangue. Il fiume si è ritirato, ed è giunto il tempo dell'aratura e della semina; devi dunque affrettarti ».

Kaptah mi lanciò un'occhiata compassionevole, scosse il capo e disse: « Mio caro signore, non dovresti torturarti codesta tua testa preziosa con argomenti che non capisci; permettimi invece di pensare in vece tua. Le cose stanno dunque così: noi trafficanti abbiamo tratto profitto in un primo tempo dai coloni imprestando loro del grano, perché nella loro povertà erano stati costretti a ripagarci due misure per ogni misura tolta in prestito. Se non potevano pagare, davamo ordine di macellare il loro bestiame e ne prendevamo le cuoia in pagamento dei loro debiti. Allorché il grano aumentò di prezzo, questo provvedimento divenne svantaggioso, e a noi ora conviene far sì che questa primavera rimanga incolta la maggior estensione di terra possibile, in modo che il prezzo del grano possa continuare a salire. Guardiamoci dunque dall'essere pazzi e dal prestare ai coloni grano da semina, poiché ciò non farebbe che danneggiare i nostri interessi, e io mi inimicherei tutti i mercanti di grano ».

Ma in ciò fui irremovibile, e dissi bruscamente: « Fa come ti ordino, Kaptah, poiché il frumento è mio, e adesso non penso già a guadagnare, ma agli uomini che ho veduto con le costole a fior di pelle come quelle dei minatori... alle donne il cui seno penzola come un sacco vuoto... ai bambini che camminano con le loro povere gambette storte sulla riva del fiume, gli occhi brulicanti di mosche. Voglio nel modo più assoluto che tu spartisca il mio grano tra loro affinché sia seminato, e voglio che tu li aiuti con ogni mezzo a questo scopo. Desidero che tu faccia questo per amore di Aton e per il bene del Faraone Akhenaton che mi è carissimo. Non distribuire questo grano gratuitamente, poiché io ho veduto come i doni generino ignavia, malvolere, accidia, ingordigia. Forse che non furono loro distribuite terre e armenti per nulla? E nondimeno essi hanno fallito. Usa il tuo bastone con loro, Kaptah, se sarà necessario. Bada che il grano sia seminato e mietuto. E quando sarà giunto il momento di reclamare ciò che ti spetta, ti proibisco di raccogliere qualcosa per te: tu prenderai da loro una sola misura per ogni misura prestata ».

Allorché Kaptah intese ciò si strappò le vesti e si lamentò. « Misura per misura, signore? Ma è una follìa, poiché dove potrò rubare se non dai tuoi profitti? Del resto il tuo discorso è sciocco ed empio anche sotto altri aspetti. Oltre che i mercanti di grano avrò contro di me anche i sacerdoti di Ammon... e adesso che siamo in una stanza chiusa, senza timore che alcuno mi oda e mi faccia la spia, posso anche pronunciare il suo nome a voce alta! Io chiamo forte il suo nome, signore, poiché egli vive tuttora, e la sua potenza è ancora più formidabile di prima. Egli maledice le nostre case e le nostre navi, e i nostri magazzini e le nostre botteghe... anche questa taverna maledice, cosicché sarà saggio trasferirla al nome di Merit se ella acconsente, e francamente sono felice che tanta parte dei tuoi beni sia già stata registrata sotto altri nomi in modo che i preti non potranno saperne nulla e non potranno scagliarvi contro le loro maledizioni ».

Kaptah seguitò a chiacchierare per guadagnar tempo nella speranza che io recedessi dal mio proposito, ma quando capì che ero irremovibile, prese a bestemmiare amaramente e disse: « Ti ha morsicato un cane arrabbiato, signore; oppure ti ha punto uno scorpione? A tutta prima ho pensato che fosse un tuo misero scherzo. Questo progetto ci impoverirà; chi sa che il nostro scarabeo non ci aiuti. Inoltre — per essere sincero — non mi piace vedere gente magra, ma volto sempre la faccia dall'altra parte. Vorrei che anche tu facessi lo stesso, poiché ciò che un uomo non vede non ha bisogno di conoscere. Io ho acquietata la mia coscienza distribuendo frumento ai poveri, perché questo mi era di vantaggio; ma ciò che soprattutto mi disturba nel tuo progetto è che tu pretenda da me che io mi avventuri in viaggi scomodi e diguazzi nel fango, dove senza dubbio inciamperò e magari cadrò in qualche canale d'irrigazione... e allora la mia vita ricadrà sulla tua coscienza, padrone, poiché io sono un povero vecchio stanco, e le mie membra sono tutte irrigidite. Sentirò la mancanza del mio morbido giaciglio e delle minestre e delle bistecche di Muti; p ché anche il camminare mi dà l'affanno ».

Ma io fui inesorabile.

« Tu sei diventato ancora più bugiardo di una volta, Kaptah, perché in tutti questi anni anziché invecchiare ti sei ringiovanito. Le tue mani non tremano più come un tempo, e quando sei entrato non avevi più l'occhio rosso: lo è diventato soltanto adesso perché hai bevuto troppo vino. Proprio come medico ti prescrivo questo viaggio scomodo, appunto per l'amore che ti porto. Sei diventato anche troppo grasso, e questo mette a dura prova il tuo cuore e affanna il tuo respiro. Spero dimagrirai nel corso di questa spedizione e ritornerai ad essere di nuovo una creatura umana in modo che io non abbia ad arrossire della obesità del mio servo. Non ti ricordi come eravamo felici quando camminavamo lungo le polverose strade di Babilonia... con quale rapimento tu cavalcavi sul dorso del tuo asinello tra le montagne del Libano, e con che rapimento ancora maggiore scendesti dalla sua groppa a Kadesh? In verità, se fossi giovane... se cioè non avessi tante importanti missioni da compiere qui per incarico del Faraone... ti accompagnerei, poiché molti benediranno il tuo nome a causa di questo viaggio ».

Cessammo di discutere e Kaptah si rassegnò al mio progetto. Sedemmo a bere sino a tarda notte. Anche Merit bevve e denudò la sua bruna pelle affinché io la sfiorassi con le mie labbra. Kaptah snocciolò le sue memorie delle strade e delle aie di Babilonia. Se veramente aveva compiuto tutto ciò di cui si vantava, veramente il mio amore per Minea aveva dovuto a quel tempo rendermi cieco e sordo. Poiché non avevo dimenticato Minea ancorché giacessi quella notte sulla stuoia di Merit e prendessi piacere con lei, tanto che il mio cuore ne fu riscaldato e la mia solitudine si disciolse. Nondimeno non la chiamai sorella, ma giacqui con lei perché mi era amica, ed ella fece per me la cosa più cara che una donna possa fare a un uomo. Io ero pronto a spezzare la giara con lei, ma ella non volle, adducendo di essere nata in una taverna mentre io ero troppo ricco e influente per lei. Io penso però che desiderasse la sua libertà e la continuità della mia amicizia.

4.

Il giorno seguente dovevo recarmi a far visita alla casa d'oro dove mi attendeva un'udienza con la Regina Madre, che ormai tutta Tebe chiamava la strega nera. Io penso che nonostante la sua abilità e la sua saggezza si fosse meritato quell'appellativo. Era una vecchia intrigante e spietata, e l'enorme potere che ella deteneva nel pugno aveva soffocato in lei ogni buona qualità.

Dopo che fui ritornato alla nave, mi fui vestito di lino regale ed ebbi rivestito i simboli della mia dignità, la mia cuoca Muti venne furibonda dalla casa del fonditore di rame a dirmi: « Benedetto sia il giorno che ti ha ricondotto a casa, signore, ma è giusto che tu vada gavazzando tutta notte per le case di piacere senza neppure rientrare per colazione, mentre io mi son data tanta pena per prepararti il cibo che ti piace? Per giunta, sono rimasta alzata tutta notte a cucinare e ad arrostire e ho picchiato gli schiavi indolenti perché si affrettassero nella pulizia della casa, tanto che dalla stanchezza mi duole il braccio. Sono ormai vecchia e ho perduto la mia fede negli uomini, e tu non hai certo fatto nulla per migliorare la mia opinione su di essi. Vieni a casa, dunque, e mangia la colazione che ti ho preparata... e portati pure la tua prostituta se non riesci a separartene neppure per un giorno ».

Così mi disse benché tenesse Merit in grande stima e l'ammirasse. Era soltanto il suo modo di parlare, e al quale io mi ero abituato. La sua acredine suonava melodiosa alle mie orecchie, perché mi faceva capire che veramente ero ritornato a casa. Dopo aver mandato ad avvertire Merit alla Coda del Coccodrillo, mi accompagnai volentieri con lei.

Ella camminava strascicando i piedi a fianco della mia lettiga e seguitava a borbottare: « Speravo tu avessi messo la testa a posto e avessi imparato a comportarti decentemente durante il tuo lungo soggiorno in mezzo alla regalità, ma è chiaro che nulla di tutto questo è successo e che tu sei rimasto più sregolato che mai. Eppure ieri mi era parso di leggere nella tua faccia serenità e compostezza. Avevo anche notato con piacere che le tue guance si sono fatte più grasse, poiché quando un uomo si impingua diviene tranquillo. Certo non sarà colpa mia se qui a Tebe perderai di peso, ma dovrai imputarne la colpa soltanto al tuo comportamento maleducato; tutti gli uomini sono gli stessi, e tutto il male del mondo scaturisce da quel piccolo aggeggio che vi nascondete sotto la fascia dei lombi perché ve ne vergognate... e ne avete ben ragione ».

I suoi rimbrotti incessanti mi fecero ricordare di mia madre Kipa, e certamente mi sarei commosso sino alle lagrime se non fossi stato pronto a sbottare: « Smettila, donna, perché le tue chiacchiere disturbano i miei pensieri e suonano alle mie orecchie come un ronzìo di mosche ».

Tacque di colpo, felice di avermi costretto ad alzare la voce contro di lei, facendole così sentire che il padrone era davvero tornato a casa.

Aveva veramente preparata molto bene la mia dimora per accogliermi. Ai pilastri dell'ingresso erano legati fasci di fiori, il giardino era stato spazzato, e la carogna di un gatto che sino al giorno innanzi era rimasta distesa davanti alla mia soglia si trovava ora dinanzi a quella del vicino. Aveva assoldato alcuni bambini perché gridassero nel mezzo della strada « benedetto il giorno che riporta a casa il nostro signore! ». Aveva fatto tutto ciò perché era sdegnata che non avessi figliuoli miei; e sarebbe stata felice se avessi potuto averne diversi senza il concorso di una moglie. Distribuii ai marmocchi alcune monete di rame e Muti regalò loro focacce al miele, e quelli se ne andarono felici.

Poi giunse Merit: era superbamente vestita e aveva i capelli adorni di fiori e lucenti d'olio profumato, tanto che Muti arricciò il naso e se lo deterse mentre ci versava acqua sulle mani. Il cibo che ci aveva preparato aveva un sapore dolce al mio palato, poiché era cibo tebano. Ad Akhetaton avevo scordato che non esiste altro luogo al mondo dove il cibo sia buono come a Tebe.

Ringraziai Muti e lodai la sua abilità; questo le diede grandissimo piacere benché fingesse di aggrottare la fronte e di sbuffare, e anche Merit la complimentò. Se questo pasto nella casa del fonditore di rame fosse veramente memorabile o degno di nota, non so: lo ricordo soltanto perché in quei momenti mi sentii felice, e mi dissi: "Arresta il tuo corso, clessidra, poiché quest'ora è un'ora bella; non lasciarla passare".

Mentre pranzavamo si era radunata gente nel mio cortile: erano abitanti del quartiere povero che si erano vestiti dei loro panni migliori ed erano venuti a salutarmi e a lamentare le loro pene e le loro sofferenze.

Mi dissero: « Abbiamo sentita amaramente la tua mancanza, Sinuhe. Finché sei vissuto con noi non ti avevamo valutato al tuo giusto valore. Solo quando te ne andasti ci accorgemmo di tutto il bene che ci avevi fatto, e di quanto avevamo perduto perdendoti ».

Mi avevano recato dei doni, doni assai modesti, poiché questa gente era divenuta ancora più povera per colpa del dio del Faraone Akhenaton; tra costoro vi era anche il vecchio scriba cui l'escrescenza sul collo costringeva a tenere il capo di traverso; fui sorpreso di trovarlo ancora vivo. Vi era pure lo schiavo cui avevo curato le dita; me le mostrò orgoglioso muovendole dinanzi ai miei occhi. Una madre mi mostrò il suo figliuolo che era cresciuto bello e robusto: aveva un occhio pesto, e cicatrici sulle gambe, ed egli mi disse che era in grado di picchiare tutti i ragazzi del quartiere della sua statura. E vi era pure la ragazza cui avevo guariti gli occhi e che mi aveva mal ripagato mandandomi tutte le altre ragazze della vicina casa di piacere perché togliessi loro le voglie di nascita e le verruche che deturpavano la loro pelle. Aveva fatto fortuna, poiché aveva guadagnato abbastanza da comperarsi un bagno pubblico in prossimità del mercato, dove vendeva inoltre profumi e forniva ai mercanti gli indirizzi di ragazze giovani e libere di cuore.

Tutti mi portarono doni dicendo: « Non disprezzare i nostri regali, Sinuhe, ancorché tu sia medico reale e dimori nella casa d'oro del Faraone, poiché i nostri cuori si rallegrano nel vederti... purché tu non ci parli di Aton!... ».

Ottemperai a questo loro desiderio e li ricevetti ad uno ad uno, secondo la gravità dei loro disturbi. Ascoltai le loro lamentele, scrissi ricette, e indicai cure. Merit si tolse il suo bel vestito e venne ad aiutarmi. Lavò le loro piaghe, purificò il mio coltello nel fuoco, preparò bevande soporifere per quelli cui dovevo estrarre un dente. Ogni qualvolta la guardavo mi sentivo felice... e la guardai spesso mentre lavoravamo, poiché era bella e ben fatta. Aveva un portamento grazioso e non si vergognava di togliersi la veste per lavorare, come fanno le donne povere, né alcuno dei miei pazienti se ne stupì, essendo tutti troppo occupati dei loro affanni.

Così trascorse il giorno mentre io ricevevo i pazienti e parlavo con loro come una volta, rallegrandomi del mio sapere allorché capivo che sarei riuscito a guarirli. Respirai sovente a pieni polmoni e mi dicevo: "Arresta il tuo corso, clessidra; cessa di fluire, acqua, poiché non molte delle mie ore saranno così belle". Mi ero dimenticato della visita che dovevo fare alla Regina Madre, la quale era stata tuttavia informata del mio arrivo, e credo me ne dimenticassi perché non avevo alcun desiderio di rammentarmene, felice com'ero.

Quando ormai le ombre si erano allungate, l'ultimo dei miei pazienti lasciò il cortile, Merit mi versò acqua sulle mani e mi aiutò a ripulirmi. In letizia io feci altrettanto per lei, quindi ci vestimmo.

Ma quando feci per carezzarle la guancia e sfiorarle la sua bocca con la mia, ella mi respinse dicendo: « Affrettati a visitare la tua strega, Sinuhe, e non perdere tempo, in modo che tu possa tornare prima del cader della notte. Il mio giaciglio ti aspetta con impazienza. Sì, ho l'impressione che la stuoia distesa nella mia stanza ti aspetti con molta impazienza... per quanto io non riesca a capire perché ciò debba essere. Tu hai le membra molli, Sinuhe, e la pelle flaccida, e le tue carezze non hanno veramente nulla di straordinario: eppure per me tu sei diverso da tutti gli altri uomini, e comprendo perfettamente i sentimenti della mia stuoia ».

Mi appese al collo i simboli della mia dignità e mi pose in capo la mia parrucca di medico, accarezzandomi le guance mentre facevo questo, cosicché nonostante il mio timore della collera della Regina Madre non avevo alcun desiderio di lasciare Merit e di recarmi alla casa d'oro. Tuttavia incalzai i miei portatori e i miei vogatori finché giungemmo accosto alle mura del palazzo. La mia barca toccò il pontile di sbarco proprio nel momento il cui il sole si coricava dietro le colline d'occidente e mentre apparivano le prime stelle.

Prima di riferire la mia conversazione con la Regina Madre debbo dire che ella si era recata a far visita al proprio figlio nella città di Akhetaton soltanto due volte in tutti quegli anni. Ogni volta lo aveva rimproverato aspramente della sua follìa, angosciandolo in tal modo moltissimo, poiché egli amava sua madre ed era accecato nei confronti del suo carattere, accecato come lo sono spesso i figli finché si sposano e le mogli aprono loro gli occhi. Nefertiti però non aveva aperto gli occhi al Faraone Akhenaton, per amore del proprio padre. In quel tempo la Regina Taia ed Eie vivevano apertamente insieme e non cercavano più di dissimulare la loro lussuria, e non credo che la casa reale avesse mai dovuto assistere prima di allora a una così sfacciata vergogna. Con tutto ciò non voglio gettare alcuna macchia sulle origini del Faraone Akhenaton, poiché ritengo fermamente siano state divine. Se non avesse avuto neppure una goccia nelle vene del sangue del Faraone defunto, non avrebbe avuto in questo caso neppure una goccia di sangue reale. E sarebbe quindi stato un falso Faraone come asserivano i sacerdoti, e tutto quello che accadde sarebbe stato ancora più iniquo, ancora più insensato, ancora più folle. Preferisco perciò credere a quello che il mio cuore e la mia ragione mi dicono.

La Regina Madre mi ricevette in una stanza privata dove molti uccellini dalle ali mozze saltellavano e cinguettavano nelle loro gabbie. Non aveva mai scordata la professione della sua fanciullezza e ancora le piaceva irretire uccelli nel giardino del palazzo, servendosi di panie e invischiando i rami degli alberi. Quando entrai stava intrecciando una stuoia di giunchi colorati. Mi rivolse la parola bruscamente e mi rimproverò per il mio ritardo.

Quindi mi chiese: « Mio figlio è guarito dalla sua pazzia oppure è tempo di aprirgli il cranio? Sta facendo troppe storie per quel suo Aton, e solleva il popolo, il che non è più necessario dal momento che il falso dio è stato rovesciato e non vi è più nessuno che osi rivaleggiare in potenza col Faraone ».

Le narrai delle condizioni del Faraone, delle piccole principesse e dei loro giochi, delle loro gazzelle e dei loro cani, e di come esse si divertissero a remare sul lago sacro di Akhetaton. A queste mie parole si raddolcì, e dopo avermi ordinato di sedere ai suoi piedi mi offrì della birra, non per avarizia ma perché preferiva ella stessa la birra al vino.

Mentre beveva mi parlò con franchezza e con piena fiducia, cosa naturale dal momento che ero medico. Le donne raccontano ai loro medici molte cose che non confiderebbero mai ad altri, e sotto questo riguardo la Regina Taia non era diversa dalle altre donne.

Ora che la sua lingua si era snodata per merito della birra, mi disse: « Sinuhe, tu, al quale mio figlio per una sua sciocca fantasia ha dato il nome di Solitario — per quanto a me non sembra che tu sia tale — sei un uomo tranquillo, e senza dubbio in fondo al cuore devi anche essere buono, sebbene non capisco che vantaggio tragga un uomo dalla bontà; soltanto gli stupidi sono buoni, non essendo capaci di altro, come ho osservato io stessa. Ma sia come sia, la tua presenza ha su di me uno strano potere calmante. Questo Aton, al quale nella mia incoscienza ho concesso di raggiungere il potere, mi rende ora molto inquieta. Non era mai stata mia intenzione che le cose dovessero andare così lontano. Ho inventato Aton unicamente per deporre Ammon, affinché la mia potenza e quella di mio figlio ne fossero aumentate. Per essere esatti è stato Eie a pensare a questo, mio marito come sai... a meno che tu sia tanto semplice da ignorare persino ciò. Comunque è mio marito anche se non ci è stato possibile di spezzare insieme la giara. Questo miserabile Eie dunque, che ha meno virilità in sé di un capezzolo di vacca, ha portato Aton da Eliopoli e ha rimpinzato di lui la testa del ragazzo.

« Non riesco a capire che cosa mio figlio creda di vedere in Aton. Sin da bambino aveva l'abitudine di sognare a occhi aperti, e io credo semplicemente che sia matto e che bisognerebbe aprirgli il cranio... e come mai sua moglie, la bella figlia di Eie, gli genera una femmina dopo l'altra, nonostante che i miei cari stregoni abbiano fatto di tutto per aiutarla?

« Perché il popolo odia i miei stregoni? Sono dei tesori, anche se negri, e anche se si trafiggono il naso con spilloni d'avorio e si stirano le labbra e allungano i crani dei loro bambini. Eppure so che il popolo li detesta, tanto che io sono costretta a tenerli nascosti nei recessi della casa d'oro. Ma io non posso stare senza di loro, poiché nessuno sa solleticarmi come fanno loro le piante dei piedi o prepararmi le pozioni che mi consentono di godere ancora la vita e il piacere. Ma se tu credi che io provi ancora piacere con Eie sbagli di grosso, e non riesco a capire perché rimango così attaccata a lui quando sarebbe assai meglio lasciarlo perdere; meglio per me voglio dire. I miei cari Negri sono ormai la mia unica gioia ».

La grande Regina Madre sghignazzò sottovoce come sghignazzano tra loro le vecchie lavandaie del porto quando hanno bevuto troppa birra, e riprese: « Questi miei Negri sono medici di grande talento, Sinuhe, anche se il popolo nella sua ignoranza li chiama maghi. Persino tu potresti imparare qualcosa da loro. Giacché sei medico e non mi tradirai, ti confesserò che di quando in quando prendo piacere con loro, poiché essi me lo prescrivono per la mia salute... e inoltre una vecchia come me ha bisogno ogni tanto di una piccola distrazione. Io non indulgo in questo allo scopo di sperimentare qualcosa di nuovo, come fanno le donne della corte che nella loro dissolutezza si godono i Negri, come fanno i libertini che hanno provato di tutto e sono disgustati di tutto, e sostengono che la carne putrefatta è la più saporita. Non è a questo modo che io amo i miei Negri poiché il mio sangue è rosso e giovane e non ho bisogno di stimolanti artificiosi. Per me essi sono un segreto che mi porta più vicina alle fonti calde della vita... più vicina al sole, al suolo, agli animali ».

I suoi modi ora si erano fatti cupi. Aveva cessato di bere birra e aveva ripreso a intrecciare i giunchi variopinti. Non osando incontrare il suo sguardo tenevo gli occhi fissi sulle sue agili e scure dita.

Poiché tacevo ella proseguì: « Con la bontà non si guadagna nulla; la sola cosa che abbia un qualche significato al mondo è il potere. Coloro che sono nati possedendolo non ne avvertono il valore: lo comprendono soltanto quelli che come me sono nati con gli alluci imbrattati di sterco. Io sì, Sinuhe, so apprezzare il valore della potenza. Ho fatto di tutto per ottenerla, per conservarla per mio figlio e per il figlio di mio figlio, affinché il mio sangue duri sul trono aureo dei Faraoni. Non sono rifuggita da cosa alcuna pur di conseguire il potere. Può darsi che al cospetto degli dèi le mie azioni siano ritenute malvage, ma per dire la verità non mi preoccupo eccessivamente di loro, dal momento che i Faraoni sono superiori anche agli dèi. E a farla breve non esistono azioni buone o cattive: buono è ciò che riesce, cattivo ciò che fallisce e viene scoperto. Ma, nonostante tutto, a volte mi sento tremare il cuore, e mi pare che le budella si tramutino in acqua quando ripenso ai miei atti. Non sono che una donna, e tutte le donne sono superstiziose: tuttavia spero che in questo argomento i miei Negri saranno in grado di aiutarmi. Mi si spezza il cuore nel vedere Neferiti partorire una femmina dopo l'altra: mi sembra ogni volta come se mi fossi gettata alle spalle una pietra, soltanto per ritrovarmela sul sentiero davanti a me come una maledizione in agguato ».

Borbottò alcune invocazioni tra le sue labbra pesanti e mosse inquietamente i piedi sul pavimento, senza tuttavia smettere di annodare in foggia di stuoia i variegati giunchi con le sue agili dita. Nel guardare quei nodi il mio cuore si raggelò, poiché i nodi che ella stringeva erano nodi da uccellatore, e mi erano familiari. Sì, li conoscevo bene; erano tipici del Basso Egitto, e da bambino li avevo veduti in una fuligginosa imbarcazione di cannicci che pendeva sul letto di mia madre.

Non appena questo ricordo mi ebbe attraversato in un baleno il cervello, la lingua mi divenne di ghiaccio e le mie membra si fecero inerti. La notte della mia nascita soffiava un tiepido vento d'occidente che aveva sospinto la barca giù per le acque rigonfie dall'inondazione, portandola a posare a riva presso la casa di mio padre. Il pensiero che si era formato in me mentre osservavo le dita della Regina Madre era così oltraggioso e tremendo che mi sforzai di scacciarlo, dicendomi in cuor mio che chiunque poteva essere in grado di usare nodi da uccellatore per fabbricare una barca di cannicci. E tuttavia gli uccellatori esercitavano la loro arte nel Basso Egitto, e io non avevo mai veduto nessuno a Tebe legare nodi simili. Da ragazzo tante volte avevo contemplato la barca fumosa con i suoi trefoli spezzati e mi ero stupito dei nodi che la tenevano unita, sebbene a quel tempo io fossi ignaro del nesso che essa aveva col mio destino.

La Regina Madre tuttavia non si accorse neppure per un attimo del mio improvviso irrigidimento. Non si aspettava una risposta, ma continuò ad attingere ai propri pensieri e alle proprie memorie. Disse: « Forse, Sinuhe, ora che ti ho parlato così apertamente, apparirò ai tuoi occhi una donna infame, ripugnante. Non giudicarmi troppo severamente a causa delle mie azioni, ma cerca di comprendermi. Non è facile per la giovane figlia di un uccellatore entrare nel gineceo del Faraone, dove tutti la disprezzano per la sua pelle bruna e i suoi piedi larghi, dove è punzecchiata da mille aghi e non può trovare altro rifugio se non in un capriccio del Faraone e nella bellezza e giovinezza del proprio corpo. Osi stupirti se io non ho badato troppo per il sottile ai mezzi da usare quando cercai di legare a me il cuore del Faraone... abituandolo notte per notte alle misteriose pratiche dei Negri finché egli non fu più in grado di vivere senza le mie carezze, finché attraverso la sua persona io riuscii a governare l'Egitto? In questa maniera distrussi tutti gli intrighi della casa d'oro, evitai tutte le panie, strappai tutte le reti che erano state poste sul mio sentiero, né rifuggii dalla vendetta quando l'occasione mi si porse. Con la paura feci tacere tutte le lingue, e dominai la casa d'oro secondo il mio volere... e il mio volere fu che nessun'altra moglie dovesse generare un figlio al Faraone finché prima non lo avessi generato io. Per questo nessun'altra moglie gli partorì un figlio maschio, e le femmine che nascevano le maritavo sin dalla nascita a uomini eminenti, tanto forte fu il mio volere. Tuttavia da principio non osavo partorire per timore di divenire brutta al suo cospetto, poiché a tutta prima lo tenni stretto a me col mio corpo soltanto e non avevo ancora impigliato il suo cuore in mille altre reti. D'altronde egli invecchiava, e gli amplessi con cui io lo dominavo lo rendevano talmente debole che quando finalmente giudicai venuto il tempo della figliazione, gli partorii con orrore una femmina. Questa femmina è Baketaton, che io non ho ancora maritata; ella è un'altra freccia della mia faretra. I saggi tengono molte frecce nella propria faretra e non si fidano mai di una sola. Il tempo passò, e vivevo in una grande angoscia di mente, sinché alla fine detti alla luce un figlio. Ho avuto meno gioia da lui di quanta speravo, poiché è pazzo, e per questo appunto posi tutte le mie speranze sul *suo* figliuolo, benché non sia ancora nato. Così grande è il mio potere che non una sola moglie nella casa del Faraone ha mai generato un figlio in tutti questi anni, ma figlie soltanto. Come medico, Sinuhe, non sei forse costretto ad ammettere che questa mia arte magica è notevole? ».

La guardai tremante negli occhi e dissi: « La tua magìa è semplice e di natura meschina, grande Regina Madre: le tue dita la intessono entro giunchi variopinti e tutti possono vederla ».

Lasciò cadere il suo lavoro come se questo le bruciasse le mani, e i suoi occhi arrossati dalla birra le si strabuzzarono nelle orbite, mentre ella esclamava sgomenta: « Sei anche tu un mago, Sinuhe, oppure questa cosa è nota a tutto il popolo? ».

Le risposi: « Ogni cosa è loro nota, finalmente. Benché nessuno abbia assistito a ciò che fai, non di meno la notte ti ha veduta... il vento notturno ha sussurrato a molte orecchie le tue gesta. Ancorché tu possa far tacere le lingue degli uomini, non puoi tuttavia soffocare il respiro del vento notturno. Comunque il tappeto magico che si snoda sotto le tue dita è squisitamente bello, e io ti sarei grato di averlo in dono. Ne terrei gran conto, certamente lo terrei assai più in conto di chiunque altro cui tu potessi regalarlo ».

Mentre parlavo si calmò. Continuò a lavorare con dita che tremavano, e bevve dell'altra birra. Quando tacqui mi lanciò un'occhiata maliziosa e disse: « Può darsi che ti dia questa stuoia se mai riuscirò a finirla, Sinuhe. È una stuoia bella e preziosa perché l'ho intrecciata io stessa con queste mie mani... è una stuoia regale. Ma un dono ne merita un altro. Che cosa mi offri tu in cambio, Sinuhe? ».

Risi e risposi con indifferenza: « In cambio, Regina Madre, ti darò la mia lingua, per quanto sarei lieto che tu la lasciassi dove si trova. La mia lingua non trarrà certo profitto a sparlare di te, perciò è tua ».

Borbottò tra sé e mi lanciò un'occhiata in tralice, infine disse: « Perché dovrei accettare un dono che è già in mio potere? Nessuno potrebbe impedirmi di prendere la tua lingua. Potrei anche prendere le tue mani, così non potresti scrivere ciò che non hai potuto proferire, e inoltre potrei portarti nelle mie cantine a riverire i miei cari Negri, da dove forse non ritorneresti più giacché essi amano servirsi di esseri umani per i loro sacrifici ».

Ma io le risposi: « È evidente che hai bevuto troppa birra, Regina Madre. Non bere più stanotte, altrimenti finirai a incontrare ippopotami nei tuoi sogni. La mia lingua ti appartiene, e io spero di ricevere la tua stuoia non appena sarà finita ».

Mi alzai per andarmene, ed ella sghignazzò come sghignazzano le vecchie quando sono brille.

« Tu mi diverti moltissimo, Sinuhe... mi diverti moltissimo! ».

La lasciai e ritornai in città senza essere molestato, e Merit divise con me la sua stuoia; ma io non ero più completamente felice. I miei pensieri correvano all'imbarcazione di cannicci annerita dalla fuliggine che pendeva sul letto di mia madre, alle brune dita che foggiavano una stuoia con nodi di uccellatore, ai venti notturni che trasportavano a valle del fiume, dalle mura della casa d'oro alle spiagge tebane, le fragili navicelle. Non ero più completamente felice, poiché ciò che accresce la conoscenza accresce anche gli affanni, e questo è un affanno di cui avrei volentieri fatto a meno poiché non ero più giovane.

5.

Il pretesto ufficiale del mio viaggio a Tebe consisteva in una visita alla Casa della Vita. Erano anni che non vi entravo, benché la mia posizione di chirurgo cranico del Faraone comportasse quest'obbligo. Temevo pure di avere perduto alquanto della mia abilità, giacché durante tutto il mio soggiorno ad Akhetaton non avevo aperto un solo cranio. Mi recai dunque alla Casa della Vita, dove m'intrattenni e istruii quegli allievi che avevano deciso di specializzarsi in quel ramo. Poiché gli studenti non dovevano più sostenere nessun esame d'idoneità al grado inferiore del sacerdozio prima di entrare nella Casa della Vita, m'immaginavo che anche il sapere fosse ormai stato liberato dai legami della convenzione e avesse progredito, non essendo più vietato agli alunni di chiedere ''perché''.

Ma in questo dovevo essere grandemente deluso. Quei ragazzi erano immaturi e non provavano alcun desiderio di domandare ''perché''. La loro massima ambizione consisteva nell'ottenere il sapere bell'e pronto dai loro maestri e nell'avere i loro nomi registrati nel Libro della Vita per poter iniziare la professione e guadagnar danaro senza indugio.

Vi erano adesso così pochi pazienti, che trascorsero settimane intere prima che mi si presentasse l'occasione di aprire i tre crani, che mi ero imposti come prova della mia abilità. Queste operazioni mi guadagnarono molto rispetto; sia medici che studenti mi adularono e lodarono la fermezza e la destrezza delle mie mani. Io ero però oppresso dal dubbio che le mie mani fossero meno esperte di quel che erano state un tempo. Gli occhi mi si erano appannati tanto che non ero più in grado di diagnosticare la malattia con la facilità e la sicurezza di una volta, ed ero costretto a porre molte domande e ad eseguire lunghi esami per giungere alle mie conclusioni. Per questo motivo ricevevo giornalmente a casa mia numerosi malati e li curavo senza compenso, al solo scopo di riguadagnare la mia antica perizia.

Dei tre crani di cui mi occupai nella Casa della Vita, uno lo apersi per compassione poiché si trattava di un malato incurabile che soffriva intollerabilmente. Gli altri due casi invece erano interessanti e richiesero tutta la mia abilità.

Il primo era un uomo che circa un anno innanzi aveva battuto il capo cadendo da un tetto di una casa, dove era andato a trastullarsi con la moglie di un altro uomo. Era caduto nella fuga per sottrarsi al marito, ma in seguito aveva ripreso conoscenza apparentemente senza rimanere offeso. Dopo qualche tempo si era ammalato del morbo sacro e aveva sofferto di attacchi consecutivi, i quali si succedevano invariabilmente ogni volta che egli beveva vino. Non aveva visioni, ma tuttavia urlava con voce furiosa, scalciava, si mordeva la lingua, e non riusciva a trattenere l'acqua del suo corpo. Questi attacchi gli procuravano un terrore così immenso, che fu egli stesso a desiderare di sottoporsi all'operazione. Gli scoperchiai l'intera superficie del cervello, che in molti punti era nera di sangue vecchio raggrumato. Il processo di pulitura richiese un tempo considerevole e non sarebbe stato possibile eseguirlo senza danno. Tuttavia l'uomo non soffrì di ulteriori attacchi, poiché morì il terzo giorno successivo all'operazione, come di consueto. Comunque quest'operazione fu decretata riuscitissima; mi lodarono per il modo come l'avevo eseguita, e gli studenti presero numerosi appunti di tutto quello che avevo fatto.

L'altro caso era semplice: il paziente era un giovanetto che le guardie avevano rinvenuto privo di sensi per la strada, dove era stato derubato. Lo avevano percosso sulla testa, ed egli si trovava in punto di morte. Io ero per caso nella Casa della Vita quando lo portarono laggiù, e capii che non avevo nulla da perdere operandolo, poiché i medici si rifiutavano di curarlo, nel convincimento che stesse per morire. Aprii con la massima rapidità possibile quel cranio maciullato, tolsi dal cervello i frammenti ossei e coprii l'apertura con una piastra d'argento purificato. Il paziente si riebbe, e quando lasciai Tebe due settimane più tardi era ancora vivo, benché avesse difficoltà a muovere le braccia e non sentisse nulla quando gli vellicavano con una piuma le palme delle mani e le piante dei piedi. Io ritenevo che col tempo sarebbe guarito completamente. Il caso era soprattutto notevole in questo, che data la sua urgenza non avevo avuto il tempo di radergli il capo prima dell'operazione, e dopo che io ebbi ricucito nuovamente il cuoio capelluto sopra la piastra di argento, i capelli continuarono a crescere come prima nascondendo completamente la cicatrice. Benché fossi trattato con rispetto alla Casa della Vita a causa della mia posizione, i medici anziani mi evitavano e sfuggivano la mia compagnia, poiché io venivo da Akhetaton, mentre essi erano dominati dalla paura del falso dio. Io non parlai mai loro di Aton e discussi con loro soltanto di argomenti professionali. Giorno per giorno essi tentarono di leggermi nella mente, e quasi mi annusavano come fossero cani su un'usta, finché io stupii del loro comportamento.

Alla fine, dopo la terza operazione cranica, un medico, di saggezza e di capacità eccezionali mi si avvicinò e mi disse: « Regale Sinuhe, tu avrai certamente notato che la Casa della Vita è più vuota che per il passato e che il nostro sapere è meno ricercato di quanto non fosse un tempo, benché a Tebe i malati siano numerosi come una volta, e forse più. Tu hai viaggiato in molti paesi, Sinuhe, e hai veduto molti trattamenti, e tuttavia dubito che tu abbia assistito alle guarigioni che si eseguiscono segretamente oggi a Tebe. Queste guarigioni non hanno bisogno né di coltelli né di fuoco, né di medicine né di fasciature. Mi è stato dato l'incarico di parlartene e di invitarti ad assistere ad alcuni esempi di ciò. Tu devi promettermi di non parlare di quel che vedrai, e devi acconsentire che i tuoi occhi siano bendati quando sarai trasportato al sacro luogo di cura, affinché tu rimanga all'oscuro di dove esso si trovi ».

Queste sue parole mi ripugnarono, poiché temevo di guastarmi col Faraone, e tuttavia la mia curiosità ne fu risvegliata. Dissi: « Infatti ho inteso dire che a Tebe stanno succedendo strane cose. Gli uomini raccontano favole e alle donne appaiono visioni, ma nessuno mi ha parlato di guarigioni. Come medico sono assai scettico nei confronti di trattamenti eseguiti senza coltello e senza fuoco, senza medicamenti e senza fasciature, e preferisco non essere coinvolto in inganni per tema che il mio nome venga usato falsamente a testimoniare di cose che non esistono né possono avverarsi ».

Ma egli protestò vivacemente.

« Credevamo tu fossi senza pregiudizi, regale Sinuhe, dal momento che hai viaggiato per il mondo e hai appreso tante cose che in Egitto sono sconosciute. Le perdite di sangue possono essere arrestate senza usare pinze o ferri caldi; perché dunque non si possono compiere guarigioni senza coltelli e senza fuoco? Il tuo nome non sarà coinvolto in questo, di ciò ti possiamo assicurare. Ma abbiamo le nostre ragioni per desiderare in modo particolare che tu assista a queste cose e ti accerti personalmente che non esiste inganno. Tu sei solo, Sinuhe, e sarai perciò un testimone imparziale: è appunto ciò che noi vogliamo ».

Le sue parole mi stupirono e acuirono la mia curiosità. Come medico poi ero sempre ansioso di apprendere cose nuove; acconsentii dunque. Quando scesero le tenebre egli venne a casa mia con una portantina. Vi salii sopra, e il vecchio medico mi bendò gli occhi con un panno affinché io non vedessi la direzione che prendevamo. Giunti a destinazione mi condusse attraverso numerosi corridoi e su e giù da molti scalini fino a che ne fui stanco e gli dissi che ero stufo di essere preso in giro. Ma egli mi rassicurò, mi tolse la benda dagli occhi e mi condusse entro un vestibolo di pietra dove molte lampade ardevano.

Tre ammalati erano distesi al suolo su barelle, e un sacerdote mi venne incontro, a capo raso e scintillante d'olio. Mi chiamò per nome e mi invitò ad auscultare attentamente i pazienti perché mi accertassi che non vi fossero imbrogli. Aveva la voce ferma e cortese ed era di aspetto colto. Feci come mi aveva chiesto, assistito dal chirurgo della Casa della Vita.

Mi accorsi che quella gente era sicuramente ammalata e incapace di alzarsi dalle proprie barelle. Tra questi vi era una giovane donna le cui membra erano consunte e risecchite e senza vita; soltanto gli occhi, scuri e spaventati, si muovevano in quel suo viso emaciato. Il secondo paziente era un ragazzo, il cui corpo era interamente ricoperto di un eczema ributtante e di molte croste sanguinolente. Il terzo era un vecchio dalle gambe paralizzate, tanto che non era più in grado di camminare; la sua afflizione era genuina, perché per quanto gli infilassi uno spillo nelle gambe non sentì alcun dolore. Infine dissi rivolto al sacerdote: « Ho esaminato questi pazienti con la massima cura. Se fossi loro medico non potrei far altro che inviarli alla Casa della Vita. Il vecchio e la donna difficilmente potrebbero essere guariti anche laggiù, mentre le sofferenze del ragazzo potrebbero forse essere alleviate per mezzo di bagni solforosi quotidiani ».

Il sacerdote sorrise e ci pregò di sedere entrambi su sedili disposti all'estremità della stanza, in penombra, e di aspettare laggiù con pazienza. Chiamò quindi alcuni schiavi che sollevarono le barelle degli infermi e le posarono sugli altari; dopo di che egli accese un incenso attossicante. Dal corridoio giunse l'eco di un canto, e un gruppo di sacerdoti entrò, intonando gli inni di Ammon; dopo aver preso posto in mezzo agli ammalati, incominciarono a cantare, a saltare, a urlare. Saltarono e urlarono finché i loro volti si copersero di sudore; allora si tolsero le mantelle, agitarono nelle mani dei campanelli, si squarciarono il petto con pietre appuntite.

Avevo assistito in Siria a riti simili, e contemplavo la loro estasi con il freddo occhio del medico. Le loro grida divennero più forti, ed essi presero a percuotere coi pugni chiusi le mura di pietra. La parete si aprì, e la sacra immagine di Ammon torreggiò su di loro alla luce della lampada. In quello stesso istante i sacerdoti tacquero, e quel silenzio che seguì immediatamente all'assordante frastuono era di una forza impressionante. La visione di Ammon risplendette verso di noi dal cupo recesso, circonfusa di una luce celestiale.

Improvvisamente il primo tra i sarcedoti avanzò verso gli infermi e chiamandoli ciascuno per nome gridò: « Sorgete e camminate, poiché il grande Ammon vi ha benedetti a cagione della sua fede in lui! ».

Con questi miei occhi vidi i tre infermi levarsi dai loro letti con mosse incerte, fissando l'immagine di Ammon. Tremando in tutte le membra si levarono in ginocchio e poi in piedi, tastandosi il corpo con mosse incredule, finché eruppero in pianti, preghiere e benedizioni al nome di Ammon. Le pareti di pietra si richiusero, i sacerdoti si allontanarono, mentre gli schiavi asportavano l'incenso e accendevano molte lampade luminose, affinché noi potessimo esaminare gli ammalati una seconda volta. Ora la giovane donna era in grado di muoversi e di fare alcuni passi se guidata. Il vecchio poteva camminare da solo, e l'eruzione era scomparsa dalla pelle del giovane, e questa era diventata liscia e monda. Tutto ciò era accaduto nello spazio di poche clessidre. Mai lo avrei creduto se non vi avessi assistito con questi miei occhi.

Il sacerdote che ci aveva ricevuti si avvicinò a me con un sorriso di trionfo e mi disse: « Che cos'hai da dire ora, regale Sinuhe? ».

Lo guardai fisso negli occhi senza temere il suo sguardo e

risposi: « Mi rendo conto che la donna e il vecchio si trovavano sotto qualche incantesimo che impacciava le loro volontà, e la magìa si cura con la magìa se la volontà del mago è più forte di quella dello stregato. Ma un eczema è un eczema e non si può curare con incantesimi, ma soltanto con mesi di cure e di bagni medicinali. Perciò devo ammettere di non aver mai veduto nulla che si possa paragonare a questo ».

I suoi occhi fiammeggianti mi dardeggiavano mentre egli mi domandava: « Ammetti dunque, Sinuhe, che Ammon è tuttora il re di tutti gli dèi? ».

Ma io dissi: « Vorrei che tu non pronunciassi forte il nome del falso dio, poiché il Faraone lo ha vietato, e io sono il servo del Faraone ».

Mi avvidi che le mie parole lo avevano adirato, tuttavia egli era un sacerdote del sommo grado, e la sua volontà frenò il suo cuore.

Dominando i propri sentimenti mi disse sorridendo: « Mi chiamo Hrihor, puoi denunciarmi alle guardie. Ma io non temo le guardie del falso Faraone, come non temo la sua frusta o le sue miniere. Io guarisco tutti coloro che vengono a me nel nome di Ammon; ma non voglio discutere di questi argomenti, e conversiamo piuttosto come uomini di cultura. Permettimi di invitarti nella mia cella a bere un po' di vino. Certamente sarai stanco dopo essere rimasto seduto per lo spazio di tante clessidre su uno scomodo sedile ». Mi fece attraversare numerosi corridoi di pietra e mi condusse nella sua cella. Dalla pressione dell'aria compresi che ci trovavamo sottoterra e arguii che quelle dovevano essere le volte sotterranee di Ammon, di cui molto si favoleggia, ma che nessun profano pare abbia mai veduto. Hrihor licenziò il medico della Casa della Vita, ed egli ed io soltanto entrammo nella cella, la quale era un luogo d'abitazione dotato di tutte quelle comodità che servono a rallegrare il cuore di un uomo. Il suo letto era fatto a baldacchino, i suoi forzieri e i suoi cassoni erano d'avorio e di legno nero, le sue stuoie soffici, e tutta la stanza era fragrante di spezie rare. Cerimoniosamente mi versò sulle mani acqua profumata, mi pregò di sedere, mi offerse focacce al miele, frutta, e un vino venerando, generoso, delle vigne di Ammon, aromatizzato di mirra.

Bevemmo insieme, ed egli mi disse: « Sinuhe, noi ti conosciamo; abbiamo seguito i tuoi passi, e ci rendiamo conto che tu porti grande amore al falso Faraone, e sappiamo pure che il suo falso dio ti è meno estraneo di quanto noi desidereremmo. Eppure io ti assicuro che nel suo dio non è racchiuso nulla di più di quanto già non esista in Ammon. L'odio e le persecuzioni del Faraone non hanno fatto che purificare Ammon e lo hanno reso più forte di prima. Non starò quindi a parlare qui di argomenti divini, ma mi appellerò a te come uomo, come a colui che ha curato gli infermi senza pretendere doni e come a un Egiziano il quale ama più le Terre Nere che non le Terre Rosse. Il Faraone Akhenaton è la maledizione dei poveri e la rovina di tutto l'Egitto, ed egli deve essere rovesciato prima che il male da lui generato divenga cosí grande da non poter essere più redento neppure col sangue ».

Bevvi il suo vino e dissi: « Ne ho abbastanza di dèi, e non me ne curo. Ma il dio del Faraone Akhenaton è diverso da ogni altro dio che sia mai esistito. Egli non ha immagini, e tutti gli uomini sono uguali dinanzi a lui; tutti, poveri, schiavi, stranieri persino, hanno valore al suo cospetto. Io penso che un ciclo sia al suo termine e un altro ciclo stia per incominciare; in epoche come queste anche l'incredibile può accadere; possono succedere cose contrarie a ogni ragionamento. Mai in nessuna età si è avverata una simile occasione di rinnovamento del mondo e di fratellanza fra tutti gli uomini ».

Hrihor alzò la mano in atto di protesta e disse sorridendo: « Mi accorgo che tu sogni ad occhi aperti, Sinuhe, mentre io ti avevo giudicato un uomo di buonsenso. I miei fini sono meno ambiziosi. Io desidero soltanto che tutto sia com'era, che i poveri ricevano la loro giusta misura e che le leggi siano rispettate. Desidero semplicemente che ognuno possa esercitare in pace la propria professione o il proprio mestiere e secondo la fede che preferisce. Desidero che vi sia distinzione tra schiavo e signore, tra padrone e servo; desidero che continuino la supremazia e l'onore dell'Egitto, come di una terra dove tutti possono nascere secondo il proprio stato e proseguire in esso sino al termine dell'esistenza, senza le inquietudini vane che mungono i cuori degli uomini. Io desidero tutto ciò, ed è per questo che Akhenaton deve cadere ».

Mi toccò il braccio con gesto implorante e chinandosi verso di me proseguì: « Tu, Sinuhe, sei un uomo moderato, un uomo pacifico, che non desideri il male di nessuno. Viviamo in un'epoca in cui ciascuno di noi deve fare la propria scelta. Chi non è con noi è contro di noi, e un giorno dovrà pagare per questo. Non sei certo così sciocco da credere che il dominio del Faraone possa durare in eterno! Non m'interessa quali dèi tu serva; Ammon può sopravvivere anche senza la tua fede, ma sta in te, Sinuhe, allontanare la maledizione che si è abbattuta sull'Egitto: sta a te ridare al nostro paese la sua antica maestà ».

Le sue parole mi turbarono. Bevvi dell'altro vino, e mi sentii la bocca e le nari empite dell'opulenta fragranza della mirra. Dissi con un riso forzato: « Certo deve averti morsicato un cane rabido o forse ti ha punto uno scorpione, poiché in verità io posso assai poco... non sono neppure capace di guarire gli infermi come tu sai fare ».

Egli si alzò.

« Ti mostrerò qualcosa ».

Prese in mano una lampada e mi condusse fuori nel corridoio, dove aprì un uscio che era chiuso con molti catenacci. Alzò la lampada a illuminare una cella sfavillante d'oro e d'argento e di pietre preziose, e mi disse: « Non temere: non ti tenterò con la ricchezza; non sono così sciocco, ma non ti farà certo danno constatare che Ammon è più ricco del Faraone. E adesso ti mostrerò ancora un'altra cosa ».

Aprì un'altra massiccia porta di rame e illuminò una minuscola cella, dove, su un basamento di pietra, sorgeva un'immagine di cera incoronata della doppia corona, il petto e le tempie trafitte da aguzzi spilli d'osso. Alzai involontariamente le mani e recitai le preghiere che proteggono dai sortilegi, così come avevo appreso prima della mia iniziazione quand'ero soltanto sacerdote del grado inferiore. Hrihor mi guardò con un sorriso, e la lampada che egli reggeva nella mano era ferma.

« Sei convinto ora che i giorni del Faraone sono pressoché contati? Noi abbiamo stregato quest'immagine nel nome di Ammon e ne abbiamo trafitto il capo e il cuore con spilli sacri. Tuttavia le opere di magìa sono lente, e molto male deve ancora venire. E poi il suo dio riuscirà a proteggerlo ancora per un certo tempo dai nostri incantesimi: e adesso che hai veduto questo, vorrei parlarti ancora ».

Richiuse accuratamente le porte e mi ricondusse nella sua stanza, dove mi riempì la coppa di vino, ma il liquido si riversò sul mio mento, e l'orlo della coppa urtò contro i miei denti che tremavano, poiché sapevo di aver veduto con i miei propri occhi un sortilegio più potente di qualunque altro e tale che nessuno sinora era mai stato capace di resistervi.

Hrihor disse: « Da ciò tu puoi capire che il potere di Ammon si estende persino ad Akhenaton. Non chiedermi come siamo riusciti a procurarci ciocche di capelli suoi e ritagli delle sue unghie per mescolarli con la cera. Ti dico semplicemente che non abbiamo acquistato queste cose pagandole a prezzo d'oro, ma che ci furono date in nome di Ammon ».

Socchiuse gli occhi e mi guardò dalla sottile fenditura delle palpebre; poi, pesando ogni parola con cura, proseguì: « Il potere di Ammon cresce di giorno in giorno come tu hai veduto allorché io ho guarito quegli infermi nel suo nome. La maledizione che egli ha lanciato sull'Egitto diventa di giorno in giorno più tremenda; quanto più a lungo il Faraone vivrà, tanto più amaramente il popolo dovrà soffrire per causa sua... e i sortilegi operano lentamente. Che diresti, Sinuhe, se io ti dessi una medicina che curasse i dolori di capo del Faraone in modo da liberarlo per sempre da ogni sofferenza? ».

« Gli uomini sono soggetti al dolore », dissi. « Soltanto i morti non soffrono ».

I suoi occhi fiammeggianti erano fissi su di me, e la sua volontà mi incatenava al mio sedile. Non fui neppure in grado di alzare una mano mentre egli mi diceva: « Ciò può essere vero, ma questa medicina non lascia alcuna traccia. Nessuno ti biasimerà, e neppure gli imbalsamatori potranno notare alcunché d'insolito nelle sue viscere. Non occorre che tu sappia nulla di tutto ciò; basterà che tu dia al Faraone una pozione che calmi i suoi dolori di capo. Non appena l'avrà bevuta si addormenterà, per non soffrire mai più né pena né dolore ».

Alzò una mano come per impedirmi di parlare e proseguì: « Io non ti corrompo con oro, ma se tu farai questo, il tuo nome sarà benedetto per tutta l'eternità, e il tuo corpo non verrà distrutto ma durerà in eterno. Mani invisibili ti proteggeranno per tutti i giorni di tua vita, e non vi sarà desiderio umano tuo che non verrà esaudito. Questo ti prometto, poiché ho autorità di farlo ».

Alzò le mani. I suoi occhi di fuoco mi trafiggevano, e io non riuscivo a sottrarmi al suo sguardo! Non ero neppure in grado di muovermi o di alzarmi o anche soltanto di sollevare le mani. Disse: « Se ti dico "alzati", tu lo farai. Se ti dico "solleva le mani", tu le solleverai, ma non posso costringerti a piegarti davanti ad Ammon contro il tuo volere, né indurti a compiere azioni cui il tuo cuore si oppone. Questo delimita il mio potere sopra di te. Io ti scongiuro, Sinuhe, per il bene dell'Egitto dàgli questa medicina e guarisci per sempre i suoi mali di capo ».

Le sue mani caddero. Ora potevo muovermi di nuovo e alzare alle mie labbra la coppa del vino, e non tremavo più. Aspirai la fragranza della mirra e gli dissi: « Hrihor, non ti prometto nulla, ma dammi la pozione. Dammi questa medicina misericordiosa, forse migliore del succo di papavero, e chi sa non venga un tempo in cui il Faraone stesso non desideri di dormire per non più risvegliarsi ».

Mi diede la droga contenuta in un recipiente di vetro colorato e disse: « Il futuro dell'Egitto è riposto entro le tue mani, Sinuhe. Non è giusto che mano umana si levi contro il Faraone, ma così desolata è la miseria del popolo che forse non è lontano il giorno in cui qualcuno potrebbe ricordare che persino il Faraone è mortale... e che un coltello potrebbe suggere il suo sangue. Questo non deve accadere, poiché ciò minerebbe l'autorità dei Faraoni. La sorte dell'Egitto giace nelle tue mani, Sinuhe ».

Riposi nella mia cintura la medicina e dissi in tono beffardo: « Nel giorno della mia nascita il destino dell'Egitto giacque entro certe dita brune che sanno annodare insieme fili di canne. Vi sono cose che tu ignori, Hrihor, ancorché tu ti creda onnisciente. Ricordati che ho sì la droga, ma che non ti prometto nulla ».

Sorrise, alzò le mani in gesto di saluto e disse secondo il costume: « Grande sarà la tua ricompensa ».

Mi accompagnò quindi lungo i corridoi senza nulla nascondermi. I suoi occhi sapevano penetrare i cuori degli uomini, ed egli aveva compreso che io non lo avrei tradito. Posso affermare che le volte di Ammon si stendono sotto il grande tempio, ma non divulgherò da quale punto vi si entri e come, poiché questo segreto non mi appartiene.

6.

Pochi giorni dopo venne a morte Taia, la Regina Madre. Morì per il morso di un aspide mentre ispezionava alcuni paretai tesi nei giardini del palazzo. Non fu possibile trovare subito il suo medico personale come accade spesso con i medici proprio quando la loro presenza è maggiormente richiesta, e io fui mandato a chiamare frettolosamente da Tebe; ma quando giunsi alla casa aurea non potei far altro che constatarne il decesso, e di questo non posso essere biasimato, poiché la morsicatura di un aspide è sempre fatale, a meno che la ferita non venga incisa prima che il polso abbia battuto cento volte, e purché le vene al disopra di essa siano chiuse.

La tradizione richiedeva che io restassi nella casa aurea fino a quando sopraggiungessero i portatori della Casa della Morte a rimuovere il cadavere. Così incontrai presso la bara Eie, il prete tenebroso. Questi toccò le guance enfiate della Regina Madre e disse: « Era tempo che morisse, poiché era una vecchia repellente che non faceva che intrigare contro di me. I suoi stessi atti la condannavano, e io spero che, ora che è morta, l'inquietudine che dilania il popolo cessi ».

Non credo che Eie l'avesse assassinata, poiché non avrebbe osato fare ciò: crimini congiunti e segreti condivisi creano legami ancora più forti dei legami dell'amore.

La notizia della morte si sparse per tutta Tebe. I cittadini si vestirono dei loro panni migliori e si raccolsero gioiosamente nelle strade e sulle piazze. Per ottenere il favore della folla, Eie fece uscire a frustate dalle cantine della casa aurea gli stregoni negri della Regina Taia. Erano quattro, e c'era anche una strega, un donna grassa e brutta come un ippopotamo. Le guardie li spinsero oltre la Porta dei Papiri, dove la plebaglia si abbatté su di loro e li fece a pezzi. Tutte le loro arti magiche non valsero a salvarli. Eie fece bruciare sul posto tutti gli strumenti del loro mestiere, le loro droghe, nonché i mozziconi di alberi sacri, cosa che mi rincrebbe, poiché avrei avuto piacere di esaminare questi oggetti. Nessuno a palazzo pianse la morte della Regina e la sorte dei suoi stregoni. Soltanto la Principessa Baketaton si avvicinò al corpo di sua madre, e ponendo le sue bellissime mani su quelle brune di lei disse: « Il tuo marito ha agito male, madre, permettendo che il popolo facesse a pezzi i tuoi maghi negri ».

Disse pure rivolta a me: « Questi incantatori non erano affatto malvagi, e abitavano qui malvolentieri. Essi anelavano a tornare nelle loro giungle, tra le loro capanne di paglia. Non avrebbero dovuto essere puniti per le colpe di mia madre ».

Questo fu il mio incontro con la Principessa Baketaton. Ella mi parlò, ed io rimasi profondamente impressionato del suo portamento altero e della sua testa bellissima. Mi chiese di Horemheb e mi parlò di lui in tono di scherno.

« Horemheb è di bassa origine, e la sua parlata è rozza, ma se prendesse moglie potrebbe generare una razza grandiosa. Mi sai dire, Sinuhe, perché non lo ha fatto? ».

Le risposi: « Tu sei la prima a chiedermi questo, regale Baketaton, e per amor della tua bellezza ti dirò ciò che non ho mai osato dire ad alcuno. Allorché, fanciullo, Horemheb giunse a palazzo, gli capitò di vedere la luna: da allora non è stato più capace di guardare nessun'altra donna con cui spezzare la giara. E tu, Baketaton? Nessun albero può fiorire in eterno; deve anche fruttificare, e come medico mi rallegrerei di vedere il tuo ventre gonfiarsi in fecondità ».

Ebbe un moto orgoglioso del capo e disse: « Tu sai benissimo, Sinuhe, che il mio sangue è troppo sacro per mescolarsi anche con il più puro sangue d'Egitto. Meglio sarebbe stato che mio fratello prendesse me in moglie, secondo la tradizione, e certo da molto tempo io gli avrei generato un figlio. Se il potere fosse mio, farei strappare a Horemheb gli occhi, tanto mi avvilisce il pensiero che egli abbia osato levare il suo sguardo alla luna. E per dire la verità, Sinuhe, il solo pensiero degli uomini mi ripugna, poiché il loro tocco è volgare e le loro dure membra possono ammaccare una fragile donna, e io credo che il piacere che essi ci danno sia assai sopravvalutato ».

I suoi occhi però luccicavano di eccitazione, e mentre parlava il suo respiro si era fatto affannoso. Accorgendomi che questo discorso produceva in lei un intenso piacere dissi: « Ho veduto il mio amico Horemheb spezzare un forte cerchio di rame che gli stringeva il braccio, con una semplice contrazione dei suoi muscoli. Le sue membra sono lunghe e aggraziate, e il suo petto risuona come un tamburo quando egli lo percuote irato con i suoi pugni. Le dame di corte lo perseguitano come gatte in amore, ed egli fa di loro quello che vuole ».

La Principessa Baketaton mi guardò. La sua bocca dipinta tremò, i suoi occhi fiammeggiarono mentre ella esclamava furibonda: « Sinuhe, le tue parole mi ripugnano in modo estremo, e non capisco perché tu mi appesti con questo Horemheb. È nato con gli alluci pieni di sterco, e persino il suo nome mi ripugna. Perché devi parlare in questo modo alla presenza della morte? ».

Non mi curai di rammentarle chi di noi due avesse per primo rivolta la conversazione intorno a Horemheb. Finsi di essere pentito e dissi: « Oh, Baketaton, rimani un albero in fiore, poiché il tuo corpo non invecchia e tu fiorirai per molti anni avvenire. Non aveva tua madre nessuna dama di compagnia e di fiducia che possa piangere accanto al suo cadavere finché la Casa della Morte non mandi a cercarlo? Piangerei io stesso, ma sono medico, e le mie lagrime si sono da tempo inaridite di fronte alla continua presenza della morte. La vita è una giornata di calura, e la morte forse è una fresca notte. La vita è una insenatura piena di secche, Baketaton, e la morte acqua pura e profonda ».

Mi disse: « Non parlare di morte, Sinuhe, poiché la vita è ancora dolce per me. È vergognoso che non vi sia nessuno che pianga accanto a mia madre. Io non posso piangere, poiché ciò non si addice alla mia dignità, ma manderò una dama di corte a piangere con te, Sinuhe ».

Io scherzai con lei.

« Divina Baketaton, la tua bellezza mi ha turbato, e le tue parole hanno alimentato d'olio il mio incendio. Mandami qualche vecchiaccia, onde io non sia tentato di sedurla, gettando così il disonore su una casa in lutto ».

Ella scosse il capo in atto di rimprovero.

« Sinuhe, Sinuhe! Non hai neppure un poco di vergogna? Anche se tu non temi gli dèi, così almeno si dice di te, dovresti comunque aver rispetto della morte ».

Ma poiché era donna le mie parole non la offesero, ed ella si allontanò in cerca di una dama di corte che piangesse presso la bara sino all'arrivo dei portatori della Casa della Morte.

Non avevo proferito a caso quelle mie empie parole, e ora attendevo con impazienza la venuta di una prèfica. Costei venne, ed era ancora più vecchia e più brutta di quanto avessi osato sperare. Le vedove del defunto consorte di Taia vivevano tuttora nel gineceo, insieme alle mogli del Faraone Akhenaton, alle nutrici e alle dame di compagnia.

Quella vecchia si chiamava Mehunefer, e il suo viso mi dimostrò che le piacevano gli uomini e il vino. Come richiedeva l'usanza, incominciò a piangere e a singhiozzare e a strapparsi i capelli presso la morta Regina.

Io mandai a prendere del vino, ed essa, dopo essersi lamentata per un certo tempo, acconsentì infine ad assaggiarlo. La rassicurai nella mia qualità di medico che ciò l'avrebbe aiutata a sostenere il suo grande dolore. Quindi presi a stringerla d'assedio e a lodare la sua passata bellezza. Parlai anche di bambini e delle figliolette del Faraone Akhenaton.

Infine con finta semplicità chiesi: « È vero che la Regina Madre fu la sola tra le mogli dell'immortale Faraone a generare un figlio maschio? ».

Mehunefer lanciò un'occhiata atterrita in direzione della morta e scosse il capo come per farmi cenno di tacere. Io la pregai nuovamente con parole dolci e adulatrici, le parlai dei suoi capelli, delle sue vesti, dei suoi gioielli, e anche dei suoi occhi e delle sue labbra. Alla fine si dimenticò completamente di piangere e mi fissò incantata.

Una donna accetta sempre questi discorsi anche se sa che sono falsi. Quanto più è vecchia e brutta, tanto più prontamente vi presterà orecchio, poiché ogni donna desidera fermamente credere di essere bella. Così diventammo buoni amici. Allorché giunsero i portatori della Casa della Morte a rimuovere il cadavere, ella mi invitò con molte sollecitazioni a entrare nella sua stanza e bevve con me dell'altro vino. A poco a poco la sua lingua si slegò; prese ad accarezzarmi le guance, mi chiamò bel ragazzo, e per infiammarmi mi raccontò tutta una serie di pettegolezzi di palazzo della peggiore specie.

Cercò di strusciarsi contro le mie spalle e le mie orecchie, ma io la tenni a distanza e dissi: « La grande Regina Taia era abilissima nel tessere giunchi, non è vero? Non foggiava con queste stuoie delle barchette che poi sospingeva di notte a valle del fiume? ».

Queste mie parole la turbarono profondamente, ed ella mi chiese come io sapessi ciò. Ma il vino le aveva annebbiato il cervello, e desiderosa di mostrarsi bene informata rispose: « Io ne so più di te! So che per lo meno tre neonati furono sospinti a galleggiare a valle del fiume al pari dei figli dei poverissimi. Prima della venuta di Eie la vecchia strega temeva gli dèi e le ripugnava insozzarsi le mani di sangue. Fu Eie a insegnarle come si somministravano i veleni, cosicché la Principessa Tadukhipa di Mitanni morì mentre ancora piangeva e invocava a gran voce il suo figliuolo, ed era sul punto di fuggire dal palazzo per cercarlo ».

« O bellissima Mehunefer! », dissi accarezzandole le grosse guance dipinte. « Tu approfitti della mia giovinezza e della mia inesperienza e m'imbottisci la testa di storie che non hanno in sé un briciolo di verità. La Principessa di Mitanni non generò nessun maschio. Se così è, quando dunque fu quella nascita? ».

« Tu sei lungi dall'essere giovane e inesperto, medico Sinuhe! », ghignò. « Al contrario le tue mani sono astute e false, e falsa è soprattutto la tua lingua che mi sputa in viso le più sfacciate bugie. Tuttavia, menzogne come queste sono dolci alle orecchie di una vecchia, e io non posso fare a meno di parlarti della Principessa di Mitanni, che avrebbe potuto diventare la consorte reale. Sappi dunque, Sinuhe, che la Principessa Tadukhipa non era che una ragazzina quando giunse al gineceo del Faraone Amenofi. Giocava ancora con le bambole e crebbe nella casa delle donne. Proprio come l'altra piccola principessa che venne maritata ad Akhenaton e che pure morì. Il Faraone Amenofi non la possedette, ma l'amava come una bambina e giocava con lei e le regalava giocattoli d'oro.

« Ma Tadukhipa diventò donna, e a quattordici anni le sue membra erano delicate e snelle, la sua pelle era di un colore biondo cenere come la pelle di tutte le donne di Mitanni, e c'era uno sguardo lontano nei suoi occhi scuri. Allora il Faraone compì il suo dovere verso di lei come lo compiva gioiosamente con molte donne a dispetto degli intrighi di Taia, perché in queste cose è difficile trattenere un uomo sinché le radici del suo albero non si sono disseccate. Allora un seme incominciò a germogliare per Tadukhipa, e qualche tempo dopo anche per Taia, la quale si rallegrò, poiché già aveva dato al Faraone una figlia... appunto questa altezzosa Baketaton ».

Si fortificò la lingua con dell'altro vino e proseguì ciarliera: « È risaputo che il seme di Taia era nativo di Eliopoli, ma è meglio non parlare di questo. Ella visse in grande angoscia durante il periodo di gravidanza di Tadukhipa e fece di tutto per procurarle un aborto — come aveva fatto con molte altre donne del gineceo — mediante l'aiuto dei suoi stregoni negri. In quegli ultimi anni aveva abbandonato alla corrente del fiume già due neonati, ma costoro erano di minore importanza, essendo i figli di mogli secondarie che temevano moltissimo Taia; queste donne Taia aveva calmate con molti doni e aveva saputo pacificarle facendo trovare al loro fianco delle creature femmine anziché dei maschietti. Ma la Principessa di Mitanni era una rivale più pericolosa, poiché era di sangue reale e aveva amici potenti; ella sperava di diventare consorte reale al posto di Taia se soltanto avesse potuto partorire un maschio. Tuttavia così forte era l'influenza di Taia e così temibile il suo umore a mano a mano che il seme germogliava entro di lei, che nessuno osò opporlesi. Per giunta Eie, che ella aveva portato con sé da Eliopoli, le stava al fianco.

« Quando giunse il tempo della Principessa, i suoi amici furono allontanati, e gli stregoni negri la circondarono per "alleviare il suo travaglio", dissero. Quando ella implorò che le lasciassero vedere la creaturina, le mostrarono una bambina nata morta. Ma ella non volle credere a ciò che Taia le disse, e io, Mehunefer, so che la creatura che ella generò era un maschio, che era vitale, e che in quella stessa notte fu abbandonato lungo la corrente del fiume entro un'imbarcazione di cannicci ».

Risi forte e chiesi: « Perché proprio tu, fra tanti, dovresti essere informata di questo, graziosa Mehunefer? ».

S'infiammò come una vipera, e il vino traboccò dalla tazza e le sgocciolò per il mento.

« Per tutti gli dèi! Sono stata io a raccogliere giunchi con queste mie mani perché Taia aveva paura ad entrare nell'acqua essendo gravida ».

Inorridendo a quelle sue parole balzai in piedi, rovesciai sul pavimento il contenuto della mia tazza e stropicciai col piede entro la stuoia il vino versato per mostrare il mio ribrezzo. Mehunefer mi afferrò le mani, e attirandomi accanto a sé disse: « Non volevo dirti questo, e ho fatto male a rivelartelo. C'è un non so che in te, Sinuhe, che opera irresistibilmente sul mio animo costringendo il mio cuore a rivelarti tutti i miei segreti. Lo confesso: fui io a tagliare le canne, e Taia foggiò con esse un'imbarcazione, poiché non osava affidare il segreto a orecchie servili, ed ella mi aveva legato a sé con pratiche magiche e per i miei propri misfatti. Entrai nell'acqua e tagliai le canne, che ella annodò insieme nelle tenebre, ridendo tra i denti e proferendo oscenità nella sua gioia di essere così riuscita vittoriosa della Principessa di Mitanni.

« Cercai di calmare il mio cuore col fingere a me stessa che certamente qualcuno avrebbe ritrovata la creatura, benché sapessi che ciò non accadeva mai. I neonati trasportati alla deriva sul fiume o periscono sotto il calore del sole o sono divorati dai coccodrilli e dagli uccelli da preda. Ma non era facile ridurre al silenzio la Principessa di Mitanni. Il colore della pelle della bambina morta differiva da quello della sua creatura; anche la forma del capo era diversa. Non volle credere di essere stata lei a partorirla. Le donne di Mitanni hanno una carnagione liscia come la buccia di un frutto, del color del fumo o della cenere pallida, e le loro teste sono piccole e bellissime. Incominciò a piangere e a lamentarsi, a strapparsi i capelli, a maledire Taia e gli stregoni, finché Taia ordinò che le venisse somministrato un narcotico e fece spargere la voce che Tadukhipa aveva perduto la ragione perché la sua creatura era nata morta. Come è il costume degli uomini, il Faraone credette più a Taia che a Tadukhipa. Perciò Tadukhipa incominciò a languire a poco a poco, sinché infine morì; ma prima di morire tentò più di una volta di fuggire dalla casa aurea per correre in cerca del proprio figliuolo, e per questo si diffuse più facilmente la voce che la sua ragione si fosse ottenebrata ».

Mi guardai le mani; erano pallide, paragonate alle zampe da scimmia di Mehunefer, e la loro carnagione aveva il colore del fumo. Fui assalito da un'agitazione così violenta che posi la mia domanda con voce strozzata: « Dolce Mehunefer, sai dirmi quando tutto ciò accadde? ».

Mi accarezzò la nuca con le sue dita scure e mi disse con tono suadente e con moine: « Oh, bel ragazzo, perché vuoi sciupare attimi preziosi in queste storie superate, quando potresti far uso migliore del tuo tempo? Ma poiché non posso rifiutarti nulla, ti dirò che ciò accadde dopo che il Grande Faraone già regnava da ventidue anni, ed era autunno, mentre le acque erano al colmo della piena. Se tu ti dovessi stupire della precisione della mia memoria, sappi che il Faraone Akhenaton nacque in quello stesso anno, benché alla primavera seguente, durante la stagione della semina. Ecco perché io ricordo così bene ».

A quelle sue parole mi sentii raggelare di orrore e non seppi opporre alcun gesto di difesa tanto che non sentii neppure la sua bocca umida di vino sulle mie guance. Mi cinse col suo braccio e mi serrò contro di sé, chiamandomi il suo torello, il suo colombo. Io la tenni a bada in un turbinìo di pensieri che mi scompigliavano il cervello: tutto il mio essere insorgeva contro questo terribile segreto. Se ciò che quella vecchia diceva era vero, il sangue del Grande Faraone scorreva dunque nelle mie vene. Io ero il fratellastro di Akhenaton e avrei potuto divenire Faraone prima di lui se gli inganni di Taia non avessero sconfitto l'amore della mia madre morta. Fissai gli occhi nel vuoto dinanzi a me in una improvvisa comprensione della mia solitudine: il sangue regale è sempre solo in mezzo al popolo.

Le moine importune di Mehunefer mi ricondussero alla realtà. Dovevo fare sfoggio di astuzia per evitare le sue carezze che mi ripugnavano. La costrinsi a bere dell'altro vino, nella speranza che si ubriacasse tanto da dimenticare quanto mi aveva detto. Allora diventò del tutto indecente, e dovetti drogare il suo vino con succo di papavero affinché si addormentasse e io potessi sbarazzarmi di lei.

Quando finalmente lasciai la sua stanza nel gineceo, la notte era scesa, e le guardie e i servi del palazzo mi indicarono a dito ridacchiando tra loro. Credo facessero questo perché barcollavo nel camminare e avevo le vesti spiegazzate. Merit mi stava aspettando nella mia casa, inquieta per la mia lunga assenza e desiderosa di apprendere i particolari della morte della Regina. Quando mi vide, si batté le mani contro la bocca e Muti fece altrettanto, e si scambiarono occhiate d'intesa.

Infine Muti disse a Merit con voce amara: « Non ti ho detto forse mille volte che gli uomini sono tutti gli stessi e che non ci si può fidare di loro? ».

Ma io ero esausto e desideravo restare solo coi miei pensieri: perciò dissi rivolto a entrambe, irosamente: « La mia giornata è stata faticosissima, e non ho voglia di sopportare i vostri rimbrotti ».

Allora gli occhi di Merit si indurirono e il suo volto si incupì di collera. Mi tese davanti alla faccia uno specchio d'argento dicendomi: « Guardati in viso, Sinuhe! Io non ti ho mai proibito di prendere piacere con donne straniere, ma gradirei che tu nascondessi la cosa per non ferire il mio cuore. Non potrai certo addurre, a tua difesa, che ti sentivi solo e contristato quando te ne sei andato di casa, quest'oggi ».

Guardai la mia immagine e ne rimasi grandemente colpito, perché avevo la faccia tutta imbrattata del trucco di Mehunefer. La sua bocca aveva lasciato macchie rosse sulle mie guance, sulle mie tempie e sul mio collo. Sembravo una vittima della peste. Pieno di vergogna mi affrettai a ripulirmi il viso mentre Merit seguitava a tenermi spietatamente davanti lo specchio.

Dopo essermi lavata la faccia con olio dissi con voce dolente: « Tu hai preso un grosso abbaglio, Merit, mia carissima. Permettimi che ti spieghi ».

Mi fissò freddamente.

« Non occorrono spiegazioni, Sinuhe, e non desidero che tu ti sporchi le labbra con menzogne per amor mio. È impossibile prendere abbagli guardando codesta tua faccia ».

Durai molta fatica a calmarla. Muti scoppiò in lagrime per pietà di lei. Si coprì il viso e si ritrasse in cucina, sputando il suo disprezzo verso gli uomini in genere. Ma mi fu molto più difficile pacificare Merit di quanto non mi fosse stato sbarazzarmi di Mehunefer.

Alla fine maledissi tutte le donne e sbottai: « Merit, tu mi conosci meglio di chiunque e perciò dovresti essere in grado di avere fiducia in me. Credimi che se lo desiderassi potrei spiegarti la cosa con tua piena soddisfazione, ma può darsi si tratti di un segreto appartenente alla casa d'oro, e per il tuo bene è meglio che tu non lo conosca ».

La sua lingua fu più puntuta del pungiglione di una vespa allorché ella mi rispose: « Credevo di conoscerti, Sinuhe, ma a quanto pare esistono nel tuo cuore abissi di cui io non sospettavo neppure. Fai bene a proteggere l'onore della donna, e lungi da me voler frugare nel tuo segreto. Tu sei libero di andare e venire come ti piace, e ringrazio tutti gli dèi di avere avuto il buonsenso di conservare la mia libertà rifiutandomi di spezzare la giara con te... ammesso che tu abbia mai parlato sul serio. Ah, Sinuhe, che sciocca sono stata a credere alle tue parole menzognere, poiché tu non hai fatto che sussu rare queste stesse parole tutta sera nelle orecchie di un'altra donna, forse bellissima... oh, preferirei essere morta ».

Avrei desiderato accarezzarla con dolcezza, ma ella si ritrasse.

« Tieni lontane da me le tue mani, Sinuhe, perché devi essere stanco dopo esserti rotolato sulle morbide stuoie del palazzo. Non ho dubbi che siano molto più morbide della mia, e che tu abbia trovato laggiù compagne più giovani e più belle di me ».

E proseguì di questo passo, scavandomi nel cuore piccole, brucianti ferite, finché mi parve che sarei divenuto pazzo furioso. Solo allora mi lasciò, proibendomi persino di accompagnarla alla Coda del Coccodrillo. Forse avrei sofferto ancor più intensamente del suo abbandono se i miei tristi pensieri non avessero infuriato dentro di me come un oceano in tempesta e se in fondo non avessi desiderato restare solo con essi. Perciò la lasciai andare, e credo restasse stupita di fronte a quella mia calma acquiescenza.

Giacqui sveglio tutta la notte, e a mano a mano che le ore passavano, e col dissolversi dei fumi del vino, i miei pensieri si schiarivano e si distaccavano, e le mie membra tremavano di freddo poiché non avevo nessuno accanto a me che mi riscaldasse. Rimasi in ascolto del flebile chioccolìo della clessidra. L'acqua non cessava di fluire, e il tempo scorreva immisurato, tanto che io mi sentivo distante e remoto persino a me stesso.

Dissi al mio cuore: "Io, Sinuhe, sono ciò che le mie azioni mi hanno fatto. Tutto il resto non significa nulla. Io, Sinuhe, ho sospinto i miei genitori d'acquisto a una morte immatura per amore di una donna crudele. Io, Sinuhe, conservo ancora il nastro di argento che legava i capelli di Minea, la mia sorella. Io, Sinuhe, ho veduto un mostro marino morto galleggiare sull'acqua e il capo della mia benamata muoversi dilaniato dalle chele dei granchi. Quale importanza può avere il mio sangue? Tutto ciò era scritto nelle stelle prima ancora che io nascessi, ed ero predestinato a essere uno straniero nel mondo. La pace di Akhenaton era una dorata falsità, e la conoscenza di questo spaventoso segreto è stata salutare; essa ha risvegliato il mio cuore dal suo sonno e mi ha convinto che dovrò essere sempre solo".

Allorché il sole sorse aureo di là dai colli orientali, le ombre fuggirono, e così strano è il cuore dell'uomo che io risi beffardamente dei fantasmi del mio cervello. Ogni notte creature abbandonate dovevano essere state trasportate alla deriva dalla corrente del fiume in navicelle legate con nodi d'uccellatore, né il colore cinereo della mia pelle poteva costituire prova alcuna poiché un medico trascorre le sue giornate sotto tetti e tendaggi, e perciò la sua carnagione rimane pallida. No, alla luce del giorno non potevo trovare alcuna dimostrazione conclusiva delle mie origini.

Mi lavai e mi vestii, e Muti mi servì birra e pesce salato. Aveva gli occhi arrossati a furia di piangere, ed ella mi disprezzava perché ero un uomo. Mi feci allora condurre in lettiga alla Casa della Vita, dove auscultai alcuni pazienti, passando quindi attraverso il tempio deserto e poi fuori tra i piloni, accompagnato dal gracchiare dei pingui corvi.

Una rondine mi passò accanto sfrecciando in direzione del tempio di Aton, e io la seguii. Il tempio non era vuoto, adesso. Molti lo gremivano, ascoltando gli inni dell'Aton e levando alte le mani in sua lode, mentre i sacerdoti istruivano il popolo nella verità del Faraone. Ciò di per se stesso non aveva molto significato. Tebe era una grande città, e i curiosi si radunavano in folla in ogni punto di essa. Rividi ancora una volta le sculture sulle pareti del tempio, e dai quaranta pilastri il Faraone Akhenaton mi fissò con quel suo volto così conturbante nella sua appassionatezza. Vidi anche il grande Faraone Amenofi seduto, vecchio e fragile, sul suo trono, la testa chinata sotto il peso della duplice corona. La Regina Taia gli sedeva accanto. Sostai quindi dinanzi a una rappresentazione della Principessa Tadukhipa di Mitanni in atto di sacrificare agli dèi d'Egitto. L'iscrizione originale era stata scalpellata, e la nuova dichiarava che ella sacrificava ad Aton benché durante il tempo di sua vita Aton non fosse adorato a Tebe.

Questa immagine era stata scolpita secondo i canoni della convenzione antica e la ritraeva come una donna giovane e bellissima, poco più che adolescente. La piccola testa sotto il diadema regale era squisita, le membra delicate e snelle. Contemplai a lungo la statua, mentre la rondine sfrecciava sul mio capo con gioiosi garriti, e io piansi sul destino di quella fanciulla solitaria, venuta a morire in Egitto da una terra straniera. Avrei dovuto per amor suo essere bello al pari di lei, ma le mie membra erano divenute flaccide e pesanti, ed ero calvo sotto la mia parrucca di medico. Gli affanni avevano scavato solchi profondi sulla mia fronte, l'esistenza comoda di Akhetaton aveva reso pingui le mie gote, e non mi riusciva d'immaginare che potessi essere suo figlio. Nondimeno ero profondamente commosso e piangevo sulla mia solitudine nella casa aurea del Faraone. La rondine seguitava a roteare felice sul mio capo. Mi rammentai delle belle case e dei raffinati abitanti di Mitanni; ripensai anche alle strade polverose e alle aie di Babilonia, e compresi che la gioventù mi aveva lasciato per sempre e che la mia virilità si era ristagnata, come una palude, ad Akhetaton.

Così trascorsi la mia giornata, e quando venne la sera mi recai alla Coda del Coccodrillo a mangiare e a riconciliarmi con Merit. Ella mi ricevette freddamente e mentre mi serviva mi trattò come un estraneo. Come ebbi terminato di cenare mi chiese: « Ti sei incontrato con la tua benamata? ».

Le replicai irritato che non ero andato in cerca di donne ma che avevo lavorato nella Casa della Vita e che avevo visitato il tempio di Aton. Per farle comprendere che mi sentivo insultato le descrissi minutamente la mia giornata, passo per passo, ma mentre io parlavo ella non cessò neppure per un attimo di fissarmi con un sorriso ironico.

« Non ho mai supposto neppure per un istante che tu potessi essere andato a donne, perché la notte scorsa eri esaurito ed incapace di alcun che, grasso e calvo come sei. Volevo dire semplicemente che la tua diletta è stata qui a cercarti, e che io l'ho indirizzata alla Casa della Vita ».

Balzai in piedi con tanta violenza che rovesciai il sedile, ed esclamai: « Che intendi dire, idiota? ».

« È stata qui a cercarti, ti dico, abbigliata come una sposa; si era tutta adornata di gioielli scintillanti e si era dipinta come una scimmia, e l'olezzo dei suoi unguenti si sentiva giù fino al fiume. Ti ha lasciato un saluto nonché una lettera, nel caso non ti avesse trovato... e di tutto cuore mi augurerei che tu le dicessi di starsene alla larga, perché questa è una casa rispettabile mentre quella donna ha tutto l'aspetto di una megera da bordello ».

Mi consegnò una lettera senza sigillo che io apersi con mani tremanti. Non appena l'ebbi letta mi sentii affluire il sangue al cervello e il cuore prese a pulsarmi violentemente nel petto. Ecco quello che mi aveva scritto Mehunefer:

"A Sinuhe il medico, dalla sorella del suo cuore Mehunefer, Custode dell'Astuccio degli Aghi nella casa aurea del Faraone, salute! Sinuhe, mio torello, mio colombo! Mi sono risvegliata sola sulla mia stuoia con la testa indolenzita e il cuore ancor più dolente, poiché la mia stuoia era deserta e tu eri scomparso. Soltanto il profumo dei tuoi unguenti era ancora rappreso alle mie mani. Oh, potessi essere la cintura dei tuoi lombi o l'essenza dei tuoi capelli, o il vino della tua bocca, Sinuhe! Vago di casa in casa in cerca di te, e non cesserò di affannarmi finché non ti avrò ritrovato, poiché mi sento il corpo pieno di formiche al pensiero di te, e i tuoi occhi mi riempiono di delizie. Affrettati a me non appena avrai ricevuto questo foglio... affrettati sulle ali di un uccello, poiché il mio cuore anela a te. Se tu non verrai, io volerò a te più rapida di una rondine. Mehunefer, la sorella del tuo cuore, ti saluta".

Lessi più volte questa spaventosa effusione senza osare di guardare in faccia Merit. Finalmente ella mi strappò di mano la lettera, ruppe il bastone intorno al quale era arrotolata, strappò il foglio, lo calpestò sotto i piedi e disse furiosa: « Ti avrei capito, Sinuhe, se fosse stata giovane e bella, ma è vecchia e grinzuta e brutta come un sacco vuoto anche se si impiastriccia la faccia di pittura come se dovesse intonacare una parete. Io non riesco a capirti, Sinuhe! Il tuo comportamento ti ha fatto diventare lo zimbello di tutta Tebe, e anche di me la gente ride ».

Mi strappai le vesti, mi graffiai il petto e gridai: « Merit, ho commesso un errore spaventoso, ma avevo le mie ragioni e non mi sarei mai immaginato di essere ripagato in modo così crudele! Manda a chiamare i miei vogatori e ordina loro di alzare la vela. Devo fuggire, altrimenti questa odiosa vecchiaccia vorrà giacere con me a viva forza, e io non ho il potere di tenerla lontana. Mi scrive che volerà a me più ratta di un uccello, e purtroppo temo che così sia! ».

Merit, vedendo la mia paura e la mia angoscia, parve finalmente capire, poiché ruppe in un riso irrefrenabile. Infine disse, con voce ancora scossa dalle risate: « Questo ti insegnerà a essere più guardingo in fatto di donne, Sinuhe, cosí almeno spero. Noi donne siamo fragili vasi, e io so per esperienza che mago tu sei, Sinuhe, mio benamato! ».

Il suo scherno era spietato. Con finta umiltà proseguì: « Senza dubbio quella distinta signora ti è molto più cara di quanto possa esserti io. Comunque ha avuto per lo meno il doppio dei miei anni per perfezionarsi nelle arti dell'amore, e io non posso presumere di gareggiare con lei. Temo che per amor suo tu mi butterai crudelmente in un canto ».

Così tormentosa era la mia disperazione che condussi Merit a casa mia e le narrai ogni cosa. Le rivelai il segreto della mia nascita e tutto ciò che ero riuscito a sapere da Mehunefer. Le dissi anche perché desideravo credere che la mia nascita non avesse nulla che vedere con la casa d'oro o con la Principessa di Mitanni. Mentre parlavo ella divenne silenziosa e il riso si spense sulle sue labbra e il suo sguardo si fissò lontano, nel vuoto, come se ella più non mi vedesse. Il dolore dei suoi occhi si incupì, e infine ella mi posò una mano sulla spalla.

« Ora capisco tante cose che prima mi erano incomprensibili. Capisco perché la tua solitudine gridava forte verso di me, pur senza voce, e perché il mio cuore si fondeva non appena io ti guardavo. Ho un segreto anch'io, e in questi ultimi tempi sono stata più volte tentata di rivelartelo, ma ora ringrazio gli dèi di non averlo fatto. I segreti sono grevi a portarsi, e pericolosi. È meglio tenerli per sé anziché spartirli con altri. Tuttavia sono lieta che tu mi abbia detto ogni cosa. Come tu dici, sarà saggio che tu non ti torturi con vani rimpianti di cose che forse non sarebbero mai accadute. Dimentica tutto come se fosse stato un sogno, e anch'io dimenticherò ».

Ero ansioso di conoscere il suo segreto, ma ella non volle dirmelo. Mi sfiorò soltanto le guance con le sue labbra, mi cinse il collo con le braccia, e pianse un poco.

Infine disse: « Se rimarrai a Tebe, Mehunefer ti importunerà e ti perseguiterà notte e giorno con la sua passione fino a quando non ti avrà resa l'esistenza intollerabile. Ho già veduto donne come lei e so fino a che punto possano essere terribili. La colpa è tua, in parte, poiché tu le hai fatto credere, e abilmente, ogni sorta di sciocchezze. Mi sembra che il partito più saggio sia per te quello di ritornare ad Akhetaton. Ma prima di tutto scrivile e scongiurala di lasciarti in pace, o quella ti inseguirà e spezzerà la giara con te approfittando della tua debolezza. E questo è un destino che proprio non ti augurerei ».

Il suo consiglio era saggio, e io ordinai a Muti di raccogliere tutte le mie robe e di arrotolarle in stuoie. Mandai quindi alcuni schiavi a cercare dei miei vogatori fra le taverne e le case di piacere della città. Frattanto avevo scritto una lettera per Mehunefer, ma poiché non volevo ferirla le scrissi con grande cortesia in questi termini:

''A Mehunefer, Custode dell'Astuccio degli Aghi nella casa aurea del Faraone, da Sinuhe, chirurgo cranico reale, salute! Amica mia, amaramente mi pento dello stato di esaltazione che ti ha spinta a un'errata interpretazione del mio cuore. Io non posso rivederti, poiché un incontro tra noi mi spingerebbe al peccato, essendo il mio cuore già destinato. Per questo motivo me ne vado, sperando che tu ti ricorderai di me semplicemente come di un amico. Con questa mia lettera ti mando una giara colma di una bevanda detta ''coda di coccodrillo'', che, lo spero, potrà placare il dolore che forse ti procurerò. Ti assicuro che non vi è alcun motivo che tu ti addolori per me, poiché sono un uomo vecchio e stanco in cui una donna come te non può trovare alcuna gioia. Mi rallegro al pensiero che siamo stati entrambi salvati dal peccare; e non rivederti mai più è la sincera speranza del tuo amico Sinuhe, medico della famiglia reale''.

Merit scosse il capo nel leggere questa lettera, e obiettò che il suo tono era troppo gentile. A parer suo, io mi sarei dovuto esprimere assai più bruscamente e dire a Mehunefer che era una vecchia strega e che mi sottraevo alle sue persecuzioni con la fuga. Ma io non avrei potuto scrivere questo a nessuna donna. Dopo aver discusso alquanto, Merit acconsentì che io arrotolassi la lettera e la sigillassi, pur seguitando a scuotere il capo come chi presagisse poco o nulla di buono. Inviai uno schiavo alla casa aurea con la lettera e con la giara promessa, per essere certo che per quella sera almeno Mehunefer mi avrebbe lasciato in pace. Convinto di essermi sbarazzato di lei, emisi un sospiro di sollievo.

Mentre questa lettera era in cammino e Muti stava avvolgendo in stuoie da viaggio le mie casse e i miei forzieri, guardai Merit, e una indicibile tristezza mi invase al pensiero di doverla perdere per colpa della mia stupidità. Se non fosse stato per quell'episodio idiota avrei potuto rimanere a Tebe ancora per qualche tempo.

Anche Merit sembrava immersa in profondi pensieri. Improvvisamente mi chiese: « Ti piacciono i bambini, Sinuhe? ».

Quella sua domanda mi sbalordì, ma ella fissandomi negli occhi sorrise con un'ombra di tristezza e soggiunse: « Non temere! Non ho alcuna intenzione di generarti un figlio, ma ho un'amica con un figliuoletto di quattro anni, ed ella mi ha spesso detto e ripetuto quanto farebbe bene al suo piccino veleggiare a valle del fiume e poter vedere i prati verdi e l'ondulante terra arata, e gli uccelli acquatici e gli armenti, invece dei gatti e dei cani delle polverose strade di Tebe ».

Mi sentii molto preoccupato.

« Non vorresti per caso che io mi prendessi a bordo un marmocchio turbolento che mi privasse della mia pace e mi facesse costantemente balzare il cuore in bocca per la paura che possa capitombolare fuori bordo o vada a cacciare le braccia nelle fauci di qualche coccodrillo? ».

Merit sorrise, ma il dolore le incupì gli occhi mentre ella mi rispondeva: « Non voglio esserti cagione della minima seccatura, ma il viaggio farebbe bene al bambino. Sono stata io a portarlo alla circoncisione e ho degli obblighi verso di lui. Naturalmente avevo intenzione di accompagnarlo io stessa, per occuparmene e badare che non cada nell'acqua. Avrei avuto così ragioni ampie e sufficienti per accompagnarti: ma non desidero fare nulla contro la tua volontà; cambiamo dunque argomento ».

Per tutta risposta io mi misi a urlare di gioia e a battere le mani sopra il mio capo.

« In verità questo è per me un giorno felice! Nella mia ottusità non avevo mai pensato che tu potessi accompagnarmi ad Akhetaton, e certo non puoi recare nessun danno alla tua riputazione per causa mia se porti con te un bambino a giustificazione del tuo viaggio ».

« Appunto, Sinuhe », mi rispose, col sorriso irritante che assumono le donne quando discutono di cose che gli uomini non capiscono. « La mia riputazione non correrà pericolo se porterò con me un bambino. Oh, che sciocchi sono gli uomini! Ma ti perdono ugualmente ».

La nostra partenza fu brusca, a cagione del mio terrore di

Mehunefer, e salpammo all'alba. Merit portò sulla nave il bambino avvolto in coperte e che ancora dormiva. Sua madre non venne, benché mi sarebbe piaciuto conoscere una donna che aveva osato chiamare il suo figliuolo Thoth, poiché raramente i genitori si arrogano la presunzione di dare ai loro figliuoli nomi di divinità. Thoth è il dio della scrittura e di tutte le scienze umane e divine; perciò la temerità di questa donna era ancora maggiore. Il bambino dormiva serenamente tra le braccia di Merit, per nulla preoccupato del suo nome, e non si svegliò finché le eterne sentinelle di Tebe scomparvero sotto la linea dell'orizzonte e il sole rifulse, caldo e dorato, sul fiume.

Era un bambinetto bruno, bello, grassoccio; aveva i capelli neri e lisci come seta, e non si dimostrò per nulla intimorito di me, ma subito si accoccolò tra le mie braccia. Mi piaceva di tenerlo così, perché era tranquillo. Mi guardava con gli occhi scuri, pensosi, come se già da molto tempo egli contemplasse gli enigmi dell'esistenza. Mi affezionai subito moltissimo a lui; gli fabbricai piccole imbarcazioni di giunchi e gli permisi di giocare con i miei arnesi medici e di odorare le diverse medicine. A lui piaceva l'odore delle droghe e metteva il suo nasetto in tutte le giare.

Non ci disturbò affatto a bordo della nave. Non cadde nell'acqua, non ficcò un braccio nelle fauci di nessun coccodrillo, non spezzò i miei calami di canna. E il nostro viaggio fu tutto sole e prosperità, poiché Merit era con me. Ogni notte si sdraiava sulla stuoia al mio fianco, e il bambino dormiva serenamente accanto a noi. Fu un viaggio felice, e sino al giorno della mia morte ricorderò lo stormire dei canneti nel vento e le sere in cui gli armenti venivano sospinti verso la riva del fiume a bere. Vi erano ore in cui il mio cuore si gonfiava di felicità, così come un frutto maturo scoppia per eccesso di succo.

Dissi a Merit: «Merit, mia benamata, spezziamo la giara insieme, così potremo restare insieme per sempre, e forse un giorno tu mi genererai un figlio che assomiglierà a questo piccolo Thoth. Nessuna meglio di te saprebbe darmi una piccola creatura bruna, tranquilla come questa. Francamente non ho mai desiderato figli sinora, ma ormai la mia giovinezza è morta e il mio sangue si è liberato delle sue passioni. Quando guardo questo piccolo Thoth, ho la nostalgia di procreare un figlio con te, Merit».

Ma ella mi posò una mano sulla bocca e distolse il capo, dicendomi sottovoce: «Sinuhe, non dire sciocchezze! Sai benissimo che sono stata allevata in una taverna, e può darsi che io non sia più in grado di generare figliuoli. Tu, che porti nel cuore il tuo destino, ti accorgerai che forse ti converrà restare solo al fine di ordinare la tua vita e le tue azioni senza l'inciampo di una moglie o di figliuoli. Questo io ho letto nei tuoi occhi la prima volta che ci siamo veduti. No, Sinuhe, non parlarmi a questo modo. Le tue parole mi rendono debole, e non desidero spargere lagrime mentre questa nostra attuale felicità mi circonda. Altri foggiano i propri destini e si legano con mille legami, ma tu porti il tuo destino in cuore, ed esso è più grande del mio. Amo questo piccolo bambino e abbiamo dinanzi a noi, qui sul fiume, molti giorni caldi e luminosi. Fingiamo di avere spezzata la giara insieme e di essere marito e moglie, e che Thoth sia nostro figlio. Gli insegnerò a chiamarti padre e a dirmi mamma; tanto è piccolo e dimenticherà presto, e ciò non potrà fargli alcun male. Ruberemo agli dèi per questi pochi giorni un frammento di vita. Non lasciamo che il dolore o la paura del domani offuschi la nostra felicità ».

Scacciai così tutti i tristi pensieri; chiusi gli occhi alla miseria dell'Egitto e delle popolazioni affamate dei villaggi lungo le sponde, e vissi alla giornata. Il piccolo Thoth mi metteva le braccia intorno al collo, stringeva la sua guancia contro la mia e mi chiamava "padre". Il suo fragile corpicino era una gioia per le mie braccia. Ogni notte sentivo contro la mia nuca i capelli di Merit; ella mi teneva le mani tra le sue e respirava sulla mia guancia. Mi era amica, e i sogni infausti non mi tormentavano più. I giorni fluivano; passavano rapidi come sospiri e si dileguavano. Non voglio più parlare di essi perché la loro memoria mi serra la gola come loppa, e un velo come di rugiada mi appanna la vista e offusca lo spirito. Gli uomini non dovrebbero mai essere troppo felici, poiché non vi è nulla di più transitorio ed elusivo della felicità.

7

Ritornai dunque ad Akhetaton, ma ormai ero mutato, e vedevo la Città dell'Orizzonte con altri occhi. Con le sue case fragili, illuminate dai raggi del sole, sotto l'azzurro cupo del cielo, essa mi apparve un bubbolo aereo, un miraggio fugace. La verità non abitava là dentro, ma al difuori. La verità era fame, sofferenze, miseria, delitto. Merit e Thoth ritornarono a Tebe, portandosi con sé il mio cuore, cosicché io rividi le cose come erano in realtà, con occhi freddi, e tutto ciò che contemplavo era cattivo. Non passarono molti giorni che la verità penetrò anche dentro le mura di Akhetaton, e il Faraone fu costretto ad incontrarla a faccia a faccia sulla terrazza della casa aurea. Da Menfi Horemheb aveva inviato a parlare col Faraone un gruppo di fuggiaschi provenienti dalla Siria con tutta la loro miseria. Pagò loro il viaggio, e credo anche li avesse consigliati di esagerare le loro tristi condizioni. Nella Città dell'Orizzonte costoro offrirono uno spettacolo raccapricciante. Alla loro vista i nobili della corte svennero e si rinchiusero nelle loro case, e le guardie sbarrarono i cancelli della casa d'oro. Ma essi presero a gridare forte e a gettare pietre contro le mura, finché il Faraone non li intese e li fece entrare nella corte interna.

Allora dissero: « Ascolta dalle nostre bocche illividite il grido del tuo popolo! Nella terra di Kem il potere non è più che un'ombra, e sotto il fragore degli arieti d'assalto e tra il crepitare delle fiamme scorre il sangue di coloro che fidavano in te e in te avevano riposte tutte le loro speranze ».

Alzarono verso il balcone dorato del Faraone i loro moncherini e gridarono: « Guardaci le mani, Faraone Akhenaton! Dove sono le nostre mani? ».

Spinsero innanzi uomini cui avevano strappati gli occhi e che avanzavano barcollando, e un gruppo di vecchi cui avevano strappata la lingua, i quali boccheggiavano vacuamente e ululavano. I fuggiaschi alzarono i loro lamenti verso di lui dicendo: « Non chiederci delle nostre mogli e dei nostri figli, poiché il loro destino è peggiore della morte, per mano degli uomini di Aziru e degli Hittiti. Essi hanno spente le nostre pupille e hanno mozzate le nostre mani perché noi fidavamo in te, Faraone Akhenaton! ».

Il Faraone si nascose il volto tra le mani, e parlò loro dell'Aton; ma essi lo derisero paurosamente e lo rinnegarono e dissero: « Sappiamo che tu hai mandata la croce della vita anche ai nostri nemici. Essi l'hanno sospesa al collo dei loro cavalli, e a Gerusalemme hanno mozzato i piedi dei sacerdoti e li hanno costretti a saltare di gioia in onore del tuo dio ».

Allora il Faraone Akhenaton emise un grido terribile; il morbo sacro si impadronì di lui ed egli si abbatté sul balcone privo di sensi. Le guardie avrebbero voluto scacciare questi senza patria, ma nella loro disperazione costoro resistettero. Il loro sangue sgorgò tra le pietre della corte interna, e i loro cadaveri furono gettati nel fiume. Nefertiti e Meritaton, la sofferente Meketaton e la piccola Ankhesenaton videro tutto ciò dal balcone e non dovevano mai dimenticarlo. Fu così che contemplarono per la prima volta l'angoscia e la morte, i tristi frutti della guerra.

Ordinai che il Faraone fosse avvolto in lenzuoli bagnati, e

quando rinvenne gli diedi dei sedativi, poiché questo attacco era stato così grave che temevo per la sua vita. Si addormentò, ma quando si svegliò il suo volto era cinereo e aveva gli occhi arrossati dalle fitte dolorose che gli lancinavano il capo.

« Sinuhe, amico mio, dobbiamo porre fine a tutto ciò. Horemheb mi dice che tu conosci Aziru. Va da lui e compera la pace. Compera la pace per l'Egitto anche se dovesse costare tutto l'oro che posseggo, anche se il paese dovesse impoverirsi ».

Ma io protestai energicamente.

« Faraone Akhenaton, manda il tuo oro a Horemheb ed egli acquisterà prontamente la pace con lance e cocchi, e l'Egitto non dovrà più soffrire alcun disonore ».

Egli si afferrò il capo con le mani.

« Per Aton, Sinuhe! Non capisci che l'odio genera odio, che la vendetta semina vendetta, che il sangue chiama sangue finché noi saremo sommersi dal sangue? A che servono le vittime se le loro sofferenze devono essere vendicate infliggendo sofferenze ad altri? Codeste tue chiacchiere di disonore non sono che pregiudizi. Io ti comando: va da Aziru e comprami la pace ».

Ero esterrefatto.

« Faraone Akhenaton, mi strapperanno gli occhi e mi svelleranno la lingua prima che io riesca ad avvicinare Aziru e a parlargli, e la sua amicizia non mi servirà a nulla poiché di certo egli da tempo deve averla dimenticata. Io non sono abituato agli strapazzi della guerra, di cui ho grande paura. Le mie membra sono rigide, i miei movimenti tardi, e non so scegliere le mie frasi con volubilità come altri che sono stati addestrati alla menzogna sin dalla fanciullezza e che ti servono nelle corti dei re stranieri. Manda un altro se vuoi acquistare la pace ».

Ma egli insistette ostinatamente: « Fa come ti dico. Il Faraone ha parlato ».

Io però avevo veduto i fuggiaschi nel cortile del palazzo. Avevo veduto le loro bocche mutilate, le loro occhiaie vuote, i moncherini delle loro braccia. Non avevo la minima intenzione di intraprendere quel viaggio, e me ne andai a casa col proposito di mettermi a letto fingendomi ammalato finché il Faraone non si fosse scordato di quel suo capriccio.

Cammin facendo m'imbattei nel mio servo, il quale mi disse con un certo stupore: « È bene che tu sia venuto, mio signore Sinuhe, poiché è arrivata or ora una nave da Tebe recante a bordo una donna di nome Mehunefer; ella dice di essere tua amica, e ti aspetta nella tua casa, abbigliata come una sposa, e la casa olezza dei suoi unguenti ».

Mi volsi di botto e ritornai correndo alla casa aurea.

« Sia come tu vuoi, Faraone. Andrò in Siria, e possa il mio sangue ricadere sul tuo capo. Però se debbo andare, permettimi di partire subito. Ordina ai tuoi scribi di preparare le tavolette necessarie, attestanti il mio rango e la mia autorità, poiché Aziru ha molto rispetto delle tavolette ».

Mentre gli scribi erano affaccendati nella stesura dei miei certificati mi affrettai alla bottega del mio amico Tutmosi. Avevo scoperto che esercitava ad Akhetaton la sua professione di scultore. Egli mi era amico e non mi respinse nell'ora del bisogno. Aveva appunto terminato una statua di Horemheb che doveva essere inalzata nel luogo di nascita del guerriero, a Hetnetsut. Era in arenaria bruna, ed era stata scolpita, secondo i nuovi canoni, in modo assai veristico, benché a parer mio Tutmosi avesse esagerato il rilievo dei muscoli delle braccia e la vastità del torace, tanto che Horemheb più che il comandante in capo delle forze del Faraone vi appariva come un lottatore. Ma era costume di quest'arte nuova esagerare ogni particolare sino alla bruttezza, pur di non sminuire la verità. Tutmosi strofinò con uno straccio umido l'immagine per mostrarmi quanto bello fosse il lustro dei muscoli di Horemheb e come bene si adattasse il colore della pietra a quello della sua pelle.

Mi disse: « Credo che viaggerò con te sino a Hetnetsut e porterò con me questa immagine per rassicurarmi che venga inalzata nel tempio in una posizione degna del rango di Horemheb e del mio. Sì, verrò con te, Sinuhe, e lascerò che il vento del fiume mi scacci dal cervello i fumi vinosi di Akhetaton. Le mie mani tremano a forza di reggere martello e scalpello, e la febbre mi tortura il cuore ».

Gli scribi mi recarono le tavolette d'argilla insieme alla benedizione del Faraone, e non appena la statua di Horemheb fu issata a bordo prendemmo a veleggiare a valle del fiume. Il mio servo aveva ricevuto ordine di dire a Mehunefer che ero andato alla guerra in Siria e vi ero perito. Pensavo che questa era purtroppo quasi la verità, poiché avevo fondati timori per ritenere che sarei veramente morto di una morte orribile nel corso di quel viaggio. Avevo inoltre dato incarico al mio servo di condurre Mehunefer a bordo di un vascello diretto a Tebe, con tutti gli onori, ma, se occorreva, anche a viva forza. « Poiché », soggiunsi, « se dovessi contro ogni previsione ritornare e trovare Mehunefer in casa mia, farò picchiare tutti i miei schiavi e tutti i miei servi, mozzerò loro il naso e le orecchie e li manderò a lavorare nelle miniere per il resto della loro esistenza ».

Il mio servo mi guardò fisso negli occhi e, avendo compreso che dicevo sul serio, si spaventò di conseguenza e promise che avrebbe adempiuto i miei ordini. Così, un poco più sollevato di mente, salpai verso la valle del fiume in compagnia di Tutmosi. Poiché ero convinto di essere destinato a morte sicura per mano degli uomini di Aziru e degli Hittiti, non lesinammo sul vino. Tutmosi dichiarò che non rientrava nelle buone usanze risparmiar vino quando si andava in guerra, e su questo argomento egli aveva certo molta autorità, essendo nato in una caserma.

LIBRO XII

DALLA CLESSIDRA IL TEMPO FUGGE

I

Nella mia veste ufficiale fui ricevuto da Horemheb a Menfi con tutti gli onori, ma non appena fummo soli, egli incominciò a battersi le cosce con la frusta e mi chiese con impazienza: « Qual cattivo vento ti porta qui in qualità di messo del Faraone, e quale nuovo baco gli sta rodendo il cervello? ».

Gli spiegai che la mia missione consisteva nel viaggiare sino in Siria per acquistare a qualunque prezzo la pace da Aziru. Nell'udire questo Horemheb prese a bestemmiare furiosamente.

« Dovevo immaginarmelo che avrebbe rovinato tutti i piani che io avevo architettato con tanta fatica e tanti sacrifici! Sappi che grazie a me Gaza è ancora in mano nostra, cosicché l'Egitto ha ancora una testa di ponte in Siria per eventuali operazioni militari. Inoltre, a forza di doni e di minacce, sono riuscito a indurre la flotta da guerra cretese a sorvegliare le nostre vie di comunicazione marittime con Gaza, il che del resto interessa in certo senso anche Creta stessa, dal momento che una federazione siriana forte e indipendente minaccerebbe la sua supremazia navale. Sappi inoltre che Re Aziru dura molta fatica a controllare i propri alleati, e che molte città siriache sono in guerra tra loro, adesso che gli Egiziani ne sono stati espulsi. Quei Siriani che hanno perduto casa ed averi si sono uniti a forze di resistenza che controllano il deserto di Gaza a Tanis, e si trovano attualmente in conflitto con le truppe di Aziru. Io ho armato queste forze ribelli con armi egizie, e ad essi si sono uniti molti uomini validi oriundi d'Egitto, ex-soldati, ladri, evasi dalle miniere. Ma quel che soprattutto conta, gli Hittiti hanno finalmente invaso Mitanni con tutto il loro assetto di guerra: ne hanno spazzata la popolazione, e il regno mitannita non esiste più. Questa vittoria trattiene laggiù le forze hittite; Babilonia è inquieta e sta allestendo truppe per difendere i propri confini, cosicché gli Hittiti hanno adesso il tempo di dare ad Aziru un aiuto adeguato. Se sarà saggio, Aziru si guarderà da loro, dopo la conquista di Mitanni, la quale faceva da scudo tra essi e la Siria. La pace che il Faraone offre sarebbe assai bene accetta, poiché ciò gli consentirebbe di consolidare la propria posizione e di guardarsi attorno. Concedimi un semestre, anche meno, e io comprerò per l'Egitto una pace onorevole, e con sibilanti frecce e roteanti cocchi costringerò Aziru a temere gli dèi dell'Egitto ».

Ma io obiettai: « Tu non puoi muover guerra, Horemheb, poiché il Faraone te lo ha vietato ed egli non permette che si sprechi oro a questo scopo ».

« Io sputo sul suo oro! Ho contratto debiti a destra e a sinistra... mi sono ridotto in miseria a forza di debiti pur di equipaggiare un'armata alla volta di Tanis. Per il mio sparviere, Sinuhe! Non vorrai per caso rovinare ogni cosa e viaggiare verso la Siria come mediatore di pace? ».

Gli spiegai che il Faraone già mi aveva dato i suoi ordini, provvedendomi di tutte le tavolette necessarie alla conclusione della pace. Mi era utile sapere che anche Aziru la desiderava, poiché in questo caso sarebbe stato disposto a concederla a buon prezzo.

Nell'udire questo Horemheb fu preso da un accesso di collera. Rovesciò con un calcio il suo sedile e urlò: « Ti garantisco in verità che se mercanteggerai pace con lui, svergognando l'Egitto, io ti farò scorticare vivo e ti butterò in pasto ai coccodrilli non appena tornerai, amico o non amico: questo te lo giuro! Vattene, dunque, parla ad Aziru di Aton. Sii semplice, digli che il Faraone nella sua infinita misericordia avrà pietà di lui! Aziru non ti crederà mai, perché è un uomo che sa il fatto suo, ma prima di lasciarti andare si torturerà tanto il cervello che gli verrà un attacco; contratterà e mercanteggerà e ti rimpinzerà la bocca di menzogne; ma soprattutto e per nessun motivo devi rinunciare a Gaza. Spiegagli anche che il Faraone non può essere ritenuto responsabile dei movimenti dei ribelli e dei loro saccheggi, perché queste forze indipendenti non si adatteranno mai per nessuna circostanza a deporre le armi; a quella gente non importa un fico delle tavolette del Faraone... ci penserò io a questo! Naturalmente non occorre che tu dica ad Aziru questo. Digli che sono uomini miti, pazienti, che il dolore li ha accecati ma che certamente essi convertiranno le loro lance in bordoni da pastore non appena sarà firmata la pace. Non cedere però Gaza, altrimenti ti scorticherò di mia mano; ho sofferto tante preoccupazioni, ho disperso alla sabbia tanto oro, ho sacrificato tutti i miei migliori informatori pur di aprire all'Egitto le porte di Gaza ».

Trascorsi a Menfi alcuni giorni, discutendo con Horemheb delle condizioni di pace e litigando con lui. Mi incontrai con inviati di Creta e di Babilonia, nonché con notabili, profughi da Mitanni. Dalle conversazioni che ebbi con loro mi formai un quadro di quanto era accaduto, e mi sentii gonfiare dall'ambizione, conscio di essere per la prima volta un fattore importante del grande giuoco, le cui poste erano i destini di uomini e di città intiere.

Horemheb aveva ragione: in quel momento la pace era un dono assai più pregevole per Aziru che non per l'Egitto, benché gli avvenimenti mondiali in genere facessero prevedere null'altro che un armistizio. Non appena la situazione si fosse ristabilita in Siria, Aziru si sarebbe rivolto immediatamente contro l'Egitto. L'avvenire dipendeva ora da una sola ipotesi: se gli Hittiti, cioè, dopo aver affermata la loro sovranità sopra Mitanni, avrebbero marciato su Babilonia attraverso la Siria. La ragione faceva ritenere che avrebbero puntato nella direzione più debole; ora Babilonia si stava armando mentre l'Egitto era indifeso. Il paese di Hatti era un alleato scomodo per chiunque; non di meno esso offriva ad Aziru un punto d'appoggio. Nell'associarsi all'Egitto contro gli Hittiti era minacciato di una sconfitta sicura fino a che il Faraone Akhenaton regnasse, e Aziru veniva così ad avere alle sue spalle soltanto una distesa di sabbia.

Horemheb mi spiegò che avrebbe incontrato Aziru in un punto tra Tanis e Gaza, mentre i cocchi di Aziru sarebbero stati impegnati contro i guerriglieri. Mi descrisse le condizioni di Smirne, enumerandomi le case che erano state incendiate durante l'assedio ed elencandomi i nomi delle persone di riguardo che vi erano state trucidate, tanto che io stupii di come egli sapesse tutto questo. Allora egli mi espose una relazione dei suoi informatori, i quali avevano visitate le città siriache e avevano seguito le truppe di Aziru travestiti da inghiottitori di spade, giocolieri, indovini, mercanti d'olio e trafficanti di schiavi.

Tanto gli ufficiali di Horemheb quanto i fuggiaschi mi narrarono episodi talmente orribili degli uomini di Amurru e delle libere forze egiziane, che mi sentii mancare sotto le ginocchia e mi parve che il mio cuore si tramutasse in acqua a misura che si approssimava l'ora della mia partenza.

Horemheb disse: « Puoi scegliere se andare per terra o per mare ».

« Forse mi sentirei più sicuro viaggiando per terra », risposi titubante. Egli annuì.

« Da Tanis in avanti avrai una scorta di alcuni lancieri e di pochi cocchi. Se costoro dovessero scontrarsi con le truppe di Aziru, ti abbandonerebbero nel deserto e se la batterebbero a tutta velocità. Può darsi che gli uomini di Aziru vedendo che sei un Egiziano d'alto rango, ti impalino su una picca alla moda hittita, e piscino poi sulle tue tavolette d'argilla. E può anche darsi che a dispetto della tua scorta tu vada a finire in mano ai guerriglieri, i quali ti spoglieranno nudo nato e ti metteranno a girare le loro macine finché non sarà giunto il momento che io possa riscattarti pagandoti in oro sonante... ma non credo che potresti durare tanto a lungo, poiché hanno fruste fabbricate con pelle d'ippopotamo. Però potrebbero anche spaccarti in due con le loro lance e abbandonarti ai corvi, il che dopo tutto non è poi il modo peggiore di tirar le cuoia, ma è in definitiva una morte relativamente facile e breve ».

Il mio cuore tremò e si fece più che mai piccino, e nonostante il calore estivo tremavo di freddo in tutte le membra. Dissi: « Mi pento amaramente di avere lasciato il mio scarabeo a Kaptah, poiché forse mi avrebbe aiutato di più che non l'Aton del Faraone, il cui potere mi sembra non si stenda a quei luoghi maledetti. In nome della nostra amicizia, Horemheb, nel caso tu venissi a sapere che io sono stato messo come prigioniero a girare una macina di mulino, affrettati a riscattare la mia libertà, e non lesinare l'oro, poiché io sono un uomo ricco... più ricco di quanto tu pensi... anche se per il momento non posso presentarti un elenco completo dei miei beni, dato che io stesso non li conosco tutti ».

Mi rispose: « Sono al corrente della tua ricchezza, e ho preso in prestito da te una notevole somma di danaro per il tramite di Kaptah, così come ho fatto con altri ricchi, poiché il mio animo è benigno e non ho alcuna intenzione di privarti del privilegio di prestar danaro. Per amore della nostra amicizia spero tu non vorrai importunarmi per farti restituire questo prestito, poiché ciò potrebbe allentare la nostra amicizia e magari romperla. Va dunque, Sinuhe, amico mio, va a Tanis e là raccogli una scorta per il tuo viaggio nel deserto. Possa il mio falco proteggerti, poiché io non posso farlo; ma la mia autorità non si stende fino laggiù. Se tu dovessi essere fatto prigioniero io comprerò il tuo riscatto, se tu dovessi morire io ti vendicherò. E possa questo pensiero confortarti quando qualche lancia ti squarcerà il ventre ».

« Nel caso tu venissi a sapere che sono morto, non sprecare la tua vendetta per me », risposi con amarezza. « Non recherà nessun conforto al mio cranio piluccato dai corvi essere bagnato nel sangue delle tue vittime. Limitati a salutare da parte mia la Principessa Baketaton, poiché essa è una donna bella e desiderabile, anche se altera, e al letto di morte di sua madre mi ha domandato di te ».

Dopo aver scoccata a tradimento questa freccia avvelenata, lo lasciai, vagamente riconfortato, e andai in cerca di scribi che redigessero il mio testamento comprovandolo con tutti i sigilli necessari. Depositai quindi questo documento, mediante il quale legavo tutti i miei beni a Kaptah, Merit e Horemheb, negli archivi di Menfi. Presi quindi una nave in partenza per Tanis, dove in una fortezza cotta dal sole ai limiti del deserto, mi incontrai con le guardie di frontiera di Horemheb.

Questi uomini bevevano birra, maledicevano il giorno in cui erano nati, andavano a caccia di antilopi del deserto, e ricominciavano a bere birra. Le loro capanne di mota erano sudice e puzzolenti di orina, e le donne che avevano con sé erano della peggiore specie. Conducevano insomma la solita vita tipica delle truppe di frontiera e sospiravano il giorno in cui Horemheb li avrebbe condotti alla battaglia di Siria. Un destino purchessia, foss'anche la morte stessa, era preferibile alla intollerabile monotonia di quell'esistenza in acquartieramenti simili a forni, tra le pulci della sabbia. Erano uomini pieni di ardore; giuravano che avrebbero costituito lo sperone avanzato delle forze indipendenti, e si sarebbero spinti innanzi verso Gerusalemme, verso Megiddo, persino, spazzando nella loro avanzata i puzzolenti Siriani così come il Nilo in piena spazza i giunchi inariditi.

La mia scorta si preparò per il viaggio. Furono riempiti di acqua otri di pelle, e i cavalli furono fatti venire dal terreno da pascolo, mentre i fabbri rafforzavano le ruote dei cocchi. Su ordine di Horemheb mi vennero concessi dieci cocchi, trainati ciascuno da due cavalli e con attaccato un animale di riserva. In questi cocchi, oltre all'auriga, stavano un fante e un lanciatore di giavellotto. Allorché il capo della scorta si presentò a me, io lo studiai molto attentamente, perché mi preparavo ad affidargli la mia vita. Il suo perizoma era sudicio e lacero come quello dei suoi uomini, e il sole del deserto lo aveva cotto sino ad annerirlo completamente. Soltanto la sua frusta intrecciata d'argento lo distingueva dal resto della soldataglia. Ma io ebbi fiducia in lui... più che se avesse indossate belle vesti e si fosse servito di un attendente per farsi proteggere dal sole.

Quando gli parlai di una portantina, dimenticò il rispetto che mi doveva e scoppiò a ridere. Gli credetti quando mi spiegò che la nostra sola salvaguardia era la velocità, e che perciò sarei dovuto andare con lui sul suo cocchio, dimenticando dietro di me lettighe e portantine e tutti gli altri agi pacifici. Mi promise che mi avrebbe fatto sedere su un sacco di foraggio se lo avessi desiderato, ma mi assicurò che mi sarei trovato meglio in piedi, quando avessi imparato a tenermi in equilibrio assecondando il movimento del veicolo, perché altrimenti il deserto mi avrebbe scosso fuori il fiato dal corpo a furia di sobbalzi, e le mie ossa si sarebbero spezzate contro i fianchi del cocchio.

Allora mi ersi in tutta la persona e gli dissi che quella non sarebbe comunque stata la mia prima corsa in un cocchio. Una volta mi ero recato da Smirne ad Amurru in un tempo così breve che persino gli uomini di Aziru si erano stupiti della mia velocità, benché a quel tempo io fossi stato più giovane di quanto ora non fossi. L'ufficiale, il cui nome era Juju, mi stette ad ascoltare educatamente, dopo di che commisi la mia vita a tutti gli dèi d'Egitto e presi posto dietro di lui nel suo cocchio. Allora egli sventolò la sua insegna e diede la voce ai cavalli, e sfrecciammo via lungo una strada carovaniera, entro il deserto. Io sobbalzavo sui sacchi di foraggio, mi aggrappavo ai fianchi del veicolo con entrambe le mani, pestavo col naso dappertutto, e maledicevo la mia sorte. Ma i miei gemiti erano soffocati dal fragore delle ruote, e gli aurighi alle mie spalle lanciavano urla forsennate di gioia al pensiero di correre attraverso il deserto lungi dall'inferno bruciante delle capanne.

Viaggiammo così tutto il giorno, e io trascorsi la notte sui sacchi, più morto che vivo, maledicendo amaramente il giorno della mia nascita. Il mattino seguente mi provai di stare in piedi nel cocchio, aggrappato alla cintura di Juju, ma percorso un breve tratto la ruota urtò contro una pietra e io volai fuori descrivendo un ampio cerchio e andai a finire con la testa nella sabbia, dove piante puntute mi lacerarono il viso. Ma io ormai avevo superato la preoccupazione di tutto ciò. Quando giunse la notte Juju sembrò preoccupato del mio stato. Benché tenesse i suoi uomini a corto di acqua, ne aveva serbato un poco da versarmi sulla testa. Mi strinse le mani e mi confortò, dicendomi che sinora il viaggio era stato fortunato e che se le forze dei guerriglieri non ci sorprendevano neppure durante il giorno successivo, il quarto giorno ci saremmo imbattuti certamente in qualche gruppo di esploratori di Aziru.

All'alba fui risvegliato da Juju che mi fece ruzzolare sgarbatamente fuori del cocchio sulla sabbia. Mi gettò dietro le mie tavolette e il mio forziere, poi rivolgendo i propri cavalli mi raccomandò alla protezione degli dèi e se la batté a briglia sciolta, seguito dal resto dei cocchi, mentre le ruote lanciavano scintille nel loro violento contatto contrō le pietre.

Mi ero appena ripulito gli occhi della sabbia che li accecava, che vidi un gruppo di cocchi siriaci avanzanti verso di me dalle colline. Essi si andavano disponendo a ventaglio in ordine di battaglia. Mi alzai e agitai un ramo di palma sopra il mio capo in segno di pace, benché ormai il ramo si fosse disseccato e appassito nel corso del mio viaggio. Ma i cocchi mi passarono accanto roteando senza curarsi di me, se non per una freccia che mi rasentò l'orecchio fischiando e andò a conficcarsi nella sabbia a pochi passi da me. Inseguivano Juju e i suoi uomini, ma costoro riuscirono a mettersi in salvo.

Riconosciuto vano ogni inseguimento, i cocchi di Aziru ritornarono verso di me, e i capi scesero a terra. Io proclamai il mio rango e mostrai loro le tavolette del Faraone, ma quelli non vi fecero caso. Mi derubarono, aprirono il mio forziere da viaggio, presero il mio oro, mi tolsero le vesti e mi legarono per i polsi alla coda di un cocchio. Quando ripartirono fui costretto a correre dietro a loro... a correre finché per poco non soffocai mentre la sabbia mi sbucciava la pelle delle ginocchia.

Sarei certamente morto in quel viaggio se l'accampamento di Aziru non si fosse trovato nelle immediate vicinanze, subito dopo la catena delle colline. Con occhi semiaccecati vidi una grande distesa di tende tra cui pascolavano dei cavalli; un vero muro di cocchi e di traini bovini circondava l'accampamento. Dopo di ciò non seppi più nulla finché non mi risvegliai per vedermi attorniato di schiavi che mi aspergevano d'acqua e mi massaggiavano d'olio le membra. Un ufficiale capace di leggere aveva veduto le mie tavolette d'argilla ed io venni trattato col massimo rispetto e mi furono restituite le mie vesti.

Non appena fui in grado di camminare venni condotto alla tenda di Aziru, che odorava di sego, di lana e di incenso. Aziru mi venne incontro ruggendo come un leone; il suo collo tinniva di catene d'oro, e la sua barba ricciuta era racchiusa entro una rete d'argento.

Mi venne incontro e mi abbracciò dicendo: « Sono desolato che i miei uomini ti abbiano trattato male; avresti dovuto dir loro il tuo nome e spiegare che eri messo del Faraone e mio amico. Avresti anche dovuto agitare sul tuo capo un ramo di palma come simbolo di pace, secondo richiede la buona usanza. I miei uomini mi dicono che tu li hai attaccati brandendo il tuo coltello, perciò sono stati costretti a impadronirsi di te per legittima difesa ».

Le ginocchia mi bruciavano come fuoco, e i polsi mi dolevano. Divorato dall'amarezza replicai: « Guardami e vedi se i tuoi uomini potevano essere in pericolo! Essi hanno spezzato il mio ramo di palma e mi hanno derubato, e hanno calpestato sotto i loro piedi le tavolette del Faraone. Avresti dovuto bastonarli per insegnar loro a rispettare l'inviato del Faraone ».

Ma Aziru si aperse la veste con gesto beffardo e levò alte le mani. « Certamente tu devi aver fatto qualche cattivo sogno, Sinuhe! Che posso farci io se ti sei sbucciato le ginocchia sulle pietre nel corso del tuo faticoso viaggio? Non mi sognerei certo di far bastonare i miei uomini migliori per scusarmi presso un miserabile Egiziano, e le parole del messo del Faraone suonano al mio orecchio come un ronzìo di mosche ».

« Aziru, re di molti re, ordina che sia bastonato almeno l'uomo che svergognatamente ha seguitato a percuotermi il sedere in molti punti mentre io ero costretto a correre dietro i cocchi. Fallo bastonare, e io sarò contento. Sappi che porto in dono a te e alla Siria la pace! ».

Aziru rise forte e si picchiò il petto.

« Che m'importa se quel miserabile Faraone striscia dinanzi a me nella polvere implorando pace? Tuttavia le tue parole sono ragionevoli. Dal momento che mi sei amico e sei amico della mia consorte e di mio figlio, farò bastonare l'uomo che ti ha punzecchiato il sedere per farti affrettare, poiché questo non è in accordo con le buone usanze. Come tu sai, io lotto con armi pulite per fini eccelsi ».

Ebbi così la soddisfazione di vedere il mio peggior tormentatore bastonato in cospetto delle truppe riunite davanti alla tenda di Aziru. I suoi compagni non ebbero alcuna pietà di lui, ma seguitarono a deriderlo e a urlare di gioia a ogni suo grido di dolore, poiché erano guerrieri, e ogni interruzione alla loro vita di tedio li rallegrava. Senza dubbio Aziru avrebbe lasciato che l'uomo fosse frustato a morte, ma quando vidi scorrere il sangue e la carne staccarsi dalle costole, alzai la mano e gli ridiedi la vita. Lo feci trasportare alla tenda che Aziru aveva messa a mia disposizione, con grande sdegno degli ufficiali che vi si erano acquartierati, e i suoi commilitoni presero ad acclamarmi con entusiasmo credendo che io intendessi proseguire la fustigazione con molte ingegnose torture. Invece io gli massaggiai la schiena con gli stessi balsami con cui avevo soffregate le mie ginocchia e le mie natiche dolenti, gli bendai le ferite, e gli diedi da bere birra a volontà. L'uomo pensò che io fossi matto e perdette ogni rispetto di me.

La sera Aziru mi invitò a un pasto di montone arrostito e di riso cotto nel grasso, ch'io mangiai con lui e i suoi ufficiali nella tenda, e con quegli ufficiali hittiti che si trovavano nel campo. I mantelli e le corazze di costoro erano adorni di disegni raffiguranti mannaie e soli alati. Bevemmo vino insieme, e tutti mi trattarono con gentilezza e cortesia, come un imbecille insomma venuto a offrire pace proprio nel momento in cui essi ne avevano maggiormente bisogno. Parlavano a voce alta della libertà della Siria e del potere futuro e del giogo dell'oppressore che essi si erano tolti dalle spalle. Ma dopo che ebbero bevuto più che a sufficienza, incominciarono a litigare tra loro, finché un uomo di Joppa trasse il coltello e pugnalò alla nuca un uomo di Amurru. Il danno non fu grave, poiché l'arteria non era stata recisa ed io fui in grado di curare la ferita con ottimi risultati, e in ricompensa di ciò il mio inatteso paziente mi colmò di molti doni bellissimi. Anche per questo gesto venni ritenuto dotato di debole intelletto.

2.

Quando la cena ebbe termine, Aziru licenziò i suoi ufficiali e gli Hittiti, ché andassero pure a proseguire le loro beghe nelle proprie tende. Mi mostrò suo figlio che lo accompagnava sempre durante le sue campagne, benché non avesse che sette anni, e si era fatto un bellissimo ragazzo dalle guance soffuse di una lieve peluria che le faceva assomigliare a due pesche e con due luminosi occhi neri. Aveva i capelli pure neri e ricciuti come la barba di suo padre, e la carnagione chiara della madre.

Aziru mi disse accarezzando i capelli del bambino: « Hai mai veduto un ragazzo più bello di questo? Io ho conquistato per lui molte corone, ed egli diventerà un reggitore famoso. Tanto si estenderà la sua sovranità che io non oso neppure pensarvi. Ha già squarciato con la propria spada la pancia di uno schiavo che aveva osato insultarlo; sa leggere e scrivere e non teme la guerra, poiché già io l'ho condotto in battaglia, dato che si trattava semplicemente di domare una ribellione di villaggi in cui la sua giovane vita non correva pericolo ».

Keftiu se ne restava ad Amurru quando Aziru guerreggiava, e Aziru provava un'acuta nostalgia di lei e mi disse che aveva cercato di placare il suo desiderio con donne prigioniere e con le vergini del tempio che seguivano l'esercito. Ma chi avesse provato una volta l'amore di Keftiu non poteva più dimenticarla. E col trascorrere degli anni ella era sbocciata più rigogliosa che mai, mi disse, cosicché se mi fosse capitato di vederla ora non avrei certamente creduto ai miei occhi. Il suo figliuolo però se lo portava sempre con sé, non osando lasciarlo ad Amurru perché un giorno il ragazzo avrebbe riunito nella sua persona tutte le corone di Siria.

Durante la nostra conversazione giunse alle nostre orecchie un'eco di strida. Aziru se ne mostrò molto seccato e disse: « Gli ufficiali hittiti stanno torturando nuovamente le loro donne. Non posso far nulla per impedirglielo, poiché io dipendo dal loro valore sul campo di battaglia; ciò nondimeno non mi piace che insegnino ai miei uomini quelle loro pratiche malvage ».

Conoscevo gli Hittiti, e sapevo quel che si poteva aspettare da essi. Afferrando l'occasione per i capelli dissi: « Aziru, Re dei Re, dividiti in tempo dagli Hittiti, prima che essi ti schiaccino le tue corone sulla testa... e il cervello insieme! È impossibile fidarsi di loro. Rappacìficati col Faraone mentre gli Hittiti sono ancora impegolati nella campagna contro Mitanni. Babilonia sta armando contro di loro, come sai, e se tu resterai loro amico non ti invierà più grano. Quando giungerà l'inverno, la carestia si aggirerà per il paese come un lupo famelico, a meno che tu non faccia pace col Faraone affinché egli torni a spedire frumento alle tue città come per il passato ».

Mi replicò: « Tu parli come uno sciocco, poiché gli Hittiti sono buoni verso i loro amici, ma verso i loro nemici sono terribili. Tuttavia io non sono legato ad essi da nessun trattato... ancorché mi inviino doni bellissimi e corazze lucenti... e sono perfettamente libero di stringere una pace separata. Io preferisco la pace alla guerra, e combatto unicamente per ottenere una pace onorevole. Mi riconcilierò col Faraone soltanto se egli mi restituirà Gaza, che mi ha presa a tradimento, e se disarmerà le orde di predoni del deserto offrendo riparazioni in grano, olio e oro per tutte le devastazioni sofferte dalle città siriache durante il conflitto. L'Egitto soltanto è da biasimare per quel che riguarda questa guerra, come tu sai ».

Mi fissò sfacciatamente e nascose un sorriso dietro il palmo della propria mano, ma io gli risposi con calore.

« Aziru, bandito, ladro di bestiame, macellatore di innocenti! Non lo sai che in tutte le officine del Basso Egitto si stanno foggiando punte di lancia, e che il numero dei cocchi di Horemheb già supera quello delle pulci che riempiono il tuo letto? Ora queste pulci ti pinzeranno ferocemente non appena le messi saranno mature. Questo Horemheb, la cui fama ti è nota, mi ha sputato sui piedi non appena io gli ho parlato di pace. Per amore del suo dio, il Faraone antepone la pace allo spargimento di sangue. Io ti concedo un'ultima scelta, Aziru. L'Egitto si terrà Gaza, e tu dovrai disperdere da solo le orde del deserto, poiché l'Egitto non è affatto responsabile dei loro misfatti. È stata la tua stessa crudeltà a costringere i Siriani a fuggire nel deserto e a impugnarvi le armi contro di te. Tu libererai inoltre tutti i prigionieri egiziani e risarcirai le perdite sofferte dai mercanti egiziani nelle città siriache e restituirai loro i beni ».

Aziru si lacerò le vesti, si strappò la barba e gridò forte il suo risentimento: « Sei stato morsicato da un cane arrabbiato, Sinuhe, per vaneggiare a questo modo? Gaza deve essere ceduta alla Siria; i mercanti egiziani si aggiustino da soli delle perdite che hanno subìto, e i prigionieri saranno venduti come schiavi come richiede il costume. Nulla impedisce al Faraone di riscattare la loro libertà se possiede oro bastante a questo scopo ».

Gli dissi: « Se farai pace potrai costruire torri alte e mas sicce per le tue città, cosicché non dovrai più temere gli Hittiti, e l'Egitto ti appoggerà. I mercanti di quelle città si arricchiranno, quando potranno commerciare con l'Egitto esenti da ogni tributo, e gli Hittiti, non possedendo navi da guerra, non saranno in grado di ostacolare i tuoi traffici. Tutti i vantaggi saranno dalla tua parte, Aziru, se firmerai la pace. Le condizioni del Faraone sono eque, e io non posso farti concessioni ».

Discutemmo per molti giorni, e più di una volta Aziru si strappò le vesti, si cosparse il capo di cenere, mi insultò chiamandomi ladro svergognato, pianse sulla sorte del proprio figliuolo che certamente sarebbe morto in un fosso, ridotto in mendicità per colpa dell'Egitto. Una volta lasciai persino la sua tenda e feci venire una portantina e una scorta per Gaza. Già ero salito sulla lettiga, quando Aziru mi richiamò indietro. Credo tuttavia che tutto questo mercanteggiare gli piacesse, poiché era Siriano, e credeva di aver ottenuto il meglio da me quando io cedevo su alcuni punti. Non sospettò mai che il vero mandato impostomi dal Faraone era quello di comperare la pace a qualsiasi prezzo, foss'anche con la rovina dell'Egitto.

Potei così conservare la mia sicurezza in me stesso e dopo infinite trattative ottenni delle condizioni assai vantaggiose per il Faraone. Il tempo mi era alleato, poiché il conflitto nell'accampamento di Aziru si andava intensificando. Ogni giorno un manipolo d'uomini sempre più numeroso si allontanava per far ritorno nelle proprie città; ed egli non poteva impedirglielo, perché la sua autorità non era ancora sufficientemente affermata.

Una notte due assassini entrarono nella sua tenda e lo accoltellarono, ma non gravemente. Egli ne trucidò uno, mentre il suo figlioletto, svegliatosi, conficcava il proprio piccolo pugnale nella schiena dell'altro, cosicché anche questi morì. Il giorno seguente Aziru mi chiamò nella sua tenda, e con parole terribili mi accusò, in modo che ne fui grandemente spaventato. Venimmo in seguito a un accordo definitivo. In nome del Faraone conclusi la pace con lui e con tutte le città della Siria. L'Egitto avrebbe conservato Gaza, la rotta dei guerriglieri sarebbe stato compito di Aziru, e il Faraone si riservava il diritto di riscattare la libertà dei prigionieri e degli schiavi egiziani. In base a queste condizioni redigemmo un trattato di amicizia eterna tra l'Egitto e la Siria. Fu steso su tavolette d'argilla e confermato nei nomi delle mille deità siriache e delle mille deità egizie, nonché nel nome di Aton. Aziru bestemmiò spaventosamente nell'apporre il proprio sigillo sulla creta, e anch'io mi strappai le vesti e piansi mentre a mia volta vi apponevo il mio sigillo egiziano. Ma in fondo ai nostri cuori eravamo tutti contenti. Aziru mi offrì molti doni, e anch'io promisi di mandarne molti a lui, a sua moglie e a suo figlio, con la prima nave che sarebbe salpata dall'Egitto secondo i termini della pace.

Ci separammo di pieno accordo; Aziru mi abbracciò persino e mi chiamò suo amico. Io sollevai tra le mie braccia il suo bel figliuolo, lodai il suo valore e sfiorai con le mie labbra le sue rosee guance. Tuttavia sapevamo entrambi, Aziru ed io, che il trattato da noi stretto in perpetuità non valeva neppure l'argilla su cui era scritto. Aveva aderito alla pace perché vi era stato costretto, e l'Egitto l'aveva accettata poiché così voleva il Faraone. La nostra pace era sospesa a mezz'aria, preda di ogni vento, poiché tutto dipendeva dalla direzione che avrebbero scelto gli Hittiti allontanandosi da Mitanni, dalla resistenza di Babilonia, dalle navi da guerra cretesi che proteggevano il traffico marittimo.

Aziru comunque incominciò a smembrare le sue forze, e mi fornì una scorta fino a Gaza, emanando al tempo stesso un ordine alle truppe raccolte laggiù di togliere a quella città l'inutile assedio. Tuttavia per poco io non giunsi a morte ancor prima di toccare Gaza. Mentre ci avvicinavamo alle sue porte e la mia scorta agitava rami di palma urlando che la pace era stata conclusa, i difensori egiziani incominciarono a far scoccare le loro frecce contro di noi e a lanciare i loro giavellotti, e io pensai che la mia ultima ora fosse giunta. Il soldato disarmato che mi copriva con il suo scudo fu colpito da una freccia alla gola e cadde sanguinante mentre i suoi compagni fuggivano. Il terrore mi aveva paralizzato le gambe, e io mi accucciai sotto lo scudo come una tartaruga piangendo e lamentandomi pietosissimamente. Quando capirono che per via dello scudo non mi avrebbero potuto raggiungere con le loro frecce, gli Egiziani mi versarono addosso pece bollente da giare enormi, e la pece corse ribollendo e sfrigolando lungo il terreno verso di me. Per buona sorte fui protetto da alcune grosse pietre, cosicché non ne riportai che lievi scottature alle mani e alle ginocchia.

A questo spettacolo gli uomini di Aziru risero fino a scoppiarne e si buttarono al suolo contorcendosi e sbellicandosi. Infine il loro comandante ordinò di dar fiato ai corni, e gli Egiziani acconsentirono a lasciarmi entrare in città. Non vollero tuttavia aprire le porte, ma calarono in cima a una fune un cesto di vimini, entro il quale fui costretto ad accovacciarmi con le mie tavolette di argilla e il mio ramo di palma, e in questa guisa mi issarono su per le mura.

Rimproverai aspramente di questo insulto il comandante della guarnigione, ma costui era un uomo rozzo, cocciuto, e mi spiegò che aveva incontrato tanti tradimenti da parte dei Siriani che non intendeva aprire i cancelli della città senza l'ordine espresso di Horemheb. Non volle credere che la pace fosse stata firmata, benché io gli mostrassi tutte le tavolette d'argilla e gli parlassi in nome del Faraone; era un individuo semplice, ostinato. Tuttavia senza la sua semplicità e cocciutaggine l'Egitto avrebbe perduto Gaza chi sa quanto tempo prima, e perciò io non ho il diritto di rimproverarlo con eccessiva severità.

Da Gaza mi reimbarcai alla volta dell'Egitto. Avevo dato ordine che nel caso avvistassimo navi nemiche il pennone faraonico fosse fatto salire sull'albero maestro, con tutti i segnali di pace. A questo mio comando i marinai mi guardarono con disprezzo e dissero che una nave così lisciata e dipinta aveva più l'aspetto di una prostituta che non di un vascello. Quando raggiungemmo la bocca del fiume, il popolo si raccolse sulle rive agitando rami di palma e cantando le mie lodi poiché ero l'inviato del Faraone e il messaggero della pace. Persino i marinai presero a rispettarmi finalmente e si dimenticarono che ero stato issato entro un cesto su per le mura di Gaza.

Quando rientrai nuovamente a Menfi e Horemheb ebbe lette le mie tavolette d'argilla lodò caldamente la mia abilità di mediatore, e questo con mia grande sorpresa, poiché non era affatto sua abitudine, solitamente, approvare le mie imprese. Non riuscivo a capire il motivo di ciò, finché seppi che le navi da guerra cretesi avevano ricevuto l'ordine di rientrare in patria. Se il conflitto fosse continuato, Gaza sarebbe presto caduta in mano di Aziru, poiché senza comunicazioni marittime la città era perduta. Ecco perché Horemheb mi lodò tanto e si affrettò a inviare a Gaza molte navi cariche di truppe, di armi e di rifornimenti.

Durante il mio soggiorno presso Re Aziru, Re Burnaburiash di Babilonia aveva spedito un messo a Menfi col suo seguito, recante molti doni. Io lo ricevetti a bordo della nave faraonica che si trovava laggiù ad attendermi, e viaggiammo insieme a monte del fiume. Fu un viaggio piacevole, poiché egli era un vecchio venerando dotato di vasto sapere, con una serica barba che gli pendeva sul petto. Conversammo a lungo di stelle e di fegati ovini, senza che la nostra conversazione languisse mai, poiché si può discutere di stelle e di interpretazioni augurali per una vita intiera senza mai esaurire l'argomento.

Discutemmo pure di affari di stato, e notai che la crescente potenza degli Hittiti lo disturbava profondamente. I sacerdoti di Marduk avevano preveduto che il loro potere sarebbe stato limitato e sarebbe durato meno di cento anni, dopo di che sarebbero stati annientati da una razza bianca selvaggia proveniente dall'Ovest. Ciò però mi fu di poco conforto, giacché io ero destinato a vivere durante il periodo della loro supremazia. Mi domandavo quale fosse questo popolo oriundo dell'Ovest, dove non esisteva terra alcuna all'infuori delle isole marine. Non di meno, dal momento che le stelle avevano parlato, ero persuaso di questa verità, poiché a Babilonia mi ero imbattuto in tante meraviglie, che ero pronto a credere assai più prontamente agli astri che non al mio sapere.

Egli aveva con sé dell'ottimo vino di montagna. Mentre rallegravamo i nostri cuori in esso, mi spiegò che segni e presagi sempre crescenti predicevano la fine di un'èra. Lui ed io eravamo entrambi consapevoli di vivere durante il tramonto del mondo e che la notte si stendeva dinanzi a noi. Molti cataclismi dovevano avverarsi, molti popoli dovevano essere spazzati dalla faccia della terra come già ne erano stati spazzati i Mitanniti, e i vecchi dèi dovevano morire prima che deità nuove nascessero e un nuovo ciclo si iniziasse. Si informò ansiosamente dell'Aton, e quando gliene parlai scosse il capo e si lisciò la barba candida. Ammise che nessun altro dio simile si era sino ad allora manifestato sulla terra, e a parer suo questa comparsa poteva benissimo significare il principio della fine, poiché mai era stato predicato prima d'allora un insegnamento così pericoloso.

Dopo un piacevole viaggio giungemmo ad Akhetaton, e mi parve di essere cresciuto in saggezza, da quando l'avevo lasciata.

3

Durante la mia assenza il Faraone era stato riassalito dai suoi dolori di capo, e l'angoscia gli dilaniava il cuore poiché capiva che tutto ciò che egli toccava si corrompeva. Il suo corpo ardeva e bruciava al fuoco delle sue visioni, ed egli si consumava. Per rincuorarlo il sacerdote Eie aveva deciso di indire una celebrazione trentennale in suo onore per quell'autunno, al termine del raccolto, quando le acque del Nilo fossero incominciate a crescere. Poco importava che il Faraone Akhenaton regnasse da assai meno di trent'anni, poiché da molto tempo era invalsa l'usanza che i Faraoni celebrassero questo anniversario ogni qualvolta loro piacesse.

Un gran concorso di popolo si era riunito ad Akhetaton per la celebrazione, e un mattino, mentre Akhenaton passeggiava lungo le rive del lago sacro, due sicari armati di coltello si buttarono su di lui. Un giovane discepolo di Tutmosi se ne stava seduto sulla riva disegnando anatre, poiché Tutmosi desiderava che i suoi allievi copiassero direttamente dalla realtà e non da modelli. Questo ragazzo tenne a bada i pugnali degli assassini col proprio stilo finché non sopraggiunsero le guardie a disarmarli, e il Faraone ricevette soltanto una ferita superficiale a una spalla. Il ragazzo però morì, e il suo sangue sgorgò sulle mani del Faraone. Così la morte comparve ad Akhenaton. Nella gloria autunnale del suo giardino egli vide le sue mani imbrattate di sangue, vide la morte oscurare le pupille e rilassare la mandibola del giovane, per la salvezza del Faraone.

Venni chiamato in tutta fretta per medicare la ferita di Akhenaton, che come dissi era lieve, e potei così vedere i due assassini. Uno di costoro aveva la testa rasata, il volto luccicante di olio sacro, mentre le orecchie dell'altro erano state mozzate in punizione di qualche gravissima offesa. Mentre le guardie li legavano, essi strappavano i loro legami, lanciando odiose imprecazioni nel nome di Ammon. E non cessarono neppure allorché le guardie li colpirono sulla bocca sino a che il sangue sgorgò dalle loro labbra. Certo i sacerdoti li avevano stregati, impedendogli di sentire alcun dolore fisico.

Questo era un incidente preoccupante, poiché sino a quel momento nessuno aveva mai osato alzare apertamente la mano contro il Faraone. Forse molti Faraoni erano morti prematuramente, anche in altre epoche, ma queste morti non erano state provocate al cospetto di tutti. Venivano complottate in segreto, forse col veleno, o con una corda sottile, o per soffocazione sotto una stuoia in modo da non lasciare traccia. Di quando in quando a qualche Faraone avevano anche aperto il cranio pur contro sua volontà, ma questo era il primo attentato alla luce del sole, e non era possibile metterlo in tacere.

I prigionieri vennero interrogati alla presenza del Faraone ma si rifiutarono di parlare. Ogniqualvolta aprivano la bocca lo facevano per invocare il soccorso di Ammon e maledire il Faraone, benché le guardie li percuotessero sulla bocca con l'impugnatura delle loro lance. E nell'udire invocare il nome di quel dio, persino il Faraone si infuriò talmente che permise alle guardie di seguitare a percuoterli finché i volti dei due uomini divennero un ammasso informe di carne sanguinolenta e i denti volarono loro di bocca. I prigionieri però non si stancavano di invocare l'aiuto di Ammon, sinché alla fine il Faraone vietò ogni ulteriore violenza.

Allora costoro gridarono pieni di sfida: « Lascia che ci torturino, falso Faraone! Strazino pure le nostre membra, squarcino la nostra carne, brucino la nostra pelle, poiché noi non sentiamo dolore! ».

Erano talmente incalliti che il Faraone girò la faccia per nascondere la lotta che si stava svolgendo entro il suo animo. Riprendendo infine il dominio di sé si sentì invadere da un amaro senso di vergogna poiché aveva permesso che le guardie colpissero gli uomini in viso. Disse: « Rilasciateli! Non sanno quello che si fanno ».

Non appena le guardie ebbero slegate le corde di giunchi, i prigionieri ripresero a bestemmiare peggio di prima. Avevano la bocca schiumante di bava e urlavano all'unisono: « Uccidici, Faraone maledetto! Dacci la morte, in nome di Ammon, falso Faraone, così potremo ottenere la vita eterna! ».

Allorché compresero che il Faraone intendeva lasciarli andare liberi e impuniti, si svincolarono con uno strattone violento dalle mani delle guardie e si precipitarono a testa bassa contro il muro del cortile, fratturandosi così il cranio e morendo poco dopo.

Tutti nella casa d'oro compresero che da quel momento la vita del Faraone avrebbe corso pericolo costante. I suoi aderenti raddoppiarono le guardie e non permisero che egli restasse a lungo lontano dai loro sguardi, benché nel suo dolore Akhenaton desiderasse vagare sempre solo nel suo giardino o presso la riva del lago sacro.

Coloro che credevano in Aton raddoppiarono ancor più di devozione e di ardore, mentre quelli che professavano tale fede unicamente a scopo di lucro e di onori incominciarono a temere per la stabilità della loro posizione e rafforzarono il loro zelo nel servizio del Faraone. Così il fanatismo crebbe nei Due Regni, e il popolo soffriva tanto per colpa di Aton quanto per colpa di Ammon.

Anche a Tebe furono predisposte cerimonie e processioni per la celebrazione del trentesimo anniversario. Vi furono portati panieri di polvere d'oro; furono trasportati lungo il fiume piume di struzzo, pantere in gabbia, giraffe, scimmiette, pappagalli dalle piume variopinte, affinché il popolo potesse ammirare la ricchezza e la maestà del Faraone e lodare il suo nome. Ma il popolo di Tebe assistette in silenzio alla processione celebrativa. Si ebbero risse stradali, e la croce di Aton venne strappata dalle vesti di molti. Due sacerdoti di Aton furono bastonati a morte, essendosi avventurati tra la folla senza scorta.

Ma quel che era peggio, testimoni di queste cose furono gli inviati stranieri, i quali vennero anche a sapere dell'attentato contro la persona del Faraone. L'ambasciatore di Aziru avrebbe avuto molti episodi dilettevoli da riferire al suo signore quando fosse rientrato in Siria. Costui prese con sé molti doni preziosi che il Faraone aveva destinati ad Aziru, e anch'io inviai regali a lui e alla sua famiglia per tramite del suo messo. Mandai a suo figlio tutto un piccolo esercito scolpito in legno, composto di lancieri e di arcieri, di cavalli e di cocchi gaiamente colorati; avevo dato ordine che una metà fossero rappresentati come Hittiti e una metà come Siriani, nella speranza che li avrebbe fatti combattere, quando avrebbe giocato con essi, gli uni contro gli altri. Queste figurine vennero foggiate dagli espertissimi scultori in legno di Ammon, che erano rimasti senza impiego da quando erano stati chiusi i templi e le botteghe sacre. Pagai più per questi giocattoli che non per tutti gli altri miei doni ad Aziru.

In questo periodo di tempo il Faraone Akhenaton ebbe a soffrire moltissimo e il dubbio lo attanagliava; la sua fede era talmente scossa che a volte si lamentava amaramente a voce alta perché le sue visioni si erano dileguate e Aton lo aveva abbandonato. Alla fine però volse a vantaggio della propria idea il tentativo di assassinio commesso contro di lui, derivandone una forza nuova e il convincimento che la sua missione fosse ancora più eccelsa di quanto si era immaginato, e la sua opera d'importanza ancora più vitale, dal momento che nella terra d'Egitto regnavano ancora tante tenebre e tanta paura. Egli gustò l'amaro pane e l'acqua salata dell'odio, ma quel pane non poté soddisfare la sua fame né quell'acqua spegnere la sua sete. Egli credeva nondimeno di agire con amorevole dolcezza allorché ordinò di raddoppiare le persecuzioni contro i preti di Ammon, mandando alle miniere tutti coloro che proferivano a voce alta il nome di Ammon. Come al solito, quelli che ebbero a soffrire di più furono i semplici di cuore e i poveri, poiché il potere segreto dei sacerdoti di Ammon era formidabile, e le guardie del Faraone non osavano impicciarsi di costoro. Così l'odio generò l'odio, e l'irrequietezza seguitò a crescere.

Non avendo figli maschi il Faraone cercò di assicurarsi il trono maritando le sue due figliuole maggiori, Meritaton e Ankhsenaton, ai figli di suoi fedeli seguaci alla corte. Meritaton spezzò la giara con un giovane di nome Sekerne, il quale deteneva il rango di coppiere del Faraone e credeva in Aton. Era un ragazzo eccitabile di quindici anni, sempre perso tra sogni a occhi aperti, il quale piaceva moltissimo al Faraone Akhenaton. Il Faraone gli consentì di cingere il diadema regale e lo scelse per suo successore poiché non sperava ormai più di avere un figliuolo suo proprio.

Ma Ankhsenaton spezzò la giara con un ragazzo decenne di nome Tut, il quale venne insignito dei titoli di Ufficiale della Casa Reale, nonché di Sovrintendente delle Opere Architettoniche Reali e delle Cave di Pietra. Era un ragazzo esile, malaticcio, che giocava con le bambole ed era ghiotto di dolciumi, d'indole docile e ubbidiente. Non era né cattivo, né particolarmente buono, e credeva a tutto ciò che gli veniva detto, ripetendo sempre le parole dell'ultimo che aveva parlato. Questi ragazzi appartenevano al più nobile sangue d'Egitto, e col maritare con costoro le sue figliuole, il Faraone pensava di garantire a se stesso e all'Aton l'alleanza delle loro due illustri famiglie. Quei fanciulli gli piacevano poiché non avevano una volontà propria, e nel suo fanatismo egli non tollerava alcuna divergenza d'opinione né ascoltava i propri consiglieri.

Apparentemente tutto proseguiva come per l'innanzi, tuttavia l'attentato alla vita del Faraone era un segno infausto. Ma quel che era peggio egli si turava le orecchie alle voci umane per ascoltare solamente quelle che parlavano entro di lui. L'esistenza ad Akhenaton divenne opprimente; le strade si erano fatte più silenziose, la gente rideva meno di prima e parlava sottovoce come se un timore segreto si profilasse sopra la Città dell'Orizzonte. Spesso io mi risvegliavo dai miei pensieri mentre lavoravo presso la chioccolante clessidra, e guardando fuori mi accorgevo del subitaneo, mortale zittìo calato sopra la città; nessun rumore giungeva alle mie orecchie fuorché il mormorìo del mio orologio ad acqua mentre esso misurava l'immisurabile tempo. In quegli istanti il suo gorgogliare mi appariva sinistro, come se un periodo già ormai segnato fosse sul punto di giungere alla propria conclusione. Poi a un tratto gli equipaggi ricominciavano a passare davanti alla mia casa, e io vedevo ondeggiare sulle teste dei cavalli le piume colorate. Il gaio frastuono delle ruote tornava a mescolarsi alle voci dei servi che spennavano volatili nei cortili delle cucine. Allora mi sentivo rinfrancato e m'illudevo di aver fatto un brutto sogno.

Vi erano nondimeno freddi momenti di lucidità in cui vedevo la città di Akhetaton nient'altro che come l'appetitosa corteccia di un frutto che fosse internamente divorato da un brulicame di bachi. Le larve del tempo succhiavano la polpa succosa della sua vita gaia cosicché la gioia svaniva e il riso smoriva, ad Akhetaton. Incominciai a sentire la nostalgia di Tebe e non ebbi bisogno di cercare pretesti al mio viaggio; il mio cuore me ne forniva in abbondanza. Così accadeva a molti che pur si ritenevano affezionati al Faraone; costoro lasciavano Akhetaton chi per visitare le proprie tenute, chi per assistere ai matrimoni dei propri congiunti. Alcuni ritornavano ad Akhetaton, altri no, indifferenti ormai al favore del Faraone e assai più fiduciosi nella segreta potenza di Ammon. Predisposi affinché Kaptah mi mandasse un certo numero di documenti con i quali poter testimoniare la necessità della mia presenza a Tebe, in modo che il Faraone non ostacolasse la mia partenza.

4.

Non appena ebbi messo piede a bordo e la navigazione sul fiume si iniziò, provai la sensazione che la mia anima si liberasse da un sortilegio. La primavera era ritornata, il Nilo era decresciuto, e le rondini guizzavano sulle mulinanti acque gialle. Il fertile limo si era disteso per i campi, e gli alberi fruttiferi erano in fiore. Mi affrettavo, ebbro della dolce irrequietudine della primavera, simile a uno sposo che si affretti verso la sua benamata. Talmente schiavo è l'uomo del proprio cuore, da chiudere gli occhi dinanzi a ciò che non gli piace e da credere a tutto ciò in cui spera. Liberato dall'incantesimo e dalla serpeggiante paura di Akhetaton, il mio cuore gioiva come un uccello cui abbiano dischiusi i battenti della gabbia. Duro è il legame della volontà altrui, e tutti ad Akhetaton si sentivano costretti e impastoiati dal volere febbrile, bizzoso, opprimente del Faraone. Per me, suo medico, egli non era che un uomo, e questa schiavitù gravava su di me ancora più pesantemente che non su coloro i quali lo consideravano un dio.

Mi sentivo allietato al pensiero di poter vedere ancora una volta con i miei propri occhi e di udire con le mie sole orecchie, di parlare con la mia lingua e di vivere secondo il mio capriccio. Una simile libertà non è affatto dannosa; anzi essa mi rendeva umile e discioglieva l'amarezza che mi pesava sul cuore. Quanto maggiore era la distanza che mi separava dal Faraone, tanto più chiaramente io lo vedevo come era in realtà e gli auguravo ogni bene. Quanto più mi avvicinavo a Tebe, tanto più immediate e vivide si facevano le memorie del mio cuore, e tanto più grande divenivano il Faraone Akhenaton e il suo dio.

Perciò le mie speranze e il mio convincimento erano una cosa sola, e mi sentivo lieto, nella certezza di essere un uomo buono, anzi migliore di molti altri. Se voglio essere onesto con me stesso e vivere nella verità, devo confessare che mi sentivo migliore del Faraone stesso, dal momento che non avevo mai danneggiato nessuno deliberatamente, non avevo mai imposto la mia fede a nessuno, e nei giorni della mia giovinezza avevo curato i poveri senza pretendere ricompensa. Mentre proseguivo il mio viaggio lungo il fiume, dappertutto scorgevo le tracce del dio del Faraone Akhenaton. Benché fossimo ormai nel colmo della stagione della semina, la metà dei campi d'Egitto non era né arata né seminata, ma si stendeva desolata e nuda, tranne che per una promiscua vegetazione di gramigna e di cardi, mentre le acque della crescita avevano ostruito di mota i fossati in modo che il deflusso ne era impedito.

Ammon esercitava il suo potere sul cuore degli uomini, scacciando i coloni dalla terra che era stata sua e lanciando la sua maledizione anche sui campi del Faraone, tanto che aratori e giornanti fuggivano da essi e cercavano riparo nelle città. Soltanto pochi coloni erano rimasti nelle proprie capanne, spauriti e amareggiati.

Parlai con costoro e dissi: « Pazzi! Perché non arate e seminate? Morirete di fame quando sopraggiungerà l'inverno ».

Mi guardarono con inimicizia perché le mie vesti erano di lino finissimo e risposero: « Perché dovremmo seminare, quando il pane che cresce nei nostri campi è maledetto, e uccide coloro che lo mangiano? Già il grano maculato ha ucciso i nostri figli! ».

Tanto remota era dalla vita e dalla realtà la città di Akhetaton che soltanto allora venni a sapere come il grano chiazzato causasse la morte dei fanciulli. Non avevo mai inteso parlare prima di una simile malattia. Essa si diffondeva tra i bambini; i loro ventri si enfiavano, ed essi morivano tra gemiti pietosi. Né medici né stregoni erano in grado di soccorrerli. A me sembrava che quest'epidemia non potesse aver origine dal frumento, ma piuttosto dalle acque della piena da cui provenivano tutte le malattie contagiose dell'inverno. È vero che questa uccideva soltanto i bambini, ma quando esaminai gli adulti che non osavano seminare nei loro campi, preferendo sottomettersi alla morte per fame, compresi che il male aveva ucciso per lo meno i loro cuori. Non biasimai il Faraone Akhenaton per tutto quello che vedevo, ma Ammon il quale aveva talmente avvelenata l'esistenza di questo popolo dei campi da fargli preferire la morte alla vita.

L'impazienza di rivedere nuovamente Tebe mi sospingeva innanzi. Il sudore rigava le facce dei miei vogatori. In tono di rimprovero mi mostravano le mani, coperte di calli e di vesciche perché io li incalzavo con tanta fretta. Promisi che avrei guarito le loro piaghe con argento, e nel mio desiderio di bontà calmavo la loro sete con birra.

Ma mentre vogavano tendendo i muscoli nello sforzo, li intesi che borbottavano tra loro: « Perché dobbiamo faticare per questo porco grasso se tutti gli uomini sono uguali al cospetto del suo dio? Lasciamogli provare a lui, affinché impari che cosa significa, e che si guarisca poi le mani con argento se ci riesce! ».

Il bastone che avevo al fianco mi gridava forte di picchiare intorno a me, ma avevo il cuore troppo gonfio di dolcezza al pensiero di rivedere Tebe. Dopo aver riflettuto sulle parole dei miei uomini, ne compresi la giustezza.

Passai tra loro e dissi: « Vogatori, datemi un remo! ».

Mi misi in piedi e presi a remare in mezzo ad essi finché il duro legno del remo produsse vesciche sulle palme delle mie mani, e finché le vesciche si tramutarono in piaghe. Mi sentivo la schiena tutta contorta sinché alla fine ebbi la sensazione che mi si sarebbe spezzata la spina dorsale, e respiravo a fatica.

Ma io dissi al mio cuore: "Vuoi dunque cedere alla fatica che ti sei accollata, perché i tuoi schiavi ti deridano e ti beffeggino? Questo e ben più di questo essi sopportano ogni giorno. Esperimenta la loro fatica, il loro sudore, le loro mani enfiate affinché tu possa sapere come è fatta la vita dei barcaioli. Tu, Sinuhe, desiderasti una volta che la tua coppa fosse piena!".

Seguitai dunque a vogare finché quasi svenuto i servi dovettero trasportarmi sul mio letto.

Il giorno seguente ripresi a remare con le mie mani spellate, e i vogatori ora non ridevano più, ma mi imploravano di cessare e dicevano: « Tu sei il nostro signore, e noi siamo i tuoi schiavi. Non remare più, altrimenti il pavimento diventerà tetto per noi, e noi saremo costretti a camminare arrovesciati con i piedi all'aria. Non remare più, perché ci vuole ordine in tutte le cose; ogni uomo abbia il proprio stato secondo quanto viene predisposto dagli dèi, e il tuo non è la pedana del vogatore ».

Ma io seguitai a remare in mezzo a loro sino a Tebe; e il mio cibo era il loro pane e la loro pappa di avena, e la mia bevanda la birra amara degli schiavi. Ogni giorno riuscivo a vogare per un tempo sempre più lungo; di giorno in giorno le mie membra si facevano più flessibili; ogni giorno la mia gioia di vivere diventava sempre più grande, e mi ero accorto che avevo smesso di respirare col fiato corto.

I miei servi erano inquieti sul mio conto e bisbigliavano tra loro: « Certo uno scorpione deve aver morsicato il nostro signore, o forse è ammattito come tutti quelli di Akhetaton, poiché la pazzìa è un male contagioso; però non abbiamo paura di lui perché portiamo nascosto sotto le vesti il corno di Ammon ».

Non ero però ammattito e non avevo alcuna intenzione di proseguire a vogare oltre Tebe.

Ci avvicinammo così alla città, e il suo profumo ci raggiunse che eravamo ancora lontani sul fiume... un profumo che supera ogni altro per chi è nato in quel luogo. Ordinai ai miei servi di massaggiarmi le mani con balsami, e di lavarmi e di vestirmi con le mie vesti migliori. La fascia che mi cingeva i lombi era diventata troppo larga, poiché avevo perduto un bel po' di pancia a furia di vogare, e fu necessario stringermela intorno al corpo con spilli, cosa che essi fecero tra lamenti e piagnistei. Ma io risi di loro e li mandai ad avvertire Muti del mio arrivo, non osando presentarmi senza essere preannunciato.

Spartii un grosso mucchio d'argento tra i miei vogatori, e anche parecchio oro, e dissi loro: « Per Aton! Andate, mangiate e riempitevi la pancia! Rallegrate i vostri cuori con birra e prendete piacere con le belle ragazze di Tebe, poiché Aton è dispensatore di gioia e ama i diletti semplici, e preferisce il povero al ricco, poiché i suoi piaceri sono innocenti ».

A queste mie parole le facce dei barcaioli si oscurarono; giocherellarono con l'oro e con l'argento e dissero: « Non vorremmo offenderti, ma dicci se per caso questo è argento e oro maledetto, dal momento che tu ci parli di Aton. Poiché se così fosse non potremmo accettarlo; esso ci brucerebbe le dita e si trasformerebbe in polvere, come tutti sanno ».

Non avrebbero osato parlarmi così se non avessi vogato insieme con loro e non mi fossi guadagnata la loro fiducia. Li rassicurai.

« Andate presto e convertitelo in birra, se queste sono le vostre apprensioni. Ma non abbiate timore; il mio oro e il mio argento non sono maledetti. Potete vedere dal sigillo che vi è impresso sopra come esso sia metallo vecchio e puro, non già quello svilito dalla lega di rame di Akhetaton. Ma siete sciocchi e ignoranti di quello che è bene per voi, se temete Aton; poiché in lui non vi è alcun motivo di timore ».

Mi risposero: « Noi non abbiamo paura di Aton, infatti chi potrebbe temere un dio impotente? Tu sai benissimo chi noi temiamo, signore, anche se a causa del Faraone noi non possiamo proferire forte il suo nome ».

Ero esasperato, e non volli discutere più a lungo. Li licenziai ed essi se ne andarono, saltando e ridendo e cantando le loro canzoni di barcaioli. Anch'io avrei volentieri saltato e riso e cantato, ma questo sarebbe stato disdicevole alla mia dignità. Mi avviai direttamente alla Coda del Coccodrillo, senza neppure attendere una portantina. Rividi Merit dopo la lunga separazione e la trovai più bella che mai; benché debba ammettere che l'amore, come tutte le passioni colora l'immaginazione. Merit non era più molto giovane, ma nella piena maturità della sua estate ella mi era amica e più vicina a me con i modi suoi di quanto nessun'altra donna fosse mai stata.

Allorché mi vide s'inchinò profondamente e levò alte le mani, quindi mi si avvicinò sino a toccarmi le spalle e le guance, e mi chiese sorridendo: « Sinuhe, Sinuhe! Che cosa è successo che hai gli occhi così chiari, e dov'è andata a finire la tua pancia? ».

« Merit, carissima mia! I miei occhi sono lucidi di desiderio e di febbre d'amore, e la mia pancia si è disciolta dalla malinconia mentre mi affrettavo verso di te, o mia sorella ».

Asciugandosi gli occhi mi disse: « Oh, Sinuhe! Come può una menzogna superare in dolcezza la verità quando si è soli e quando la propria primavera è fiorita invano! Ma tu vieni, ed ecco che la primavera ritorna un'altra volta, e io credo in tutte le vecchie favole ».

Non dirò altro di questo incontro, poiché devo parlare anche di Kaptah. La sua pancia non si era certo disciolta; era diventato ancora più corpulento, e un numero ancora maggiore di anelli gli tinniva al collo, ai polsi e alle caviglie, mentre il disco d'oro che celava la sua occhiaia vuota era ora incastonato di pietre preziose. Nel vedermi pianse e urlò di gioia e disse: « Benedetto sia il giorno che riconduce a casa il mio signore! ». Mi portò in una stanza privata e mi fece sedere su una morbida stuoia, mentre Merit ci serviva il meglio che la Coda del Coccodrillo potesse offrire, e ci rallegrammo insieme.

Kaptah mi diede conto delle mie ricchezze e disse: « Mio signore Sinuhe, tu sei il più saggio degli uomini... sei più abile dei mercanti di grano benché pochi siano riusciti a mettere nel sacco una genìa come quella. La primavera scorsa tu li hai ingannati con la tua astuzia, anche se lo scarabeo ha un certo merito di questo. Ricorderai che mi hai costretto a distribuire tra i coloni tutto il grano per farne semente, richiedendo da essi soltanto misura per misura, per il quale motivo io ti avevo giudicato pazzo. E alla stregua del senso comune questa poteva essere infatti l'opera di un pazzo. Sappi ora che grazie alla tua abilità sei adesso due volte più ricco di prima. Non riesco più a tenermi in testa tutta la somma dei tuoi beni, e sono indicibilmente tormentato dai gabellotti del Faraone, la cui sfacciataggine e la cui rapacità non conoscono limiti. Non appena i mercanti seppero che i coloni avrebbero avuto semente di grano, il prezzo del frumento cadde immediatamente e si abbassò ancor più non appena giunse la notizia della pace perché tutti si affrettarono a vendere per liberarsi dei loro impegni, e in conseguenza di ciò i mercanti subirono forti perdite. Ma arrivato a questo punto io comprai a prezzo bassissimo il frumento che non era stato ancora neppure mietuto, durante l'autunno raccolsi misura per misura come tu mi avevi ordinato, e con questo sistema ricuperai tutte le mie provviste precedenti. Detto tra noi, ti posso assicurare, signore, che il frumento dei coloni è buonissimo come qualsiasi altro tipo di frumento e non fa danno a nessuno. Io credo che i sacerdoti e i loro seguaci hanno spruzzato in segreto di sangue il grano raccolto nelle madie per ridurlo maculato e fargli acquistare un cattivo odore. Con l'approssimarsi dell'inverno il prezzo del grano tornò a salire, perché Eie in nome del Faraone ne spedì una certa quantità in Siria dopo la conclusione della pace, allo scopo di far crollare il grano babilonese sui mercati siriaci. Ed ecco che adesso il prezzo è salito come non mai. I nostri profitti sono enormi, e seguiteranno a salire quanto più a lungo terremo strette le nostre riserve. Nel prossimo autunno la fame si aggirerà per il paese, poiché i campi dei coloni non sono né arati né seminati. Gli schiavi fuggono dai campi del Faraone, e gli agricoltori nascondono il loro grano per timore che gli venga tolto e spedito in Siria. Ecco perché per tutti questi motivi non posso far altro che cantare le tue lodi ai cieli, signore, poiché tu sei assai più scaltro di me, ancorché io ti giudicassi folle ».

Emozionatissimo proseguì: « Lodo questi tempi, che rendono il ricco ancora più ricco, ch'egli lo voglia o no. Sono tempi assai strani in verità, poiché adesso l'oro e l'argento affluiscono nelle mie casse e nei miei forzieri da non so dove. Ho guadagnato vendendo giare vuote come vendendo grano. In tutto l'Egitto la gente acquista giare vuote di qualsiasi tipo, e non appena seppi ciò, assoldai schiavi a centinaia a comperar giare. Molti davano per nulla le loro giare usate, pur di avere i cortili spazzati da quegli arnesi maleodoranti. Se ti dicessi che questo inverno ho venduto mille volte mille giare forse esagererei un pochino, ma non troppo ».

« Ma chi sono gli imbecilli che comperano giare vuote? », chiesi.

Kaptah ammiccò furbescamente con il suo unico occhio e disse: « Gli acquirenti affermano che nel Basso Egitto è stato scoperto un nuovo sistema per conservare il pesce in acqua e sale. Informatomi della cosa, sono venuto a sapere che queste giare vengono spedite in Siria. Ne sono stati sbarcati carichi interi a Tanis — e anche a Gaza — da dove vengono poi trasportate in Siria mediante carovane. Che cosa ne facciano i Siriani è un mistero, e nessuno capisce che interesse abbiano ad acquistare giare usate al prezzo di giare nuove ».

Questo racconto di Kaptah a proposito di giare era veramente straordinario, ma io non volli torturarmi troppo il cervello con quell'argomento; il problema del grano era per me assai più importante.

Dopo avere ascoltata per esteso la lunga relazione di Kaptah gli dissi: « Vendi tutto quello che hai se occorre, e compera grano; compera tutte le riserve che puoi, non importa a quale prezzo. Non comperare il grano che non è stato raccolto, ma soltanto quello che puoi vedere con i tuoi propri occhi e che puoi far scorrere tra le tue dita. Vedi anche se riesci a ricomprare quello che già è stato spedito in Siria, perché anche se il Faraone per i termini del trattato di pace deve spedir grano laggiù, la Siria può sempre importarne da Babilonia. Effettivamente in autunno la carestia serpeggerà nella terra di Kem; maledetto sia dunque colui che vende il grano dei magazzini del Faraone per competere col grano di Babilonia ».

A queste mie parole Kaptah esaltò ancora maggiormente la mia avvedutezza.

« Tu dici bene, signore. Quando questi affari saranno giunti alla loro felice conclusione, tu sarai l'uomo più ricco d'Egitto. Credo che potrò ancora acquistare del grano, benché mi toccherà pagarlo a prezzi d'usuraio, ma l'uomo che tu hai maledetto è quel semplicione di Eie il prete, che ha venduto grano alla Siria all'inizio della pace mentre il prezzo era ancora basso. Nella sua sconsideratezza egli ne ha venduto tanto da rifornire la Siria per molti anni, perché la Siria pagava immediatamente e in oro, ed egli aveva bisogno di un'enorme quantità di oro per la celebrazione anniversaria del Faraone. I Siriani non ce lo rivenderanno, poiché sono mercanti astuti, e credo che aspetteranno finché noi saremo costretti a soppesare in oro una spiga di grano. Allora soltanto ce lo venderanno di ritorno, risucchiando così entro i loro forzieri tutto l'oro d'Egitto ».

Ma ben presto scordai il grano, la carestia che minacciava l'Egitto, l'avvenire che si preannunciava circonfuso di tenebre, da quando il tramonto aveva gettato il suo sinistro bagliore rossastro su Akhetaton. Guardai Merit negli occhi, e il mio cuore si saziò della sua bellezza, ed ella era come vino alla mia bocca, come balsamo ai miei capelli. Ci separammo da Kaptah, ed ella distese a terra la sua stuoia perché io mi ci distendessi. Non esitavo più ormai a chiamarla sorella, benché un tempo avessi pensato che mai più avrei potuto rivolgere questo appellativo a una donna. Ella mi tenne le mani nell'oscurità della notte, e il suo respiro era sul mio collo, e il mio cuore non aveva segreti per lei, e io le parlai senza falsità o inganni. Il suo cuore però mi tenne nascosto il *suo* segreto, e mai io riuscii a indovinare quale potesse essere. Al suo fianco non mi sentivo uno straniero al mondo, poiché il suo corpo era patria per me, e i baci della sua bocca scacciavano la mia solitudine... e tuttavia anche questa non era che una fugace illusione attraverso la quale io dovevo passare, affinché la misura della mia esperienza fosse colma.

Alla Coda del Coccodrillo rividi il piccolo Thoth, e la sua vista mi riscaldò il cuore. Egli mi gettò le braccia al collo e mi chiamò "padre", cosicché non potei non essere commosso nel constatare la sua ottima memoria di me. Merit mi spiegò che sua madre era morta e che ella lo aveva preso a stare con sé, giacché nel portarlo alla circoncisione ella si era impegnata, secondo il costume, ad allevarlo nel caso che i suoi genitori non fossero stati in grado di farlo. Thoth era completamente di casa alla Coda del Coccodrillo, dove i clienti, per compiacere Merit, si occupavano moltissimo di lui e gli offrivano doni e giocattoli. Anche a me quel bambino era carissimo, e durante il mio soggiorno a Tebe lo condussi nella casa del fonditore di rame. Muti fu felice di questo, e mentre io lo vedevo giocare ai piedi del sicomoro e l'udivo far chiasso e discutere con gli altri ragazzi della strada, mi rammentavo della mia fanciullezza e lo invidiavo. Anche a lui piaceva talmente stare con me che trascorreva nella mia casa anche le notti, e per mio passatempo incominciai a istruirlo, ancorché non fosse ancora in età di andare a scuola. Scopersi che era intelligente; imparava rapidamente i segni e i caratteri della scrittura, e decisi che avrei pagato la sua iscrizione nella migliore scuola di Tebe, che era frequentata soltanto dai bambini di alto rango. Questo riempì di gioia Merit. Muti non si stancava mai di cucinare per lui focacce al miele e di raccontargli filastrocche. Ormai le cose andavano esattamente come ella aveva desiderato: nella mia casa c'era un figlio ma non una moglie che potesse infastidirla o gettarle acqua bollente sui piedi, come fanno solitamente le mogli dopo che hanno litigato coi loro mariti.

Avrei potuto essere felice, ma a Tebe avvenivano a quel tempo incidenti, di fronte ai quali non mi era possibile chiudere gli occhi. Non trascorreva giorno senza che vi fossero risse per le strade, e le eterne discussioni a proposito di Ammon e di Aton finivano sempre in spargimenti di sangue e in teste rotte. Le guardie del Faraone e i magistrati avevano moltissimo da fare, poiché ogni giorno uomini donne e bambini venivano incarcerati e trascinati al molo donde venivano inviati ai lavori forzati nei campi del Faraone, e anche alle miniere, per causa di Ammon. Ma quelle partenze non erano considerate convogli di criminali, poiché il popolo si raccoglieva sugli argini a salutarli e a coprirli di fiori. I prigionieri levavano le loro mani incatenate e dicevano: « Presto ritorneremo! ». E altri: « Sì, torneremo presto a gustare il sangue di Aton! ». A causa del popolo le guardie non osavano far tacere i prigionieri e non li picchiavano fin che le navi non si erano allontanate dalla riva.

E così il popolo di Tebe era diviso; per colpa di Aton, il figlio era contro il padre, la moglie contro il marito. Così come i seguaci di Aton portavano al collo o sulle vesti la croce della vita, allo stesso modo il corno era il simbolo dei fedeli di Ammon, e anche costoro portavano ostentatamente il loro distintivo. Nessuno poteva impedirglielo poiché da età immemorabili questo corno era stato accettato come ornamento corrente delle vesti e degli indumenti.

Con mia sorpresa la potenza di Aton si era notevolmente accresciuta a Tebe dall'anno precedente, e a tutta prima non riuscivo a capire come mai ciò fosse avvenuto. Molti coloni erano ritornati in città, e avendo perduto tutto avevano portato con sé Aton nella loro amarezza, e ora accusavano i sacerdoti che avevano avvelenato il loro frumento e quelli che avevano ingorgato i loro canali d'irrigazione e avevano lasciato libero il loro bestiame di calpestare i campi. Molti di coloro che avevano appresa la nuova scrittura e avevano frequentate le scuole dell'Aton si battevano aspramente per lui, come fanno solitamente i giovani per contrasto con la mentalità dei vecchi. Ecco come si esprimevano gli scaricatori e gli schiavi del porto: « La nostra misura si è ridotta della metà di quella che era, e non abbiamo più nulla da perdere. Al cospetto di Aton non esistono né signori né schiavi, né padroni né servi, mentre Ammon esige da noi tutta la parte di sacrificio ».

I più infuocati campioni di Aton erano i ladri, i violatori di tombe, i traditori che si erano grandemente arricchiti esercitando la delazione e che adesso temevano la vendetta dei traditi. Tutti quelli che in un modo o nell'altro si guadagnavano da vivere grazie all'Aton e desideravano conservare il favore del Faraone si attaccavano disperatamente a lui. Così il popolo era diviso, finché i cittadini onesti e pacifici, stanchi di tutte queste lotte e avendo ormai perduta la fede in qualsiasi dio si lamentavano amaramente: « Ammon o Aton, per noi è la stessa cosa. Noi desideriamo soltanto vivere in pace ed esercitare il nostro lavoro, ma siamo trascinati di qua e di là, tanto che non sappiamo più se stiamo in piedi sui talloni o sulla testa ».

Ma soffriva soprattutto chi si sforzava di conservare aperta la propria mente, concedendo ad ognuno di avere la fede che gli piaceva. Allora tutti di comune accordo si scagliavano su di lui e lo rinnegavano, accusandolo di accidia e d'indifferenza, di stupidità, di insensibilità di carattere, di cocciutaggine, di ostinatezza nel peccare, tormentandolo finché non avesse accettato o la croce o il corno, il simbolo insomma che secondo lui gli avrebbe procurato i minori fastidi.

Molte case ostentavano ora l'una ora l'altra insegna; le ostentavano le taverne, le birrerie, le case di piacere, cosicché i corni bevevano da una parte e le croci dall'altra. Le ragazze che esercitavano la loro professione presso le mura appendevano al loro collo croci o corni come meglio garbava ai loro clienti. Tutte le sere croci e corni giravano per le strade avvinazzati e fracassavano lampade, spegnevano torce, picchiavano contro le imposte, e si azzuffavano tra loro. Non saprei dire quale delle due fazioni fosse la peggiore, poiché entrambe mi atterrivano.

Anche la Coda del Coccodrillo era stata costretta a mettere

in mostra il suo simbolo, benché Kaptah avesse cercato di tergiversare, preferendo essere d'accordo con tutti coloro ai quali era in grado di mungere danaro. Ma non gli fu concessa via di scelta, poiché ogni sera la croce della vita veniva scarabocchiata sui muri della taverna, accompagnata da disegni indecenti. Questo era assai naturale, poiché i mercanti di grano covavano verso Kaptah un odio amaro, avendoli egli impoveriti col distribuir grano ai coloni, e inutilmente aveva dichiarato negli accertamenti presentati all'ufficio delle imposte che la taverna apparteneva a Merit. Fu inoltre asserito che alcuni sacerdoti di Ammon erano stati attaccati con violenza nella sua casa. I clienti abituali di Kaptah appartenevano a quella ricca genìa del porto, di dubbia fama, la quale non rifuggiva da alcun mezzo per procacciarsi ricchezza, e tutti costoro si erano schierati per Aton poiché era stato per merito suo che essi si erano impinguati.

Nessuno ebbe l'audacia di perseguitare me, poiché io ero medico della casa reale, e gli abitanti del quartiere povero del porto mi conoscevano e conoscevano la mia opera. Per questo non comparvero sulle mura della mia casa né croci né figure oscene, e nessuna carogna d'animale venne gettata nel mio cortile. Persino i gozzoviglianti ubriachi l'evitavano quando vagavano per le strade la notte, urlando a squarciagola il nome di Ammon al fine di infastidire la ronda. Il rispetto per coloro che portavano il simbolo del Faraone era nel sangue stesso del popolo, nonostante tutta l'opera dei sacerdoti per convincere le masse che Akhenaton era un falso Faraone.

Ma un giorno di grande caldo il piccolo Thoth ritornò a casa dai suoi giochi percosso e ammaccato, col sangue che gli scorreva dal naso e un dente di meno. Entrò singhiozzando benché si sforzasse di farsi coraggio, e Muti allibì. Prese a piangere di rabbia mentre gli lavava il musetto, poi afferrò nella sua stretta nodosa un bastone da lavandaia, gridò: « Ammon o Aton, non importa... ma quei mocciosi del tessitore di giunchi dovranno pagarmela! ».

Scomparve prima ancora che io potessi fermarla, e ben presto dalla strada giunsero strilli di ragazzi, invocazioni di aiuto. e le imprecazioni di un uomo adulto. Io e Thoth ci mettemmo a spiare impauriti attraverso la porta e vedemmo Muti che bastonava in nome di Aton i cinque figliuoli del tessitore di giunchi, la sua moglie, e l'uomo stesso. Ritornò poco dopo ancora ansimante di collera, e quando io tentai di rimproverarla e di spiegare che l'odio genera odio e la vendetta partorisce vendetta, per poco non bastonò anche me. Più tardi nella giornata, tuttavia, la coscienza dovette incominciare a rimorderle, perché dopo aver riposto in un paniere alcune focacce al miele e una giara di birra, prese la roba e la portò al tessitore di giunchi, e fece pace con lui, con sua moglie e i suoi bambini. Dopo questo incidente l'uomo tenne Muti in grande considerazione, e i suoi ragazzi diventarono gli amici di Thoth. Presero a rubacchiare dalla nostra cucina focacce al miele, e insieme combattevano croci e corni indistintamente ogni qualvolta erompevano nella nostra strada, a creare confusione e danno, giovani partigiani degli altri quartieri.

5.

Poco mi resta da dire di questo mio soggiorno a Tebe. Improvvisamente li Faraone Akhenaton mi mandò a chiamare perché i suoi dolori di capo erano peggiorati, e non mi fu più possibile rimandare la partenza. Salutai Merit e il piccolo Thoth, poiché con mio grande dolore questa volta non potevo condurli con me, avendomi il Faraone comandato di ritornare con la massima sollecitudine.

Dissi a Merit: « Seguitemi, tu e il piccolo Thoth! Venite ad abitare con me nella mia casa di Akhetaton, e vivremo così felici tutti e tre insieme ».

Ma Merit mi rispose: « Togli un fiore dalla sua piccola arida zolla nel deserto, piantalo in un terreno fertile, innaffialo ogni giorno, ed esso intristirà e perirà. Lo stesso accadrebbe di me in Akhetaton, e la tua amicizia nei miei riguardi intristirebbe e perirebbe del pari se tu mi paragonassi con le donne della corte. Esse si affretterebbero a farti rilevare tutti i punti in cui io differisco da loro... Oh, conosco le donne, e anche gli uomini, credo. Mal si addirebbe al tuo rango tenere in casa tua una donna allevata in una taverna che è stata tutta la vita brancicata da ubriaconi incalliti ».

Le dissi: « Merit, amatissima mia, ritornerò a te non appena mi sarà possibile, poiché languo di fame e di sete ogniqualvolta ti sono lontano anche per un attimo. Molti hanno lasciato Akhetaton per non ritornare mai più, e forse anch'io potrò fare lo stesso ».

Ma ella replicò: « Tu parli e dici più di quanto il tuo cuore possa mantenere, Sinuhe. Ti conosco. So che non è nel tuo carattere abbandonare il Faraone proprio mentre altri lo abbandonano. Forse lo avresti fatto nei giorni prosperi, ma non ora. Il tuo cuore è fatto così, Sinuhe, ed è forse per questo motivo che io ti sono amica ».

Quelle sue parole mi misero l'animo in tumulto, e mi sentii pungere la gola, come se me la vellicassero con loppa, al pensiero che avrei potuto perderla. Con la massima sincerità le dissi: « Merit, l'Egitto non è il solo paese del mondo. Io sono stanco di lotte fra dèi e della pazzia di un Faraone. Fuggiamo insieme in qualche altro luogo, lontano da qui, e viviamo insieme, tu ed io e il piccolo Thoth, senza essere costretti a dover temere il domani ».

Ma Merit sorrise, e il dolore le dilatò e le incupí le pupille mentre ella diceva: « Le tue parole sono vane, e tu stesso sai che lo sono, tuttavia anche le tue menzogne mi piacciono poiché mi dimostrano che mi vuoi bene. Ma non credo che tu potresti vivere felice in nessun altro luogo che non sia l'Egitto, anzi in nessun altro luogo che non sia Tebe. No, Sinuhe, nessun uomo può sottrarsi al proprio cuore. Con l'andare del tempo, quando fossi diventata vecchia, brutta e grassa, tu ti stancheresti di me e mi odieresti per tutto quello che hai perduto per causa mia. Preferirei rinunciare a te piuttosto che dover assistere a questa mia decadenza ».

« Tu sei la mia casa e la mia patria, Merit. Tu sei il pane nella mia mano e il vino nella mia bocca, e tu lo sai bene. Tu sei la sola creatura al mondo nella cui compagnia io non mi senta solo, e per questo ti amo ».

« Già, infatti! », ribatté Merit con una punta di amarezza. « Io non sono che un cuscino per ammorbidire la tua solitudine... quando non sono la tua stuoia consunta. Ma così deve essere, e io non desidero altro. Non ti dico dunque il segreto che mi divora il cuore e che forse vorresti conoscere. Me lo terrò quindi per me benché nella mia debolezza sia stata sul punto di rivelartelo. È per il tuo bene che te lo nascondo, Sinuhe, per il tuo bene soltanto ».

Non volle confidarmi a nessun patto il suo segreto, poiché era più orgogliosa di me e forse ancor più solitaria, benché a quel tempo io non capissi e pensassi soltanto a me stesso. Ritengo che tutti gli uomini agiscano a questo modo quando amano, benché ciò non mi scusi. Coloro che credono di pensare a tutto fuorché a se stessi quando amano s'ingannano, così come s'ingannano in molte altre cose.

Me ne andai dunque ancora una volta da Tebe e ritornai ad Akhetaton, e di quello che seguì il mio racconto non può far altro che registrare lutti e sciagure.

LIBRO XIII

IL REGNO DI ATON SULLA TERRA

I.

Appena ritornato ad Akhetaton trovai il Faraone ammalatissimo ed estremamente bisognoso del mio aiuto. La sua faccia si era rimpicciolita, i suoi zigomi erano divenuti ancora più sporgenti, e il suo collo appariva più lungo che mai. Non poteva ormai più sopportare il peso della duplice corona, che gli inclinava la testa da un lato quando era costretto a portarla nelle occasioni solenni. Le sue cosce si erano enfiate, benché le sue gambe al disotto delle ginocchia si fossero ridotte a due stecchi; i continui dolori di capo gli avevano inoltre gonfiati gli occhi che erano perpetuamente cerchiati di ombre violette. Non fissava più in volto nessuno; il suo sguardo vagava in altri regni, e spesso si dimenticava delle persone con le quali parlava. I suoi mali di capo erano peggiorati dall'abitudine che egli aveva contratta di passeggiare a testa scoperta sotto il sole di mezzogiorno, per ricevere direttamente sulla fronte i raggi della sua benedizione. Ma i raggi di Aton non riversavano benedizione alcuna; lo avvelenavano anzi, e lo inducevano a smaniare, ed evocavano in lui visioni infauste. Forse il suo dio era simile a lui, troppo generoso nel suo tenero amore, così traboccante e prodigo nelle sue benedizioni da trasformare in piaga maligna tutto ciò che esso toccava.

Nei suoi momenti di lucidità, quando gli applicavo sulla fronte pezzuole bagnate e gli somministravo calmanti per alleviare la sua pena, il suo sguardo cupo, afflitto, si posava su di me con un'espressione così accoratamente delusa che il mio cuore si commuoveva di fronte a tanta debolezza, in quei momenti io lo amavo, e avrei dato non so che cosa per risparmiargli quella sua inenarrabile angoscia.

Mi diceva: « Sinuhe, credi possibile che le mie visioni non siano che menzogne... non siano che il frutto di un cervello malato? Se così è, la vita allora è inconcepibilmente ributtante, e il mondo è governato non dalla bontà ma da un male senza limiti. E tuttavia non può essere così, e le mie visioni sono certamente vere anche se il suo sole non illumina più il mio cuore, anche se i miei amici sputano sul mio giaciglio. Non sono cieco. Leggo nel cuore degli uomini, leggo anche nel tuo cuore, nel tuo debole, vacillante cuore, e so che tu mi giudichi pazzo. Tuttavia ti perdono per la luce che risplendette un tempo dentro quel cuore ».

Quando il male lo assaliva egli gemeva e si lamentava: « Gli uomini hanno compassione di un animale malato, Sinuhe, e lo finiscono con un bastone, e un colpo di lancia libera dalla sofferenza il leone ferito... ma ad un uomo nessuno mostra pietà! La mia delusione è ancora più amara della morte, per me, poiché la sua luce inonda il mio cuore. Anche se il mio cuore perirà, il mio spirito vivrà in eterno. Dal sole io sono nato, Sinuhe; al sole ritornerò... e anelo a questo ritorno nell'amarezza della mia desolazione ».

Con l'approssimarsi dell'autunno incominciò a migliorare, benché forse sarebbe stato meglio se io lo avessi lasciato al suo destino; ma un medico non può permettere che un suo paziente muoia se le sue arti possono servire a guarirlo... il che spesso si risolve per il medico stesso in una vera e propria maledizione. La salute del Faraone rifiorì, e a mano a mano che egli si rimetteva diveniva sempre più riservato; non conversava più con nessuno; né con me né con altri. I suoi occhi si erano induriti, e la sua solitudine era sconfinata.

Aveva detto la pura e semplice verità quando si era lamentato che i suoi amici sputavano sul suo giaciglio, poiché dopo avergli partorito cinque figlie la Regina Nefertiti si stancò di lui, e giunse a odiarlo al punto di cercar ogni mezzo per procurargli dolore. Ancorché per la sesta volta il seme germogliò in lei, la creatura delle sue viscere apparteneva al Faraone di nome soltanto. Ella perdette ogni ritegno e prendeva piacere con chiunque, persino con il mio amico Tutmosi. La sua bellezza era ancora regale benché la primavera della gioventù fosse ormai sfiorita in lei, e nei suoi occhi e nel suo sorriso beffardo vi era qualcosa che gli uomini trovavano irresistibile. Ella annodava i propri intrighi entro le file stesse degli adepti del Faraone, al fine di alienargli la loro amicizia. Così il cerchio protettivo d'amore che lo aveva circondato un tempo si assottigliava e si diradava ogni giorno più.

La volontà di Nefertiti era forte, e il suo intelletto di una acutezza pericolosa. Una donna che sappia radunare in sé malvagità intelligenza e bellezza è assai temibile, e ancora più temibile quando aggiunga a tutto ciò il potere di cui è investita una consorte reale. Da troppi anni Nefertiti si accontentava di sorridere e di governare soltanto con la propria bellezza, dilettandosi esclusivamente di gioielli, di vino, di poesie e di adulazioni. Ora, dopo la nascita della quinta figlia, parve che qualcosa si spaccasse; fu convinta che mai più sarebbe stata in grado di generare un erede maschio e ne riversò tutto il biasimo su Akhenaton. Non bisogna dimenticare che nelle sue vene scorreva il negro sangue di Eie il prete, il sangue dell'ingiustizia, del tradimento e dell'ambizione.

Sia detto però a sua difesa che sino a quel momento non era stato possibile mai pronunciare contro di lei una sola parola amara; di lei non si era mai inteso il benché minimo scandalo. Era stata fedele; aveva circondato il Faraone Akhenaton della tenerezza di una donna innamorata, difendendo la sua follìa e credendo nelle sue visioni. Molti si stupirono della sua improvvisa trasformazione e vollero vedere in ciò un segno della maledizione che si stendeva su Akhenaton come una nube soffocante. Ella cadde talmente in basso, che si disse prendesse piacere con servi e Shardana e con gli scalpellini delle tombe, per quanto io a questo non creda. Una volta che la gente si mette a sparlare di qualcuno, ama esagerare e ingrandire i fatti a proporzioni iperboliche.

Può anche darsi però che fosse vero. Il Faraone si rinchiuse sempre più nella sua solitudine. Suo cibo era il pane e la pappa d'orzo del povero, sua bevanda era l'acqua del Nilo, poiché egli desiderava riacquistare chiarità con la purificazione del proprio corpo, nel convincimento che la carne e il vino oscurassero la sua vista.

Anche dal mondo esterno le notizie che giungevano ad Akhetaton erano lungi dall'essere liete. Aziru seguitava a spedire dalla Siria molte tavolette piene di rimproveri e di lagnanze. I suoi uomini desideravano ritornare alle proprie case, diceva, per badare agli armenti e ai greggi, per coltivare i campi e godere delle proprie mogli, poiché erano amanti della pace. Ma bande di malfattori armati con armi egiziane e capitanati da ufficiali egiziani compivano continue incursioni in Siria attraverso il deserto del Sinai e costituivano per il paese una minaccia permanente, cosicché Aziru non poteva permettere ai suoi uomini di ritornare a casa. Anche il comandante di Gaza si comportava in modo disdicevole e in aperta violazione del trattato di pace, sia nello spirito che nella lettera di esso. Chiudeva le porte della città ai mercanti pacifici e vi ammetteva soltanto chi gli piaceva. Aziru muoveva pure altre rimostranze e diceva che se vi fosse stato un altro al suo posto, questi avrebbe perduta la pazienza da un pezzo, ma egli era longanime per amor di pace. Ma se non si fosse posto un termine a questi incidenti, egli tra breve non sarebbe più stato responsabile di quel che poteva succedere.

Anche Babilonia era furiosa per la concorrenza dell'Egitto sui mercati granari siriaci; il Re Burnaburiash era lungi dall'essere soddisfatto dei doni ricevuti dal Faraone e avanzava molte pretese.

L'ambasciatore babilonese alla corte di Akhetaton si lisciava la barba, si stringeva nelle spalle, allargava le braccia in un gesto vago e diceva: « Il mio signore è come un leone che si leva inquieto dal suo giaciglio e annusa il vento, per capire ciò che esso gli porta. Egli ripone le sue speranze nell'Egitto, ma se l'Egitto è troppo povero per inviargli oro sufficiente per ingaggiare uomini forti e costruire cocchi, non so che cosa potrà accadere. Se il mio signore si mostrerà sempre buon amico verso un Egitto ricco e potente, l'amicizia di un paese povero e imbelle non potrà essergli di alcun giovamento, ma anzi costituirà per lui un gravame. Oso affermare che il mio signore fu assai scandalizzato e sorpreso allorché l'Egitto nella sua debolezza rinunciò alla Siria. Ognuno è il vicino di se stesso, e Babilonia deve preoccuparsi di Babilonia ».

Giunse ora ad Akhetaton una delegazione hittita, tra cui erano molti capi di riguardo. Questi uomini dichiararono di essere venuti ad affermare l'amicizia ereditaria esistente tra l'Egitto e la terra di Hatti e per impratichirsi al tempo stesso delle usanze egiziane, di cui avevano inteso parlare tanto bene, nonché per conoscere l'esercito egiziano, dalle cui armi e dalla cui disciplina speravano di imparare molte cose. Il loro comportamento fu cordiale e corretto, e recarono anche doni munifici agli ufficiali di palazzo. Tra i doni da loro offerti al giovane Tut, il genero del Faraone, vi era un coltello di metallo azzurro, più appuntito e più forte di qualsiasi altro. Io ero il solo ad Akhetaton, oltre a Tut, a possedere una lama simile, quella cioè che mi era stata data da un capitano di porto hittita, come ho narrato, e suggerii a Tut che lo facesse a sua volta ricoprire d'oro e d'argento alla foggia siriana. Tut si mostrò talmente soddisfatto di quell'arma che disse se la sarebbe portata con sé nella propria tomba. Era un fanciullo delicato e malaticcio, e pensava alla morte assai più spesso di quel che non avvenga di solito tra i fanciulli della sua età.

In realtà questi capi hittiti erano uomini gradevoli e istruiti. I loro nasi forti, i loro menti risoluti, i loro occhi di animali da preda mandarono in solluchero le donne della corte. Da mane a sera e da sera a mattina furono costantemente intrattenuti entro i palazzi dei potenti.

Costoro dicevano sorridendo: « Sappiamo che per le menzogne di vicini invidiosi si raccontano sul nostro paese molte cose terribili. Noi siamo perciò felici di poter apparire dinanzi a voi in persona, affinché possiate vedere da voi stessi che noi siamo una nazione civile e che molti di noi sono in grado di leggere e scrivere. Siamo anche gente pacifica e non amiamo le guerre; ci sforziamo soltanto di acquistare conoscenza per renderci utili al nostro popolo educandolo e istruendolo. Non prestate fede alle sciocchezze che raccontano di noi i fuggiaschi di Mitanni. Essi sono furiosi perché nel loro terrore hanno abbandonato la loro patria e tutti i loro averi. Vi possiamo assicurare che nulla di male sarebbe loro accaduto se fossero rimasti. Ma voi dovete capire che la terra di Hatti è sovrappopolata e che noi abbiamo molti figli, poiché il grande Shubbiluliuma ama moltissimo i bambini: perciò abbiamo bisogno di spazio per la nostra prole, e di molti terreni da pascolo per i nostri armenti. Inoltre non potevamo sopportare i torti e le malversazioni che si facevano nel paese di Mitanni... In realtà furono gli indigeni stessi a rivolgersi a noi per aiuto, e noi marciammo nel loro paese non come conquistatori ma come liberatori. A Mitanni abbiamo trovato spazio sufficiente per noi, i nostri figli e i nostri armenti, e non progettiamo ulteriori annessioni, poiché siamo un popolo amante della pace ».

Alzavano a braccio teso i loro calici e parlavano in lode dell'Egitto, mentre le donne contemplavano con desiderio i loro colli muscolosi e i loro occhi fieri.

Ed essi dicevano anche: « L'Egitto è una terra gloriosa, e noi l'amiamo. Anche nel nostro paese gli Egiziani possono imparare qualcosa. Gli Egiziani cioè che si mostrano amici nei nostri riguardi e che desiderano impratichirsi delle nostre usanze ».

Si esprimevano con belle parole nei confronti degli alti dignitari di Akhenaton, i quali li trattavano cordialmente, senza nasconder loro nulla. Ma a parer mio quegli stranieri recavano su di sé puzzo di cadavere. Mi rammentavo della loro terra desolata e degli stregoni impalati su picche lungo i cigli delle strade, e non piansi certo quando lasciarono Akhetaton.

La città si era mutata. I suoi abitanti erano stati colti da una specie di frenesia, e mai la gente aveva mangiato e bevuto e giocato tanto febbrilmente come allora. Ma era un'allegria malsana, poiché tutti facevano baldoria soltanto per non pensare all'avvenire. A volte un silenzio di morte si abbatteva su Akhetaton: in quegli attimi il riso si raggelava nella gola degli uomini ed essi si guardavano l'un l'altro con occhi atterriti, dimentichi di quanto erano stati sul punto di dire. Anche gli artisti erano stati colti da questa strana febbre. Disegnavano, dipingevano, scolpivano sempre più accanitamente come se presentissero che il tempo stesse loro sfuggendo tra le dita. Esageravano la verità a proporzioni fantastiche; sotto i loro ceselli e i loro pennelli i contorcimenti crescevano a dismisura; gareggiavano tra loro per produrre forme sempre più curiose e stravaganti, fino a scommettere di riuscire a rappresentare un tratto o un movimento con poche linee e alcune macchie.

Io dicevo al mio amico Tutmosi: « Il Faraone Akhenaton ti ha tolto dalla polvere e ti ha proclamato suo amico. Perché scolpisci le sue sembianze come se tu lo odiassi con tutta la tua anima? Perché hai sputato sul suo giaciglio e hai insultata la sua amicizia? ».

Tutmosi mi rispondeva: « Non impicciarti di cose che non puoi capire, Sinuhe. Può darsi che io lo odii; comunque odio me stesso ancora di più. Il fuoco della creazione brucia entro di me, e mai come ora le mie mani sono state tanto esperte. Forse è proprio quando l'artista è insoddisfatto e quando più odia se stesso che egli riesce a creare meglio... assai meglio di quando è soddisfatto e pieno d'amore. Io traggo ogni cosa dal mio intimo, e in ogni frammento di scultura rifletto me stesso nella pietra per sopravvivere in eterno. Non vi è nessuno che mi stia a pari: io supero chiunque altro, e per me non esistono regole da infrangere. Grazie alla mia arte mi elevo al disopra di ogni regola e sono più dio che uomo. Allorché invento forme e colori gareggio con Aton e lo supero poiché ciò che Aton crea è corruttibile, ma quel che io creo è eterno ».

Parlava a questo modo quando aveva bevuto, e io gli perdonavo quelle sue parole, poiché il tormento gli bruciava il viso e capivo dai suoi occhi che era profondamente infelice.

In quel torno di tempo le messi furono raccolte nei campi, il fiume crebbe e diminuì, e venne l'inverno. Con l'inverno la carestia si sparse per la terra d'Egitto, e nessuno avrebbe saputo dire quale nuova sciagura avrebbe recato il domani. Corse voce che Aziru aveva aperto agli Hittiti la maggior parte delle città siriache e che i cocchi leggieri di questa gente avevano attraversato il deserto del Sinai, attaccando Tanis e sconvolgendo tutto il paese all'intorno.

2.

Questa notizia richiamò in fretta Eie da Tebe e Horemheb da Menfi, per un abboccamento col Faraone Akhenaton e per tentar di salvare il salvabile. Nella mia qualità di medico presenziai a questo incontro, per il timore che il Faraone si sovreccitasse e si ammalasse di fronte alle calamità che sarebbe stato costretto a udire: ma il Faraone fu riservato e freddo, e rimase padrone di sé durante tutto il colloquio.

Il sacerdote Eie gli disse: « I magazzini del Faraone sono vuoti, e la terra di Kush non ha pagato nessun tributo quest'anno per quanto io avessi riposte le mie speranze appunto su questi redditi. La fame domina il paese, e il popolo gratta nel fango in cerca di piante acquatiche per mangiarne le radici; si sono messi a mangiare persino cavallette, scarabei e rane. Molti sono periti e molti periranno. Anche con le massime limitazioni il grano del Faraone è insufficiente, mentre quello dei mercanti è troppo caro perché il popolo possa acquistarlo. Tutti sono in preda ai più gravi timori. I contadini fuggono nelle città e i cittadini nelle campagne, e tutti dicono che questa è la maledizione di Ammon e che è stato il nuovo dio del Faraone a recar loro queste sofferenze. Su via, dunque, Faraone Akhenaton, riconciliati con i sacerdoti e ridona ad Ammon il suo potere, affinché il popolo possa adorarlo ed essere pacificato. Ridagli i suoi terreni affinché egli possa seminarli, poiché il popolo non osa. Anche le tue terre giacciono incolte perché il popolo ritiene che esse siano maledette. Riconciliati con Ammon mentre sei ancora in tempo, altrimenti io mi laverò le mani di qualsiasi responsabilità ».

Ma Horemheb disse: « Burnaburiash ha acquistato la pace dagli Hittiti, e Aziru, cedendo alle loro pressioni, è diventato loro alleato. Il numero delle loro truppe in Siria è come le sabbie del mare e i loro cocchi sono come le stelle del cielo. Essi stanno preparando la caduta dell'Egitto, poiché nella loro astuzia gli Hittiti hanno trasportato acqua attraverso il deserto entro giare. Non possedendo una flotta vi hanno portato un'infinita quantità di acqua, cosicché, venuta la primavera, anche un potente esercito potrà attraversare il deserto senza soccombere alla sete. Essi hanno acquistato in Egitto un numero infinito di giare, e i mercanti che gliele hanno vendute si sono scavata la fossa con le loro proprie mani. I cocchi di Aziru e degli Hittiti hanno compiuto spedizioni punitive sin entro Tanis e il territorio egiziano, violando così il trattato di pace. Il danno da essi recato è in realtà minimo, ma io ho messo in giro voci di devastazioni terribili, esagerando la crudeltà degli Hittiti cosicché adesso il popolo è maturo per la lotta. Siamo ancora in tempo, Faraone Akhenaton! Ordina di dar fiato ai corni, di sventolare le insegne... dichiara la guerra! Raduna tutti coloro in grado di impugnare armi nelle palestre di addestramento, raccogli tutto il rame del paese per fabbricare lance e punte di freccia, e la tua sovranità sarà salva. Te la salverò io stesso con una guerra incomparabile; sconfiggerò gli Hittiti e ti riconquisterò la Siria. Saprò fare tutto questo purché le risorse dell'Egitto siano messe a disposizione dell'esercito. La fame rende codardi persino i guerrieri. Ammon e Aton sono la stessa cosa per me; il popolo dimenticherà Ammon non appena saremo in guerra. La sua irrequietezza si sfogherà contro il nemico, e un conflitto vittorioso rafforzerà il tuo potere più saldamente che mai. Ti prometto una guerra di conquista, Faraone Akhenaton, poiché io sono Horemheb, il Figlio del Falco. Sono nato a compiere grandi imprese, e questa è l'ora che io ho aspettato tutta la vita ».

Allorché Eie intese ciò si affrettò a dire: « Non prestar fede a Horemheb, Faraone Akhenaton, mio caro figlio! La falsità parla per bocca sua, ed egli aspira a toglierti il potere. Riconciliati con i sacerdoti di Ammon e dichiara la guerra, ma non affidare a Horemheb il comando. Affidalo a un provato veterano che abbia studiate nelle antiche scritture le arti della guerra quali erano praticate ai tempi dei grandi Faraoni, rimetti il comando a un uomo in cui tu possa porre piena fiducia ».

Horemheb disse: « Se non fossimo alla presenza del Faraone, prete Eie, ti spiaccicherei codesto tuo sudicio naso. Tu mi misuri secondo il tuo metro e il tradimento parla per bocca tua, poiché tu hai già negoziato in segreto con i preti di Ammon e hai già stretto patti con loro dietro le spalle del Faraone. Io non abbandonerò il ragazzo di cui ho protetto una volta la debolezza con la mia mantella presso le colline di Tebe; la mia mèta sta nella grandezza dell'Egitto, e io soltanto posso salvarlo ».

Il Faraone chiese: « Avete parlato? ».

Risposero ad una voce: « Abbiamo parlato ».

Allora il Faraone disse: « Io debbo vegliare e pregare prima di prendere la mia decisione. Domani radunate tutto il popolo... tutti coloro che mi amano, potenti e umili, signori e servi. Chiamate anche i cavapietre e gli scalpellini dalle loro città. Io parlerò per il tramite di costoro a tutto il mio popolo e rivelerò ad essi il mio intendimento ».

Fecero come egli aveva ordinato e comandarono al popolo di

raccogliersi per il giorno seguente, Eie nel convincimento che si sarebbe rappattumato con Ammon. Horemheb nella speranza che avrebbe dichiarato guerra ad Aziru e agli Hittiti. Durante tutta la notte il Faraone vegliò e pregò e camminò senza posa per le sue stanze, senza toccar cibo né parlare con alcuno, cosicché come suo medico ero molto angosciato per lui. Il giorno seguente egli fu portato dinanzi al popolo. Sedeva sul trono, e il suo viso era luminoso e raggiante mentre egli levò alte le mani e disse: « A cagione della mia debolezza la carestia si aggira ora per tutta la terra d'Egitto; a cagione della mia debolezza il nemico minaccia le nostre frontiere. Gli Hittiti si stanno preparando a invadere l'Egitto attraverso la Siria, e ben presto i loro piedi calpesteranno la Terra Nera. Tutto ciò è accaduto a motivo della mia debolezza, poiché non ho inteso con sufficiente chiarezza la voce del mio dio né ho eseguiti i suoi voleri. Ora il mio dio si è rivelato a me. Aton mi è apparso, e la sua verità brucia nel mio cuore, cosicché ora io non sono più debole né dubitoso. Io ho rovesciato il falso dio, ma nell'incompletezza dei miei propositi ho permesso che altri dèi regnassero a fianco dell'Aton, e che la loro ombra aduggiasse l'Egitto. In questo giorno tutti gli antichi dèi debbono cadere, affinché la luce dell'Aton possa prevalere e brillare come unica luce in tutta la terra di Kem. In questo giorno i vecchi dèi devono scomparire e il regno di Aton sulla terra deve aver inizio ».

Quando la folla intese ciò un fremito di orrore la pervase, e molti si prostrarono dinanzi al Faraone.

Ma Akhenaton alzò la voce e proseguì con fermezza: « Voi che mi amate, andate ora e rovesciate gli antichi dèi della terra di Kem. Abbattete i loro altari, spezzate le loro immagini, spargete la loro acqua santa, distruggete i loro templi, cancellate i loro nomi da tutte le iscrizioni, entrate anche nelle tombe per far questo se è necessario, affinché l'Egitto sia salvo. Ufficiali, impugnate bastoni nelle vostre mani, scultori, sostituite con scuri i vostri ceselli, operai, prendete i vostri magli e recatevi in ogni provincia, in ogni città e villaggio, a rovesciare gli antichi dèi e a cancellarne i nomi. Così io libererò l'Egitto dalla schiavitù del male ».

Molti fuggirono da lui inorriditi, ma il Faraone trasse un profondo sospiro, e la sua faccia s'illuminò di una luce celeste mentre esclamava: « Possa il regno dell'Aton venire sulla terra! Che non vi sia più da questo giorno né schiavo né signore, né padrone né servo; che tutti siano uguali e liberi al cospetto dell'Aton! Nessuno dovrà essere costretto ad arare la terra di altri o a girare la macina altrui, ma ognuno sceglierà il lavoro che vorrà e sarà libero di andare e venire come meglio gli aggrada. Il Faraone ha parlato ».

La moltitudine non si mosse. Tutti rimasero muti, come impietriti e mentre fissavano il Faraone, egli crebbe al loro cospetto, e tanto li abbagliò la radiosa estasi del suo volto che essi lanciarono un urlo di fervore e si dissero l'un l'altro: « Una cosa simile mai si è veduta prima d'ora, e perciò in verità il suo dio parla per mezzo suo e noi dobbiamo ubbidire ».

Il popolo si disperse tumultuante e tutti discutevano concitatamente. Alcuni vennero alle mani per la strada, e gli aderenti del Faraone uccisero alcuni vecchi che sparlavano di lui.

Ma quando il popolo si fu disperso Eie disse al Faraone: « Akhenaton, getta la tua corona e infrangi il lituo, poiché le parole che hai proferite già hanno rovesciato il tuo trono ».

Ma il Faraone Akhenaton rispose: « Le mie parole hanno recato immortalità al mio nome, e io regnerò nei cuori degli uomini per i secoli dei secoli ».

Allora Eie si fregò le mani, sputò in terra davanti al Faraone, schiacciò col piede lo sputo affondandolo nella polvere e disse: « Se così deve essere, me ne lavo le mani e agirò come riterrò più opportuno. Non sono tenuto a dar conto delle mie azioni a un pazzo ».

Se ne sarebbe andato se Horemheb non lo avesse afferrato per le braccia e per il collo e non lo avesse tenuto stretto benché Eie fosse un uomo vigoroso.

Horemheb disse: « È il tuo Faraone! Tu devi ubbidire ai suoi ordini, e non tradirlo. Se lo tradisci, ti passerò la pancia da parte a parte anche se dovessi chiamare a raccolta un intiero reggimento per infilzarti. Certo la sua pazzia è grave e pericolosa, ma io rimarrò fedele al suo fianco poiché mi sono legato a lui mediante giuramento. Tuttavia nei suoi vaneggiamenti vi è un barlume di ragione. Se si fosse limitato a rovesciare i vecchi dèi ne sarebbe conseguita una guerra civile: nel liberare invece gli schiavi dei mulini e dei campi, egli rivela il gioco dei sacerdoti e guadagna il popolo alla sua causa anche se il risultato di tutto ciò sarà una confusione ancora peggiore di prima. A me personalmente non importa un cavolo... ma, Faraone Akhenaton, che cosa facciamo con gli Hittiti? ».

Akhenaton sedeva con le mani inerti sulle ginocchia e non rispose nulla. Horemheb proseguì: « Dammi oro e frumento, armi e cocchi, cavalli e pieni poteri di reclutare soldati e chiamare a raccolta le guarnigioni del Basso Egitto, e credo che così facendo riuscirò ad arginare l'attacco forsennato degli Hittiti ».

Allora il Faraone alzò verso di lui i suoi occhi iniettati di sangue, e ogni radiosità era scomparsa dal suo viso mentre egli diceva: « Ti proibisco di dichiarar guerra, Horemheb. Se il popolo desidera difendere la Terra Nera, io non posso impedirlo. In quanto a frumento e ad oro, per tacere delle armi, io non ho da dartene, e anche se ne avessi non te ne darei, poiché io non risponderò al male col male. Predisponi pure la difesa di Tanis, ma non spargere sangue e difendetevi soltanto se siete attaccati ».

« Sia come vuoi », disse Horemheb. « Lasciamo che la pazzia abbia il sopravvento! Io morirò in Tanis al tuo comando, poiché senza frumento e senza oro neppure l'esercito più valoroso può sopravvivere a lungo. Ma non tenere mezze misure! Io mi difenderò secondo il mio buon senso personale. Addio! ».

Se n'andò, e anche Eie si congedò dal Faraone, e io rimasi solo con lui. Egli mi guardò con quei suoi occhi carichi di una sconfinata stanchezza e mi disse: « Ogni forza se ne è andata da me con le mie parole, Sinuhe, e tuttavia pur nella mia debolezza io sono felice. Che cosa intendi fare? ».

Io lo guardai sbalordito, ed egli sorridendo appena mi chiese: « Tu mi ami, Sinuhe? ».

Dopo che gli ebbi confessato che lo amavo, nonostante la sua follìa, mi disse: « Se mi ami, sai quel che devi fare ».

Tutto il mio essere insorse contro la sua volontà, benché intimamente sapessi assai bene ciò che egli voleva da me. Alla fine esclamai irritato: « Credevo che tu avessi bisogno di me come medico, ma dal momento che ciò non è me ne andrò. È vero che sarò di assai poca utilità a rovesciare immagini di dèi, e le mie braccia sono troppo deboli per maneggiare mazze, ma la tua volontà sarà fatta. Il popolo mi scorticherà vivo e mi schiaccerà la testa tra due pietre e impiccherà il mio cadavere a testa in giù dagli spalti, ma che importa questo a te? Me ne andrò dunque a Tebe, dove ci sono molti templi e dove il popolo mi conosce ».

Egli non mi diede risposta e io lo lasciai livido di collera.

Il giorno seguente Horemheb ripartì sulla sua nave alla volta di Menfi, da cui doveva proseguire per Tanis. Prima che se ne andasse gli promisi di prestargli tutto l'oro su cui fossi riuscito a mettere le mani appena giunto a Tebe e di spedirgli metà del grano che possedevo. L'altra metà pensavo di farla servire a scopi miei personali. Forse fu appunto questa debolezza a decidere dell'intiera mia vita: diedi la metà ad Akhenaton e la metà a Horemheb. A nessuno diedi il tutto.

3

Tutmosi ed io ci mettemmo in viaggio per Tebe, e mentre ancora ne eravamo lontani, molti cadaveri ci vennero incontro, trascinati dalla corrente. Galleggiavano alla deriva enfiati e oscillanti; erano corpi di sacerdoti dal capo raso, uomini d'alto e basso rango, guardie e schiavi. I coccodrilli non avevano più bisogno di nuotare contro corrente, poiché nelle città e nei villaggi, lungo tutto il corso del fiume moltissimi perdettero la vita, e furono scagliati nel Nilo.

Quando giungemmo a Tebe, molti punti della città erano in fiamme. Focolai d'incendio divampavano anche nella Città dei Morti, poiché il popolo si era dato a violare le tombe e a bruciare i corpi imbalsamati dei sacerdoti. Croci frenetiche gettavano corni nell'acqua e li percuotevano con picche sino a che annegavano, dal che arguimmo che gli antichi dèi erano ormai stati definitivamente rovesciati e che Aton aveva vinto.

Ci recammo direttamente alla Coda del Coccodrillo, dove incontrammo Kaptah. Si era tolte le sue belle vesti, si era infangati i capelli di mota e aveva rivestiti i grigi panni del povero. Si era anche levato dall'occhio il disco d'oro, e stava ora servendo con zelo cibi e bevande a schiavi laceri e agli scaricatori armati del porto.

« Rallegratevi, fratelli miei », diceva, « perché questo è un giorno di grande felicità! Non vi sono più ormai né signori né schiavi, né potenti né umili, ma tutti sono liberi di andare e venire come loro meglio aggrada. Oggi bevete vino a mie spese. Spero vi rammenterete della mia taverna nel caso la fortuna dovesse assistervi e permettervi di acquistare con oro e argento i templi dei falsi dèi o le case dei cattivi padroni. Io sono uno schiavo al pari di voi e sono nato schiavo. E per provarvi quel che vi dico guardate questo mio occhio, che un padrone crudele mi ha accecato col suo stilo in un attimo di furia perché gli avevo bevuto una giara di birra e gliel'avevo riempita d'acqua. Torti come questi non saranno più patiti. Nessuno faticherà più con le proprie mani o assaggerà la verga per il solo fatto che è schiavo; tutti gioiranno e giubileranno, e i divertimenti e i piaceri non avranno più fine ».

Solo quando ebbe finito di ciarlare a questa maniera si accorse della mia presenza e di quella di Tutmosi: ci fissò alquanto confuso e ci condusse in una stanza privata.

Disse: « Vi consiglierei di vestirvi più dimessamente, e d'imbrattarvi la faccia e le mani perché schiavi e facchini si aggirano per le strade cantando le lodi di Aton. In nome di Aton prendono a pugni tutti quelli che a loro sembrano troppo grassi e che non hanno mai faticato con le loro mani. A me hanno perdonata la mia pancia perché una volta son stato schiavo anch'io e perché ho distribuito loro grano e li ho lasciati bere gratis. Ditemi quale cattiva sorte vi porta a Tebe proprio in questo momento, poiché in questi giorni spira un vento assai poco propizio per gli appartenenti ai ranghi elevati ».

Gli mostrammo le nostre scuri e le nostre mazze e gli spiegammo che eravamo venuti a rovesciare le immagini dei falsi dèi e a scalpellare i loro nomi da tutte le iscrizioni.

Kaptah fece un segno di approvazione e disse: « Può darsi che il vostro sia un piano astuto e accetto al popolo purché non si sappia chi siete. Stanno succedendo molti cambiamenti, e i corni si vendicheranno di quello che avete compiuto se riuscirà loro di riprendere il potere. Non credo che questa faccenda potrà continuare a lungo perché dove potranno gli schiavi trovare il loro grano? E nella loro sfrenata violenza hanno commesso tali misfatti da far dubitare le croci e trasformarle in corni nella speranza di ristabilire l'ordine ».

« Tu hai parlato di grano, Kaptah », dissi. « Sappi che ho promesso metà del nostro grano a Horemheb affinché possa muover guerra agli Hittiti, e perciò tu devi spedire immediatamente a Tanis questa metà. L'altra metà dovrai macinarla e convertire questa farina in pane da distribuire al popolo affamato di tutte le città e di tutti i villaggi dove il nostro frumento è immagazzinato. Quando i tuoi servi distribuiranno questo pane, non dovranno riceverne compenso ma dovranno dire: « Questo è il pane di Aton: prendetelo e mangiatelo in suo nome, e rendete lode al Faraone e al suo dio ».

Allorché Kaptah intese questo, si strappò le vesti, poiché erano semplici vesti di schiavo, e ululò lugubremente: « Signore, questo ti riduce in mendicità, e dove trarrò io i miei profitti? Ti si è attaccata la follìa del Faraone. Te ne stai in piedi sulla testa e cammini a ritroso. La maledizione è su di me, povero miserabile, che debbo contemplare questo giorno! Neppure lo scarabeo ci aiuterà; e nessuno ti benedirà per il pane che avrai distribuito! Per giunta, quel disgraziato Horemheb risponde sfacciatamente alle mie richieste, dicendomi di andare in persona a riprendere l'oro che gli ho prestato in tuo nome. È peggio di un brigante, quel tuo amico, poiché un brigante arraffa quel che arraffa, mentre Horemheb promette un interesse su quel che prende in prestito, torturando così i suoi creditori con vane speranze finché alla fine a quei poveracci scoppia il fegato per l'esasperazione. Ma vedo dai tuoi occhi che dici sul serio e che i miei lamenti sono vani, perciò dovrò piegarmi alla tua volontà ancorché ciò ci renderà poveri in canna ».

Lasciammo Kaptah ad adulare gli schiavi e a contrattare i vasi e gli altri oggetti sacri che gli scaricatori del porto avevano rubato dai templi. Tutte le persone oneste si erano ritirate nelle proprie case e ne avevano sbarrato le porte; le strade erano deserte, e alcuni templi in cui i sacerdoti si erano rifugiati erano stati incendiati e bruciavano ancora. Entrammo nei santuari saccheggiati per cancellarvi i nomi degli dèi e vi incontrammo altri aderenti del Faraone occupati nello stesso compito. Maneggiavamo le nostre scuri e le nostre mazze con tanta energia che ne volavan scintille. Ogni giorno il nostro zelo aumentava, e lavoravamo appunto così disperatamente al fine di distogliere lo sguardo da quel che succedeva intorno a noi.

Il popolo soffriva la fame e le privazioni, e dopo che gli schiavi e gli scaricatori ebbero goduta per un certo tempo la loro nuova libertà, si costituirono in bande che irrompevano nelle case dei ricchi da cui asportavano grano, olio e oggetti preziosi che distribuivano tra i poveri. Kaptah assoldò degli uomini per macinare il frumento e cuocere il pane, ma il popolo assalì i suoi servi dicendo: « Questo pane è stato rubato ai poveri, ed è troppo giusto che esso sia diviso tra loro ». Nessuno lodò il mio nome benché mi riducessi in povertà in un solo mese.

Trascorsero così quaranta giorni e quaranta notti, e il fermento a Tebe si faceva sempre più intenso. Uomini che un tempo nuotavano nell'oro mendicavano per le strade, mentre le loro mogli vendevano agli schiavi i propri gioielli per poter comprare pane ai loro bambini. Al termine di questo periodo Kaptah venne furtivamente alla mia casa, col favor delle tenebre, e mi disse: « Mio signore, è tempo che tu fugga. Il regno di Aton cadrà tra breve e io credo che nessun uomo onesto lo rimpiangerà. L'ordine e la legge saranno restaurati, ma prima bisognerà nutrire i coccodrilli, e più copiosamente che mai, poiché i sacerdoti si sono prefissi di liberare l'Egitto di tutto il sangue gramo ».

Gli chiesi come facesse a sapere tutto questo, ed egli mi rispose candidamente: « Non son sempre stato un corno fedele, e non ho forse sempre adorato Ammon in segreto? Ho prestato con liberalità ai sacerdoti, poiché essi pagano forti interessi e impegnano la terra in cambio di oro. Eie ha stretto un accordo con i preti per salvare la propria vita, cosicché costoro hanno le guardie dalla loro parte. Gli uomini più in vista d'Egitto si sono riavvicinati ad Ammon; i sacerdoti hanno richiamati i negri dalla terra di Kush, e gli Shardana, che erano calati a saccheggiare nei distretti di provincia, sono adesso al loro soldo. Veramente, Sinuhe, i mulini torneranno presto a macinare ancora, ma il pane che impasteranno con quella farina sarà pane di Ammon, non più di Aton. Gli dèi ritornano; l'antico ordine sarà ristabilito e tutto riprenderà come prima, sia resa lode ad Ammon! Poiché io sono ormai stanco di questa confusione nonostante la ricchezza che tutto ciò mi ha procurato ».

Queste sue parole mi agitarono profondamente, e dissi: « Il Faraone Akhenaton non acconsentirà mai a questo ».

Ma Kaptah ebbe un sorriso astuto, si soffregò con l'indice la orbita cieca, e disse: « Non sarà interpellato! La città di Akhetaton è già condannata, e tutti coloro che vi rimarranno saranno destinati a perire. Non appena i ribelli si saranno impadroniti del potere bloccheranno tutte le strade che conducono laggiù, lasciando così morire di fame i suoi abitanti. Essi vogliono che il Faraone ritorni a Tebe e si prostri dinanzi ad Ammon ».

Allora la mia mente si schiarì, e io vidi dinanzi a me il volto del Faraone, e quei suoi occhi che riflettevano uno sconforto ancora più amaro della morte.

Dissi: « Kaptah, questa iniquità non deve accadere! Abbiamo percorso insieme molte strade, tu ed io. Percorriamo insieme anche questa, sino alla fine. Per quanto io sia divenuto povero, tu sei ancora ricco. Compera armi; compera lance e frecce, compera tutte le mazze su cui puoi mettere le mani. Con l'oro che possiedi assicurati il favore delle guardie. Distribuisci queste armi tra gli schiavi e gli scaricatori del porto. Io non so che cosa ne uscirà da tutto questo, Kaptah, ma al mondo non è ancora stata offerta un'occasione come questa per rinnovare ogni cosa. Quando la terra e i beni saranno stati spartiti, quando le case dei ricchi saranno abitate dai poveri e i loro giardini diverranno le palestre di gioco dei figliuoli degli schiavi, allora sicuramente gli uomini saranno pacificati. Ciascuno possiederà quel che gli spetta, ciascuno lavorerà come meglio gli aggrada, e ogni cosa sarà migliore di prima ».

Ma Kaptah tremò e disse: « Signore, non ho intenzione di faticare con le mie mani nella mia vecchiaia. Già hanno inviato personaggi di riguardo a girar macine da mulino, mentre le loro mogli e le loro figliuole servono schiavi e facchini nelle case di piacere. Non vi è nulla di buono in tutto questo, ma male soltanto. Mio signore Sinuhe, non chiedermi di percorrere questo sentiero. Se penso a tutto ciò, mi sento costretto a pensare a quella casa buia in cui sono entrato una volta con te. Avevo giurato di non parlartene mai più, ma ora ne parlo perché debbo parlarne. Signore, tu una volta decidesti di entrare in una casa buia, ignaro di ciò che ti attendeva, e può darsi che anche questa volta ti aspetti un mostro marcio e una morte puzzolente. Se dobbiamo giudicare da quel che abbiamo veduto, possiamo supporre che anche il dio del Faraone Akhenaton sia spaventoso come quello di Creta, che egli costringa gli uomini migliori, i più dotati d'Egitto, a danzare dinanzi ai tori e che poi li sospinga entro una casa buia da cui non vi è ritorno. No, signore! Io non ti seguirò per la seconda volta nella casa del Minotauro ».

Non pianse una sola volta né si lamentò come faceva un tempo, ma mi parlò con grande solennità, implorandomi di desistere dal mio proposito, infine disse: « Se non vuoi aver pietà di te né di me, pensa almeno a Merit e al piccolo Thoth, che ti amano. Portali lontano e nascondili in luogo sicuro. Non appena le macine di Ammon incominceranno a girare, nessuno sarà più al coperto qui ».

Ma il mio fervore mi aveva accecato, e giudicavo i suoi avvertimenti sciocchi. Gli dissi in tono seccato: « Chi penserebbe a perseguitare una donna e un bambino? In casa mia possono stare tranquilli. Aton sta vincendo e deve vincere, o altrimenti la vita non vale la pena di essere vissuta. Il popolo ha buon senso, e sa che il Faraone agisce per il suo bene. Com'è possibile che vogliano di propria spontanea volontà ritornare alla tirannide delle tenebre e della paura? La casa buia di cui tu mi parli non è la dimora di Aton, ma quella di Ammon. Ci vorrà ben altro che poche guardie prezzolate e quattro nobili spaventati per rovesciarlo, quando ha dietro di sé tutto il popolo ».

Kaptah replicò: « Ho detto quel che avevo da dire e non lo ripeterò. Brucio dall'impazienza di rivelarti un piccolo segreto, ma dal momento che esso non è mio non oso, e forse non avrebbe alcun effetto su di te, ossessionato come sei in questo momento. Però non biasimarmi in seguito, signore, se più tardi ti graffierai la faccia e ti sbuccerai le ginocchia sulle pietre in preda alla disperazione. Non biasimarmi se il mostro ti divorerà. A me personalmente non importa, essendo stato un tempo schiavo, senza figli che possano piangere la mia morte. E perciò, signore, ti seguirò per questa strada senza uscite, ancor che sappia di agire invano. Entriamo insieme nella casa buia, signore, come la prima volta; ma se me lo consentirai, anche questa volta porterò con me una giara di vino ».

Quello stesso giorno Kaptah incominciò a bere, e bevve dalla mattina fino alla sera. Ma per quanto ubriaco fradicio era in grado di ubbidire ai miei ordini e distribuì armi nel porto; poi, radunati in segreto alla Coda del Coccodrillo gli ufficiali della guardia, li corruppe affinché prendessero le parti dei poveri contro i ricchi.

L'avvento di Aton sulla terra scatenò in Tebe fame e tumulti, e un tale delirio di frenesia che il popolo era ubriaco pur senza bere. Non esistevano più differenze tra coloro che portavano la croce e quelli che non la portavano, e le sole cose che contassero erano un'arma, un pugno solido e una voce forte. Se qualcuno era visto in strada con una pagnotta in mano, subito un altro gliela strappava dicendo: « Dammi questa pagnotta, poiché non siamo forse tutti fratelli al cospetto di Aton? ». E se qualcuno veniva incontrato vestito di lino fine, altri gli dicevano: « Dammi le tue vesti, poiché siamo tutti fratelli nel nome di Aton e nessun uomo deve essere vestito meglio del proprio fratello ». Se a qualcuno veniva scoperto indosso o sulle vesti un corno, subito costui era messo alla macina o a demolire case bruciate... a meno che prima non lo picchiassero a morte e non lo gettassero in pasto ai coccodrilli che stavano in agguato presso i pontili. L'anarchia divampava ovunque, e gli episodi di violenza si moltiplicavano ogni giorno.

Passarono così due volte trenta giorni; tanto durò il regno di Aton sulla terra prima di sfasciarsi. Quindi le truppe negre provenienti dalla terra di Kush e gli Shardana assoldati da Eie accerchiarono la città impedendo a chicchessia di fuggire. La fazione del corno si radunò di quartiere in quartiere e fu rifornita dai sacerdoti di armi che erano state tenute nascoste entro le volte di Ammon. Chi non aveva armi indurì nel fuoco la punta dei propri bastoni, rinforzò con rame i propri pestelli e foggiò punte di lancia con gli ornamenti della propria donna.

I corni si riunirono a raccolta, e con essi tutti coloro che desideravano il bene dell'Egitto. La gente tranquilla, paziente, pacifica, diceva pure: « Noi desideriamo il ritorno dell'ordine antico, poiché siamo più che sazi del nuovo, e Aton ci ha già saccheggiati abbastanza ».

4.

Ma io, Sinuhe, dicevo al popolo: « Può darsi che l'ingiustizia abbia calpestato il diritto in questi giorni e che più di un innocente abbia sofferto per il colpevole. Non di meno Ammon è pur sempre il dio delle tenebre e del terrore, e governa gli uomini avvalendosi della loro stupidità. Aton è il dio unico, poiché egli dimora entro e fuori di noi, e non esistono altri dèi. Combattete per Aton, voi tutti poveri e schiavi, portatori e servi, poiché voi non avete più nulla da perdere, e se Ammon vincesse ritornereste tutti schiavi e morreste. Combattete in nome del Faraone Akhenaton, poiché nessuno pari a lui si è ancora veduto sulla terra, e il dio parla per bocca sua. Mai sinora è stata offerta al mondo una simile occasione di rinnovamento, e mai più si rioffrirà! ».

Ma gli schiavi e gli scaricatori ridevano forte e dicevano: « Non parlare con noi di Aton, Sinuhe, poiché tutti gli dèi si assomigliano e tutti i Faraoni sono gli stessi. Tu però sei un brav'uomo, Sinuhe, ancorché molto sempliciotto, e ci hai fasciate le nostre braccia ammaccate e hai guarite le nostre ginocchia rotte senza pretendere compensi. Lascia da parte la tua mazza poiché in ogni caso ti manca la forza per maneggiarla. Non diventerai mai un guerriero, e i corni ti accopperanno se ti vedranno una mazza in mano. Poco importa se moriamo, poiché ci siamo imbrattate le mani di sangue e abbiamo vissuto bene, dormendo sotto sfarzosi baldacchini e bevendo da tazze dorate. Il nostro festino volge ormai alla fine, e noi intendiamo morire con le armi in mano. Ora che abbiamo gustata la libertà e la vita comoda, non potremmo più sopportare la schiavitù ».

Questi loro discorsi mi umiliarono. Posai la mazza e andai a prendere a casa mia la mia cassetta di medicinali. Si combatté a Tebe per tre giorni e per tre notti; molti mutavano la croce per il corno e molti altri deponevano le armi e si nascondevano nelle case e nelle cantine, nei granai e nelle grandi ceste vuote del porto. Ma gli schiavi e gli scaricatori seguitarono a lottare coraggiosamente. Lottarono per tre giorni e per tre notti: di notte appiccavano il fuoco alle case e combattevano alla luce delle fiamme. Anche i Negri e gli Shardana incendiavano i fabbricati e derubavano e picchiavano tutti quelli che incontravano, croci o corni senza distinzione. Il loro comandante era quello stesso Pepitaton che aveva permessa la carneficina del Viale degli Arieti, ma ora il suo nome era ridiventato Pepitamon. Eie lo aveva scelto a motivo del suo alto rango e perché era il più istruito tra gli ufficiali del Faraone.

Io medicavo le ferite degli schiavi e curavo le loro teste rotte alla Coda del Coccodrillo, perché Merit lacerava le mie vesti e quelle di Kaptah e le sue per trarne bende, e il piccolo Thoth distribuiva vino a coloro di cui occorreva placare le sofferenze. L'ultimo giorno i combattimenti si restrinsero entro il porto e il quartiere povero, dove i Negri e gli Shardana esperti in arti guerriere falciarono il popolo come spighe mature, cosicché il sangue sgorgò lungo le anguste strade e sopra i moli del fiume. Mai la morte mieté un più abbondante raccolto nella terra di Kem come in quel giorno.

I capi degli schiavi venivano di quando in quando, nell'infuriare del conflitto, alla Coda del Coccodrillo per rinfrescarsi con qualche sorso di vino, ma già erano ubriachi di sangue e dell'ardore della battaglia. Mi battevano sulle spalle con i loro pugni nocchiuti e mi dicevano: « Ti abbiamo preparata una comoda cesta al porto dove potrai nasconderti, Sinuhe, poiché non crediamo tu abbia voglia di penzolare a testa in giù accanto a noi sugli spalti, stasera! Non ti sembra sia venuto il momento che tu ti debba nascondere, Sinuhe? È sciocco che tu ci medichi delle ferite che saranno immediatamente riaperte ».

Ma io rispondevo loro: « Io sono il medico della casa reale, e nessuno oserà alzare la mano contro di me ».

A queste mie parole essi ridevano, bevevano avidamente e ritornavano a combattere.

Infine Kaptah venne da me e mi disse: « La tua casa brucia, Sinuhe, e i corni hanno pugnalato Muti perché ella li ha minacciati con il suo bastone di lavandaia. È tempo ormai che tu ti ammanti del tuo lino migliore e rivesta tutti gli emblemi della tua dignità. Lascia questi schiavi e questi ladri feriti, e seguimi in una stanza interna, dove noi ci possiamo preparare a ricevere i sacerdoti e gli ufficiali ».

Anche Merit mi gettò le braccia al collo e m'implorò dicendo: « Salvati, Sinuhe; se non vuoi farlo per te, fallo almeno per amor mio e per il piccolo Thoth ».

Ma il dolore, la mancanza di sonno, la morte, il fragore della battaglia mi avevano talmente intossicato che non ero più in grado di riconoscere il mio stesso cuore, e perciò risposi: « Che m'importa della mia casa, di me, di te, e di Thoth? Il sangue che sta sgorgando è il sangue dei miei fratelli al cospetto di Aton, e se il regno di Aton deve cadere, io non desidero vivere ».

Ma perché parlassi così forsennatamente non so; era un altro che parlava, non il mio vacillante cuore.

E d'altronde non so se avrei avuto il tempo di fuggire, poiché poco dopo Negri e Shardana irruppero nella taverna e si fecero largo a viva forza, guidati da un sacerdote dal capo raso e dal volto lucente d'olio sacro. Presero a sterminare tutti i feriti. Il sacerdote faceva schizzar loro gli occhi dalle orbite con un corno sacro, mentre i Negri, dal corpo dipinto a strisce, saltavano su di loro a piedi giunti sino a che il sangue delle loro ferite sprizzava e zampillava in rivoli scarlatti.

Il sacerdote gridò: « Questa è la tana di Aton. Purifichiamola col fuoco! ». Sotto questi miei occhi fracassarono la testa del piccolo Thoth e trucidarono Merit a fil di lancia mentre ella tentava di proteggermi. Io non potei impedirlo, poiché il sacerdote mi colpì al capo col suo corno, e il mio grido mi si strozzò in gola, dopo di che perdetti ogni conoscenza.

Rinvenni nel vicolo presso la Coda del Coccodrillo, e a tutta prima non capii dove mi trovavo, immaginandomi di sognare o forse di essere già morto. Il prete se n'era andato e i soldati avevano deposte le loro lance e stavano bevendo il vino che Kaptah aveva posto loro dinanzi, mentre gli ufficiali li sospingevano con le loro fruste intrecciate d'argento a continuare la lotta. La Coda del Coccodrillo era in fiamme, essendo tutta tappezzata di pannelli di legno, e bruciava come una manciata di giunchi secchi sulla riva. A un tratto mi rammentai di ogni cosa e cercai di alzarmi in piedi, ma le forze mi vennero meno. Incominciai allora a strisciare carponi verso la porta in fiamme e sin dentro nel fuoco, in cerca di Merit e di Thoth. Mi si strinarono i capelli il fuoco si appiccò alle mie vesti, ma Kaptah si affrettò verso di me gemendo e lamentandosi. Mi trascinò fuori delle fiamme e mi rotolò nella polvere fino a che il fuoco che si era appreso alle mie vesti si spense.

A questo spettacolo i soldati risero forte, e Kaptah disse loro: « Certo deve essere un po' pazzo, poiché il prete l'ha picchiato sulla testa con il suo corno e senza dubbio sarà punito al momento opportuno. Costui è il medico del Faraone, e non conviene a nessuno di noi alzare la mano contro di lui. È un sacerdote del primo grado anche se è stato costretto a indossare vesti lacere e a nascondere i simboli della sua dignità per sfuggire alla furia del popolo ».

Ma io sedevo nella polvere della strada, stringendomi il capo tra le mani escoriate e bruciacchiate dalle fiamme. Le lagrime mi sgorgarono dagli occhi arrossati mentre gemevo e piangevo: « Merit, Merit! Mia Merit! ».

Ma Kaptah mi prendeva a gomitate e mi diceva in tono irato: « Zitto, imbecille! Non ci hai già portata abbastanza disgrazia con la tua idiozia? ».

Quando finalmente mi quietai, egli avvicinò il suo volto al mio e mi disse con amarezza: « Possa questo farti rientrare in te, signore, poiché in verità ormai la tua misura è colma, ancora più colma di quanto tu creda. Te lo dico ora, benché sia ormai troppo tardi, che Thot era tuo figlio, esso fu concepito quando giacesti con Merit la prima volta. Te lo dico perché tu ritorni in senno. Ella non volle mai rivelartelo perché era orgogliosa e solitaria e perché tu l'avevi messa da parte anteponendo a lei il Faraone e Akhetaton. Era del tuo sangue, il piccolo Thoth, e se tu non fossi stato pazzo furioso avresti veduto i tuoi occhi nei suoi e riconosciuto la curva del suo labbro. Io avrei data la mia vita per salvarlo, ma non mi fu possibile a cagione della tua follìa, e Merit non voleva abbandonarti. Essi sono morti per la tua insensatezza. E adesso spero che rientrerai in te, signore ».

Lo fissai esterrefatto.

« È vero questo che mi dici? ».

Ma non avevo bisogno di risposta. Sedetti nella polvere della strada a ciglio asciutto, senza risentire il dolore della mia ferita. Tutto entro di me era freddo e chiuso, e il mio cuore si serrò lasciandomi profondamente indifferente a tutto quello che stava succedendo intorno a me.

La Coda del Coccodrillo bruciava, e con essa bruciava il corpicino di Thoth, e Merit nella sua bellezza. I loro corpi furono arsi dall'incendio in mezzo a quelli degli schiavi uccisi, cosicché non mi fu neppure possibile conservarli per la vita eterna. Thoth era figlio mio, e se ciò che io credevo era vero, il sangue sacro dei Faraoni era fluito nelle sue vene, così come fluiva nelle mie. Se io avessi saputo ciò, tutto forse sarebbe stato diverso poiché un uomo riesce a fare per il proprio figlio quel che non farebbe per sé solo. Ma adesso era troppo tardi. Sedevo nella polvere della strada tra il fumo e le faville, e le fiamme che dissolvevano i loro corpi mi bruciavano il viso.

Kaptah mi condusse da Eie e da Pepitamon, poiché i combattimenti erano cessati. Il quartiere povero era ancora in fiamme, ma essi sedevano in qualità di giudici su troni d'oro disposti sopra il molo di pietra, mentre soldati e corni sospingevano innanzi i prigionieri per un giudizio sommario. Chiunque veniva colto con un'arma in mano era impiccato a testa in giù dagli spalti, e tutti coloro che erano sorpresi in possesso di merci rubate erano scagliati nel fiume e dati in pasto ai coccodrilli. Chi veniva trovato con indosso la croce di Aton era fustigato e inviato ai lavori forzati. Le donne venivano lasciate alla foia dei soldati, e i bambini consegnati ad Ammon per essere allevati nei templi. Così la morte infuriava nelle vie di Tebe, ed Eie si mostrava spietato poiché ambiva di ottenere il favore dei sacerdoti. Diceva: « Io ripulisco del sangue gramo la terra d'Egitto! ».

Pepitamon era furibondo perché gli schiavi avevano saccheggiata la sua casa e avevano aperte le gabbie dei gatti. Avevano portato a casa ai loro figliuoli il latte e la panna dei mici, cosicché gli animaletti affamati erano scappati idrofobi e inselvatichiti. Anch'egli fu spietato, e in capo a due giorni le mura della città furono ingombre di cadaveri penzolanti per i talloni.

Nel loro giubilo i sacerdoti ricollocarono nel suo tempio l'immagine di Ammon e gli offersero un sacrificio immane.

Eie nominò Pepitamon governatore di Tebe e si affrettò quindi verso Akhetaton per costringere il Faraone Akhenaton ad abdicare. A me disse: « Accompagnami, Sinuhe, poiché forse avrò bisogno dell'aiuto di un medico che pieghi il Faraone al mio volere ».

Ed io risposi: « Certamente verrò, Eie, poiché desidero che la mia misura sia colma ». Ma egli non comprese ciò che io intendevo.

5.

Ritornai dunque ad Akhetaton in compagnia di Eie. Nella lontana Tanis anche Horemheb era stato informato degli avvenimenti, e si era affrettato ad armare le navi da guerra e a risalire il fiume sino ad Akhetaton. Quando egli ritornò la tranquillità era stata ristabilita nelle città e nei villaggi, i templi erano stati riaperti, e le immagini degli dèi ricollocate nei loro abitacoli. Egli aveva fretta di giungere ad Akhetaton contemporaneamente ad Eie, allo scopo di gareggiare con lui per il potere, perciò perdonò a tutti gli schiavi che deponevano le armi e non punì nessuno di coloro che di propria spontanea volontà tramutavano la croce di Aton col corno di Ammon. Il popolo lo esaltò per la sua clemenza, benché egli non agisse per pietà d'animo ma piuttosto per il desiderio di risparmiare tutti gli uomini validi per la prossima lotta.

Akhetaton era diventata una zona maledetta; sacerdoti e corni vigilavano tutte le strade che vi conducevano e trucidavano chi ne fuggiva o si rifiutava di sacrificare ad Ammon. Avevano anche sbarrato il fiume con catene di rame affinché nessuno potesse trarsi in salvo da quella parte. Non riconobbi la città quando la rividi, poiché un silenzio mortale regnava per le strade, e i fiori dei parchi erano avvizziti, e l'erba verde era ingiallita, ora che nessuno innaffiava più i giardini. Gli uccelli più non cantavano sugli alberi riarsi dal sole, e su tutta la città pendeva il sinistro odore della morte. Le famiglie d'alto rango avevano abbandonato le loro case, e i loro servi erano stati i primi a fuggire, senza toccare nulla poiché nessuno osava sottrarre alcunché dalla città maledetta. I cani erano periti nei loro canili, e i cavalli erano morti di fame nei loro stalli perché gli staffieri fuggiaschi avevano recise le articolazioni dei loro arti posteriori nel punto stesso in cui si trovavano. Quando vi giunsi, Akhetaton la bella era già una città morta, esalante disfacimento e putredine.

Ma il Faraone Akhenaton e la sua famiglia indugiavano ancora nella casa aurea. Erano rimasti con lui i più fedeli tra i suoi servi, nonché i membri anziani della corte, i quali non concepivano che potesse esservi una vita al difuori di quella che conducevano al fianco del Faraone. Costoro erano completamente all'oscuro di quanto era avvenuto a Tebe, poiché da un mese, non un solo messaggero era più giunto ad Akhetaton.

Le provviste si stavano consumando rapidamente, e per volontà del Faraone il loro unico cibo consisteva nel pane duro e nella pappa d'orzo del povero. I più intraprendenti cercavano di acchiappare con le loro lance i pesci del fiume o uccidevano uccelli con le loro fionde e mangiavano questi cibi in segreto.

Eie il prete mandò dapprima me alla presenza del Faraone, per riferirgli quanto era accaduto, dato che io ero il suo amico più fidato. Io andai, ma tutto era gelo entro di me. Non provavo né gioia né dolore, e anche di fronte ad Akhenaton il mio cuore era suggellato. Egli alzò su di me la sua faccia grigia e smarrita, dagli occhi spenti e disse: « Sinuhe, sei tu il solo a ritornare? Dove sono tutti coloro che mi erano fedeli? Dove sono quelli che io amavo e che mi amavano? ».

Gli risposi: « Gli antichi dèi governano un'altra volta l'Egitto, e a Tebe i sacerdoti sacrificano ad Ammon tra la gioia del popolo. Essi ti hanno maledetto, Faraone Akhenaton, e hanno maledetta la tua città. Hanno maledetto il tuo nome per i secoli dei secoli e già stanno scalpellandolo dalle iscrizioni ».

Ebbe con le mani un moto di impazienza, e il dolore gli illuminò il viso mentre egli insisteva: « Io non ti chiedo quel che è accaduto a Tebe. Dove sono i miei fedeli e tutti coloro che io amavo? ».

Gli risposi: « Tu hai ancora la tua bella moglie Nefertiti, anche le tue figliuole sono con te. Il giovane Sekenre va a caccia di pesci nel fiume, e Tut come il solito gioca al funerale con le sue bambole. Che t'importa degli altri? ».

Mi chiese: « Dov'è il mio amico Tutmosi, che era anche tuo amico e che io amavo? Dov'è questo artista, per la cui mano le pietre stesse sono impregnate di vita eterna? ».

« È morto per amor tuo, Faraone Akhenaton », dissi. « I Negri lo hanno trafitto con una lancia e hanno scagliato il suo corpo nel fiume affinché i coccodrilli lo divorassero perché egli ti era stato fedele. Ancorché egli abbia sputato sul tuo giaciglio, non pensare a questo, adesso che lo sciacallo ulula nella sua bottega vuota ».

Il Faraone Akhenaton alzò la mano come per togliersi dal viso una ragnatela che lo infastidisse; quindi litaniò i nomi di coloro che egli aveva amati. Di alcuni dicevo: « È morto per amor tuo, Faraone Akhenaton ». E infine: « Il potere di Aton è stato soffocato. Il regno di Aton sulla terra più non esiste, e Ammon governa di nuovo ».

Egli affissò lo sguardo dinanzi a sé, e con un gesto impaziente delle sue mani esangui disse: « Sì, sì, lo so. Le mie visioni me lo avevano preannunciato. Il regno eterno non può essere contenuto entro confini terrestri. Tutto deve essere come prima, e la paura, l'odio, il male dovranno governare il mondo. Meglio sarebbe stato che io fossi morto, e meglio ancora se mai non fossi stato generato per vedere tutte le atrocità che si compiono sulla terra ».

La sua cecità m'infuriava a un punto tale che replicai focosamente: « Tu non hai veduto neppure la millesima parte del male che è stato compiuto in tuo nome, Faraone Akhenaton. Tu non hai veduto scorrere nelle tue mani il sangue del tuo figliuolo, né il tuo cuore si è raggelato nell'udire il grido di morte della tua benamata! Perciò le tue parole sono vuote. Faraone Akhenaton ».

Mi disse con voce stanca: « Vattene dunque da me, Sinuhe, poiché io sono malvagio. Lasciami, e non soffrire più per causa mia. Allontanati da me poiché sono stanco della tua faccia, sono stanco della faccia di tutti gli uomini, poiché dietro i loro volti io vedo grugni di bestie ».

Ma io sedetti in terra accanto a lui e dissi: « Non così, Faraone; non me ne andrò da te perché voglio avere la mia piena misura. Eie il prete sta venendo, e al confine settentrionale della tua città già sono echeggiati i corni di Horemheb, e le catene di rame che sbarrano il fiume sono state spezzate affinché egli possa veleggiare sino a te ».

Ebbe un sorriso lieve, allargò le braccia in un gesto ampio, e disse: « Eie e Horemheb, il crimine e la violenza: questi dunque sono ora i miei soli seguaci? ».

Quindi non proferimmo più parola, ma restammo in ascolto del sommesso chioccolìo della clessidra finché Eie il prete e Horemheb entrarono alla presenza del Faraone. Avevano altercato furiosamente tra loro, e le loro facce erano incupite dall'odio. Respiravano affannosamente, e parlavano nello stesso tempo cercando di sopraffarsi con le voci senza alcun rispetto per il Faraone.

Eie diceva: « Abdica, Faraone Akhenaton, se vuoi aver salva la vita. Lascia che Sekenre governi al tuo posto. Permettigli di ritornare a Tebe e di sacrificare ad Ammon, e i sacerdoti lo ungeranno e gli porranno sul capo la duplice corona rossa e bianca ».

Ma Horemheb diceva: « La mia lancia ti conserverà la corona, Faraone Akhenaton, purché tu ritorni a Tebe e sacrifichi ad Ammon. I preti brontoleranno un poco, ma io li farò tacere con la mia frusta, ed essi dimenticheranno i loro borbottamenti quando io dichiarerò una guerra santa per la riconquista della Siria e la sua riannessione all'Egitto ».

Il Faraone Akhenaton li squadrò entrambi con un sorriso privo di vita.

« Vivrò e morrò da Faraone », disse. « Non mi sottometterò mai al falso dio e non dichiarerò mai una guerra né manterrò il mio potere col sangue. Il Faraone ha parlato ».

Così dicendo si coprì il volto con un lembo della sua veste e se ne andò lasciandoci tutti e tre soli nella grande sala con l'odore della morte nelle nostre nari.

Eie allargò le braccia in un gesto di sconforto e guardò Horemheb fece lo stesso e guardò Eie. Io sedevo a terra poiché le mie ginocchia avevano perduto ogni forza, e fissavo entrambi. A un tratto Eie ebbe un sorriso volpino e disse: « Horemheb, tu detieni la lancia e il trono è tuo. Cingiti dunque il capo della duplice corona se lo desideri! ».

Ma Horemheb proruppe in un riso di scherno e rispose: « Non sono così imbecille. Tienti quelle sudice corone se ti piacciono. Tu sai benissimo che non possiamo più ritornare ai vecchi tempi, poiché l'Egitto è minacciato dalla guerra e dalla carestia. Se dovessi assumere adesso la corona, il popolo mi biasimerebbe per tutto il male che ne conseguirebbe e ti sarebbe facile depormi non appena i tempi fossero maturi ».

Eie disse: « Sia dunque Sekenre, se egli acconsentirà a ritornare a Tebe. E se non lui, Tut; egli certamente acconsentirà. Le loro consorti sono di sangue sacro. Siano loro a sopportare l'odio del popolo finché le cose non cambino ».

« Mentre tu governerai nascosto dietro la loro ombra! », ribatté Horemheb.

Ma Eie disse: « Tu dimentichi che hai l'esercito e che devi scontrarti con gli Hittiti. Se riuscirai in questa impresa, nessuno diventerà più potente di te sulla terra di Kem ».

Discussero così finché si resero conto di essere legati l'uno all'altro e che nessuna soluzione poteva salvarli se non una reciproca alleanza.

Eie disse infine: « Ammetto con franchezza di aver fatto del mio meglio per deporti, Horemheb: ma tu mi hai ormai superato, Figlio del Falco, e non posso più fare a meno di te. Se gli Hittiti invaderanno il paese, io non potrò avvantaggiarmi del mio potere, e temo che nessun Pepitamon sia in grado di guerreggiare con loro, anche se generali come lui servono benissimo come spillatori di sangue e carnefici. Sia dunque questo il giorno della nostra alleanza. Insieme potremo governare il paese, ma divisi cadremmo entrambi. Senza di me il tuo esercito è impotente, e senza il tuo esercito l'Egitto è perduto. Giuriamo dunque per tutti gli dèi d'Egitto che da questo giorno in avanti noi resteremo uniti. Io sono ormai vecchio, Horemheb, e desidero gustare la dolcezza del potere, ma tu sei giovane e hai tutta una vita davanti a te ».

« Io non desidero corone, ma piuttosto una buona guerra per la mia marmaglia », disse Horemheb. « Devo però farmi dare da te un pegno, Eie, o altrimenti tu mi tradirai alla prima occasione; perciò non contraddirmi. Ti conosco! ».

« Che vuoi che ti dia, Horemheb? L'esercito non è già un pegno sufficiente? ».

La faccia di Horemheb si oscurò mentre il suo sguardo errava esitante lungo le pareti ed egli si grattava i sandali contro il pavimento di pietra come se cercasse di contorcere gli alluci nella sabbia. Infine disse: « Vorrei avere in moglie la Principessa Baketaton. In verità, intendo spezzare la giara con lei anche se la terra e il cielo dovessero crollare, e tu non puoi impedirmelo ».

Eie gridò: « Ah! Adesso capisco che cos'hai in animo! Sei più astuto di quanto credevo e meriti tutto il mio rispetto. Già si è cambiata il nome e ha ripreso quello di Baketamon, e i sacerdoti non hanno nulla contro di lei. Nelle sue vene scorre il sangue sacro del grande Faraone. Se tu la sposi otterrai diritti legali alla corona e privilegi assai superiori a quelli dei mariti delle figlie di Akhenaton, poiché in queste fluisce soltanto il sangue del falso Faraone. La tua pensata è molto astuta, Horemheb, ma non posso approvarla... per lo meno non posso approvarla per il momento... poiché in tal caso mi legherei a te mani e piedi e perderei qualsiasi autorità sulla tua persona ».

Ma Horemheb urlò: « Tienti le tue sporche corone, Eie! Io desidero lei, non le corone, e l'ho desiderata dal primo momento in cui ho contemplata la sua bellezza nella casa aurea. Io cerco di mescolare il mio sangue con quello del grande Faraone affinché i futuri Re d'Egitto possano essere il frutto dei miei lombi. Tu invece desideri semplicemente la corona, Eie. Prendila dunque quando riterrai giunto il momento opportuno, e la mia lancia appoggerà il tuo trono. Dammi la principessa e io non regnerò mentre tu vivrai... neppure se tu dovessi vivere a lungo... poiché come tu dici io ho davanti a me tutta una vita... e tanto tempo per aspettare ».

Eie si soffregò la bocca col dorso della mano, e rifletté. Ma mentre meditava il suo volto si illuminò, poiché aveva capito di avere in mano un'esca con cui avrebbe potuto far muovere Horemheb come meglio gli sarebbe piaciuto. Mentre sedevo sul pavimento ad ascoltare quei discorsi, stupivo del cuore umano che permetteva ai due di disporre della duplice corona mentre il Faraone Akhenaton ancora viveva e respirava nella stanza attigua.

Alla fine Eie disse: « Hai aspettato tanto la tua principessa che potrai aspettare ancora un poco, perché prima devi combattere una guerra disperata. Ci vorrà parecchio perché tu possa ottenere il consenso della Principessa; essa ti considera con il più grande disprezzo perché sei nato con gli alluci pieni di sterco. Ma io e io soltanto ho il mezzo per piegarla a te, e io ti giuro, Horemheb, per tutti gli dèi d'Egitto, che il giorno in cui mi porrò in capo la corona rossa e bianca spezzerò di mia mano la giara tra la Principessa e te. Altro non posso fare per aiutarti, e anche così mi consegno nelle tue mani ».

Horemheb era troppo impaziente per contrattare oltre e disse: « E così sia. Concludiamo dunque felicemente questa bazzecola, e spero tu non faccia troppe boccacce, dal momento che desideri tanto disperatamente la duplice corona... quello stupido giocattolo! ».

Era tanto eccitato che si era completamente scordato di me, ma quando finalmente mi vide mi chiese sconcertato: « Sinuhe, sei ancora qui? Tu hai udito cose che orecchie indegne non debbono udire, e temo che dovrò ammazzarti benché a malincuore perché mi sei amico ».

Le sue parole mi titillarono poiché riflettevo appunto quanto indegni fossero quei due uomini che si stavano in quel momento dividendo il potere, mentre io, che sedevo lì a terra, ero forse il più degno di tutti: ero il solo erede maschio del grande Faraone nelle cui vene scorreva il sangue sacro. Non potei perciò trattenere le risa, ma fui costretto a premermi la bocca con le mani e presi a ridacchiare come una donnetta.

Eie ne fu irritatissimo e osservò: « Mi sembra molto sconveniente che tu rida, Sinuhe, poiché queste sono cose gravi. Non ti uccideremo però, benché te lo meriteresti. È bene che tu abbia udito quel che abbiamo detto. Tu sarai il nostro testimone. Tu non potrai mai parlare di quanto hai inteso qui quest'oggi, poiché abbiamo bisogno di te e noi ti legheremo al nostro destino. Anche tu capisci che è giunto per il Faraone il momento di morire. Come suo medico tu gli aprirai il cranio oggi stesso e farai in modo che il tuo coltello affondi con sufficiente profondità per consentirgli di scomparire secondo i modi voluti dalla convenienza e dalla tradizione ».

Ma Horemheb disse: « Io non mi immischierò in questa faccenda, poiché ho già le mani abbastanza sporche per aver toccate quelle di Eie. Tuttavia ciò che quest'uomo dice è esatto. Il Faraone Akhenaton deve morire se vogliamo salvare l'Egitto; non c'è altra via ».

Ripresi a sghignazzare, ma infine dominandomi dissi: « Nella mia qualità di medico non posso aprirgli il cranio perché non vi sono motivi sufficienti per fare questo e io devo attenermi ai canoni della mia professione. Ma calmatevi: come suo amico gli preparerò una buona medicina. Quando l'avrà bevuta si addormenterà per non risvegliarsi mai più, e con questo mezzo io mi lego a voi, cosicché da me voi non avrete mai a temere alcun tradimento ».

E mostrai loro il recipiente di vetro leggiero che Hrihor mi aveva dato una volta e ne mescolai il contenuto a un po' di vino, entro una tazza d'oro; il suo odore non era sgradevole. Presi la coppa tra le mie mani ed entrammo tutti e tre nella stanza del Faraone Akhenaton. Si era tolta la duplice corona; aveva posti in un canto il flagello e il lituo e riposava sul suo giaciglio, cinereo in volto, gli occhi iniettati di sangue.

Eie si avvicinò, prese le due corone e la frusta, e soppesandole nella mano disse: « Faraone Akhenaton, il tuo amico Sinuhe ti ha mesciuto una buona pozione. Bevila, e prendi forza, e domani parleremo di nuovo di cose penose ».

Il Faraone si levò a sedere sul suo giaciglio e prese tra le sue mani la coppa, fissandoci in volto ora l'uno ora l'altro, e il suo sguardo affaticato mi trafisse tanto, che mi sentii percorrere da un lungo brivido. Disse: « Gli uomini si mostrano misericordiosi verso una bestia malata abbattendola con un colpo di mazza. Hai tu pietà di me, Sinuhe? Se così è ti ringrazio, poiché il mio sconforto è più amaro alla mia lingua che non la morte stessa, e la morte mi è oggi più dolce che non l'aroma della mirra ».

« Bevi, Faraone Akhenaton », dissi. « Bevi per amore di Aton ».

Horemheb disse: « Bevi, Akhenaton amico mio, bevi affinché l'Egitto si salvi. Con la mia mantella io proteggerò la tua debolezza, come feci un tempo nel deserto, fuor delle porte di Tebe ».

Il Faraone Akhenaton bevve dalla tazza, ma la mano gli tremava così forte che il vino si sparse giù per il mento. Allora egli afferrò la tazza con ambedue le mani e la vuotò; e finalmente ricadde all'indietro appoggiando il collo sul posatoio di legno. Non proferì parola ma rimase assorto nelle sue visioni, quasi le fissasse con i suoi occhi divenuti vacui e tutti iniettati di sangue. Dopo un certo tempo prese a rabbrividire come per freddo. Horemheb si tolse la mantella che gli copriva le spalle e la distese sopra di lui, mentre Eie afferrava con entrambe le mani le due corone e ne provava il peso sul proprio capo.

Così trapassò il Faraone Akhenaton; io gli diedi da bere la morte, ed egli la bevve dalla mia mano. Tuttavia perché facessi questo non so, poiché un uomo non conosce il proprio cuore. Credo di aver fatto questo non tanto per amore di Akhenaton quanto per amarezza, per odio di tutto il male che egli aveva generato. Ma soprattutto feci questo perché era scritto nelle stelle che la mia misura dovesse essere colma. Quando lo vidi morire credetti di aver ormai toccato l'apice di ogni umana emozione, ma un uomo non conosce il proprio cuore, e non sa quanto esso sia insaziabile... ancor più insaziabile dei coccodrilli del fiume.

Dopo averne constatata la morte uscimmo dalla casa d'oro ingiungendo ai servi di non disturbare il Faraone nel suo sonno. Solo il mattino seguente essi dovevano scoprirne il cadavere e alzare le loro voci in gemiti e lamentazioni. La casa aurea si empì di pianto, benché io ritenga che la sua morte abbia acquietati molti animi. Nondimeno la Regina Nefertiti ristette accanto alla bara senza una lagrima, e l'espressione del suo viso era inscrutabile. Allorché io sopraggiunsi, come richiedeva la mia professione, per scortare il cadavere alla Casa della Morte ella stava toccando le dita sottili del Faraone Akhenaton e gli carezzava le guance con le sue bellissime mani. Giunto alla Casa della Morte affidai il corpo del Faraone ai lavatori di cadaveri e agli imbalsamatori, affinché lo conservassero per la vita eterna.

Secondo la legge e la tradizione diveniva Faraone il giovane Sekenre, ma questi era fuori di sé dal dolore, e si guardava attorno incapace di proferire una parola sensata, abituato com'era a pensare soltanto col cervello di Akhenaton. Eie ed Horemheb gli parlarono e gli spiegarono che egli doveva ora affrettarsi a Tebe per sacrificare ad Ammon se desiderava conservare la corona sul proprio capo, ma egli non credette alle loro parole, poiché era un ragazzo semplice e perduto in fantasticherie e in sogni ad occhi aperti.

Disse invece: « Io renderò nota al mondo intero la luce dell'Aton e costruirò un tempio al mio padre Akhenaton e lo adorerò come si adora un dio, poiché egli non era come gli altri uomini ».

Non appena Eie e Horemheb si avvidero della sua stupidità, lo abbandonarono in balìa di se stesso. Il giorno seguente mentre si recava a pescare in riva al fiume, il caso volle che la sua imbarcazione di giunchi si capovolgesse e che il suo corpo fosse divorato dai coccodrilli. Così si disse, ma quello che sia effettivamente accaduto non so; credo tuttavia che non fu Horemheb a ucciderlo ma piuttosto Eie, il quale aveva fretta di ritornare a Tebe e di mantenere la propria presa sulle redini del governo.

Eie e Horemheb si recarono quindi dal giovane Tut, il quale stava giocando sul pavimento della sua stanza. Come al solito giocava al funerale, in compagnia della propria consorte Akhsenaton.

Horemheb gli disse: « Andiamo, è tempo che tu ti alzi da questo sudicio pavimento, poiché ormai sei tu il Faraone ».

Tut si alzò ubbidiente, e sedutosi sul trono d'oro disse: « Il Faraone sono io? Questo non mi stupisce, poiché mi sono sempre sentito superiore agli altri, ed è più che giusto che il Faraone sia io. Con la mia frusta punirò tutti i malfattori, e col mio lituo vigilerò come un pastore su tutti i pii e i buoni ».

Eie disse: « Smettiamola con le sciocchezze, Tut! Tu farai tutto quello che io ti dirò senza discutere. Prima di tutto disporremo per una processione di ringraziamento entro Tebe, e a Tebe tu ti inginocchierai dinanzi ad Ammon nel suo grande tempio e gli renderai sacrifici. Quindi i sacerdoti ti ungeranno e ti porranno sul capo la corona rossa e bianca. Mi capisci? ».

Tut rifletté per un certo tempo, quindi chiese: « Se andrò a Tebe mi costruiranno una grande tomba come le tombe di tutti gli altri Faraoni? I sacerdoti me la riempiranno di giocattoli e di seggiole dorate e di bei letti? Perché le tombe di Akhenaton sono strette e buie, e a me non piace avere semplicemente qualche dipinto sulle pareti, ma voglio giocattoli veri e anche il bel coltello turchino che mi hanno dato gli Hittiti ».

« Certo che i sacerdoti ti costruiranno una bella tomba », rispose Eie. « Tu sei un ragazzo assennato, Tut, a pensare prima di tutto alla tua tomba appena divenuto Faraone, molto più assennato di quanto non immagini. E siccome il nome di Tutankhaton non suonerà certo gradito alle orecchie dei sacerdoti di Ammon, da oggi in avanti tu ti chiamerai Tutankhamon ».

Tut non fece alcuna obiezione a ciò ma desiderò soltanto di imparare a scrivere il suo nuovo nome poiché non conosceva i caratteri mediante i quali viene rappresentato il nome di Ammon. Così per la prima volta il nome di Ammon fu scritto in Akhetaton. Allorché Nefertiti seppe che Tutankhamon era divenuto Faraone e comprese di essere stata completamente scavalcata, si vestì dei suoi abiti più belli, si profumò il corpo e i capelli dei balsami più rari, nonostante la propria vedovanza, e si recò a visitare Horemheb a bordo della sua nave.

Ella gli disse: « È assurdo che un ragazzo ancora in minore età divenga Faraone! Quel miscredente di mio padre Eie me lo ha sottratto di mano e governa l'Egitto in suo nome, benché io sia la Regina Consorte e la Madre. Del resto molti uomini mi hanno guardata con desiderio e mi hanno detto che sono una bella donna; è stato affermato persino che io sia la più bella donna d'Egitto anche se questa può essere un'esagerazione. Guardami, Horemheb, nonostante il dolore che mi ha offuscato gli occhi e piegato la fronte. Tua è la lancia, e tu ed io insieme potremmo escogitare molte cose a favore dell'Egitto. Io ti parlo francamente perché penso soltanto al bene del nostro paese, e so che mio padre, quel maledetto Eie, è un uomo avido e stupido che farà molto male all'Egitto ».

Horemheb la squadrò, e Nefertiti si aprì la veste dinanzi a lui, con la scusa che nella cabina faceva molto caldo, e mise in atto ogni seduzione. Ella era all'oscuro del patto segreto intercorso tra Horemheb ed Eie, e anche se, donna com'era, aveva intuito qualche cosa dell'amore di Horemheb per Baketamon, riteneva di essere in grado di poter facilmente soppiantare nel cuore di lui la Principessa inesperta e altera; ma la sua bellezza non impressionò per nulla Horemheb.

Egli la squadrò freddamente e disse: « Già sono stato trascinato abbastanza nel fango in questa città maledetta, e non ho alcuna intenzione di insozzarmi ulteriormente con te, bella Nefertiti. Ho molte lettere da dettare, riguardo alla guerra, e mi manca assolutamente il tempo di sollazzarmi con te ».

Queste cose mi furono riferite in seguito da Horemheb, e per quanto egli debba certamente avere ricamato sui fatti, la storia nel suo complesso rimane vera. Da quel giorno in avanti Nefertiti odiò Horemheb di un odio mortale e fece di tutto per offenderlo e macchiare la sua riputazione. A Tebe divenne amica di Baketamon, dal che Horemheb ebbe a patire grande danno, come spiegherò in seguito. Sarebbe stato assai più prudente non insultarla, ma cercare di conservare la sua amicizia e dimostrarle comprensione nel suo dolore; ma ad Horemheb ripugnava sputare sul giaciglio del Faraone morto. Per quanto ciò possa apparire strano, Horemheb amava tuttora Akhenaton, anche se fu lui a ordinare la rimozione del suo nome e della sua immagine da tutte le iscrizioni e a far sì che venisse abbattuto il tempio di Aton a Tebe. A riprova di ciò posso dire come Horemheb predispose affinché i suoi seguaci trasferissero segretamente il corpo di Akhenaton dalla tomba di Akhenaton a quella di sua madre in Tebe, perché non cadesse nelle mani dei sacerdoti. I sacerdoti infatti avrebbero voluto bruciarne il cadavere e disperderne le ceneri nel fiume. Ma questi avvenimenti si svolsero in epoca assai più tarda.

6.

Non appena Eie ebbe ottenuto il consenso di Tutankhamon, si affrettò a radunare molte navi su cui imbarcò tutta la corte. Akhetaton fu abbandonata da ognuno ad eccezione degli imbalsamatori della Casa della Morte i quali stavano preparando il corpo di Akhenaton per la vita eterna. Gli ultimi abitanti rimasti fuggirono in tutta fretta senza mai volgersi a guardare indietro. Nella casa aurea vettovaglie e nappi furono abbandonati sulle tavole, mentre i giocattoli di Tut giacquero sparsi al suolo in un eterno giuoco funerario.

I venti del deserto divelsero le imposte; la sabbia ricoprì i pavimenti dove volavano attraverso giunchi sempre verdi anatre dalle piume variopinte, e dove pesci multicolori nuotavano in acqua salmastra. Il deserto ritornò nei giardini di Akhetaton; gli stagni dei pesci si prosciugarono, i canali di irrigazione furono ostruiti, gli alberi da frutta avvizzirono. Le mura delle case si sgretolarono, i tetti caddero, tutta la città precipitò in rovina. Gli sciacalli ululavano per le sale deserte, e sui morbidi letti protetti dal baldacchino posero le loro tane. In questo modo perì la città di Akhetaton, con la stessa rapidità con cui il Faraone Akhenaton l'aveva creata alla vita.

Il popolo di Tebe si rallegrò grandemente del ritorno di Ammon e dell'ascesa al trono del nuovo Faraone. Tanto è sciocco il cuore dell'uomo che sempre egli ripone le proprie speranze nel futuro, senza nulla apprendere dai suoi passati errori, e illudendosi che il domani sarà migliore dell'oggi. Il popolo si assiepò nel Viale degli Arieti a salutare con grida di gioia il nuovo Faraone e a spargere fiori sul suo cammino.

Ma nel porto e nel quartiere povero le rovine bruciavano ancora; un fumo acre si levava da esse, e dal fiume emanava un lezzo di carnaio. Tra i tegoli dei templi corvi e avvoltoi allungavano il collo, troppo sazi per riuscire a levarsi in volo. Qua e là tra le macerie e le case sventrate donne e fanciulli spaventati grattavano il terriccio in cerca di qualche masserizia superstite là dove un tempo erano sorte le loro abitazioni. Io passeggiavo per i moli, ancora graveolenti di sangue coagulato, e guardavo le ceste vuote e ripensavo a Merit e al piccolo Thoth che erano periti per colpa di Aton e per la mia pazzia.

I miei passi mi portarono alle rovine della Coda del Coccodrillo, e io mi rammentai di Merit la quale mi aveva detto: "Forse io non sono che un cuscino che ammorbidisce la tua solitudine, quando non sono la tua stuoia consunta". Rivedevo anche il piccolo Thoth: le sue guance e le sue membra erano di una dolcezza infantile, ed egli mi metteva le braccia al collo e posava la sua guancia contro la mia. Le nari piene di fumo aspro, camminavo nella polvere del porto, rivedendo dinanzi a me il corpo di Merit trafitto e il nasetto sanguinante di Thoth e i suoi capelli madidi e appiccicosi di sangue. Riflettevo che la morte del Faraone Akhenaton era stata una morte dolce. Riflettevo anche che non vi è nulla di peggio al mondo dei sogni dei Faraoni, poiché il seme che essi seminano genera sangue e morte.

Le grida di giubilo del popolo ferivano le mie orecchie; acclamavano il Faraone Tutankhamon illudendosi che questo ragazzo trasognato, il quale non pensava ad altro che ad avere una bella tomba, avrebbe sradicata l'ingiustizia e restaurata la pace e la prosperità nella terra di Kem.

Errai a lungo dove i miei piedi mi portavano, conscio di essere solo e che in Thoth il mio sangue si era irrimediabilmente prosciugato. Non accarezzavo alcuna speranza di immortalità; la morte mi sembrava anzi quasi un riposo e un sonno e il calore di un braciere in una notte d'inverno; il dio di Akhenaton mi aveva defraudato di ogni speranza e di ogni gioia, e avevo finalmente compreso che tutti gli dèi abitano in case buie dalle quali non esiste ritorno. Il Faraone Akhenaton aveva bevuto la morte dalle mie mani, ma ciò non mi arrecava alcuna consolazione; poiché insieme alla morte egli aveva anche bevuto un misericordiosissimo oblìo. Io invece vivevo, e non riuscivo a dimenticare. Il mio cuore era consumato dall'amarezza, e nutrivo un profondo rancore verso il popolo che muggiva ora dinanzi al tempio come un branco di bovini, senza aver appreso nulla dagli insegnamenti del passato.

I miei piedi mi portarono alle rovine della casa del fonditore di rame; alcuni bambini vedendomi si nascosero, e le donne che scavavano tra le immondizie in cerca dei loro vasi e delle loro brocche si coprirono il volto al mio sopraggiungere.

I muri di mota della casa si levarono davanti a me neri di fuliggine; lo stagno del giardino era asciutto e i rami del sicomoro erano anneriti e senza foglie. Ma in mezzo alle macerie era stato eretto un rifugio sotto il quale vidi una giara piena d'acqua. Muti mi si fece incontro, i capelli già quasi grigi ricoperti di terra, e zoppicante per via della ferita che le era stata inferta. Ella si chinò dinanzi a me sulle ginocchia tremanti e mi disse in tono di amara ironia: « Benedetto sia il giorno che riconduce a casa il mio signore! ».

Ma non poté proferire altro. L'acredine le strozzava la voce. Si accovacciò per terra e si nascose il volto tra le mani. I corni di Ammon l'avevano ferita in molti punti del suo magro corpo, ma le ferite si erano cicatrizzate, e io non potevo certo venirle in aiuto. Chiesi: « Dov'è Kaptah? ».

« Kaptah è morto », mi rispose. « Dicono che gli schiavi lo abbiano assassinato quando si accorsero che li tradiva e che distribuiva vino agli uomini di Pepitamon ».

Ma io non le credetti, sapendo che Kaptah non poteva morire... sapendo che qualunque cosa accadesse, Kaptah sarebbe vissuto.

Indispettita dal mio scetticismo, Muti esclamò: « Deve essere facile e piacevole per te ridere adesso, Sinuhe... adesso che hai veduto trionfare il tuo Aton! Voi uomini siete tutti gli stessi. Tutto il male dell'universo proviene dagli uomini, perché non diventano mai adulti, ma rimangono sempre dei ragazzi; si buttano addosso pietre, si battono a vicenda... e la loro più grande soddisfazione consiste nel recar dolore a coloro che li amano e che desiderano il loro bene. Forse che io non ho sempre desiderato il tuo bene, Sinuhe? E come ne sono stata ricompensata? Con una gamba azzoppata, con ferite in tutto il corpo, e una manciata di grano ammuffito! Io però non ti accuso per me, ma per Merit, che valeva tanto più di te e che tu consapevolmente e di deliberato proposito hai mandata a morte. Io inoltre ho talmente pianto per il piccolo Thoth, che assomigliava tanto al mio proprio figliuolo e per cui ero solita cucinare focacce al miele, che gli occhi mi si sono seccati! Ma a te che importa di tutto questo? Tu te ne vieni qui come se nulla fosse, con tutte le tue ricchezze disperse al vento, a riposare sotto il tetto che io sono riuscita ad inalzare con tanta fatica e tanta difficoltà, affinché io ti nutrisca! Scommetterei qualunque cosa che prima di domattina tu già incomincerai a borbottare perché vorrai della birra, e subito dopo mi picchierai perché io non ti servo con la diligenza che vorresti. Mi metterai a sfacchinare per te, mentre tu te ne starai in ozio! Così sono fatti gli uomini! ».

A questo modo mi parlò, e i suoi rimbrotti erano talmente familiari che mi rammentarono Kipa e Merit, e il cuore mi si riempí di un così indicibile dolore che le lagrime mi sgorgarono dagli occhi.

Questo la scosse molto, ed ella disse: « Tu sai benissimo, Sinuhe, o uomo impetuoso, che le mie intenzioni non sono cattive nel dirti queste cose, ma lo faccio solo per istruirti. Mi rimane ancora un pugno di grano; lo macinerò e ti preparerò una buona pappa. Quindi sistemerò per te un letto di giunchi secchi. Forse fra qualche tempo potrai riprendere la tua professione in modo che noi si possa avere di che vivere. Non preoccuparti però per questo, poiché ho trovato il modo di allogarmi come lavandaia nelle case dei ricchi, dove ci sono mucchi di biancheria macchiata di sangue, di modo che riesco sempre a trovare qualcosa che fa al caso mio. Inoltre credo che riuscirò a farmi dare a credito una giara di birra dalle case di piacere dove sono acquartierati i soldati, il che rallegrerà il tuo cuore ».

Queste sue parole mi fecero vergognare delle mie lagrime. Mi ricomposi e le dissi: « Non sono venuto per esserti di peso, Muti. Fra breve me ne andrò di nuovo e forse resterò assente a lungo. Per questo motivo desideravo vedere la casa dove ero vissuto felice, desideravo accarezzare la ruvida corteccia del sicomoro e toccare la soglia che i piedi di Merit e del piccolo Thoth avevano consumata. Non darti pena per me, Muti. Io ti manderò un po' d'argento, se potrò, tu lo amministrerai in mia assenza. Ma io ti benedico per le tue parole come se tu fossi mia madre, poiché sei una buona donna anche se a volte la tua lingua ferisce come il pungiglione di una vespa ».

Muti singhiozzò e si asciugò il naso col dorso della sua mano rozza. Non volle però lasciarmi andare, ma accese il fuoco e mi preparò un po' di cibo con le sue magre risorse. Fui costretto a mangiare, per non offenderla, anche se ad ogni boccata mi sentivo soffocare.

Muti stette a osservarmi, poi scosse il capo e sbuffò: « Mangia, Sinuhe! Mangia, testone, anche se il grano è ammuffito e il pasto ripugnante. Immagino che adesso tu andrai a cacciare la tua stupida testa in tutte le reti e in tutte le trappole in cui incapperai, ma io non posso far nulla per te su questo punto. Mangia dunque, e fatti forza, Sinuhe; ma ritorna indietro poiché io ti aspetterò fedelmente. Non preoccuparti per me, perché anche se vecchia e zoppa sono tuttavia fortissima. Saprò guadagnarmi il pane abbastanza bene lavando e cucinando fin quando ci sarà un tozzo di pane a Tebe, purché tu ritorni, signore ».

Così, finché caddero le tenebre, sedetti fra le rovine della mia casa, e il fuoco di Muti diffondeva un bagliore solitario nelle tenebre fuligginose. Riflettevo che meglio sarebbe stato se mai più fossi ritornato, dal momento che io portavo soltanto dolore e sfortuna a coloro che mi amavano... meglio dunque era vivere e morir soli, così com'ero venuto, trasportato dalla corrente del fiume, il giorno della mia nascita.

Allorché le stelle uscirono e le guardie incominciarono a percuotere gli scudi con le impugnature delle loro lance, a spaventare il popolo nei vicoli calcinosi del porto, io dissi addio a Muti e rientrai ancora una volta nella casa aurea del Faraone. Mentre camminavo lungo le strade diretto verso la riva, il cielo notturno brillava nuovamente di un rosso chiarore sopra Tebe, e le grandi strade rifulgevano di luci; dal centro della città proveniva un suono di musica, poiché quella era la notte dell'ascesa al trono di Tutankhamon e Tebe faceva festa.

7.

Ma in quella stessa notte i sacerdoti faticavano, pieni di ardore, nel tempio di Sekhmet, a rimuovere l'erba che era cresciuta tra gli interstizi delle beole, a inalzare di nuovo sul suo piedestallo l'immagine dalla testa leonina, a rivestirla di lino rosso, ad adornarla degli emblemi della guerra e della devastazione.

Non appena Eie ebbe incoronato Tutankhamon con le corone dei Due Regni — la corona rossa e la corona bianca — il papiro e il giglio — disse a Horemheb: « È giunta l'ora, Figlio del Falco! Ordina di dar fiato ai corni e dichiara la guerra! Lascia che il sangue scorra come un'onda purificatrice sopra la terra di Kem affinché tutto ritorni come un tempo e il popolo possa dimenticare la memoria del falso Faraone ».

Il giorno seguente, mentre Tutankhamon nella sua casa d'oro stava giocando ai funerali con le sue bambole, insieme alla sua consorte reale, mentre i preti di Ammon, ubriachi di potenza, bruciavano incenso nel grande tempio e maledicevano il nome del Faraone Akhenaton per tutta l'eternità, Horemheb ordinò di dar fiato ai corni agli angoli di tutte le strade. Le porte di rame del tempio di Sekhmet si spalancarono, e alla testa di truppe scelte Horemheb condusse la marcia trionfale lungo il Viale degli Arieti, per rendere sacrifici alla dea. Eie raggiunse il suo intento, poiché alla mano destra del Faraone egli regnava sopra la terra di Kem. Ora era venuta anche la volta di Horemheb, le cui esigenze pure furono soddisfatte, e lo seguii al tempio di Sekhmet poiché egli desiderava che io assistessi alla manifestazione della sua potenza.

Sia detto però a suo onore che nell'ora del trionfo egli disdegnò ogni pompa esteriore, cercando di far presa sul popolo soltanto con la semplicità del suo comportamento. Per questo motivo si recò al tempio in un cocchio pesante e senza ornamenti. Nessuna piuma ondeggiava sulla testa dei suoi cavalli; nessuna lamina d'oro scintillava sui mozzi delle sue ruote. Invece aguzze falci di rame fendevano l'aria su ciascun lato del veicolo. Dietro di lui venivano le file dei lanciatori di giavellotto e dei dorifori. Lo scalpiccìo dei loro piedi nudi sulle pietre del Viale degli Arieti era profondo e uniforme come il rombo del mare. I Negri facevano rullare i tamburi foggiati con pelle umana.

Silenzioso e immoto, in preda a un arcano terrore, il popolo contemplava la solenne figura eretta nel cocchio, e dominante tutte le teste, contemplava le truppe risplendenti di salute in un tempo in cui tutto il paese soffriva la fame. Li osservava avanzare in silenzio, quasi aspettando che le proprie sofferenze stessero appena allora incominciando. Horemheb sostò dinanzi al tempio di Sekhmet, scese dal proprio carro ed entrò, accompagnato dai suoi ufficiali. I sacerdoti vennero a incontrarlo con le mani e le vesti spruzzate di sangue fresco e lo condussero dinanzi all'immagine di Sekhmet. La dea era ammantata in una rossa veste, talmente intrisa del sangue dei sacrifici che questa le si era appiccicata al corpo, e il suo seno di pietra si ergeva orgoglioso da sotto la stoffa. Nella penombra del tempio la sua selvaggia testa leonina sembrava muoversi, e i suoi gemmei occhi fissavano quasi fossero vivi Horemheb mentre egli strizzava nella propria mano i cuori caldi degli olocausti e implorava la vittoria.

I sacerdoti gli saltavano attorno tripudiando e tagliuzzandosi coi propri coltelli e gridavano a una voce: « Ritorna da conquistatore, Horemheb, Figlio del Falco! Ritorna da conquistatore, e la dea discenderà su di te, viva, e ti stringerà nell'amplesso della sua nudità! ».

Ma Horemheb non permise che i balzi e le grida disordinate

dei sacerdoti disturbassero la sua compostezza; eseguì i riti designati con fredda dignità, quindi lasciò il tempio. Giunto sullo spiazzo esterno levò alte le mani insanguinate e parlò alla moltitudine in attesa.

« Ascoltatemi, voi tutti del paese di Kem! Ascoltatemi, poiché io sono Horemheb, il Figlio del Falco; nelle mie mani io reco la vittoria e la gloria imperitura a tutti coloro che mi seguiranno nella guerra santa. In questo momento i cocchi degli Hittiti stanno attraversando con fragore di tuono il deserto del Sinai; le loro avanguardie già seminano la distruzione nel Basso Egitto, e la terra di Kem non è mai stata minacciata come ora da un pericolo più grande. Gli Hittiti avanzano, essi sono innumerevoli e la loro crudeltà è abominio a tutte le genti. Essi distruggeranno le nostre case, accecheranno le vostre pupille, violeranno le vostre donne, trascineranno in schiavitù i vostri figli. Perciò la guerra che io dichiaro contro di loro è una guerra santa; è una guerra destinata a salvare le vostre esistenze e gli dèi di Kem. Se tutto andrà bene, dopo di avere sconfitto gli Hittiti noi riconquisteremo la Siria, la prosperità ritornerà nelle nostre case, e ognuno riceverà la sua piena misura di frumento e la sua giusta parte di bottino. Già da troppo tempo gli stranieri hanno profanato il nostro paese; già da troppo tempo si sono beffati della nostra debolezza e hanno deriso l'impotenza delle nostre armi! È ormai giunta l'ora per me di ridare a Kem la sua gloria militare. Ma solo chiamando a raccolta tutte le vostre forze riunite noi potremo vincere questo giorno. Perciò, donne d'Egitto, torcete i vostri capelli in corde d'archi, e mandate con cuore lieto i vostri mariti e i vostri figli alla guerra santa! Uomini d'Egitto, tramutate in punte di freccia i vostri ornamenti e seguitemi, ed io vi darò una guerra di cui tutto l'orbe terracqueo non ha ancora veduto l'uguale! Gli spiriti dei grandi Faraoni, e tutti gli dèi dell'Egitto, e primo fra tutti Ammon, l'eccelso, combattono al nostro fianco. Ascoltatemi, voi uomini tutti! Horemheb, il Figlio del Falco, ha parlato! ».

Tacque, e lasciò cadere anelante lungo i fianchi le mani insanguinate, poiché aveva urlato con voce paurosa. Allora i corni echeggiarono, i soldati percossero gli scudi con l'impugnatura delle lance, e batterono i piedi. Da vari punti un grido si levò dalla moltitudine, il grido si gonfiò in una tempesta di voci e tutto il popolo ululò di esultanza. Horemheb sorrise e risalì sul cocchio, mentre i suoi guerrieri gli aprivano la strada in mezzo alla turba osannante.

Si spinse sino al porto e salì a bordo della sua nave, poiché doveva veleggiare senza indugio alla volta di Menfi, essendosi attardato già anche troppo a Tebe. Secondo le ultime notizie, già i cavalli degli Hittiti pascolavano sul suolo di Tanis. Salii anch'io a bordo, e nessuno pensò a trattenermi allorché io mi avvicinai a lui e gli dissi: « Horemheb, il Faraone Akhenaton è morto; perciò io sono esentato ormai dalla mia carica di chirurgo cranico e sono quindi libero di andare e venire come mi piace. Io intendo accompagnarti in battaglia, poiché per me tutto è divenuto indifferente e non vi è luogo alcuno in cui possa essere felice. Vorrei vedere con questi miei occhi che sorta di benedizione verrà da questa guerra di cui tu non hai fatto che parlare per tutta la tua vita. Vorrei anche sapere se la tua legge sarà migliore di quella di Akhenaton, o se la terra è governata dagli spiriti dell'abisso ».

Queste mie parole colmarono di gioia Horemheb ed egli mi disse: « Possa questo essere un buon augurio, per quanto mai avrei immaginato che proprio tu, Sinuhe, saresti stato il primo ad offrirti volontario in questa guerra! No, questo non lo avrei davvero mai creduto, ben sapendo come tu preferisca gli agi e i morbidi giacigli alle dure fatiche della vita da campo. Pensavo che forse avresti potuto badare ai miei interessi nella casa aurea... ma probabilmente è meglio che tu venga con me, giacché sei un uomo semplice che chiunque è capace di menare per il naso. Avrò così almeno un buon dottore a portata di mano e può darsi che ne abbia bisogno. In verità, Sinuhe, i miei uomini ebbero ragione di soprannominarti Figlio dell'Asino Selvaggio quando combattemmo insieme i Khabiri, poiché devi certamente avere il coraggio di quell'animale per non provare alcun terrore degli Hittiti ».

Mentre parlava, i vogatori tuffarono i loro remi, e il vascello si mosse e avanzò entro la corrente a pennoni spiegati. I moli erano bianchi di folla, il cui urlo giungeva alle nostre orecchie simile a un uragano di vento. Horemheb respirò profondamente e disse con un sorriso: « Il mio discorso ha fatto una grande impressione sulla massa, come vedi ».

Io lo seguii nella sua cabina da cui egli cacciò gli scribi. Si lavò quindi le mani, le annusò e disse freddamente: « Per Set e tutti i dèmoni! Non credevo che i sacerdoti di Sekhmet eseguissero ancora sacrifici umani. Ma quei vecchioni dovevano essere senza dubbio molto eccitati, poiché le porte del tempio di Sekhmet non sono più state aperte da almeno quarant'anni. Adesso capisco perché mi avevano chiesto prigionieri hittiti e siriaci per le loro cerimonie... Beh! Facciano un po' quel che gli pare! ».

Quelle sue parole mi avevano talmente inorridito che le ginocchia presero a tremarmi, ma Horemheb proseguì con indifferenza: « Se lo avessi saputo non lo avrei permesso. Credimi, Sinuhe, mi ha fatto molto effetto trovarmi in mano un cuore umano caldo e sanguinante, lì davanti all'altare. Ma rendiamo ai preti quel che gli spetta, purché non ci diano fastidio ».

« Horemheb », dissi, « non c'è proprio nulla di sacro per te? ».

Egli rifletté alquanto e infine mi rispose: « Quand'ero giovane, credevo nell'amicizia, e credevo anche di amare una certa donna il cui disprezzo mi ha spinto alla follìa. Ora so che nessun essere umano costituisce un fine, ma soltanto un mezzo. Io sono il fulcro di tutte le cose; tutte le cose procedono da me e ritornano a me. Io sono l'Egitto; io sono il popolo. Nel rendere l'Egitto grande e potente inalzo io stesso alla potenza e alla grandezza, e questo è semplicemente equo, come tu puoi ben capire, Sinuhe ».

Queste sue parole non mi fecero molta impressione, perché lo avevo conosciuto che era un ragazzo presuntuoso, e avevo conosciuto i suoi genitori, i quali puzzavano di cacio e di bestiame, anche se egli li aveva inalzati a un alto rango. Perciò non riuscivo a prenderlo molto sul serio, benché fosse evidente che egli cercava di rendersi divino al mio cospetto. Gli nascosi i miei sentimenti e presi a parlare della Principessa Baketamon, la quale era mortalmente offesa poiché non le era stato assegnato un posto adatto alla sua dignità nella processione di Tutankhamon. Horemheb mi ascoltò avidamente e mi offerse del vino, purché io seguitassi a parlargli di Baketamon. Così il tempo passò e noi veleggiavamo a valle del fiume in direzione di Menfi, mentre i cocchi degli Hittiti seminavano nel Basso Egitto la desolazione e lo sterminio.

LIBRO XIV

LA GUERRA SANTA

I.

Mentre Horemheb si trovava a Menfi ad assoldare truppe e a requisire equipaggiamenti, radunò intorno a sé i maggiorenti egiziani e si rivolse a loro con queste parole:

« Voi siete personaggi di riguardo, mentre io non sono che un pecoraio nato con gli alluci imbrattati di sterco. Ciò nonostante Ammon mi ha benedetto, e il Faraone mi ha affidato il comando di questa campagna. Come ben sapete, il nemico che minaccia il nostro paese è formidabile e dotato di furia sanguinaria. Mi ha procurato grande impressione il sapere che voi vi esprimete audacemente, riconoscendo che la guerra richiede sacrifici da tutti, per cui avete ridotto la misura di grano dei vostri schiavi e dei vostri giornanti e avete elevato i prezzi delle merci in tutto quanto l'Egitto. Mi rendo conto, dalle vostre parole e dalle vostre azioni, che anche voi siete disposti a compiere grandi sacrifici. Per sostenere le spese della guerra sarà opportuno che ciascuno di voi mi presti — e subito — una metà dei suoi beni, vuoi in oro, vuoi in argento, o grano, o bestiame, o cavalli, o cocchi. Per me fa lo stesso, purché la roba mi venga consegnata subito ».

A queste parole i ricchi d'Egitto eruppero in alte lamentazioni; si strapparono le vesti e dissero: « Già il falso Faraone ci ha ridotti in mendicità, e non abbiamo più un quattrino! Quale garanzia ci offri per il prestito di metà dei nostri beni, e quale interesse intendi pagarci? ».

Horemheb li scrutò con sguardo affettuoso.

« La mia garanzia consiste nella vittoria che, grazie al vostro aiuto, miei cari amici, io intendo conquistare il più presto possibile. Se non vincerò, verranno gli Hittiti e vi spoglieranno di tutto quello che avete; perciò mi sembra che la mia garanzia sia più che sufficiente. In quanto all'interesse, intendo stringere un accordo separato con ciascuno di voi, e spero che voi tutti riterrete accettabili le mie condizioni. Voi però avete protestato troppo presto, poiché io non ho ancora concluso quel che ho da dire. Io vi chiedo in prestito subito una metà dei vostri beni, ma semplicemente a titolo di prestito, miei egregi signori. Allo scadere di quattro mesi voi tornerete a prestarmi una metà del resto, e dopo un anno, una metà di quel che vi è rimasto. Sarete assai bene in grado voi stessi di calcolare la somma finale rimasta in vostro possesso, ma io ritengo che essa sarà più che sufficiente a rifornire le vostre cucine per il resto della vostra vita, e sono convinto di non derubarvi neppure lontanamente ».

Allora i ricchi si gettarono a terra dinanzi a lui, piangendo amaramente e percuotendosi la fronte con tanta violenza sino a farne uscire il sangue. Ma egli li consolò.

« Vi ho convocati perché so che amate l'Egitto e siete pronti a sacrificare generosamente per il suo bene. Voi siete ricchi, e ciascuno di voi ha fatto fortuna coi propri meriti. Io sono certo che sarete presto in grado di rifare queste vostre fortune; il ricco si arricchisce sempre più anche se a volte lo si torchia per fargli uscire il succo superfluo. Voi, o eccellentissimi uomini, siete per me un orto prezioso. Per quanto io vi sprema come si può spremere una melagrana sino a farne sprizzare di tra le dita i pippoli, nondimeno al pari di ogni buon giardiniere non ho alcuna intenzione di danneggiare gli alberi ma semplicemente di raccogliere una buona messe di quando in quando. Ricordatevi inoltre che io vi do una grande guerra, assai più grande di quanto voi immaginiate, e che in tempo di guerra l'uomo agiato è destinato a prosperare. E quanto più lunga sarà la guerra, tanto maggiore diverrà il vostro benessere; nessun potere al mondo può impedire questo... nemmeno il dipartimento delle tasse del Faraone. Voi dovreste essermi riconoscenti, e adesso vi rimando a casa con la mia benedizione. Andate in pace, lavorate diligentemente, gonfiatevi subito come zecche, poiché non vi sarà nessuno a impedirvelo ».

Con queste parole li licenziò. Essi se n'andarono gemendo e lamentandosi e strappandosi le vesti, ma non appena ebbero varcate le soglie delle loro case, subito smisero di recriminare. Incominciarono senza por tempo in mezzo a calcolare le loro perdite e ad architettare i mezzi per compensarle.

Horemheb mi disse: « Questa guerra è una bazza per loro. Da questo momento ogniqualvolta deruberanno il popolo, potranno biasimare gli Hittiti per tutte le calamità che si succederanno, così come il Faraone potrà incolparli della carestia e della miseria che la guerra seminerà nel paese di Kem. Alla fine è sempre il popolo che paga. I ricchi lo spoglieranno cento volte delle somme che adesso sono costretti a prestarmi... e così io potrò spremerli di nuovo. Questo sistema mi conviene meglio che non un'imposta straordinaria di guerra. Se io imponessi al popolo una tassa simile esso mi maledirebbe: invece derubando il ricco e costringendolo a pagare lui la guerra, io mi guadagno le benedizioni del popolo e divento dinanzi all'opinione popolare un uomo giusto ».

In quel torno di tempo la zona del delta era divenuta preda delle fiamme. Bande irregolari di Hittiti avevano appiccato il fuoco ai villaggi e avevano messo a pascolare i loro cavalli nel grano giovane. Orde di fuggiaschi confluivano a Menfi, portandovi notizie così spaventevoli intorno alla furia di distruzione hittita, che il mio cuore ne vacillava, e io supplicavo Horemheb di affrettarsi.

Ma egli sorrideva senza scomporsi e mi diceva: « Gli Egiziani devono provare il gusto degli Hittiti, se è necessario si persuadano che nessun peggiore destino può toccare loro di quello di essere ridotti in schiavitù dal nemico. Sarei pazzo a mettermi in campagna con truppe inesperte e senza cocchi. Non ti agitare, Sinuhe; Gaza è ancora nostra, e Gaza è la pietra angolare su cui poggia questa guerra. Fino a quando questa città non sarà nelle loro mani, gli Hittiti non oseranno spingere nel deserto le loro truppe. Essi non possiedono ancora il controllo indiscusso del mare. Ho inviato pattuglie nel deserto perché vi eseguiscano azioni di disturbo contro banditi e guerriglieri, e non me ne sto certo con le mani in mano come tu sembri credere. L'Egitto non sarà minacciato da alcun pericolo eccezionale finché gli Hittiti non saranno in grado di trasportare oltre il deserto, entro la Terra Nera, la loro fanteria ».

Frotte di uomini si riversavano in Menfi da ogni parte d'Egitto: erano uomini affamati, uomini che in nome di Aton avevano perduto casa e famiglia e per i quali la vita aveva perso ogni valore, e uomini desiderosi di avventura e avidi di spoglie guerriere. Senza badare alle esortazioni dei sacerdoti, Horemheb perdonava a tutti coloro che avevano partecipato alla fondazione del Regno di Aton e liberava dalle cave di pietra i prigionieri al fine di allettarli a entrare nel servizio militare. Menfi assomigliò ben presto a un vasto accampamento. La vita vi era divenuta turbolenta. Ogni notte erano risse nelle taverne e nelle case di piacere, e i pacifici cittadini si chiudevano a chiave nelle proprie case, tremanti e pieni di paura. Da ogni officina, da ogni bottega di fabbro si levava il clangore delle incudini. Tale era il timore degli Hittiti, che persino le donne poverissime offrivano i loro ornamenti di rame affinché fossero foggiati in punte di freccia.

Dalle isole marine e da Creta seguitavano ad affluire navi a tutti i porti egiziani. Horemheb le comandava tutte, e assunse al suo servizio ufficiali ed equipaggi. Catturò persino alcune navi da guerra cretesi e ne costrinse gli equipaggi a servire l'Egitto. Questi vascelli erano ormai dispersi per il mare e incrociavano da un porto all'altro, poco desiderosi di rientrare in patria. Correva voce che tra gli schiavi di Creta fosse scoppiata un'insurrezione e che la città dei nobili sulla collina fosse arsa come una torcia per settimane intiere e che il riverbero di quell'incendio fosse stato veduto lontano in mezzo al mare. Tuttavia non si sapeva nulla di preciso di quel che era realmente accaduto, e i marinai cretesi mentivano come era loro abitudine. Alcuni affermavano che gli Hittiti avessero invaso l'isola, per quanto fosse difficile capire come questo fosse potuto accadere non essendo gli Hittiti una nazione marinara. Altri sostenevano che una strana razza del nord biondochiomata vi fosse giunta veleggiando per mare, seminando la desolazione nel paese e saccheggiandolo. Però a una sola voce tutti i Cretesi dichiararono che le loro calamità erano venute in seguito alla morte del loro dio. Ecco perché erano contenti di assumere servizio nell'armata egiziana. Nondimeno altri della loro nazione che avevano fatto vela per la Siria si allearono con Aziru e con gli Hittiti.

Tutto questo tornava a vantaggio di Horemheb, poiché in mare prevaleva una confusione spaventevole; infatti tutti vi giocavano il tutto per tutto nella zuffa intorno al possesso delle navi. A Tiro era scoppiata una ribellione aperta contro Aziru, e i ribelli superstiti erano riparati in Egitto, dove si arruolarono sotto Horemheb. Così Horemheb fu in grado di formare una flotta e di equipaggiarla alla battaglia con l'aiuto di ciurme esperte.

Gaza resisteva sempre. Alla chiusura del raccolto e quando il fiume incominciò a crescere Horemheb si allontanò da Menfi insieme alle sue truppe. Inviò messaggeri per terra e per mare che penetrassero entro le linee degli assedianti; una fusta entrata nel porto di Gaza col favor delle tenebre, carica di sacchi di grano, recava il messaggio: "Tenete Gaza! Tenete Gaza ad ogni costo!". Mentre gli arieti d'assalto martellavano le porte, e i tetti della città ardevano poiché nessuno aveva il tempo di spegnere gli incendi, giungeva fischiando qua e là una freccia recante il cartiglio: "Horemheb vi comanda! Tenete Gaza!". E quando gli Hittiti scagliavano oltre le mura giare sigillate piene di serpenti velenosi, una di queste conteneva di quando in quando alcune staia di grano, e in mezzo ai chicchi gli assediati leggevano l'esortazione di Horemheb: ''Gaza deve resistere''. Come facesse Gaza a sopportare l'assalto combinato degli uomini di Aziru e degli Hittiti supera la mia comprensione, ma l'irascibile comandante della guarnigione che mi aveva fatto issare sugli spalti entro un cesto, ben si meritava la fama che si era acquistata difendendo a oltranza Gaza per l'Egitto.

Horemheb condusse a marce forzate le sue truppe alla volta di Tanis, dove circondò e tagliò il cammino a uno squadrone di cocchi hittiti che si era fermato nella grande ansa del fiume. Col favor delle tenebre mise i suoi uomini a scavare canali d'irrigazione prosciugati, in modo che il fiume, elevandosi di livello, si riempì. Allorché il mattino gli Hittiti si accorsero di essere presi in trappola su un isolotto incominciarono ad uccidere i loro cavalli e a distruggere i loro cocchi. Di fronte a questo spettacolo Horemheb montò su tutte le furie, poiché suo scopo era stato quello di catturarli in perfetto assetto di guerra. Fece dar fiato ai corni e attaccò. Le fresche truppe egiziane conquistarono una facile vittoria e sbaragliarono il nemico, che fu costretto a combattere a piedi. Così Horemheb catturò un centinaio di cocchi e oltre duecento cavalli. Questa vittoria fu più importante del bottino conquistato, poiché in seguito ad essa gli Egiziani compresero che il nemico non era invincibile.

Horemheb riordinò cocchi e cavalli ed entrò a Tanis alla loro testa, lasciando alla retroguardia la fanteria più lenta e i carri di rifornimento. Nel suo volto ardeva un fervore appassionato mentre egli mi diceva: « Se devi colpire, colpisci per primo e sodo! ».

Quindi proseguì a rotta di collo verso Tanis, incurante delle orde hittite erranti per il Basso Egitto, tra saccheggi e distruzioni. Da Tanis proseguì la sua avanzata diritto sin entro il deserto, mise in rotta i distaccamenti hittiti che erano stati messi di guardia alle provviste d'acqua, ne catturò un rifornimento dopo l'altro. Gli Hittiti avevano predisposto centinaia di migliaia di giare d'acqua, a intervalli irregolari, attraverso il deserto, per uso dei loro fanti poiché, non essendo marinari, non osavano tentare l'invasione dell'Egitto per via di mare. Senza risparmiare i loro cavalli, Horemheb e i suoi uomini premevano innanzi. Molti animali caddero esausti durante quella furiosa avanzata, di cui i testimoni oculari dichiararono che i cento cocchi avanzanti di gran carriera sollevavano fino alle stelle una colonna di polvere, tanto che il loro procedere assomigliava a quello di un turbine. Ogni notte venivano accesi segnali lungo la catena delle colline del Sinai, i quali richiamavano dai loro nascondigli le forze irregolari alla distruzione delle sentinelle hittite e dei loro rifornimenti attraverso il deserto. Così nacque la leggenda che Horemheb attraversasse la desolazione del Sinai come una torre di nuvole di giorno e una torre di fuoco la notte. Dopo questa campagna la sua fama volò tanto alta che il popolo raccontava di lui le fiabe che si raccontano degli dèi.

Horemheb colse il nemico assolutamente di sorpresa. Conoscendo come essi conoscevano la debolezza dell'Egitto non potevano immaginare che avrebbe osato attaccare nel deserto mentre le loro truppe infestavano il Basso Egitto. Il grosso delle loro forze era disperso tra le città e i villaggi della Siria in attesa della resa di Gaza, poiché le regioni circonvicine non erano in grado di mantenere il colossale esercito che gli Hittiti avevano radunato in Siria per la conquista dell'Egitto. Essi erano estremamente cauti nei loro piani bellici e non attaccavano mai se non si sentivano perfettamente sicuri della loro superiorità. I loro comandanti avevano annotato sulle loro tavolette d'argilla tutti i terreni da pascolo, tutti i rifornimenti d'acqua, tutti i villaggi della zona in cui intendevano attaccare. A causa appunto di questi preparativi avevano differita l'invasione e rimasero perciò paralizzati dalla mossa di Horemheb, in parte perché nessuno aveva osato sinora assalirli per primo, in parte perché non avevano creduto che l'Egitto possedesse cocchi in numero sufficiente per una impresa tanto grandiosa.

Lo scopo di Horemheb era stato tutt'al più quello di distruggere i rifornimenti d'acqua hittiti nel deserto, al fine di guadagnar tempo per un addestramento e un equipaggiamento più metodico dei suoi uomini; ma quel suo stupefacente successo lo inebriò, proseguì allora come un turbine di vento verso Gaza, si abbatté alle spalle degli assedianti e li disperse, distrusse le loro macchine di guerra e appiccò il fuoco ai loro accampamenti. Non riuscì tuttavia a penetrare nella città. Quando gli assedianti si avvidero della pochezza dei suoi cocchi, si ripresero e contrattaccarono. Egli sarebbe stato perduto se anche quelle truppe avessero avuto dei cocchi, ma così come stavano le cose poté ritirarsi nel deserto, dopo aver distrutto le provviste d'acqua disseminate sul limitare di esso e prima che gli Hittiti infuriati fossero in grado di radunare cocchi in numero sufficiente ad inseguirlo.

Da ciò Horemheb arguì giustamente che il suo falco era con lui. Rammentandosi dell'albero ardente che egli aveva veduto una volta tra le colline del Sinai, mandò ad avvertire i suoi lanciatori di giavellotto e i suoi arcieri, e ordinò loro di avanzare a marce forzate attraverso il deserto lungo una delle strade costruite dagli Hittiti, in cui si trovavano centinaia di migliaia di giare di terra contenenti acqua bastante a rifornire una grossa formazione di fanti. Era suo proposito ora combattere nel deserto, benché questo terreno fosse più adatto al combattimento su cocchi. Io credo non gli rimanesse altra scelta, poiché dopo la sua fuga dagli Hittiti i suoi uomini e i suoi cavalli erano talmente esausti che difficilmente sarebbero potuti rientrare vivi nel Basso Egitto. Radunò pertanto nel deserto tutto il suo esercito, il che fu un'azione senza precedenti.

Io ebbi questa relazione del primo attacco di Horemheb contro gli Hittiti da lui stesso e dai suoi uomini, poiché non ero con lui. Se vi fossi stato non sarei certamente sopravvissuto a scrivere queste pagine. Era mio destino rilevare le tracce della lotta dalla mia lettiga, mentre seguivo i reggimenti appiedati nelle loro marce forzate attraverso la polvere accecante e sotto il riverbero del sole spietato.

Dopo che ci fummo trascinati faticosamente per due settimane attraverso la sconfinata solitudine, il che, nonostante le abbondanti provviste d'acqua, fu addirittura massacrante, vedemmo una notte una colonna di fumo elevarsi da una collina di là dal deserto e capimmo che Horemheb ci attendeva laggiù con i suoi cocchi. Quella notte si impresse nella mia memoria, poiché non mi riuscì di chiuder occhio. L'oscurità raffredda il deserto dopo il calore infocante del giorno, e gli uomini che hanno marciato a piedi scalzi per settimane, attraverso la sabbia del deserto e i cacti irti di aculei, si lamentano forte nel sonno e gemono come se una torma di dèmoni li incalzasse. È senza dubbio per questo motivo che la gente crede che il deserto brulichi di tali misteriosi esseri. All'alba echeggiarono i corni, e la marcia riprese, ancorché molti uomini si abbattessero nella sabbia per non più rialzarsi. Il segnale di Horemheb ci chiamava, e da ogni parte del deserto gruppetti di predoni e di guerriglieri stracciati e anneriti dal sole si affrettavano verso l'igneo richiamo.

Se le nostre truppe speravano in un breve periodo di riposo, al loro arrivo nell'accampamento di Horemheb rimasero amaramente deluse. Se credevano che egli le avrebbe lodate per la loro rapida marcia e per essersi consumata la pelle dei piedi nella sabbia, furono in verità amareggiate. Egli ci accolse schiumante di rabbia; i suoi occhi erano iniettati di sangue e offuscati dalla stanchezza.

Squassando la frusta dorata, tutta chiazzata di sangue e di

polvere, ci disse: « Dove vi siete cacciati, sinora, scarabei stercorari? Dove vi siete rintanati, maledetti? Davvero che sarei contento di vedere i vostri crani imbiancarsi nella sabbia, domani! La vostra vista mi riempie di vergogna! Voi ve ne venite strisciando verso di me come tartarughe; e puzzate talmente di sudore e di sporcizia che mi costringete a turarmi il naso, mentre i miei uomini migliori sanguinano da innumeri ferite e i miei nobili cavalli stanno tirando le cuoia. Scavate dunque, uomini d'Egitto, scavate se avete cara la vita! Questo è un lavoro adattissimo per voi che per tutta l'esistenza avete scavato nel fango! ».

I rozzi guerrieri d'Egitto non si risentirono affatto di queste parole, ma anzi ne furono rallegrati e se le ripeterono ridendo gli uni agli altri perché nella semplice presenza di Horemheb avevano trovato protezione dalla terrificante solitudine. Scordarono i loro piedi scorticati, le loro lingue aride, e incominciarono al comando di Horemheb a scavare nel terreno profonde trincee, a conficcare pali tra le pietre, a stendere tra questi pali funi di giunchi, a rotolare e a trascinare enormi pietre giù per i pendii delle colline.

Gli stanchi aurighi di Horemheb uscirono strisciando dalle loro buche e dalle loro tende e avanzarono zoppicando a mostrare le loro ferite e a vantarsi delle loro prodezze. Dei duemila e cinquecento uomini che avevano iniziato la campagna non rimanevano neppure cinquecento uomini validi.

La maggior parte dell'esercito giunse all'accampamento di Horemheb in quel giorno stesso, come una fiumana ininterrotta. Ciascuno uomo veniva immediatamente mandato a scavare trincee e a costruire barricate per tener lontani gli Hittiti dal deserto. Horemheb fece sapere alle truppe esauste, non ancora sopraggiunte, che tutti quanti dovevano trovarsi davanti alla posizione fortificata nel corso di quella notte. Chi fosse rimasto nel deserto all'alba sarebbe perito di morte terribile per mano nemica, se i cocchi avversari fossero riusciti a infrangere le difese.

Il coraggio degli Egiziani fu notevolmente rafforzato alla vista del loro stesso numero in quella vuota desolazione, ed essi riponevano in Horemheb una fiducia cieca, convinti che egli li avrebbe salvati dagli Hittiti. Ma mentre costruivano le loro barricate, tendevano le loro funi e rotolavano i loro massi, scorsero il nemico avanzante in una nube di polvere. Pallidi in volto e con sguardi incerti si volsero attorno, grandemente intimoriti dai cocchi e dalle loro spaventevoli falci.

La notte si avvicinava, e gli Hittiti non avrebbero attaccato prima di avere ispezionato il terreno e valutata la forza avversaria. Essi piantarono l'accampamento, si occuparono dei loro cavalli, accesero fuochi. Quando scese l'oscurità il limitare del deserto era punteggiato di fuochi a perdita d'occhio. Per tutta la notte i loro esploratori avanzarono in cocchi leggieri sino alle barricate, trucidando sentinelle e impegnandosi in scaramucce lungo tutto il fronte. Ma sulle due ali, dove non era stato possibile erigere barricate, i senzalegge delle forze irregolari sorpresero gli Hittiti e catturarono i loro cocchi e i loro cavalli.

La notte rintronava del fragore delle ruote, delle strida dei morenti, dei sibili delle frecce, del cozzo delle armi. Le truppe inesperte erano allarmatissime e non osavano prendere sonno. Ma Horemheb li riconfortò dicendo: « Dormite, topi di palude, dormite! Riposatevi e ungetevi d'olio i piedi laceri, poiché io veglio sui vostri sonni e vi proteggo ».

Io però non dormii; percorsi il campo tutta la notte, fasciando le ferite degli aurighi di Horemheb, mentre egli mi incoraggiava dicendomi: « Guariscili, Sinuhe, usa verso di loro tutte le tue arti. Il mondo non ha mai veduto sinora guerrieri più valorosi; ciascuno di essi vale cento, che dico, mille di questi scavatori di fango. Guariscili, poiché io amo profondamente questa mia marmaglia, e non ho uomini addestrati con cui sostituirla ».

Il faticoso viaggio attraverso il deserto mi aveva messo di cattivo umore, benché lo avessi compiuto in portantina. Avevo la gola terribilmente riarsa dalla polvere, e m'infuriava il pensiero che per la stolta cocciutaggine di Horemheb io sarei stato costretto a morire per mano degli Hittiti, ancorché la morte di per sé non mi incutesse paura.

Gli dissi irritato: « Tento di guarire questa tua feccia semplicemente nel mio interesse, poiché a parer mio essi sono i soli uomini di tutto l'esercito capaci di combattere. Quelli che mi hanno accompagnato se la daranno a gambe non appena vedranno il bianco degli occhi nemici. Tu faresti bene a scegliere i cavalli più veloci e a ritornare con me di gran carriera nel Basso Egitto, a radunare un esercito fresco e meglio addestrato ».

Horemheb si grattò la punta del naso e rispose: « Il tuo consiglio fa onore alla tua saggezza; ma a me non resta altra scelta che sconfiggere gli Hittiti qui nel deserto. E sconfiggerli dobbiamo, poiché non vi è altra alternativa. Adesso mi prenderò un po' di riposo e berrò. Dopo aver bevuto sono sempre di pessimo umore e combatto benissimo ».

Così dicendo mi lasciò, e poco dopo intesi il gorgoglìo della sua giara di vino. Ne offriva a tutti gli uomini che passavano, prendendoli a pacche sulla schiena e salutandoli ciascuno per nome.

Trascorse così la notte, e il mattino si levò sul deserto come uno spettro. Di fronte alle barricate giacevano cavalli morti e cocchi rovesciati, e gli avvoltoi strappavano gli occhi degli Hittiti disseminati alla rinfusa qua e là. Fu dato fiato ai corni per ordine di Horemheb, ed egli passò in rivista i suoi uomini ai piedi delle colline.

Mentre gli Hittiti spegnevano con sabbia i loro fuochi, bardavano i loro cavalli e affilavano le loro lame, Horemheb si rivolse alle sue truppe, mordicchiando nel frattempo un tozzo di pane secco e una cipolla.

« Guardate davanti a voi, e vedrete uno spettacolo meraviglioso. Ammon ci ha consegnato in mano nostra gli Hittiti, e quest'oggi noi faremo grandi cose. I fanti nemici non sono ancora arrivati; sono rimasti ai limiti del deserto per mancanza di acqua. I cocchi devono infrangere le nostre linee, e impadronirsi delle riserve d'acqua che si trovano alla nostra retroguardia, se il loro esercito vuol proseguire il proprio attacco contro l'Egitto. Già i loro cavalli sono assetati e mancano di foraggio, perché io ho bruciato le loro riserve e ho spaccato le loro giare d'acqua lungo tutto il percorso da qui alla Siria. Perciò o devono far breccia oppure bisogna che si ritirino, a meno che non piantino le loro tende in attesa di rinforzi freschi, nel qual caso non saranno in grado di impegnarci in battaglia. Ma sono uomini avidi, e hanno investito tutto il loro oro e il loro argento siriaco nelle giare di acqua disseminate dietro di noi, e che si stendono strette l'una accanto all'altra sino in Egitto. Essi non vi rinunceranno senza lotta, ed ecco perché Ammon ce li ha consegnati in mano nostra. Quando attaccheranno, i loro cavalli inciamperanno e s'impiglieranno nelle nostre barriere. Essi non possono scagliarsi su di noi con tutte le loro forze, poiché le trincee da voi così diligentemente scavate e i massi e le funi infrangeranno la violenza del loro assalto ».

Horemheb sputò una tunica di cipolla e masticò il pane finché le truppe presero a pestare i piedi e a urlare come bambini impazienti di ascoltare un'altra favola. Allora Horemheb disse: « La mia sola paura è che nella vostra debolezza voi lasciate che gli Hittiti vi scivolino di tra le dita. Quelle verghe che tenete in mano sono lance le cui punte sono destinate a sbuzzare le pance degli Hittiti. Agli arcieri io dico: se foste guerrieri e tiratori esperti gli fareste schizzar fuori gli occhi, ma questi miei consigli sono inutili. Puntate contro i loro cavalli poiché questi sono bersagli più grossi e voi non riuscirete mai a colpire gli uomini che li guidano. Più sotto vi si faranno, più sicura sarà la vostra mira incerta; io vi consiglio di lasciarli venire molto vicini. Fustigherò di mia mano tutti gli uomini che sciuperanno una freccia, poiché non ne abbiamo neppure una da perdere. E voi, lanciatori di giavellotto! Quando i cavalli si avvicineranno, fermate contro il suolo con entrambe le mani le impugnature delle vostre armi e dirigetene le punte contro le pance dei cavalli. A questo modo non correrete alcun pericolo e potrete balzare di lato prima che l'animale vi cada addosso. Nel caso vi buttassero a terra, recidete le loro articolazioni posteriori, poiché soltanto così potrete evitare di essere schiacciati dalle ruote. Questo è il vostro compito, topacci del Nilo ».

Si portò alle labbra una giara d'acqua e ne inghiottì una profonda sorsata per schiarirsi il cervello, quindi proseguì: « Del resto è una perdita di tempo parlare con voi. Non appena udrete il grido di guerra degli Hittiti e il fragore dei loro cocchi vi metterete a piagnucolare e vi nasconderete la testa nella sabbia, in mancanza di sottane sotto cui strisciare. Se gli Hittiti riusciranno a raggiungere i rifornimenti d'acqua che si trovano alle nostre terga, ciascuno di voi sarà perduto e giacerà senza vita prima del cader della notte, perché saremo accerchiati e ci verrà tagliata ogni via di ritirata. Così come stanno le cose non abbiamo alcuna possibilità di ripiegare. Se abbandoniamo le difese che abbiamo costruito, i cocchi nemici ci disperderanno come pula al vento; dico questo nel caso che a qualcuno di voi venga in mente di squagliarsela nel deserto. Navighiamo tutti quanti nelle stesse acque e non ci resta altra scelta che la sconfitta del nemico. Io sarò con voi, combatterò al vostro fianco. E se la mia frusta, anziché sferzare gli Hittiti si abbatterà su qualcuno di voi, la colpa non sarà mia ma vostra, miei coraggiosi topacci ».

Gli uomini lo ascoltavano incantati. Confesso che stavo diventando inquieto, poiché già i cocchi nemici si avvicinavano come lontane nubi di polvere. Io però credo che Horemheb indugiasse a bella posta, al fine di impressionare gli uomini con la propria calma e risparmiar loro l'angosciante tempo dell'attesa.

Infine dal suo spalto sopraelevato, spazzò con un'occhiata il deserto, alzò le mani e disse: « I nostri amici hittiti stanno arrivando, per la qual cosa siano rese grazie a tutti gli dèi dell'Egitto. Andate dunque, topacci del Nilo, ciascun uomo si rechi al suo posto designato, e che nessuno si allontani senza ordini precisi. E voi altri, miei vecchi farabutti, inseguite quella marmaglia, colpitela e circondatela; castrateli anche se occorre, nel caso tentassero di fuggire. Potrei inoltre dirvi: combattete per gli dèi dell'Egitto, combattete per la Terra Nera, combattete per le vostre mogli e i vostri figli. E adesso correte, ragazzi, correte svelti, altrimenti i cocchi raggiungeranno le barricate prima di voi, e la battaglia finirà prima ancora di avere inizio ».

Li congedò, ed essi si avviarono di galoppo verso le barricate, urlando nella loro corsa, non so se di entusiasmo o di paura. Horemheb li seguì a passi misurati, ma io rimasi seduto sul pendìo a osservare la battaglia da una distanza sicura. Io ero medico, e la mia vita era preziosa.

Il nemico aveva sospinto i suoi cocchi attraverso la pianura sino ai piedi delle colline, dove si schierò in ordine di battaglia. I suoi stendardi multicolori, il luccichìo dei soli alati sui cocchi, i panni di lana variopinti che proteggevano i cavalli dalle frecce offrivano uno spettacolo superbo e formidabile. I cocchi volteggiavano in gruppi di sei, e dieci di questi gruppi formavano un unico squadrone; io credo che in tutto fossero sessanta squadroni. Ma i cocchi pesanti, a tre cavalli, guidati da tre uomini, costituivano il fulcro del loro schieramento. Non riuscivo a immaginare come le forze di Horemheb avrebbero potuto sostenere il loro assalto, poiché si muovevano lentamente, pesantemente, come navi, demolendo ogni cosa nel loro avanzare.

Al suono dei corni i capitani nemici agitarono i loro stendardi, e i cocchi si mossero a una velocità uniforme, ma sempre crescente. Quando furono vicini alle barricate io vidi cavalli isolati precipitarsi in mezzo ad esse, montati ciascuno da un cavaliere aggrappato alla criniera dell'animale e che ne tambureggiava i fianchi con i talloni per sospingere la sua cavalcatura a una velocità sempre più forte. Non riuscivo a capire perché mandassero all'avanguardia e senza protezione i loro cavalli di riserva, finché mi avvidi che questi cavalieri si sporgevano a tagliare le funi che erano state distese tra i pali. Altri cavalli sopraggiungevano di galoppo attraverso le brecce così formate. I loro cavalieri si alzavano e scagliavano le loro lance in modo tale che queste rimanevano conficcate dritte nel suolo, e sull'impugnatura di ciascuna di esse sventolava un pennone variopinto. Tutto ciò accadde con la velocità della folgore. Non riuscivo a cogliere il loro intento poiché i cavalieri compivano subito una rapida conversione e si ritraevano di gran galoppo per scomparire dietro i cocchi, benché alcuni di essi scivolassero dalle loro cavalcature trafitti da frecce, mentre anche molti cavalli cadevano riversi al suolo scalciando e nitrendo paurosamente.

Quando i cocchi leggieri iniziarono il loro assalto, io vidi Horemheb accorrere sulle barricate solo e strappare una delle lance e scagliarla lontano, cosicché questa si conficcò un'altra volta diritta nella sabbia. Egli soltanto aveva immediatamente capito che quelle lance e quei gagliardetti erano stati messi a indicare i punti più deboli delle nostre difese, dove era cioè più facile far breccia. Altri uomini che avevano seguito il suo esempio ritornarono agitando quegli stendardi come trofei. Io credo che soltanto il rapido cervello di Horemheb salvò l'Egitto, quel giorno, poiché se il nemico avesse scagliato il peso riunito del suo primo assalto contro quei punti che i cavalieri avevano indicati, è certo che gli Egiziani non sarebbero mai stati in grado di respingerlo.

Horemheb fece appena in tempo a mettersi nuovamente al riparo delle sue truppe che già i cocchi leggieri degli Hittiti avanzavano a tutta velocità contro le barriere, penetrandovi come cunei. Il primo cozzo fu seguito da un così assordante frastuono e da così fitte nubi di polvere, che dalla collina non mi fu possibile seguire l'andamento della battaglia. Riuscivo soltanto a vedere che le nostre frecce abbattevano parecchi cavalli dinanzi alle barricate, ma che i successivi aurighi evitavano destramente i veicoli capovolti e proseguivano nella loro corsa. Più tardi mi apparve evidente che in un punto o due i cocchi leggieri erano penetrati sin entro le linee, nonostante gravi perdite. Ma invece di proseguire nella loro avanzata si raccoglievano in gruppi, mentre gli uomini di riserva di ciascun cocchio balzavano a terra e si mettevano a togliere le pietre e a ripulire il sentiero alle forze oplite, che si erano disposte fuori di tiro ad aspettare il loro turno.

Un vecchio veterano, nel vedere questi successi nemici, avrebbe ritenuto la giornata persa, ma gli inesperti topacci di Horemheb vedevano soltanto i cadaveri scalcianti in lotta mortale davanti alle barricate e nelle fosse. Vedevano che il nemico aveva sopportato gravi perdite e s'immaginavano che il loro valore fosse riuscito ad arrestare l'assalto furioso degli avversari. Ululando per l'eccitazione e il terrore si scagliavano con tutta la loro forza sui cocchi in sosta, trafiggendo gli aurighi con le loro lance e trascinandoli a terra, oppure avanzavano strisciando nella sabbia a recidere i tendini degli animali, mentre gli arcieri scaricavano le loro frecce contro gli uomini intenti a rimuovere i massi. Horemheb li lasciava fare come meglio credevano, e il loro numero li aiutava. Catturarono molti cocchi, che nella loro frenesia guerriera consegnarono alla incallita "marmaglia" di Horemheb. Horemheb non aveva detto loro che tutto sarebbe finito allorché fossero sopraggiunti i cocchi pesanti, ma egli confidava nella sua buona stella e nell'ampia fossa che aveva fatto scavare nel mezzo della vallata alla retroguardia delle truppe, e che aveva dissimulata sotto frasche e sterpi. I cocchi leggieri non erano ancora giunti sin lì, ritenendo di aver già superato tutti gli ostacoli esistenti.

Dopo di aver spianato un tratto sufficientemente vasto per dar strada alla forza pesante, gli Hittiti superstiti risalirono nuovamente nei loro cocchi e si ritirarono veloci, suscitando così un immenso giubilo tra gli uomini di Horemheb, i quali si immaginarono di avere già la vittoria in pugno. Ma Horemheb diede subito ordine di far suonare i corni, predispose che i massi fossero rimessi al loro posto e che le lance venissero piantate con la punta rivolta verso gli assalitori. Al fine di evitare una perdita inutile di uomini, egli fu costretto a metterli sui due lati delle aperture col comando espresso di non muoversi. In caso contrario le falci dei cocchi pesanti, rivolgendosi col movimento delle ruote, avrebbero mietuto le truppe come grano maturo.

Questo egli fece all'ultimo momento. La nube di polvere giù nella valle non si era ancora dissipata che i cocchi pesanti, fiore e orgoglio dell'esercito hittita, si precipitarono in avanti con fragore di tuono, travolgendo ogni ostacolo che si frapponeva alla loro corsa. Erano trainati da cavalli possenti, una spanna più alti di quelli egiziani; avevano la testa ricoperta di piastre di metallo e i fianchi protetti da imbottiture di lana. Tanto massicce erano le ruote da rovesciare pietre anche grossissime, e i cavalli con i loro toraci enormi svellevano le lance piantate nel terreno. Dappertutto echeggiavano ululati e strida da far raggelare il sangue a mano a mano che i difensori venivano schiacciati sotto le ruote o falciati in due dalle mannaie.

In breve i grossi veicoli uscirono dalla nube di polvere, e i cavalli nel loro trotto avanzante, fasciati di coperte multicolori, celati entro maschere tempestate di lunghi e acuminati chiodi di bronzo, sembravano ignoti, fantastici mostri. Avanzavano scalpitando in colonna, e a me parve che nessun potere terreno avrebbe potuto arrestarli, e tanto meno che nessun esercito egiziano, per numeroso che fosse, sarebbe riuscito a tagliar loro la strada verso le giare d'acqua disseminate nel deserto. Su comando di Horemheb i nostri uomini si erano ritirati dalla valle verso i pendii digradanti delle colline. Gli Hittiti lanciarono un urlo immenso e si buttarono in avanti come un nembo finché la polvere turbinò in mulinelli alle loro spalle. Io mi prostrai faccia a terra e piansi sulla rovina dell'Egitto, piansi sull'indifesa regione del delta, e per tutti coloro costretti ormai a perire a causa della folle cocciutaggine di Horemheb.

Il nemico avanzava di galoppo in vasta colonna quando a un

tratto il terreno gli cedette sotto. Cavalli, cocchi, uomini capitombolarono alla rinfusa nell'enorme fossato che gli scavatori di mota del Nilo avevano scavato e dissimulato con frasche. Questa fossa si stendeva per tutta l'ampiezza della vallata, di pendìo in pendìo. A dozzine i pesanti cocchi vi precipitarono dentro prima che il resto potesse far marcia indietro e restringersi lungo l'orlo. In questo modo l'esercito nemico fu diviso. Quando io intesi l'urlo dei nostri assalitori alzai il capo dal terreno, e fino a che la polvere turbinante non mi velò ogni cosa, lo spettacolo che vidi fu veramente spaventoso.

Se gli Hittiti fossero stati più circospetti, se avessero prevenuto un possibile rovescio, sarebbero stati ancora in grado di salvare almeno la metà dei loro cocchi, infliggendo così agli Egiziani una dura sconfitta. Avrebbero potuto volgersi e ritornare attraverso le barricate già ormai incrinate, ma essi non riuscirono a capire di essere loro gli sconfitti, impreparati com'erano alla condizione di perdenti. Essi non si sottrassero con la fuga ai nostri fanti, ma trascinarono i loro cavalli su per gli erti pendii per far fermare i cocchi. Nel volgersi ad ispezionare il campo, scesero dai loro veicoli per studiare il modo migliore di attraversare la trincea o per lo meno di salvare i loro commilitoni caduti nella fossa e per attendere che si diradasse la nube di polvere per architettare il loro prossimo piano di attacco.

Ma Horemheb non aveva nessuna intenzione di lasciare che essi si riprendessero. Con squilli di corno diede l'annuncio ai suoi uomini che la sua magìa aveva fatto fermare i cocchi nemici, i quali ora erano divenuti impotenti. Inviò su per i pendii manipoli di arcieri a disturbare gli Hittiti, mentre altri uomini furono posti a spazzare il terreno con frasche e ramoscelli per sollevare altra polvere, in parte per confondere il nemico, in parte per nascondere alle truppe il grosso numero di cocchi hittiti ancora integri e in condizione di combattere. Nello stesso tempo fece rotolare in basso altre pietre, a ostruire le brecce delle barricate e a completare così la vittoria, trattenendo i cocchi in suo potere.

Frattanto gli squadroni leggieri della cavalleria nemica si erano fermati sui pendii per dar da bere ai cavalli, riparare i loro finimenti e aggiustare i raggi spezzati delle ruote. Costoro videro la polvere turbinante tra le colline. Udendo gli urli e il cozzo delle armi credettero che la forza oplita stesse mettendo in rotta gli Egiziani ammazzandoli come topi.

Al riparo del nembo di polvere Horemheb mandò dinanzi al fossato i suoi più audaci lanciatori di giavellotto, per impedire agli Hittiti di aiutare i loro compagni caduti o di riempire la buca. Inviò quindi le truppe rimanenti contro i cocchi. Queste avanzavano facendo rotolare davanti a sé enormi massi con cui accerchiare i veicoli e toglier loro lo spazio per manovrare, e anche se possibile per isolarli gli uni dagli altri. Lungo tutti i pendii fu ben presto un gran movimento di pietre. Gli Egiziani sono sempre stati molto abili nel maneggiare pietre, e nelle file di Horemheb vi erano anche troppi uomini esperti nella professione di cavapietre.

Gli Hittiti erano assai disorientati da quella continua nube di polvere che impediva di vedere che cosa stesse succedendo davanti a loro, e molti di essi furono trafitti sul posto dagli arcieri. Infine i loro ufficiali fecero dar fiato ai corni per radunare i cocchi e ritornare di gran carriera nella pianura a ricostituirvi i quadri d'assalto. Ma quando ripresero a caricare di nuovo lungo la strada da cui erano venuti, non la riconobbero più. I loro cavalli inceppavano tra funi e tagliole, e i loro carri pesanti si capovolgevano tra i massi. Alla fine furono costretti a discendere e a combattere a piedi. Vennero quindi a trovarsi subito in posizione di svantaggio, essendo sempre stati abituati a torreggiare sull'avversario, e alla fine gli uomini di Horemheb ne ebbero ragione, benché la lotta si protraesse per l'intiera giornata.

Con l'approssimarsi della sera il vento spirante in direzione del deserto spazzò via la nube di polvere, mettendo a nudo il campo di battaglia e la schiacciante sconfitta degli Hittiti. Essi avevano perduto la maggior parte dei loro cocchi pesanti, e quasi tutti i loro cavalli e i loro equipaggiamenti erano caduti, in perfetta efficienza, nelle mani di Horemheb. I suoi uomini esausti e febbricitanti per l'ardore della battaglia, feriti, avvolti nel fetore del sangue, erano inorriditi di fronte allo spettacolo delle loro perdite personali. Gli Egiziani morti nella valle superavano di gran lunga i morti nemici.

I superstiti atterriti si dicevano l'un l'altro: « Questa è stata una giornata di orrore, ed è bene che non abbiamo veduto nulla durante la lotta. Se avessimo notato la moltitudine degli Hittiti e il numero dei nostri morti, certo il cuore ci sarebbe balzato in gola, e non avremmo combattuto come abbiamo combattuto, peggio di leoni ».

Gli Hittiti rimasti, accerchiati, levarono alte le mani. Horemheb li fece legare, mentre tutti i topacci di palude del Nilo si avvicinavano ad essi pieni di stupore, a toccare le loro ferite, a strappare dai loro elmi e dalle loro vesti le figurazioni delle duplici scuri e dei soli alati.

Horemheb distribuì vino e birra ai suoi uomini e concesse loro di depredare i caduti, senza distinzione tra Hittiti ed Egiziani, affinché provassero la sensazione di essere anch'essi partecipi del bottino di guerra. Le spoglie più preziose erano rappresentate dai cocchi pesanti e dai cavalli rimasti illesi. Quella stessa notte mandò ad avvertire le forze irregolari delle due ali, esortando tutti gli uomini valorosi che si trovavano fra esse ad assumere il servizio sui suoi cocchi a parità di condizioni con la sua "marmaglia", poiché la gente del deserto era assai più pratica di cavalli di quanto non fossero gli Egiziani, che anzi li temevano. Tutti i cavalieri risposero con gioia alla sua chiamata e si entusiasmarono davanti a quei solidi cocchi e a quei bellissimi animali.

Io non sapevo più dove mettere le mani fra tutti quei feriti; non facevo che ricucire squarci, racconciare membra, aprire crani maciullati dalle mazze guerriere degli Hittiti. Pur disponendo di molti aiutanti, occorsero tre giorni e tre notti prima che mi riuscisse di badare a tutti, e nel frattempo molti tra i più gravemente colpiti morirono.

Il giorno seguente gli Hittiti si lanciarono nuovamente all'attacco con i loro cocchi leggieri, per riprendere quelli che avevano perduto. Il terzo giorno ancora cercavano di far breccia entro le barricate, non osando ritornare presso il loro comandante in capo in Siria con la notizia di una disfatta.

Il terzo giorno però la linea difensiva non bastò più a Horemheb. Dopo essersi fatto strada tra gli ostacoli da lui stesso eretti, mandò innanzi la sua "marmaglia" nei cocchi catturati a inseguire i veicoli leggieri degli Hittiti e a disperderli. Subimmo forti perdite poiché il nemico era più veloce e meglio abituato alla guerra su cocchi. Di nuovo ebbi molto da fare. Tuttavia queste perdite, mi spiegò Horemheb, erano inevitabili, poiché soltanto in battaglia i suoi manigoldi potevano imparare a maneggiare cavalli e carri, e meglio era esercitarli mentre il nemico si trovava sconfitto e scorato che non quando, ben riposato ed equipaggiato, avesse ripreso l'offensiva.

« Senza cocchi con cui affrontare cocchi non riusciremo mai a conquistare la Siria », disse Horemheb. « Questi combattimenti dietro barricate sono puerili e inutili, benché si siano dimostrati validi a contenere una probabile invasione dell'Egitto ».

Egli sperava che gli Hittiti avrebbero inviato nel deserto i loro fanti, perché costoro, senza acqua sufficiente, sarebbero stati una preda facile. Ma il nemico era prudente, e sapeva trar profitto dalla dura lezione ricevuta. Esso manteneva le proprie truppe in Siria nella speranza che Horemheb, accecato dalla vittoria, sospingesse in avanti i suoi uomini sin entro il territorio siriaco, dove sarebbero stati prontamente annientati dalle forze fresche, appena addestrate, dell'avversario.

Nondimeno questa sconfitta cagionò in Siria una profonda costernazione. Molte città si rivoltarono contro Aziru e gli chiusero le porte in faccia, perché tutti erano stanchi della sua ambizione e della rapacità degli Hittiti. Speravano così di riguadagnare il favore dell'Egitto e di partecipare a una rapida conquista. Le città della Siria erano sempre state in lite tra di loro, e le spie di Horemheb ne alimentavano lo scontento, spargendo notizie esagerate ed allarmanti intorno alla grande sconfitta nel deserto.

Mentre Horemheb faceva riposare le sue truppe tra quelle colline vittoriose, mentre confabulava con le sue spie e progettava nuovi piani, proseguiva al tempo stesso nel suo invio di messaggi alla città assediata: "Tenete Gaza!". Sapeva che ormai essa non avrebbe più potuto resistere per molto, e tuttavia per riconquistare la Siria egli doveva assolutamente disporre di una base sulla costa. Fece spargere tra i suoi uomini voci fantastiche sulla ricchezza di quel paese e sulle sacerdotesse del tempio di Ishtar, le quali sanno con arte consumata dar piacere ai valorosi. Io non capivo perché indugiasse tanto, finché una notte un uomo affamato, torturato dalla sete, avanzò strisciando tra le barricate, si arrese come prigioniero e implorò di essere condotto alla presenza di Horemheb. I soldati lo beffarono per la sua sfacciataggine, ma Horemheb ricevette l'uomo che s'inchinò fino a terra dinanzi a lui, tenendo le mani a livello del ginocchio, nonostante la sua veste siriaca. Si posò quindi una mano sugli occhi come in un gesto di dolore.

Horemheb disse: « Non vorrai certo farmi credere che uno scarabeo stercorario ti ha punto gli occhi? ».

Mi trovavo per caso nella sua tenda mentre si svolgeva questo colloquio e lo giudicai un discorso ozioso giacché lo scarabeo stercorario è un insetto inoffensivo che non fa male a nessuno.

Ma l'uomo assetato disse: « Invece uno scarabeo stercorario mi ha veramente punto un occhio, poiché in Siria ve ne sono dieci volte dieci, tutti terribilmente velenosi ».

Horemheb disse: « Ti saluto, valoroso. Parla pure liberamente, poiché questo medico presente qui nella mia tenda è un sempliciotto e non capisce nulla! ».

Al che la spia disse: « Mio signore Horemheb, il fieno è arrivato! ».

Non aggiunse altro, ma io lo ritenni un informatore di Horemheb. Horemheb lasciò immediatamente la tenda e diede ordine che si accendesse un segnale sulla cima della collina. In breve una catena di fuochi di risposta si sgranò lungo tutte le alture, sino al Basso Egitto. Con questo sistema mandò ad avvertire a Tanis che la flotta si mettesse in mare e si impegnasse con le fuste siriache al largo di Gaza, nel caso che il conflitto divenisse inevitabile.

Il mattino successivo squillarono i corni, e l'esercito si allontanò attraverso il deserto alla volta della Siria. I cocchi correvano in testa come avanguardia, per spazzare la strada dai nemici e scegliere i luoghi d'accampamento delle truppe. Come però Horemheb osasse dare battaglia agli Hittiti in campo aperto superava la mia comprensione. Gli uomini però lo seguivano di buona voglia, sognando le ricchezze della Siria e credendo che la vittoria le avrebbe fatte diventare loro. Io salii sulla mia portantina e li seguii, e così lasciammo dietro di noi le colline della vittoria, dove giacevano insieme, in pace, ossa egiziane e ossa hittite, a sbiancarsi nella sabbia della valle sbarrata.

3.

Mi accingo ora a parlare della campagna di Siria, per quanto poco possa dirne, essendo inesperto di questioni militari. Tutte le battaglie si assomigliano, a parer mio, e tutte possono riassumersi in una monotona descrizione di città incendiate e di case saccheggiate, di donne piangenti e di corpi mutilati. Il mio racconto sarebbe davvero assai uniforme se dovessi parlare di tutto ciò che ho veduto. La campagna di Siria durò tre anni e fu una guerra crudele e spietata nella quale moltissimi perirono. I villaggi furono distrutti, i giardini spogliati dei loro alberi fruttiferi, le città furono rese deserte.

Ma prima di tutto devo parlare dell'astuzia di Horemheb. Egli condusse spavaldamente le sue truppe in Siria, rimuovendo le pietre di confine erette da Aziru e permettendo ai suoi uomini di saccheggiare i villaggi e di godersi le donne come primizia dei frutti della conquista. Puntò quindi direttamente su Gaza, e non appena gli Hittiti ebbero indovinato i suoi intenti chiamarono a raccolta tutte le loro forze, sulla pianura prossima alla città, per tagliargli la strada e annientarlo, poiché quel terreno è particolarmente adatto alla guerra su cocchi. Essi erano sicuri del successo.

Ma l'inverno era ormai così avanzato che si trovarono costretti a nutrire i loro cavalli col foraggio acquistato dai mercanti siriaci. Prima ancora che la battaglia avesse inizio, le bestie si ammalarono e barcollarono nelle bardature; i loro escrementi erano acquosi e verdastri, e molti animali morirono. Così Horemheb poté impegnare il nemico su piede di parità, e una volta sconfitti i cocchi gli fu facile volgere in rotta i fanti sfiduciati. I lanciatori di giavellotto e gli arcieri completarono rapidamente l'opera iniziata dai cocchi. Gli Hittiti subirono una sconfitta ancora peggiore della prima e lasciarono sul campo un numero di morti pari a quello degli Egiziani. Quella località divenne nota da allora col nome di Campo delle Ossa. Non appena Horemheb fu penetrato nel loro accampamento appiccò il fuoco alle loro provviste di foraggio sinché questo bruciò tutto. A questo foraggio erano state mescolate certe erbe velenose che avevano fatto ammalare i cavalli hittiti, benché allora io non sapessi in che modo Horemheb fosse riuscito a ottenere ciò.

Così Horemheb raggiunse Gaza mentre Hittiti e Siriani, lungo tutta la fascia sud, si rifugiavano nelle città fortificate ed egli disperdeva gli assedianti. Nel frattempo la flotta egiziana veleggiò entro il porto di Gaza, assai malconcio e smantellato; molte navi ci bruciavano ancora in seguito a una battaglia incerta che era infuriata per due giorni a poca distanza da terra. Essa recava provviste e rinforzi per Gaza e doveva riportare in patria i nostri uomini feriti e invalidi.

Il giorno che vide l'aprirsi delle porte di Gaza l'inespugnabile, di fronte alle truppe di Horemheb, è ancora celebrato in tutto l'Egitto come un giorno di festa. Quella giornata d'inverno si chiama la Giornata di Sekhmet, e i ragazzini in questo giorno ricostruiscono l'assedio di Gaza con bastoncini di legno e lance di giunchi. Nessuna città fu mai più validamente difesa. Il suo comandante meritò gli elogi e le decorazioni di cui fu insignito. Registrerò il suo nome nonostante il trattamento indegno che mi usò issandomi in un cesto su per gli spalti. Si chiamava Roju.

I suoi uomini lo avevano soprannominato Collo di Toro, il che efficacemente descrive il suo aspetto e il suo temperamento, poiché non ho mai incontrato in vita mia un uomo più cocciuto e più sospettoso. Dopo la vittoria i corni di Horemheb squillarono tutto il giorno invano prima che Roju si decidesse a credere che non vi era pericolo a spalancare le porte della città. E anche allora lasciò entrare soltanto Horemheb, per rassicurarsi che si trattava proprio di lui e non di un Siriano travestito.

L'assedio di Aziru non era stato che un gioco di bambini in paragone allo spietato e pervicace attacco degli Hittiti. Giorno e notte costoro avevano scagliato tizzoni infocati, e quando sopraggiungemmo noi, tra gli abitanti non erano rimasti che pochi superstiti. Qualche donna e alcuni vecchi avanzavano strisciando alla nostra volta da sotto le macerie delle case sventrate, ridotti a ombre, tanto spaventosa era la loro magrezza. Tutti i bambini erano morti, e gli uomini avevano faticato e si erano consumati sino a perire sotto la frusta di Roju a forza di riparare le brecce delle mura. I superstiti non mostravano alcuna gioia alla vista dell'esercito egiziano sfilante sotto le arcate divelte. Le donne scuotevano i loro pugni ossuti, i vecchi ci maledivano. Horemheb distribuì loro grano e birra, e molti quella notte morirono tra spasimi atroci. Era la prima volta dopo mesi che mangiavano a sazietà, e i loro stomachi esausti non furono in grado di sopportare il pasto troppo copioso.

Se sapessi farlo, descriverei Gaza come l'ho veduta nel giorno della vittoria. Direi delle pelli umane essiccate penzolanti dagli spalti, dei crani anneriti piluccati dagli uccelli da preda. Parlerei delle rovine carbonizzate e delle ossa coperte di fuliggine degli animali giacenti nei vicoli ostruiti dalle immondizie. Suggerirei, se lo potessi, lo spaventoso fetore di quella città assediata... un fetore di pestilenza e di morte che costrinse gli uomini di Horemheb a turarsi il naso. Tutto questo descriverei, per dare una idea sia pur vaga di quell'ora grandiosa di vittoria e per far capire perché non mi fu possibile godere a cuore aperto di quel giorno tanto sognato e tanto atteso.

A ciascun soldato superstite della guarnigione di Gaza Horemheb distribuì una catena d'oro; gli costò poco, poiché rimanevano meno di duecento uomini. Era veramente incredibile come avessero potuto tener duro. A Roju Collo di Toro, però, Horemheb offerse una collana di pietre preziose verdi incastonate in oro e smalto, nonché una frusta d'oro, e ordinò ai suoi uomini di salutare alla voce Roju, tanto che le mura della città tremarono sotto la forza dell'eco. Tutti levarono il loro applauso con profonda, sentita ammirazione per l'uomo che aveva salvato Gaza.

Quando il rombo degli evviva smorì, Roju giocherellò sospettosamente con la sua collana e disse: « Mi hai preso per un cavallo, Horemheb, che mi adorni di un finimento d'oro? E questa frusta è intrecciata con oro puro o con oro siriaco di bassa lega? ».

Disse anche: « Conduci i tuoi uomini fuori della città, poiché il loro numero mi disturba. La notte fanno tanto chiasso che non riesco a dormire nella mia torre; benché dormissi abbastanza sodo mentre gli arieti d'assalto rintronavano contro le porte e i fuochi scoppiettavano da ogni parte. Porta via i tuoi uomini di qua, poiché a Gaza io sono il Faraone, e io ordinerò ai miei uomini di attaccare i tuoi e di accopparli se non smettono il loro baccano e non mi lasciano dormire ».

E in verità Roju Collo di Toro non riusciva proprio a prendere sonno ora che l'assedio era finito. Non servivano a placarlo né sonniferi né vino. Giaceva immalinconito sul suo letto, sforzando di rammentarsi come mai le provviste si erano consumate.

Un giorno si avvicinò con molta umiltà a Horemheb e gli disse: « Tu sei il mio signore e assai più grande di me. Puniscimi dunque, poiché io sono responsabile verso il Faraone di tutte le cose che egli mi ha affidate... e che cosa posso fare? Tutte le mie carte sono andate bruciate quando gli Hittiti hanno scagliato nella mia stanza le loro giare piene di fuoco, e a furia di non dormire la mia memoria si è indebolita. A me sembrava di ricordare tutto, ma nei magazzini ci dovrebbero essere quattrocento selle di cuoio per asini, e non riesco a trovarle. Neppure i miei scribi riescono a ripescarle per quanto io li frusti ogni giorno. Ormai non riescono più né a sedere né a camminare ma strisciano per terra carponi. Horemheb, dove sono andate a finire quelle quattrocento selle di cui non abbiamo mai avuto bisogno perché da un pezzo abbiamo mangiato gli asini? Per Set e tutti i dèmoni! Fammi fustigare al cospetto di tutti, poiché la collera del Faraone mi riempie di terrore. Io non oserò entrare al suo cospetto come richiederebbe il mio grado se non riuscirò a ritrovare quelle selle ».

Horemheb cercò di calmarlo, dicendogli che volentieri gliene avrebbe date altre quattrocento, ma questa proposta non servì che ad agitare ancor più Roju.

Disse: « È chiaro che tu cerchi di tirarmi in inganno, poiché se io ne accettassi altre quattrocento, non saranno mai quelle che mi sono state affidate. Tu fai questo per avvilirmi e accusarmi davanti al Faraone, perché sei invidioso e ambisci al posto di comandante della guarnigione di Gaza! Non accetterò dunque la tua ingannevole proposta ma scoverò quelle quattrocento selle anche se dovessi abbattere Gaza pietra per pietra pur di riuscirvi ».

A insaputa di Horemheb, Roju ordinò l'esecuzione capitale dell'impiegato addetto ai magazzini, che pure aveva sopportato al suo fianco tutte le privazioni dell'assedio, e pose un gruppo di uomini a demolire il pavimento della sua torre con picche e scuri per scoprire i finimenti smarriti. Quando Horemheb seppe questo ordinò che Roju fosse rinchiuso nella sua stanza e posto sotto sorveglianza; quindi si consultò con me. Io visitai Roju, e con l'aiuto di molti uomini forti lo legai alla testata del suo letto, quindi gli somministrai una pozione calmante; ma i suoi occhi fiammeggiavano come quelli di un animale selvatico, ed egli si contorceva sul letto schiumando di bava.

Disse rivolto a me: « Sono o non sono io il comandante di Gaza, dico a te, sciacallo di Horemheb? Rammento ora che c'era nel sotterraneo della fortezza una spia siriaca che io ho catturata prima che venisse il tuo padrone. A causa delle mie molte mansioni mi sono scordato di farla impiccare sugli spalti. Questa spia è un individuo dotato di astuzia diabolica, e adesso capisco che è stato lui a squagliarsela con quelle quattrocento selle. Portamelo davanti affinché io possa fargliele sputar fuori e riesca di nuovo a dormire in pace ».

Seguitò a vaneggiare per tanto tempo di spie siriache, che alla fine ne fui infastidito: presi due torce accese e scesi nel sotterraneo, dove parecchi cadaveri divorati dai topi sedevano incatenati alle pareti. Il guardiano era un vecchio cieco che incominciai ad interrogare circa una certa spia siriaca che era stata imprigionata prima della fine dell'assedio. Costui mi giurò e spergiurò che tutti i prigionieri erano morti da un pezzo, dopo essere stati interrogati mediante torture e quindi lasciati senza cibo né acqua. Ma io conoscevo la natura umana, e i modi del vecchio risvegliarono i miei sospetti.

Tanto feci e tanto dissi e tanto minacciai che alla fine egli mi si prostrò davanti dicendo: « Salvami la vita, signore, poiché io ho fedelmente servito l'Egitto; per tutta la mia vita e in nome dell'Egitto ho torturato i prigionieri e li ho derubati del loro cibo. Ma questa spia non è un uomo come tutti gli altri, parla uno strano linguaggio e zufola come un usignolo e mi ha promesso una immensa fortuna purché io gli dia da mangiare e lo tenga in vita sino alla venuta di Horemheb. Mi ha anche promesso di ridarmi la vista, essendo stato egli stesso cieco finché un grande medico gli aveva guarito il suo unico occhio. Mi ha assicurato che mi avrebbe condotto da questo grande medico affinché anche a me la vista fosse restituita, cosicché io sarei potuto vivere in città tra i miei simili a godermi le mie ricchezze. Già egli mi deve più di due milioni di deben d'oro per il pane e l'acqua che gli ho dato, poiché io ancora non gli ho detto che l'assedio è finito e che Horemheb è entrato in Gaza, allo scopo di accrescere il mio credito verso di lui con ogni giorno che passa. Egli giura che Horemheb lo libererà e gli conferirà catene d'oro, e io debbo credergli poiché il ciangottìo della sua lingua è tale che non è possibile resistergli. Non ho però intenzione di condurlo davanti ad Horemheb finché non mi dovrà tre milioni di deben d'oro. Questa sì che è una bella somma e facile da tenere a mente ».

Ormai le ginocchia erano incominciate a tremarmi e già il cuore mi si fondeva nel petto, poiché mi era parso di capire di chi stesse parlando. Riuscii però a frenarmi e gli dissi: « Vecchio, non c'è tanto oro in tutto l'Egitto e la Siria riuniti. Dalle tue parole comprendo che quest'uomo deve essere un grande imbroglione e merita di essere punito. Portamelo dunque subito innanzi, e prega tutti gli dèi che non gli capiti nulla di male, poiché tu ne sarai ritenuto responsabile con codesta tua vecchia testa d'idiota ».

Piangendo amaramente e invocando l'aiuto di Ammon, il vecchio mi condusse a una celletta nascosta dietro le altre, di cui era stato ostruito l'orifizio con pietre affinché gli uomini di Roju, non potessero scoprirla. Quando la luce della mia torcia risplendette in quella buca io vidi incatenato al muro un uomo la cui veste siriaca era tutta uno straccio, la cui schiena era stata messa a nudo, la cui pancia emaciata pendeva in pieghe flaccide. Aveva un'orbita vuota, e alla luce della torcia egli socchiuse l'unico occhio sano e lo volse verso di me.

L'uomo disse: « Sei tu, mio signore Sinuhe? Benedetto sia il giorno che ti conduce a me, ma fa in modo che i fabbri si affrettino a liberarmi di queste catene. Portami una giara di vino affinché io possa dimenticare le mie sofferenze, e permetti che gli schiavi mi lavino e mi ungano dei più fini unguenti, poiché io sono abituato alle comodità e a una vita facile, mentre queste pietre aguzze mi hanno tutta lacerata la pelle della schiena. E neppure troverò alcunché a ridire se mi daranno un morbido giaciglio e qualche vergine di Ishtar che mi tenga compagnia, dal momento che la pancia adesso non mi impaccia più nelle delizie dell'amore. E tuttavia — che tu mi creda o no — nello spazio di pochi giorni mi sono mangiato più di due milioni di deben di pane ».

« Kaptah, Kaptah! », esclamai, cadendo in ginocchio e buttando le mie braccia intorno alle sue spalle morsicate dai topi. « Sei veramente incorreggibile! Mi avevano detto a Tebe che eri morto, ma io non ho voluto crederlo, poiché sono sicuro che tu non puoi morire! La migliore prova di ciò è che ti trovo qui in questa cella di morte vivo e in buona salute, in mezzo a un mucchio di cadaveri, benché quelli che sono periti in catene tutto intorno a te fossero uomini assai più rispettabili e più grati ai loro dèi di quanto non possa essere tu. Ma come sono felice di ritrovarti vivo! ».

Kaptah disse: « Tu sei sempre il solito inutile chiacchierone, mio signore Sinuhe. Non parlarmi di dèi, poiché nella mia disperazione io ho invocati tutti gli dèi che conosco, persino quelli babilonesi e gli dèi degli Hittiti, e nessuno di essi mi ha aiutato. Mi sono ridotto in miseria per colpa di questo guardiano rapace. Soltanto lo scarabeo mi ha aiutato col condurti da me, poiché il comandante di questa fortezza è un pazzo che non presta ascolto alle parole sensate. Egli ha permesso ai suoi uomini di depredarmi e di torturarmi con orribili supplizi, tanto che su quella loro maledetta ruota mi sono messo a ruggire come un toro. Lo scarabeo però sono riuscito a salvarlo, per mia buona sorte, poiché quando ho capito quel che stava per succedere l'ho nascosto in una parte del mio corpo assai indegna a divenire l'abitacolo di un dio, ma che forse allo scarabeo deve essere piaciuta dal momento che ti ha condotto a me. Soltanto a questo possiamo ascrivere un incontro così straordinario ».

E così dicendo mi mostrò lo scarabeo, ancora tutto insozzato del suo sgradevole nascondiglio. Io ordinai ai fabbri di liberarlo delle catene, indi lo condussi su nelle mie stanze situate nella fortezza, poiché egli era molto debole e il suo occhio si era disabituato alla luce. Per mio ordine gli schiavi lo lavarono e lo unsero e lo rivestirono di lino finissimo, dopo di che io gli prestai una catena d'oro e dei braccialetti e altri ornamenti affinché potesse comparire in pubblico in modo decente e adatto alla sua dignità. Si fece anche radere e arricciare i capelli. Nel frattempo mangiava carne e beveva vino e ruttava soddisfatto. Il custode della prigione però piangeva e si lamentava dietro la porta, urlando che Kaptah gli doveva due milioni trecentosessantacinque deben d'oro per avergli salvata la vita e per avergli dato da mangiare nel sotterraneo. Né voleva ridurre questa somma di un solo deben, sostenendo di aver rischiato la propria esistenza per salvare quella di Kaptah e per aver rubato il cibo che lo aveva sostentato.

Alla fine tutti quei piagnistei mi seccarono e dissi a Kaptah: « Horemheb è a Gaza da più di una settimana e il vecchio ti ha imbrogliato. Tu non gli devi nulla, e io ordinerò ai soldati di fustigarlo, e se occorrerà gli taglieranno anche la testa, poiché quell'uomo è un impostore e ha causato la morte di tanta povera gente ».

Ma Kaptah si mostrò scandalizzato a quelle mie parole e rispose: « Io sono un uomo d'onore! Un commerciante deve tener fede ai propri impegni se vuol conservare la propria buona riputazione. Naturalmente, se avessi pensato di sopravvivere avrei contrattato con lui; ma non appena odoravo il pane che aveva in mano gli promettevo tutto quello che mi chiedeva ».

Io lo fissai costernato.

« È mai possibile, Kaptah? No, non posso crederlo. Certo una qualche maledizione deve annidarsi tra le pietre di questa fortezza, così che tutti coloro che vi si trovano rinchiusi impazziscono. Anche tu sei impazzito! Intendi davvero pagare tutto quello che gli devi? E con che cosa lo pagherai, dal momento che io penso che anche tu devi essere povero quanto me, dopo la caduta del Regno di Aton! ».

Ma ormai Kaptah era ubriaco e mi rispose: « Io sono un uomo pio: onoro gli dèi e mantengo la mia parola. Intendo scaricarmi del mio debito sino all'ultimo deben, benché naturalmente quel brav'uomo mi deve lasciare un po' di tempo. Semplice com'è, sarebbe senza dubbio contento se io gli versassi anche un solo deben, poiché in vita sua non deve mai aver maneggiato oro puro. Io credo che sarebbe fuor di sé per la gioia se ricevesse anche un solo deben, ma questo non mi libera dal mio impegno. Non so dove riuscirò a scovare tanto denaro, poiché ho subìto perdite gravissime durante i tumulti tebani, e fui costretto a fuggire di là in modo ignominioso, piantando ogni cosa. Gli schiavi si erano persuasi che io li avevo traditi per Ammon e mi cercavano per uccidermi. In seguito resi un grande servigio a Horemheb in Menfi cosicché l'odio degli schiavi mi perseguitò anche là. Poi gli resi un servigio ancora più grande in Siria, poiché laggiù conducevo l'esistenza del mercante e vendevo agli Hittiti grano e foraggio. Ritengo perciò che dal solo Horemheb mi vengano almeno mezzo milione di deben d'oro... e forse più, poiché fui costretto a rifugiarmi in Gaza mettendo a repentaglio la mia vita sul mare in un fragilissimo schifo. Gli Hittiti, capisci, erano furibondi perché i loro cavalli si erano ammalati dopo aver mangiato il foraggio fornito da me. In Gaza poi corsi un rischio ancor più grande. Questo pazzo di comandante mi ha fatto imprigionare come spia siriaca e mi ha messo al supplizio della ruota, e certo la mia pelle adesso penderebbe dagli spalti se questo vecchio imbecille non mi avesse nascosto giurando che io ero perito nel sotterraneo. Ecco perché devo assolutamente saldare il debito che ho contratto con lui ».

Allora finalmente i miei occhi si apersero, e io compresi che era stato Kaptah il migliore agente di Horemheb in Siria e la sua principale spia... Infatti, il miserabile assetato che aveva visitato di notte la tenda di Horemheb non si era forse coperto un occhio come a indicare di essere stato inviato da un uomo monocolo? Intuii che nessun altro poteva aver compiuto tali meraviglie, poiché in fatto di astuzia Kaptah non aveva uguali.

Gli dissi: « Che importa se Horemheb ti deve un sacco d'oro? Sai benissimo che lui non paga mai i suoi debiti ».

« Lo so benissimo; è un uomo ingrato, duro di cuore, ancora più ingrato di quel suo pazzo comandante a cui ho dato grano in giare sigillate. Gli Hittiti credevano che le giare fossero piene di serpenti velenosi, poiché in prova di ciò io spezzai una delle giare e i serpenti morsicarono a morte tre soldati hittiti. Naturalmente dopo di questo gli Hittiti non ebbero alcun desiderio di aprire altre giare. Se non vorrà darmi una ricompensa in oro, Horemheb dovrà assegnarmi il posto di ricevitore delle dogane portuali e di altrettanti contributi nelle città catturate. Dovrà affidarmi tutto il commercio del sale siriano, e molte altre cose, e con questo sistema io otterrò quel che mi spetta ».

C'era del buonsenso in quanto diceva, e tuttavia io non ero persuaso.

« Hai proprio intenzione di faticare tutta la vita per pagare quel vecchio strambo che sta facendo tutto questo chiasso dietro la mia porta? ».

Kaptah bevve un altro sorso di vino, fece schioccare le labbra e disse: « Francamente vale la pena di languire per una settimana o due in una tana squallida, con pietre dure sotto il sedere e acqua putrida da bere, per godere poi in pieno la delizia di morbidi sedili, di una buona luce, del gusto del vino. No, Sinuhe, non sono pazzo come tu credi. Comunque, la mia parola è una sola, e per questo motivo tu devi ridargli la vista secondo quanto io gli ho promesso, così potrà imparare a giocare a dadi con me. Era un giocatore accanito prima di diventare cieco... e se dovesse perdere con me, che vuoi che ci faccia? Puoi ben capire che io ho intenzione di giocare soltanto per poste altissime ».

Compresi che questa in verità era la sola maniera onorevole che restasse a Kaptah per scaricarsi del suo enorme debito, poiché Kaptah era un giocatore abilissimo... purché giocasse con dadi di sua scelta. Gli promisi di dedicare tutta la mia scienza e le mie arti mediche a ridare la vista al vecchio, o per lo meno quel tanto di vista che gli consentisse di distinguere i punti. In cambio Kaptah mi promise di mandare a Muti l'argento necessario per ricostruire la casa del fonditore di rame in Tebe e a sostentarla con agiatezza durante la mia assenza. Feci entrare il vecchio, e Kaptah gli garantì che avrebbe pagato il suo debito purché gli concedesse un po' di tempo. Io gli esaminai gli occhi e compresi che la sua cecità non era il risultato di un'esistenza condotta nelle tenebre, ma che essa dipendeva da un vecchio malanno trascurato. Il giorno seguente lo curai per mezzo dell'ago, secondo il sistema che avevo perfezionato a Mitanni. Quanto sarebbe durata la sua vista non avrei saputo dire, poiché gli occhi curati con questo metodo tendono a cicatrizzarsi entro un breve spazio di tempo, e la perdita della vista che ne risulta non può essere né prevenuta né curata.

Condussi Kaptah davanti a Horemheb, il quale si mostrò felice di rivederlo. Lo abbracciò e lo elogiò col titolo di valoroso, assicurandolo che tutto l'Egitto gli era grato delle grandi imprese compiute.

Ma Kaptah fece una faccia lunga, poi incominciò a piangere e a dire: « Guardami la pancia! Guarda come si è ridotta a un sacco vuoto per tutte le fatiche che io ho sopportate per causa tua! Degnati di dare un'occhiata al mio deretano lacerato e alle mie orecchie che i topi nel sotterraneo di Gaza hanno ridotto a pezzettini! Tu mi parli di gratitudine, ma questo non solo non mi mette neppure un chicco di grano in bocca, ma neanche mi offre una goccia che mi inumidisca la gola. Non vedo da nessuna parte i sacchi d'oro che tu mi hai promessi! No, Horemheb, io non ti chiedo ringraziamenti. Io ti chiedo di pagarmi quello che mi devi, da uomo d'onore, perché anch'io ho dei debiti da saldare. Anzi, a dire il vero sono indebitato fino al collo, e assai più di quanto tu neanche t'immagini ».

Horemheb aggrottò la fronte, quindi si percosse le gambe con la frusta in un gesto d'impazienza e rispose: « Tu parli come un imbecille, Kaptah. Sai benissimo che io non ho bottino da spartire con te, e che tutto l'oro su cui riesco a mettere le mani mi serve a proseguire la lotta contro gli Hittiti. Personalmente io sono un uomo poverissimo, e la gloria soltanto è la mia ricompensa. Per te posso fare una cosa sola: posso far imprigionare i tuoi creditori, posso accusarli di molti delitti e posso farli impiccare sugli spalti, liberandoti così di tutti i tuoi debiti ».

Ma Kaptah su questo punto non volle intender ragione. Horemheb ebbe un riso aspro e disse: « Kaptah, come è successo che ti hanno legato alla ruota come spia siriaca e ti hanno poi buttato nei sotterranei? Per quanto matto, Roju è un valoroso soldato e deve avere avuto una qualche giustificazione per questo suo gesto ».

Kaptah si strappò la sua bella veste in segno d'innocenza, si picchiò il petto e gridò: « Horemheb, Horemheb! Sei tu quegli che proprio ora mi hai parlato di gratitudine, e che adesso m'insulti con false accuse? Non sono forse stato io ad avvelenare i cavalli degli Hittiti e a contrabbandare grano entro le mura di Gaza? Mentre tu eri accampato nel deserto, non sono stato forse io ad assoldare uomini audaci che ti portavano notizie particolareggiate dei movimenti nemici? Non sono forse stato io ad assoldare schiavi che fendessero gli otri pieni d'acqua posti nei cocchi con cui gli Hittiti ti attaccarono? Tutto questo io ho fatto per te e per l'Egitto senza por mente a un possibile guadagno. Era dunque appena giusto e leale che io rendessi alcuni servigi inoffensivi agli Hittiti e ad Aziru. Ecco perché quando fui costretto a ripararle a Gaza, avevo su di me una tavoletta-salvacondotto di Aziru. L'uomo avveduto si protegge da ogni parte e porta sempre molte frecce nella sua faretra. Non sarei stato di alcuna utilità né all'Egitto né a te se la mia carcassa penzolasse ora dall'alto delle mura. Avevo portato con me quel salvacondotto perché se tu tardavi ancora un poco, Gaza sarebbe certamente caduta. Ma Roju è un uomo sospettoso, e invano mi sono coperto il mio occhio cieco e gli ho parlato di scarabei velenosi come eravamo d'accordo. Egli non badò a nessuna parola d'ordine ma mi fece stirare sulla ruota finché io muggii come un toro urlando che ero una spia di Aziru ».

Horemheb rise e disse: « Tutto ciò che hai sofferto sarà la tua ricompensa, mio buon Kaptah. Io ti conosco, e tu conosci me. Perciò non seccarmi oltre con i tuoi discorsi di oro, perché questo è un argomento che mi dà fastidio e mi mette di cattivo umore ».

Ma Kaptah insistette tanto che alla fine riuscì a carpire a Horemheb la promessa di avere per sé il diritto esclusivo di compravendita di tutto il bottino di guerra della Siria. Egli avrebbe potuto acquistare, giocare, barattare in cambio di birra, vino e donne, tutte le spoglie che fossero state divise tra i soldati. Ottenne anche l'autorizzazione di vendere la parte di bottino spettante al Faraone, oppure quella di Horemheb — o di permutarla — con merci di cui l'esercito avesse bisogno. Questo solo diritto sarebbe bastato ad arricchirlo; egli però pretese le medesime condizioni per tutto il bottino siriano, qualunque fosse, di cui l'esercito di Horemheb potesse impadronirsi in avvenire. Horemheb acconsentì poiché ciò non gli costava nulla, e in cambio di questa concessione Kaptah gli promise doni munifici.

4.

Dopo che Horemheb ebbe riparati tutti i suoi cocchi, ebbe richiamate dall'Egitto le forze ausiliarie, ebbe raccolti in Gaza tutti i cavalli dell'Egitto meridionale, e dopo avere addestrate le sue truppe, emanò un proclama in cui dichiarava di essere venuto in Siria come liberatore e niente affatto come conquistatore. Sotto la paterna protezione dell'Egitto, disse, tutte le città siriache avevano goduto delle più ampie libertà e di un commercio senza restrizioni di sorta, ciascuna sotto il proprio Re. Ma per il malvagio tradimento di Aziru queste città erano state costrette a cedere alla sua tirannide. Aziru aveva privato i Re delle loro corone ereditarie e aveva premuto le città con balzelli gravosissimi. Nella sua ingordigia aveva venduto la Siria agli Hittiti, della cui crudeltà e malvagità i Siriani avevano prove quotidiane. Ecco perché egli, Horemheb l'Invincibile, il Figlio del Falco, era venuto a liberare la Siria dal giogo della schiavitù, a incoraggiare i traffici, a restaurare sui loro troni gli antichi Re, affinché sotto la protezione dell'Egitto la terra di Siria tornasse a fiorire e a prosperare come un tempo. Egli prometteva il suo aiuto a tutte le città che scacciassero gli Hittiti e chiudessero le loro porte in faccia ad Aziru. Le città che avessero continuato a resistere sarebbero state da lui bruciate, saccheggiate, distrutte; le loro mura sarebbero state abbattute per sempre e i loro cittadini trascinati in schiavitù.

Infine Horemheb marciò su Joppa e mandò la propria flotta a chiudere il porto. Coadiuvato dalle sue spie fece diramare dappertutto il suo proclama, il che suscitò molta irrequietezza e indecisione tra le città e generò infinite discussioni e litigi tra i suoi nemici appunto come egli sperava. Kaptah però, da quell'uomo prudente che era, rimase entro le mura di Gaza per il caso che Horemheb avesse avuto a subire qualche disfatta, poiché Aziru e gli Hittiti stavano raccogliendo insieme, nel retroterra, un esercito poderoso.

Roju Collo di Toro si riconciliò con Kaptah, il quale lo guarì della sua angoscia spiegandogli che i soldati, colti da una fame rabbiosa durante l'assedio, avevano rubato le quattrocento selle dal magazzino di finimenti e le avevano mangiate, poiché erano di cuoio morbido, e masticandole erano riusciti a calmare i morsi della fame. Non appena Roju seppe questo, la sua agitazione cadde, tanto che fu possibile liberarlo dei legami che lo stringevano, ed egli perdonò quel furto ai suoi commilitoni a causa del loro grande valore.

Non appena Horemheb si fu allontanato coi suoi uomini, Roju chiuse le porte di Gaza, giurando che mai più avrebbe ammesso truppe entro la cinta della città. Bevve vino e stette ad osservare Kaptah mentre giocava con la guardia. Al momento della partenza di Horemheb, Kaptah aveva ripigliato al vecchio soltanto un milione e mezzo di deben d'oro. Bevevano e giocavano a dadi dalla mattina alla sera; litigavano e si buttavano reciprocamente i dadi in faccia; sputavano sulle palme e gettavano i dadi con tanta violenza che questi cadevano dalla loro ciotola e rimbalzavano a terra. Il vecchio era avarissimo e voleva giocare solo per piccole poste, e non faceva che lamentarsi e gemere sulle sue perdite. Allorché Horemheb pose l'assedio a Joppa, Kaptah costrinse il guardiano ad elevare le sue poste, e quando un messaggero recò la notizia che Horemheb era riuscito a far breccia nelle mura, Kaptah spogliò in pochi colpi così completamente il suo avversario da convertire il proprio debito in un credito di varie centinaia di migliaia di deben d'oro. Kaptah però si mostrò magnanimo e lo condonò. Regalò anzi al vecchio dei vestiti nuovi e una manciata d'argento, tanto che il poveraccio si mise a piangere di gioia e a benedirlo chiamandolo suo benefattore.

Non so se Kaptah barasse e giocasse con dadi truccati. So soltanto che giocava con estrema abilità e con fortuna incredibile. Il racconto di questa partita per una posta di milioni, una partita che si protrasse per molte settimane, si sparse in tutta la Siria, e il vecchio, che era ridivenuto ben presto cieco, visse per il resto dei suoi giorni in una capannuccia presso le mura di Gaza. Venivano a trovarlo viaggiatori anche dalle altre città, e a tutti narrava di quella sua famosa giocata. Anche dopo molti anni era in grado di ripetere il punteggio di ciascun colpo, poiché i ciechi hanno ottima memoria. Ma era soprattutto orgoglioso dell'ultima giocata nella quale aveva perduto in un sol colpo centocinquantamila deben d'oro, poiché mai prima di allora erano state giocate ai dadi poste così alte. La gente gli portava doni per indurlo a raccontare la sua storia, cosicché non patì più nessuna privazione ma visse anzi con assai più agiatezza che se Kaptah lo avesse pensionato a vita.

Allorché Joppa cadde, Kaptah vi si recò in tutta fretta, e io andai con lui. Vedemmo per la prima volta quella ricca città nelle mani dei conquistatori, e sebbene i più audaci tra i suoi cittadini si fossero rivoltati contro Aziru e gli Hittiti, quando Horemheb irruppe entro le mura, egli non volle risparmiarla. Per due settimane lasciò liberi i suoi uomini di saccheggiare e spogliare. Kaptah ammassò a Joppa un'immensa fortuna, poiché i soldati barattavano tappeti, mobili e statue di valore inestimabile, e tutto quello che potevano asportare, in cambio di argento e vino. Una bellissima donna siriana si poteva avere a Joppa per due anelli di rame.

Fu qui che io sperimentai in tutto il suo orrore la brutalità degli uomini verso i propri simili. In quel tempo di ubriacature, di ruberie, di incendi, ogni sorta di abominio fu perpetrato. I soldati appiccavano il fuoco alle case per semplice divertimento, in modo da poterci vedere la notte a saccheggiare, a violare, a torturare i mercanti e costringerli a rivelare dove avevano nascosti i loro tesori. Ve n'erano alcuni che si divertivano a fermarsi all'angolo di una strada per uccidere a colpi di mazza o di lancia tutti i Siriani che passavano di lì, fossero uomini o donne, bambini o vecchi. Il mio cuore si indurì alla vista di tanta iniquità. Tutto quello che era successo a Tebe per causa dell'Aton non era nulla al confronto di quanto successe a Joppa per colpa di Horemheb. Egli lasciò ai soldati mano libera, al fine di legarli più strettamente a sé. Per sottrarsi al destino di Joppa molte città della costa scacciarono gli Hittiti di propria iniziativa. Ma non parlerò più di quei giorni, poiché nel ricordarli il cuore mi si impietrisce nel petto e le mie mani si raggelano. Dico semplicemente che al momento dell'attacco di Horemheb si trovavano entro le mura di Joppa, oltre alla guarnigione di Aziru e alla soldataglia hittita, circa ventimila abitanti. Quando Horemheb si allontanò non ne erano rimasti vivi neppure trecento.

Così Horemheb condusse la guerra in Siria, e io lo accompagnai, medicando le ferite dei suoi uomini e assistendo a tutto il male che gli esseri umani possono fare gli uni agli altri. La guerra si protrasse per tre anni, durante i quali Horemheb sconfisse gli Hittiti e le truppe di Aziru in molte battaglie. Due volte le sue armate furono sorprese dagli squadroni dei cocchi hittiti, il che gli procurò gravissime perdite e lo costrinse a ritirarsi dietro le mura delle città conquistate. Egli riuscì però sempre a mantenere le comunicazioni marittime con l'Egitto, e la flotta siriana non poté mai avere la meglio, poiché la flotta di Horemheb si era fatta ormai esperta e agguerrita. Egli fu sempre in grado, dopo ogni disfatta, di ottenere rinforzi dall'Egitto e di irrobustirsi per nuovi assalti. Le città della Siria furono ridotte a cumuli di macerie, e gli uomini si nascondevano come animali selvatici nei recessi delle colline. Tutta quella regione si tramutò in un deserto, e orde distruttrici calpestavano le messi e abbattevano gli alberi da frutta, perché il nemico non potesse sostentarsi dei prodotti della terra. Intanto però le ricchezze e le disponibilità di uomini nell'Egitto si prosciugavano e l'Egitto era come una madre che si strappa le vesti e si cosparge il capo di cenere nel veder morire i propri figliuoli. Lungo tutto il percorso del fiume, dal Basso all'Alto Egitto, non vi era città, non villaggio, non tugurio in cui non fossero morti mariti e figli in Siria a maggior gloria e onore dell'Egitto.

In quei tre anni invecchiai assai più rapidamente che non in tutti i miei anni precedenti. Perdetti i capelli, la schiena mi si incurvò, la mia faccia avvizzì come un frutto essiccato. Sbottavo e rispondevo bruscamente ai malati come fanno molti medici quando invecchiano, nonostante tutta la loro buona volontà. In questo non ero diverso dagli altri dottori, benché vedessi assai peggiori cose della grande maggioranza dei miei colleghi.

Durante il terzo anno la peste scoppiò in Siria, poiché questa piaga accompagna sempre l'altra terribile piaga che è la guerra, generandosi dovunque si trovino ammassati in gran numero cadaveri putrescenti. Tutta quanta la Siria divenne una unica immensa tomba aperta; perirono razze intiere, tanto che le loro favelle e i loro costumi caddero nell'oblìo. La pestilenza uccideva coloro che la guerra aveva risparmiati. Negli eserciti sia di Horemheb che degli Hittiti essa falciò tali e tante vittime che la lotta cessò e le truppe si rifugiarono nelle montagne o nel deserto dove il flagello non poteva inseguirle. Questa epidemia non rispettò nessuno: mieteva vittime tra umili e potenti, tra ricchi e poveri, né era possibile opporle alcun rimedio conosciuto. I colpiti si stendevano sui loro giacigli, si tiravano un lenzuolo sul capo, e la maggior parte moriva nello spazio di tre giorni. I pochi sopravvissuti recavano terribili cicatrici alle ascelle e agli inguini, dove gli umori pestilenziali si aprivano la strada durante la convalescenza.

Il morbo era capriccioso sia nel risparmiare sia nell'uccidere. Non sempre sopravvivevano i più forti e i più sani, ma anzi più spesso si salvavano i deboli e gli affamati, come se in costoro esso trovasse troppo poco di cui alimentarsi. Nel curare i miei pazienti giunsi alla fine a cavarne sangue il più possibile e a proibire che prendessero cibo per tutta la durata della malattia. Riuscii a guarirne molti con questo mezzo, ma un numero uguale mi moriva sotto le mani, per cui non potevo essere certo che quel trattamento fosse giusto. E tuttavia ero pur costretto a far qualcosa per essi, perché conservassero un po' di fiducia nella mia scienza. Un malato che perde la fede nella guarigione e la fiducia nel proprio medico muore più facilmente di chi crede. Le mie cure ad ogni modo erano migliori di quelle di molti altri poiché per lo meno costavano poco.

Le navi trasportarono la peste in Egitto, ma la morìa laggiù fu minore. Essa aveva perduto la propria virulenza, e il numero dei sopravvissuti superò quello dei morti. Scomparve dal paese in quello stesso anno con la crescita delle acque. Durante l'inverno si placò anche in Siria, permettendo così ad Horemheb di radunare nuovamente le sue truppe e di riprendere la guerra. Nella primavera successiva egli attraversò le montagne ed entrò nella pianura antistante Megiddo dove sconfisse gli Hittiti in una grande battaglia. Quando Burnaburiash di Babilonia seppe dei successi di Horemheb, riprese coraggio e si rammentò della sua alleanza con l'Egitto. Inviò le sue truppe in quella che era stata la terra di Mitanni e scacciò gli Hittiti dai loro territori da pascolo di Naharani. Quando gli Hittiti compresero che la devastata contrada di Siria si trovava ormai al difuori della loro portata, offrirono pace, poiché erano guerrieri avveduti e uomini risparmiatori, e non avevano alcuna intenzione di rischiare i loro cocchi per una gloria vana mentre ne avevano tanto bisogno per sedare Babilonia.

Questa offerta di pace rallegrò immensamente Horemheb. Le sue forze si erano assottigliate, e la guerra aveva impoverito l'Egitto. Egli desiderava ricostruire la Siria, riattivarne il commercio per trarre così profitto da quel paese. Acconsentì alla pace a patto che gli Hittiti cedessero Megiddo, di cui Aziru aveva fatta la propria capitale e che egli aveva fortificata con mura e torri imprendibili. Gli Hittiti catturarono dunque Aziru, e dopo avere confiscate le immense ricchezze che egli aveva ammassate a Megiddo da tutte le località della Siria, lo consegnarono in catene a Horemheb insieme alla moglie e ai suoi due figli. Quindi saccheggiarono la città e spinsero gli armenti e i greggi di Amurru verso settentrione, fuor del territorio che secondo le clausole del trattato di pace veniva a trovarsi ora sotto controllo egiziano.

Horemheb non stette a cavillare su ciò. Avendo finalmente portato a termine la lotta, offerse un banchetto ai principi e ai capi hittiti e bevve con loro tutta la notte, vantando le sue prodezze. Il giorno seguente avrebbe fatto giustiziare Aziru e la sua famiglia di fronte alle truppe riunite, in pegno della pace eterna che da quel momento in poi sarebbe sempre regnata tra l'Egitto e la terra di Hatti.

Io non volli prender parte a quel banchetto, ma mi feci strada nelle tenebre sino alla tenda dove Aziru giaceva incatenato.

Mi recai da Aziru perché in tutta quanta la Siria egli ormai non aveva più un solo amico. Un uomo che abbia perduto tutti i suoi averi e sia condannato a una morte ignominiosa, non ha mai un amico. Sapevo che egli amava profondamente la vita, e speravo di persuaderlo per quello che ne avevo visto, che la vita non vale affatto la pena di essere vissuta. Desideravo rassicurarlo come medico che la morte è dolce, assai più dolce dei tormenti, dei dolori, delle sofferenze dell'esistenza. La vita è una fiamma bruciante, la morte invece è l'acqua scura dell'oblìo. Volevo dirgli tutto questo poiché egli doveva morire il mattino seguente e certo non sarebbe riuscito a dormire, amando disperatamente la vita come egli l'amava. Se non mi avesse voluto ascoltare, sarei rimasto seduto silenzioso al suo fianco, pur di non lasciarlo solo. Un uomo può vivere senza amici, forse, ma morire senza un amico è veramente duro, e duro soprattutto dopo una vita di regno.

Aziru e la sua famiglia erano stati condotti in maniera vergognosa nell'accampamento di Horemheb, dove i soldati lo avevano insultato e lo avevano coperto di fango e di escrementi di cavallo. Io allora lo avevo evitato e mi ero coperto la faccia col mio mantello. Aziru era un uomo orgogliosissimo, e certo non gli sarebbe stato gradito vedermi assistere al suo avvilimento, io che lo avevo ammirato nei giorni della sua maestà e della sua potenza. Allora mi recai col favore delle tenebre sino alla sua tenda, e le guardie si dissero: « Lasciamolo entrare, poiché è Sinuhe il medico e certo la sua venuta deve essere legittima. Se gli impediamo di entrare, egli ci ingiurierà, oppure per virtù di magía ci priverà dei nostri attributi maschili. È un essere maligno, e la sua lingua punge più acutamente dell'aculeo di uno scorpione ».

Nell'oscurità della tenda dissi: « Aziru, Re di Amurru, vuoi ricevere un amico alla vigilia della tua morte? ».

Aziru trasse un profondo sospiro, le sue catene stridettero ed egli rispose: « Io non sono più Re e non ho più amici... ma sei veramente tu, Sinuhe? Riconosco la tua voce persino nelle tenebre ».

« Sono io ».

« Per Marduk e tutti i dèmoni dell'abisso! Se sei Sinuhe, fammi un po' di luce. Sono stufo di starmene disteso al buio; ne vedrò anche troppa di oscurità tra poco. Quei maledetti di Hittiti mi hanno strappate le vesti e mi hanno maciullate le membra a furia di torture, cosicché non sono uno spettacolo molto bello a vedersi. Tuttavia come medico sarai abituato a visioni anche peggiori, e io non mi vergogno, poiché in faccia alla morte non serve arrossire delle proprie miserie. Porta un po' di luce affinché io ti possa vedere in volto e possa mettere la mia mano fra le tue. Il fegato mi duole e mi sgorga acqua dagli occhi al pensiero di mia moglie e dei miei ragazzi. Se riuscirai anche a portarmi un po' di birra forte per bagnarmi la gola, domani canterò le tue lodi nel regno dei defunti. Però non posso pagarti neppure una sorsata, perché gli Hittiti mi hanno derubato fin dell'ultima mia moneta di rame ».

Ordinai alle guardie di portare una lampada di sego e di accenderla, poiché l'acre fumo delle torce mi irritava gli occhi. Essi recarono anche una giara di birra. Aziru si erse gemendo in posizione seduta, e io lo aiutai a mettere in bocca la cannuccia, affinché potesse sorbire la birra siriana che è torbida, come per mota, di loppa e di orzo tallito. Aveva i capelli appiccicosi, opachi e grigi, e la sua splendida barba gli era stata strappata quando gli Hittiti lo avevano torturato, e grossi lembi di pelle erano venuti via insieme ad essa. Aveva le dita maciullate, le unghie nere di sangue, le costole spezzate, cosicché gemeva a ogni respiro, emettendo sputi sanguigni.

Dopo aver bevuto e sputato a volontà, fissò la fiamma della lampada e disse: « Com'è dolce e chiara questa luce ai miei occhi affaticati, ora che son rimasto così a lungo nelle tenebre. Questa fiamma vacilla e morrà... così come vacilla e muore la vita dell'uomo. Io ti ringrazio, Sinuhe, per la lampada e la birra, e volentieri ti offrirei un dono in cambio; ma sai benissimo che non ho più doni da dare, poiché i miei amici hittiti nella loro cupidigia mi hanno rotto persino i denti che tu mi avevi indorati ».

È facile chiudere la stalla dopo che i buoi sono scappati, perciò non volli rammentargli che io lo avevo avvertito di diffidare degli Hittiti. Gli presi tra le mie le sue mani maciullate e le tenni strette, ed egli chinò la testa orgogliosa e pianse, e le sue lagrime caddero sulle mie mani dai suoi occhi pesti ed enfiati.

Mi disse: « Io mi sono rallegrato e ho riso davanti a te senza vergogna nei giorni della mia gloria; perché dunque dovrei vergognarmi delle mie lagrime nell'ora del dolore? Sappi, Sinuhe, che io non piango per me né per le mie ricchezze né per le mie corone, ancorché sempre io mi sia attaccato con cupidigia al potere e ai beni di questo mondo. Piango per mia moglie Keftiu... per il mio grande e bel figliuolo... e per il mio bambinetto... perché anch'essi debbono morire domani ».

Io gli risposi: « Aziru, Re di Amurru! Rammentati che tutta

la Siria non è più che un'unica tomba aperta e graveolente per colpa della tua ambizione. Non si contano coloro che sono morti per causa tua, ed è più che giusto che tu debba morire domani dal momento che hai perduto. Probabilmente è giusto che anche la tua famiglia muoia con te. Sappi comunque che io ho implorato Horemheb affinché risparmiasse la vita di tua moglie e quella dei tuoi figliuoli, ma egli non volle accedere alle mie suppliche, poiché intende cancellare dalla faccia della Siria la tua semenza, il tuo nome e persino il tuo ricordo. Pertanto egli non ti concederà neppure una tomba, Aziru, e gli animali selvaggi si disputeranno i tuoi resti. Horemheb non vuole che gli uomini di Siria si raccolgano davanti al tuo sepolcro nei tempi avvenire e pronuncino in tuo nome giuramenti iniqui ».

Aziru intese con raccapriccio queste mie parole e disse: « In nome del mio dio Baal, rendi sacrifici di carne e di vino davanti al Baal di Amurru allorché io sarò morto, Sinuhe, o altrimenti sarò condannato a vagare in preda a fame e a sete perpetua attraverso le buie regioni della morte. Fa questo anche per Keftiu, che un tempo tu hai amata, anche se per amor della nostra amicizia l'hai ceduta a me... E fallo anche per i miei figli, affinché io possa morire con animo tranquillo. Non biasimo Horemheb per questa decisione, poiché certamente io avrei trattato alla stessa stregua lui e la sua famiglia se le nostre sorti fossero state invertite. Se debbo dirti la verità, Sinuhe, benché io pianga, sono tuttavia contento che la mia famiglia perisca con me e che il nostro sangue si mescoli in un unico fiotto. Nel paese della morte soffrirei tormenti eterni se sapessi che Keftiu giace nelle braccia di un altro. Ella ha molti ammiratori, e i giullari hanno intonato i loro strumenti in lode della sua lussureggiante bellezza. È bene inoltre che anche i miei figli muoiano, poiché essi sono nati re e hanno portata la corona sin dalla culla, e non mi rassegnerei a pensarli trascinati schiavi in Egitto ».

Riprese a sorseggiare la birra, e nonostante la sua infelicità si ubriacò un poco. Raccolse con le dita spezzate il sudiciume che i soldati gli avevano gettato addosso e riprese: « Sinuhe, amico mio, tu mi accusi falsamente col dire che la Siria è diventata una tomba aperta per causa mia. Io son da biasimare unicamente perché ho perduto la guerra e perché ho permesso che gli Hittiti mi ingannassero. Se avessi vinto, tutto il male che è successo sarebbe stato rinfacciato all'Egitto, mentre il mio nome sarebbe stato lodato in eterno. Ma poiché ho perso, ecco che il biasimo ricade su di me, e il mio nome è divenuto anatema in tutta la Siria »..

La birra forte gli era salita al cervello, e ora egli si strappò i capelli ormai grigi e si mise a gridare forte, con accento disperato: « O Siria, Siria! Mio tormento, mia speranza, mio amore! Io feci di tutto per la tua grandezza, e perché tu fossi libera mi sono levato in ribellione, ma ora nel giorno della mia morte tu mi ripudi. Bella Biblo, fiorente Smirne, astuta Sidone, Joppa la forte! O voi tutte, città che scintillavate come perle nel mio diadema, perché mi avete abbandonato? Eppure io vi amo troppo per odiarvi, nonostante il vostro tradimento. Io amo la Siria per quello che è: perché è falsa, brutale, capricciosa, sempre pronta a tradire. Le razze si spengono; le nazioni sorgono soltanto per cadere; i regni si dissolvono; la fama e la gloria si dileguano come ombre... ma voi resistete, resistete sempre, mie orgogliose città! Che le vostre bianche mura risplendano contro le rosse colline della costa — che esse sfavillino di età in età — e che la mia polvere, portata dai venti del deserto, voli ad accarezzarvi! ».

Il mio cuore era pieno di tristezza nel vederlo ancora così imprigionato nei suoi sogni, ma non osai rimproverarlo poiché essi gli recavano conforto nell'imminenza della morte. Gli tenni chiuse fra le mie le mani maciullate, ed egli le abbandonò alla mia stretta gemendo.

Discorremmo tutta la notte, rammentando i nostri incontri al tempo in cui io abitavo a Smirne ed eravamo entrambi nel fiore della giovinezza e della forza. All'alba i miei schiavi ci recarono il cibo che avevano preparato, e le guardie non li trattennero, poiché anch'esse avevano ricevuto la loro parte. Gli schiavi ci portarono del montone grasso e del riso cotto nella sugna, e nelle nostre tazze versarono forte vino di Sidone aromatizzato di mirra. Io ordinai loro di lavare Aziru e di ripulirlo di tutto il sudiciume di cui era stato imbrattato, di pettinargli e di ravviargli i capelli e di chiudergli la barba in una rete intrecciata di fili d'oro. Nascosi le sue vesti gualcite e le sue catene sotto un mantello reale, poiché non era possibile togliergli i ferri che l'imprigionavano, essendo questi di rame e saldati sulla sua persona, perciò non potei abbigliarlo con abiti freschi. I miei schiavi resero lo stesso servizio a Keftiu e ai suoi due figli, ma Horemheb non permise che Aziru rivedesse la moglie e i bambini prima che si incontrassero sul luogo dell'esecuzione.

Quando giunse l'ora, Horemheb uscì ridendo forte dalla sua tenda in compagnia dei Principi hittiti ubriachi: allora io mi avvicinai a lui e gli dissi: « In realtà, Horemheb, io ti ho reso molti favori, e può anche darsi che ti abbia salvata la vita allorché in Tiro ti ho estratto dalla coscia quella freccia avvelenata e ho medicato la tua ferita. Fammi anche tu un favore, adesso: permetti che Aziru muoia degnamente, poiché egli è Re di Siria ed ha lottato con coraggio. Il tuo stesso onore ne sarà accresciuto se tu gli accorderai questo. I tuoi amici hittiti lo hanno già torturato abbastanza e gli hanno spezzate le membra per forzarlo a rivelare dove ha nascosto le sue ricchezze ».

Horemheb s'inalberò moltissimo a queste mie parole, poiché aveva studiato molte maniere ingegnose per prolungare l'agonia di Aziru; tutto era pronto, e sin dall'alba l'esercito si era raccolto ai piedi della collinetta su cui dovevano aver luogo le esecuzioni. Gli uomini si disputavano i posti migliori pregustando già una giornata di grande divertimento. Horemheb aveva predisposto tutto ciò, non perché prendesse gusto alle torture ma allo scopo di distrarre i suoi uomini e di spargere il terrore in tutta la Siria, affinché dopo una morte così spaventosa nessuno osasse più pensare sia pure lontanamente a una possibile rivolta. Devo dire questo a lode di Horemheb, poiché egli non era uomo crudele per natura, come fu ritenuto in seguito. Era un guerriero, e la morte per lui era semplicemente un'arma di più in mano. Permetteva però che le dicerie del volgo esagerassero la sua brutalità, al fine di seminare il terrore nel cuore dei propri nemici e guadagnarsi il rispetto di tutti. Egli riteneva infatti che gli uomini venerino maggiormente un governante crudele che non un reggitore di animo mite e che giudichino la bontà d'animo una forma di debolezza.

Aggrottò dunque la fronte, e togliendo il proprio braccio dal collo del Principe Shubattu, ristette dinanzi a me barcollando e percuotendosi la coscia con la sua frusta d'oro.

Mi disse: « Tu, Sinuhe, sei una spina perpetua nel mio costato. A differenza di tutti gli uomini di buonsenso sei un vero bastardo. Rinneghi chi prospera e s'inalza agli onori e alle ricchezze; mentre invece ti mostri tenero di cuore e pronto a consolare tutti i vinti e tutti i falliti. Tu sai benissimo con quante fatiche e con quali sacrifici ho fatto venir qui da ogni angolo del paese i carnefici più esperti proprio per Aziru; e la sistemazione stessa dei loro strumenti di tortura e dei loro pentoloni mi è costata un mucchio d'argento. Non posso così all'ultimo momento privare di questo piacere i miei topacci di palude, poiché essi hanno sofferto privazioni e ferite per colpa di Aziru ».

Shubattu, il Principe hittita, gli diede una manata sulla schiena ed esclamò ridendo: « Bravo, Horemheb! Tu non ci priverai certo adesso di questa soddisfazione. Al fine di conservarlo per il tuo godimento non gli abbiamo strappato neppure un lembo di carne dalle ossa, ma ci siamo limitati a torturarlo molto delicatamente con pinze e morse di legno ».

Vano com'era, Horemheb si seccò di queste parole, e d'altro canto non gli piaceva essere toccato dal Principe. Aggrottò le sopracciglia e disse: « Sei ubriaco, Shubattu. In quanto ad Aziru, il mio solo scopo è di dimostrare al mondo intiero il destino che incombe su ogni uomo che si fida degli Hittiti! Dal momento che nel corso di questa notte siamo diventati amici e abbiamo tracannato insieme molte coppe fraterne, risparmierò questo tuo alleato, e per amore d'amicizia gli concederò una facile morte ».

La collera storse il viso di Shubattu, poiché gli Hittiti sono molto suscettibili in fatto di onore, benché, come ognuno sa, essi tradiscano e vendano i loro alleati senza il minimo rimorso purché ciò procuri loro profitto. In realtà tutte le nazioni fanno questo e tutti gli abili governanti. Gli Hittiti sono più sfacciati degli altri nel loro modo di agire, e non si sforzano di trovare pretesti e scuse per velare i loro tradimenti e dare ad essi una parvenza di giustizia. Ma Shubattu era furibondo. I suoi compagni gli tapparono la bocca con le mani e lo trascinarono lontano da Horemheb, tenendolo stretto, finché la sua furia impotente gli fece vomitare tutto il vino che aveva bevuto, e così si calmò.

Horemheb ordinò che Aziru uscisse dalla tenda, e grande fu il suo stupore nel vederlo avanzare al cospetto di tutti con l'altero portamento di un re, e con un manto regale sulle spalle. Aziru infatti aveva mangiato carne grassa e aveva bevuto vino forte. Scrollava il capo e rideva forte nell'avviarsi al luogo dell'esecuzione, e intanto lanciava insulti agli ufficiali e alle guardie. Aveva i capelli pettinati e arricciati, la faccia luccicante di olio, e gridò a Horemheb sopra le teste dei soldati: « Horemheb, lurido Egiziano. Non aver più timore di me; poiché io sono sconfitto e ormai non ti serve più nasconderti dietro le lance delle tue truppe. Fatti vicino ch'io possa pulirmi contro il tuo mantello il sudiciume che mi ricopre i piedi, poiché una stia peggiore di questo tuo accampamento io non l'ho mai veduta in tutta la mia vita. Voglio presentarmi al cospetto di Baal coi piedi puliti ».

Horemheb fu felice a queste parole, e ridendo forte urlò in risposta ad Aziru: « Non posso venirti vicino, poiché il tuo tanfo di Siriano mi rivolta lo stomaco, nonostante il mantello che non so come sei riuscito a rubare per nascondere la tua sporca carcassa. Però senza dubbio sei un uomo coraggioso, Aziru, per ridere di fronte alla morte. Ma per tener fede al mio onore io ti concederò una morte facile ».

Mandò la sua guardia del corpo a scortare Aziru e ad impedire che i soldati lo coprissero di fango. La marmaglia di Horemheb lo circondò e prese a percuotere con l'impugnatura delle lance tutti coloro che tentavano di insultarlo, poiché essi non sentivano più alcun odio verso Aziru, nonostante le terribili sofferenze che egli aveva causato loro, ma soltanto ne ammiravano il coraggio. Scortarono anche sino al luogo dell'esecuzione la Regina Keftiu e i due figli di Aziru. Keftiu si era adornata e si era dipinta il viso di rosso e di bianco, e i fanciulli avanzarono verso il luogo fatidico con portamento di principi: il maggiore teneva il più piccolo per mano.

Allorché Aziru li vide le forze lo abbandonarono e gridò: « Keftiu, Keftiu, mia candida giumenta, mio amore, pupilla dei miei occhi! Mi addolora disperatamente che tu debba seguirmi sin nella morte, poiché la vita sarebbe stata ancora molto dolce con te ».

Keftiu rispose: « Non angosciarti per causa mia, o mio Re. Io ti seguo con gioia. Tu sei mio marito, e la tua forza è quella di un toro. Non vi è altro uomo che potrebbe accontentarmi dopo che tu te ne sarai andato. Durante la nostra vita in comune io ti ho diviso da tutte le altre donne e ti ho legato a me. Non consentirò dunque che tu vada solo nel regno delle ombre, dove tutte le belle donne che sono morte prima di me certamente ti attenderanno. Io ti seguirei ugualmente anche se mi avessero risparmiata... mi sarei strangolata coi miei stessi capelli, o mio Re, poiché io non ero che una schiava e tu hai fatto di me una Regina, e io ti ho generato due figli bellissimi ».

Quelle parole rinfrancarono grandemente Aziru, ed egli disse rivolto ai suoi figli: « O miei bellissimi ragazzi! Voi siete stati procreati in questo mondo quali figli di re. Morite dunque da principi, affinché io non abbia ad arrossire di voi. Credetemi, la morte non è molto più dolorosa che farsi strappare un dente. Siate forti, mie dolci creature! ».

Così dicendo si inginocchiò a terra davanti al carnefice. Volgendosi a Keftiu soggiunse: « Sono stanco di vedermi attorno questi puzzolenti Egiziani con le loro lance insanguinate. Denuda davanti a me il tuo dolce seno, Keftiu, affinché io possa contemplare la tua bellezza mentre me ne vado. Morirò felice, come felice sono vissuto con te ».

Keftiu denudò il suo seno opulento, il boia alzò l'immensa spada e con un sol colpo mozzò il capo di Aziru separandolo netto dalle spalle. Esso cadde ai piedi di Keftiu il suo sangue generoso sgorgò in un fiotto violento dal suo grande corpo insieme agli ultimi battiti del polso e schizzò sui fanciulli che ne furono riempiti di orrore, e il più piccolo rabbrividì. Ma Keftiu sollevò da terra il capo di Aziru, ne baciò le labbra enfiate, ne accarezzò le guance dilaniate. Premendoselo al seno disse ai suoi figlioletti: « Affrettatevi, miei coraggiosi ragazzi! Andate da vostro padre senza paura, miei piccoli, poiché vostra madre è anch'essa impaziente di seguirlo ».

I due ragazzi si inginocchiarono ubbidienti, il maggiore teneva sempre stretto per mano il minore, e il boia spiccò le teste dai loro giovani colli senza difficoltà. Poi, dopo aver spostato col piede i loro corpi, staccò con un sol colpo anche il grasso e bianco collo di Keftiu. Così tutti e quattro ricevettero una morte facile. Ma per ordine di Horemheb i loro cadaveri furono gettati in una buca perché fossero divorati dalle bestie feroci.

5.

Così morì il mio amico Aziru senza cercare di corrompere la morte, e Horemheb firmò la pace con gli Hittiti. Egli sapeva al pari di loro che quella pace era soltanto un armistizio giacché Sidone, Smirne, Biblo e Kadesh erano ancora sotto il loro dominio. Gli Hittiti avevano fatto di Kadesh una base saldamente fortificata per il controllo della Siria settentrionale. Ma ormai sia gli Hittiti sia Horemheb erano stanchi di guerre, e Horemheb era lieto di poter stringere un trattato di pace, poiché aveva molti interessi a Tebe che richiedevano la sua presenza. Gli necessitava anche restaurare l'ordine nella terra di Kush e tra i Nubiani, che, inebriati di libertà, si erano scatenati, rifiutandosi di pagare i propri tributi all'Egitto.

Durante questi anni aveva continuato a regnare sull'Egitto Tutankhamon, benché non fosse che uno sbarbatello e non si interessasse d'altro che della costruzione della propria tomba. Il popolo faceva ricadere su di lui tutti i mali e le miserie risultanti dalla guerra. Nutrivano nei suoi confronti un odio feroce, e dicevano: « Che cosa possiamo pretendere da un Faraone la cui consorte discende dal sangue del falso Faraone? ».

Eie non cercava di soffocare queste mormorazioni, ma anzi faceva spargere tra il popolo sempre nuove dicerie intorno alla spensieratezza e all'avidità di Tutankhamon, e ai suoi tentativi per accumulare nella propria tomba tutti i tesori dell'Egitto.

In quel torno di tempo non mi recai a Tebe neppure una sola volta, ma viaggiai sempre e dappertutto al seguito dell'esercito, che aveva bisogno delle mie arti mediche, dividendone le fatiche e le privazioni. Avevo appreso tuttavia dagli abitanti di Tebe che il Faraone Tutankhamon era debole e malaticcio e che una misteriosa malattia consumava il suo corpo. Sembrava che la guerra di Siria avesse logorato tutta la sua forza. Ogniqualvolta giungeva la notizia di una vittoria di Horemheb, il Faraone si ammalava. Dopo una sconfitta si riaveva immediatamente e si rialzava dal letto. Questo, si vociferava, aveva tutta l'apparenza di un sortilegio, e chiunque avesse gli occhi un po' aperti poteva accorgersi che la salute del Faraone era strettamente collegata con la campagna di Siria.

Col passare del tempo Eie divenne sempre più impaziente e non faceva che tempestare Horemheb costantemente con lo stesso messaggio: "Non puoi far cessare questa guerra e ridar la pace all'Egitto? Io sono ormai vecchio e stanco di aspettare. Vinci, Horemheb, e riportaci la pace perché io possa ottenere la ricompensa che mi spetta, e a mia volta provvederò affinché tu riceva la tua ».

Per questo motivo non fui affatto sorpreso allorché, terminata la guerra, e mentre veleggiavamo a monte del fiume trasportati da navi da guerra tappezzate di stendardi, ci raggiunse la notizia che il Faraone Tutankhamon era salito nell'aurea barca di suo padre Ammon per far vela verso il Paese d'Occidente. Si disse che Tutankhamon era stato colto da un attacco gravissimo il giorno in cui si era sparsa la voce a Tebe della caduta di Megiddo e della conclusione della pace. L'origine di quella malattia fatale fu causa di grandi discussioni tra i medici della Casa della Vita. Alcuni sostennero che egli aveva lo stomaco annerito a forza di veleno, ma nessuno seppe mai con certezza la vera causa di quella morte. Il popolo mormorava che fosse morto in un accesso della sua stessa cattiveria quando aveva saputo che la guerra era terminata, poiché la sua gioia maggiore era stata quella di veder soffrire l'Egitto.

Io so una cosa sola: che nell'apporre il proprio sigillo in calce al trattato di pace, Horemheb uccise il Faraone né più né meno che se gli avesse conficcato un coltello nel cuore. La pace era ciò che Eie aspettava per spazzare Tutankhamon dal suo cammino e salire sul trono come "Re della Pace".

Fummo costretti a impiastricciarci la faccia e ad ammainare i gai pennoni delle nostre navi, e Horemheb, furibondo di collera, slegò e scagliò nel fiume i corpi dei comandanti siriaci e hittiti, che, secondo l'usanza dei grandi Faraoni, egli aveva fatto appendere a testa in giù dalla prora della sua nave. Aveva lasciato in Siria i suoi topacci di palude a riportar pace nel paese e a rimpinzarsi del grasso della terra dopo tutte le sofferenze e le tribolazioni della campagna bellica. Ma la sua marmaglia — i suoi manigoldi — li aveva riportati in patria con sé, per celebrare la pace a Tebe. Anche costoro erano feroci e maledicevano Tutankhamon, che persino nella morte era riuscito a distruggere il loro piacere.

Anch'io ritornai così a Tebe, deciso a non lasciarla mai più. I miei occhi avevano veduto anche troppo della cattiveria umana, e non vi era più nulla di nuovo per me sotto il vecchio sole. Decisi di restare a chiudere i miei giorni in povertà nella casa del fonditore di rame. Tutte le ricchezze che avevo accumulate in Siria le avevo spese in sacrifici in onore di Aziru, poiché erano beni che non desideravo conservare. Essi puzzavano di sangue, alle mie nari, e non ne avrei certamente ricavata alcuna gioia.

Eppure la mia misura non era ancora colma. Doveva essermi affidato un compito che non desideravo affatto e che mi avrebbe riempito di spavento. Ma non potei sottrarmici, e ancora una volta, dopo soli pochi giorni, dovevo lasciare Tebe. Eie e Horemheb avevano creduto di aver tessuto la loro trama e di avere portato ad esecuzione i loro piani con grande sagacia, riuscendo così ad unificare il potere nelle loro mani; ma questo potere scivolò loro di tra le dita prima ancora che essi se n'accorgessero, e il destino dell'Egitto restò sospeso al capriccio di una donna.

LIBRO XV

HOREMHEB

I.

In conformità al patto stretto da Horemheb, Eie doveva essere incoronato Faraone non appena terminate le esequie in onore di Tutankhamon. Egli perciò affrettò l'imbalsamazione e fece sospendere ogni ulteriore lavoro alla tomba, che rimase piccola e insignificante in paragone a quelle dei grandi Faraoni. In virtù di quello stesso accordo, egli si era impegnato a costringere la Principessa Baketamon a sposare Horemheb, permettendo in tal modo a quest'ultimo di accampare pretese legittime al trono dopo la morte di Eie, nonostante la sua bassa origine. Eie aveva predisposto con i sacerdoti che, non appena terminato il periodo di lutto, e quando Horemheb fosse giunto a celebrare la festività della vittoria, la Principessa Baketamon dovesse comparire dinanzi a Horemheb in veste di Sekhmet, nel tempio di Sekhmet, e che ivi ella si concedesse a lui affinché la loro unione fosse benedetta dagli dèi e affinché lo stesso Horemheb diventasse divino. Questo era il progetto di Eie, ma la Principessa, con molta preveggenza e molta accortezza, aveva architettato un piano di sua iniziativa, in cui so per certo che ella fu incoraggiata dalla Regina Nefertiti. La Regina Nefertiti odiava Horemheb, e sperava a sua volta di divenire, subito dopo Baketamon, la donna più potente d'Egitto.

Tanto empio e tanto iniquo era questo piano che soltanto l'astuzia di una donna perversa poteva concepirlo. E nonostante la sua incredibilità esso fu sul punto di avverarsi. Soltanto quando questo progetto fu noto si poté spiegare la magnanimità degli Hittiti, dimostrata nelle loro profferte di pace, nella resa di Megiddo e della terra di Amurru, e in altre concessioni da loro fatte.

Dopo la morte del marito e dopo la sua forzata sottomissione ad Ammon, la Regina non aveva mai potuto sopportare il pensiero di essere stata allontanata dal trono, divenendo in tal modo una delle tante dame di corte. Era ancora bellissima, benché la sua bellezza richiedesse ormai le cure più meticolose per essere conservata. Ella conquistò a sé molti nobili Egiziani che ronzavano come fuchi intorno alla corte e al suo Faraone senza consistenza. Intelligente e accorta com'era, seppe guadagnarsi anche l'amicizia della Principessa Baketamon, di cui accese la innata alterigia fino a far divampare in vera e propria follìa quello che era stato in origine soltanto uno sconfinato orgoglio. La Principessa divenne talmente arrogante che non sopportava più neanche il più piccolo contatto con un comune mortale qualsiasi, al punto da non permettere nemmeno che qualcuno osasse attraversare la sua ombra. Si era mantenuta vergine, nel convincimento che nessun uomo d'Egitto era degno di lei, e già aveva superata l'età normale di andare a nozze. La verginità le era andata al cervello, ma io credo che forse un buon matrimonio sarebbe valso a guarirla.

Nefertiti persuase Baketamon che ella era nata per compiere grandi cose, per liberare l'Egitto dalle mani di usurpatori di bassa origine. Le parlò della Grande Regina Hatshepsut, la quale si legava sotto il mento una barba regale, si cingeva di una coda leonina e aveva governato l'Egitto dal trono dei Faraoni. Ella dichiarava inoltre che la bellezza di Baketamon assomigliava a quella della Grande Regina.

Le parlava anche sempre molto male di Horemheb, sinché la Principessa nel suo virgineo orgoglio incominciò a temerlo come un uomo d'infima nascita che probabilmente l'avrebbe posseduta con rozzezza militare insozzando il suo sangue sacro. Io invece credo che Baketamon fosse segretamente affascinata da quella sua rozza forza; ella lo aveva guardato anche troppo, e lo sguardo di lui l'aveva infiammata, per quanto non volesse ammettere questo nemmeno a se stessa.

Nefertiti non ebbe alcuna difficoltà a esercitare la propria influenza sulla Principessa allorché, mentre la campagna di Siria si approssimava alla fine, i piani di Eie e di Horemheb apparvero sempre più evidenti. Io non ritengo che Eie abbia cercato di nascondere i suoi propositi alla propria figlia Nefertiti, ma costei odiava il padre, perché, dopo essersi servito di lei finché ella gli aveva fatto comodo, l'aveva poi gettata in un canto tenendola celata nella casa aurea perché ella era la vedova del Faraone maledetto. Bellezza ed intelligenza assommate in una donna cui gli anni hanno indurito il cuore sono doti pericolose, più pericolose di spade sguainate, più distruttrici che non le falci di rame dei cocchi. La prova migliore di questo sta nel piano architettato da Nefertiti e nel quale ella persuase la Principessa Baketamon ad allearsi con lei.

Il complotto venne alla luce allorché Horemheb, da poco arrivato a Tebe, incominciò nella sua impazienza a ciondolare negli appartamenti della Principessa Baketamon nella speranza di vederla e di parlarle, benché ella si rifiutasse di riceverlo. Gli capitò così di vedere un messo hittita che chiedeva udienza alla Principessa, ed egli logicamente stupì che Baketamon ricevesse un uomo simile e gli concedesse per giunta un colloquio lunghissimo. Allora, di propria iniziativa, e senza consigliarsi con nessuno, fece arrestare questo Hittita, il quale era di modi alteri, e si rivolse a lui in termini usati soltanto da chi è molto sicuro della propria autorità.

Quindi Horemheb riferì questo fatto a Eie. Nottetempo essi forzarono l'ingresso alle stanze della Principessa, trucidarono gli schiavi che la vigilavano e scoprirono una certa corrispondenza che ella aveva celata nelle ceneri di un braciere. Impressionatissimi del contenuto di queste tavolette, imprigionarono Baketamon nelle sue stanze e predisposero un corpo di vigilanza sia davanti all'ingresso dei suoi appartamenti sia dinanzi a quello di Nefertiti. Quella stessa notte vennero alla casa del fonditore di rame, che Muti aveva fatto ricostruire col danaro di Kaptah; vi giunsero in portantina comune, a viso coperto. Muti li fece entrare borbottando scontrosamente quando le ordinarono di svegliarmi. Io però non dormivo; da quando avevo assistito agli orrori di Siria stentavo sempre a prender sonno. Mi alzai dal mio giaciglio mentre la brava vecchia stava ancora brontolando, e dopo avere accese alcune lampade, ricevetti questi stranieri nel convincimento che avessero bisogno dei miei servigi di medico.

Ma quando vidi chi erano stupii, e non appena Muti, per mio cenno, ebbe portato del vino, la rimandai immediatamente a letto. Horemheb era talmente spaventato che avrebbe voluto ucciderla poiché Muti aveva veduto i loro volti e forse avrebbe potuto origliare e udire i loro discorsi. Non avevo mai veduto Horemheb così atterrito, e questo mi diede una soddisfazione enorme.

Dissi: « Non ti permetterò di ammazzare Muti; devi essere malato nel cervello per parlare così dissennatamente. Muti è una vecchia sorda che russa come un ippopotamo. Se tendi l'orecchio non tarderai ad udirla. Bevi dunque, e rassicurati che non hai bisogno di tremare per via di una povera vecchia ».

Horemheb mi rispose spazientito: « Non sono venuto qui a parlare di gente che ronfa, Sinuhe. Che importa una vita di più o di meno quando tutto l'Egitto è in preda a un pericolo mortale? È l'Egitto che tu devi salvare ».

Eie sottolineò le parole di Horemheb soggiungendo: « In verità l'Egitto corre un pericolo di morte, Sinuhe... e anch'io sono direttamente minacciato! Mai prima d'ora un rischio più grave ha minacciato il nostro paese; e noi nella nostra disperazione ci rivolgiamo a te ».

Ebbi un riso amaro e mostrai le mie mani vuote. Horemheb mi tese, perché le leggessi, alcune tavolette d'argilla del Re Shubbiluliuma, nonché varie copie delle lettere che la Principessa Baketamon gli aveva inviate prima della conclusione della guerra. Dopo averle lette non ebbi più alcun desiderio di ridere e il vino nella mia bocca perdette ogni sapore. Ecco quel che aveva scritto la Principessa Baketamon:

"Io sono figlia di Faraoni, e nelle mie vene scorre il sangue sacro. Non vi è in tutto l'Egitto alcun uomo degno di me. Ho inteso dire che tu hai molti figli. Mandami un figlio tuo affinché io possa spezzare la giara con lui, e questi governerà al mio fianco su tutta la terra d'Egitto".

Il tenore di questa lettera era talmente inverosimile che il cauto Shubbiluliuma non volle credervi, e per tramite di un messo segreto aveva mandato a chieder conferma, mediante un'inchiesta sospettosa, circa queste condizioni. In una susseguente lettera Baketamon reiterava l'offerta assicurando che tanto i nobili egiziani quanto i sacerdoti di Ammon erano dalla sua parte. Di fronte a queste attestazioni Shubbiluliuma si era persuaso della sincerità della Principessa e si era affrettato a firmare la pace con Horemheb, e anzi già stava preparando ad inviare in Egitto il proprio figlio Shubattu. Era stato concordato che Shubattu sarebbe partito da Kadesh in un giorno augurale, con moltissimi doni per Baketamon. Secondo l'ultima tavoletta d'argilla inviata, il giovane Principe era già in viaggio per l'Egitto col proprio seguito.

« Per tutti gli dèi della nostra terra! », esclamai stupefatto. « E come volete che vi aiuti? Io non sono che un medico e non posso costringere il cuore di una donna pazza a pendere in favore di Horemheb ».

Ma Horemheb mi rispose: « Tu ci hai aiutati una volta, e chi una volta ha preso in mano il remo deve seguitare a remare, che lo voglia o no. Tu devi muovere incontro al Principe Shubattu e devi fare in modo che non raggiunga mai il nostro paese. Non so come riuscirai in questo e non desidero saperlo. Ti dico soltanto che non possiamo assassinarlo apertamente poiché ciò comporterebbe un altro conflitto con gli Hittiti: per questo preferisco essere io a scegliere il momento opportuno ».

Le sue parole mi spaventarono e le ginocchia incominciarono a tremarmi. Il mio cuore si mutò in acqua, e la mia lingua incespicava mentre dicevo: « Benché sia vero che una volta vi ho aiutati, l'ho fatto non soltanto per il bene dell'Egitto ma anche per il mio. Questo Principe non mi ha recato alcun male, io l'ho veduto una volta sola, sull'ingresso della tua tenda, il giorno della morte di Aziru. No, Horemheb, tu non farai di me un assassino. Preferirei morire, poiché non esiste un delitto più vergognoso di questo. Quando ho somministrato il veleno al Faraone Akhenaton ho agito per il suo bene; egli era ammalato, e io gli ero amico ».

Horemheb si corrucciò e si percosse la coscia con la frusta, ed Eie disse: « Sinuhe, tu sei un uomo saggio e devi capire che non possiamo perdere un intiero regno sotto il letto di una donna capricciosa. Credimi, non c'è altro mezzo. Il Principe deve morire prima di giungere in Egitto... che poi sia per disgrazia o per malattia non m'importa. Devi muovergli incontro nel deserto del Sinai; tu ti recherai da lui per ordine della Principessa Baketamon, in qualità di medico, con la scusa di auscultarlo e di accertarti che sia in condizioni di adempiere i suoi doveri di marito. Egli accetterà facilmente questa versione e ti riceverà di buon grado, muovendoti molte domande intorno a Baketamon. Anche i Principi sono esseri umani, e suppongo che egli sarà curiosissimo di sapere per quali mezzi di magìa l'Egitto spera di legarlo a sé. Sinuhe, il tuo compito sarà facile, e tu non disprezzerai i doni che la sua attuazione ti elargirà, poiché essi faranno di te un uomo ricco ».

Horemheb disse: « Scegli subito, Sinuhe, tra la vita e la morte, poiché se rifiuterai non potremo permettere che tu continui a vivere, adesso che sai troppe cose, anche se tu fossi cento volte mio amico. Il nome che ti diede tua madre è di cattivo augurio, e già troppo conosci dei segreti dei Faraoni. Basterebbe una sola parola perché io ti squarci la gola da parte a parte... ancorché lo farei a malincuore, poiché tu sei il mio agente migliore e noi non possiamo affidare questo compito a nessun altro. Tu sei legato a noi da un comune delitto, e anche questo nuovo crimine noi divideremo con te... se tuttavia si può chiamare crimine liberare l'Egitto dalla prepotenza degli Hittiti e dalla follìa di una donna malvagia ».

E così fu che io mi trovai impigliato nelle maglie di una rete che le mie stesse azioni avevano annodate, e di cui non mi era possibile spezzare neppure un solo filo. Io avevo legato per sempre il mio destino alla sorte di Eie e a quella di Horemheb.

« Tu sai benissimo che io non temo la morte, Horemheb », dissi nel vano tentativo di far coraggio a me stesso.

Scrivo per me senza tentar di apparire migliore di quello che sono. A mia vergogna devo confessare che quella notte il pensiero della morte mi riempiva di terrore, soprattutto perché essa incombeva su di me con tanta imminenza. Pensavo al volo sfrecciante delle rondini sul fiume e al vino del porto, pensavo all'oca che Muti faceva arrostire alla maniera tebana, e improvvisamente la vita mi apparve dolcissima. Pensavo anche all'Egitto e riflettevo che il Faraone Akhenaton aveva dovuto morire affinché l'Egitto potesse vivere e affinché Horemheb allontanasse la minaccia hittita con la forza delle armi. E nondimeno Akhenaton era stato mio amico: invece questo Principe di una terra straniera mi era del tutto ignoto, e probabilmente egli aveva compiuto nel corso della guerra chi sa quali misfatti che gli facevano meritare mille morti. Perché avrei dovuto esitare ad assassinarlo per salvare ancora una volta l'Egitto, dal momento che già Akhenaton era morto di mia mano?

Risposi: « Posa il tuo coltello, Horemheb, poiché la vista di un coltello appuntito mi irrita. Sarà come tu vuoi. Io salverò l'Egitto dalla prepotenza degli Hittiti, per quanto come ci riuscirò ancora non vedo. Con tutta probabilità perderò la vita in questo tentativo, poiché gli Hittiti mi ammazzeranno certamente se il loro Principe muore. Ma poco m'importa della mia vita, e d'altronde non desidero che gli Hittiti governino in Egitto. Mi assumo quest'incarico non certo in cambio di doni o di belle promesse, ma perché questo misfatto era scritto nelle stelle prima della mia nascita e non posso sottrarmici. Ricevete le vostre corone dalle mie mani, Horemheb ed Eie; ricevete le corone che tanto desiderate e benedite il mio nome, poiché io, un medico oscuro, vi ho inalzato al trono dei Faraoni! ».

Nel dire questo provai una gran voglia di ridere. Riflettevo che il sacro sangue molto probabilmente scorreva proprio nelle mie vene e che forse ero io solo l'erede legittimo del trono dei Faraoni, mentre Eie non era in origine che un sacerdote del sole di grado inferiore e i genitori di Horemheb puzzavano di bestiame e di formaggio. In quel momento li vedevo come erano in realtà: due ladroni che spogliavano il corpo morente dell'Egitto, due fanciulli che giocavano con le corone e gli emblemi del potere, talmente incatenati e impastoiati dalle loro ambizioni che mai avrebbero potuto possedere la felicità vera.

Dissi a Horemheb: « Horemheb, amico mio, una corona pesa molto. Tu imparerai ciò in un giorno torrido, quando verso sera gli armenti scenderanno verso le rive del fiume a bere e le voci intorno a te si taceranno ».

Ma Horemheb replicò: « Fa presto e vattene. Una nave ti aspetta, e tu devi incontrare Shubattu nel deserto del Sinai prima ch'egli possa raggiungere Tanis col suo seguito ».

E così me ne partii ancora una volta da Tebe, all'improvviso e di notte. Salii sulla più veloce nave di Horemheb, portando con me la mia cassetta di medicinali, un po' di vino e i resti dell'oca arrostita che Muti mi aveva servita per cena.

2.

E ancora una volta fui solo, in preda a una solitudine ignota ad ogni altro uomo, poiché non vi era alcuno cui io potessi rivelare i miei più intimi pensieri, non vi era alcuno cui io potessi dischiudere il segreto che, se fosse stato reso noto, avrebbe provocato la morte di migliaia di persone. Dovevo perciò essere più cauto di un serpente, ed ero inoltre stimolato dal pensiero che se fossi stato colto in flagrante avrei sofferto una morte spaventosa per mano degli Hittiti.

Fui vivamente tentato di abbandonare l'impresa e di cercar riparo in qualche luogo remoto, come il mio omonimo Sinuhe della leggenda, e lasciare che il destino dell'Egitto si compisse. Se avessi agito di conseguenza, forse il corso degli eventi sarebbe stato mutato e il mondo oggi sarebbe diverso. Tuttavia ora che sono vecchio mi rendo conto che tutti i governanti sono sostanzialmente gli stessi e tutte le nazioni uguali. Poco importa chi governa o quale nazione opprima l'altra, giacché in ultima analisi è sempre il povero che soffre.

Ma poiché ero debole non fuggii. Quando un essere mortale è debole, si lascia trascinare persino a commettere un misfatto piuttosto che prendere una decisione di propria iniziativa.

Il Principe Shubattu doveva dunque morire. Seduto sotto la tenda dorata, con una giara di vino accanto, ruminavo un metodo di uccisione che potesse rimanere segreto, in modo da non compromettere né l'Egitto né me. Ma non era un compito facile, perché certamente il principe viaggiava in gran pompa come si addiceva al suo rango. Inoltre gli Hittiti, sospettosi di natura, dovevano certamente tenere gli occhi bene aperti a vigilarlo. Anche se lo avessi incontrato solo nel deserto non avrei certo potuto ucciderlo coi soliti sistemi, poiché spade e lance lasciano tracce, e il crimine sarebbe stato immediatamente scoperto. Riflettevo se forse mi sarebbe stato possibile attirarlo a cercarmi col basilisco del deserto, i cui occhi sono di pietra verde, per scagliarlo poi in un crepaccio, facendo credere che vi era scivolato e che vi si era rotto l'osso del collo; ma era un piano infantile, poiché non potevo in alcun modo esser certo di rimaner solo con lui. In quanto al veleno, gli Hittiti erano sempre circondati da uno stuolo di coppieri che assaggiavano sia il cibo sia le bevande prima che venissero servite, cosicché anche questo era un mezzo da scartare.

Mi rammentai allora delle dicerie che correvano sui veleni segreti dei sacerdoti, custoditi nella casa aurea. Sapevo che era possibile inoculare veleno in un frutto ancor verde sul ramo, cosicché chiunque lo cogliesse e lo mangiasse, una volta maturo, ne moriva immediatamente. Vi erano anche rotoli che recavano una morte lenta a chi li apriva, e fiori il cui profumo era fatale, non appena i sacerdoti li avevano manipolati. Ma questi erano segreti della casta sacerdotale, e penso che molti di essi fossero pure e semplici invenzioni. Ma anche se fossero stati veri e io li avessi conosciuti, non avrei certo potuto avere a disposizione nel deserto alberi fruttiferi coltivati. Inoltre nessun principe hittita soleva aprire un rotolo, ma lo tendeva sempre al proprio scriba. Gli Hittiti poi non avevano la consuetudine di odorare fiori, ma erano soliti piuttosto abbatterne gli steli con le loro fruste e calpestarli sotto i piedi.

Mi rammaricavo di non avere al mio fianco per aiutarmi Kaptah con le sue mille astuzie, ma non potevo comunque coinvolgerlo in questa vicenda. D'altronde egli si trovava ancora in Siria a esigere il proprio avere. Chiamai a raccolta tutte le mie capacità inventive e tutta la mia scienza medica, poiché un dottore ha familiarità con la morte, e con gli elementi a sua disposizione egli può facilmente distribuire la morte ai propri pazienti così come facilmente ridona la vita. Se il Principe Shubattu fosse stato ammalato e mi avessero designato a curarlo, avrei potuto farlo morire con comodo, secondo tutte le leggi della medicina, e nessun medico che si rispettasse avrebbe condannato le mie cure, poiché dai tempi dei tempi il collegio dei medici ha sempre aiutato i propri adepti a lavare i loro panni sporchi tra di loro. Shubattu però non era ammalato, e nel caso lo fosse avrebbe certo chiamato al suo capezzale un medico hittita, non certo un Egiziano.

Ho esposto minutamente le mie riflessioni, per dimostrare quanto fosse pesante il compito che Horemheb aveva scaricato sulle mie spalle, ma ora dirò soltanto quello che ho fatto. Nella Casa della Vita di Menfi completai la mia provvista di medicinali, e nessuno stupì delle mie prescrizioni, poiché ciò che per un profano è veleno mortale può divenire nelle mani di un medico un rimedio miracoloso. Poi senza ulteriori indugi proseguii nel mio viaggio verso Tanis, dove noleggiai una lettiga e mi fu data dalla guarnigione una scorta di cocchi perché mi accompagnasse attraverso il deserto lungo la grande strada militare.

Le informazioni datemi da Horemheb si dimostrarono esatte. Incontrai Shubattu e il suo seguito a tre giorni di cammino da Tanis: erano accampati in prossimità di un pozzo. Anche Shubattu viaggiava in portantina per risparmiare le proprie forze, e aveva condotto con sé molti asini someggiati carichi di doni per la Principessa Baketamon. I cocchi pesanti assicuravano la tranquillità del viaggio, mentre i cocchi leggieri avanzavano in ricognizione sulla strada, poiché il Re Shubbiluliuma aveva raccomandato al Principe di stare preparato ad ogni possibile attacco di sorpresa, ben sapendo che la spedizione era tutt'altro che gradita a Horemheb.

Ma gli Hittiti mi dimostrarono grande cordialità e cortesia, e altrettanto fecero con gli ufficiali della mia modesta scorta, come è loro abitudine quando ricevono in dono ciò che non possono ottenere con la forza delle armi. Mi accolsero nell'accampamento che avevano preparato per la notte, e dopo aver aiutato gli ufficiali egiziani a inalzare le nostre tende, ci circondarono di numerose guardie, col pretesto che volevano difenderci dai predoni e anche contro i leoni del deserto, affinché potessimo riposare in pace. Allorché il Principe Shubattu seppe che ero stato inviato dalla Principessa Baketamon, la sua curiosità ebbe il sopravvento, e mi fece chiamare immediatamente alla sua presenza.

Era un giovane splendido, e adesso che non era ubriaco come quando lo avevo veduto la prima volta, aveva due occhi grandi, limpidissimi, e la felicità e l'impazienza avevano colorito il suo volto bruno. Aveva un naso nobile che assomigliava al becco di un uccello grifagno, i denti gli luccicavano come la chiostra di un animale selvatico, e come mi vide rise di piacere. Io gli porsi una lettera della Principessa Baketamon, falsificata da Eie, e tesi le mani al suo cospetto al livello del ginocchio, rendendogli ogni attestato di venerazione, come se già egli fosse il mio sovrano. Mi divertì moltissimo il notare che prima di ricevermi egli si era abbigliato alla foggia egiziana e adesso si trovava imbarazzato da quelle vesti alle quali non era abituato.

Mi disse: « Dal momento che la mia futura consorte ha avuto fiducia in te e tu sei il medico della famiglia reale, non ti nasconderò nulla. Quando un Principe si sposa si lega alla propria compagna. Il paese di mia moglie sarà il mio paese, le usanze egiziane diverranno le mie. Già hc cercato di adottarle, in modo da non giungere a Tebe del tutto straniero. Ardo dall'impazienza di vedere le meraviglie dell'Egitto di cui tanto mi hanno parlato, e d'impratichirmi dei suoi possenti dèi, che d'ora innanzi saranno pure i miei. Ma soprattutto sono impaziente di vedere la mia regale consorte, poiché per sua volontà io fonderò in Egitto una nuova razza di governanti. Parlami dunque di lei. Dimmi che statura ha, descrivimi l'ampiezza dei suoi fianchi come se già fossi Egiziano. Non nascondermi nessuna sua eventuale pecca, ma fidati di me come di un fratello, così come io mi fido di te ».

La sua fiducia era testimoniata da un gruppo di ufficiali che si trovavano dietro di lui con le spade sguainate e nei soldati che vigilavano presso l'entrata della tenda con le lance puntate verso la mia schiena. Io però finsi di non accorgermi di tutto ciò.

Mi chinai sino a terra dinanzi a lui e dissi: « La mia regale signora, la Principessa Baketamon, è tra le più belle donne d'Egitto. A causa del suo sangue sacro si è mantenuta vergine ancorché sia di qualche anno maggiore di te. La sua bellezza è senza tempo, il suo volto è simile alla luna, i suoi occhi sembrano fiori di loto. Come medico ti posso assicurare che i suoi fianchi sono adatti a partorire figli ancorché piuttosto stretti, come quelli di tutte le donne egiziane. Ella mi ha mandato ad incontrarti per accertarsi che il tuo sangue reale sia degno del suo e che tu possa adempiere i tuoi doveri di marito senza esserle causa di alcuna delusione; e ti attende con impazienza, non essendo mai stata in vita sua posseduta da uomo alcuno ».

Il Principe Shubattu gonfiò il petto e alzò i gomiti all'altezza delle spalle per mostrarmi i suoi bicipiti, e disse: « Le mie braccia sanno tendere l'arco più forte, e con la stretta dei miei ginocchi sono capace di stritolare un asino. In quanto alla mia faccia non ha il minimo difetto, come tu stesso puoi vedere, e io non so ricordarmi di quando sono stato malato ».

Io gli dissi: « In verità tu sei un giovane inesperto e ignorante delle usanze egiziane se credi che una Principessa egiziana possa essere paragonata a un arco da tendere o a un asino da soffocare tra le ginocchia. Su questo punto le cose sono assai diverse, ed è chiaro che io debbo darti alcune istruzioni intorno alle arti amatorie d'Egitto, per evitare che tu abbia a coprirti di ignominia agli occhi della Principessa. Ella è stata accorta davvero nel mandarmi a te affinché nella mia qualità di medico io ti inizi alle usanze d'Egitto ».

Le mie parole ferirono profondamente il Principe Shubattu, che era un giovane focosissimo e come tutti gli Hittiti estremamente fiero della propria virilità. I suoi ufficiali scoppiarono a ridere pazzamente, e questo lo irritò ancora di più. Si sbiancò di collera e prese a digrignare i denti, ma nei miei confronti cercò di conservare le soavi maniere egiziane, e mi disse con la maggior calma che poté: « Non sono un ragazzo così inesperto come tu sembri credere, e la mia lancia ha trapassato più di una pelle delicata! Io non credo che la tua Principessa sarà malcontenta delle arti del paese di Hatti ».

Io risposi: « Sono pronto a credere nella tua forza, o mio sovrano, ma devi esserti ingannato quando mi hai detto che non sai rammentarti di quando fosti malato l'ultima volta. Io sono medico e mi è facile capire dai tuoi occhi e dalle tue guance che sei malato attualmente e che certo ti tormenta un attacco di dissenteria ».

Non esiste essere umano che non finisca col credere di essere ammalato quando gli si dica e gli si ripeta con insistenza che lo è. In fondo al cuore tutti noi desideriamo di essere coccolati e curati. Lo sanno i medici di tutte le età, e questa loro consapevolezza li ha resi ricchi. Io avevo inoltre il vantaggio di sapere che le fonti desertiche contengono ranno vergine che scioglie gli intestini di quelli che non vi sono abituati.

Il principe Shubattu stupì delle mie parole ed esclamò: « Certo tu t'inganni, Sinuhe l'Egiziano, io non mi sento affatto malato, benché debba ammettere di avere effettivamente un poco di dissenteria, tanto che sono costretto ad accosciarmi continuamente lungo il ciglio della strada da quando ho iniziato il mio viaggio. Come tu riesca a capire questo, non so immaginare: certo devi essere più abile del mio medico personale, il quale non si è affatto accorto del mio disturbo ».

Si auscultò da sé, e tastandosi gli occhi e la fronte disse: « In verità sento infatti un bruciore agli occhi, dopo essere stato costretto a fissare per tutta la giornata la rossa sabbia del deserto. Anche la fronte ho calda, e non sto bene come vorrei ».

Gli dissi: « Sarebbe meglio che il tuo medico ti desse una medicina per calmarti lo stomaco e per procurarti un buon sonno. I disturbi gastrici prodotti dal deserto sono gravi, e so di parecchi Egiziani che ne sono morti durante la loro marcia verso la Siria. Nessuno è mai riuscito a scoprire l'origine di tali disturbi: alcuni dicono che essi provengono dai venti pestilenziali del deserto; altri ne incolpano l'acqua, altri ancora le locuste. Io non dubito che domani tu starai di nuovo bene e che potrai proseguire il tuo viaggio, purché il tuo medico ti prepari stasera una buona pozione ».

Egli prese a riflettere su quanto gli avevo detto: i suoi occhi si rimpicciolirono, e fissando i suoi capi mi disse con un sorriso di ragazzo dispettoso: « Tu mi preparerai quella pozione, Sinuhe. Certo tu devi essere più al corrente di queste strane malattie del deserto che non il mio medico di fiducia ».

Ma non mi lasciai prendere così facilmente in trappola. Alzai le mani in gesto di protesta e dissi: « Lungi da me una cosa simile! Non oserò mai prepararti rimedio alcuno. Se tu avessi a peggiorare getteresti tutta la colpa su di me e diresti che come Egiziano ho voluto farti del male. Il tuo medico di fiducia ti curerà bene come potrei curarti io, anzi, meglio. Egli conosce la tua costituzione ed è informato delle tue malattie precedenti. Basterà che ti somministri una semplice medicina astringente ».

Egli sorrise e rispose: « Credo che il tuo consiglio sia saggio. Ho intenzione di mangiare e di bere con te, affinché tu mi parli della mia regale consorte e delle usanze egiziane, e non ho nessuna voglia di seguitar a correre fuori ad accosciarmi dietro la tenda mentre tu mi parli ».

Fece chiamare a sé il proprio medico, che era un Hittita sospettoso e irritabile, ed avemmo insieme un consulto professionale. Allorché capì che io non avevo alcun desiderio di competere con lui, mi pigliò in simpatia e fece come io gli consigliavo. Preparò una medicina astringente di forza eccezionale, ch'io avevo le mie buone ragioni per prescrivere. Non appena fu pronta ne bevve un sorso dalla coppa prima di porgerla al Principe. Io sapevo che il Principe non era ammalato, ma desideravo che il suo seguito credesse che lo fosse. Desideravo inoltre chiudergli lo stomaco, affinché la pozione che mi proponevo di somministrargli non passasse troppo in fretta. Prima del pasto che egli aveva ordinato in mio onore, mi recai nella tenda e mi riempii lo stomaco di olio, vincendo la nausea che questo mi procurò, in modo da salvare la mia propria vita. Presi quindi una piccola giara di vino nella quale avevo mescolato il veleno. Questa giara, che avevo avuto cura di risuggellare, aveva la capacità di sole due coppe. Ritornai con questa alla tenda del Principe, sedetti sulla sua stuoia, e mangiai i cibi che gli schiavi mi ponevano dinanzi, e bevvi il vino che i suoi inservienti versavano nelle nostre tazze. Nonostante la nausea che mi tormentava, narrai storie spettacolose sui costumi egiziani per divertire il Principe e i suoi seguaci.

Il Principe Shubattu rise in uno sfavillìo di denti, mi diede una pacca sulla schiena e disse: « Sei proprio un tipo spassoso,

Sinuhe, benché tu sia Egiziano, e quando mi sarò stabilito in Egitto ti eleggerò a mio medico. Davvero che mi scompiscio dalle risate e dimentico il mio malanno quando odo quel che mi racconti delle pratiche matrimoniali egiziane, per quanto io ritenga che gli Egiziani le abbiano adottate unicamente per evitare di generare figli. Io ho intenzione di insegnare all'Egitto molte pratiche hittite, e nominerò i miei ufficiali governatori regionali — cosa che ritengo assai utile per l'Egitto — non appena avrò dato alla Principessa quel che le spetta ».

Si batté le ginocchia, ed essendo ormai alquanto esaltato dal vino rise, e disse: « Francamente vorrei che la Principessa giacesse già sulla mia stuoia, poiché i tuoi racconti mi hanno grandemente infiammato, Sinuhe, e io sento che saprò assai presto farla gemere d'estasi. Per tutti i firmamenti celesti e per la Terra Madre! Non appena il paese di Hattı e l'Egitto saranno riuniti, non esisterà alcuna nazione al mondo capace di resistere alla nostra potenza, e noi raccoglieremo sotto il nostro dominio i quattro punti della terra. Occorre però che l'Egitto si sazi prima di ferro e di fuoco finché ogni uomo che vi abita si convinca che la morte è migliore della vita: e questo succederà presto, molto presto! ».

Alzò la propria coppa e bevve offrendo libagioni alla Terra Madre e ai vari firmamenti finché non ebbe il calice vuoto. Intanto tutti gli Hittiti si erano alquanto ubriacati, e le mie storielle allegre avevano dissipato la loro diffidenza.

Approfittai dell'occasione per dire: « Non vorrei offendere né te né il tuo vino, Shubattu, ma è chiaro che tu non hai mai gustato vino egiziano. Se lo avessi fatto, qualsiasi altro vino ti sembrerebbe più insipido dell'acqua. Perdonami dunque se bevo del vino mio, poiché questo soltanto riesce a farmi ubriacare, ed è appunto per ciò che lo porto sempre con me ai banchetti offertimi dai forestieri ».

Scossi la mia giara e ruppi il sigillo sotto i suoi occhi, e fingendo ubriachezza versai il vino nella mia coppa in modo da spanderlo a terra. Bevvi ed esclamai: « Ah, questo è il vino di Menfi, vino delle piramidi che si paga in oro, forte, dolce, inebriante, senza paragoni al mondo! ».

Era effettivamente vino forte e buono e io lo avevo mescolato con mirra, cosicché tutta la tenda ne fu profumata non appena ebbi aperta la giara, ma pur nel sapore del vino e della mirra avvertii il gusto aspro della morte. Mentre bevevo ne lasciai sgocciolare molto appositamente lungo il mento, ma gli Hittiti attribuirono questo alle mie condizioni alticce.

Il Principe Shubattu era un giovane curioso: porgendomi la

sua coppa mi disse: « Io non sono forestiero per te, domani sarò tuo signore e Faraone. Lasciami assaggiare il tuo vino, o altrimenti non crederò che sia buono come tu dici ».

Ma io mi strinsi al petto la giara e protestai: « Questo vino non basta per due, e io non ne ho altro da darti, mentre stasera appunto io desidero ubriacarmi poiché questo è un giorno di grande gioia per tutto l'Egitto e per la terra di Hatti. Iiha!... ».

Mi ero messo a ragliare come un asino e seguitavo a stringermi sempre più vicina al petto la giara di vino. Gli Hittiti raddoppiarono le loro risate e si batterono le ginocchia, ma Shubattu era abituato ad avere sempre tutto quello che desiderava; perciò mi pregò e supplicò di lasciargli almeno assaggiare il mio vino, sinché alla fine, dopo aver molto pianto, gli riempii la coppa vuotando sino all'ultima goccia la mia piccola giara. In verità non mi fu difficile piangere, tanto era il terrore che mi aveva assalito in quel momento.

Allorché Shubattu ricevette il vino si guardò attorno quasi fosse stato preso da un presentimento improvviso. Poi secondo l'usanza hittita mi tese la coppa dicendo: « Onora il mio calice, poiché tu mi sei amico, e io ti renderò un favore uguale ».

Disse questo perché non voleva apparire sospettoso e gli seccava tendere al coppiere il vino perché lo assaggiasse. Io ne bevvi una lunga sorsata, al che egli vuotò la tazza, si gargarizzò col vino, e parve voler auscultare il proprio corpo con la testa inclinata da un lato. Quindi disse: « In verità il tuo vino è forte, Sinuhe! Esso mi sale alla testa come fumo e mi brucia lo stomaco peggio del fuoco, però ti lascia in bocca un sapore amaro; perciò mi risciacquerò la bocca con vino delle montagne ».

Si riempì il calice del proprio vino, e lo ingollò d'un solo fiato spazzando così quello contenente il veleno. Sapevo che la droga non avrebbe avuto efficacia sino al mattino seguente poiché i suoi intestini erano legati ed egli aveva mangiato copiosamente.

In quanto a me inghiottii quanto più vino mi fu possibile e finsi di essere in preda a una profonda ubriachezza. Tuttavia attesi che la metà di una clessidra si vuotasse prima di lasciarmi trasportare alla mia tenda, per il timore di risvegliare sospetti nell'animo degli Hittiti. Mi tenevo stretta la mia giara vuota affinché più tardi essi non potessero esaminarla. Non appena gli Hittiti, con molti scherzi triviali, mi ebbero messo a letto e mi ebbero lasciato solo, mi alzai di scatto. Mi misi un dito in gola e vomitai il veleno e l'olio protettivo. Così atroce era la mia paura che m'inondai di sudore e le ginocchia mi tremavano, anche perché forse il veleno mi aveva un poco attaccato. Per questo mi risciacquai lo stomaco più volte; bevvi pozioni purificatrici e vomitai ripetutamente, sinché alla fine diedi di stomaco per semplice spavento senza l'aiuto di emetici.

Solo quando fui divenuto inerte come uno straccio bagnato risciacquai la giara, la spezzai, e ne seppellii i cocci nella sabbia. Dopo di ciò giacqui senza forze, tremando di terrore e in preda agli effetti del veleno. Per tutta la notte i grandi occhi di Shubattu mi fissarono; mi vedevo davanti la sua faccia, e non riuscivo a dimenticare il suo riso orgoglioso e spensierato e i suoi denti abbaglianti.

3.

L'orgoglio hittita mi venne in soccorso. Il mattino seguente, allorché il Principe Shubattu si sentì indisposto, non volle ammetterlo e tanto meno volle differire il viaggio a causa dei dolori che gli attanagliavano lo stomaco. Salì in portantina protestando di sentirsi benissimo, benché questo gli costasse uno sforzo enorme. Il viaggio si protrasse dunque per tutta la giornata, e quando io superai la sua lettiga egli mi salutò con un cenno della mano cercando di sorridermi. Il suo medico gli somministrò due volte medicine astringenti e calmanti, aggravando in tal modo le sue condizioni poiché questo permise al veleno di esercitare il proprio effetto sino in fondo. Infatti una purga potente sarebbe forse riuscita ancora a salvargli la vita.

Nel pomeriggio egli cadde in un coma profondo. Gli si strabuzzarono gli occhi, la sua faccia tesa assunse un pallore giallognolo, riempiendo di spavento il cuore del suo medico che mi supplicò di venirgli in aiuto. Quando io constatai quella situazione disperata non ebbi bisogno di simulare terrore, poiché esso era più che reale e mi raggelava, nonostante la calura del giorno. Del resto mi sentivo già male per effetto del veleno. Dissi che sapevo essere quelli i sintomi del morbo desertico, di cui avevo preavvertito Shubattu la sera precedente e di cui gli avevo letti i segni sul viso, ancorché egli non avesse voluto prestarmi ascolto.

La carovana si fermò e noi lo curammo sul posto, nella portantina stessa, somministrandogli stimolanti e droghe purificatrici e ponendogli sul petto pietre riscaldate. Io ebbi sempre cura che fosse soltanto il medico hittita a mescolare e a somministrare le droghe, costringendole a stento entro i denti serrati del Principe. Sapevo che sarebbe morto e desideravo con i miei consigli rendere il suo trapasso quanto meno doloroso mi fosse stato possibile, poiché non ero in grado di fare altro per lui.

Allorché giunse la sera lo trasportammo nella sua tenda. Gli Hittiti si raccolsero all'aperto a gemere a voce alta: si strapparono le vesti, si cosparsero il capo di cenere, si ferirono con coltelli. Erano in preda a un terrore mortale, sapendo che il Re Shubbiluliuma non avrebbe mai avuto pietà di loro se il Principe fosse morto mentre si trovava in loro custodia. Io rimasi col medico hittita al capezzale del Principe, e vidi quell'aitante giovinezza, tanto robusta e felice soltanto il giorno innanzi, distruggersi in pallore e bruttezza sotto i miei occhi.

Il medico hittita, in preda al sospetto e alla disperazione, non faceva che esaminare continuamente il suo stato, ma i suoi sintomi non erano diversi da quelli di un grave ma comune disturbo gastrico. Nessuno pensò al veleno, dal momento che io avevo bevuto dalla sua stessa coppa e il medesimo vino. Avevo condotto a termine l'incarico che mi era stato affidato con notevole astuzia e con grande vantaggio per l'Egitto; e tuttavia non provavo alcun orgoglio nell'assistere alla morte del Principe Shubattu.

Il giorno seguente egli riprese conoscenza. Coll'approssimarsi della morte incominciò a invocare sommessamente la madre, come un bambino ammalato. A voce bassa, lamentosa, gemeva: « Madre, madre! O mia bellissima madre! ». Ma non appena i dolori attanaglianti lasciavano per un poco la presa sulle sue viscere, il suo volto si accendeva di un sorriso giovanile ed egli si rammentava di essere di sangue reale.

Chiamò a raccolta i suoi ufficiali e disse: « Non permettete che alcuno sia biasimato per la mia morte, poiché essa è venuta a me nell'aspetto del morbo desertico, ed io sono stato curato dal miglior dottore della terra di Hatti e dal più eminente medico egiziano. Le loro arti non sono valse a guarirmi, poiché è volere dei firmamenti e della Terra Madre che io debba morire, e per certo il deserto non è retto dalla Terra Madre ma dagli dèi d'Egitto, ed esso esiste per proteggere l'Egitto. Gli Hittiti non devono tentare di superare il deserto, poiché la mia morte è un segno premonitore di ciò, così come la sconfitta dei nostri cocchi nel deserto fu un avvertimento anche se noi non ce ne siamo curati. Quando io sarò morto, offrirete ai medici che mi hanno curato un dono degno di me. E tu, Sinuhe, porta i miei omaggi alla Principessa Baketamon e dille che io la sciolgo dalla sua promessa e provo grande dolore al pensiero che non potrò condurla sul suo letto nuziale, per la mia e per la sua gioia. Recale questo messaggio, poiché mentre muoio la vedo aleggiare nei miei sogni come una principessa delle favole, e muoio con negli occhi la sua bellezza senza tempo, ancorché io non l'abbia mai veduta ».

Se n'andò col sorriso sulle labbra, poiché la morte sopraggiunge a volte come una benedizione dopo una lunga agonia, e i suoi occhi prima di estinguersi contemplarono strane visioni. Io lo osservavo tremando, dimentico della sua razza, della sua favella, del colore della sua pelle; mi rammentavo soltanto che egli, mio simile, moriva per mia mano e per colpa della mia malvagità. Per quanto incallito dagli spettacoli di morte di cui ero stato testimone durante la mia già lunga vita, il mio cuore non poté fare a meno di fremere dinanzi al trapasso del Principe Shubattu, e le lagrime mi irrorarono le guance.

Gli Hittiti posero il suo corpo in vino forte e miele per poterlo trasportare sino alle tombe regali, dove aquile e lupi vegliavano il sonno eterno dei re. Essi furono colpiti dal mio dolore, e su mia richiesta testimoniarono di buon grado su una tavoletta d'argilla che io non ero da ritenere in alcun modo responsabile della morte del Principe Shubattu, ma anzi avevo messo in opera tutte le mie arti per tentar di salvarlo. Attestarono ciò coi loro sigilli e col sigillo dello stesso Principe Shubattu, affinché nessun'ombra potesse profilarsi in Egitto sulla mia persona a causa della morte del loro signore. Essi infatti giudicavano l'Egitto dal loro punto di vista, e ritenevano che non appena io avessi riferito alla Principessa Baketamon la sorte toccata al Principe Shubattu ella mi avrebbe fatto immediatamente giustiziare.

Avevo così salvato l'Egitto dal pericolo hittita, e avrei dovuto rallegrarmene; ma ero lungi dall'essere lieto, anzi mi opprimeva con un'angoscia costante la sensazione che la morte mi seguisse alle calcagna: ero divenuto medico per guarire e dare la vita, ma mio padre e mia madre erano morti a cagione della mia malvagità, Minea era morta per colpa della mia debolezza, Merit e il piccolo Thoth erano periti per la mia cecità, e il Faraone Akhenaton per soddisfare il mio odio e placare i miei affetti e per la salvezza dell'Egitto. Tutti coloro che avevo amato erano periti di morte violenta... persino il Principe Shubattu che avevo finito per amare durante la sua mortale agonia. Ovunque andassi la maledizione mi accompagnava.

Ritornai a Tanis, a Menfi, e finalmente a Tebe. Diedi ordine che la mia nave si affrettasse ad attraccare al molo della casa aurea, e appena fui alla presenza di Eie e di Horemheb dissi loro: « La vostra volontà si è compiuta. Il Principe Shubattu è finito nel deserto del Sinai e nessun'ombra ricadrà sull'Egitto a motivo della sua morte ».

Nell'udire queste mie parole si rallegrarono grandemente. Eie si tolse dal collo la catena d'oro di reggitore dello scettro e la appese al mio, e Horemheb disse: « Riferisci anche questo alla Principessa Baketamon; se glielo dicessimo noi non ci crederebbe, ma penserebbe che sono stato io a farlo assassinare per gelosia ».

La Principessa Baketamon mi ricevette. Si era dipinta le guance e la bocca di rosso mattone, ma nei suoi scuri occhi ovali stava in agguato la morte.

Le dissi: « Il tuo prescelto, il Principe Shubattu, ti ha sciolta della tua promessa, prima di morire. Egli è perito nel deserto del Sinai, del morbo delle sabbie. Nessuna mia arte è valsa a salvarlo, né gli è giovata la perizia del medico hittita ».

Ella si tolse i cerchi d'oro che le ornavano i polsi e infilandoli nei miei disse: « Tu mi rechi una buona notizia, Sinuhe, e io te ne sono grata. Già sono stata iniziata quale sacerdotessa di Sekhmet, e la mia veste cremisi si sta approntando per la festa celebrativa. Tuttavia questo morbo delle sabbie non mi è che troppo noto, e so perfettamente che mio fratello Akhenaton, che io ho sempre amato con amore di sorella, è morto dello stesso male. Che tu sia dunque maledetto, Sinuhe... che tu sia maledetto per tutta l'eternità! Possa anche la tua tomba essere maledetta e che il tuo nome cada in perpetuo oblìo. Tu hai fatto del trono dei Faraoni una giostra di avventurieri, e nel mio sangue tu hai insozzato il sangue dei Grandi Re ».

Inchinandomi sino a terra dinanzi a lei protesi le mani e dissi: « Sia come tu dici ».

La lasciai, ed ella ordinò che i suoi schiavi spazzassero il pavimento, dopo che io me n'ero andato, dalla soglia della sua stanza sino all'ingresso della casa aurea.

4.

Frattanto il corpo di Tutankhamon era stato preparato per resistere alla morte, ed Eie fece in modo che i sacerdoti lo portassero prestamente verso il luogo del suo eterno riposo, che era stato scavato nella roccia nella Valle delle Tombe Regali. Egli recava seco molti doni, benché Eie si fosse tenuto per sé una gran parte del tesoro che Tutankhamon aveva destinato al suo seppellimento. Non appena l'ingresso alla tomba fu suggellato,

Eie dichiarò che il periodo di lutto era finito, ed Horemheb inviò i suoi cocchi a occupare le strade di Tebe.

Nessuno si ribellò allorché Eie fu incoronato Faraone, poiché il popolo era stanco, come è stanco un animale che è stato trapassato da colpi di lancia lungo un sentiero infinito. Nessuno discusse il suo diritto alla corona.

In tal modo Eie divenne Faraone. I sacerdoti da lui corrotti con doni innumerevoli lo unsero nel grande tempio con olio sacro, e il popolo gridò le sue lodi poiché egli fece distribuire a tutti pane e birra. E in quel tempo l'Egitto era diventato talmente povero che quelli erano ormai doni munifici. Ma molti si resero conto che da quel momento il vero reggitore dell'Egitto era Horemheb, e stupirono in silenzio che non raccogliesse egli stesso il potere nelle proprie mani anziché acconsentire che il vecchio e odiato Eie ascendesse il trono dei Faraoni.

Ma Horemheb ben sapeva quel che faceva, poiché il popolo non aveva ancora vuotata sino alla feccia la coppa delle sue sofferenze. Cattive nuove giunte dalla terra di Kush lo chiamarono in gran fretta a guerreggiare contro i Negri; quindi egli dovette riprendere il conflitto con gli Hittiti per la conquista della Siria. Per questo motivo appunto voleva che il popolo imputasse ad Eie i propri tormenti e le privazioni cui era sottoposto, perché esaltasse poi il nome di Horemheb quale vincitore e restauratore della pace.

Eie però non rifletté mai a questo, abbagliato dal potere e dallo scintillìo delle corone, di buon grado mantenne fede al patto da lui stretto con Horemheb nel giorno della morte di Akhenaton. I sacerdoti recarono la Principessa Baketamon, in gran pompa, al tempio di Sekhmet, dove l'abbigliarono della veste scarlatta e la elevarono sull'altare della dea. Horemheb giunse al tempio coi suoi uomini a celebrare la propria vittoria sugli Hittiti. Tutta Tebe gridò le sue lodi. Dopo aver distribuito catene d'oro e onorificenze tra i suoi uomini li licenziò. Quindi penetrò nel tempio, e i sacerdoti chiusero alle sue spalle le porte di rame. Sekhmet gli comparve dinanzi nelle sembianze della Principessa Baketamon, ed egli la prese. Era un guerriero e aveva atteso a lungo.

Quella notte tutta Tebe celebrò la festa di Sekhmet, e il cielo rifulse di vermiglio, nella luce delle lampade e delle torce. La marmaglia di Horemheb prosciugò tutte le taverne e infranse le porte delle case di piacere. All'alba i soldati si radunarono nuovamente dinanzi al tempio di Sekhmet per assistere all'uscita di Horemheb. Allorché le porte di rame si apersero ed egli avanzò nel sole, si misero a gridare forte e a bestemmiare in molte lingue, poiché Sekhmet era stata fedele alla sua testa di leonessa. La faccia, le braccia e le spalle di Horemheb erano tutte graffiate e sanguinanti come se una fiera lo avesse dilaniato coi suoi artigli. Ciò divertì immensamente gli uomini, ed essi lo amarono ancor più per questo; ma la Principessa Baketamon fu trasportata dai sacerdoti alla casa aurea senza che si mostrasse al popolo.

Questa fu la notte nuziale del mio amico Horemheb, e io non so che piacere vi abbia trovato. Poco dopo egli raccolse le proprie truppe e andò a mobilitare il suo esercito alla Prima Cateratta, in direzione di mezzogiorno, per marciare da laggiù sulla terra di Kush.

Accecato dal potere, Eie esultò e mi disse: « Non vi è nessuno nella terra di Kem che si elevi più alto di me, e ormai non m'importa se vivo o muoio: un Faraone non muore, ma vive in eterno! Io salirò sull'aurea barca del mio padre Ammon e veleggerò nei cieli verso occidente. Sono già vecchio, e i miei misfatti mi guatano nelle tenebre della notte. Sono lieto di non aver più a temere la morte ».

Ma io lo irrisi dicendo: « Tu sei un uomo vecchio e ti ritengo saggio. Come puoi credere che l'olio puzzolente dei preti ti abbia reso immortale in un batter d'occhio? Diadema regale o no, tu sei sempre quello. La morte ti raggiungerà presto, e la vita ti lascerà ».

Allora la bocca incominciò a tremargli e la paura gli luccicò negli occhi mentre egli diceva lamentosamente: « Ho dunque commesso tanti delitti invano? Invano ho seminata la morte intorno a me in tutti i giorni di mia vita? No, no... certamente tu sbagli, Sinuhe. I sacerdoti mi salveranno dagli abissi del nulla e salveranno il mio corpo per tutta l'eternità. Esso diverrà immortale poiché io sono Faraone, e per questo stesso motivo non posso essere ritenuto colpevole dei misfatti che ho commesso ».

Fu così che la sua ragione incominciò a vacillare, ed egli non ricavò alcuna gioia dal potere. Aveva talmente orrore della morte che si usava molti riguardi e non osava nemmeno più bere vino. Si cibava esclusivamente di pane secco e di latte bollito. Col passare del tempo sempre più grande si faceva in lui il terrore di eventuali assassini, e trascorrevano giorni intieri in cui non osava assaggiare cibo per tema di essere avvelenato. Nella sua tarda età si trovò impigliato nella rete dei suoi stessi crimini, e divenne talmente sospettoso e crudele che tutti lo evitavano.

Nel ventre di Baketamon germogliò un seme, e così furiosa fu la collera che la colse per questo che ella si rovinò nel tentativo di distruggere la creatura mentre questa ancora le cresceva in grembo. Ma la vita in lei fu più forte della morte e quando giunse il suo momento, ella generò a Horemheb un figlio, con un travaglio dolorosissimo, poiché i suoi fianchi erano stretti. Sia i medici che le schiave furono costretti a sottrarle il neonato nel timore che ella l'uccidesse. Molte dicerie corsero poi intorno a questa creatura; si sussurrò per esempio che fosse nato, chi diceva con una testa leonina, chi con in capo un elmo. Io posso testimoniare che si trattava invece di un bambino normalissimo, sano e robusto. Horemheb gli diede il nome di Ramsete.

Horemheb guerreggiava ancora nella terra di Kush e i suoi cocchi seminarono orribili stragi tra i Negri. Egli incendiò i loro villaggi di paglia e mandò le loro donne e i loro figliuoli schiavi in Egitto; gli uomini invece furono da lui inquadrati nel suo esercito, dove si dimostrarono valorosi guerrieri, ora che non avevano più famiglia e patria che distraessero la loro attenzione. In tal modo Horemheb creò un nuovo esercito con cui far fronte agli Hittiti, poiché questi uomini erano forti, e una volta spinti al parossismo dal fragore dei loro tamburi sacri, non temevano più la morte.

Dalla terra di Kush, Horemheb inviò pure in Egitto grosse mandrie; così il grano tornò a crescere rigoglioso nel paese di Kem, e ai bambini non mancò più il latte, e i sacerdoti furono nuovamente ben forniti di vittime sacrificali. Tribù intiere fuggirono dalle loro dimore di Kush entro la giungla — nelle regioni degli elefanti e delle giraffe — oltre le pietre miliari dell'Egitto, e per lunghi anni la terra di Kush rimase deserta.

Dopo due anni di guerra Horemheb ritornò a Tebe carico di bottino. Distribuì doni a tutti, e per dieci giorni e dieci notti si ebbero feste celebrative in onore della vittoria. Ogni lavoro fu interrotto, e i soldati ubriachi strisciavano per le strade belando come capre, e le donne di Tebe partorirono dopo il periodo consueto fanciulli bruni di pelle.

Horemheb prendeva spesso suo figlio tra le braccia e gli insegnava a camminare, e a me diceva con orgoglio: « Guarda, Sinuhe, una nuova razza di re è germogliata dai miei lombi, e nelle vene di mio figlio scorre il sangue sacro, ancorché io sia nato coi piedi coperti di letame ».

Andava pure da Eie, ma Eie in preda alle sue paure si chiudeva e si barricava nel suo appartamento e gli gridava dietro l'uscio con la sua voce stridula di vecchio: « Vattene via da me,

Horemheb! Io sono il Faraone e so che tu sei venuto per uccidermi e per porti le corone sul capo ».

Ma Horemheb rideva allegramente, spalancava la sua porta con un calcio e lo scuoteva dicendogli: « Non ho nessuna intenzione di ammazzarti, vecchia volpe! Ruffiano malandato, non ti toglierò certamente la vita, poiché tu mi sei più caro di un semplice suocero e la tua esistenza mi è preziosa. È vero che i tuoi polmoni fischiano, e tu perdi bava dalla bocca, e ti tremano le ginocchia... ma devi seguitare a tener duro, Eie! Bisogna che tu sopravviva a un'altra guerra, affinché l'Egitto possa avere un Faraone su cui riversare la propria ira mentre io sono lontano ».

Alla sua consorte Baketamon Horemheb recò doni sfarzosi: polvere d'oro in cesti intrecciati, teste di leoni da lui uccisi, piume di struzzo e scimmie vive.

Ma ella non volle neppure guardarli e disse: « Al cospetto degli uomini io sono tua moglie e ti ho generato un figlio. Accontentati di questo, e sappi che se oserai toccarmi ancora soltanto con un dito, io sputerò sul tuo giaciglio e t'ingannerò come nessuna moglie ha ancora ingannato il proprio marito. Per ricoprirti di vergogna prenderò il mio piacere con gli schiavi e gli scaricatori del porto e giacerò con gli asinai nelle pubbliche piazze di Tebe. Le tue mani e il tuo corpo puzzano di sangue e mi danno la nausea ».

I suoi ostinati rifiuti non valsero che ad infiammare il desiderio che Horemheb provava di lei; egli venne da me lamentandosi amaramente e mi disse: « Sinuhe, preparami una pozione che io possa darle per farla dormire, e soddisfarmi di lei almeno così ».

Io rifiutai, ma egli andò in cerca di altri medici che gli diedero droghe pericolose e che egli le somministrò in segreto. Allorché si alzò dall'amplesso con lei, Baketamon lo odiò ancora più selvaggiamente di prima e disse: « Ricordati ciò che ti ho detto; ricorda il mio avvertimento! ».

Di lì a poco Horemheb ripartì per la Siria a preparare la nuova campagna contro gli Hittiti, poiché come egli ebbe a dire: « I grandi Faraoni inalzarono in Kadesh le loro pietre confinarie e io non sarò soddisfatto finché i miei cocchi non saranno rientrati in Kadesh un'altra volta! ».

Allorché la Principessa Baketamon si accorse che un nuovo seme era tornato a germogliare in lei si chiuse nelle sue stanze nel desiderio di rimanere sola col proprio avvilimento. I servi erano costretti a lasciare il cibo fuori dell'uscio, e quando il giorno del parto si approssimò i dottori incominciarono a sorvegliarla di nascosto. Temevano che ella partorisse la creatura da sola e l'abbandonasse al fiume in una navicella di giunchi come facevano solitamente quelle madri che volevano sottrarsi alla vergogna di un parto disonorevole. Baketamon però non agì così: quando giunse il momento chiamò i suoi medici. Le doglie del parto recarono anzi il sorriso sulle sue labbra, ed ella generò un altro maschio, al quale, senza interrogare Horemheb, diede il nome di Setos; tanto disperatamente odiava anche quella seconda creatura che la chiamò Colui Che È Nato Da Set.

Non appena fu uscita di puerperio ordinò alle sue schiave di cospargerla d'unguenti e di abbigliarla di lino regale. Si fece traghettare sulla riva opposta e si recò da sola al mercato del pesce di Tebe. Qui giunta prese a parlare con asinai e acquaioli e pescivendoli ambulanti.

Ella disse a costoro: « Io sono la Principessa Baketamon: sono la consorte del grande generale d'Egitto, Horemheb. Io gli ho generato due figli maschi, ma egli è un uomo stupido e pigro e puzza di sangue. Non ho mai provato alcun piacere con lui. Venite e prendete piacere con me affinché io possa godervi, poiché le vostri mani ruvide e il vostro sano odore di sterco mi piace, così come mi piace pure il puzzo del pesce ».

Gli uomini del mercato stupirono a quelle sue parole. Uno strano timore li invase ed essi cercarono di sfuggirle. Ma ella li seguì con insistenza, e denudando dinanzi ad essi le sue forme stupende disse: « Non sono dunque bella? Perché esitate? Sappiate che anche se mi ritenete vecchia e brutta io non desidero da voi altro dono che una semplice pietra, e fate in modo che questa pietra corrisponda in grossezza alla somma di piacere che io vi do ».

Un fatto simile non era mai accaduto prima ai poveri uomini del mercato del pesce. I loro occhi si accesero alla vista della sua bellezza. Li attirava il lino regale della sua veste, e il profumo dei suoi balsami saliva ai loro umili cervelli.

Dissero tra loro: « In verità costei deve essere una dea che si rivela a noi per distribuirci i suoi favori. Male agiremmo se ci opponessimo ai suoi voleri, e il piacere che ella ci offre deve essere divino ».

Altri dissero: « Comunque il nostro piacere ci costerà poco, poiché persino le donne negre esigono almeno come minima ricompensa una moneta di rame. Certo deve essere una sacerdotessa che sta raccogliendo pietre con cui ricostruire un nuovo tempio a Bast, e noi compiremo un'azione accetta agli dèi se facciamo quanto ella ci comanda ».

La seguirono dunque tra i giuncheti in riva al fiume, dove ella li condusse per sottrarsi alla vista della folla. E laggiù durante tutta la giornata Baketamon diede piacere agli uomini del mercato, non defraudandoli di nessuna delizia ma anzi favorendoli con ogni arte. Molti le recarono grandi pietre come quelle che si comprano dai cavapietre ad alto prezzo, tanto forte valutavano il piacere che ella aveva dato loro.

Si dicevano l'un l'altro: « In verità non abbiamo mai incontrato una simile donna. La sua bocca è miele fuso, le sue mammelle sono mele mature, il suo amplesso è caldo come il letto di carboni su cui arrostiamo il nostro pesce ».

La supplicarono di tornare presto al mercato e le promisero di raccogliere per lei molte altre grosse pietre. Ella sorrise modestamente e li ringraziò della loro generosità e dell'immenso piacere che essi le avevano procurato. Quando alla sera ritornò alla casa aurea fu costretta a noleggiare un traghetto più robusto per trasportare di là del fiume tutte le pietre che aveva raccolte nel corso della giornata.

Il mattino seguente prese una barca più pesante, e dopo che le schiave l'ebbero portata dall'altra parte di Tebe ella le lasciò ad attenderla sul molo e si recò al mercato della verdura. Quivi parlò con gli agricoltori che erano venuti in città all'alba con i loro buoi e i loro asini, uomini le cui mani erano incallite dal lavoro dei campi, uomini dalla pelle ruvida e cotti dalle intemperie. Si rivolse anche agli spazzini, ai latrinai, alle guardie negre, adescandoli col denudare di fronte a loro la sua bellezza, cosicché questi abbandonarono i loro carichi di prodotti agresti, i loro bovi e i loro asini. Lasciarono le strade sporche e la seguirono tra le giuncaie dicendo: « Una tale grazia degli dèi non capita tutti i giorni a noialtri poveri. La sua pelle non è come quella delle nostre mogli, e il suo profumo è il profumo delle donne di nobile nascita. Saremmo pazzi a non accettare le voluttà che ella ci offre ».

Presero piacere con lei e le recarono pietre. I contadini divelsero i gradini delle taverne, e le guardie saccheggiarono le grandi pietre delle costruzioni faraoniche. Giunta la sera la Principessa Baketamon ringraziò modestamente tutti gli uomini del mercato della verdura per la loro generosità nei suoi riguardi e per la gioia che essi le avevano procurata. L'aiutarono a caricare la barca finché questa fu talmente piena di pietre che quasi affondava, e le schiave durarono molta fatica a trasportarla sulla riva opposta sino al molo della casa aurea.

Quella sera stessa tutta Tebe seppe che la dea dalla testa di gatta si era rivelata al popolo e aveva preso piacere con gli umili e i miserabili. Le più strane voci si sparsero per la città, poiché coloro che non credevano più negli dèi seppero trovare subito altre spiegazioni.

Il giorno seguente la Principessa Baketamon si recò tra gli uomini del mercato del carbone, e quella sera i giuncheti del fiume furono particolarmente calpestati e sporchi di fuliggine. Molti sacerdoti dei templi minori levarono aspre lagnanze, poiché i carbonai erano uomini empi, i quali non si preoccupavano affatto, pur di pagare il loro piacere, di divellere le grandi pietre delle mura sacre. Costoro si leccavano le labbra e si vantavano gli uni con gli altri dicendo: « In verità noi abbiamo gustato il paradiso. La sua bocca si è sciolta nelle nostre bocche, le sue poppe erano nelle nostre mani simili a tizzoni ardenti, e noi ignoravamo che esistessero nel mondo simili delizie ».

Allorché si seppe a Tebe che la dea era apparsa al popolo per la terza volta, la città fu pervasa da una profonda irrequietudine. Persino molti uomini rispettabili lasciarono le loro mogli e si recarono alle taverne, e nottetempo presero a sottrarre pietre alle costruzioni faraoniche, cosicché il mattino seguente non vi era Tebano che non andasse di mercato in mercato con una pietra sotto il braccio, in impaziente attesa che comparisse la dea dalla testa di gatta. I sacerdoti erano preoccupatissimi e sguinzagliarono le loro guardie perché arrestassero la donna che era la causa di tanta ignominia e di tanto scandalo.

Ma quel giorno la Principessa Baketamon giacque nella casa aurea a riposarsi delle sue fatiche. Sorrideva a tutti coloro che si rivolgevano a lei e si comportò in maniera particolarmente gradevole. La corte fu assai stupita del suo umore insolitamente amabile, e nessuno osava sia pure lontanamente pensare sino a quel momento che fosse lei la donna misteriosa che era apparsa al popolo di Tebe e aveva preso piacere con i torbierai e i pescivendoli.

La Principessa Baketamon, dopo avere esaminato le pietre di varia grandezza e colore da lei raccolte, fece venire nel proprio giardino l'architetto delle stalle reali e gli disse: « Io ho raccolto queste pietre presso la riva del fiume, ed esse sono sacre per me. A ciascuna di esse è legato un ricordo gioioso, e quanto più grossa è la pietra tanto più gioioso è il ricordo. Costruiscimi un padiglione con queste pietre, affinché io possa avere un tetto sopra il mio capo, poiché il mio consorte mi trascura, come senza dubbio tu hai inteso. Fa che questo padiglione sia spazioso e le sue mura alte, e io ti raccoglierò altre pietre, se ne avrai bisogno ».

Il mastro architetto era un uomo semplice e rispose umilmente: « O somma Principessa Baketamon, temo che la mia esperienza non basti a costruire un padiglione degno della tua dignità. Queste pietre sono di grandezza e di colori diversi, per modo che sarà un lavoro di estrema difficoltà il commetterle insieme. Affida questo compito piuttosto a un artista o a un architetto del tempio, poiché io temo che le mie scarse capacità possano guastare la bellezza del tuo progetto ».

Ma la Principessa Baketamon gli toccò timidamente la spalla ossuta e disse: « Io non sono che una povera donna trascurata dal marito, e non posso permettermi il lusso di chiamare al mio servizio architetti di fama né posso neppure offrirti un dono degno della tua opera, come grandemente vorrei. Quando il padiglione sarà terminato lo visiterò con te e se troverò che è stato ben costruito prenderò piacere con te in esso; questo ti prometto! Non ho nulla da offrirti all'infuori di un po' di gioia ».

Quelle sue parole infiammarono grandemente il mastro architetto delle stalle reali, e contemplando la sua bellezza egli si rammentò delle leggende in cui si favoleggia di Principesse che si innamorano di uomini oscuri e prendono piacere con essi. Immenso era il suo timore di Horemheb ma il suo desiderio era ancora più grande, e le parole di Baketamon lo avevano enormemente adulato. Cominciò pertanto a costruire in fretta il padiglione, mettendo in pratica tutte le sue arti, e sognando, mentre costruiva. Entro le mura del padiglione egli costruì i suoi sogni. Amore e desiderio fecero di lui un grande artista, poiché egli vedeva ogni giorno la Principessa Baketamon. Il cuore gli ardeva ed egli faticava come un forsennato, smagrendo e impallidendo di giorno in giorno per lo sforzo e il desiderio. Con pietre di diverso colore e di grandezza irregolare costruì un padiglione quale non era mai stato veduto prima.

Le pietre ammassate da Baketamon furono presto esaurite, ed ella ritornò ancora una volta a Tebe dove raccolse altre pietre in tutti i mercati, nel Viale degli Arieti, e nei giardini del tempio. Infine non vi fu un solo angolo di Tebe in cui ella non avesse raccolto pietre.

Nel frattempo le sue gesta erano divenute note a tutti, e i cortigiani si raccoglievano nel giardino a osservare di nascosto il sorgere del padiglione. Allorché le donne della corte videro l'altezza delle mura e il numero delle pietre, grandi e piccole, con cui erano state costruite, si batterono la bocca con le mani e gridarono forte il loro stupore. Nessuno però osò dire una sola parola alla Principessa, ed Eie, il solo che con la sua autorità di Faraone avrebbe potuto svergognarla, era follemente giulivo del comportamento di Baketamon, nella certezza che questo avrebbe procurato a Horemheb un enorme dispetto.

Frattanto Horemheb guerreggiava in Siria; tolse agli Hittiti Sidone, Smirne e Biblo, e inviò in Egitto molti schiavi e un bottino enorme, e alla moglie mandò splendidi doni. Tutti a Tebe sapevano quello che stava succedendo nella casa aurea, ma nessuno aveva tanto ardire da svelare a Horemheb il comportamento di Baketamon. Persino i suoi uomini, ai quali egli aveva assegnato posti d'alto rango, chiudevano gli occhi dinanzi a ciò che vedevano e dicevano tra sé: « Questa è una questione privata, e meglio varrebbe mettere la mano tra le due macine di un mulino anziché impicciarsi tra moglie e marito ».

Per questo motivo Horemheb rimase all'oscuro della cosa, e io credo che ciò fu un bene per l'Egitto, poiché se egli avesse saputo un simile disonore avrebbe certamente distratta la sua mente dal pensiero della guerra.

5.

Ho parlato sinora di quel che accadde agli altri durante il regno di Eie, ma ho detto assai poco di me. Poco tuttavia ho da dire; il fiume della mia vita non correva più impetuoso, ma fluiva pigro e calmo entro un letto regolare. Gli anni passavano e io vivero sempre sotto le cure di Muti. I miei piedi erano stanchi di calpestare strade polverose, i miei occhi erano stanchi di vedere l'irrequietudine dell'universo, il mio cuore era stanco della vanità del mondo. Mi ero rinchiuso nella mia casa e non ricevevo più malati, se non qualche vicino, di quando in quando, e i poverissimi, i quali non avevano doni da offrire ai medici esercitanti una professione regolare. Avevo fatto scavare nel cortile un altro stagno, e lo avevo riempito di pesci colorati, e tutto il giorno vi sedevo accanto sotto il mio sicomoro. Gli asini ragliavano nella strada davanti alla mia casa, i ragazzini giocavano nella polvere, e io osservavo i pesci che nuotavano pigramente nell'acqua tiepida. Di anno in anno il fuligginoso sicomoro si ricopriva di foglie, e Muti mi curava con affetto, mi preparava del buon cibo e mi permetteva di bere vino con moderazione ogni volta che ne avevo voglia. Ella si preoccupava che io dormissi a sufficienza e che non strapazzassi le mie forze.

Ma i cibi avevano perso per me il loro sapore, e il vino non mi dava più gioia. Quando sopraggiungeva l'aria pungente della sera il vino mi rammentava tutte le mie cattive azioni... rivedevo dinanzi a me il volto morente del Faraone Akhenaton e il giovane viso del Principe Shubattu. Il desiderio di guarire gli uomini mi aveva abbandonato, poiché le mie mani, che io tanto avevo sperato fossero mani buone, erano maledette e avevano procurato la morte. Contemplavo dunque i pesci del mio stagno e li invidiavo. Il loro sangue era freddo, inerti le loro delizie, ed essi trascorrevano la loro pigra esistenza senza dover respirare l'aria infuocata della terra.

Mentre sedevo così nel mio giardino parlavo col mio cuore e gli dicevo: "Taci, o mio sciocco cuore; la colpa non è tua. Tutto è follìa; il bene e il male non significano nulla; soltanto la cupidigia, l'odio e il desiderio governano il mondo. La colpa non è tua, Sinuhe, poiché l'uomo è uomo e non muterà mai. Invano tu potrai metterlo alla prova con la guerra e col bisogno, con le epidemie e con gli incendi, con gli dèi e con le lance. Queste prove non fanno che indurirlo e renderlo ancora più selvaggio di un coccodrillo, e non esiste uomo buono se non nella morte".

Ma il mio cuore mi rimproverava: "Tu puoi sedere qui e contemplare i tuoi pesci, Sinuhe, ma io non ti darò pace. Migliaia e migliaia di esseri sono morti per causa tua, Sinuhe, sono morti di fame, di pestilenza, di ferite. Son morti sotto le ruote dei cocchi o sono periti durante le marce desertiche. Per causa tua innumerevoli creature sono morte nel grembo delle loro madri, per causa tua molte schiene si sono curvate sotto la sferza; per causa tua l'ingiustizia ha calpestato la giustizia; per causa tua la malvagità ha trionfato del bene; per causa tua un branco di predoni governa il mondo. In verità innumeri esseri sono morti per colpa tua, Sinuhe. Tutti coloro che sono morti, e tutti coloro che ancora dovranno morire sono tuoi fratelli e periranno per te. È per questo che tu senti il loro pianto nei tuoi sogni, Sinuhe, e i loro lamenti ti tolgono il gusto del cibo e distruggono tutta la tua felicità".

Ma io irrigidivo la mia anima e dicevo: "I pesci sono miei fratelli poiché essi non possono proferire discorsi vani; i lupi del deserto sono miei fratelli e i leoni delle solitudini, ma l'uomo non mi è fratello poiché egli sa quel che fa".

Ma il mio cuore mi irrideva e mi diceva: "Sa veramente l'uomo quello che fa? *Tu* sai. Tu possiedi la sapienza, e per questo io ti farò soffrire sino al giorno della tua morte; gli altri invece non sanno. Tu solo sei colpevole, Sinuhe".

Allora io mi lamentavo forte e mi strappavo le vesti e dicevo: « Maledetto sia il mio sapere, maledette le mie mani, maledetta la mia vista! Ma soprattutto maledetto sia il mio pazzo cuore che non mi dà pace, ma mi tormenta con ingiuste accuse. Portatemi le bilance di Osiride, su cui io possa pesare questo mio cuore! ».

Allora Muti veniva di corsa dalla cucina, e inzuppando un panno nello stagno mi bagnava la fronte. Poi rimproverandomi aspramente mi metteva a letto e mi somministrava tante pozioni amare finché io mi calmavo.

Giacqui ammalato per lungo tempo vaneggiando con Muti delle bilance di Osiride, di Merit, del piccolo Thoth. Ella mi assisté fedelmente, e credo fosse contentissima di potermi tenere a letto e di nutrirmi. Mi proibì di sedere nel giardino durante l'afa del giorno, poiché avevo perduto tutti i capelli, e la mia testa calva non poteva più sopportare i dardeggianti raggi del sole. Tuttavia io non ero stato a sedere al sole, ma sotto la fresca ombra del sicomoro, a contemplare i pesci che erano miei fratelli.

Quando mi riebbi, divenni più tranquillo e mi riconciliai persino col mio cuore, tanto che questo smise di tormentarmi, e non parlai più di Merit e del piccolo Thoth, ma li tenni chiusi nel mio cuore, avendo compreso che la loro morte era stata necessaria per colmare la mia misura e affinché io rimanessi solo. Se fossero vissuti con me io avrei avuto pace e felicità, e il mio cuore si sarebbe taciuto. Ma era destino che dovessi essere sempre solo, secondo la misura assegnatami; come in presagio di ciò ero disceso solo a valle del fiume la notte stessa della mia nascita.

Un giorno mi vestii nascostamente col rozzo saio del povero, mi tolsi i sandali dai piedi e lasciai la casa. Mi recai lungo i moli e trasportai pesanti fardelli in mezzo agli altri scaricatori finché la schiena mi dolse e le spalle mi si curvarono. Andai al mercato della verdura e vi raccolsi rifiuti calpestati da tutti e ne feci mio cibo. Andai al mercato del carbone e tirai per i fabbri i pesanti mantici.

Feci il lavoro degli schiavi e dei portatori; mangiai il loro pane, bevvi la loro birra e dissi loro: « Non esiste differenza tra uomo e uomo, poiché tutti nasciamo nudi nel mondo. Un uomo non può essere giudicato dal colore della sua pelle, o dalla sua favella, o dalle sue vesti e dai suoi gioielli, ma soltanto dal suo cuore. Un uomo buono val meglio di un uomo cattivo, e la giustizia è migliore dell'ingiustizia... e questo è tutto quello che io so ».

Così parlavo ad essi dinanzi alle loro capanne di mota la sera, mentre le loro donne accendevano i fuochi nella strada e l'aria si riempiva del puzzo di pesce fritto.

Essi mi deridevano e dicevano: « Tu sei pazzo, Sinuhe, ad eseguire il lavoro degli schiavi quando sai leggere e scrivere. Certo devi essere stato coinvolto in qualche delitto e vuoi nasconderti in mezzo a noi. Nei tuoi discorsi trapelano accenni all'Aton, di cui noi non possiamo pronunciare il nome. Non ti denunceremo alle guardie, ma ti terremo in mezzo a noi affinché tu ci diverta con le tue chiacchiere. Non paragonarci però con i sudici Siriani o con i Negri miserabili, poiché per quanto schiavi e scaricatori siamo comunque Egiziani, orgogliosi del nostro colore e della nostra favella, del nostro passato e del nostro avvenire ».

Io rispondevo: « I vostri sono discorsi idioti. Finché un uomo sarà orgoglioso di sé e si riterrà superiore agli altri, l'umanità sarà perseguitata con catene e percosse, con lance e uccelli da preda. Un uomo dovrebbe essere giudicato dal suo cuore soltanto ».

Ma quelli ridevano forte e si percuotevano le ginocchia dicendo: « In verità tu sei matto e devi essere cresciuto in un sacco! Un uomo non può vivere, a meno che non si ritenga superiore agli altri, e non esiste essere tanto miserabile che non pensi di sovrastare purchessia al proprio vicino. Noi siamo felici di essere più saggi e più abili di te, ancorché non siamo che dei poveracci e degli schiavi, mentre tu sei capace di leggere e di scrivere ».

Io insistevo: « Un uomo buono val meglio di uno cattivo, e la giustizia è migliore dell'ingiustizia ».

Ma quelli mi rispondevano con amarezza: « Che cosa è bene e che cosa è male? Se noi uccidiamo un cattivo padrone che ci percuote e ci defrauda del nostro cibo e lascia morire le nostre mogli e i nostri figli, il nostro non è un delitto, ma nondimeno le guardie ci portano dinanzi ai giudici del Faraone, e ci mozzano il naso e le orecchie e c'impiccano a testa ingiù dagli spalti ».

Mi davano da mangiare il pesce che le loro mogli cucinavano, e io bevevo la loro birra aspra e dicevo: « L'assassinio è il peggior crimine di cui un uomo possa macchiarsi, ed è malvagio uccidere sia per una causa buona che per una causa cattiva. Non si dovrebbe uccidere uomo alcuno, ma piuttosto guarirlo dalle sue inclinazioni perverse ».

Essi si turavano la bocca con le mani, si guardavano attorno e sussurravano: « Noi non vogliamo uccidere nessuno, ma se tu intendi guarire gli uomini della loro malvagità e soppiantare il torto col diritto, recati dapprima in mezzo ai nobili e ai ricchi, e tra i giudici del Faraone. Tra costoro tu troverai più malvagità e più ingiustizia che non in mezzo a noi. Non biasimarci se a motivo delle tue parole ti mozzeranno le orecchie e ti manderanno a lavorare nelle miniere, o ti impiccheranno a testa ingiù dagli spalti, poiché le parole che tu proferisci sono pericolose. Horemheb, il nostro grande comandante, ti ucciderebbe senza dubbio immantinente se dovesse udirti parlare così al popolo, poiché uccidere in guerra è la gloria dell'uomo ».

Io diedi ascolto ai loro consigli e li lasciai. A piedi scalzi e vestito del grigio saio del povero vagai per le strade di Tebe. Mi rivolsi ai mercanti che mescolavano sabbia nella loro farina, ai mugnai che imbavagliavano con stecchi di legno i loro schiavi perché non potessero mangiare il grano che macinavano; parlai coi giudici che spogliavano gli orfani della loro eredità e lasciandosi corrompere da doni emettevano in cambio sentenze ingiuste. Mi rivolsi a tutti costoro e li accusai della loro cattiva condotta, ed essi mi ascoltarono in preda a grande stupore.

Si dissero l'un l'altro: « Chi è questo Sinuhe che si esprime con tanta audacia nonostante la sua veste di schiavo? Stiamo in guardia, poiché deve essere una spia del Faraone, altrimenti non si arrischierebbe certo a parlarci in tal modo ».

Ascoltarono le mie parole, e invitandomi nelle loro case mi offrirono doni e mi diedero da bere vino. I giudici seguirono i miei consigli ed emisero sentenze favorevoli ai poveri contro i ricchi, cosicché in Tebe si creò un profondo malcontento. La gente diceva: « Oggigiorno non ci si può fidare nemmeno dei giudici del Faraone. Sono ancora più disonesti dei ladri da essi giudicati ».

Quando mi recai dai nobili, costoro mi respinsero e mi aizzarono contro i loro cani e mi fecero scacciare a frustate coprendomi d'umiliazione, e io fuggii nelle strade di Tebe con la mia veste strappata e le gambe rigate di sangue.

I mercanti e i giudici videro la mia abiezione e non prestarono più ascolto alle mie parole, ma anzi mi ripudiarono dicendo: « Se tu dovessi ritornare ancora da noi con false accuse ti faremmo condannare come diffamatore ed agitatore ».

Io allora rientrai nella mia casa, poiché mi ero reso conto che tutte le mie fatiche erano state spese invano, e che neppure la mia morte sarebbe servita ad alcuno. Mi posi ancora una volta a sedere sotto il sicomoro del mio giardino a osservare i pesci che nuotavano silenziosi nello stagno e così trovai pace, mentre gli asini ragliavano nella strada e i ragazzini giocavano alla guerra coprendosi vicendevolmente di manate di sterco.

Kaptah venne a trovarmi, poiché si era finalmente avventurato a far ritorno a Tebe. Giunse in gran pompa in una lettiga riccamente adorna e sorretta da diciotto schiavi negri. Egli vi giaceva disteso su morbidi cuscini, e costosi balsami gli gocciolavano dalla fronte per evitargli di sentire il puzzo del quartiere povero. Si era parecchio ingrassato, e un orafo siriaco gli aveva fatto un occhio nuovo d'oro e di pietre preziose di cui egli era orgogliosissimo, per quanto questo gli infiammasse talmente l'orbita che fu costretto a toglierselo non appena poté sedersi accanto a me sotto il sicomoro.

Prima di tutto mi abbracciò e pianse di gioia per quell'incontro. Pesava come una montagna mentre mi abbracciava le spalle con le sue grosse mani, e il sedile che Muti aveva recato fuori si ruppe in cento pezzi sotto di lui. Allora, rimboccando le gonne della sua veste, si sedette per terra. Mi disse che la campagna di Siria si approssimava al suo termine e che in quel momento Horemheb stava assediando Kadesh. Si vantò delle grandi imprese da lui personalmente compiute in Siria e mi spiegò di aver acquistato un palazzo antico nel quartiere ricco e di avere assoldato nella sua ricostruzione centinaia di lavoratori, perché potesse essere degno della sua opulenza.

Mi disse anche: « Ho inteso parlar male di te qui a Tebe, mio signore Sinuhe, dove si dice che tu abbia sobillato il popolo contro Horemheb e dove si vocifera che i giudici e altri uomini di riguardo sono furibondi contro di te poiché tu li hai accusati di molte ingiustizie. Ti consiglio di essere guardingo. Forse non oseranno condannarti, poiché tu godi il favore di Horemheb, ma può darsi che vengano in una notte illune a ucciderti e a bruciare la tua casa se tu continuerai con quei tuoi discorsi ad aizzare i poveri contro i ricchi. Dimmi che cos'hai e chi ti ha messo queste formiche a brulicare nel tuo cervello, perché io voglio aiutarti, come ogni buon servo deve aiutare il proprio padrone ».

Chinai il capo e gli narrai tutto ciò che avevo pensato e fatto. Stette ad ascoltarmi e scosse tanto il capo che alla fine le sue grosse guance presero a ciondolare.

Quando ebbi finito disse: « Io so che tu sei matto, o uomo solitario, o mio signore Sinuhe, ma speravo che la tua pazzia sarebbe migliorata con gli anni. Invece mi sembra peggiorata, per quanto tu abbia visto con questi tuoi occhi quello che accadde in nome dell'Aton. Io ritengo che codesti ghiribizzi ti colgano perché non hai nulla da fare. Sarebbe meglio tu riprendessi la tua professione, poiché anche curando un solo ammalato faresti più bene che non con tutto il tuo chiacchierare, il quale invece danneggia non solo te stesso, ma anche tutti coloro che tu trascini fuor del sentiero normale. Se però non hai voglia di continuare a esercitare l'arte del medico, puoi sempre passare il tempo in qualche occupazione utile, come fanno tutti gli altri uomini ricchi. Puoi raccogliere gioielli e altri oggetti foggiati durante l'epoca delle piramidi. In verità, Sinuhe, vi sono molti modi di trascorrere il tempo tenendoti così lontane dal cervello tutte queste fantasie. A questo fine donne e vino sono tutt'altro che da disprezzare. In nome di Ammon gioca ai dadi; sperpera il tuo oro con le donne; bevi fino a perdere conoscenza, ma fa qualcosa! Non ti distruggere da te stesso con vane chiacchiere... poiché io ti amo teneramente, mio signore Sinuhe, e non desidero ti colga alcun male ».

Mi disse anche: « Nulla al mondo è perfetto. La crosta di ogni pagnotta è bruciata, ogni frutto ha il suo baco, e dopo che ha bevuto vino un uomo deve soffrire il mattino seguente. Ecco perché non esiste giustizia perfetta; persino le azioni buone generano conseguenze cattive, e i motivi migliori possono condurre alla morte e alla disfatta, come avrebbe dovuto insegnarti l'esempio di Akhenaton. Guardami, o mio signore Sinuhe! Io mi accontento della mia modesta sorte e m'ingrasso, in armonia con gli dèi e con gli uomini. I giudici del Faraone s'inchinano davanti a me e il popolo canta le mie lodi, mentre invece persino i cani insozzano le tue vesti. Prendi la vita con calma; non è colpa tua se il mondo è quello che è... poiché così è sempre stato e sempre sarà! ».

Ammirai la sua corpulenza e la sua ricchezza, e invidiai disperatamente la pace del suo spirito, ma gli risposi: « Sia come tu dici, Kaptah. Riprenderò ancora una volta a esercitare la mia professione. Dimmi, il nome di Aton è ancora ricordato e ancora maledetto? Poiché tu hai proferito il suo nome ancorché ciò sia vietato ».

Kaptah disse: « In verità, il nome dell'Aton è stato dimenticato con la stessa rapidità con cui furono abbattuti i pilastri di Akhenaton. Eppure io ho veduto artisti disegnare nello stile di Aton, e vi sono cantastorie che narrano favole pericolose; a volte si vede la croce di Aton disegnata nella sabbia o sui muri delle latrine, perciò può darsi che Aton non sia del tutto morto ».

« Sia come tu dici. Riprenderò la mia professione, e come passatempo inizierò anche qualche collezione come mi hai consigliato. E siccome non ho intenzione di scimmiottare gli altri, farò raccolta di tutti coloro che ancora ricordano Aton ».

Ma Kaptah suppose che certamente io parlassi per burla, poiché sapeva quanto me tutto il male che Aton aveva recato all'Egitto e a me stesso. Dopo di ciò discorremmo gradevolmente di molte cose. Muti ci recò del vino e bevemmo insieme finché giunsero gli schiavi per aiutare Kaptah ad alzarsi. A causa della sua grande mole egli aveva molta difficoltà a levarsi in piedi. Mi lasciò, ma il giorno seguente mi mandò doni sfarzosi, che mi avrebbero reso felice, procurandomi tutti gli agi e i comodi possibili, soltanto se *io* avessi potuto essere felice.

6.

Così rimisi un'altra volta sullo stipite della mia porta la mia insegna di medico e ripresi il mio lavoro, accettando doni secondo i mezzi dei miei pazienti. Ai poveri però non chiedevo nulla, e gli ammalati si succedevano accosciati nel mio cortile dall'alba sino a notte. Li interrogavo con molta cautela intorno all'Aton, timoroso di spaventarli o di dare la stura a informazioni sfavorevoli, dal momento che la mia riputazione a Tebe già era tutt'altro che buona. Ma mi accorsi che Aton era stato dimenticato e che nessuno desiderava più di comprenderlo. Si ricordavano di lui soltanto gli agitatori e coloro che avevano patito torti, e la croce dell'Aton era usata come simbolo malvagio da esseri male intenzionati.

Allorché le acque si ritirarono Eie il prete morì. Si disse che era morto di fame poiché il suo terrore del veleno lo aveva trattenuto dal mangiare. Allora Horemheb sospese immediatamente la guerra in Siria e concesse agli Hittiti di conservare Kadesh, dal momento che non era riuscito a riconquistarla. Ritornò trionfante risalendo il corso del fiume sino a Tebe, dove celebrò tutte le sue vittorie. Non osservò alcun periodo di lutto dopo la morte di Eie, ma dichiarò pubblicamente che Eie era stato un falso Faraone, il quale, attraverso guerre incessanti e tassazioni eccessive, non aveva recato al popolo di Egitto altro che sofferenze. Dopo aver portato a termine il conflitto in Siria e aver chiuso le porte del tempio di Sekhmet, riuscì a convincere il popolo di non aver mai desiderata la guerra ma di essere stato forzato semplicemente a obbedire al falso Faraone. Perciò il popolo grandemente si rallegrò del suo ritorno.

Ma non appena giunse a Tebe, Horemheb mi mandò a chiamare e mi disse: « Sinuhe, amico mio, io sono più vecchio da quando ci siamo lasciati l'ultima volta, e la mia anima si è profondamente addolorata alle parole con le quali mi hai accusato di essere un uomo assetato di sangue che ha recato all'Egitto soltanto lutti e rovine. Io ho ormai raggiunto quello che desideravo e ho restaurata la potenza dell'Egitto, cosicché oggi nessun pericolo minaccia più il nostro paese. Io ho spezzato le punte delle lance hittite e lascerò a mio figlio Ramsete la riconquista di Kadesh. Mi sono saziato di guerre, e intendo costruire per lui un regno potente. L'Egitto è sudicio come la stalla di un povero, ma tra poco tu mi vedrai scopar via tutto lo sterco, sostituire il torto col diritto e distribuire ad ognuno la sua piena misura. In verità, amico mio Sinuhe, con la mia venuta ritornano i vecchi tempi, e tutto sarà come una volta. Per questa ragione intendo cancellare dalla lista dei re i nomi miserabili di Eie e di Tutankhamon — dal momento che quello di Akhenaton è già stato rimosso — affinché appaia come se i loro regni non siano mai neppure esistiti. Calcolerò l'inizio del mio governo dalla notte della morte del grande Faraone allorché io giunsi a Tebe con la lancia in mano accompagnato dal mio falco che mi volava sul capo ».

Appoggiò quindi il mento sulla mano in un gesto di tristezza. La guerra aveva scavato profonde rughe nel suo viso, e non vi era gioia nei suoi occhi mentre egli mi diceva: « Il mondo in verità è diverso da quello che era quando eravamo ragazzi, allorché i poveri ricevevano la loro giusta misura e quando persino nelle capanne di fango non mancavano né l'olio né il grasso. Ma l'Egitto ritornerà fertile e ricco. Io invierò navi a Punt; farò riprendere il lavoro nelle cave e nelle miniere abbandonate per costruire templi maggiori e raccogliere oro, argento e rame per il tesoro del Faraone. In capo a dieci anni tu non riconoscerai più l'Egitto, Sinuhe, poiché nella nostra terra non si vedrà più un solo mendicante o un solo invalido. I deboli dovranno cedere il posto ai forti, e io spazzerò via dall'Egitto tutto il sangue marcio e farò di questo popolo una nazione forte e robusta, che i miei figli condurranno in battaglia alla conquista del mondo! ».

Ma quelle sue parole non mi diedero gioia. Mi sentii il ventre cadere sulle ginocchia, e il mio cuore fu stretto da un freddo di morte. Non sorrisi, ma ristetti muto davanti a lui.

Ciò lo indispettì, e aggrottando le sopracciglia come un tempo mi disse: « Tu sei acido come il solito, Sinuhe. Mi sembri un pruneto sterile, e non capisco perché speravo di provare tanta gioia nel rivederti. Ti ho chiamato a me prima ancora di stringermi al petto i miei figliuoli o di abbracciare la mia consorte

Baketamon, poiché la guerra e il potere mi hanno reso solitario. Non vi era un solo uomo in Siria col quale potessi condividere le mie gioie e i miei dolori, e ogniqualvolta aprivo bocca dovevo sempre soppesare le mie parole. Da te, Sinuhe, non desidero che amicizia, ma ho l'impressione che la tua amicizia sia estinta e che tu non provi alcun piacere del mio ritorno ».

M'inchinai sino a terra dinanzi a lui, e la mia anima solitaria invocò la sua. Dissi: « Horemheb, di tutti gli amici della nostra giovinezza tu sei il solo superstite. Io ti amerò sempre. Ora il potere è tuo, e tra poco ti cingerai il capo della duplice corona, e nessuno potrà piegare la tua forza. Io ti supplico, Horemheb: riponi nuovamente Aton sugli altari! Per la memoria del nostro amico Akhenaton restituisci Aton alla sua gloria! Per poter cancellare il nostro più orribile delitto, risuscita Aton, affinché tutti gli uomini possano essere fratelli e non vi siano più guerre! ».

Quando Horemheb intese ciò scosse il capo con un moto di pietà e disse: « Tu sei pazzo come prima, Sinuhe. Non ti rendi conto che Akhenaton ha buttato una pietra nell'acqua provocando un gran tonfo, e sprizzando gocciole da ogni parte, ma che ora io sto lisciando la superficie come se egli mai fosse esistito? Non capisci che il mio sparviere mi ha condotto alla casa aurea la notte stessa in cui morì il grande Faraone appunto perché l'Egitto non avesse a cadere? Io riporto in onore le antiche usanze, poiché gli uomini non sono mai soddisfatti del presente; ai loro occhi soltanto il passato è buono, e l'avvenire. Io riunirò passato e avvenire. Mungerò i ricchi delle loro ricchezze; mungerò gli dèi che si sono eccessivamente ingrassati. Durante il mio regno i ricchi non saranno troppo ricchi né i poveri troppo poveri, e né dio né uomo gareggerà con me per la conquista del potere. Ma io ti sto parlando invano poiché tu non puoi comprendere il mio pensiero. I tuoi sono vaneggiamenti di debole, e i deboli non hanno diritto alla vita in questo mondo, ma sono fatti per essere calpestati sotto il tallone dei forti. Lo stesso accade delle nazioni; così è sempre stato e sempre sarà ».

In tal modo ci separammo, Horemheb ed io, e la nostra amicizia si raffreddò. Non appena lo ebbi lasciato egli si recò dai suoi figli e se li strinse al suo forte petto.

Dopo aver abbracciati i figli entrò nella stanza della Principessa Baketamon e le disse: « Mia regale consorte, in questi ultimi anni tu sei brillata nei miei pensieri come la luna, e immenso è stato il mio desiderio. Ora la mia opera è compiuta, e finalmente tu potrai sedere al mio fianco così come ti dà diritto il tuo sangue sacro. Io ho sparso molto sangue per amor tuo, Baketamon, e per amor tuo ho incendiato molte città. Non mi sono forse conquistata la mia ricompensa? ».

Baketamon gli sorrise con dolcezza e accarezzandogli timidamente le spalle disse: « In verità ti sei conquistata la tua ricompensa, o mio consorte Horemheb, grande guerriero d'Egitto! Io ho costruito nel mio giardino un padiglione di cui non si è mai veduto l'uguale, per accoglierti come meriti. Ho raccolto ogni pietra di esso nel mio grande desiderio di te. Andiamo dunque a questo padiglione perché tu possa ottenere la tua ricompensa nelle mie braccia e affinché io possa darti gioia ».

A quelle parole Horemheb esultò, e Baketamon lo condusse nel giardino. Al pensiero di quel che sarebbe seguito, i cortigiani si nascosero e trattennero il fiato. Fuggirono anche gli schiavi e gli stallieri. Poi Baketamon guidò Horemheb sino al padiglione. Allorché nella sua impazienza egli stava per ghermirla, ella si difese con dolcezza e disse: « Raffrena per un attimo la tua virilità, Horemheb, ond'io possa dirti con quale immensa fatica ho costruito questo padiglione. Spero ti rammenterai quello che ti dissi quando l'ultima volta tu mi prendesti di forza. Osserva attentamente queste pietre. Ciascuna di esse — e non sono poche — rappresenta un ricordo del piacere che ho provato nell'amplesso di un altro uomo. Io ho costruito questo padiglione col mio piacere e il tuo onore, Horemheb. Questa grande pietra bianca mi fu donata da un pescivendolo che si era entusiasmato di me; questa pietra verde mi è stata data da uno spazzatore di latrine del mercato del carbone; e queste otto pietre brune legate insieme mi furono recate da un fruttaiolo che era veramente insaziabile e che infocatamente lodava le mie grazie. Abbi pazienza, Horemheb, e io ti racconterò la storia di ogni pietra. Abbiamo tanto tempo. Lunghi anni si stendono dinanzi a noi, ma io credo che la storia di queste pietre durerà nel raccontartela sino a quando io sarò vecchia, se dovrò ripeterla ogni volta che tu cercherai il mio amplesso ».

A tutta prima Horemheb non volle prestar fede alle sue parole, ma le ritenne uno scherzo grottesco, e il comportamento pudico di Baketamon lo ingannò. Ma quando la guardò nei suoi occhi ovali vi lesse un odio più terribile della morte, e allora dovette credere a ciò che ella diceva. Folle d'ira afferrò il suo pugnale hittita per uccidere la donna che lo aveva così ignominiosamente disonorato. Ma ella si denudò il petto dinanzi a lui e lo irrise beffarda: « Colpisci Horemheb! Colpiscimi e con questo tuo gesto strappati le corone dal capo! Poiché io sono una sacerdotessa di Sekhmet — sono di sangue sacro — e se tu mi ucciderai non avrai alcun diritto al trono dei Faraoni! ».

Quelle sue parole fecero tornare in sé Horemheb. Ella lo aveva legato e la sua vendetta era completa. Egli non osò far abbattere il padiglione che gli si parava davanti ogniqualvolta guardava fuori delle sue stanze. Dopo avere a lungo riflettuto, comprese che il partito migliore era quello di fingere d'ignorare il comportamento di Baketamon. Infatti se avesse fatto abbattere l'edificio avrebbe rivelato a chiunque di essere a conoscenza del fatto che Baketamon aveva permesso a tutta Tebe di sputare sul suo giaciglio, ed egli preferì essere deriso alle spalle anziché sopportare un'aperta vergogna. Da quel giorno però non sfiorò più neppure con un dito Baketamon, ma visse solo. A onore di Baketamon bisogna aggiungere tuttavia che ella non s'imbarcò più in altre opere di costruzione.

Questo fu il ritorno di Horemheb, e io credo che ben poca gioia egli abbia avuto dalla sua maestà allorché i sacerdoti lo unsero e gli posero sul capo la corona rossa e la corona bianca. Divenne sospettoso e diffidava di tutti, ritenendo che tutti ridessero alle sue spalle per via di Baketamon. Così ebbe sempre una spina conficcata nelle sue carni, e il suo cuore non conobbe più pace. Soffocò il suo dolore nel lavoro e incominciò a ripulire l'Egitto di tutto lo sterco di cui era insudiciato, per restaurare gli antichi costumi e soppiantare il torto col diritto.

7.

Per essere giusto devo però parlare anche delle virtù di Horemheb, poiché il popolo esaltava il suo nome e lo riteneva un buon governante. Dopo soli pochi anni di regno fu annoverato tra i Grandi Faraoni d'Egitto. Spremeva i ricchi e i prominenti in rango, affinché nessuno potesse gareggiare con lui per il potere, e questo piaceva enormemente al popolo. Puniva i giudici ingiusti e dava ai poveri quel che loro spettava; riformò il sistema tributario e pagò regolarmente gli esattori delle imposte col danaro del tesoro reale affinché non potessero più arricchirsi estorcendo il danaro del popolo.

Viaggiava senza posa di provincia in provincia, di villaggio in villaggio, reprimendo ogni abuso. Era possibile precisare l'itinerario dei suoi viaggi dalle orecchie tagliate e dai nasi sanguinanti dei gabellieri corrotti. Dovunque egli eleggesse i suoi tribunali si udivano in distanza un sibilar di fruste e grida lamentose. Anche i poverissimi potevano avvicinarlo, ed egli esercitava una giustizia incorruttibile. Riprese a mandare navi a Punt. Ancora una volta le mogli e i figli dei marinai piansero sui moli e si tagliuzzarono la faccia con pietre appuntite come voleva l'usanza, e l'Egitto ritornò prospero e ricco. Su dieci navi che partivano tre ritornavano ogni anno cariche di tesori. Egli costruì inoltre templi nuovi e rese agli dèi quanto era loro dovuto, non favorendo alcun dio in particolare all'infuori di Horo, e nessun particolare tempio eccetto quello di Hetnetsut, dove la sua immagine era adorata come quella di un dio, e a cui il popolo rendeva sacrifici bovini. Per tutte queste cose, la massa dei sudditi osannava il suo nome e narrava di lui storie leggendarie.

Anche Kaptah prosperò in modo formidabile, finché non vi fu più alcun uomo in Egitto che potesse competere con la sua ricchezza. Non avendo né moglie né figli, aveva nominato Horemheb suo erede, al fine di poter vivere in pace per il resto della sua esistenza e accumulare ancora maggiori ricchezze. Ecco perché Horemheb estorceva da lui assai meno danaro che non dagli altri ricchi.

Kaptah mi invitava spesso a casa sua, la quale coi suoi giardini formava tutta una zona a sé in modo che nessun vicino potesse disturbare la sua pace. Mangiava in piatti d'oro, e nelle sue stanze l'acqua scorreva da rubinetti d'argento alla moda cretese. Anche la sua vasca da bagno era d'argento, e il sedile della sua latrina era d'ebano e le pareti di questa erano intarsiate di pietre rare commesse insieme a formare disegni libertini. Mi offriva cibi strani e vino delle piramidi. Durante i pasti era intrattenuto da cantori e da suonatori, mentre le più belle e le più esperte danzatrici di Tebe eseguivano per il suo godimento prodigi di perfezione nella loro arte.

Egli mi diceva: « O mio signore Sinuhe, allorché un uomo raggiunge una certa ricchezza, non può diventare povero ma seguita ad arricchire senza muovere un dito per aiutarsi, così curiosamente è fatto il mondo. La mia ricchezza ha avuto origine da te, Sinuhe, e per questo io ti riconoscerò sempre come mio padrone, e tu non avrai a mancare di nulla per tutto il resto della tua vita. Per il tuo stesso bene però conviene che tu non sia ricco, poiché non sapresti mai usare dei tuoi mezzi per il tuo interesse ma semineresti dappertutto irrequietudine e daresti la stura alle più incresciose calamità ».

Egli favoriva anche gli artisti; gli scultori scalpellavano la sua immagine sulla pietra, conferendogli un aspetto nobile e distinto. Snellivano le sue membra, gli rimpicciolivano le mani e i piedi, rendevano prominenti i suoi zigomi. In queste sculture gli avevano ridata la vista di entrambi gli occhi, ed egli sedeva immerso in meditazione con un rotolo sulle ginocchia e una penna in mano sebbene non avesse mài neppure cercato d'imparare a leggere e a scrivere. Soltanto i suoi scribi sapevano leggere, e scrivevano e addizionavano per suo conto somme enormi. Queste statue divertivano immensamente Kaptah, e i sacerdoti di Ammon — ai quali egli aveva offerto doni sontuosi per vivere in amicizia con gli dèi — inalzarono la sua immagine nel grande tempio, ed egli si accollò personalmente il costo di questa impresa.

Io ero lieto per Kaptah che egli fosse felice. A dire il vero, la gioia degli altri mi allietava e non desideravo più togliere agli uomini le loro illusioni se queste bastavano a renderli felici. La verità è sovente amara, e può essere talvolta più umano uccidere un individuo anziché defraudarlo dei suoi sogni.

Ma nessun sogno valeva a rinfrescare la mia fronte, e il mio lavoro non mi recava pace, ancorché in quel periodo io mi occupassi di molta gente ammalata. Dei pazienti ai quali aprii il cranio soltanto tre morirono, il che diede grande lustro alla mia reputazione di chirurgo cranico. Ma io vivevo in uno scontento continuo e trovavo a ridire su tutti. Rimproveravo a Kaptah la sua ghiottoneria, ai poveri la loro accidia, ai ricchi il loro egoismo, ai giudici la loro indifferenza, ed ero insoddisfatto di tutti. Non sgridavo mai però gli ammalati né i bambini, ma curavo i miei pazienti senza procurar loro sofferenze inutili e lasciavo che Muti spartisse le sue focacce al miele tra i ragazzini della strada i cui occhi mi rammentavano quelli di Thoth.

La gente diceva di me: « Questo Sinuhe è un uomo acido e noioso. Ha il fegato gonfio, e quando parla la bile gli esce fuori in bollicine dalla bocca, cosicché egli non riesce a trarre gioia dalla vita. Le sue cattive azioni lo perseguitano, e la notte egli non ha riposo. Non curiamoci di quello che dice, poiché la sua lingua lo punge con ancora maggior cattiveria di quanto riesca a pungere gli altri ».

Era vero. Oguiqualvolta riversavo sugli altri la mia amarezza ne soffrivo e piangevo.

Parlavo con malanimo anche di Horemheb, e ai miei occhi tutte le sue azioni érano malvage. Ma soprattutto sparlavo della sua "marmaglia", che egli manteneva con le provviste dei magazzini faraonici e che trascorreva nelle taverne e nelle case di piacere una vita d'ozio, vantandosi delle proprie prodezze e violando le figlie dei poveri, onde nessuna donna osava camminare sicura per le strade di Tebe. Horemheb perdonava ai suoi manigoldi tutto ciò che essi facevano. Allorché i poveri si rivolgevano a lui lamentando il disonore delle loro figliuole, egli ribatteva loro che avrebbero dovuto anzi essere orgogliosi, poiché i suoi uomini stavano generando una razza tanto robusta.

Horemheb diveniva sempre più sospettoso di carattere, e venne un giorno in cui le sue guardie entrarono nella mia casa, scacciarono i poveri dal mio cortile, e mi condussero al suo cospetto. La primavera era ritornata, il fiume si era ritirato, e le rondini sfrecciavano sopra le sue acque fangose e pigre. Horemheb era invecchiato. Il suo capo era curvo, e sul suo corpo lungo e ma gro i muscoli risaltavano tesi come corde.

Mi fissò negli occhi e mi disse: « Sinuhe, io ti ho avvertito molte volte, ma tu non hai mai dato ascolto ai miei ammonimenti. Tu seguiti a dire al popolo che la professione del guerriero è la più avvilente e la più disprezzabile di tutte. Vai ripetendo che sarebbe meglio che gli infanti morissero nell'utero delle madri anziché nascere guerrieri. Dici che per ogni donna bastano due o tre bambini, e che val meglio per una donna essere infelice con tre figlioli soltanto che infelice e povera con nove o dieci. Tu hai pure detto che il dio del falso Faraone era più grande di tutti gli altri dèi. Hai sentenziato che nessun uomo dovrebbe comperare o vendere un altro uomo come schiavo, e che chi ara e semina dovrebbe possedere la terra che coltiva, appartenga questa al Faraone o a un dio. Hai dichiarato apertamente che il mio governo ben poco differisce da quello degli Hittiti. Hai detto anche cose molto più oltraggiose. Un altro sarebbe stato mandato da tempo alle cave di pietra. Io ho avuto molta pazienza con te, Sinuhe, poiché tu una volta mi fosti amico. Fin quando visse Eie il prete, avevo bisogno di te poiché tu eri il mio unico testimone contro di lui, ma ora non mi servi più; anzi con quello che sai, puoi piuttosto recarmi danno. Se tu fossi stato saggio, avresti tenuto la lingua a freno, avresti condotto un'esistenza tranquilla, ti saresti accontentato della tua sorte... poiché dopotutto non ti è mancato nulla. Invece non fai che imbrattarmi di calunnie, e io sono stufo di sopportarti ».

La sua collera cresceva a mano a mano che parlava; si sferzò le gambe sottili con la frusta, aggrottò la fronte e proseguì: « Tu mi hai punzecchiato i piedi come una pulce delle sabbie, e sei stato per le mie spalle una mosca cavallina. Io non ammetto alberi sterili che producano nel mio giardino soltanto spine avvelenate. Io debbo bandirti dall'Egitto, Sinuhe, e mai più tu rivedrai la terra di Kem. Se io ti concedessi di restare, giorno verrebbe in cui mi vedrei costretto a mandarti a morte, e questo non voglio farlo poiché tu una volta mi fosti amico. Le tue parole stravaganti potrebbero essere la scintilla che accende i giunchi secchi. E una volta infiammati, i giunchi secchi divampano fino a che non si disperdono in cenere. Non voglio che la terra di Kem sia nuovamente depredata, no, non lo voglio né per amor di uomini né per amor di dèi. Io ti bandisco, Sinuhe, poiché tu non puoi essere un vero Egiziano, ma chi sa che strano aborto sei di sangue misto. Il tuo cervello brulica di concetti malsani ».

Può darsi che avesse ragione e che il tormento del mio cuore fosse prodotto dalla mescolanza nelle mie vene del sangue sacro del Faraone e del pallido morente sangue di Mitanni. Tuttavia non potei che sorridere a quelle sue parole, benché quasi mi avessero tramortito, poiché Tebe era la mia città. In Tebe ero nato ed ero cresciuto e non desideravo vivere in altro luogo.

Il mio riso infuriò Horemheb. Egli si era aspettato che io mi prosternassi ai suoi piedi e implorassi la sua pietà. Fece schioccare il suo flagello di Faraone e urlò: « E sia! Io ti bandisco dall'Egitto per sempre. Quando morrai il tuo corpo non sarà riportato in patria per esservi sepolto, ancorché io permetta che venga conservato secondo l'usanza. Esso deve essere seppellito presso le rive del Mare d'Oriente, da cui salpano le navi per la terra di Punt, poiché quello sarà il tuo luogo d'esilio. Non posso mandarti in Siria, poiché le braci siriache ancora ardono e non hanno bisogno di essere attizzate. Né posso mandarti nella terra di Kush giacché tu sostieni che il colore della pelle di un individuo non ha alcuna importanza, e che Egiziani e Negri sono uguali. Tu potresti instillare sciocchi pensieri nei cervelli delle popolazioni nere.

« Invece la terra presso la riva marina è deserta. Proferisci pure, se così ti piacerà, i tuoi discorsi al nero vento del deserto, e da quelle colline tu potrai predicare a tuo piacere agli sciacalli, ai corvi e ai serpenti. Una cintura di sentinelle delimiterà la tua dimora, e se tu uscirai da questi limiti sarai trapassato dalle loro lance. A parte ciò, non ti mancherà nulla. Il tuo giaciglio sarà morbido e il tuo cibo abbondante, e ogni tua ragionevole richiesta verrà esaudita. In verità la solitudine è già di per sé una punizione sufficientemente dura, e poiché tu una volta mi fosti amico, non ho intenzione di ulteriormente perseguitarti ».

Non temevo la solitudine poiché da quando ero nato ero sempre stato solo. Ma il mio cuore si scioglieva di tristezza al pensiero che mai più avrei riveduto Tebe, che mai più avrei sentito sotto i miei piedi il dolce suolo della Terra Nera, che mai più avrei bevuto l'acqua del Nilo

Dissi a Horemheb: « Ho pochi amici, poiché gli uomini mi scansano a cagione della mia amarezza e della mia lingua appuntita, ma certo tu mi consentirai di congedarmi da essi. Vorrei anche salutare Tebe e percorrere ancora una volta il Viale degli Arieti; ancora una volta vorrei aspirare il profumo degli olocausti tra i lucidi pilastri del grande tempio e sentire l'odore del pesce fritto, al cader della sera, nel quartiere povero della città ».

Certo Horemheb mi avrebbe concesso di soddisfare questo mio ultimo desiderio se avessi pianto e mi fossi prostrato ai suoi piedi, poiché era un uomo vanitosissimo. Ma per quanto debole io fossi non volli umiliarmi davanti a lui, poiché il sapere non deve mai piegarsi alla potenza. Posai una mano dinanzi alla bocca e soffocai la mia paura tra sbadigli, poiché sempre sono stato sopraffatto da una specie di sonnolenza quando ho maggiormente paura, e in questo credo di differire dagli altri uomini.

Allora Horemheb disse: « Non ti permetterò inutili addii, giacché io sono un guerriero e le debolezze mi seccano. Renderò facile il tuo viaggio e ti manderò subito per la tua strada senza risvegliare commozioni o dimostrazioni pubbliche. Tu sei noto a Tebe... più noto forse di quanto ti rendi conto. Te ne andrai in una portantina chiusa, ma se qualcuno desidera accompagnarti sino al luogo del tuo esilio lo permetterò. In tal caso tuttavia dovrà restare laggiù per tutto il resto di sua vita, anche se tu dovessi morire prima. Anche chi ti accompagnerà deve morire laggiù. I pensieri pericolosi sono un'epidemia e si trasmettono prontamente dagli uni agli altri, e io non voglio che il tuo morbo ritorni in Egitto inoculato in un altro uomo. Se per tuoi amici intendi un certo schiavo da macina le cui dita tu hai ricongiunte insieme e un artista sempre ubriaco che ritraeva costantemente un dio accosciato sul ciglio della strada, e un paio di Negri che hanno frequentata la tua casa... non occorre allora che tu ti congedi da loro, poiché essi sono da tempo partiti per un lungo viaggio dal quale non ritorneranno mai ».

In quell'attimo odiai Horemheb, ma odiai me stesso ancor più. Ancora una volta le mie mani avevano seminato la morte, e i miei amici avevano sofferto per causa mia. Non replicai sillaba, ma tesi le mie mani al livello del ginocchio e lo lasciai, e le guardie mi condussero via. Due volte egli aperse la bocca per dirmi qualcosa prima che io me ne andassi, e mosse un passo innanzi, ma poi si fermò e disse: « Il Faraone ha parlato ».

Le guardie mi chiusero in una portantina e mi trascinarono via da Tebe, oltre le tre colline e verso oriente entro il deserto, lungo una strada selciata che era stata costruita per ordine di

Horemheb. Viaggiammo per venti giorni, finché arrivammo al porto dove le navi imbarcavano i loro carichi per la terra di Punt. Ma quello era un luogo abitato, perciò le guardie mi trasportarono a tre giornate di viaggio da lì, lungo la costa, sino a un villaggio deserto fondato un tempo da una colonia di pescatori. Quivi essi delimitarono un'area dove io potessi passeggiare e vi costruirono una casa nella quale ho vissuto in tutti questi anni. Non ho mancato di nulla. Ho trascorso l'esistenza di un ricco. Ho materiale per scrivere e carta della più fine, forzieri di legno nero in cui conservo i libri che ho scritto, e tutti gli ammennicoli di un medico. Ma il libro che sto ora scrivendo è l'ultimo, e non ho altro da aggiungere poiché sono vecchio e stanco, e i miei occhi sono così appannati che stento a distinguere i caratteri sul papiro.

Non credo avrei potuto sopravvivere se non avessi annotata, e in tal modo rivissuta, la mia vita. Ho scritto per chiarire a me stesso la ragione della mia esistenza; ma adesso che sto per portare a termine il mio ultimo libro ne sono all'oscuro come quando ho iniziato a scrivere. Nondimeno lo scrivere durante questi anni mi ha grandemente confortato. Ogni giorno ho avuto davanti ai miei occhi il mare. L'ho veduto rosso, l'ho veduto nero. L'ho veduto verde nella luce del giorno e bianco nelle tenebre. Nelle giornate di bruciante calura l'ho veduto più azzurro delle azzurre pietre, e questo basta, poiché il mare è troppo vasto e terribile perché un uomo lo abbia sempre dinanzi agli occhi.

Ho anche contemplato le rosse colline che mi circondano. Ho studiato le pulci delle sabbie; gli scorpioni e le serpi sono stati i miei confidenti, e questi animali più non mi scansano, ma mi ascoltano quando parlo. Tuttavia io ritengo che siano cattivi amici per l'uomo, e sono stanco di loro quanto lo sono di questi ondeggianti, interminabili marosi.

Dovrei rammentare che nel corso del mio primo anno in questo villaggio di ossa calcinate e di capanne dirute, allorché le navi avevano ripreso a veleggiare alla volta di Punt, Muti venne a trovarmi da Tebe con una carovana faraonica. Ella mi salutò e pianse amaramente alla vista della mia miseria, poiché le guance mi si erano infossate, il ventre risecchito, e il mio cervello era sprofondato nell'indifferenza.

Ma ben presto si riebbe ed incominciò a sgridarmi e a dirmi: « Non ti avevo avvertito mille volte, Sinuhe, di non cacciare la testa nelle trappole della tua sciocca mente di uomo? Ma gli uomini sono più sordi delle pietre... sono marmocchi che devono sempre rompersi la testa contro il muro. In verità ti sei rotta la testa contro il muro abbastanza, mio signore Sinuhe, ed è tempo che tu ti tranquillizzi e conduca l'esistenza di un uomo assennato ».

Ma io la rimbrottai, perché non avrebbe mai dovuto abbandonare Tebe, e infatti ella non poteva più ormai avere speranza di ritornarvi. Con la sua venuta aveva legata la propria esistenza a quella di un uomo bandito.

Per tutta risposta m'insultò a tutto spiano. « Al contrario: ciò che ti è capitato è la cosa migliore che possa esserti successa, ed io ritengo che Horemheb ti si sia dimostrato eccessivamente amico nel condurti, ora che sei vecchio, in un luogo così tranquillo. Anch'io ne avevo abbastanza del trambusto di Tebe, e di quei vicini piagnucolosi che sempre ti chiedono in prestito le pentole senza restituirtele, e ti vuotano le loro immondizie nel cortile. Se proprio devo dirlo, la casa del fonditore di rame non è più stata la stessa dopo l'incendio. Nella buca del forno la carne si bruciava, e nelle giare l'olio s'irrancidiva. I pavimenti erano tutti sconnessi e le imposte sbattevano senza posa. Adesso possiamo ricominciare tutto daccapo e ricostruire ogni cosa a nostro piacimento. Ho già scelto un ottimo posto per il giardino. Vi coltiverò erbe mangerecce e crescione, che a te tanto piace, mio signore. Darò da fare a volontà a questi pigri calabroni che il Faraone ti ha messo attorno per proteggerti dai predoni e dai malfattori. Li manderò a cacciare per te selvaggina fresca ogni giorno, li farò pescare pesce e raccogliere cozze e granchi sulla riva, per quanto abbia il sospetto che il pesce di mare non sia così buono come quello che ricevevamo dal fiume. Inoltre ho deciso di scegliere un luogo di sepoltura conveniente, se tu me lo permetti, mio signore. Dal momento che sono giunta sin qui non ho intenzione di lasciarti più. Sono stufa di vagare di luogo in luogo in cerca di te, e i viaggi mi spaventano perché questa è la prima volta che metto il piede fuori di Tebe ».

Così Muti mi confortò e mi rallegrò coi suoi brontolii. Ritengo che fu grazie a lei se son tornato a stendere la mano alla vita e ho incominciato a scrivere. Fu lei a spingermi a ciò, benché non sapesse leggere e in cuor suo considerasse questa mia occupazione sciocca e inutile. Nondimeno era contenta nel vedermi occupato, e badava che io mi riposassi di quando in quando e gustassi tutti i buoni piatti che mi preparava. Mantenne la sua promessa e mise a lavorare le guardie del Faraone, rendendo la loro vita un inferno, tanto che essi finirono per maledirla di tutto cuore non appena aveva voltate le spalle, chiamandola strega e vecchia coccodrilla. Però non osavano opporsi alla sua volontà, poiché ella li insolentiva con male parole, e la sua lingua era più aguzza del pungolo di un bovaro.

Io credo che l'impulso di Muti fosse assai benefico. Ella teneva gli uomini continuamente attivi, cosicché il loro tempo trascorreva in fretta. Li ricompensava infornando per loro pane croccante e facendo fermentare in grandi giare birra forte. Avevano sempre verdura fresca che ella raccoglieva nel suo orto, ed insegnò loro a variare la loro dieta. Ogni anno, allorché le navi salpavano alla volta di Punt, Kaptah ci inviava da Tebe molti asini carichi di vettovaglie. Aveva dato incarico ai suoi scribi di scriverci tutto quello che succedeva nella città, in modo che io non avessi a vivere del tutto in un sacco. Anche questo fu di grande vantaggio alle mie guardie. Appresero da Muti molte cose e si arricchirono dei doni che io facevo loro, cosicché finirono per non rimpiangere troppo amaramente Tebe.

Ora sono stanco di scrivere, e gli occhi mi dolgono. I gatti di Muti mi saltano sulle ginocchia e strofinano contro la mia mano le loro testine. Il mio cuore è stanco di tutto ciò che ho scritto, e le mie membra anelano la pace eterna. Per quanto non sia felice, non sono neppure infelice nella mia solitudine.

Benedico la mia carta e la mia penna, poiché grazie ad esse ho potuto ritornare ragazzino nella casa di mio padre Senmut. Ho ripercorso con Minea le strade di Babilonia, e le dolci braccia di Merit hanno stretto il mio collo. Ho pianto con coloro che soffrivano e ho spartito tra i poveri il mio frumento. Ma non voglio ricordare le mie cattive azioni né la desolazione di tutto quel che ho perduto.

Tutto ciò, io, Sinuhe l'Egiziano, ho scritto, e per il mio solo piacere. Né per gli dèi né per gli uomini, non per immortalare il mio nome, ma soltanto per dar pace al mio povero cuore, la cui misura è ormai colma. So che le guardie distruggeranno tutto ciò che ho scritto, non appena sarò morto, e per ordine di Horemheb abbatteranno le mura della mia casa. Tuttavia non so dire se questo pensiero mi angusti molto.

Ho avuto nondimeno cura di conservare questi libri che ho scritto. Muti ha intrecciato per ciascuno di essi una forte copertina di fibra di palma. Tengo questi libri ricoperti entro una scatola d'argento, e la scatola d'argento posa entro un forziere di legno duro, e questo a sua volta è rinchiuso in un forziere di rame, così come erano racchiusi una volta i libri divini di Thoth per essere affondati nel letto del fiume. Se questi miei libri sfuggiranno così alle guardie, o se Muti li celerà nella mia tomba, non so, né molto m'importa.

Poiché io, Sinuhe, sono un essere umano. Io sono vissuto in tutti coloro che sono esistiti prima di me e vivrò in tutti coloro che verranno dopo di me. Vivrò nelle lagrime e nel riso degli uomini, nel dolore e nel timore umani, nell'umana bontà e malvagità, nella giustizia e nell'ingiustizia, nella debolezza e nella forza. Quale essere umano vivrò eternamente nell'umanità. Non desidero né offerte alla mia tomba, né immortalità al mio nome. Questo è stato scritto da Sinuhe, Egiziano, che visse solo in tutti i giorni di sua vita.

SOMMARIO

7 Libro I L'imbarcazione di cannicci

33 Libro II La casa della vita

59 Libro III La febbre di Tebe

89 Libro IV Nefernefernefer

117 Libro V I Khabiri

143 Libro VI Il giorno del Falso Re

181 Libro VII Minea

205 Libro VIII La casa buia

239 Libro IX La coda dei coccodrillo

279 Libro X La città dell'orizzonte

317 Libro XI Merit

377 Libro XII Dalla clessidra il tempo fugge

409 Libro XIII Il regno di Aton sulla terra

449 Libro XIV La guerra santa

493 Libro XV Horemheb

BUR
Periodico settimanale: 23 maggio 2001
Direttore responsabile: Evaldo Violo
Registr. Trib. di Milano n. 68 del 1°-3-74
Spedizione in abbonamento postale TR edit.
Aut. N. 51804 del 30-7-46 della Direzione PP.TT. di Milano
Finito di stampare nel maggio 2001 presso
il Nuovo Istituto Italiano d'Arti Grafiche - Bergamo
Printed in Italy

ISBN 88-17-11354-9